Celle qui s'ignorait

DANIELLE STEEL

Danielle Steel

Celle qui s'ignorait

traduit de l'américain par Jeanine LANDRÉ

Éditions J'ai lu

A Dan,
Un amour fidèle pour m'avoir rendue si heureuse...
et si chanceuse.
Avec mon amour

D.

REMERCIEMENTS

Les passages de « Getting There » par Sylvia Plath sont extraits de Ariel (1965) par Sylvia Plath. Copyright © 1963 par Ted Hughes. Reproduits avec l'autorisation de Harper & Row, Publishers, Inc., Faber & Faber, Londres, et Olwyn Hughes.

Ce roman a paru sous le titre original :

PASSION'S PROMISE

Cet ouvrage est reparu aux Presses de la Cité
sous le titre : *Les Promesses de la passion*

1

Edward Hascomb Rawlings s'installa à son bureau et sourit en regardant dans le journal du matin déplié devant lui à la page 5, la photo d'une jeune femme souriante en train de descendre d'un avion. C'était l'honorable Kezia Saint-Martin. Une autre photo plus petite la montrait au bras d'un grand et bel homme qui l'entraînait vers une limousine. Cet homme, c'était Whitney Hayworth III, le plus jeune associé de la firme « Benton, Thatcher, Powers et Frye ». Edward connaissait Whit depuis que ce dernier était sorti de la faculté de droit dix ans auparavant. Pourtant ce n'était pas Whit qui l'intéressait, mais la petite jeune femme qu'il avait à son bras et dont les cheveux d'un noir de jais, les yeux d'un bleu profond et le teint crémeux d'Anglaise lui étaient si familiers.

A en juger d'après cette souriante photo de journal, elle était en pleine forme, bronzée... et enfin de retour. Edward, quant à lui, trouvait ses absences toujours interminables. Le journal disait qu'elle revenait de Marbella en Espagne, où elle avait passé le week-end dans la résidence d'été de sa tante, comtesse di San Ricamini née Hilary Saint-Martin. Pendant l'été, Kezia avait vécu dans le midi de la France « dans l'isolement le plus complet ». Edward se mit à rire en lisant ces mots. Les articles de Kezia avaient paru régulièrement tout l'été :

ils rapportaient des événements qui s'étaient déroulés à Londres, Paris, Barcelone, Nice, Rome. Plutôt agitée sa « retraite » estivale ! Au bas de cette même page, un paragraphe mentionnait le retour de deux autres personnalités arrivées par le même vol que Kezia. L'une d'elles, fille unique d'un armateur grec décédé récemment, avait hérité de toute sa fortune, quant à l'autre, une princesse belge, elle venait de quitter les présentations de mode de Paris pour organiser une petite fête à New York. Ainsi Kezia était en bonne compagnie pendant le vol et Edward se demanda combien d'argent elle leur avait pris au backgammon (1), jeu auquel la jeune fille excellait. Ce qui le frappa également, c'était qu'une fois encore, la plus grande partie de l'article fût consacrée à Kezia. C'était toujours ainsi avec elle. Elle attirait l'attention, l'étincelle, le tonnerre, le flash des appareils-photos quand elle entrait au restaurant ou sortait du théâtre. Et ce harcèlement des photographes et des reporters, toujours curieux et avides, avait été particulièrement odieux à l'époque où, adolescente, elle avait hérité de la fortune de son père. Maintenant, ils étaient habitués à elle et lui portaient une attention plus aimable.

Au début, Edward avait essayé de la protéger de la presse. C'était pendant la première année, cette première année épouvantable, intolérable, atroce ; elle avait alors neuf ans. Mais les « charognards » attendaient et ils n'avaient pas eu à attendre très longtemps. Kezia avait treize ans lorsqu'elle fut suivie chez Elisabeth Arden par une ardente jeune reporter. Kezia n'avait pas compris mais la reporter, elle, avait compris beaucoup de choses. Le visage d'Edward se durcit à ce souvenir. La chienne ! Comment avait-elle pu faire cela à une enfant ? Elle l'avait interrogée au sujet de Liane devant tout le monde.

(1) Jeu de jacquet (N.d.t.).

6

— Qu'avez-vous ressenti quand votre mère...

La reporter avait quatre années de retard dans son histoire et elle avait été renvoyée le lendemain à midi. Edward avait été déçu : il avait espéré la faire renvoyer le soir même. Ce fut ainsi que Kezia découvrit les inconvénients de sa nouvelle situation. La notoriété. La puissance. Une fortune. Un nom. Des parents avec une histoire. Des grands-parents avec une histoire, du pouvoir, de l'argent. Neuf générations du côté de sa mère. Seulement trois dignes d'être mentionnées du côté de son père. Histoire, pouvoir, argent : ce sont des choses qu'on ne peut ni conjurer, ni cacher, ni voler. Il faut être né avec cela dans les veines. Ces trois choses plus la beauté et la classe. Alors, si on y ajoute un autre ingrédient magique et intérieur dansant à la vitesse d'un éclair, alors... et alors seulement, on est Kezia Saint-Martin. Et il n'y en avait qu'une !

Edward remua le café dans la tasse de Limoges blanc et or posée sur son bureau et se renversa en arrière pour contempler le panorama qui s'offrait à sa vue. A sa droite, l'East River, semée de petits bateaux et de péniches, ressemblait à un étroit ruban gris. Vers le nord, au-delà des embouteillages de Manhattan et de ses gratte-ciel, il apercevait les massives forteresses résidentielles de Park Avenue et de la Cinquième, nichées près du bouquet vert brunissant de Central Park et, au loin, une tache : Harlem. Ce n'était là qu'une partie de ce vaste panorama et cette partie ne l'intéressait pas beaucoup. Edward était un homme très occupé.

Il sirota son café et chercha la « rubrique » de Martin Hallam où il apprendrait qui, parmi ses connaissances, était amoureux de qui, qui donnait une réception et où, qui y serait et qui ne s'y rendrait probablement pas à cause d'une querelle mondaine. Sans doute y aurait-il un article ou deux de Marbella, et il connaissait suffisamment le style de Kezia pour savoir qu'elle mentionnerait son propre nom. Elle était consciencieuse et prudente. Et en effet il lut : *Sur la liste des réfugiés de retour après un été à l'étranger : Scooter Hollingsworth, Bibi Adams-Jones, Melissa Sentry, Jean-Claude Reims, Kezia Saint-Martin et Julian Bodley. Salut, toute la bande y est ! Tout le monde revient au bercail !* On était en septembre et il pouvait encore entendre la voix de Kezia ce même mois, sept ans auparavant...

— ... Eh bien, Edward, nous y voilà ! J'ai fait Vassar (1), la Sorbonne, et je viens de passer un été de plus chez tante Hil. J'ai vingt et un ans et, maintenant, pour changer, je vais faire ce qui me plaît. Finis les voyages pour rassurer ma conscience, pour faire ce que mon père et ma mère auraient voulu que je fasse, ou ce qui selon vous est « raisonnable ». J'ai fait tout ça pour eux et pour vous. Maintenant, je vais vivre pour moi...

Elle avait arpenté son bureau, la tempête se lisait sur son visage, alors qu'il s'inquiétait du « ça » auquel elle avait fait allusion.

— Qu'avez-vous prévu de faire exactement ?

Il avait très peur intérieurement ; mais elle était si jeune et si belle.

— Je ne sais pas exactement. Mais j'ai quelques idées.

— Dites-les-moi.

— J'en ai bien l'intention, mais ne soyez pas désagréable, Edward.

Elle s'était tournée vers lui ; ses yeux d'un bleu profond brûlaient comme des améthystes embrasées. C'était une fille saisissante et encore davantage lorsqu'elle était en colère : ses yeux tournaient alors au violet, sa peau de camée rougissait légèrement aux pommettes et le contraste faisait briller ses cheveux comme de l'onyx. On en oubliait sa petite taille. Elle

(1) N.d.t. : Collège de Poughkeepsie (Etat de New York).

faisait à peine plus d'un mètre soixante, mais elle était bien proportionnée, et lorsqu'elle était en colère, son visage attirait comme un aimant, rivant les regards de sa victime aux siens. Tout cela était sous la responsabilité d'Edward, et ce, depuis la mort des parents de Kezia. Depuis lors, le fardeau de ces sauvages yeux bleus lui appartenait, ainsi qu'à sa gouvernante, Mrs Towsend et à sa tante Hilary, comtesse di San Ricamini.

Naturellement, Hilary ne voulait pas s'occuper d'elle, mais acceptait que la jeune fille vînt séjourner chez elle à Londres, à Noël, ou dans sa maison de Marbella l'été. (En fait, elle en était même tout à fait enchantée maintenant.) Mais elle ne voulait pas se préoccuper de ce qui pour elle était « sans importance ». La fascination de Kezia pour le *Peace Corps* (1), par exemple, sa liaison avec le fils de l'ambassadeur argentin, trois ans auparavant, liaison qui avait défrayé la chronique des journaux, non plus que la dépression de Kezia quand le jeune homme se maria avec sa cousine. Peut-être Hilary avait-elle raison en un sens : tout avait une fin de toute façon. Aujourd'hui Kezia avait vingt et un ans et depuis douze ans ces soucis reposaient sur les épaules d'Edward. Mais c'était là un fardeau qu'il chérissait.

— Eh bien, Kezia, vous avez usé le tapis de mon bureau mais vous ne m'avez pas encore parlé de vos mystérieux projets. Quoi de neuf en ce qui concerne ce cours de journalisme à Columbia ? Allez-vous laisser tomber ?

— En fait, oui. Edward, je veux travailler.

— Quoi !

On aurait presque pu voir le frémissement qui le parcourut. Ciel ! il n'avait plus qu'à espérer que ce fût pour une œuvre de charité !

(1) *Peace Corps :* Organisme américain équivalant à peu près à nos coopérants.

— ... Pour qui ?

— Je veux travailler pour un journal et étudier le journalisme en prenant des cours du soir.

Il y avait un féroce défi dans son regard. Elle savait ce qu'il allait lui répondre.

— Je pense qu'il serait beaucoup plus sage de suivre des cours à Columbia et d'obtenir ainsi votre diplôme. Après, vous pourrez penser à travailler. Soyez raisonnable.

— Et quand j'aurai mon diplôme, quel genre de journal me suggérerez-vous, Edward ? *Women's Wear Daily* (1) peut-être ?

Il crut voir des larmes de colère et de vexation dans ses yeux. Mon Dieu, elle allait encore tout compliquer ! Elle devenait de plus en plus têtue, à mesure que les années passaient, exactement comme son père.

— A quel genre de journaux pensiez-vous, Kezia ? *The Village Voice* (2) ou le *Berkeley Barb* (3) ?

— Non, je pensais au *New York Times*.

Au moins, cette jeune fille avait du style. Elle n'en avait d'ailleurs jamais manqué.

— Je suis tout à fait d'accord, ma chère, je trouve l'idée merveilleuse. Mais, si c'est votre idée, je pense qu'il serait bien plus sage d'aller à Columbia, d'obtenir votre diplôme et...

Elle l'interrompit en se levant du bras du fauteuil où elle était perchée et le fixa avec colère de l'autre côté du bureau.

— Et de me marier avec un jeune homme extrêmement « bien » dans les affaires. C'est exact ?

— Pas si ce n'est pas ce que vous voulez faire.

Pénible, pénible, pénible. Et dangereuse aussi, comme sa mère.

---

(1) *Women's Wear Daily* : La Mode des Femmes au jour le jour.
(2) *The Village Voice* : La Voix du Village.
(3) *Berkeley Barb* : La Flèche de Berkeley.

— Eh bien, ce n'est pas ce que je veux faire.

Sur ce, elle était sortie de son bureau très hautaine et il avait appris plus tard qu'elle avait déjà travaillé au *Times*. Elle y était restée trois semaines et demie exactement.

Et tout se déroula précisément comme il l'avait craint. Elle était l'une des cinquante femmes les plus riches du monde, et elle devint de nouveau la coqueluche des journalistes. Tous les jours, dans un journal quelconque, on parlait d'elle, c'était une photo, une annonce, une citation ou une plaisanterie. D'autres journaux envoyaient leurs reporters spécialisés pour essayer de l'apercevoir. *Women's Wear* organisa une Journée. Ce fut la continuation du cauchemar qui avait assombri sa vie à ses débuts : la réception pour son quatorzième anniversaire, interrompue par les photographes ; la soirée à l'opéra avec Edward pendant les vacances de Noël, alors qu'elle avait quinze ans, et qui avait fini de façon si horrible ; les insinuations dégoûtantes à propos d'elle et d'Edward. Suite à cela, il n'était plus sorti avec elle en public pendant des années... et pendant des années, ce fut le contrôle plus ou moins réussi des photos qu'on prenait d'elle, les rendez-vous dont elle avait peur, auxquels elle finissait par se rendre, pour finalement le regretter. A dix-sept ans, elle craignait la notoriété. A dix-huit ans, elle la haïssait. Elle haïssait la retraite forcée, la prudence, la discrétion et le secret constants. C'était absurde et malsain pour une fille de son âge, mais Edward ne pouvait rien faire pour alléger son fardeau. Elle devait vivre selon une tradition et c'était difficile. Mais comment la fille de lady Liane Holmes-Aubrey Saint-Martin et de Keenan Saint-Martin aurait-elle pu vivre ignorée ! Kezia « représentait une somme rondelette », pour parler familièrement ; elle était belle, jeune, intéressante. Et elle alimentait l'actualité. Il n'y avait pas moyen d'éviter cela. Kezia n'y pouvait rien, et n'y pourrait jamais rien.

Du moins, c'était ce qu'Edward pensait. Mais il était surpris par l'habileté avec laquelle elle évitait les photographes (maintenant, il l'emmenait de nouveau à l'opéra) et la façon merveilleuse qu'elle avait de rembarrer les reporters, d'un large sourire étincelant ou d'un mot, alors que ceux-ci se demandaient si elle riait d'eux ou avec eux, ou si elle était sur le point d'appeler la police. Elle avait ça pour elle : quelque chose de menaçant, le côté abrupt de la puissance. Mais il y avait aussi quelque chose de doux en elle, et cela déconcertait tout le monde. Elle combinait en elle, de façon particulière, le caractère de ses parents.

Kezia avait la délicatesse satinée de sa mère et la force véritable de son père, lesquels avaient toujours formé un couple inhabituel, surprenant. Kezia leur ressemblait, et particulièrement à son père. Edward en était le témoin constant. Mais ce qui l'effrayait, c'était la ressemblance avec Liane : des centaines d'années de tradition britannique, un arrière-grand-père maternel qui était duc — bien que son grand-père paternel fût seulement comte — Liane avait une telle éducation, un tel style, une telle élégance d'esprit, une telle stature. Edward était tombé follement amoureux d'elle dès le début. Et elle ne l'avait jamais su, jamais. Edward savait que c'était impossible... impossible... mais elle avait fait quelque chose de tellement pire. Folie... chantage... cauchemar. Au moins, ils avaient évité un scandale public. Personne ne l'avait su, excepté son mari et Edward... et *lui*.

Edward n'avait jamais compris. Qu'avait-elle trouvé à ce garçon ? Il faisait tellement moins viril que Keenan. Et il était si... si vulgaire, presque grossier. Elle avait fait un pauvre choix, un bien pauvre choix. Liane avait pris le professeur de français de Kezia comme amant. C'était presque grotesque et extrêmement coûteux. A la fin, cela avait coûté la vie de Liane et des millions à Keenan pour tenir toute l'affaire secrète.

Keenan avait « éloigné » le jeune homme de la maison et l'avait expédié en France. Puis après, en moins d'un an, Liane se noya dans le cognac, le champagne, et avala, en secret, des comprimés. Elle avait payé au prix fort sa trahison. Dix mois plus tard, Keenan se tuait dans un accident. C'était sans aucun doute un accident, mais aussi une telle perte ! Une perte de plus. Keenan ne s'était plus intéressé à quoi que ce soit après la mort de Liane et Edward le soupçonnait de n'avoir rien fait pour empêcher l'accident, d'avoir laissé la Mercedes glisser le long de la barrière puis se retourner au milieu du flot de circulation de la grand-route. Il était probablement ivre ou simplement très fatigué. Ce n'était pas vraiment un suicide, simplement une fin.

Non, Keenan ne s'était intéressé à rien pendant ces derniers mois, même pas vraiment à sa fille. Il s'en était ouvert à Edward, mais seulement à lui. Edward, le confident de tous. Liane lui avait même raconté ses histoires horribles, pendant le thé, un jour : il avait hoché la tête d'un air doctoral et son regard triste lui avait donné envie de pleurer.

Edward avait toujours eu un faible pour elle. Il s'était toujours trop préoccupé de Liane, que sa perfection, lui semblait-il, plaçait hors d'atteinte, et de son enfant. Etait-ce la différence de classe, sa jeunesse, ou sa qualité de Français, qui l'avaient attirée chez cet homme ?

Du moins, il pouvait empêcher Kezia de commettre de pareilles folies. Elle était sous sa responsabilité, et il veillerait à ce qu'elle vive en tous points suivant son éducation. Il s'était juré qu'il n'y aurait pas de désastres dans la vie de Kezia, pas de chantage, pas de jeunes professeurs français. Avec Kezia, ce serait différent. Elle vivrait suivant les préceptes de ses nobles ancêtres maternels et selon ceux de sa puissante famille paternelle. Edward sentait qu'il devait bien ça à Keenan et à

Liane. A Kezia, également. Et il savait ce que cela impliquait : il aurait à lui inculquer le sens du devoir, le sens du manteau de tradition qu'elle portait. A mesure qu'elle grandissait, Kezia le comparait en plaisantant à un cilice, mais elle comprenait. Edward avait toujours veillé à ce qu'il en soit ainsi. C'était la seule chose qu'il pouvait lui apporter : la conscience de ce qu'elle était. Elle était Kezia Saint-Martin, l'honorable Kezia Holmes-Aubrey Saint-Martin, descendante de la noblesse britannique et de l'aristocratie américaine, dont le père avait gagné des millions en faisant fortune dans l'acier, le cuivre, le caoutchouc, le pétrole et les huiles. Quand il y avait quelque part une incroyable somme d'argent à gagner, Keenan Saint-Martin s'y trouvait. Il était devenu une sorte de prince américain, à la légende internationale, légende dont Kezia hérita en même temps que de sa fortune. Evidemment, dans une certaine mesure, Keenan avait dû se salir un peu les mains, mais pas beaucoup. Il avait toujours été tellement impressionnant, tellement « gentleman », on lui pardonnait même d'avoir gagné la plus grande partie de sa fortune par lui-même.

Par ailleurs, Liane représentait une menace pour Kezia, sa terreur... elle lui rappelait constamment que, si elle traversait des frontières invisibles pour aller vers des terres interdites, elle mourrait, comme elle. Edward aurait préféré qu'elle ressemble davantage à son père. C'eût été moins pénible pour lui. Mais si souvent... trop souvent... elle était l'image de Liane : seulement un peu plus énergique, un peu mieux, un peu plus élégante et tellement plus belle même que Liane.

Kezia descendait de gens extraordinaires. Elle était le dernier maillon survivant d'une longue chaîne de beauté et de grâce presque mythiques. C'était à Edward de veiller maintenant à ce que la chaîne ne se brise pas. Liane avait été une menace. Mais la chaîne était encore intacte et Edward — comme tous les gens solitaires qui manquent de hardiesse, qui ne sont ni tout à fait beaux, ni tout à fait forts — était impressionné. Sa propre famille de Philadelphie, dans son élégance modeste, était tellement moins impressionnante que tous ces gens magiques à qui il avait donné son âme. Il était leur tuteur maintenant, le gardien du Saint Graal : Kezia. Le trésor. Son trésor. C'est pourquoi il avait été si content lorsque son projet de travail au *Times* avait échoué si lamentablement. Tout allait reprendre son cours, pour un temps. C'était à lui de la protéger et à elle de commander. Elle ne l'avait pas encore fait mais il craignait qu'un jour cela n'arrivât, tout comme avec ses parents. On avait fait confiance à Edward, on s'était servi de lui, mais on ne l'avait jamais aimé.

Pour le *Times*, il n'avait pas eu à intervenir. Elle était partie. Elle était retournée à l'université pendant un temps, puis avait passé l'été en Europe mais, à l'automne, tout avait à nouveau changé. En particulier Kezia, et à un point tel qu'Edward en avait été terrifié.

Elle était revenue à New York plus déterminée, plus féminine. Cette fois, elle ne consulta pas Edward même après coup et elle n'essaya pas de revendiquer ses droits en tant qu'adulte. A vingt-deux ans, elle avait vendu le grand appartement de Park Avenue où elle vivait avec Mrs Towsend — Totie — depuis treize années et elle avait loué deux appartements plus petits, un pour elle et un autre pour Totie que Kezia envoya paître gentiment mais fermement malgré les protestations d'Edward et les larmes de Totie. Puis, elle se mit en devoir de résoudre le problème du travail avec autant de fermeté que pour l'appartement. La solution qu'elle adopta était extraordinairement ingénieuse. Elle avait annoncé la nouvelle à Edward lors d'un dîner dans son nouvel appartement, tout en lui servant un très agréable pouilly fumé 54 pour adoucir le coup.

Kezia avait trouvé un agent littéraire et Edward fut stupéfait d'apprendre qu'elle avait déjà publié trois articles cet été-là, articles qu'elle avait fait parvenir d'Europe. Le plus surprenant c'était qu'Edward les avait lus et les avait trouvés plutôt réussis. Il se souvenait — un article politique écrit en Italie — un article hallucinant à propos d'une tribu nomade qu'elle avait rencontrée au Moyen-Orient — et un autre plein d'humour à propos du Polo Club de Paris. Les trois articles avaient paru dans des journaux nationaux, sous le nom de K.S. Miller. Et le dernier article avait eu des répercussions sur la suite des événements.

Ils avaient débouché une autre bouteille de vin et Kezia avait soudain pris un air malicieux, comme pour essayer de lui soutirer une promesse. Tout à coup, il sentit de nouveau cet affreux malaise à l'estomac. Elle lui cachait autre chose. Il avait cette impression chaque fois qu'elle avait ce regard. Ce regard qui lui rappelait si précisément son père — ce regard signifiait que les projets avaient été faits, les décisions prises et qu'on n'y pouvait plus rien. Qu'était-ce ?

Elle avait ouvert un exemplaire du journal du matin à une page intérieure. De quoi s'agissait-il ? Il avait l'habitude de lire le journal entièrement chaque matin. Elle pointa le doigt sur la « rubrique » mondaine de Martin Hallam et, ce matin-là, il n'avait pas pris la peine de la lire.

Il s'agissait là d'une « rubrique » étrange, en réalité, et elle avait commencé à paraître un mois auparavant. C'était un compte rendu bien informé, légèrement sarcastique et très fin, des faits et gestes des membres de la *Jet Society* (1) dans le privé. Personne ne savait qui était ce Martin Hallam et tout le monde essayait de découvrir ce traître. En tout cas, il écrivait sans méchanceté et était très bien informé. Edward lut la « rubrique » entièrement mais Kezia n'y était pas mentionnée.

(1) *Jet Society :* le grand monde.

— Et alors ?

— Eh bien, j'aimerais vous présenter un ami à moi. Martin Hallam.

Elle riait de bon cœur et Edward se sentit vaguement stupide. Elle avança alors une main pour serrer la sienne en riant de plus belle et les familières améthystes brillaient dans ses yeux.

— Bonjour, Edward. Je m'appelle Martin. Ravi de faire votre connaissance.

— Comment ? Kezia, vous plaisantez !

— Pas du tout. Et personne ne saura jamais. Même le rédacteur en chef ne sait pas qui écrit sous ce nom. Tout passe par mon agent littéraire qui est extrêmement discret. Il a fallu que je leur donne un mois de « rubriques » modèles pour prouver que je savais de quoi je parlais, mais nous avons reçu une réponse aujourd'hui. La « rubrique » paraîtra régulièrement trois fois par semaine. N'est-ce pas divin ?

— Divin ? C'est diabolique ! Kezia, comment osez-vous ?

— Pourquoi pas ? Rien de ce que j'écris ne peut entraîner des poursuites et je ne livre aucun secret susceptible de détruire la vie de qui que ce soit. Je tiens seulement les gens... disons bien « informés » et je les distrais.

C'était donc Kezia. L'honorable Kezia Saint-Martin, alias K.S. Miller et Martin Hallam. Maintenant, elle était de retour après avoir été absente tout un été, une fois de plus. Sept étés s'étaient écoulés depuis le commencement de sa carrière. Et ce récent succès ajoutait encore à son charme. Aux yeux d'Edward, cette réussite lui conférait un éclat mystérieux, à la limite du supportable. Qui, à part Kezia, aurait pu réussir ? Et pour aussi longtemps. Edward et son agent étaient les deux seules personnes à qui elle avait confié son secret, savoir que l'honorable Kezia Saint-Martin avait une autre vie que celle décrite avec tant de détails dans

WWD Town and Country (1), et occasionnellement dans la rubrique « Les gens » du *Time*.

Edward consulta à nouveau sa montre. Il pouvait l'appeler maintenant. Il était 10 heures passées. Il prit le téléphone. C'était un numéro qu'il composait toujours lui-même. La sonnerie retentit deux fois et elle décrocha. La voix était enrouée, c'était le même genre de voix tous les matins, celle qu'il aimait le plus. Il y avait quelque chose de très intime dans cette voix. Il se demandait souvent ce qu'elle portait au lit et puis il se reprochait cette pensée.

— Bienvenue ici, Kezia.

Il sourit à la photo du journal toujours ouvert sur son bureau.

— Edward !

La joie dans sa voix lui réchauffa le cœur.

— Comme vous m'avez manqué !

— Pas assez pour m'envoyer une seule carte postale, petite polissonne ! J'ai déjeuné avec Totie samedi dernier ; elle, au moins, a reçu une lettre de vous de temps à autre.

— C'est différent. Elle serait malade d'inquiétude si je ne lui faisais pas savoir que je suis toujours en vie.

Elle rit et il entendit le cliquetis d'une tasse contre le téléphone. Thé, pas de sucre, un nuage de crème.

— Et moi, je ne peux pas être malade d'inquiétude ?

— Bien sûr que non. Vous êtes beaucoup trop stoïque. Ça ne se fait pas. « Noblesse oblige », etc.

— D'accord, d'accord.

Sa franchise l'embarrassait souvent. Elle avait raison pourtant. Il avait un sens aigu des « bonnes manières ». Ainsi il ne lui avait jamais avoué qu'il l'aimait, il n'avait non plus jamais dit à la mère de Kezia qu'il l'avait aimée.

— Comment était Marbella ?

(1) *WWD Town and Country : WWD Ville et Campagne.*

— Epouvantable. Je dois vieillir. La maison de tante Hil grouillait littéralement de toutes sortes de gosses de dix-huit ans. Grands dieux, Edward, ils sont nés onze ans après moi ; pourquoi ne sont-ils pas chez eux avec leur nourrice ?

Il rit au son de sa voix. Elle paraissait encore avoir vingt ans, un être de vingt ans, un peu blasé.

— Dieu merci, je n'y suis restée que le week-end.

— Et avant ?

— N'avez-vous pas lu la « rubrique » ce matin ? On dit que je m'étais retirée dans le midi de la France pendant presque tout l'été.

Elle rit à nouveau et il sourit. C'était si agréable d'entendre à nouveau sa voix.

— En fait, j'y suis restée quelque temps sur un bateau de location et c'était très agréable et très calme. J'ai réussi à écrire de nombreuses choses.

— J'ai lu l'article que vous avez fait au sujet des trois Américains emprisonnés en Turquie. Déprimant, mais excellent. Etiez-vous là-bas ?

— Bien sûr que j'y étais. Effectivement, c'était déprimant à souhait.

— Où êtes-vous allée, encore ?

Il voulait détourner la conversation. Les sujets désagréables n'étaient pas nécessaires.

— Oh ! je suis allée à une réception à Rome, voir les collections à Paris, rendre visite à la reine à Londres... Minou, Minou, où êtes-vous allé ? Je suis allée à Londres voir...

— Kezia, vous êtes impossible...

Mais si délicieuse aussi.

— O.K.

Elle avala une gorgée de thé et eut un hoquet à son oreille.

— Vous m'avez manqué. C'est pénible de ne pas pouvoir dire aux gens ce que je fabrique réellement.

— Eh bien, venez me dire ce que vous avez réellement fabriqué. Déjeuner à *la Grenouille*, aujourd'hui ?

— Parfait. Il faut que je voie Simpson, mais je peux vous rencontrer après 1 heure, ça vous convient ?

— Bien. Kezia...

— Oui ?

La voix de la jeune femme était sourde, douce et soudain moins tranchante. D'une certaine façon, elle l'aimait aussi. Depuis vingt ans maintenant, il adoucissait le choc de l'absence de son père.

— C'est vraiment formidable de vous savoir de retour.

— Et c'est formidable aussi de savoir que quelqu'un s'intéresse à moi.

— Petite idiote, vous arriveriez à me faire croire que personne d'autre ne se préoccupe de vous.

— Cela s'appelle le syndrome de la pauvre petite fille riche, Edward, les risques du métier d'héritière.

Elle rit mais il y avait quelque chose de coupant dans sa voix, qui le troubla.

— A 1 heure ! dit-elle avant de raccrocher.

Edward regarda fixement la rue.

A vingt-deux rues de là, Kezia était allongée dans son lit et finissait son thé, une pile de journaux à portée de main et la masse du courrier sur la table à côté d'elle. Les rideaux étaient tirés et elle pouvait contempler la vue reposante sur le jardin derrière la maison voisine. Un oiseau roucoulait dans le système d'air conditionné. La sonnette de la porte d'entrée retentit.

— Zut alors !

Elle prit une robe d'intérieur en satin blanc posée sur le pied du lit en se demandant qui cela pouvait bien être, puis elle eut tout à coup un soupçon qui se confirma tout aussitôt. Quand elle ouvrit la porte, un mince et nerveux garçon portoricain lui tendit une longue boîte blanche.

Elle savait ce qu'il y avait dans la boîte et qui la lui envoyait avant même de donner un dollar au garçon pour la commission. Elle connaissait même le fleuriste et savait qu'elle reconnaîtrait l'écriture de la secrétaire sur la carte. Après quatre ans, on laisse sa secrétaire écrire les cartes.

— Oh, vous savez bien, Effy, quelque chose du genre : « Vous ne pouvez pas vous imaginer à quel point vous m'avez manqué », etc.

Effy avait fait du bon travail. Elle avait écrit exactement ce que toute vierge romantique de cinquante-quatre ans devait écrire sur une carte pour accompagner une douzaine de roses rouges. Et Kezia se fichait que la carte soit d'Effy ou de Whit. Ça ne faisait pas une grande différence maintenant. Aucune différence, en fait.

Cette fois, à l'habituel message fleuri, Effy avait ajouté *Dîner ce soir ?* et Kezia marqua un temps d'arrêt, la carte à la main. Elle s'assit dans un joli fauteuil de velours bleu, qui avait appartenu à sa mère, et joua avec la carte. Elle n'avait pas vu Whit depuis un mois. Pas depuis son départ à Londres pour affaires ; ils s'étaient rendus à une réception *Chez Annabelle* et Whit était reparti le lendemain. Evidemment, il l'avait vue à l'aéroport la nuit passée, mais ils n'avaient pas vraiment parlé. Ils ne parlaient jamais réellement.

Kezia se pencha pensivement vers le téléphone posé sur le bureau en bois précieux, la carte toujours à la main. Elle jeta un coup d'œil aux piles d'invitations que sa secrétaire avait soigneusement rangées lors de ses deux visites hebdomadaires — invitations qu'elle avait manquées ou pour les jours à venir. Dîners, cocktails, inaugurations de galeries d'art, présentations de mode, œuvres de bienfaisance. Deux faire-part de mariage et un faire-part de naissance.

Elle composa le numéro de Whit et attendit.

— Déjà levée, Kezia chérie ? Vous devez être fatiguée.

— Un peu, mais ça va aller. Et les roses sont splendides.

Elle se permit un léger sourire en espérant que sa voix ne la trahirait pas.

— Vraiment ? Je suis content. Kezia, vous étiez merveilleuse, la nuit dernière.

Elle eut un petit rire et regarda l'arbre qui poussait dans le jardin voisin. L'arbre avait fait plus de progrès que Whit en quatre ans.

— C'était gentil à vous de m'attendre à l'aéroport. Et ma journée a bien commencé grâce à vos roses. La perspective de devoir déballer mes bagages ne me réjouissait guère.

Justement l'une des femmes de ménage était en congé. Mais les bagages pouvaient attendre.

— Alors, mon invitation à dîner ? Les Ornier donnent un dîner et si vous n'êtes pas trop fatiguée, Xavier a suggéré que nous allions tous chez *Raffles* ensuite.

Les Ornier avaient une suite interminable dans la tour de l'hôtel *Pierre*, suite qu'ils réservaient pour leur voyage annuel à New York. Même pour quelques semaines, cela « valait la peine » : « Vous savez combien il est désagréable d'être dans un endroit différent chaque fois, un endroit inconnu. » Ils payaient un prix élevé pour être en terrain connu, mais cela n'était pas nouveau pour Kezia. Et leur réception à dîner était exactement le genre d'événement qui convenait pour la « rubrique ». Il lui fallait recommencer à évoluer dans le monde, et le déjeuner à *la Grenouille* avec Edward serait un bon point de départ, mais... bon sang ! comme elle aurait préféré descendre en ville. Il y avait là-bas des délices dont Whit ne soupçonnait même pas qu'elle faisait sa pâture. Elle se sourit à elle-même et, soudain, dans le silence, elle se rappela de la présence de Whit à l'autre bout du fil.

— Désolé, chéri, j'aimerais beaucoup mais je suis si fatiguée. C'est à cause du décalage horaire, je suppose, et de la vie tumultueuse chez Hilary, ce week-end. Pourriez-vous dire aux Ornier que je suis morte et que j'essaierai de les voir avant leur départ ? Je ressusciterai pour vous demain. Mais aujourd'hui, je suis lessivée.

Elle bâilla légèrement, puis émit un petit rire.

— Mon Dieu, je ne voulais pas vous bâiller à l'oreille ! Pardonnez-moi.

— Je vous en prie. Je pense que vous avez raison pour ce soir. Ils ne commenceront pas à servir avant 9 heures, vous les connaissez, et vous ne rentreriez pas chez vous avant 2 heures du matin, après *Raffles*...

« Danser dans cette cave surchargée de décoration, pensa Kezia. Je n'ai vraiment pas besoin de ça. »

— Je suis heureuse que vous me compreniez, cher ami. En fait, je pense que je vais débrancher mon téléphone et me coucher à 7 ou 8 heures. Demain, je serai en pleine forme.

— Très bien. On dîne ensemble demain soir ?

Evidemment, chéri. Evidemment.

— Oui. J'ai une invitation sur mon bureau pour une sorte de réception au *Saint-Régis*. Vous voulez y aller ? Je pense que les Marsh ont pris possession de la *Maisonnette* (1) pour fêter leur quatre-vingt-huitième anniversaire de mariage ou quelque chose dans le genre.

— Vilaine fille sarcastique ! C'est seulement leur vingt-cinquième anniversaire. Je vais réserver une table à *la Côte Basque* (2). C'est la porte à côté, nous pourrons aller à la réception après.

— Parfait, chéri. A demain donc.

— Je vous prends à 7 heures ?

— Disons 8 heures.

Disons jamais.

— Entendu, chérie. A demain.

_____

(1) *Maisonnette* : petit appartement à un ou plusieurs étages dans un immeuble.

(2) *La Côte Basque* : restaurant de New York.

Après avoir raccroché, elle resta assise à croiser et à décroiser ses jambes. Vraiment, il fallait qu'elle soit plus gentille avec Whit. A quoi servait-il d'être désagréable avec lui ? Tout le monde pensait qu'ils formaient un couple et il était gentil avec elle, utile même, dans un sens. Son cavalier attitré. Whitney chéri... Pauvre Whit. Si prévisible, si parfait, si beau, si impeccablement habillé. C'était insupportable vraiment. Environ deux mètres de haut, yeux d'un bleu froid, cheveux blonds courts et épais, trente-cinq ans, chaussures Gucci, cravates Dior, eau de Cologne Givenchy, montre Piaget, appartement sur le Parc et la Soixante-Troisième Rue, belle réputation en tant qu'homme de loi, aimé de tous ses amis. Le compagnon idéal pour Kezia, mais cela était suffisant pour qu'elle le haïsse ; en fait, elle ne le haïssait pas, elle le trouvait irritant, lui et le besoin qu'elle avait de lui. Malgré l'amant de Sutton Place dont il ignorait qu'elle connaissait l'existence.

Le jeu de Whit et de Kezia était une farce, mais une farce discrète et utile. C'était le chevalier servant idéal, éternel et sans aucun danger. Il était consternant de se rappeler qu'un an ou deux auparavant elle avait même envisagé de se marier avec lui. Rien ne semblait y faire obstacle. Ils continueraient à mener la même vie et Kezia lui parlerait de la « rubrique ». Ils iraient aux mêmes réceptions, verraient les mêmes gens, et ils mèneraient chacun leur propre vie. Il lui apporterait ses roses au lieu de les lui envoyer. Ils auraient des chambres séparées et quand Kezia ferait visiter l'appartement, la chambre de Whit serait « la chambre d'ami ». Et elle continuerait à descendre en ville, lui à se rendre à Sutton Place, et aucun d'eux n'aurait à se cacher. Ils n'en parleraient jamais entre eux, bien entendu. Elle « jouerait au bridge » et lui irait « voir un client ». Ils se verraient au petit déjeuner le lendemain, calmés, décontractés, apaisés, aimés par leurs amants respectifs. Quel rêve fou ! Elle se mit à rire : elle attendait quand même plus que ça de la vie. Elle considérait maintenant Whit comme un vieil ami. Elle l'aimait bien, aussi étrange que cela puisse paraître. Et elle était habituée à lui, ce qui, d'une certaine façon, était pis.

Kezia regagna lentement sa chambre en souriant. C'était agréable d'être de retour chez soi, dans le confort de son appartement : l'immense lit blanc recouvert d'un couvre-lit en renard argenté qui avait été une dépense si extravagante, mais qui lui plaisait encore tant ; les petits meubles délicats qui avaient appartenu à sa mère ; la toile qu'elle avait rapportée de Lisbonne l'année dernière et qui était accrochée au-dessus du lit — un soleil semblable à un melon d'eau brillant sur un riche paysage campagnard et un homme qui travaillait aux champs. Il y avait quelque chose de chaud et d'amical dans cette chambre, une atmosphère qu'elle n'avait trouvée nulle part ailleurs dans le monde. Elle ne l'avait pas trouvée par exemple dans le palais d'Hilary à Marbella ou dans l'adorable maison de Kensington où elle avait sa chambre personnelle — Hilary avait tant de pièces dans sa maison à Londres qu'elle pouvait se permettre de les réserver à des amis ou à des membres de sa famille, même en leur absence. Mais nulle part Kezia ne se sentait aussi bien que chez elle. Dans la chambre, il y avait également une cheminée dont elle avait trouvé la plaque en cuivre à Londres, des années auparavant ; près de la cheminée, un fauteuil en velours d'un brun roux et un tapis de fourrure blanche donnant envie d'y danser pieds nus. Des plantes ornaient les angles de la pièce et pendaient près des fenêtres, et des bougies, sur l'étagère de la cheminée, répandaient tard dans la nuit une douce lueur. C'était bon d'être de retour.

Elle rit doucement pour elle-même : rire de plaisir pur quand elle mit un disque de Mahler sur la stéréo et commença à faire couler son bain. Et ce soir... en ville. Mark. D'abord son agent, puis déjeuner avec Edward.

Et enfin, Mark. Garder le meilleur pour la fin... du moment que rien n'avait changé.

« Kezia, se dit-elle tout haut, en se regardant dans la glace de la salle de bains, debout, toute nue, fredonnant en même temps que la musique qui se répandait dans l'appartement... Vous êtes vraiment insupportable ! »

Elle agita un doigt vers son image, rejeta la tête en arrière et se mit à rire, ses longs cheveux noirs descendant jusqu'à sa taille. Elle s'immobilisa et se regarda dans les yeux : « Oui, je sais. Je suis une peste. Mais qu'y puis-je ? Une fille a le droit de vivre et il y a de nombreuses façons de vivre. » Elle s'enfonça dans la baignoire, en pensant à tout cela : contradictions, secrets... mais au moins pas de mensonges. Elle ne disait rien à personne mais elle ne mentait pas, presque jamais, du moins. C'était trop difficile de vivre avec des mensonges. Les secrets étaient préférables.

Dans la chaleur de l'eau, elle pensa à Mark, le délicieux Marcus : la crinière ébouriffée, l'incroyable sourire, l'odeur de sa mansarde, les jeux d'échecs, les rires, la musique, son corps, son ardeur. Mark Wooly. Elle ferma les yeux et traça du bout d'un doigt une ligne imaginaire jusqu'en bas de son dos, puis en traça une autre doucement sur ses lèvres. Elle sentit quelque chose remuer au creux de son estomac, se tourna alors lentement dans le bain, envoyant ainsi des vagues très douces vers les bords.

Vingt minutes plus tard, elle sortit du bain, se brossa les cheveux, les noua en un chignon lisse et enfila une simple robe de laine blanche Christian Dior par-dessus des sous-vêtements tout neufs en dentelle champagne, achetés à Florence.

« Pensez-vous que je sois schizophrène ? », demanda-t-elle à son miroir, alors qu'elle fixait soigneusement un chapeau et l'inclinait lentement sur un œil.

Mais elle ne ressemblait pas à une schizophrène. Elle ressemblait à Kezia Saint-Martin en route pour un déjeuner à *la Grenouille* à New York ou au *Fouquet's* à Paris.

— Taxi !

Kezia leva un bras et passa comme une flèche devant le portier, au moment où un taxi s'arrêtait à quelques mètres du trottoir. Elle sourit au portier et se glissa dans le taxi. La saison à New York venait de commencer. Qu'allait-elle lui réserver ? Un livre ? Un homme ? Mark Wooly ? Une douzaine d'articles savoureux pour des grands magazines ? Une foule de petits moments de bonheur ? Solitude, discrétion, splendeur. Elle avait tout cela. Et aussi une autre « saison » au creux de la main.

Dans son bureau, Edward marchait d'un air important, en face de la fenêtre. Il regarda sa montre pour la onzième fois en une heure. Dans quelques minutes, il la regarderait entrer, elle le verrait, se mettrait à sourire, puis elle avancerait une main pour toucher son visage... « Oh ! Edward ! c'est si bon de vous revoir ! » Elle le serrerait dans ses bras en émettant un petit rire et s'installerait à côté de lui, pendant que « Martin Hallam » prendrait mentalement des notes sur qui était à quelle table avec qui et que K.S. Miller ruminerait sur la possibilité d'un livre.

2

Kezia se fraya un chemin au milieu des hommes qui flânaient entre le vestiaire et le bar de *la Grenouille*. La foule du déjeuner était dense, le bar était bondé, les tables occupées, les serveurs affairés et le décor restait inchangé.

Sièges de cuir rouge, nappes roses, peintures à l'huile, fleurs sur chaque table. La pièce était remplie d'anémones rouges et de visages souriants ; à chaque table, ou presque, des seaux argentés servaient à refroidir le vin blanc tandis que des bouchons de champagne sautaient gravement ici et là.

Les femmes étaient belles et s'étaient donné du mal pour l'être. Toute la production de Cartier semblait avoir été réunie ici. Et le murmure de conversations à travers la pièce était distinctement français. Les hommes portaient des costumes sombres et des chemises blanches, ils avaient les tempes grisonnantes et s'offraient mutuellement des poignées de cigares Romanoff en provenance de Cuba via la Suisse, dans des boîtes brunes et sans étiquette.

La Grenouille était une sorte de point d'eau pour la faune très riche et très sophistiquée. Avoir seulement une grosse somme d'argent pour payer l'addition n'était pas suffisant pour pouvoir y entrer. Il fallait être membre. Il fallait que ça fasse partie de vous, et que le style sorte par tous les pores de votre Pucci (1).

— Kezia ?

Une main toucha son coude et elle se tourna vers le visage bronzé d'Amory Strongwell.

— Non, chéri. C'est mon fantôme, répondit-elle en lui accordant un sourire moqueur.

— Vous êtes merveilleuse.

— Et vous, vous êtes si pâle. Pauvre Amory !

Elle regardait avec une compassion feinte la couleur de bronze profond qu'il avait acquise en Grèce ; il étreignit délicatement l'épaule de la jeune femme et posa un baiser sur sa joue.

— Où est Whit ?

« Probablement à Sutton Place, chéri. »

— Il travaille comme un fou, je suppose. On vous verra à la réception des Marsh demain soir ?

Elle avait posé la question juste pour dire quelque

(1) N.d.t. : Pucci : célèbre couturier.

28

chose et il hocha la tête distraitement, en guise de réponse.

— J'ai rendez-vous avec Edward, maintenant.

— Le veinard !

Elle lui adressa un dernier sourire et continua à se frayer un chemin dans la foule jusqu'à l'endroit où un serveur l'attendrait pour la conduire auprès d'Edward. Mais elle n'eut besoin de personne pour le trouver : il était à sa table favorite, une bouteille de champagne attendant dans un seau. Louis Roederer 1959, comme toujours.

Il la vit également et se leva pour l'accueillir alors qu'elle traversait avec grâce la pièce au milieu des tables. Elle sentait des regards posés sur elle, adressait des signes de reconnaissance aux salutations discrètes lorsqu'elle passait près de gens connus et les serveurs lui souriaient. Elle avait grandi au milieu de tout ce décor pendant toutes ces années. Être reconnue. A seize ans, ça avait été un supplice, à dix-huit ans, une habitude, à vingt-deux ans, elle avait regimbé contre tout cela et maintenant, à vingt-neuf ans, elle en jouissait. Ça l'amusait. C'était une bonne farce pour elle, dans son for intérieur. Les femmes disaient « merveilleuse robe », les hommes rêvassaient au sujet de Whit ; les femmes décidaient qu'avec la même fortune, elles pourraient aussi s'acheter le même genre de chapeau, les serveurs se donnaient des coups de coude et murmuraient en français : « Saint-Martin. » Quand elle partirait, il y aurait peut-être un photographe de chez *Women's Wear* pour prendre une photo d'elle au moment où elle passerait la porte.

Cela l'amusait. Elle jouait bien le jeu.

— Edward, vous paraissez très en forme.

Elle le regarda dans les yeux, le serra dans ses bras et s'affala sur la banquette à côté de lui.

— Eh bien ! ma chère enfant, vous aussi, vous semblez en forme.

Elle l'embrassa sur la joue doucement puis lui caressa tendrement la main, en souriant.

— Vous aussi.

— Comment cela s'est-il passé avec Simpson ?

— Agréable et concluant. On a évoqué les quelques idées que j'avais à propos d'un livre. Il m'a donné de bons conseils mais ne... ici...

Ils savaient tous les deux qu'il y avait beaucoup trop de bruit pour que quiconque puisse suivre leur conversation, mais ils parlaient rarement de sa carrière en public. « La discrétion est une des plus grandes composantes de la sagesse », disait souvent Edward.

— D'accord. Champagne ?

— Ai-je déjà dit non ?

Il fit signe au serveur et le rituel du Louis Roederer commença.

— Que c'est bon !

Elle lui sourit à nouveau et lança un regard circulaire dans la salle.

Edward se mit à rire.

— Je sais ce que vous êtes en train de faire, Kezia, vous êtes « impossible ».

Elle notait mentalement ce qu'elle voyait pour sa « rubrique ». Il leva son verre vers elle et sourit.

— Bienvenue à New York, mademoiselle !

Ils trinquèrent et sirotèrent lentement le champagne. Il était exactement comme ils l'aimaient : d'une bonne année et très froid.

— Comment va Whit, au fait ? Vous le voyez à dîner, ce soir ?

— Il va bien. Et ce soir, je vais me coucher pour me remettre du voyage.

— Je ne vous crois pas, mais du moins, j'accepte la réponse.

— Quel homme sage vous faites, Edward ! C'est probablement la raison pour laquelle je vous aime.

Il la regarda pendant un moment puis lui prit la main.

— Kezia, soyez prudente, s'il vous plaît.

— Oui, Edward, je sais. Je le suis.

Le déjeuner fut agréable, comme tous les déjeuners pris ensemble. Elle s'enquit de tous ses clients les plus importants, se rappelait leurs noms, voulut savoir ce qu'il avait fait du divan de son appartement, qui avait tellement besoin d'être refait. Ils saluèrent tous les gens qu'ils connaissaient et furent rejoints pendant un court moment par deux des associés d'Edward. Elle lui raconta un peu son voyage en gardant un œil sur les allées et venues et la façon dont étaient accouplés les habitués. Elle le quitta devant le restaurant à 3 heures. Le photographe « surprise » de *Women's Wear* prit consciencieusement sa photo et Edward arrêta un taxi pour Kezia avant de retourner à pied à son bureau. Il se sentait toujours mieux quand il la savait de retour en ville. Il pourrait être là si elle avait besoin de lui et il se sentait plus près de sa vie. Il ne savait pas vraiment mais il devinait qu'il y avait autre chose dans sa vie en dehors de *Raffles* et des réceptions données par les Marsh, beaucoup d'autres choses que Whit. Mais elle n'en avait pas parlé à Edward et il ne le lui avait pas demandé. Il ne voulait pas vraiment savoir, dans la mesure où elle allait bien — et était « prudente », comme il disait. Et elle ressemblait trop à son père pour se contenter d'un homme tel que Whit. Edward ne le savait que trop. Il avait fallu plus de deux ans pour en terminer discrètement avec la succession de son père et régler les arrangements prévus pour les deux femmes dont personne ne soupçonnait l'existence.

Le taxi emmena Kezia chez elle et la déposa à sa porte dans un concert de coups de frein et de bruit de détritus éparpillés le long du trottoir. Kezia monta à l'appartement et pendit soigneusement sa robe blanche Dior dans le placard. Une demi-heure plus tard, elle était en jean, ses cheveux étaient dénoués, et le répondeur automatique avait pour instruction de prendre les appels. Elle se « reposait » et ne voulait pas être dérangée avant le lendemain midi. Quelques minutes plus tard, elle était partie.

Elle s'éloigna de chez elle et se glissa tranquillement dans le métro à l'angle de la 77e Rue et de Lexington Avenue.

Pas de maquillage, pas de sac à main, seulement une bourse dans la poche et un sourire dans les yeux.

Le métro était un concentré de New York ; chaque son, chaque odeur y était amplifié, chaque personnage poussé à l'extrême : de drôles de vieilles dames aux visages maquillés comme des masques, des homosexuels dans des pantalons si serrés qu'on aurait presque pu voir le poil de leurs jambes, de belles filles portant des cartons à dessins sous le bras et allant à leurs séances de travail, des hommes qui sentaient la sueur et le cigare et que personne ne voulait approcher, de temps en temps un passager pour Wall Street, en costume rayé, les cheveux courts, les lunettes cerclées d'écaille. C'était une symphonie de visions, d'odeurs et de sons, avec en fond sonore le déchirement perçant des trains, le crissement des freins et le martèlement des roues. Kezia était debout et retenait son souffle, les yeux fermés dans la brise chaude et la poussière soulevée par le train qui arrivait. Elle sauta vivement à l'intérieur et fit un pas de côté quand les portes se refermèrent.

Elle trouva un siège près d'une vieille femme portant un sac à provisions. Un jeune couple s'assit à ses côtés à l'arrêt suivant et échangea furtivement un *joint* ; l'agent de surveillance qui traversait le wagon, les yeux fixés devant lui, n'en vit rien. Kezia se surprit à sourire, en se demandant si l'odeur ferait planer la vieille dame de l'autre côté. Puis le train freina pour s'arrêter à Canal Street ; c'était là qu'elle devait descendre. Elle dévala les marches d'un pas dansant, en regardant autour d'elle.

Elle était chez elle de nouveau. Un autre chez elle.

Entrepôts et vieilles habitations, bouches d'incendie et, quelques rues plus loin, galeries d'art, cafétérias, mansardes peuplées d'artistes, d'écrivains, de sculpteurs, de poètes, barbes et foulards. Un endroit où l'on révérait encore Camus et Sartre, où De Kooning (1) et Pollock (2) étaient des idoles. Elle avança d'un pas rapide, le cœur un peu serré. Ça ne devrait pas tant compter... pas à son âge... pas de la façon dont se déroulaient les choses entre eux... ça ne devrait pas être aussi agréable d'être de retour... Ce serait peut-être tout à fait différent maintenant... Mais c'était vraiment bon d'être là et elle voulait que rien n'ait changé.

— Salut, fillette ! Où étais-tu passée ?

Un Noir grand et souple, « moulé » dans un jean blanc, l'accueillit avec ravissement et surprise.

— George !

Il la souleva dans ses bras et la fit tournoyer. Il faisait partie du corps de ballet du Metropolitan Opera.

— Oh ! C'est chouette de te voir !

Il la reposa, haletante et souriante, sur le trottoir, à côté de lui, et entoura ses épaules de son bras.

— Tu es restée longtemps absente, jeune fille.

Ses yeux dansaient et son sourire laissait voir une longue rangée d'ivoire dans un visage d'ébène couvert de barbe.

— Ça m'a semblé long aussi. Je craignais presque que le quartier n'ait disparu.

— Jamais ! Soho, c'est sacré !

Ils éclatèrent de rire et il accorda son pas au sien.

— Où vas-tu ?

— Que penserais-tu du *Partridge* (3) pour prendre un café ?

Elle avait peur soudain de voir Mark. Peur que tout

(1) De Kooning : peintre américain.
(2) Pollock : peintre américain.
(3) *The Partridge* : La Perdrix.

soit différent. George devait le savoir, mais elle ne voulait pas le lui demander.

— Disons du vin et je suis à toi pour une heure ! On a une répétition à 6 heures.

Ils partagèrent une carafe de vin au *Partridge*. George en but la plus grande partie pendant qu'elle jouait avec son verre.

— Tu veux savoir quelque chose, mignonne ?

— Quoi, George ?

— Tu me fais rire.

— Allons bon. Et pourquoi ?

— Parce que je sais pourquoi tu es nerveuse et tu as tellement la frousse que tu ne me poses même pas de questions. Alors tu vas me le demander, ou est-ce que je me dévoue pour te fournir tout de suite la réponse ?

Il se moquait d'elle.

— Y a-t-il quelque chose que je ne devrais pas savoir ?

— Merde, Kezia. Pourquoi ne montes-tu pas directement dans son atelier pour en juger par toi-même ? Ce serait préférable.

Il se leva, mit une main dans sa poche et en sortit trois dollars.

— C'est moi qui paie. Toi, tu vas chez toi.

Chez elle ? Chez Mark ? Oui, d'une certaine façon... elle le savait.

Il la chassa en éclatant de rire et elle se retrouva dans l'entrée familière de l'autre côté de la rue. Elle n'avait même pas levé les yeux vers la fenêtre ; au contraire, elle avait dévisagé nerveusement des visages inconnus.

Son cœur battait pendant qu'elle montait les cinq étages. Lorsqu'elle arriva sur le palier, elle était hors d'haleine et sa tête tournait ; elle leva la main pour frapper à la porte. Celle-ci s'ouvrit presque avant que son doigt ne heurte le panneau et elle fut soudain entourée par les bras d'un géant désespérément mince, aux cheveux frisés. Il l'embrassa, la souleva de terre et l'emporta à l'intérieur à grand renfort de cris et de sourires...

— Oh ! les gars ! C'est Kezia. Comment vas-tu, mon chou ?

— Je suis heureuse.

Il la posa à terre et elle regarda autour d'elle, les mêmes visages, la même mansarde, le même Mark. Rien n'avait changé. C'était un retour victorieux.

— Ciel, ça fait comme si j'étais partie depuis un an !

Elle rit de nouveau et quelqu'un lui tendit un verre de vin rouge.

— Et tu me dis ça à moi ! Maintenant, mesdames et messieurs...

Le grand jeune homme fit une révérence vers ses amis et leur désigna la porte du doigt.

— Ma dulcinée est de retour. En d'autres termes, vous, les gars, vous vous taillez !

Ils se mirent à rire de bonne grâce et murmurèrent des saluts et des au revoir en partant. La porte était à peine fermée que Mark l'attirait de nouveau dans ses bras.

— Oh, trésor, je suis heureux que tu sois de retour.

— Moi aussi, je suis heureuse.

Il lui passa lentement son chemisier par-dessus la tête et elle se tint très droite et immobile. Ses cheveux tombaient sur une épaule, une lumière chaude dansait dans ses sompteux yeux bleus ; elle était le reflet vivant du dessin de nu accroché au mur derrière elle. Il l'avait réalisé l'hiver précédent, peu après leur première rencontre. Elle tendit les bras vers lui lentement et il venait dans ses bras en souriant, quand on frappa à la porte.

— Allez-vous-en !

— Non !

C'était George.

— Merde, enfant de putain, qu'est-ce que tu veux ?

Il ouvrit la porte alors que Kezia filait comme une flèche dans la chambre, torse nu. George se présenta, souriant, dans l'encadrement de la porte, une demi-bouteille de champagne à la main.

— C'est pour ta nuit de noces, Marcus.

— George, tu es un pote.

George redescendit les marches d'un pas sautillant, en adressant un salut du bras, et Mark ferma la porte en éclatant de rire.

— Hé, Kezia, est-ce que tu supporterais un verre de champagne ?

Elle revint vers la pièce, souriante et nue, les cheveux pendant dans le dos ; le souvenir du champagne bu à *la Grenouille* dans sa robe Dior la faisait rire intérieurement. La comparaison était absurde. Elle s'arrêta dans l'encadrement, la tête penchée d'un côté, et le regarda déboucher le champagne. Soudain, c'était comme si elle l'aimait, et ça aussi, c'était absurde. Ils savaient tous les deux qu'il n'en était rien. Ce qu'ils éprouvaient n'avait rien à voir avec l'amour. Pour tous les deux, c'était une chose entendue...

Mais ça aurait été bon de ne pas comprendre, juste pendant un moment, de perdre la raison, ça aurait été formidable de l'aimer, d'aimer quelqu'un — n'importe qui —, et pourquoi pas Mark ?

— Tu m'as manqué, Kezia.

— Toi aussi, chéri. Toi aussi. Je me demandais aussi si tu n'avais pas trouvé quelqu'un d'autre.

Elle sourit et but une gorgée du vin pétillant et trop sucré.

— J'en étais malade de monter. Je me suis même arrêtée, pour prendre un verre de vin avec George au *Partridge*.

— Petite idiote, tu aurais pu venir ici d'abord.

— J'avais peur.

Elle marcha vers lui et traça une ligne du doigt sur sa poitrine. Il la regardait.

— Tu veux que je te dise quelque chose d'étrange, Kezia ?

— Quoi ?

Ses yeux se remplirent de rêve.

— J'ai la syphilis.

— Quoi ?

Elle le fixa, les yeux horrifiés. Il eut un petit rire.

— Je me demandais seulement ce que tu dirais. C'est une blague en fait !

Il paraissait content de sa plaisanterie.

— Mon Dieu !

Elle revint se nicher dans ses bras, en faisant une grimace et en secouant la tête.

— Je ne suis pas sûre d'apprécier ton sens de l'humour, trésor adoré.

Mais c'était le même Mark. Il la suivit dans la chambre et sa voix sembla altérée quand il parla derrière elle.

— J'ai vu la photo d'une fille dans le journal l'autre jour. Elle te ressemblait un peu, en plus vieux, et très bon genre.

Il y avait une question, dans sa voix, question à laquelle elle n'avait pas l'intention de répondre.

— Et alors ?

— Son dernier nom était français, ce n'était pas « Miller », mais son premier nom était effacé. Je ne pouvais pas le lire. C'est quelqu'un que tu connais ? Elle semblait être du genre « chic ».

— Non, je ne connais personne de ce style. Pourquoi ?

Maintenant, les mensonges commençaient, même avec Mark. Pas seulement des péchés par omission mais des péchés par intention. Bon Dieu !

— Je ne sais pas. Simple curiosité. Elle était attirante, avec son air malheureux et sauvage.

— Et tu en es tombé amoureux. Tu as alors décidé de la retrouver et de la sauver, pour connaître ensuite un bonheur à deux et éternel.

Sa voix était légère mais pas aussi légère qu'elle l'aurait souhaité. La réponse se perdit dans le baiser qu'il lui donna en l'attirant doucement sur le lit. Il y avait au moins une heure de vérité au milieu d'une vie de mensonge. Les corps sont généralement honnêtes.

3

— Vous êtes prête ?
— Oui.

Whit lui sourit de l'autre côté de la table où se trouvaient les restes de café et de mousse au chocolat. Ils avaient deux heures de retard pour la réception des Marsh au *Saint-Régis* mais personne ne le remarquerait. Les Marsh avaient invité plus de cinq cents personnes.

Kezia était resplendissante dans une robe de satin bleu-gris à col montant mais qui laissait son dos nu, montrant ainsi son beau bronzage estival. Des petits diamants étincelaient à ses oreilles et ses cheveux étaient bien tirés en un chignon haut sur la tête. L'impeccable tenue de soirée de Whit accentuait sa beauté classique. Ils formaient un très beau couple. Simple constatation pour eux, maintenant.

A l'entrée de l'appartement au *Saint-Régis*, la foule était dense : hommes élégamment vêtus de queues-de-pie dont les noms apparaissaient régulièrement dans *Fortune* ; femmes couvertes de diamants et habillées par Balenciaga, Givenchy et Dior, dont les visages et les salons apparaissaient constamment dans *Vogue* ; noblesse européenne, héritiers américains, amis de Palm Beach, Grosse Pointe, Scottsdale, Beverley Hills. Les Marsh s'étaient surpassés. Des serveurs circulaient au milieu de la foule de plus en plus dense et offraient du champagne Moët et Chandon et des petits canapés de caviar et de pâté.

Du crabe froid se trouvait au buffet, au fond de la pièce et, plus tard, arriverait la « pièce de résistance » : un énorme gâteau de mariage, copie conforme de l'original servi un quart de siècle auparavant. On remettrait à chaque invité une petite boîte contenant une part de ce gâteau de rêve, soigneusement enveloppée, avec en inscription le nom du couple et la date. « Un peu démodé », noterait Martin Hallam dans sa « rubrique » du lendemain. Whit prit un verre de champagne sur un plateau qui passait et le tendit à Kezia en la prenant doucement par le bras.

— Voulez-vous danser ou préférez-vous marcher un peu pendant un moment ?

— Marcher un peu, si c'est dans le domaine du possible.

Elle lui sourit et lui pressa le bras.

Un photographe, engagé par les hôtes, prit une photo alors qu'ils se regardaient affectueusement et Whit passa son bras autour de la taille de Kezia. Elle était bien avec lui. Après une nuit avec Mark, elle se sentait douce et aimable, même avec Whit. C'était étrange de penser qu'à l'aube du même jour, elle s'était promenée dans Soho avec Mark, puis l'avait quitté à regret à 3 heures de l'après-midi pour téléphoner à son agent le contenu de la « rubrique », mettre en ordre son bureau et se reposer avant d'attaquer la soirée. Edward lui avait téléphoné pour savoir comment elle allait et ils avaient bien ri pendant quelques instants à l'évocation de la façon dont était conté leur déjeuner dans la « rubrique » du matin.

— Grands dieux, comment pouvez-vous dire que je suis « plein d'allant », Kezia ? J'ai plus de soixante ans.

— Vous n'avez que soixante et un ans et vous *êtes* plein d'allant, Edward, regardez-vous.

— J'essaie à tout prix de n'en rien faire.

— Vous êtes stupide.

Puis ils avaient changé de sujet, évitant soigneusement tous les deux de mentionner ce qu'elle avait fait la nuit précédente...

— Encore du champagne, Kezia ?

— Quoi ?

Elle avait bu le premier verre sans même y prendre garde. Elle avait la tête ailleurs : Edward ; le nouvel article qu'on lui avait commandé, un article sur les femmes importantes candidates aux élections nationales à venir. Elle avait complètement oublié Whit et la réception des Marsh.

— Ciel ! ai-je déjà fini mon verre ?

Elle sourit de nouveau à Whit et celui-ci la regarda d'un œil critique.

— Vous êtes encore fatiguée du voyage ?

— Non, je suis seulement un peu songeuse, je me laisse emporter au fil de mes rêves.

— C'est un exploit dans un tel vacarme.

Elle échangea son verre vide contre un plein et ils trouvèrent un coin retiré d'où ils pouvaient observer la piste de danse. Ses yeux se posèrent sur tous les couples et elle prit note mentalement et rapidement de qui était avec qui et de qui portait quoi : divas, banquiers, beautés célèbres, play-boys en vogue, profusion de rubis, de saphirs, de diamants, d'émeraudes.

— Vous êtes plus belle que jamais, Kezia.

— Vous me flattez, Whit.

— Non, je vous aime.

C'était stupide de sa part de dire ces mots. Ils savaient tous les deux qu'il n'en était rien. Mais elle inclina la tête gravement, avec un faible sourire. Peut-être l'aimait-il vraiment, d'une certaine façon. Peut-être l'aimait-elle, comme un frère bien-aimé ou un ami d'enfance. C'était un homme adorable : il n'était pas vraiment difficile de l'aimer. Mais l'aimer d'amour, c'était différent !

— Il semble que l'été vous ait fait du bien.

— L'Europe me fait toujours du bien. Oh, non !

— Qu'est-ce qu'il y a ?

Il suivit la direction du regard consterné de Kezia, mais il était trop tard. Le baron von Schnellingen fondait sur eux ; des gouttes de transpiration perlaient à ses tempes et l'extase se lut dans ses yeux quand il découvrit le couple.

— Oh ! juste ciel, dites-lui que vous n'êtes pas bien et que vous ne pouvez pas danser, murmura Whit.

Kezia éclata de rire, ce que le rondouillard petit baron allemand interpréta à tort comme du ravissement.

— Je suis tellement heureux de vous voir, moi aussi, ma chère. Bonsoir, Vitney ; Kee-zee-ah, vous êtes délicieuse ce soir.

— Merci, Manfred, vous aussi vous paraissez en forme.

« Et puis vous avez chaud, vous transpirez et vous êtes obèse et dégoûtant et aussi lubrique que d'habitude », pensa-t-elle.

— C'est une valse. C'est juste ce qu'il nous faut. *Ja ? Nein.* Mais quelle excuse invoquer ? Elle ne pouvait refuser. Il lui rappelait à chaque rencontre à quel point il avait été attaché à son cher père disparu. C'était plus simple de lui concéder une valse, « en souvenir de son père ». Au moins, il était bon danseur. Pour la valse, en tout cas. Elle inclina la tête doucement et tendit une main afin qu'il la conduise jusqu'à la piste. Le baron tapota cette main avec extase et l'emmena ; juste à ce moment-là, Whit murmura à l'oreille de Kezia :

— Je viendrai à votre secours aussitôt après la valse.

— Entendu, chéri.

Elle avait prononcé ces mots à travers ses dents, tout en continuant à sourire d'une façon bien rodée.

Comment pourrait-elle expliquer tout ça à Mark ? Elle commença à rire en elle-même à la pensée de raconter son aventure avec Mark et ses incursions secrètes dans Soho aux invités présents dans cet appartement cette nuit-là. Le baron, lui, comprendrait certainement. Il s'aventurait probablement dans des coins beaucoup plus inhabituels que Soho, mais il ne se doutait pas que Kezia elle aussi le faisait. Personne ne soupçonnait cela de sa part, de la part d'une femme, et qui plus est de Kezia Saint-Martin... et c'était différent de toute façon. Comme les autres hommes qu'elle connaissait, le baron menait ses aventures différemment et pour différentes raisons... ou était-ce différent ? N'était-elle pas simplement une pauvre petite fille riche s'échappant pour faire l'amour et pour jouer avec ses amis bohèmes ? L'un d'entre eux existait-il vraiment pour elle ? Elle se le demandait quelquefois. L'appartement existait vraiment. Whit existait vraiment. Le baron existait vraiment. Tout ici était si réel que c'en était désespérant parfois. Une cage dorée d'où l'on ne peut s'échapper. On ne peut échapper à son nom, à son visage, à ses ancêtres, à son père ou à sa mère, même si ceux-ci sont morts depuis longtemps.

On n'échappe jamais à une ineptie telle que « Noblesse oblige ». Le peut-on ? Peut-on descendre dans le métro avec un ticket, un sourire, et ne jamais revenir ? La mystérieuse disparition de l'honorable Kezia Saint-Martin. Non, si on part, on part élégamment et ouvertement. Avec du style. Pas question de s'échapper en métro sans rien dire. Si vraiment elle voulait Soho, il fallait qu'elle le dise, même dans son propre intérêt. Elle le savait. Mais était-ce cela qu'elle voulait ? A quel point Soho était-il mieux que tout ceci ? C'était remplacer le soufflé Grand-Marnier par des *zabaglione*. Mais aucun d'eux n'est nourrissant. Ce dont elle avait besoin, c'était du bon et vrai steak. Compter sur le monde de Mark pour survivre, c'était se cacher avec une réserve de galettes Oreo (1) pour six mois et rien

(1) Galettes au chocolat.

d'autre. Un de ces mondes contrebalançait l'autre tout simplement, un homme complétait l'autre, et le pis, c'était qu'elle en avait conscience. Rien n'était complet.

— Le suis-je ?

Elle ne s'était pas rendu compte qu'elle avait parlé tout haut.

— Etes-vous quoi ? roucoula le baron à son oreille.

— Oh ! pardon. Vous ai-je marché sur le pied ?

— Non, ma beauté. Vous avez seulement piétiné mon cœur. Et vous dansez divinement.

C'était à vomir. Elle sourit agréablement et tournoya dans ses bras.

— Merci, Manfred.

Ils évoluèrent gracieusement encore une fois et, enfin, les yeux de Kezia rencontrèrent ceux de Whit, alors que la valse arrivait à sa fin tant attendue. Elle s'écarta légèrement du baron et le remercia de nouveau.

— Mais peut-être vont-ils en jouer une autre ?

Sa déception avait quelque chose de presque enfantin.

— Vous avez valsé merveilleusement, monsieur.

Whitney était à côté d'eux et s'inclinait légèrement vers le baron en sueur.

— Vous avez beaucoup de chance, Whitney.

Kezia et Whit échangèrent un regard épanoui et Kezia accorda un dernier sourire au baron avant de s'éloigner.

— Encore en vie ?

— Tout à fait. J'ai vraiment été très paresseuse, je n'ai parlé à personne, ce soir.

Elle avait beaucoup de travail à faire et la soirée n'était qu'à son début.

— Vous voulez bavarder avec les vieux amis, maintenant ?

— Pourquoi pas ? Je ne les ai pas revus depuis mon retour.

— Alors, en avant, chère amie. Jetons-nous dans la fosse aux lions et voyons qui est là.

Tout le monde était là, comme Kezia s'en était rendu compte en entrant. Après avoir fait le tour d'une douzaine de tables et de six ou sept petits groupes debout près de la piste de danse, elle repéra avec soulagement deux de ses amies. Whitney la laissa avec elles et partit fumer un cigare en compagnie d'un associé à lui, plus âgé. Une petite conversation agréable en fumant un bon Monte-Cristo ne faisait jamais de mal. Il fit un signe de la main à Kezia et disparut dans un groupe blanc et noir d'où s'échappait la fumée âcre du plus fin des havanes.

— Salut, vous deux.

Kezia rejoignit deux grandes jeunes femmes minces qui semblaient surprises de la voir arriver.

— Je ne savais pas que tu étais revenue.

Leurs joues se touchèrent presque lorsqu'elles échangèrent des baisers et elles se regardèrent toutes les trois avec plaisir. Tiffany Benjamin était plus qu'un peu ivre, mais Marina Walters semblait resplendissante et animée. Tiffany était mariée avec William Patterson Benjamin IV, l'homme numéro 2 dans la plus grosse maison de courtage de Wall Street. Quant à Marina, elle était divorcée, et ravie de l'être, du moins le disait-elle. Kezia savait qu'en fait il n'en était rien.

— Quand es-tu revenue d'Europe ?

Marina lui souriait et fit l'éloge de sa robe.

— Diable, ça c'est une belle robe ! Saint-Laurent !

Kezia acquiesça.

— Je m'en doutais.

— La vôtre aussi, madame *Hawkeye* (1).

Marina fit signe que oui, d'un air satisfait, mais Kezia savait que c'était une copie.

— Mon Dieu, je suis revenue il y a deux jours, mais

_____

(1) *Hawkeye* : Œil de faucon.

je commence à me demander si je suis jamais partie !

Kezia parlait tout en laissant errer son regard dans la salle.

— Je connais cette impression. Je suis revenue la semaine dernière, juste à temps pour la rentrée des enfants à l'école. Après le dentiste, les chaussures, les uniformes pour l'école et trois anniversaires, j'avais déjà oublié les vacances. Je suis prête pour un autre été. Où as-tu été cette année, Kezia ?

— Dans le midi de la France et quelques jours, à la fin, chez Hilary à Marbella. Et toi, Marina ?

— Chez les Hampton tout l'été. Ennuyeux à mourir. Cet été ne me laissera pas un souvenir impérissable.

Kezia haussa un sourcil interrogateur.

— Et pourquoi ?

— Manque d'hommes, quelque chose de ce genre.

Elle allait sur ses trente-six ans et elle envisageait de faire quelque chose au sujet des poches qu'elle avait sous les yeux. L'été d'avant, elle s'était fait raffermir les seins à Zurich par « le plus merveilleux des docteurs ». Kezia y avait fait allusion dans sa « rubrique » et Marina en avait été verte de rage.

Tiffany avait passé l'été en Grèce et aussi quelques jours à Rome avec de lointains cousins. Bill avait dû rentrer tôt. « Bullock et Benjamin » semblait avoir besoin constamment de la présence de son directeur. Mais celui-ci s'en trouvait bien, il mangeait avec, dormait avec et l'aimait. Le Dow Jones [1] battait quelque part dans son cœur, et sa tension artérielle montait et descendait suivant le marché. C'était ce que disait Martin Hallam dans sa « rubrique ». Mais Tiffany le comprenait : son père avait été pareil. Il avait été président du Stock Exchange quand il prit enfin sa retraite pour un

(1) *Dow Jones* : Indice des variations des prix des valeurs cotées en Bourse.

mois de golf avant la crise cardiaque qui lui fut fatale. Quelle vie !... Un pied au Stock Exchange et un autre sur le terrain de golf. La vie de la mère de Tiffany fut moins dramatique. Elle buvait, comme Tiffany. Mais moins qu'elle.

Tiffany était fière de Bill. C'était un homme important, même plus important que ne l'avait été son père ou son frère. Et pourtant son frère travaillait aussi dur que Bill. Gloria le disait. Son frère était un homme de loi attaché à l'une des plus vieilles firmes de Wall Street : « Wheeler, Spaulding et Forbes ». Mais la maison de courtage de « Bullock et Benjamin » était la plus importante. De ce fait même, Tiffany était quelqu'un. Mme William Patterson Benjamin IV. Et cela lui était égal d'aller en vacances seule. Elle emmenait les enfants à Gstaad à Noël, à Palm Beach en février, et à Acapulco pour les vacances de printemps. L'été, ils allaient un mois au Vineyard (1) chez la mère de Bill, puis ils voyageaient en Europe : Monte-Carlo, Paris, Cannes, Saint-Tropez, Cap d'Antibes, Marbella, Skorpios, Athènes, Rome. C'était divin. Tout était divin. Tellement divin qu'elle se noyait dans l'alcool.

— N'est-ce pas la plus divine des réceptions ?

Tiffany titubait légèrement en regardant ses amies. Marina et Kezia échangèrent un bref regard et Kezia fit signe de la tête. Tiffany et elle avaient été à l'école ensemble. Tiffany était une fille très sympathique quand elle n'avait pas bu, mais de cela, Kezia ne parlerait pas dans sa « rubrique ». Tout le monde savait qu'elle buvait et cela faisait mal de la voir dans cet état. Ce n'était pas là quelque chose d'aussi amusant à lire le matin, au petit déjeuner, que le redressement des seins de Marina. C'était différent, pénible. Un suicide au champagne.

— Tu as des projets, Kezia ?

(1) *Vineyard* : vignoble.

46

Marina alluma une cigarette et Tiffany se replongea dans son verre.

— Je ne sais pas. Peut-être vais-je donner une soirée. « Quand j'aurai écrit l'article sur cette réception... »

— Ciel, tu as du courage ! Moi ce genre de chose m'effraie. Meg y pense depuis huit mois. Fais-tu encore partie du *Arthritis Committee* (1), cette année ?

Kezia fit signe que oui.

— On m'a demandé de m'occuper du bal des enfants infirmes également.

Tiffany sembla se réveiller à ces mots.

— Des enfants infirmes ! C'est épouvantable !

Au moins, elle n'avait pas dit que c'était divin.

— Qu'est-ce qui est épouvantable ? C'est un bal comme les autres.

Marina avait le sens de la repartie.

— Mais des enfants infirmes ? Vraiment, qui peut supporter de les regarder ?

Marina la fixait, agacée.

— Tiffany chérie, as-tu quelquefois vu un arthritique au bal des arthritiques ?

— Non... Je ne pense pas...

— Eh bien ! au bal des enfants infirmes non plus, tu ne verras aucun enfant.

Marina savait mettre les choses noir sur blanc et Tiffany sembla rassurée, tandis que Kezia sentait comme un malaise au niveau de l'estomac.

— Je suppose que tu as raison, Marina. Vas-tu t'occuper du bal, Kezia ?

— Je ne sais pas encore. Je n'ai pas décidé. Franchement, je commence à en avoir assez des œuvres de bienfaisance. Je m'en occupe depuis très longtemps.

— Nous en sommes toutes là, remarqua Marina tristement en tapotant ses cendres sur le plateau du serveur.

(1) Comité de lutte contre l'arthrite.

— Tu devrais te marier, Kezia. C'est divin.

Tiffany souriait de ravissement en prenant un nouveau verre de champagne au passage d'un plateau. C'était le troisième depuis que Kezia les avait rejointes. Les premières mesures d'une valse se firent entendre au fond de la salle.

— Et ça, mes amies, c'est la danse qui me porte malheur.

Kezia regardait autour d'elle en grommelant intérieurement. Que faisait donc Whit ?

— Malheur ? Comment ça ?

— Comme ça !

Kezia désigna de la tête la direction d'où venait le baron. Il avait demandé cette danse et cherchait la jeune femme depuis une demi-heure.

— Veinarde !

Marina fit une grimace malicieuse et Tiffany fit de son mieux pour l'imiter.

— C'est pour ça, Tiffany chérie, que je ne me marie pas.

— Kezia ! Notre valse !

Il était inutile de protester. Elle salua gracieusement ses amies et partit au bras du baron.

— Elle l'aime ?

Tiffany semblait abasourdie. Il était vraiment très laid. Elle le savait, même quand elle avait bu.

— Non, idiote ! Mais avec de tels pots de colle à ses basques, elle n'a pas le temps de trouver un type correct.

Marina connaissait bien le problème. Elle était à la recherche d'un second mari depuis presque deux ans et si quelqu'un d'à peu près correct ne se présentait pas dans un proche avenir, sa situation s'en irait en eau de boudin, ses seins retomberaient et elle aurait des gaufres à la place des fesses. Elle se donnait encore une année pour trouver, avant que le toit de la maison ne s'effondre.

— Je ne sais pas, Marina. Peut-être l'aime-t-elle vraiment. Kezia est un peu étrange, tu sais. Quelquefois, je me demande si tout cet argent, qu'elle a eu si jeune, ne l'a pas affectée. Après tout, cela affecterait presque tout le monde. On ne peut pas mener une vie normale quand on est une des plus riches...

— Oh, bon Dieu, Tiffany, tais-toi. Pourquoi ne rentres-tu pas chez toi et n'arrêtes-tu pas de boire, pour changer ?

— C'est affreux de dire ça !

Tiffany en avait les larmes aux yeux.

— Non, Tiffany. C'est affreux de voir ça !

Sur ces mots, Marina tourna les talons et disparut dans la direction d'Halpern Medley. Elle avait entendu dire que lui et Lucille venaient de rompre. C'était le meilleur moment pour avoir ces deux-là sous la main. Effrayés, blessés, malades à mourir à l'idée d'affronter la vie en célibataires, solitaires la nuit, souffrant de l'absence de leurs enfants. Marina avait trois enfants et serait plus que ravie d'occuper Halpern. Il ferait une excellente prise. Sur la piste de danse, Kezia tournait lentement dans les bras du baron. Whitney était occupé par une conversation très passionnante avec un jeune courtier aux mains longues et élégantes. Au mur, l'horloge sonna 3 heures.

Tiffany alla s'asseoir en titubant sur une banquette en velours rouge, au fond de la salle. Où était Bill ? Il avait parlé d'appeler Francfort. Francfort ? Pourquoi Francfort ? Elle n'arrivait pas à s'en souvenir. Mais il était parti dans le vestibule... il y avait des heures de cela... et le monde commençait à tournoyer autour d'elle. Bill ? Elle ne parvenait pas à se souvenir s'il l'avait amenée ce soir ou s'il était sorti en ville, quant à elle, elle serait venue avec Mark et Gloria ? Avait-elle... bon sang, pourquoi ne pouvait-elle pas s'en souvenir ? Voyons, elle avait dîné à la maison avec Bill et les enfants... Seule avec les enfants ?... Est-ce que les enfants étaient encore au Vineyard avec mère Benjamin ?... était...

Son estomac commença à tourner lentement avec la pièce et elle sut qu'elle allait être malade.

— Tiffany ?

C'était son frère, avec son visage des mauvais jours, et Gloria était derrière lui. Un mur de reproches entre elle et la salle de bains ; mais où pouvait bien se trouver cette fichue salle de bains dans ce bon Dieu d'hôtel ? ou bien était-elle chez quelqu'un ? Merde, alors. Elle n'arrivait pas à se souvenir de la moindre chose.

— Mark... Je...

— Gloria, emmène Tiffany aux toilettes.

Il ne perdit pas de temps à parler à sa sœur. Il s'adressa directement à sa femme. Il connaissait trop bien les symptômes. Partout sur le siège de la Lincoln neuve, lorsqu'ils l'avaient raccompagnée chez elle la dernière fois. Au plus profond de Tiffany, quelque chose se flétrit un peu plus. Elle savait. C'était ça le problème. Quelle que soit la quantité qu'elle buvait, elle savait toujours. Elle pouvait percevoir si clairement le ton de leurs voix. Cela ne s'altérait jamais.

— Je... Je suis désolée... Mark, Bill est en ville et si tu pouvais simplement me ramener...

Elle rota bruyamment et Gloria se précipita vers elle alors que Mark reculait d'un air dégoûté.

— Tiffany ?

C'était Bill, avec son sourire vague, comme d'habitude.

— Je croyais... tu étais...

Mark et Gloria disparurent en arrière-plan et le mari de Tiffany prit son bras et l'escorta aussi vite et discrètement que possible hors des salons où le nombre des derniers invités diminuait peu à peu. On la remarquait trop dans cette foule de moins en moins dense.

— Je pensais...

Ils entraient dans le vestibule maintenant et elle avait

laissé son sac sur la banquette. Quelqu'un allait le prendre.

— Mon sac, Bill, mon...

— Tout va bien, chère amie. On va s'en occuper.

— Je... Oh, mon Dieu ! Je me sens mal. Il faut que je m'asseye.

Sa voix n'était qu'un faible murmure et elle avait oublié son sac. Il marchait trop vite, elle se sentait encore plus mal.

— Il te faut seulement de l'air.

Il la tenait fermement par le bras et souriait en passant, c'était le directeur sur le chemin de son bureau... Bonjour... salut... content de vous voir... Le sourire ne disparaissait jamais et les yeux jamais ne se réchauffaient.

— Il faut seulement que je... je... Oh !

La brise fraîche de la nuit la frappa au visage et ses idées devinrent plus claires mais son estomac remontait de façon menaçante vers sa gorge.

— Bill...

Elle se tourna vers lui pour le regarder, seulement pour quelques instants. Elle voulait lui poser une terrible question. Quelque chose la poussait à parler, à la poser. C'était affreux ! Oh, elle priait le ciel de n'en rien faire. Quelquefois, lorsqu'elle était ivre, elle voulait demander la même chose à son frère.

Elle avait même une fois posé la question à sa mère et celle-ci l'avait giflée. Violemment. La question brûlait toujours en elle lorsqu'elle était ivre à ce point-là. Le champagne lui faisait toujours ça, et parfois le gin.

— On va te mettre dans un taxi bien confortable et tu seras bien, n'est-ce pas ?

Il lui pressait doucement le bras comme un serveur un peu trop attentionné et il fit signe au portier. Quelques instants plus tard, un taxi les attendait, la portière ouverte.

— Un taxi... Bill, tu ne... ?

Oh, ciel, la même question qui essayait de franchir ses lèvres, son estomac, son âme.

— Tout va bien, chère.

Bill s'était penché pour parler au chauffeur. Il n'écoutait pas Tiffany. Tout le monde parlait au-dessus de sa tête, autour d'elle, jamais à elle. Elle l'entendit donner leur adresse au chauffeur ; ses idées à cet instant étaient très embrouillées. Mais Bill paraissait si sûr de lui.

— A demain matin, chérie.

Il posa un baiser sur sa joue et claqua la portière ; tout ce qu'elle put voir fut le visage du portier qui lui souriait alors que le taxi démarrait. Elle chercha la poignée pour ouvrir la porte et baissa frénétiquement la glace... Et la question... la question luttait pour sortir. Elle ne pouvait pas la retenir plus longtemps. Il fallait qu'elle demande à Bill...

William... Billy. Il fallait qu'ils fassent demi-tour pour qu'elle pose sa question mais le taxi s'éloignait du trottoir et la question sortit de sa bouche en même temps qu'un long jet de vomi, alors qu'elle était penchée à la fenêtre.

— Est-ce que tu m'aimes ?...

Le chauffeur avait été payé vingt dollars pour la ramener chez elle et c'est ce qu'il fit, sans un mot. Il ne répondit jamais à la question. Bill non plus. Bill était monté à la chambre qu'il avait réservée au *Saint-Régis*. Les deux filles l'attendaient encore ; une petite Péruvienne et une grande blonde de Francfort. Le lendemain matin, Tiffany ne se souviendrait même pas d'être rentrée seule. Bill en était certain.

— Prête à partir ?
— Oui, monsieur.

Kezia étouffa un bâillement et hocha la tête vers Whit d'un air endormi.

— Quelle réception ! Savez-vous quelle heure il est ?
Elle fit signe que oui et regarda l'horloge.

— Presque 4 heures. Vous allez être fatigué demain au bureau.

Mais il avait l'habitude. Il sortait presque tous les soirs de la semaine. Il sortait ou il allait à Sutton Place.

— ... Et je ne peux pas me prélasser au lit jusqu'à midi comme vous toutes, mesdames les paresseuses.

— Pauvre, pauvre Whit. Que c'est triste !

Elle lui tapota la joue alors qu'ils passaient la porte. Puis ils se retrouvèrent dans la rue déserte. Elle ne pouvait pas se prélasser au lit, elle non plus. Il fallait qu'elle commence à travailler sur ce nouvel article et elle voulait être debout à 9 heures.

— A-t-on quelque chose du même genre de prévu sur le planning demain soir, Kezia ?

Il arrêta un taxi et tint la portière ouverte pendant qu'elle rassemblait sa jupe de satin bleu et s'installait sur le siège.

— Mon Dieu, j'espère que non. J'ai perdu l'entraînement cet été.

En fait, les soirées de cet été n'avaient pas été très différentes de celle de ce soir mais au moins, grâce au ciel, il n'y avait pas le baron.

— J'y pense, j'ai un dîner d'associés demain soir. Mais je crois que vendredi, il y a quelque chose au *El Morocco*. Serez-vous en ville ?

Ils avançaient à vive allure dans Park Avenue.

— J'en doute. Edward essaie de m'embarquer pour un week-end mortel avec quelques vieux amis à lui qui connaissaient mon père.

C'était toujours une bonne chose à dire.

— Alors, on peut se voir lundi. On dînera chez *Raffles*.

Elle sourit légèrement et s'appuya contre son épaule. Elle avait menti à Whit, après tout. Elle n'avait rien prévu avec Edward ; celui-ci avait mieux à faire que de l'entraîner pour un pareil week-end. Elle allait à Soho. Après cette nuit, elle l'avait bien gagné... et quelle importance d'avoir menti un peu à Whitney ? C'était pour une bonne cause. Sa santé mentale.

— D'accord pour *Raffles*, lundi.

De toute façon, elle aurait besoin de matériau neuf pour sa « rubrique ». D'ici là, elle pourrait obtenir certaines informations en « bavardant » au téléphone avec quelques amis. Marina était toujours une excellente source et également un excellent sujet. L'intérêt qu'elle avait porté à Halpern Medley cette nuit n'était pas passé inaperçu de Kezia et Halpern n'était pas resté indifférent aux avances de Marina. Kezia savait pourquoi il intéressait si vivement Marina et elle ne pouvait la blâmer. Ce n'était pas drôle de se retrouver fauchée et Halpern était un remède des plus attirants pour cette sorte de maladie.

— Je vous téléphonerai demain ou après-demain, Kezia. Peut-être arriverons-nous à caser un déjeuner rapide. *Lutèce « 21 »* : nous essaierons de trouver un endroit amusant.

— Bien sûr. Vous voulez monter quelques minutes prendre un cognac, du café, des œufs ou quelque chose d'autre ?

C'était la dernière chose qu'elle souhaitait mais elle se sentait débitrice. Des œufs sinon du sexe.

— Je ne peux vraiment pas, chérie. Je ne vais déjà pas voir grand-chose au bureau demain. Il faut que je dorme un peu et vous aussi.

Il la menaçait du doigt au moment où le taxi s'arrêtait devant la porte de Kezia. Il l'embrassa très doucement sur le bord de la bouche, touchant à peine ses lèvres.

— Bonne nuit, Whit. Ce fut une soirée merveilleuse, dit Kezia dans un style très hollywoodien.

— C'est toujours une soirée merveilleuse avec vous, Kezia.

Il l'accompagna jusqu'à la porte et attendit que le portier ouvre celle-ci.

— Jetez un œil sur les journaux demain. Je suis sûr qu'ils parleront beaucoup de nous. Même Martin Hallam aura sans doute quelque chose à dire sur cette robe.

Ses yeux lui souriaient avec satisfaction et il déposa un baiser sur son front pendant que le portier attendait patiemment. C'était fascinant, cette décision qu'ils avaient prise de faire semblant depuis des années. Un baiser ici et là, une étreinte, un effleurement, mais elle avait déclaré vouloir garder sa virginité, il y a longtemps, et il avait goulûment avalé l'histoire. Elle lui fit un dernier signe de la main quand il s'éloigna et elle grimpa jusqu'à son étage, tout ensommeillée. C'était bon d'être chez soi. Elle descendit la fermeture Eclair de sa robe de satin bleu en entrant dans le salon et la déposa sur le divan où elle resterait jusqu'à lundi. Jusqu'à la fin du monde, s'il ne tenait qu'à elle. Quelle folie de vivre ainsi ! Une vie de continuels Halloween (1), farces ou délices... somptueusement habillée pour le bal costumé quotidien où on espionne les amis. C'était la première « saison » où la reprise s'avérait difficile. Les autres années, ce sentiment venait après quelques mois. Cette année, la nervosité l'avait gagnée très tôt.

Elle fuma une dernière cigarette, éteignit la lumière et il lui sembla n'être endormie que depuis quelques instants quand le réveil sonna. Il était 8 heures du matin.

_____

(1) Veille de la Toussaint : soirée de réjouissances, de déguisements.

4

Kezia travailla trois heures sur le nouvel article : elle fit une esquisse, un brouillon de ce qu'elle pensait savoir sur les femmes à propos desquelles elle voulait écrire et elle rédigea des lettres pour des personnes clés pouvant lui fournir des indications à leur sujet. Ce texte serait un bon article de K.S. Miller, soigneusement documenté, et elle était contente d'elle. Elle ouvrit ensuite son courrier et l'éplucha minutieusement. L'habituel flot d'invitations, quelques lettres de « fans » envoyées par un magazine par l'entremise de son agent et une note d'Edward au sujet de diverses factures qu'il voulait étudier avec elle. Rien de tout cela ne l'intéressait et elle se sentait énervée. Elle avait un autre article en tête : un article sur la souffrance des enfants dans les foyers des classes moyennes. Cela pourrait constituer un dossier brûlant et fourni si Simpson, l'agent, réussissait à le placer. Elle se demandait si les Marsh, avec leurs réceptions pour des milliers de personnes, y avaient quelquefois pensé. La souffrance des enfants, les taudis ou la peine de mort en Californie : ces causes n'étaient pas « à la mode ». Autrement, on organiserait certainement une représentation extraordinaire, un bal « fabuleux », un « merveilleux petit vernissage », quelque chose « d'absolument formidable » sous la présidence d'un comité de beautés... pendant que Marina attendrait les soldes de chez Bendel (1) ou une liquidation avant fermeture chez Ohrbach (1), et que Tiffany trouverait la cause « divine »... Qu'est-ce qui lui arrivait, bon sang ? Quelle importance cela avait-il que Marina essaie de faire passer ses copies pour des origi-

(1) Magasins chics à New York.

naux ? Que Tiffany soit ivre tous les jours, bien avant midi ? Et puis quoi, merde ! Mais elle était énervée. Bon Dieu, oui, énervée à un point ! Peut-être qu'une bonne partie de jambes en l'air la calmerait. Elle fut à l'atelier de Mark à midi et demi.

— Eh bien, jeune dame, qu'est-ce qui t'arrive ?

— Rien. Pourquoi ?

Elle le regardait travailler à une gouache. Elle aimait ce qu'il était en train de faire. Elle aurait aimé la lui acheter mais c'était impossible et elle ne voulait pas qu'il la lui donne. Elle savait qu'il avait besoin d'argent et c'était quelque chose qu'elle avait la sagesse de ne pas partager avec lui.

— Eh bien, tu as claqué la porte. J'ai cru qu'une mouche t'avait piquée.

Il lui avait redonné des clés de l'appartement.

— Non, je suis seulement d'humeur maussade, c'est le décalage horaire ou quelque chose de ce genre.

Un sourire perça dans ses yeux furibonds et elle s'affala sur une chaise.

— Tu m'as manqué la nuit dernière. Quelquefois, j'aimerais que tu ne me laisses pas partir n'importe où.

— Est-ce le cas ?

Il paraissait surpris et elle se mit à rire en retirant ses chaussures.

— Non.

— C'est ce que je pensais.

Ça ne semblait pas l'ennuyer et Kezia commençait à se sentir mieux.

— J'aime cette gouache.

Elle regarda par-dessus son épaule alors qu'il reculait pour observer le travail de la matinée.

— Oui. Elle sera peut-être réussie.

Puis il descendit une boîte de galettes au chocolat et il

paraissait content dans son for intérieur. Soudain, il se tourna vers elle et l'entoura de ses bras.

— Et qu'est-ce que tu as fabriqué depuis hier ?

— Oh ! voyons. J'ai lu huit bouquins, j'ai couru un mile, je suis allée à un bal et je me suis portée candidate à la présidence. La routine quoi !

— Et la vérité se trouve quelque part, au milieu de toutes ces conneries, n'est-ce pas ?

Elle haussa les épaules et ils échangèrent un sourire entrecoupé de baisers. En fait, ce qu'elle faisait quand elle n'était pas avec lui lui était indifférent. Il avait sa propre vie, son travail, sa mansarde, ses amis.

— Personnellement, je pense que la vérité, c'est que tu t'es portée candidate à la présidence.

— Je ne peux vraiment pas avoir de secrets pour toi, Marcus.

— Non.

Il dit cela en déboutonnant soigneusement son chemisier.

— Aucun secret... Maintenant, voilà le secret que je cherchais.

Il découvrit tendrement un de ses seins et se pencha pour l'embrasser, alors qu'elle glissait les mains sous la chemise du jeune homme le long de son dos.

— Tu m'as manqué, Kezia.

— Pas autant que toi tu m'as manqué.

La soirée d'hier lui retraversa l'esprit en un éclair : elle revit le baron en train de danser. Elle se détacha alors de Mark et lui sourit pendant un long moment.

— Tu es le plus bel homme du monde, Mark Wooly.

— Et ton esclave.

Elle éclata de rire, car Mark n'était l'esclave de personne et ils le savaient tous les deux. Elle partit comme une flèche et courut derrière le chevalet, attrapant au passage la boîte de galettes au chocolat.

— Oh !

— D'accord, Mark, maintenant, c'est l'heure de vérité. Qu'est-ce que tu aimes le plus ? Moi ou tes galettes
au chocolat ?

— Tu es folle ou quoi ?

Il la poursuivit derrière le chevalet mais elle
s'échappa par la porte de la chambre.

— Je préfère mes galettes au chocolat. Qu'est-ce que
tu crois ?

— Ah, ah ! Eh bien ! c'est moi qui les ai.

Elle courut dans la chambre et sauta sur le lit en
dansant d'un pied sur l'autre, riant, les yeux étincelants,
les cheveux tournoyant autour de sa tête comme un vol
de corbeaux soyeux.

— Donne-moi mes galettes au chocolat, femme ! Je
ne peux pas m'en passer.

— Démon !

— Ouah !

Il la rejoignit sur le lit, les yeux flamboyants, s'empara des galettes et les lança sur la chaise couverte de
peau de mouton, puis il étreignit Kezia.

— Non seulement tu es un chocolique incurable,
Mark Wooly, mais tu es aussi un obsédé sexuel. (Elle
éclata d'un rire enfantin en se nichant dans ses bras.)
Tu sais, peut-être bien que je ne peux pas non plus me
passer de toi.

— J'en doute.

Mais il l'attira à son côté et ils firent l'amour au
milieu des rires et de sa longue chevelure noire.

— Que veux-tu pour dîner ?

Elle bâilla et se pelotonna encore plus près de lui
dans le lit confortable.

— Toi.

— C'était pour le déjeuner.

— Et alors ? Y a-t-il une loi qui interdise d'avoir
pour dîner ce qu'on a eu pour déjeuner ?

Il lui ébouriffa les cheveux et sa bouche chercha ses lèvres.

— Allons, Mark, sois sérieux. Que veux-tu d'autre ? A part des galettes au chocolat ?

— Oh... steak... homard... caviar... comme d'habitude.

Il ne savait pas à quel point c'était là l'ordinaire de Kezia.

— Et puis merde, je ne sais pas. Des pâtes, je suppose. *Fettucine*, peut-être. *Al pesto ?* Peux-tu avoir du basilic ? du frais ?

— Tu as quatre mois de retard. Ce n'est plus la saison. Que dirais-tu d'une sauce à la palourde ?

— Parfait.

— Bon, je reviens tout de suite.

Elle fit courir sa langue le long du bas du dos de Mark, s'étira de nouveau puis sauta hors du lit, hors de portée de la main qu'il venait de tendre dans sa direction.

— Pas question, Marcus. Plus tard. Sinon nous n'aurons rien pour le dîner.

— Eh bien ! j'en ai rien à foutre, du dîner.

La lumière dans ses yeux recommençait à luire.

— Alors, va te faire foutre, toi-même.

— C'est justement ce à quoi je pensais. Maintenant, tu vois le tableau.

Il faisait de grosses grimaces, allongé sur le dos, en la regardant s'habiller.

— Tu n'es vraiment pas drôle, Kezia, mais tu es jolie à regarder.

— Toi aussi.

Le long corps de Mark était étendu paresseusement sur les draps. Elle se rendit compte en le regardant qu'il n'y avait rien d'aussi beau que la beauté audacieuse d'un très jeune homme, d'un très beau jeune homme...

Elle quitta la chambre après s'être retournée, son sac

de corde dans une main, une des chemises de Mark nouée sous la poitrine, jean bien coupé, les cheveux attachés par un ruban rouge.

— Je devrais te peindre dans cette tenue.

— Tu devrais arrêter d'être stupide ou je vais attraper une grosse tête. Tu as d'autres désirs particuliers ?

Il sourit, secoua la tête et Kezia sortit de l'appartement.

Il y avait des marchés italiens tout près et elle aimait bien faire des courses pour Mark. Ici, la nourriture était authentique. Pâtes faites à la maison, légumes frais, gros fruits, tomates juteuses, un étalage entier de saucisses et de fromages attendant d'être sentis, reniflés et emportés chez soi pour un repas princier. De longues miches de pain italien à emporter sous le bras comme en Europe. Bouteilles de chianti suspendues à des crochets en haut des murs.

C'était tout près à pied et c'était l'heure de la journée où les jeunes artistes commençaient à sortir de leurs tanières. La fin de la journée, où ceux qui travaillaient la nuit commençaient à revivre et ceux qui travaillaient le jour avaient besoin de se détendre et de se promener. Plus tard, il y aurait davantage de gens dans les rues à flâner, bavarder, fumer de l'herbe, errer, s'arrêter dans les cafés, ou bien en route pour l'atelier d'amis ou la dernière exposition de sculptures. C'était sympathique à Soho ; tout le monde travaillait dur. Compagnons partageant un voyage de l'âme ; pionniers dans le monde de l'art ; danseurs, écrivains, poètes, peintres : ils étaient tous rassemblés ici, à la pointe sud de New York, enfermés entre la crasse et les ordures d'un Greenwich Village agonisant et le béton et les vitres de Wall Street. C'était un endroit où il était plus facile de vivre. Un monde d'amis. Dans le magasin de légumes, la femme la connaissait bien.

— Ah, *signorina, come sta ?*

— *Bene, grazie, e lei ?*

— *Cosi, cosi. Un po'stanca. Che cosa vorrebbe oggi ?*

Kezia erra au milieu de délicieuses odeurs et choisit du salami, du fromage, du pain, des oignons, des tomates. Fiorella approuva son choix. C'était une fille qui savait acheter. Elle connaissait le bon salami, quoi mettre dans une sauce, comment doit sentir un bon Bel Paese. Elle était gentille. Son mari était probablement italien. Mais Fiorella n'avait jamais osé poser la question à Kezia.

Kezia paya et partit, le sac de corde rempli. Elle s'arrêta à côté pour acheter des œufs et, en bas de la rue, à la confiserie, pour acheter trois boîtes de galettes au chocolat, celles qu'il préférait. Sur le chemin du retour, elle marcha lentement au milieu des groupes de plus en plus denses dans la rue. L'arôme du pain frais et du salami flottait au-dessus de sa tête, l'odeur de marijuana était toute proche, le lourd parfum de l'espresso sortait des cafés tandis que le beau ciel du crépuscule s'étendait au-dessus de sa tête. C'était un splendide mois de septembre encore chaud, mais l'air paraissait plus propre que d'habitude ; il y avait des petites lumières roses dans le ciel. L'ensemble ressemblait à l'une des toutes premières aquarelles de Mark, riche en teintes pastel. Les pigeons roucoulaient et descendaient la rue en se dandinant, des bicyclettes étaient appuyées contre les murs ; ici et là, un enfant sautait à la corde.

— Qu'as-tu acheté ?

Mark était allongé sur le sol et fumait un *joint*.

— Ce que tu as commandé : steak, homard, caviar, comme d'habitude.

Elle lui envoya un baiser et déposa les paquets sur l'étroite table de la cuisine.

— C'est vrai ? Tu as acheté du steak ?

Il paraissait plus déçu que ravi.

— Non. Mais comme Fiorella dit que nous ne mangeons pas assez de salami, j'en ai acheté une tonne.

— Bon. Ça doit être quelqu'un de bien, cette Fiorella.

Avant de connaître Kezia, il avait vécu de fèves et de galettes au chocolat. Fiorella faisait partie du mystère qui entourait Kezia, elle était un des nombreux cadeaux qu'elle lui faisait.

— Tu as raison. C'est vraiment quelqu'un de bien.

— Toi aussi, toi aussi.

Elle était à l'entrée de la cuisine, les yeux brillants. La lumière du crépuscule envahissait la pièce. Elle se retourna pour regarder Mark, étendu sur le plancher.

— Tu sais, de temps en temps, je crois que je t'aime vraiment, Marcus.

Le regard qu'ils échangèrent signifiait une multitude de choses. Il n'y avait aucun désagrément, aucune pression, aucun effort. Aucune profondeur, mais aucune lutte. Et tous les deux avaient du mérite.

— Tu veux aller faire une balade, Kezia ?

— La *passeggiata*.

Il eut un rire léger. Elle l'appelait toujours ainsi.

— Je n'avais pas entendu ce mot depuis que tu étais partie.

— Ici, je suis à mon aise. Là-bas, les gens marchent. Ils courent. Ils deviennent fous. Ici, ils savent encore comment vivre. Comme en Europe. Les *passeggiate*, ce sont les balades que les Italiens font chaque soir au crépuscule, à midi le dimanche, dans de drôles de petites villes vieillottes où la plupart des femmes sont habillées de noir et où les hommes portent des chapeaux, des chemises blanches, des costumes vagues mais pas de cravate. Fermiers orgueilleux mais bon peuple. Ils inspectent leur domaine, saluent leurs amis. Ils font ça bien, c'est une institution, un rite, une tradition, et je l'aime.

Tout en parlant, elle avait un air ravi.

— Alors, allons-y.

Il se leva lentement, s'étira et mit un bras autour de ses épaules.

— On mangera quand on reviendra.

Kezia savait ce que ça voulait dire. 11 heures, peut-être minuit. D'abord, ils marcheraient, puis ils rencontreraient des amis et s'arrêteraient pour bavarder dans la rue pendant un moment. La nuit tomberait et ils iraient chercher refuge dans un atelier ; Mark verrait ainsi la progression du dernier travail d'un ami. A la fin, l'atelier serait tellement bondé qu'ils iraient tous au *Partridge* boire du vin. Et soudain, quelques heures plus tard, ils auraient tous faim et Kezia se retrouverait à servir des *fettucine* pour neuf. Il y aurait des bougies, de la musique, des rires, des guitares et l'on passerait des *joints* à la ronde jusqu'à épuisement du stock contenu dans le petit sac de marijuana. On ressusciterait Klee, Rousseau, Cassatt et Pollock, en évoquant leurs noms. Au temps des impressionnistes, Paris devait être ainsi. Des hors-la-loi de l'art reconnu, réunis pour former un monde à eux, pour rire ensemble, se donner du courage et de l'espoir... jusqu'à ce que, un jour, quelqu'un les découvre, les rende célèbres et leur offre du caviar à la place de galettes au chocolat. C'était dommage, en fait. Pour leur propre bien, Kezia leur souhaitait de ne jamais quitter les *fettucine*, les planchers poussiéreux de leurs ateliers, les nuits magiques, parce qu'alors ils porteraient des habits de soirée et auraient des sourires fragiles et des yeux tristes. Ils dîneraient au *21*, danseraient à *El Morocco* et iraient à des réceptions à *la Maisonnette*.

Mais Park Avenue était loin de Soho. C'était un autre univers. L'atmosphère de l'automne était encore riche de parfums et la nuit pleine de sourires.

— Où vas-tu, mon amour ?

— Il faut que je retourne là-bas faire quelques courses.

— A plus tard.

Il ne faisait pas attention à elle. Il était complètement absorbé par une gouache.

Elle lui embrassa la base du cou au passage et jeta un rapide regard circulaire sur la pièce. Elle haïssait l'idée d'aller là-bas. C'était comme si elle avait peur de ne pas retrouver son chemin pour revenir ici, comme si quelqu'un de son monde, devinant ce qu'elle avait fait, allait essayer de la retenir pour l'empêcher de revenir. Cette pensée la terrifiait. Elle avait besoin de ça, de Soho, de Mark, de tout ce qu'ils représentaient pour elle. C'était vraiment stupide. Qui pourrait l'empêcher de revenir ? Edward ? Le fantôme de son père ? C'était absolument absurde ! Elle avait vingt-neuf ans.

Toutefois, quitter Soho, c'était traverser la frontière pour entrer dans un territoire ennemi, derrière le rideau de fer, pour une mission de reconnaissance sous terre. Ça l'amusait de laisser son imagination travailler. Et la façon toute simple dont Mark traitait ses allées et venues facilitait ses voyages réguliers entre ces deux mondes. Elle riait en elle-même pendant qu'elle courait, légère, jusqu'au bas de l'escalier. La matinée était ensoleillée. Le métro la déposa à trois rues de son appartement et le trajet fut énervant : elle dut descendre Lexington Avenue et traverser la 74e Rue ; les infirmières de Lenox Hill se ruaient au-dehors pour déjeuner, les gens qui faisaient des courses paraissaient fatigués et les voitures circulaient avec des bruits coléreux. Tout allait plus vite, ici. Tout était plus bruyant, plus sombre, plus sale. Le portier ouvrit la porte et toucha sa casquette. Des fleurs l'attendaient dans le réfrigérateur appartenant à la direction de l'immeuble et destiné à cet usage. Dieu interdit de laisser des roses se faner pendant que Madame est chez son coiffeur — ou à Soho. C'était la boîte blanche habituelle envoyée par Whit.

Kezia consulta sa montre et fit un rapide calcul mental. Elle devait faire quelques appels de la part de

« Martin Hallam », pour fouiner discrètement et obtenir des passages croustillants. Il lui fallait aussi transmettre par téléphone à son agent la « rubrique » qu'elle avait écrite. Un bain rapide, puis la réunion pour le bal des arthritiques. C'était la première réunion de l'année et un bon sujet pour Martin Hallam. Elle pouvait être de retour à Soho vers 5 heures, s'arrêter chez Fiorella faire des courses et avoir encore le temps de sortir pour la balade nocturne avec Mark. Parfait.

Elle décrocha son répondeur automatique et rassembla les messages laissés pour elle : un appel d'Edward, deux de Marina et un de Whit ; celui-ci voulait confirmer leur déjeuner au *21* le lendemain. Elle le rappela, lui promit de se consacrer entièrement à lui au déjeuner, le remercia pour les roses et l'écouta patiemment lui dire à quel point elle lui manquait. Cinq minutes plus tard, elle était dans sa baignoire, l'esprit très loin de Whit, et peu de temps après, elle se séchait dans les grandes serviettes blanches Porthault (1) discrètement monogrammées en rose : *KH St M*.

La réunion avait lieu chez Elizabeth Morgan. Mrs Augier Whimple Morgan. La troisième du nom. Elle avait l'âge de Kezia mais paraissait dix ans de plus et son mari était deux fois plus âgé qu'elle, qui était sa troisième femme, les deux premières étant mortes sans inconvénients, augmentant ainsi convenablement sa fortune. Elizabeth décorait une fois encore sa maison. Cela prend « une éternité pour trouver ce qui convient ».

Kezia avait dix minutes de retard et, quand elle arriva, de nombreuses femmes étaient massées dans la salle. Deux serveuses en uniforme noir impeccable offraient des petits sandwiches et il y avait de la limonade sur un long plateau d'argent. Le sommelier, beau-

(1) Porthault : Célèbre marque de linge de toilette.

coup plus intéressant que le long plateau d'argent, prenait discrètement les commandes.

Le divan et les fauteuils Louis XV (« Imaginez, ma chère, huit comme cela, de chez Christie ! Et tous, le même jour ! Vous savez, la succession Richley, et ils sont signés ! ») étaient pris d'assaut par les femmes les plus âgées du comité : elles trônaient comme des chefs d'État et faisaient cliqueter leurs bracelets d'or ; elles étaient couvertes de perles et portaient de « beaux » ensembles et des chapeaux « merveilleux » : une vitrine vivante de Balenciaga et de Chanel. Elles regardaient les plus jeunes femmes de près, d'un œil critique.

La pièce avait une hauteur de deux étages, le manteau de la cheminée était français, un marbre « merveilleux », époque Louis XVI, et l'épouvantable lustre était un cadeau de mariage de la mère d'Elizabeth. Des tables en bois rare, un bureau marqueté, un coffre en or moulu. Chippendale, Sheraton, Hepplewhite — Kezia avait l'impression de se trouver chez Sotheby avant une vente aux enchères.

On accorda aux « filles » une demi-heure de répit, puis on réclama leur attention à l'entrée de la salle. Courtnay Saint-James était la responsable.

— Eh bien, mesdames, bienvenue après l'été. Vous êtes toutes absolument resplendissantes.

Elle était lourdement engoncée dans un ensemble de soie bleu marine qui écrasait sa forte poitrine et lui serrait les hanches. Une broche de saphir d'une taille considérable ornait son revers, ses perles étaient en place, son chapeau assorti avec sa robe, et les trois ou quatre bagues qui semblaient faire corps avec ses mains agitaient des lunettes demi-lune vers les « filles » pendant qu'elle parlait.

— Et maintenant, il faut que nous nous organisions pour notre merveilleuse fête, merveilleuse ! Elle aura lieu au *Plaza* cette année.

Surprise ! Surprise ! Au *Plaza* et pas au *Pierre*. Comme c'était excitant !

Un murmure courut parmi les femmes et, de chaque côté de la foule, le sommelier continuait silencieusement à circuler avec son plateau. Tiffany était au premier rang et semblait tituber, tout en souriant aimablement à ses amies. Kezia la quitta des yeux et laissa errer son regard. Elles étaient toutes là, tous les mêmes visages, une ou deux nouvelles mais qui n'étaient pas des étrangères. Elles avaient simplement ajouté ce comité à une myriade d'autres. Aucune intruse, personne qui n'appartînt à ce monde. On ne pouvait laisser n'importe qui s'occuper du bal des arthritiques, n'est-ce pas ? « Mais, ma chère, vous devez comprendre, vous vous souvenez bien de qui descendait sa mère, n'est-ce pas ? » L'année dernière, Tippy Walgreen avait essayé d'introduire dans le groupe une de ses étranges petites amies. « Après tout, tout le monde savait que sa mère était à moitié juive ! Vraiment, Tippy, vous allez mettre cette fille dans l'embarras ! »

La réunion continuait son cours sur un ton monotone. On répartit les différentes tâches. Les dates des réunions furent fixées : deux fois par semaine pendant sept longs mois. Les femmes auraient une raison de vivre et un motif pour boire au moins quatre Martini par réunion si elles réussissaient à attirer assez souvent l'attention du sommelier. Celui-ci continuerait à circuler, toujours aussi discret, alors que le broc de limonade resterait presque plein.

Comme d'habitude, Kezia accepta le rôle de chef du petit comité. Dans la mesure où elle était en ville, cela lui serait utile pour la « rubrique ». Il fallait seulement s'assurer que toutes les débutantes convenables viendraient au bal et choisir un petit nombre d'entre elles pour faire le service. Un honneur qui allait enchanter les mères ! « Le bal de l'arthrite, Peggy ? Mais c'est splendide ! » Splendide... splendide... splendide.

La réunion se termina à 5 heures : la moitié des femmes étaient grises mais pas au point de ne pouvoir rentrer chez elles pour annoncer à leur mari l'éternel : « Tu connais Elizabeth, elle te force toujours. » Et Tiffany dirait à Bill que ça avait été « divin ». Si celui-ci était de retour. Les propos que Kezia entendait au sujet de Tiffany ces temps-ci étaient de plus en plus désagréables.

Ce qu'elle avait entendu faisait remonter à sa mémoire d'autres souvenirs, fort anciens, mais qu'elle n'oublierait jamais vraiment. Souvenirs de reproches entendus derrière des portes closes, des menaces et les sons émis par quelqu'un qui avait des nausées violentes. Sa mère. Comme Tiffany. Elle n'aimait plus rencontrer Tiffany. Il y avait trop de souffrance dans ses yeux, mal cachée par ses « divin », ses mauvaises plaisanteries et ce regard vague et glacé — celui d'une âme perdue.

Kezia regarda sa montre avec agacement. Il était presque 5 h 30 et elle ne voulait pas prendre la peine de repasser chez elle pour changer le petit ensemble Chanel. Mark s'en remettrait. Et avec un peu de chance, il serait trop pris par son travail pour s'en apercevoir. Et puis, à cette heure, il était presque impossible d'avoir un taxi. Elle regardait la rue, désespérée. Pas un taxi en vue.

— Tu veux que je t'emmène ?

La voix n'était qu'à quelques mètres d'elle et elle se retourna, surprise. C'était Tiffany, debout près d'une Bentley bleu marine et étincelante avec chauffeur en livrée. La voiture appartenait à sa belle-mère. Kezia le savait.

— Mère Benjamin m'a prêté la voiture.

Tiffany paraissait s'excuser. Dans la lumière de fin d'après-midi, loin du monde des réceptions et des faux-semblants, Kezia vit cette image tellement vieillie de son amie d'école : rides de tristesse et de trahison autour des yeux, teint brouillé ; elle avait été si jolie dans sa jeunesse et elle était encore jolie, mais plus pour long-temps. Elle lui rappela de nouveau sa mère. Elle pouvait à peine supporter de regarder Tiffany dans les yeux.

— Merci beaucoup, mais je ne veux pas te détourner de ton chemin.

— Mais... tu n'habites pas très loin... n'est-ce pas ?

Elle eut un sourire fatigué qui la fit paraître presque jeune de nouveau. Comme si la compagnie des grandes personnes était trop pour elle et qu'il était temps de rentrer chez elle. Elle avait bu juste assez pour oublier certaines choses.

— Non, je n'habite pas très loin, Tiffie, mais je ne vais pas chez moi.

— Mais ça ne fait rien.

Elle paraissait si seule, et avoir tellement besoin d'une amie que Kezia ne put refuser. Des sanglots lui montaient à la gorge.

— D'accord, merci.

Kezia sourit et s'approcha de la voiture en s'efforçant de penser à autre chose. Elle ne pouvait pas se mettre à pleurer en face d'elle, bon Dieu ! Pleurer sur quoi ? Sur la mort de sa mère, vingt ans après... ou pleurer pour cette fille qui était déjà presque morte ? Kezia ne voulait pas se laisser aller à penser à ces choses alors qu'elle s'installait sur le moelleux siège arrière capitonné. Le bar était déjà ouvert. « Mère Benjamin » avait de la réserve.

— Harley, nous sommes à nouveau à cours de bourbon.

— Bien, madame.

Harley demeura impassible et Tiffany se tourna vers Kezia en souriant.

— Tu veux boire quelque chose ?

Kezia secoua la tête.

— Pourquoi n'attends-tu pas d'être rentrée à la maison ?

Tiffany acquiesça, le verre à la main, le regard

tourné vers la vitre. Elle essayait de se souvenir si Bill rentrait pour dîner. Elle pensait qu'il était à Londres pour trois jours mais elle n'était pas sûre si c'était la semaine d'après... ou la semaine d'avant.

— Kezia ?

— Oui ?

Kezia était assise, immobile, pendant que Tiffany essayait de fixer son esprit sur une pensée.

— M'aimes-tu ?

Kezia en fut abasourdie et Tiffany parut horrifiée. Elle avait été distraite et cela lui avait échappé. La même question. Le démon qui la hantait.

— Je... Excuse-moi... Je... Je pensais à quelqu'un d'autre...

Les larmes jaillirent alors des yeux de Kezia, comme Tiffany détournait son regard de la vitre pour le poser sur son visage.

— Tout va bien, Tiffie. Ça va.

Elle entoura son amie de ses bras et il y eut un long moment de silence. Le chauffeur jeta un coup d'œil dans le rétroviseur puis détourna vivement le regard et resta derrière son volant, digne, patient, imperturbable, profondément et éternellement discret. Aucune des deux femmes ne remarqua sa présence. Elles avaient été élevées ainsi. Il attendit cinq bonnes minutes pendant lesquelles les deux amies restèrent dans les bras l'une de l'autre, silencieuses ; un bruit de pleurs lui parvenait, mais il ne savait pas exactement laquelle des deux pleurait.

— Madame ?

— Oui, Harley ?

Le son de la voix de Tiffany était très jeune et très rauque.

— Où emmenons-nous Mlle Saint-Martin ?

— Oh !... Je ne sais pas.

Elle se sécha les yeux de sa main gantée et regarda Kezia avec un demi-sourire.

— Où vas-tu ?

— Je... au *Sherry-Netherland*. Pouvez-vous me déposer là-bas ?

— Bien sûr.

La voiture avait déjà démarré et elles s'installèrent confortablement sur le siège, en se tenant les mains — beau chevreau beige et daim noir — en silence. Elles ne pouvaient rien se dire — il y avait trop à dire. Le silence était plus facile. Tiffany voulait inviter Kezia à dîner mais elle n'arrivait pas à se rappeler si Bill était là ou non et il n'aimait pas les amies de sa femme... Il voulait pouvoir lire après dîner le travail qu'il avait apporté chez lui ou aller à ses réunions, sans être obligé de rester à faire la conversation. Tiffany connaissait les règles. Personne à dîner, sauf quand Bill ramenait, lui, des personnes à la maison. Ça faisait des années qu'elle n'avait pas essayé... C'était pourquoi... c'était comme ça... au début, elle s'était sentie si seule. Papa parti... et mère. Eh bien, mère... et elle avait pensé que des bébés à eux... mais Bill ne voulait pas non plus les avoir dans les jambes. Maintenant, les enfants mangeaient à 5 h 30 dans la cuisine avec Nanny Singleton et Nanny pensait qu'il était « peu sage » de la part de Tiffany de manger avec eux. Ça « gênait » les enfants. Alors, elle dînait seule dans la salle à manger à 7 h 30. Elle se demandait si Bill dînerait à la maison et à quel point il serait en colère si...

— Kezia ?

— Hum ? (Kezia était perdue dans ses tristes pensées et elle avait une douleur désagréable à l'estomac depuis vingt minutes.) Oui ?

— Pourquoi ne viendrais-tu pas dîner, ce soir ?

Elle ressemblait à une petite fille à qui serait venue une idée géniale.

— Tiffie... c'est... Je... Je suis désolée, ma chérie, mais je ne peux vraiment pas.

Elle ne pouvait pas s'imposer cela. Il fallait qu'elle

voie Mark. Il le fallait. Elle en avait besoin. Sa survie avant tout, la journée avait été assez éprouvante comme ça.

— Je suis désolée.

— Ça ne fait rien. Ne te tracasse pas.

Elle embrassa doucement Kezia sur la joue, alors qu'Harley s'arrêtait devant le *Sherry-Netherland* et l'étreinte qu'elles échangèrent fut violente, faite du désir contenu de l'une et du remords de l'autre.

— Prends bien soin de toi, d'accord ?

— D'accord.

— Appelle-moi un de ces jours.

Tiffany acquiesça.

— Promis ?

— Promis.

Tiffany paraissait à nouveau vieille. Elles échangèrent un dernier sourire et Kezia fit un au revoir de la main en disparaissant dans l'entrée. Elle attendit cinq minutes puis sortit, héla un taxi qui l'emmena à toute vitesse vers Soho ; elle essaya d'oublier l'angoisse qui se lisait dans les yeux de Tiffany. Dans la voiture qui se dirigeait vers le nord de la ville, Tiffany se versa rapidement un autre scotch.

— Mon Dieu, mais c'est Cendrillon ! Qu'est-ce qui est arrivé à ma chemise ?

— Je ne pensais pas que tu le remarquerais. Je suis désolé, chéri, mais je l'ai laissée chez moi.

— Je peux m'en passer. Mais c'est toi, Cendrillon, n'est-ce pas ? Ou es-tu encore candidate à la présidence ?

Il était appuyé contre le mur, occupé à regarder le travail de la journée, mais son sourire prouvait qu'il était content qu'elle soit de retour.

— A un poste de sénateur, en réalité. Une candidature à la présidence, c'est si banal !

Elle lui fit une grimace et haussa les épaules.

— Je vais me débarrasser de tout ça et sortir faire quelques courses.

— Avant, madame le sénateur...

Il marcha résolument vers elle, en souriant malicieusement.

— Oh !

La veste était déjà enlevée, les cheveux défaits, le chemisier à moitié déboutonné.

— Oui : « Oh ! » Tu m'as manqué.

— Je ne pensais pas que tu avais remarqué mon absence. Tu étais si absorbé quand je suis partie.

— Eh bien, je ne suis pas absorbé maintenant.

Il la souleva dans ses bras, ses jambes gainées pendaient et ses cheveux noirs balayaient son visage.

— Tu es jolie, bien habillée. Tu ressembles à cette fille que j'ai vue dans le journal quand tu n'étais pas là, mais en mieux. En beaucoup mieux. Elle faisait un peu garce.

Kezia laissa aller sa tête contre sa poitrine et commença à rire.

— Et pas moi ?

— Absolument pas, Cendrillon, absolument pas.

— Tu te fais des illusions.

— Seulement à ton sujet.

— Espèce de fou ! Adorable fou...

Elle l'embrassa tendrement sur la bouche et, en quelques instants, le reste de ses vêtements tomba peu à peu sur le chemin du lit. Il faisait nuit quand ils se levèrent.

— Quelle heure est-il ?

— Il doit être environ 10 heures.

Elle s'étira et bâilla. Il faisait sombre dans l'appartement. Mark se pencha hors du lit pour allumer une bougie puis revint se nicher dans ses bras.

— Tu veux sortir dîner ?

— Non.

— Moi non plus, mais j'ai faim. Tu n'as rien acheté, hein ?

Elle fit non de la tête.

— J'avais trop hâte de revenir ici. En quelque sorte, j'étais plus pressée de te voir toi que Fiorella.

— Tant pis ! On peut dîner de *peanut butter* (1) et d'Oreos.

Elle pouffa, une main accrochée à sa gorge. Puis elle se mit à rire, ils s'embrassèrent et se plongèrent dans la baignoire où ils s'éclaboussèrent allégrement avant de partager l'unique serviette violette. Sans monogramme. De chez Korvette (2).

En s'essuyant, elle pensa que Soho était arrivé trop tard dans sa vie. Peut-être qu'à vingt ans, le quartier lui aurait semblé réel, peut-être qu'elle y aurait cru alors. Maintenant, c'était agréable... spécial... adorable... mais c'était à Mark, pas à elle. Elle avait pour elle d'autres endroits, tous ces endroits dont elle ne voulait pas, mais qu'elle possédait par inadvertance.

— Aimes-tu ce que tu fais, Kezia ?

Elle garda le silence pendant un long moment, puis répondit en haussant les épaules :

— Peut-être que oui, peut-être que non, peut-être que je ne le sais même pas.

— Peut-être devrais-tu essayer de savoir !

— Oui. Peut-être que je devrais le savoir, demain à midi.

Elle venait de se rappeler le rendez-vous avec Whit, pour le déjeuner.

— Va-t-il se passer quelque chose d'important demain ?

Il paraissait surpris et elle secoua la tête : ils étaient en train de partager une poignée de galettes et un reste de vin.

— Non. Rien d'important demain.

— J'aurais cru.

(1) Beurre de cacahuète.
(2) Magasin bon marché, à New York.

— Non. En fait, mon amour, je viens de comprendre que ce qui est important, c'est mon âge.

« Ce n'est même pas toi, ou ta façon de faire l'amour ou ton jeune corps délicieusement tendre ou ma propre vie de merde... »

— Puis-je te citer, Mathusalem ?

— Absolument. On me cite depuis des années.

Et elle se mit à rire, dans la nuit claire de l'automne.

— Qu'est-ce qu'il y a de drôle ?

— Tout. Absolument tout.

— Je crois que tu es ivre.

L'idée amusait Mark et pendant un moment elle souhaita l'être.

— Seulement un peu ivre de la vie, peut-être... de ton genre de vie.

— Pourquoi mon genre de vie ? Il ne peut pas être le tien, aussi ? Bon Dieu, qu'y a-t-il de si différent entre ta vie et la mienne ?

Merde ! Ce n'était pas le moment.

— Le fait que je sois candidate à un poste de sénateur, évidemment !

Il l'attira à lui pour qu'elle le regarde en face, alors qu'elle essayait d'esquiver sa question en blaguant.

— Kezia, pourquoi ne peux-tu pas me répondre franchement ? Quelquefois, tu me donnes l'impression que je ne sais même pas qui tu es.

Son étreinte sur son bras la troubla presque autant que la question dans ses yeux. Mais elle se contenta de hausser les épaules en souriant évasivement.

— Eh bien ! je vais te dire quelque chose, Cendrillon. Qui que tu sois, je pense que tu es ivre.

Ils rirent tous les deux et elle le suivit dans la chambre en essuyant sur ses joues deux larmes invisibles et silencieuses. Il était gentil mais il ne la connaissait pas. Comment le pourrait-il ?

Elle ne voulait pas qu'il la connaisse. Il était si jeune !

5

— Mademoiselle Saint-Martin, quelle joie de vous voir !

— Merci, Bill. M. Hayworth est-il arrivé ?

— Non, mais la table vous attend. Voulez-vous que je vous y conduise ?

— Non, merci. Je vais attendre près de la cheminée.

Le club *21* était bondé de gens affamés. Hommes d'affaires, mannequins de haute couture, acteurs célèbres, les dieux de la publicité et une poignée de douairières. Les héritiers de toutes les Mecques. Le restaurant avait bonne réputation, c'est pourquoi il y avait tant de monde. Mais le coin de la cheminée était calme ; là, Kezia pouvait attendre avant d'entrer dans le tourbillon avec Whit. Le *21* était amusant, mais elle n'était pas dans l'état d'esprit approprié.

Elle ne voulait pas venir déjeuner. C'était étrange de voir à quel point tout lui était un peu plus pénible. Peut-être devenait-elle trop vieille pour mener une double vie. Ses pensées se portèrent sur Edward. Peut-être le rencontrerait-elle au *21* à l'heure du déjeuner, mais il se trouverait plus vraisemblablement au *Lutèce* ou au *Mistral* (1). Pour le déjeuner, il était plutôt attiré vers la cuisine française.

« D'après vous, qu'est-ce que les enfants penseraient si on les emmenait à Palm Beach ? Je ne veux pas qu'ils s'imaginent que je cherche à les éloigner de leur père. » Le murmure de conversation incita Kezia à tourner la tête. Tiens, tiens, Marina Walters et Halpern Medley. Les choses progressaient, de toute évidence. Premier point pour les nouvelles du lendemain. Ils ne l'avaient

---

(1) Restaurants à New York.

pas vue, discrètement pelotonnée comme elle l'était dans un des grands fauteuils de cuir rouge. D'où l'avantage d'être petite. Et de se tenir tranquille.

Puis, elle aperçut Whit, élégant, jeune d'allure, bronzé, vêtu d'un costume gris foncé et d'une chemise bleu Wedgwood (1). Elle lui fit un signe de la main et il s'avança vers son fauteuil.

— Vous paraissez aller très, très bien aujourd'hui, monsieur Hayworth.

Elle lui tendit une main, du fond de son confortable fauteuil, et le jeune homme lui baisa légèrement le poignet puis noua ses doigts aux siens sans les serrer.

— Je me sens beaucoup mieux que l'autre nuit après avoir descendu une énorme bouteille de champagne. Et vous, êtes-vous remise ?

— Tout à fait. J'ai dormi toute la journée, mentit-elle. Et vous ?

Elle lui sourit et ils commencèrent à s'avancer vers la salle à manger.

— Arrêtez de me rendre jaloux. C'est scandaleux de rester au lit comme vous le faites.

— Ah ! monsieur Hayworth ! Mademoiselle Saint-Martin...

Le maître d'hôtel les conduisit à la table de Whit et Kezia s'y installa en regardant autour d'elle. Visages habituels, foule habituelle. Même les mannequins paraissaient familiers. Warren Beatty s'assit à une table dans un coin et Babe Paley venait juste d'entrer.

— Qu'avez-vous fait hier soir, Kezia ?

Son sourire était de ceux qu'il ne pouvait pas déchiffrer.

— J'ai joué au bridge.

— Vous avez l'air de quelqu'un qui a gagné.

_____

(1) N.d.t. : Wedgwood : industriel britannique, inventeur d'une faïence fine.

— C'est exact. Depuis mon retour, je suis chanceuse.

— J'en suis heureux pour vous. Quant à moi, je n'arrête pas de perdre au backgammon depuis quatre semaines. Garce de chance !

Mais il ne semblait pas très inquiet ; il tapotait doucement la main de Kezia et fit un signe au serveur. Deux *Bloody Mary* (1) et un double steak tartare. Comme d'habitude.

— Chérie, voulez-vous boire du vin ?

Elle secoua la tête négativement. Les *Bloody Mary* suffiraient. Ce fut un déjeuner rapide ; il fallait qu'il soit de retour au bureau à 2 heures. Maintenant que l'été était fini, le train-train des affaires reprenait : nouveaux testaments, nouveaux fidéicommis, nouveaux bébés, nouveaux divorces, nouvelle saison. C'était un peu comme si une nouvelle année avait commencé. Les enfants retournaient à l'école, et les personnes de la haute société marquaient les années par « la saison », et la saison venait de commencer.

— Serez-vous en ville ce week-end, Kezia ?

Il semblait distrait en hélant un taxi pour elle.

— Non. Rappelez-vous. J'ai ce week-end avec Edward.

— Oh ! c'est exact. Bien. Alors, je ne me sentirai pas aussi vil. Je vais à Quogue avec des collègues. Mais je vous appellerai lundi. Cela ira-t-il ?

La question amusa Kezia.

— Ça ira.

Elle se glissa avec grâce dans le taxi et sourit en le regardant dans les yeux. « Des collègues, chéri ? »

— Merci pour le déjeuner.

— A lundi.

Il lui adressa un signe d'adieu de la main alors que le taxi démarrait et Kezia poussa un soupir de plaisir, au

_____

(1) Cocktail.

fond du siège arrière. *Finito*. Elle était libre jusqu'à lundi. Mais soudain, tout lui parut n'être que mensonges.

Le week-end fut parfait. Beau ciel ensoleillé, légère brise, peu de pollution, peu de pollen. Elle et Mark avaient peint la chambre d'une lumineuse couleur bleuet.

« En l'honneur de tes yeux », avait-il dit alors qu'elle s'appliquait à peindre le contour de la fenêtre.

C'était un fichu travail, mais quand ils eurent fini, ils étaient tous les deux très, très contents.

— Que penserais-tu d'un pique-nique pour fêter ça ?

Il était plein d'entrain et elle aussi.

Elle descendit chez Fiorella faire des provisions pendant qu'il s'occupait d'emprunter une voiture. Un ami de George offrit sa camionnette.

— Où allons-nous, monsieur ?

— Dans l'île au trésor. Mon île au trésor.

Et il se mit à chanter des bribes de chansons absurdes à propos d'îles, entrecoupées de rires saccadés.

— Mark Wooly, tu es fou.

— C'est exprès, Cendrillon. Dans la mesure où tu aimes ça, bien sûr.

Il n'y avait aucune méchanceté dans le « Cendrillon ». Ils étaient trop heureux, la journée était trop belle. Et Mark n'avait jamais été méchant.

Il l'emmena sur une petite île de l'East River, un joyau sans nom près de l'île Randall. Ils firent une boucle en quittant la grand-route, passèrent au milieu de détritus, sur une petite route bombée qui semblait ne mener nulle part, traversèrent un pont et soudain... merveille ! Un phare et un château en ruine, rien que pour eux.

— Ça ressemble aux ruines de la maison Usher d'Edgar Poe.

80

— Oui, et c'est à moi. Maintenant, c'est à toi aussi. Personne ne vient jamais ici.

New York les contemplait d'un œil sombre de l'autre côté du fleuve : les Nations unies, le Chrysler Building et l'Empire State brillants et polis ; eux s'étaient étendus dans l'herbe, joyeux, et ils débouchèrent une bouteille du meilleur chianti de Fiorella. Des remorqueurs et des bacs passaient : ils saluaient les capitaines, les hommes d'équipage, et leurs rires montaient vers le ciel.

— Quelle journée merveilleuse !

— Oui, vraiment.

Il posa sa tête sur les genoux de Kezia et celle-ci se pencha pour l'embrasser.

— Vous voulez encore du vin, monsieur Wooly ?

— Non, seulement une tranche de ciel.

— A votre service, monsieur.

Des nuages s'amoncelaient ; il était 4 heures de l'après-midi quand les premiers éclairs percèrent les nuages.

— Je crois que tu vas avoir la tranche de ciel que tu as commandée, et ça dans moins de cinq minutes. Tu vois comme je suis bonne avec toi. Tes désirs sont des ordres.

— Trésor, tu es formidable.

Il se leva et étendit les bras ; cinq minutes plus tard, la pluie tombait à verse, les éclairs sillonnaient le ciel et le tonnerre grondait. Ils firent le tour de l'île en courant main dans la main, en riant, trempés jusqu'aux os.

Quand ils furent de retour chez lui, ils se douchèrent ensemble. L'eau chaude picotait leurs corps transis. Ils se promenèrent nus dans la nouvelle chambre bleue et s'étendirent calmement dans les bras l'un de l'autre.

Elle le quitta à 6 heures le lendemain matin. Il dormait comme un enfant, la tête sur son bras, les cheveux dans les yeux, les lèvres douces au toucher.

— Au revoir, mon bien-aimé, dors bien.

Elle déposa doucement un baiser sur sa tempe et

dans ses cheveux. Il ne se réveillerait pas avant midi et elle serait alors loin de lui. Dans un monde différent, où il lui faudrait poursuivre des dragons, et faire des choix.

6

— Bonjour, mademoiselle Saint-Martin ; je vais prévenir M. Simpson que vous êtes ici.

— Merci, Pat. Comment allez-vous ?

— Je suis très occupée, un peu débordée. C'est comme si tout le monde avait une nouvelle idée de livre après l'été. On me fait courir après un manuscrit perdu ou après un chèque de droits d'auteur.

— Je vois.

Kezia sourit tristement, en pensant à ses propres projets de livre. La secrétaire jeta un coup d'œil rapide sur son bureau, rassembla quelques papiers et disparut derrière une lourde porte en chêne. L'agence littéraire de « Simpson, Wells et Jones » ressemblait beaucoup au bureau d'Edward, à celui de Whit ou à la maison de courtage qui s'occupait de la fortune de Kezia. Il s'agissait d'affaires sérieuses. Longues étagères de livres, lambris de bois, poignées de porte en bronze et tapis épais couleur lie-de-vin. Sobre. Impressionnant. Prestigieux. Elle se faisait représenter par une maison de très grande réputation. C'était la raison pour laquelle elle avait, en toute confiance, partagé son secret avec Jack Simpson. Il savait qui elle était et il était le seul, avec Edward, à connaître ses nombreux noms d'emprunt. Lui et son personnel, bien sûr, mais ce dernier était d'une discrétion à toute épreuve. Le secret avait été bien gardé.

— M. Simpson va vous recevoir, mademoiselle Saint-Martin.

— Merci, Pat.

Il l'attendait debout derrière son bureau ; c'était un homme bienveillant, à peu près du même âge qu'Edward, la tête un peu dégarnie et les tempes grisonnantes, un large sourire paternel et des mains réconfortantes. Ils se serrèrent la main, comme les autres fois. Puis elle s'installa dans le fauteuil en face de lui et se mit à remuer le thé que Pat lui avait apporté. C'était du thé à la menthe, parfois du « English Breakfast », et, l'après-midi, toujours du « Earl Grey ». Le bureau de Jack Simpson était un havre pour elle, un endroit de repos et de détente. Un endroit où elle pouvait se réjouir du travail qu'elle avait fait. Elle était toujours heureuse d'être ici.

— J'ai autre chose pour vous, ma chère amie.

— Formidable. C'est quoi ?

Elle le regardait d'un air interrogateur par-dessus sa tasse bordée d'or.

— C'est-à-dire qu'on devrait bavarder d'abord pendant un moment.

Il y avait quelque chose de différent dans les yeux de Simpson, ce jour-là. Kezia se demandait ce que c'était.

— C'est un peu différent de ce que vous faites d'habitude.

— Pornographie ?

Elle sirotait son thé en réprimant à moitié un sourire. Il eut un petit rire.

— Alors, c'est donc ça que vous voulez faire ?

Elle éclata de rire en guise de réponse et Jack Simpson alluma un cigare. C'étaient des Dunhill, pas des Cuba. Elle lui en envoyait une boîte par mois.

— Eh bien ! je suis désolé de vous décevoir. Ce n'est absolument pas de la pornographie. C'est une interview.

Il regarda ses yeux de près. Elle avait si facilement un regard de daine pourchassée. Il y avait certaines zones de sa vie où même lui n'osait pas pénétrer.

— Une interview ? (Quelque chose se ferma dans son visage.) Eh bien ! la question est tout de suite classée. Rien d'autre sur l'agenda ?

— Non, mais je pense que nous devrions en parler un peu plus longuement. Avez-vous entendu parler de Lucas Johns ?

— Je ne suis pas sûre. Le nom me dit quelque chose, mais je ne sais pas où je l'ai vu ou entendu.

— C'est un homme intéressant. La trentaine, six ans en prison en Californie pour vol à main armée. Il a purgé sa peine à Folsom, à San Quentin — tous les endroits horribles et légendaires dont on entend parler. Eh bien, il a vécu tout ça et il a survécu. Il fut parmi les premiers à organiser des syndicats à l'intérieur des prisons et à faire beaucoup de bruit à propos des droits des prisonniers. Il mène encore une action dans ce sens, maintenant qu'il est sorti. Je pense que c'est toute sa vie, il vit dans le but d'abolir les prisons et d'améliorer le sort des prisonniers dans un premier temps. Il avait même refusé sa première libération conditionnelle parce qu'il n'avait pas fini ce qu'il avait commencé. La deuxième fois qu'ils lui ont offert la libération conditionnelle, ils ne lui ont pas laissé le choix. Ils voulaient se débarrasser de lui. Il est sorti et s'est organisé à l'extérieur. Il a eu un impact terrible sur la prise de conscience des gens à propos de ce qui se passe vraiment dans nos prisons. Il a même écrit un livre très puissant sur le sujet la première fois qu'il est sorti il y a un an ou deux, je ne me souviens plus exactement quand. C'est d'autant plus surprenant vu sa situation ; étant libéré sur parole, je crois que c'est risqué pour lui de continuer la polémique.

— Je suppose.

— Il a purgé une peine de six ans mais il n'est pas libre. J'ai cru comprendre qu'en Californie, ils avaient un genre de système de sentence indéterminée, ce qui signifie que la sentence reste vague. Dans son cas, la sentence allait de cinq ans de prison à la prison à vie. Il a purgé six ans. Je suppose qu'il aurait pu aussi bien purger dix ou vingt ans, cela restait à l'entière discrétion des autorités pénitentiaires. Je pense qu'ils en avaient assez de lui dans les parages. C'est le moins qu'on puisse dire.

Kezia acquiesça, perplexe. Simpson avait compté sur cette perplexité.

— Avait-il tué quelqu'un pendant le cambriolage ?

— Non. Je suis à peu près sûr que non. Ce fut simplement un boucan de tous les diables, je pense. Il a eu une jeunesse plutôt orageuse d'après ce que j'ai lu dans son livre. Il a fait la plus grande partie de ses études en prison : études secondaires, diplôme et licence de psychologie.

— Travailleur, en tout cas ! A-t-il eu des ennuis depuis sa libération ?

— Pas à proprement parler. Il semble avoir dépassé ce stade maintenant. Le seul ennui que je lui connaisse, c'est qu'il est sur la corde raide à cause de la publicité qui lui est faite pour son action au sujet des prisonniers. La raison de l'interview, c'est la sortie prochaine d'un autre livre qui est un exposé sans concessions sur les conditions existantes et ses positions sur la question sont en quelque sorte la suite du premier livre mais elles sont plus brutales. Ça va faire beaucoup de bruit d'après ce que j'ai entendu dire. C'est le moment approprié pour faire un bon article à son sujet, Kezia. Et vous êtes toute désignée pour l'écrire. Vous avez écrit ces deux articles sur les émeutes dans les prisons du Mississippi l'année dernière. Ce n'est pas un domaine qui vous est étranger, pas tout à fait, du moins.

— Ce n'est pas non plus un article documenté à partir d'un événement d'actualité. C'est une interview, Jack. (Elle chercha son regard et le soutint. Puis elle reprit :) ... Et vous savez que je ne fais pas d'interviews. En outre, il ne parle pas du Mississippi. Il parle des prisons de Californie. Et je n'en sais pas plus à ce sujet que ce que j'ai lu dans la presse, comme tout le monde.

C'était une excuse bien mince et tous deux le savaient.

— Les principes sont les mêmes, Kezia, vous ne l'ignorez pas. Et l'article qu'on nous a offert concerne Lucas Johns, pas le système pénitentiaire en Californie. Il peut vous en dire long sur la question. Et vous pouvez lire son premier livre en guise d'information. Vous y apprendrez tout ce que vous avez besoin de savoir, si vous pouvez le supporter.

— A quoi ressemble-t-il ?

A cette question, Simpson retint un sourire. Peut-être... peut-être... Il fronça les sourcils et déposa son cigare dans le cendrier.

— C'est un être étrange, intéressant, puissant, à la fois très fermé et très ouvert. Je l'ai vu répondre à une interview mais je ne l'ai jamais rencontré. On a l'impression qu'il peut tout dire sur les prisons mais rien sur lui. Ce serait un défi de l'interviewer. Je dirais qu'il est très réservé mais sympathique d'une certaine façon. C'est un homme qui n'a peur de rien car il n'a rien à perdre.

— Tout le monde a quelque chose à perdre, Jack.

— Vous pensez à vous, chère amie, mais certaines personnes n'ont rien à perdre. Elles ont déjà perdu tout ce qui comptait pour elles. Il avait une femme et un enfant avant d'aller en prison. L'enfant est mort dans un accident au cours duquel le chauffeur du véhicule a pris la fuite sans lui prêter assistance ; sa femme s'est suicidée deux ans avant sa sortie de prison. Peut-être fait-il partie des gens qui ont déjà perdu... Quelque chose comme ça peut vous briser ou vous donner une étrange sensation de liberté. Je pense que c'est le cas. Il y a en lui quelque chose d'un dieu pour ceux qui le connaissent bien. Vous entendrez beaucoup d'opinions contradictoires sur lui — chaleureux, aimant, aimable, ou sans pitié, brutal, froid. Ça dépend de la personne à qui vous parlez. D'une certaine façon, il est auréolé d'une sorte de légende, d'un mystère. Personne ne semble le connaître en profondeur.

— Vous paraissez en connaître long sur lui.

— Il m'intéresse. J'ai lu son livre, je l'ai vu parler et j'ai fait des recherches sur lui avant de vous demander de venir pour en discuter avec vous, Kezia. C'est vraiment le genre d'article dans lequel vous seriez très à l'aise. En un sens, il est aussi secret que vous. Peut-être apprendrez-vous quelque chose. Et ce sera un article qui ne passera pas inaperçu.

— C'est précisément pour cette raison que je ne peux pas l'écrire.

Elle avait soudain repris son assurance. Mais Simpson gardait encore de l'espoir.

— Oh ! Désirez-vous l'obscurité, maintenant ?

— Pas l'obscurité, la discrétion. Rester anonyme. La tranquillité d'esprit. Vous savez tout ça, déjà. On en a maintes fois parlé.

— En théorie. Pas en pratique. Et maintenant vous avez la chance de pouvoir écrire un article qui non seulement vous intéresserait, mais serait aussi une très bonne occasion pour vous, du point de vue professionnel, Kezia. Je ne peux pas vous laisser rater ça. Pas sans vous avoir dit au moins pourquoi je pensais que vous devriez le faire. Ce serait fou de ne pas le faire.

— Et encore plus fou de le faire. Je ne peux pas. Je suis moi-même trop sur la sellette. Comment pourrais-je l'interviewer sans susciter moi-même une certaine « agitation », comme vous dites. D'après ce que vous m'avez dit, il n'est pas homme à passer inaperçu. Et d'après vous, combien de temps cela prendrait-il pour me faire repérer ? Johns lui-même sait probablement qui je suis.

Elle secoua la tête, sûre d'elle à présent.

— Pas lui, Kezia. Il se fiche royalement des événements mondains, des quadrilles de débutantes et de tout ce qui se passe dans votre monde. Il est trop occupé dans son monde à lui. Je veux bien parier qu'il n'a jamais entendu votre nom. Il vient de Californie et s'est installé dans le Midwest (1) maintenant ; il n'a probablement jamais été en Europe et vous pouvez être certaine qu'il ne lit jamais les rubriques mondaines.

— Vous ne pouvez pas en être sûr.

— J'en mettrais ma main au feu. Je peux deviner le genre d'homme qu'il est et je sais déjà ce qui l'intéresse vraiment, exclusivement. C'est un rebelle, Kezia. Un rebelle qui s'est instruit tout seul, intelligent, totalement dévoué à sa cause. Ce n'est pas un « play-boy ». Pour l'amour du ciel, mon petit, soyez raisonnable. Vous êtes en train de jouer votre carrière. Il fait un discours à Chicago la semaine prochaine et vous pourriez vous en occuper très facilement, en toute tranquillité. Une interview le lendemain dans ses bureaux et le tour est joué. Personne ne vous reconnaîtra dans la salle, et lui non plus, j'en suis certain. Vous resterez à l'abri derrière K.S. Miller. Il s'intéressera beaucoup plus au genre d'article que vous écrirez qu'à ce que vous faites dans le privé. Cela ne l'intéresse en aucune façon.

— Est-il homosexuel ?

— C'est possible, je n'en sais rien. Je ne sais pas ce que fait un homme pendant six années passées en prison, ni si cela a de l'importance. Le problème est le suivant : pourquoi se bat-il et comment ? C'est le point capital. Et si j'avais pensé, ne serait-ce qu'une minute, que cet article pourrait vous causer des ennuis, je ne vous l'aurais pas proposé. Vous devriez le savoir, maintenant. Tout ce que je peux vous dire, c'est qu'il ignore tout de votre vie privée et que celle-ci ne l'intéressera pas.

— Mais on ne peut en être sûr, d'aucune façon. Et si

(1) Midwest : centre-ouest des Etats-Unis.

c'était un aventurier, un homme sans scrupules, un tricheur, qui profiterait de ce que je suis pour se servir de moi ? Il pourrait tourner casaque et je me retrouverais partout dans les journaux, simplement pour l'avoir interviewé.

Simpson commençait à s'impatienter. Il écrasa son cigare.

— Ecoutez, vous avez écrit au sujet d'événements politiques, vous avez fait des portraits psychologiques. Du bon travail mais vous n'avez jamais écrit un article de ce genre. Je pense que vous êtes capable de le faire et de le faire bien. Je pense aussi que vous devriez le faire. C'est une chance capitale pour vous, Kezia. La question est la suivante : êtes-vous un écrivain, oui ou non ?

— Evidemment ! Mais ça me semble si peu sage. C'est comme une infraction à mes principes personnels. J'ai la paix depuis sept ans parce que j'ai été prudente à tous points de vue. Si je commence à écrire des interviews et si je fais celle-ci... il y en aura d'autres et... non. C'est impossible.

— Pourquoi ne pas y réfléchir ? J'ai son dernier livre, si vous voulez le lire. Je pense vraiment que vous devriez au moins en prendre connaissance avant de vous décider.

Elle hésita longuement puis acquiesça avec réserve. C'était la seule concession qu'elle pouvait faire ; elle était tout à fait sûre qu'elle n'écrirait pas l'article. Elle ne pouvait pas se le permettre. Peut-être bien que Lucas Johns n'avait rien à perdre mais elle, si ; elle avait tout à perdre. Sa tranquillité d'esprit et la vie secrète qu'elle avait mis si longtemps à construire. Cette vie lui permettait de survivre. Elle ne ferait rien susceptible de la mettre en péril, pour personne au monde. Ni pour Mark Wooly, ni pour Jack Simpson, ni pour quelque ex-détenu inconnu, défendant une « cause » brûlante. Qu'il aille au diable ! Personne n'en valait la peine.

— D'accord, je vais lire le livre. (Elle sourit pour la

première fois depuis une demi-heure, puis secoua la tête tristement.) Vous savez faire valoir vos arguments, misérable !

Mais Simpson savait qu'il ne l'avait pas encore convaincue. Tout ce qu'il pouvait espérer, c'était que sa propre curiosité et le texte écrit par Lucas Johns fassent le reste. Il sentait au plus profond de lui-même qu'elle devait écrire cet article et il se trompait rarement.

— Simpson, vous êtes vraiment un misérable de premier ordre ! Vous m'avez présenté ça comme si toute ma carrière dépendait de ce... ou ma vie même.

— Peut-être est-ce vrai ? Et vous, ma chère, vous êtes un écrivain de premier ordre. Mais je pense que vous touchez le point capital quand vous avez à faire des choix. Ce n'est pas chose facile, lucas mon principal souci est que vous fassiez ces choix et que vous ne laissiez pas filer votre vie et votre carrière.

— Je n'avais pas conscience que ma « vie » et ma carrière me passaient sous le nez.

Elle leva un sourcil, d'une façon cynique, amusée. Cela ne lui ressemblait pas d'être aussi soucieux et aussi franc.

— Non, vous ne vous êtes pas mal débrouillée jusqu'à présent. Il y a eu une saine progression, une bonne évolution, mais seulement jusqu'à un certain point. Le déclic doit se faire au moment précis où vous ne pouvez plus vous dérober, au moment où vous ne pouvez plus tout « organiser » selon vos besoins. Il vous faut alors décider de ce que vous voulez vraiment et agir en conséquence.

— Et vous ne croyez pas que je l'aie déjà fait ?

Elle fut surprise de voir qu'il secouait la tête.

— Vous n'avez jamais eu à le faire. Mais je pense qu'il est temps maintenant.

— Et il est temps de faire quoi, exactement ?

— De décider de ce que vous voulez être. K.S. Miller, écrivant des articles sérieux qui peuvent faire vraiment avancer votre carrière ou Martin Hallam, cancanant sur vos amis sous un pseudonyme, ou l'honorable Kezia Saint-Martin entrant et sortant des bals de débutantes ou de *la Tour d'Argent* à Paris. Vous ne pouvez pas tout avoir, Kezia, même vous.

— Ne soyez pas absurde, Simpson.

Ces paroles la rendaient de toute évidence très mal à l'aise — et cette gêne uniquement à cause d'un article sur un ex-détenu, un agitateur travailliste. Quelle stupidité !

— Vous savez très bien que la « rubrique » Hallam est une blague pour moi, dit-elle, agacée. Je ne l'ai jamais prise au sérieux, en tout cas, pas ces cinq dernières années. Et vous savez aussi que ma carrière en tant que K.S. Miller est tout ce qui m'intéresse vraiment. Les bals de débutantes et les dîners à *la Tour d'Argent*, comme vous dites, continua-t-elle en le fixant exprès d'un air maussade, sont des choses que je fais pour passer le temps, par habitude, et pour entretenir la « rubrique » Hallam. Je ne vends pas mon âme pour ce genre de vie.

Et, ce disant, elle savait trop bien qu'elle mentait.

— Je ne suis pas sûr que tout ceci soit vrai et si cela est, vous pourriez bien, un jour ou l'autre, vous rendre compte que le prix à payer est votre âme ou votre carrière.

— Ne soyez pas aussi théâtral.

— Pas théâtral. Honnête et soucieux.

— Eh bien, ne soyez pas « soucieux », pas dans ce domaine. Vous savez ce que je dois faire, ce qu'on attend de moi. On ne peut pas changer des centaines d'années de tradition en quelques courtes années passées devant une machine à écrire. En outre, beaucoup d'écrivains travaillent sous des pseudonymes.

— Oui, mais ils ne vivent pas sous des pseudonymes. Et je ne suis pas d'accord avec vous en ce qui concerne le changement des traditions. Vous avez raison sur un point : on ne change pas les traditions en quelques années. On les change tout d'un coup, brutalement, en faisant une bonne révolution.

— Je ne pense pas que cela soit nécessaire.

— Ou « civilisé », n'est-ce pas ? Non, vous avez raison. Ce n'est pas civilisé. La révolution ne l'est jamais et le changement n'est jamais confortable. Je commence à penser que vous devriez lire le livre de Johns, pour votre propre bien. D'une certaine façon, vous êtes en prison depuis bientôt trente ans. (Sa voix s'adoucit : il la regardait droit dans les yeux.) Kezia, est-ce vraiment ainsi que vous voulez vivre ? Aux dépens de votre bonheur ?

— Là n'est pas la question. Et, quelquefois, il n'y a pas le choix.

Elle détourna les yeux, à la fois agacée et blessée.

— Mais c'est de cela précisément que nous parlons. Et il y a toujours un choix. (Peut-être ne le voyait-elle pas ? Il continua :) Allez-vous vivre votre vie pour un absurde « devoir », pour plaire à votre tuteur, dix ans après votre majorité ? Par piété envers des parents morts il y a vingt ans ? Ce n'est pas votre faute, pour l'amour du ciel, et les temps ont changé ; vous avez changé. Ou bien le jeune homme auquel vous êtes fiancée attend-il cela de vous ? Si c'est le cas, il viendra peut-être un jour où vous aurez à choisir entre lui et votre travail et vous feriez peut-être mieux d'y faire face dès maintenant.

Quel homme ? Whit ? Mais c'est ridicule. Pourquoi Simpson parlait-il de toutes ces choses, maintenant ? Il n'en avait jamais parlé jusqu'à présent. Pourquoi maintenant ?

— Si vous voulez parler de Whitney Hayworth, je ne suis pas fiancée avec lui et je ne le serai jamais. Il ne me coûte jamais autre chose qu'une soirée très ennuyeuse. Ainsi, vos inquiétudes sont sans fondement en ce qui le concerne.

— Je suis content de vous l'entendre dire. Mais, Kezia, pourquoi une double vie ?

Elle poussa un profond soupir et baissa les yeux sur ses mains qu'elle avait jointes sur ses genoux.

— Parce que, quelque part le long du chemin, ils ont réussi à me convaincre que, si je lâche le Saint Graal ne serait-ce qu'un instant ou si je le mets de côté pour une journée, le monde entier s'écroulera et tout sera de ma faute.

— Je vais alors vous livrer un secret bien gardé : il ne s'écroulera pas. Le monde ne s'achèvera pas. Vos parents ne vous hanteront pas, et votre tuteur ne se suicidera pas. Vivez pour vous-même, Kezia. Vous le devez maintenant. Combien de temps pourrez-vous vivre dans le mensonge ?

— Un pseudonyme est-il un mensonge ?

Elle se défendait faiblement et elle le savait.

— Non, mais la façon dont vous l'utilisez en est un. Vous utilisez votre pseudonyme pour mener deux vies totalement étrangères l'une à l'autre. Deux aspects de vous. L'un est devoir, l'autre est amour ; vous êtes comme une femme mariée qui a un amant et qui ne veut perdre ni le mari ni l'amant. Je pense que c'est un lourd fardeau à porter et tout à fait inutile. (Il regarda sa montre et secoua la tête avec un petit sourire.) Je dois vous faire mes excuses. Je vous sermonne depuis plus d'une heure. Mais je voulais en discuter avec vous depuis longtemps. Faites ce que vous voulez pour l'article sur Johns mais réfléchissez un peu à ce que nous avons dit. Je pense que c'est important.

— Vous avez sans doute raison.

Elle se sentit soudain lasse. La matinée l'avait épuisée. C'était comme si elle avait vu toute sa vie défiler sous ses yeux. Et comme elle lui avait paru insignifiante ! Simpson avait raison. Elle ne savait pas ce qu'elle ferait au sujet de l'article sur Johns, mais là n'était pas le problème. Il s'agissait de bien autre chose !

— Je vais lire le livre de Johns ce soir.

— C'est cela et appelez-moi demain. Je peux faire patienter le magazine jusque-là. Et me pardonnerez-vous de vous avoir fait un sermon ?

Elle lui sourit, d'un sourire plus chaleureux.

— Seulement si vous me laissez vous remercier. Vos paroles étaient dures mais je pense que j'avais besoin d'entendre ce que vous m'avez dit. J'y ai moi-même beaucoup pensé dernièrement et en discuter ce matin avec vous, c'était un peu comme si j'en discutais avec moi-même. Douce schizophrénie !

— Ce n'est pas aussi étrange que vous le croyez. Et vous n'êtes pas unique ; d'autres ont vécu le même combat avant vous. L'une d'elles aurait dû écrire un livre sur la façon de s'en sortir.

— Vous voulez dire que d'autres s'en sont sorties ?

Elle rit en avalant une dernière gorgée de thé.

— Et très bien, en fait.

— Alors, qu'ont-elles fait ? Elles se sont enfuies avec le garçon d'ascenseur pour mettre en pratique leurs idées ?

— Quelques-unes. Celles qui étaient stupides. Les autres ont trouvé une meilleure solution.

Elle essaya de ne pas penser à sa mère.

— Lucas Johns, par exemple ?

Elle ne savait pas pourquoi, mais ce nom lui avait échappé. L'idée était absurde. Presque drôle.

— Sûrement pas. Je n'ai jamais suggéré que vous vous mariiez avec lui, ma chère. Il s'agit de l'intervie-wer. Je ne m'étonne plus que vous ayez fait tant de difficultés.

Jack Simpson connaissait les véritables raisons de toutes ces difficultés. Kezia avait peur. Et d'une certaine façon, il avait essayé de calmer ses craintes. Seulement une interview... une fois. L'interview pourrait changer tant de choses pour elle... élargir ses horizons, la faire sortir de l'ombre, faire d'elle un écrivain. Si seulement tout marchait bien. Selon lui, elle avait peu de chances d'être « découverte ». Si cette fois elle était « grillée », elle se cacherait pour toujours, il le savait. Ni l'un ni l'autre ne pouvaient se le permettre. Il y avait beaucoup réfléchi avant de lui proposer l'article.

— Vous savez, Jack, vous avez dit beaucoup de choses sensées. Je dois admettre que dernièrement le « mystère » a un peu perdu de sa profondeur. Son charme s'étiole après quelque temps.

Ce qu'il avait dit était vrai. Elle agissait comme une femme mariée qui a un amant. Elle n'avait jamais vu la situation sous cet aspect... Edward, Whit, les réceptions, les comités, et puis, Mark, Soho et les pique-niques sur des îles magiques et, indépendant de tout le reste, son travail. Rien n'allait ensemble, tout était séparé et caché et, depuis longtemps, elle était déchirée. A quoi et à qui devait-elle être fidèle, d'abord ? A elle-même évidemment, mais c'était si facile de l'oublier. Jusqu'à ce que quelqu'un le lui rappelle, comme Jack Simpson venait de le faire.

— Permettez-vous que je vous serre dans mes bras, mon ami ?

— Je ne vous permets pas, je vous en serais bien plutôt très reconnaissant, chère amie.

Elle l'étreignit brièvement et lui sourit, puis se prépara à partir.

— C'est bougrement dommage que vous ne m'ayez pas dit tout ça il y a dix ans. Il est presque trop tard maintenant.

— A vingt-neuf ans ! Ne soyez pas ridicule ! Maintenant, lisez ce livre et téléphonez-moi demain.

Elle le quitta en lui adressant un dernier signe de sa main gantée de chevreau brun, et disparut dans une envolée de son long manteau de daim.

Dans l'ascenseur, elle regarda attentivement la couverture du livre : elle lui parut peu impressionnante. Il n'y avait aucune photographie de Lucas Johns au dos, uniquement une brève biographie. C'était étrange, cependant ; d'après ce qu'elle avait entendu ce matin, elle avait déjà une image claire de l'homme. Elle s'attendait à trouver quelque chose de méchant sur son visage, il était sûrement petit, râblé, dur, et peut-être trop gros — et diablement agressif. Six années de prison devaient faire un étrange effet sur un homme et n'ajoutaient certainement rien à sa beauté. Un vol à main armée... un gros petit bonhomme dans un magasin d'alcool avec un revolver. Et maintenant, il était respecté et on lui avait offert, à elle, une chance de l'interviewer. Cependant, malgré sa longue conversation avec Simpson, elle savait qu'elle ne devait pas le faire. Il avait eu raison pour certaines choses... mais une interview avec Lucas Johns, ou avec qui que ce soit, était encore en dehors du domaine du possible ou du raisonnable.

Elle commit alors l'erreur de déjeuner avec Edward.

— Je pense que vous ne devriez pas le faire.

Edward était catégorique.

— Et pourquoi pas ?

C'était presque lui tendre un piège ; elle savait ce qu'il dirait. Mais elle ne pouvait pas résister à l'envie de lui tendre l'appât.

— Vous savez bien pourquoi. Si vous commencez à faire des interviews, vous vous mettez à la merci de quelqu'un qui pourrait bien comprendre ce que vous fabriquez. Vous pouvez vous en sortir cette fois-ci, mais tôt ou tard...

— Vous pensez, alors, que je devrais me cacher pour toujours ?

— Vous appelez ça vous cacher ?

Pour appuyer sa question, il montra de la main les salons bruyants de *la Caravelle.*

— Dans un sens, oui.

— Eh bien ! dans ce cas, je pense que c'est en effet plus sage.

— Et ma vie alors, Edward ? Qu'en faites-vous ?

— Et alors ! Vous avez tout ce que vous voulez : vos amis, votre confort et votre travail d'écrivain. Que voulez-vous de plus, si ce n'est un mari ?

— Ce n'est plus sur ma liste pour le Père Noël. Oui, je peux demander plus. L'honnêteté.

— Vous coupez les cheveux en quatre. Et ce que vous risqueriez pour obtenir ce genre d'honnêteté, ce serait votre vie privée. Rappelez-vous l'emploi auquel vous postuliez au *Times*, il y a des années.

— C'était différent.

— Comment cela ?

— J'étais plus jeune. Et ce n'était pas une carrière, c'était un travail et quelque chose que je voulais prouver.

— Ce n'est pas pareil cette fois ?

— Peut-être que non. Peut-être est-ce une question de santé mentale.

— Juste ciel, Kezia, ne soyez pas ridicule ! Vous êtes obsédée par je ne sais quelle bêtise que Simpson vous a sortie ce matin. Soyez raisonnable. Vous représentez un capital pour cet homme. Il considère cette affaire de son point de vue à lui, pas du vôtre. C'est dans son intérêt, pas dans le vôtre.

Mais elle savait que ce n'était pas vrai. Et ce qu'elle savait aussi, maintenant, c'est qu'Edward avait peur. Encore plus peur qu'elle. Mais peur de quoi ? Et pourquoi ?

— Edward, quelle que soit votre manière de trancher la question, un de ces jours, il faudra que je choisisse.

— A propos d'une interview pour un magazine ? Une interview avec un gibier de potence ?

Il n'avait pas peur. Il était terrifié. Kezia eut presque pitié de lui quand elle comprit ce qu'il craignait tant : elle était en train de lui échapper.

— En fait, cette interview n'est pas le fond du

problème, Edward. On le sait bien tous les deux ! Et même Simpson le sait.

— Alors, qu'est-ce qui peut bien être fondamental ? Pourquoi faire tant de bruit à propos de santé mentale, de liberté, d'honnêteté ? C'est insensé. Quelqu'un, dans votre vie, fait-il pression sur vous ?

— Non. Seulement moi-même.

— Mais il y a quelqu'un dans votre vie dont vous ne m'avez pas parlé, n'est-ce pas ?

— Oui. (L'honnêteté avait quelque chose de bon.) Je ne savais pas, continua-t-elle, que vous attendiez de moi que je vous informe de tous mes faits et gestes.

Edward détourna les yeux, embarrassé.

— J'aime seulement savoir que vous allez bien. C'est tout. Je pensais qu'il y avait quelqu'un d'autre que Whit.

« Oui, chéri, mais savez-vous pourquoi ? Sûrement pas. »

— Vous avez raison. Il y a quelqu'un d'autre.

— Il est marié ?

Il semblait très prosaïque.

— Non.

— Ah bon ? J'étais pratiquement sûr qu'il l'était.

— Pourquoi ?

— Parce que vous êtes... disons, si discrète. Je pensais seulement qu'il était marié ou quelque chose du même genre.

— Pas du tout. Il est libre, il a vingt-quatre ans, c'est un artiste de Soho. (Voilà quelque chose qu'Edward mettrait du temps à digérer.) Et à titre d'information, ce n'est pas moi qui le fais vivre. Il touche une allocation et s'en trouve bien.

Elle s'amusait presque, maintenant, et Edward paraissait au bord du malaise.

— Kezia !

— Oui, Edward ?

Sa voix était de miel.

— Il sait qui vous êtes ?

— Non et il s'en fiche complètement.

Elle savait que ce n'était pas entièrement vrai, mais elle savait aussi qu'il ne prendrait jamais la peine de mettre son nez dans cette autre partie de sa vie. Il avait une simple curiosité enfantine.

— Whit est-il au courant de cette situation ?

— Non. Pourquoi le serait-il ? Je ne lui parle pas de mes amants. Il ne me parle pas des siens. C'est équitable. D'autre part, mon cher, Whitney préfère les hommes.

Elle ne s'attendait pas à voir cet air sur le visage d'Edward : ce dernier n'était pas totalement surpris.

— Oui... je... j'en ai entendu parler. Je me demandais si vous étiez au courant.

— Je le suis.

Leurs voix étaient calmes, maintenant.

— Il vous en a parlé ?

— Non, je l'ai su par quelqu'un d'autre.

— Je suis désolé pour vous.

Il détourna les yeux en lui tapotant la main.

— Ne soyez pas désolé, Edward. Cela m'est complètement égal, et cela va peut-être vous paraître cruel de ma part, mais je n'ai jamais été amoureuse de lui. Nous nous rendons service l'un à l'autre. Ce n'est pas très joli à admettre, mais c'est un fait.

— Et cet autre homme — l'artiste —, est-ce sérieux ?

— Non, c'est agréable, facile, amusant, et c'est un soulagement au milieu de toutes les pressions que j'ai à subir dans ma vie. Ce n'est que cela, Edward. Ne vous inquiétez pas, personne ne va s'enfuir avec le magot.

— Ce n'est pas mon seul souci.

— Je suis contente de vous l'entendre dire.

Pourquoi, soudain, voulait-elle le blesser ? A quoi cela servait-il ? Mais il la suppliait, la tentait, semblable à un employé trop zélé qui dénoncerait une situation détestée et insisterait pour l'attirer dans le même piège. Et elle n'avait nulle part où aller.

En attendant un taxi devant le restaurant, il lui demanda :

— Vous allez la faire ?

— Quoi ?

— L'interview dont Simpson vous a parlé.

— Je ne sais pas. Je veux y réfléchir.

— Réfléchissez. Mesurez bien ce qu'elle signifie pour vous et quel prix vous êtes prête à payer. Il se pourrait que vous n'ayez pas à payer, mais le contraire est possible. Soyez au moins préparée, ayez conscience du risque que vous prenez.

— Le risque est-il si terrible, Edward ?

Ses yeux étaient à nouveau tendres quand elle leva son regard vers lui.

— Je ne sais pas, Kezia. Je ne sais vraiment pas. Mais, de toute façon, tout ce que je peux dire ne changera rien. Peut-être ne puis-je qu'aggraver les choses.

— Non. Mais il se peut que je sois dans l'obligation de l'écrire.

Pas pour Simpson. Pour elle-même.

— C'est ce que je pensais.

7

L'avion atterrit à Chicago à 5 heures de l'après-midi, moins d'une heure avant l'allocution de Johns. Simpson avait demandé à l'une de ses amies de prêter son appartement à Kezia, dans Lake Shore Drive. L'amie, une veuve d'un certain âge, était partie passer l'hiver au Portugal.

Alors que le taxi roulait au bord du lac, Kezia commençait à sentir monter en elle une certaine excitation. Elle avait choisi. Elle avait fait un premier pas. Mais que ferait-elle si la situation évoluait de telle façon qu'elle ne puisse plus y faire face ? Travailler à une machine à écrire et s'appeler K.S. Miller, c'était une chose ; c'en était une autre d'enlever l'affaire. Evidemment, Mark ne savait pas non plus qui elle était. Mais c'était différent. Son plus lointain horizon, c'était son chevalet, et même s'il apprenait la vérité il s'en ficherait. Il en rirait et c'est tout. Il se pourrait bien que Lucas Johns soit différent et qu'il utilise la notoriété de Kezia à son avantage.

Elle essaya de chasser ses craintes d'un haussement d'épaules alors que le taxi s'arrêtait à l'adresse que Simpson lui avait donnée. L'appartement prêté était au 19e étage d'un immeuble d'aspect cossu, en bordure du lac. Le parquet de l'entrée résonna sous ses pas. Au-dessus de sa tête pendait un beau lustre en cristal. Et la forme fantomatique d'un grand piano dormait, silencieuse, sous un drap de protection, au pied de l'escalier. Un long couloir revêtu de glaces conduisait au living-room. Encore des draps de protection contre la poussière, deux autres lustres, le marbre rose d'un manteau de cheminée Louis XV, doucement éclairé par la lumière venant du couloir. Sous les couches de poussière, les meubles paraissaient massifs. Elle erra de pièce en pièce, avec curiosité. Un escalier en spirale conduisait à un étage supérieur. Là-haut, dans la chambre principale, elle tira les rideaux et écarta les voilages de soie crème. Le lac s'étendait devant elle, baigné par la lumière du soleil couchant, et les derniers voiliers reprenaient paresseusement le chemin du retour. Il aurait été agréable de se promener le long du lac pendant un moment, mais elle avait d'autres choses en tête. Lucas Johns !

Elle avait lu son livre et était surprise de constater qu'elle aimait l'image de lui qui s'en dégageait. Elle s'était préparée à le détester, ne serait-ce qu'à cause de cette interview qui était devenue une question fondamentale entre elle, Simpson et Edward. Mais le problème, en fait, c'était elle-même et elle oublia le reste en lisant le livre. Son vocabulaire était agréable, la façon dont il s'exprimait, puissante. Le livre était parsemé de touches humoristiques. Il se refusait à se prendre au sérieux malgré la passion qu'il portait au sujet. Pourtant, le style détonnait étrangement avec l'histoire de sa vie et il était difficile de croire qu'un homme ayant passé la plus grande partie de sa jeunesse dans des foyers de jeunes et des prisons puisse écrire aussi bien. Ici et là, cependant, il employait à dessein le jargon des prisonniers et l'argot de Californie. Tout cela faisait une inhabituelle combinaison de principes, de croyances, d'espoirs et de cynisme, avec un parfum d'humour tout personnel — et plus qu'une simple touche d'arrogance. L'auteur semblait constitué d'un grand nombre d'éléments différents — non plus ce qu'il avait été mais très nettement ce qu'il était devenu, un mélange réussi qu'il respectait avant tout. Kezia l'avait envié au fur et à mesure qu'elle avançait dans sa lecture. Simpson avait raison. D'une façon indirecte, le livre avait un rapport avec elle. Toute sorte d'esclavage est une prison — même un déjeuner à *la Grenouille*, par exemple.

L'image mentale qu'elle se faisait de Johns était plus claire maintenant. Yeux globuleux, mains nerveuses, épaules voûtées, ventre proéminent et quelques fines mèches de cheveux couvrant un front brillant et dégarni. Elle ne savait pas pourquoi, mais elle avait l'impression de le connaître. En lisant son livre, elle pouvait presque le voir parler.

Un homme solidement bâti prononça une introduction au discours de Lucas Johns ; il esquissa par touches hardies les problèmes syndicaux en prison : une échelle approximative des salaires (de 5 *cents* (1) par heure à 25 dans les meilleurs cas), les métiers inutiles qu'on y enseignait, les conditions indécentes. Il fit le tour du sujet très clairement, sans effets. Kezia observait son visage. Il plantait le décor et réglait l'allure. Ton bas, voix profonde et pourtant un impact puissant. Ce qui la touchait le plus, c'était la façon prosaïque avec laquelle il parlait des horreurs de l'univers carcéral. C'était, à la limite, étrange que cet homme passât avant Johns : ce serait difficile de parler après lui. Ou peut-être que non. Peut-être que le dynamisme nerveux de Johns contrasterait bien avec la manière plus facile du premier orateur — facile et cependant contrôlée intensément. La trempe de cet homme l'intriguait au point qu'elle en oublia de scruter la salle pour s'assurer qu'il n'y avait personne susceptible de la reconnaître. Elle oublia totalement tout ce qui la concernait, emportée par le ton du discours.

Elle sortit son carnet et y jeta des notes rapides sur l'orateur, puis commença à observer les spectateurs. Elle remarqua trois radicaux noirs célèbres, et deux solides leaders syndicaux qui, dans le passé, au temps de ses débuts, avaient aidé Johns par leur expérience. Il y avait également quelques femmes et, au premier rang, un célèbre avocat d'assises, dont le nom apparaissait souvent dans les journaux. Tous ces gens connaissaient la question en grande partie et s'étaient déjà occupés de la réforme pénitentiaire. Le grand nombre de spectateurs la surprenait : elle continua à observer leurs visages en écoutant la fin de l'introduction. La salle était étrangement calme : pas de froissements de papier, pas de bruits de sièges, personne ne se jetait sur des cigarettes et des briquets. Aucun mouvement. Tous les yeux restaient fixés sur l'homme en face d'eux. Elle avait eu raison dès le début : ce serait une tâche difficile

(1) Le *cent* est la centième partie du dollar.

pour Lucas Johns d'enchaîner. Elle regarda de nouveau l'orateur. Il avait le même teint que le père de Kezia, des cheveux presque noirs et des yeux verts ardents qui semblaient clouer les gens sur place. Il cherchait les yeux qu'il connaissait et les fixait, ne parlant que pour eux, puis il regardait ailleurs, parcourait la salle du regard ; sa voix était basse, ses mains immobiles, son visage tendu. Pourtant, il y avait quelque chose dans sa bouche qui suggérait le rire, quelque chose dans ses mains qui suggérait la brutalité. Il avait des mains intéressantes et un sourire incroyable. D'une façon puissante et effrayante, il était bel homme et il plaisait à Kezia. Elle se retrouva en train de l'observer minutieusement, avide de détails — les épaules de l'homme étaient enfermées dans une vieille veste de tweed, ses longues jambes étendues paresseusement devant lui, ses cheveux étaient épais, ses yeux allaient et venaient, s'arrêtaient, repartaient, puis enfin ils se posèrent sur elle.

Elle s'aperçut qu'il la regardait. Il la fixa longuement et durement, puis son regard s'en fut vers autre chose. La sensation avait été étrange : comme si elle avait été contre un mur, une main de l'homme sur sa gorge, une autre lui caressant les cheveux : pelotonnée de peur et fondant de plaisir. Elle eut soudain très chaud dans cette salle pleine de monde et elle regarda tranquillement autour d'elle en se demandant pourquoi cet homme parlait si longtemps. Il pouvait difficilement s'agir d'un préambule. Il parlait maintenant depuis presque une demi-heure. Avait-il l'intention de prendre la place de Lucas Johns ? Et puis soudain, elle comprit et elle dut faire un effort pour ne pas rire dans la salle silencieuse : il n'avait jamais été question d'introduction. L'homme dont elle avait croisé brièvement le regard était Johns.

8

— Du café ?

— Du thé, si c'est possible.

Kezia sourit à Lucas Johns alors qu'il lui versait une tasse d'eau chaude en lui tendant un sachet de thé.

L'état de l'appartement prouvait qu'il y avait souvent des visiteurs — tasses en carton, restes de biscuits à apéritif, cendriers débordant de coquilles de noisettes et de vieux mégots de cigarettes, un bar aux bouteilles à moitié vides dans un coin. C'était un hôtel modeste et la suite n'était pas grande, mais pratique et confortable. Depuis combien de temps vivait-il ici ? Impossible à dire. Il n'y avait rien de personnel ; il possédait seulement les vêtements qu'il portait, la lumière dans ses yeux, le sachet de thé qu'il lui avait donné, rien d'autre.

— Nous allons commander le petit déjeuner en bas.

Elle sourit de nouveau et le regarda tranquillement.

— A dire vrai, je n'ai pas faim. Il n'y a pas d'urgence. Au fait, j'ai été très impressionnée par votre exposé d'hier soir. Vous paraissiez tellement à l'aise sur la scène. Vous avez le chic pour réduire un sujet difficile à des proportions humaines et pour le mettre, sans pédantisme, à la portée de vos auditeurs. C'est tout un art.

— Merci. C'est sympathique de votre part de me le dire. Je suppose que c'est une question de pratique. J'ai fait beaucoup d'allocutions en public. La réforme pénitentiaire est-elle un sujet nouveau pour vous ?

— Pas entièrement. J'ai écrit deux articles l'année dernière sur les émeutes de deux prisons du Mississippi. C'était quelque chose d'affreux.

— Oui, je me souviens. Le problème crucial à propos de cette « réforme », c'est qu'il ne faut pas réformer. Je pense que l'abolition des prisons telles que nous les connaissons actuellement est la seule solution raisonnable. De toute façon, elles ne fonctionnent pas dans leur état actuel. Je suis maintenant en train de travailler sur le rapport au sujet de la construction des prisons, avec l'aide d'un grand nombre de gens bien qui l'ont mis au point. Je me rendrai ensuite à Washington.

— Vous vivez ici à Chicago depuis longtemps ?

— Depuis sept mois. Ce local me sert de bureau. Quand je suis ici, je travaille en dehors de l'hôtel, je combine les rendez-vous pour des allocutions et autres choses de ce genre. C'est ici que j'ai écrit mon nouveau livre. Je me suis enfermé pendant un mois et j'ai fait le travail. J'emportais ensuite le manuscrit partout où j'allais : j'ai ainsi écrit le reste en avion.

— Vous voyagez beaucoup ?

— La plupart du temps. Mais je reviens ici quand je peux, pour m'isoler et me détendre.

Rien en lui pourtant ne laissait supposer qu'il jetât l'ancre très souvent.

Il ne semblait pas être du genre d'homme à savoir s'arrêter. En dépit de tout son calme, on sentait comme une force motrice à l'intérieur de lui. Il avait une façon très tranquille de s'asseoir, avec une grande économie de gestes, et d'observer la personne à laquelle il s'adressait. Mais cette attitude ressemblait plus à la position prudente de l'animal reniflant dans l'air des éventuels signes d'attaque ou d'approche, prêt à bondir à tout moment. Kezia sentait également qu'il était sur ses gardes avec elle ; il n'était pas totalement décontracté. L'humour qu'elle avait cru déceler dans ses yeux pendant l'exposé de la veille était maintenant prudemment dissimulé.

— Vous savez, ça m'étonne qu'ils aient envoyé une femme pour écrire l'article.

— C'est du racisme, monsieur Johns ?

L'idée amusa Kezia.

— Non, simple curiosité. Vous devez être bonne, sinon ils ne vous auraient pas envoyée.

Elle décela la même pointe d'arrogance que dans le livre.

— Je pense que c'est principalement parce qu'ils ont aimé les deux articles que j'ai écrits pour eux l'année dernière. Disons que j'ai « effleuré » le problème des prisons, auparavant... si vous me pardonnez un mot aussi futile pour un sujet aussi sérieux.

Il fit une grimace et secoua la tête.

— En effet ce n'est vraiment pas le verbe qu'il faudrait employer.

— Alors disons que j'ai donné une « vue » d'ensemble de l'extérieur.

— Je ne suis pas bien sûr que ce soit mieux. On ne peut jamais voir de l'extérieur... ou bien peut-être voit-on plus clairement ? Mais avec moins de vie. Pour moi, c'est toujours mieux d'être au cœur des choses. Ou vous y entrez ou vous n'y entrez pas. L'extérieur... c'est tellement dénué de danger, une façon d'agir absolument sans intérêt.

Ses yeux étincelaient et sa bouche souriait, mais ses paroles étaient lourdes de sens.

— Je crois me souvenir d'avoir lu quelques-uns de vos articles. Je pense... Cela pouvait-il être dans *Play-boy* ?

Pendant l'espace d'un instant, l'idée lui parut ahurissante. Elle n'avait pourtant pas le genre *Play-boy*, pas même pour les écrits, mais il était sûr d'avoir lu un article d'elle peu de temps auparavant.

Elle acquiesça en souriant.

— C'était un article sur le viol, vu du côté de l'homme, pour changer. Ou plutôt, c'était sur les fausses accusations de viol, de la part de femmes déséquilibrées qui n'ont rien de mieux à faire que de ramener un type chez elles puis de se dégonfler et de crier au viol.

— C'est ça. C'est l'article dont je me souviens.
C'était bien.

— Evidemment.

Elle essayait de ne pas rire.

— Allons, allons, c'est drôle pourtant, j'aurais cru
qu'il avait été écrit par un homme. On aurait dit
plutôt le point de vue d'un homme. Je suppose que
c'est pour ça que je m'attendais à ce que ce soit un
homme qui fasse l'interview. Je ne suis vraiment pas le
genre de type à qui l'on envoie des femmes pour
discuter.

— Et pourquoi ?

— Parce que quelquefois, chère madame, je suis un
emmerdeur.

Il partit d'un rire profond et doux. Kezia l'imita.

— Alors, c'est comme ça ? Et ça vous amuse ?

Il parut soudain un peu embarrassé, comme un
gamin, et avala une gorgée de café.

— Oui, peut-être. Quelquefois, en tout cas. Est-ce
amusant d'écrire ?

— Oui. J'aime beaucoup. Mais « amusant » ne fait
pas très sérieux. Ce serait quelque chose qu'on ferait
comme passe-temps. Or, ce n'est pas de cette façon que
je le conçois, c'est important pour moi. Très important.
C'est quelque chose de vrai, beaucoup plus vrai que
beaucoup d'autres choses que je connais.

Elle se sentait étrangement sur la défensive devant ce
regard silencieux. C'était comme s'il avait tranquillement changé de position et que c'était lui maintenant
qui était en train de l'interviewer.

— Ce que je fais a aussi beaucoup d'importance
pour moi, dit-il, c'est une réalité.

— Je l'ai lu dans votre livre.

— Vous l'avez lu ?

Il semblait surpris. Elle acquiesça.

— Je l'ai beaucoup aimé.

— Le dernier est meilleur.

Et si modeste, M. Johns, si modeste ! C'était vraiment un drôle de type.

— Il y a moins d'émotion, il est plus professionnel. Je le préfère comme ça.

— Les premiers livres sont toujours pleins d'émotion.

— Vous en avez écrit un ?

La situation était de nouveau inversée.

— Pas encore. J'espère l'écrire bientôt.

Elle fut soudain agacée : c'était elle l'écrivain, elle qui avait travaillé dur pendant sept ans et c'était lui qui avait écrit non pas un, mais deux livres. Elle l'envia. Pour cela et pour beaucoup d'autres choses : son style, son courage, sa volonté de faire ce qu'il désirait, de vivre selon ses convictions, mais, une fois encore, lui n'avait rien à perdre. Elle se souvint de sa femme et de son enfant morts et elle se sentit vibrer pour une tendresse en lui qui devait être cachée quelque part, au plus profond de son être.

— J'ai une dernière question à vous poser ; ensuite, vous pourrez en venir à votre article. Que signifie le « K » ? En quelque sorte « K.S. Miller » ne ressemble pas à un nom.

Elle éclata de rire et, l'éclair d'un instant, elle fut sur le point de lui dire la vérité : Kezia. Le « K », c'est Kezia et Miller est un nom d'emprunt. Il était le genre d'homme à qui on ne pouvait dire que la vérité. On ne pouvait pas s'en tirer à moins et l'on n'avait pas envie de lui mentir. Mais elle devait être raisonnable. Ce serait stupide de tout dévoiler pour un moment d'honnêteté. Après tout, Kezia était un nom peu fréquent et il se pourrait qu'il voie une photo d'elle quelque part, un jour, et alors...

— Le « K », c'est Kate.

Le nom de sa tante préférée.

— Kate. Prénom sage. Kate Miller, Kate Sage Miller.

Il lui sourit, alluma une autre cigarette et Kezia eut l'impression qu'il se moquait d'elle mais pas méchamment. Le regard dans ses yeux lui rappela à nouveau son père. Par certains côtés, ils se ressemblaient... Quelque chose dans sa façon de rire... dans sa façon intransigeante de la regarder, comme s'il connaissait tous ses secrets et qu'il attendait seulement qu'elle les lui dévoile, comme si elle était une enfant en train de jouer et qu'il le savait. Mais que pouvait-il bien savoir ? Rien, sinon qu'elle était là pour l'interviewer et que son premier prénom était Kate.

— Eh bien ! chère madame, commandons le petit déjeuner et commençons à travailler.

Les jeux et les plaisanteries étaient finis.

— D'accord, monsieur Johns, si vous êtes prêt, je le suis aussi.

Elle sortit le carnet où elle avait jeté quelques notes le soir précédent, prit un stylo dans son sac et s'appuya contre le dossier de sa chaise.

Il parla à bâtons rompus pendant deux heures, racontant d'un bout à l'autre et avec une surprenante franchise ses années en prison ; il expliqua à quoi cela ressemblait de vivre avec une sentence indéterminée, ce phénomène californien qui condamne des hommes à des peines allant de « trois ou cinq ans jusqu'à la détention à perpétuité », laissant aux autorités pénitentiaires chargées des libérations conditionnelles le soin d'en fixer le terme. Même le juge qui prononce la sentence n'a aucun contrôle sur la durée de la détention. Une fois entre les griffes de la sentence indéterminée, un homme peut languir en prison littéralement pour le restant de ses jours et c'est ce qui arrive à beaucoup : ils sont oubliés, perdus ; ils dépassent le temps de réhabilitation ou l'espoir de libération jusqu'à ce que vienne le temps où ils se fichent d'être libérés ou non. Car ce temps arrive.

— Quant à moi, dit-il avec une grimace en coin, ils

avaient hâte de se débarrasser de moi. J'étais l'emmerdeur fini. Personne n'aime les organisateurs.

Il avait formé des comités de prisonniers, dans le but d'améliorer les conditions de travail, afin qu'ils soient mieux entendus, qu'ils aient des conditions de visites décentes avec leurs femmes, afin qu'ils obtiennent aussi la possibilité d'étudier. Pendant un temps, il fut leur porte-parole.

Il lui raconta aussi à quelle occasion il s'était retrouvé en prison et en parla avec un peu d'émotion, ce qui surprit Kezia.

— J'avais vingt-huit ans et j'étais encore stupide. Je suppose que je cherchais les emmerdements, ma vie m'ennuyait. J'étais complètement bourré, c'était la veille du nouvel an, et... vous savez le reste. Vol à main armée, je manquais de culot, c'est le moins que je puisse dire. J'ai tenu en joue les propriétaires d'une boutique de spiritueux avec un revolver qui ne tirait même pas et je suis parti avec deux caisses de bourbon, une caisse de champagne et cent dollars. Je ne voulais pas vraiment des cent dollars, mais ils me les ont donnés, alors je les ai pris. Je voulais seulement la gnôle pour m'amuser avec mes potes. Je suis rentré chez moi pour me saouler à mort. Jusqu'à ce qu'on m'embarque en taule, un peu après minuit... Bonne année ! (Il eut un petit sourire embarrassé puis son visage redevint sérieux. Il continua :) ... Ça peut paraître drôle maintenant, mais ça ne l'était pas. Vous faites beaucoup souffrir quand vous faites des actions de ce genre.

Tout sonnait faux pour Kezia. Sans aucun doute, c'était scandaleux d'agir ainsi. Mais six années et la vie de sa femme pour trois caisses d'alcool ! Son cœur se renversa un peu quand elle revit en un éclair les scènes à *la Grenouille*, au *Lutèce, Chez Maxim, Chez Annabel*. Des déjeuners qui coûtaient des centaines de dollars et des fortunes dépensées en flots de vin et de champagne. Mais, c'était un fait, dans ces hauts lieux où l'on peut s'abreuver, personne ne commandait son champagne avec un revolver.

Luke lui fit grâce de sa jeunesse au Kansas : une période sans histoires, pendant laquelle ses plus gros problèmes furent sa taille et sa curiosité de vivre, toutes les deux disproportionnées avec son âge et sa « position sociale ». Contrairement à ce que lui avait dit Simpson sur la réserve de Luke à l'endroit de ses problèmes personnels, Kezia le trouvait ouvert et facile dans ses propos. A la fin de la matinée, il lui semblait qu'elle savait tout de lui et elle avait arrêté de prendre des notes depuis longtemps. C'était plus facile de comprendre l'âme d'un homme en écoutant seulement — ses opinions politiques, ses intérêts, les causes qu'il défendait, ses expériences, les hommes qu'il respectait et ceux qu'il détestait. Elle retrouverait tout cela plus tard, de mémoire et avec beaucoup plus de profondeur.

Ce qui la surprenait le plus, c'était son absence d'amertume. Il était déterminé, furieux, débrouillard, arrogant, dur. Mais il était aussi passionné dans ses croyances et plein d'attention pour les gens qui avaient de l'importance pour lui. Il aimait rire. Son rire de baryton résonnait souvent dans le petit salon alors qu'elle le questionnait et qu'il la régalait d'histoires datant d'une époque depuis longtemps révolue. Il était 11 heures passées quand il s'étira et se leva de sa chaise.

— Cela ne me plaît guère, Kate, mais il va falloir qu'on arrête. Je fais une autre allocution à midi et je dois m'occuper de plusieurs choses avant. Un nouveau discours vous intéresserait-il ? Vous savez bien écouter. Mais peut-être faut-il que vous rentriez à New York ?

Il fit le tour de la pièce, empochant papiers et stylos et il la regardait par-dessus son épaule avec le regard qu'on réserve habituellement à un ami.

— Les deux à la fois. Je devrais partir. Mais j'aimerais aussi vous écouter. Qui sera là cette fois-ci ?

— Des psychiatres. Je dois faire un rapport vécu sur

les effets psychologiques du séjour en prison. Ils vont probablement vouloir que je parle du problème de la psychochirurgie en prison. Ils posent toujours des questions à ce sujet.

— Vous voulez parler des lobotomies frontales ?

Il acquiesça.

— Il y en a beaucoup ?

Elle était abasourdie.

— Même s'il y en avait peu, ce serait trop. Mais je ne pense pas que ça arrive souvent. Peut-être occasionnellement. Lobotomie, électrochoc, toutes ces horreurs.

Elle hocha la tête, d'un air sombre, puis regarda sa montre.

— Je vais aller chercher mes affaires et je vous verrai là-bas.

— Vous logez dans un hôtel, près d'ici ?

— Non, mon agent m'a obtenu l'appartement d'une amie à lui.

— C'est pratique.

— Très.

— Vous voulez que je vous dépose ?

Il avait dit ça très simplement alors qu'ils s'avançaient vers la porte.

— Je... non... merci, Luke. Il faut que je m'arrête ailleurs en chemin. Je vous verrai là où vous faites votre discours.

Il n'insista pas et acquiesça d'un air absent pendant qu'ils attendaient l'ascenseur.

— Ça m'intéresserait de lire votre article quand il sortira.

— Je demanderai à mon agent de vous en envoyer le texte dès que possible.

Il la quitta devant l'hôtel et elle marcha jusqu'au coin de la rue où elle héla un taxi. C'était une belle journée pour se promener et si elle avait eu plus de temps, elle serait retournée à pied à l'appartement de Lake Shore Drive. C'était une chaude journée d'automne et le ciel était dégagé. Quand elle arriva devant l'immeuble, elle vit des voiliers qui glissaient sur le lac.

L'appartement fantomatique résonna sous ses pas quand elle courut à l'étage pour chercher sa valise, enlever la housse de protection sur le lit bien fait et baisser le store. Elle se mit à rire en se demandant ce que Luke aurait dit s'il l'avait vue. Ça n'allait pas avec l'image de Kate. Quelque chose lui disait qu'il n'aurait pas approuvé. Peut-être aurait-il été amusé et ensemble ils auraient enlevé les housses de tout le mobilier, ils auraient allumé du feu et elle aurait pu jouer des airs de cabaret sur le grand piano du bas — ils auraient mis un peu de vie. Elle riait à la pensée de se voir faire quelque chose de ce genre avec Luke. Mais sans doute avec lui on pouvait s'amuser, rire, se taquiner, plaisanter, se pourchasser. Elle l'aimait bien et il ne savait pas qui elle était. C'était une sensation rassurante, agréable, et elle était déjà ravie à l'idée de composer l'article.

L'allocution de Luke était intéressante, et le public réceptif. Elle prit quelques notes et grignota d'un air distrait le steak qu'elle avait dans son assiette. Luke était assis à une longue table fleurie à l'entrée de la salle et elle était assise tout près de lui. Il la regardait de temps en temps, une lueur malicieuse dans ses yeux vert émeraude. Une fois, il leva silencieusement son verre vers elle et lui fit un clin d'œil. Cela lui donna envie de rire au milieu de la sobriété générale des psychiatres. Elle avait l'impression de connaître Luke mieux que quiconque dans la salle et peut-être mieux que quiconque dans le monde entier. Il s'était tellement livré à elle, toute la matinée ; il lui avait laissé entrevoir ce sanctuaire intérieur dont Simpson lui avait parlé.

Son avion était à 3 heures, elle devait quitter le déjeuner à 2 heures. Il venait de finir son discours quand elle se leva. Il avait pris place sur l'estrade, entouré de l'habituelle foule des admirateurs. Elle pensa partir tranquillement, sans l'embarras de remerciements et d'au revoir, mais ce n'était guère possible. Elle voulait au moins lui dire quelque chose avant de s'esquiver. Cela lui paraissait si peu aimable d'avoir fouillé dans la tête d'un homme pendant quatre heures et puis de disparaître purement et simplement. Mais il était presque impossible d'atteindre sa table à travers la foule. Quand elle y réussit finalement, elle se retrouva debout derrière lui. Elle lui tapota l'épaule légèrement et fut surprise de le voir sursauter.

— Ce n'est pas une chose à faire à quelqu'un qui a passé six ans au trou. (Sa bouche souriait mais ses yeux étaient sérieux, presque effrayés.) ... Je m'inquiète toujours de qui est derrière moi. C'est devenu un réflexe.

— Je suis désolée, Luke ; je voulais seulement vous dire au revoir. Il faut que je prenne mon avion.

— D'accord, juste une seconde.

Il se leva pour l'accompagner jusqu'à l'entrée et elle retourna à sa table chercher son manteau. Mais Luke fut intercepté en chemin et bloqué au milieu d'un groupe d'hommes pendant qu'elle s'impatientait à la porte. Elle ne pouvait plus attendre. Aimable ou pas, il fallait qu'elle parte. Elle ne voulait pas rater l'avion. Elle jeta un dernier regard dans sa direction puis se glissa en dehors de la salle, traversa l'entrée et prit sa valise des mains du portier pendant qu'il lui ouvrait la portière d'un taxi.

Elle s'y installa confortablement, satisfaite de son voyage et ruminant déjà son article qui allait être formidable. Elle ne vit pas Luke debout, sous la marquise, le visage très animé et marqué par la déception.

— Zut, alors !

« Entendu, mademoiselle Kate Miller. On va voir. » Il se sourit en lui-même, en rentrant à l'intérieur à longues enjambées. Il l'avait trouvée sympathique. Elle était si vulnérable, si drôle... Le genre de petite bonne femme qu'on a envie de lancer en l'air et de recevoir dans ses bras.

— Avez-vous rattrapé la jeune dame, monsieur ?
demanda le portier qui l'avait vu courir.

— Non, mais ça ne saurait tarder.

Il eut une large grimace qui ressemblait à un rire.

9

— Il m'a appelé ? Qu'entendez-vous par : « Il m'a
appelé » ? Je viens d'arriver. Et comment savait-il où
vous joindre ?

Kezia, au téléphone, était folle de rage contre Simpson.

— Calmez-vous, Kezia. Il a appelé il y a une heure ;
je suppose que le magazine lui a donné mes références.
Il n'y a là aucun mal. Et il a été parfaitement poli.

— Eh bien, que voulait-il ?

Elle se déshabillait à mesure qu'elle répondait au
téléphone et le bain était en train de couler. Il était
7 heures et Whit avait dit qu'il viendrait la chercher à
8 heures. Ils étaient attendus à une réception à 9 heures.

— Il a dit qu'il ne pensait pas que l'article serait
complet si vous ne parliez pas de la réunion qui aura
lieu à Washington demain au sujet du rapport contre
les prisons. Et il vous serait reconnaissant de ne pas en
terminer avec l'article avant d'ajouter ce complément
au reste. Ça semble raisonnable, Kezia. Puisque vous
êtes allée à Chicago, vous pouvez certainement vous
rendre à Washington pour un après-midi.

— Et c'est quand, ce truc auquel il veut que j'assiste ?

Au diable, Lucas Johns ! C'était un enquiquineur ou
du moins un égocentrique. Elle avait écrit les grandes
lignes de l'article dans l'avion et c'était suffisant ainsi.

Son sentiment de triomphe commençait à se dissiper. Un homme qui n'attendait même pas qu'elle soit descendue de l'avion pour téléphoner ne pouvait qu'être taxé d'indiscrétion.

— La réunion pour le rapport a lieu demain après-midi.

— Diable ! Et si j'y vais en avion, je risque d'être reconnue par un salaud de reporter mondain qui pensera que je vais là-bas à une réception et qui essaiera de m'extorquer des renseignements. Je risque de finir avec les journalistes sur le dos.

— Mais rien de tout ça n'est arrivé pendant le voyage à Chicago ?

— Non, mais Washington est beaucoup plus près d'ici, vous le savez bien. Je ne vais jamais à Chicago. Peut-être serait-il préférable que je m'y rende en voiture et... Mon Dieu, le robinet ! Ne quittez pas !

Simpson attendit pendant qu'elle allait arrêter l'eau. Elle paraissait nerveuse au téléphone et il supposa que le voyage avait été fatigant. Mais il lui avait fait du bien, c'était certain. Elle avait fait face, avait animé l'inter-view, et personne ne l'avait reconnue, Dieu merci ! Si cela était arrivé, il n'en aurait plus jamais entendu parler. Maintenant, elle pouvait rédiger autant d'inter-views qu'elle le désirait. Johns avait paru content de son travail. Il avait mentionné les quatre heures passées avec elle. Elle avait dû bien se débrouiller et Johns avait parlé simplement de « Mademoiselle Miller », preuve qu'il n'avait pas la moindre idée de sa véritable identité. Alors où était le problème ? Pourquoi était-elle si agres-sive ? Elle revint au bout du fil en soupirant.

— Etes-vous en train de vous noyer ?

— Non, dit-elle avec un rire fatigué. Je ne sais pas, Jack. Je suis désolée d'avoir été si peu aimable, mais ça m'énerve d'avoir à faire ce travail si près de New York.

— Mais aujourd'hui, l'interview a bien marché ?

— Oui, c'est vrai. Mais pensez-vous que le rapport

soit réellement important pour l'article, ou bien Lucas Johns se prend-il maintenant pour une vedette et veut-il qu'on lui prête un peu plus d'attention ?

— Je pense qu'il avait raison d'appeler. C'est un autre genre d'action, et qui pourrait donner beaucoup de force à l'article. De l'atmosphère, au moins. C'est à vous de décider mais, personnellement, je ne vois pas d'obstacles à ce voyage. Je sais ce qui vous tracasse, mais vous avez vu par vous-même à Chicago qu'il n'y avait pas de raison de s'inquiéter à ce sujet. Pas de journalistes, et lui n'a pas la moindre idée de la véritable identité de K.S. Miller.

— Kate, dit-elle en souriant pour elle-même.

— Comment ?

— Rien. Oh ! je ne sais pas. Peut-être avez-vous raison. A quelle heure commence la réunion ? Vous l'a-t-il dit ?

— A midi. Il arrivera de Chicago dans la matinée.

Elle réfléchit pendant une minute puis hocha la tête.

— D'accord. J'irai. Je suppose que je pourrai m'y rendre par la navette. C'est suffisamment discret. Et je pourrai facilement être de retour demain soir.

— Parfait. Voulez-vous appeler Johns pour confirmer ou dois-je le faire ? Il voulait une confirmation.

— Pourquoi ? Pour retenir un autre biographe au cas où je n'irais pas ?

— Allons, allons. Ne soyez pas mauvaise langue.

Simpson ne put réprimer un petit rire : par moments, elle avait vraiment besoin d'un bon coup de pied dans le derrière.

— Non, il a parlé de vous attendre à l'aéroport.

— Merde alors !

— Comment ?

Simpson parut légèrement choqué. Il était moins habitué à un gros mot de sa part que ne l'était Edward, qui était plus ou moins du même cru mais en un peu moins « comme il faut ».

— Pardon ! Non, je l'appellerai moi-même. Et je ne tiens pas à ce qu'il m'attende à l'aéroport. On ne sait jamais.

— En effet. Voulez-vous que je m'occupe de votre logement ? Si vous voulez une chambre d'hôtel, on pourrait la facturer pour le magazine en même temps que le billet d'avion ?

— Non, je préfère rentrer. L'appartement que vous m'aviez trouvé à Chicago était fabuleux. Il doit être merveilleux quand il est habité et plein de vie.

— Oui, en effet, mais c'est le passé ; je suis content que vous l'ayez aimé. J'y ai vécu heureux, il y a bien longtemps. (Il resta silencieux pendant un moment, puis retrouva sa voix d'homme d'affaires.) Alors, c'est décidé, vous rentrez demain soir ?

— Oui, exactement.

Elle voulait descendre à Soho, voir Mark. Il y avait si longtemps ! Et ce soir, elle allait avec Whit à cette stupide réception au *El Morocco*. Hunter Forbishe et Juliana Watson-Smythe annonçaient leurs fiançailles, comme si tout le monde ne le savait pas déjà. C'étaient là deux des personnes les plus ennuyeuses et les plus riches de New York et, en plus, Hunter était son cousin germain. La réception serait certainement un enterrement de première classe mais, au moins, *El Morocco* était un endroit amusant. Kezia n'y était pas revenue depuis l'été.

Et non seulement ces deux idiots se fiançaient, mais ils avaient décidé de prendre un thème pour leur réception : blanc et noir. Ça aurait été vraiment drôle de paraître avec George, son ami danseur de Soho. Noir et blanc... ou bien avec Lucas pour la même raison : ses cheveux noirs allant avec ceux de Kezia et avec leurs peaux blanches à tous deux. Comme c'était absurde, et ce fait lui vaudrait une montagne de ragots pour toute une année. Non, elle s'en tiendrait à Whitney, mais c'était dommage. Luke aurait été agréable dans ce genre de réception. Agréable et scandaleux. Elle rit tout haut en s'enfonçant dans son bain. Elle l'appellerait après s'être habillée pour lui dire qu'elle le verrait à Washington demain.

Mais il fallait qu'elle s'habille et elle avait besoin de beaucoup de temps pour cette réception si particulière. Elle avait depuis longtemps décidé de ce qu'elle porterait pour cette charmante soirée en noir et blanc. La robe de dentelle blanche était déjà déposée sur son lit, outrageusement décolletée et de forme vaguement Empire, avec la cape en moire noire et les nouveaux collier et boucles d'oreilles David Webb (1) qu'elle s'était achetés à Noël l'année précédente, l'ensemble en onyx, généreusement garni de belles pierres, des diamants, évidemment. A vingt-neuf ans, elle en avait eu assez d'attendre que quelqu'un lui offre ce genre de choses. Elle les avait achetées elle-même.

— Lucas Johns, s'il vous plaît.

Elle attendit qu'on lui passe la communication dans sa chambre. Il avait une voix endormie lorsqu'il répondit.

— Luke... C'est Kee... Kate.

Elle avait été sur le point de dire Kezia.

— Vous bredouillez maintenant ?

Elle éclata de rire et il fit de même.

— Je ne bredouille pas. C'est seulement que je suis pressée. Jack Simpson m'a appelée. J'irai écouter ce rapport demain. Pourquoi ne m'aviez-vous pas dit que ma présence y était nécessaire ?

— Je n'y ai pas pensé avant votre départ. (Il se souriait en lui-même pendant qu'il parlait.) ... Je crois pourtant, continua-t-il, que vous en aurez besoin pour compléter votre article. Voulez-vous que je vienne vous chercher à l'aéroport ?

(1) Joaillier célèbre.

120

— Non, merci. Ça ira. Dites-moi seulement où je dois me rendre.

Il s'exécuta et elle nota l'adresse, debout à son bureau dans sa robe de dentelle blanche et sa cape de moire noire : elle portait en outre de fines sandales en soie noire et avait un bracelet en diamants à chaque bras, bracelets qui lui venaient de sa mère. Elle se mit à rire.

— Qu'y a-t-il de drôle ?

— Oh ! rien en fait. C'est à cause de ce que je porte.

— Et que portez-vous, mademoiselle Miller ?

Il paraissait très amusé.

— Quelque chose de vraiment ridicule.

— Voilà qui paraît très mystérieux ! Voulez-vous parler de bottes de cuir montantes et d'un fouet, ou bien d'un peignoir en strass ?

— Un peu des deux. A demain, Luke.

Elle raccrocha sur un dernier rire, juste au moment où la sonnette retentissait : Whitney apparut, plus apprêté et plus élégant que jamais. Pour lui, s'habiller en noir et blanc avait été chose facile. Il portait un habit de soirée et l'une des chemises qu'il faisait faire quatre fois par an à Paris.

— Où avez-vous passé la journée ? Ciel... vous êtes absolument splendide !

Ils échangèrent leur habituel petit baiser et Whit s'empara de ses mains.

— Est-ce nouveau ? Je ne me souviens pas de cette robe.

— En quelque sorte. Je ne la porte pas souvent. J'ai passé la journée avec Edward. Nous avons rédigé mon nouveau testament.

Ils se sourirent et elle prit son sac. Des mensonges. Encore des mensonges. Jamais elle n'avait ressenti sa duplicité à ce point et elle comprit en se dirigeant vers le hall que cela deviendrait pire. Mentir à Whit, mentir à Mark, mentir à Luke. « Est-ce la raison pour laquelle vous écrivez, Kate ? Pour vous amuser ? » Elle se souvint de la question de Luke pendant que l'ascenseur les descendait dans le vestibule et ses sourcils se froncèrent au souvenir du regard de Luke. Il n'était pas accusateur mais plutôt curieux. Non, bon sang ! elle n'écrivait pas seulement pour s'amuser. Cela, elle en était sûre. Et pourtant, elle enveloppait de mensonges tout ce qu'elle faisait !

— Vous êtes prête, chérie ?

Whit l'attendait à la sortie de l'ascenseur. Kezia était restée à l'intérieur, sans bouger, fixant Whit, mais voyant en fait les yeux de Luke, et entendant sa voix.

— Je suis désolée, Whit. Je dois être fatiguée.

Elle lui serra le bras alors qu'ils marchaient vers la limousine qui les attendait.

A 10 heures, elle était ivre.

— Juste ciel, Kezia, es-tu sûre de pouvoir marcher ?

Marina la regardait remonter ses bas et tirer sur sa robe dans les toilettes du *El Morocco*.

— Evidemment que je peux marcher !

Mais elle titubait passablement et ne pouvait s'arrêter de rire.

— Que t'est-il arrivé ?

— Rien depuis Luke. Je veux dire Duc... Enfin, merde, le petit déjeuner.

Elle avait à peine eu le temps de toucher au déjeuner avant l'avion à O'Hare (1) et elle n'avait pas pris la peine de dîner.

— Kezia, tu es stupide. Tu veux du café ?

— Non, du thé. Non... du café. Non ! du chaaaaamppaggne !

Elle étira le mot à l'extrême et Marina se mit à rire.

— Au moins, tu es une ivrogne sympathique. Vanessa Billingsley est complètement « partie » et vient de traiter Mia Hargreaves de « garce en délire ».

(1) Aéroport de Chicago.

Kezia gloussa, Marina alluma une cigarette et elles s'assirent pendant que Kezia essayait de se rappeler ce que Marina venait de dire. Mia avait traité Vanessa de... non, Vanessa avait traité Mia... Si seulement elle arrivait à s'en souvenir, ce serait bien pour la « rubrique ». Et qu'avait-elle entendu avant au sujet de Patricia Morbang : celle-ci serait enceinte ? Etait-ce cela ? Ou bien était-ce une autre qui était enceinte ? C'était si difficile de se souvenir de tout.

— Marina, c'est si difficile de se souvenir de tout.

Marina la regarda en souriant à moitié et secoua la tête.

— Kezia, chérie, tu es « faite ». Mais qui diable ne l'est pas ? Il doit être 3 heures passées.

— Ciel, vraiment ! Il faut que je me lève tellement tôt demain. Quelle connerie !

Marina éclata de rire à nouveau à la vue de Kezia vautrée sur le canapé blanc dans le boudoir des dames : elle ressemblait alors à une enfant au retour de l'école ; la robe de dentelle blanche moussait autour d'elle comme une chemise de nuit, les diamants brillaient à ses poignets, comme des bijoux qu'elle aurait empruntés à sa mère pour chasser l'ennui d'un jour de pluie.

— Whit va être très fâché contre moi si je suis ivre.

— Dis-lui que tu as la grippe. Je ne pense pas que le pauvre verra la différence.

Elles rirent toutes deux et Marina l'aida à se lever.

— Tu devrais vraiment rentrer chez toi.

— Je crois que je préfère danser. Whit danse très bien, tu sais.

— Je n'en doute pas.

Marina la regarda longuement et durement, mais la signification de ses regards fut perdue pour Kezia. Elle était trop ivre pour comprendre ou pour y attacher de l'importance.

— Marina ?

Kezia était là, debout, à la fixer, et elle ressemblait encore plus à une enfant.

— Qu'y a-t-il, chérie ?

— Aimes-tu vraiment Halpern ?

— Non, mon chou. Mais j'aime la tranquillité d'esprit qu'il peut m'apporter. J'en ai assez de me débrouiller toute seule avec les gosses. Et dans six mois, il me faudrait vendre l'appartement.

— Mais, tu ne l'aimes pas juste un peu ?

— Non. J'ai seulement beaucoup d'affection pour lui.

Marina avait un air cynique et amusé.

— Mais, n'aimes-tu personne ? Tu as un amant secret, peut-être ? Tu dois aimer quelqu'un.

« N'est-ce pas ? »

— Et toi ? Eh bien, alors ? Aimes-tu Whit ?

— Bien sûr que non.

Une petite sonnette d'alarme retentit alors dans sa tête. Elle parlait trop.

— Alors, qui aimes-tu, Kezia ?

— Toi, Marina. Je t'aime beaucoup, beaucoup, beaucoup !

Elle jeta les bras autour du cou de son amie et commença à glousser. Marina rit également et dénoua doucement les bras qui enserraient son cou.

— Kezia, trésor, il se peut que tu n'aimes pas Whit, mais si j'étais toi, je lui demanderais de me ramener chez moi. Je pense qu'il est temps.

Elles sortirent du vestiaire pour dames, bras dessus, bras dessous. Whit attendait à la porte. Il avait remarqué l'inquiétante démarche titubante de Kezia quand elle avait quitté la salle, une demi-heure plus tôt.

— Est-ce que ça va ?

— Je me sens merveilleusement bien !

Whit et Marina échangèrent un regard et Whit lui adressa un clin d'œil.

— Vous êtes merveilleusement bien sans nul doute ;

en ce qui me concerne, je suis merveilleusement fatigué. Bon, admettons que la nuit s'achève là.

— Non, non, je ne suis pas du tout fatiguée. Admettons que le matin commence !

Kezia trouvait soudain que tout était extrêmement amusant.

— Admettons que vous décampiez d'ici, Kezia, avant de vous retrouver dans la « rubrique » de Martin Hallam demain : « Kezia Saint-Martin avait un verre dans le nez quand elle quitta *El Morocco* la nuit dernière, en compagnie de... » Ce serait formidable, n'est-ce pas ?

Kezia hurla de rire en entendant l'avertissement de Marina.

— Ça ne peut pas m'arriver à moi !

Whitney et Marina éclatèrent de rire à leur tour et des larmes commencèrent à couler sur le visage de Kezia au milieu de ses gloussements.

— Et pourquoi pas ? Ça peut nous arriver à tous.

— Mais pas à moi. Je suis... je suis une amie à lui.

— Et Jésus-Christ aussi, je parie.

Marina lui tapota l'épaule et repartit à la réception pendant que Whitney entourait Kezia d'un bras en la pilotant vers la sortie. Il portait son petit sac de perles noires et sa cape noire sur son bras.

— C'est ma faute, chérie. J'aurais dû vous emmener dîner avant de venir ici.

— C'était impossible.

— Bien sûr que non. Aujourd'hui, j'ai quitté le bureau tôt pour faire du squash au Racquet Club.

— C'était impossible. J'étais à Chicago.

Il leva les yeux au ciel et lui posa la cape sur les épaules.

— C'est ça, chérie, c'est ça. Bien sûr que vous y étiez.

Le fou rire la reprit alors qu'il la conduisait doucement au-dehors. Elle lui tapota la joue gentiment et le regarda d'une étrange façon.

— Pauvre Whitney !

Il ne faisait pas attention. Il était beaucoup plus occupé à lui trouver rapidement un taxi.

Il la déposa dans son living et lui donna une petite tape sur le postérieur, espérant ainsi la pousser vers sa chambre, seule.

— Dormez bien, mademoiselle. Je vous appellerai demain.

— Tard ! Très tard !

Elle venait de se souvenir qu'elle serait à Washington toute la journée. Avec une terrible gueule de bois.

— Bien sûr, « tard » ! Je n'oserais pas appeler avant 3 heures.

— Mettons 6 heures !

Elle riait encore quand il referma la porte derrière lui et elle s'affala dans un des fauteuils en velours bleu. Elle était saoule ; irrémédiablement, totalement, merveilleusement saoule. Tout ça à cause d'un inconnu nommé Luke. Et elle allait le revoir, le lendemain.

10

La photo était floue et les traits indistincts, mais c'était Kate sans aucun doute. On ne pouvait se tromper à son maintien, son port de tête. L'honorable Kezia Saint-Martin, vêtue de ce qui semblait être une sorte d'ensemble noir et blanc de chez Givenchy, d'après le journal, et portant les célèbres bracelets de diamants de sa mère défunte. Héritière de plusieurs fortunes ; dans l'acier, les huiles, etc. Rien d'étonnant à ce qu'elle ait ri quand elle lui avait téléphoné et qu'elle lui avait dit porter « quelque chose de drôle ». Luke lui aussi trouvait ça assez drôle. Mais elle était belle. Même dans les journaux. Il l'avait déjà vue dans les journaux, mais il l'examina pour lors très attentivement. Maintenant qu'il la connaissait, la chose avait de l'importance pour lui. Elle devait mener une vie bien étrange ! Il avait senti le bouillonnement sous l'apparence d'équilibre et de perfection. L'oiseau dans la cage dorée était en train de mourir à l'intérieur, il le savait. Il se demanda si elle en était consciente, elle aussi. Et ce qu'il savait encore plus sûrement, c'est qu'il voulait l'avoir à lui avant qu'il ne soit trop tard.

Au lieu de cela, ils avaient cette fichue réunion à laquelle ils devaient se rendre et il devrait continuer à jouer son jeu. C'était à elle à mettre un terme au jeu de « K.S. Miller ». Si seulement elle pouvait le faire ! Tout ce qui était en son pouvoir à lui, c'était de lui en fournir l'occasion. Mais le résultat viendrait après combien d'occasions ? A combien d'autres subterfuges pourrait-il penser ? Combien d'autres villes ? Combien d'autres réunions ? Il la lui fallait, si longtemps que cela puisse prendre. Son problème, c'était le manque de temps. Ce qui le rendait d'autant plus furieux.

Quand Kezia arriva, elle trouva Luke au bureau, entouré de visages inconnus. Les téléphones sonnaient, les gens criaient, les messages fusaient, la fumée était épaisse et il sembla à peine se rendre compte de sa présence. Il lui fit un signe de la main une fois et ne lui adressa pas un regard de tout l'après-midi. La conférence de presse avait été repoussée à 2 heures et le désordre régna toute la journée. Elle ne trouva une place où s'asseoir qu'à 6 heures, fouilla dans son sac pour trouver son carnet et accepta avec joie la moitié du sandwich d'un inconnu. Quelle journée pour se remettre d'une cuite ! L'état de sa tête empirait, les téléphones, les gens, les discours, les statistiques, les photos. C'était trop. Action, émotion, pression. Elle se demandait comment il pouvait supporter cette vie trépidante, avec ou sans gueule de bois.

— Vous voulez sortir d'ici ?

— C'est la meilleure proposition que l'on m'ait faite aujourd'hui !

Elle leva les yeux vers lui en souriant et le visage de Luke s'adoucit pour la première fois depuis des heures.

— Allons-y, je vais vous trouver quelque chose de correct à manger.

— Il faudrait que j'aille à l'aéroport.

— Plus tard. Vous avez besoin de vous reposer d'abord. C'est comme si vous veniez d'être renversée par un camion.

Et elle avait exactement cette impression, en effet. Echevelée, fatiguée, l'esprit en désordre. Lucas ne semblait pas en meilleur état. Il paraissait fatigué et il avait eu l'air maussade une bonne partie de l'après-midi. Il fumait un cigare et on eût dit qu'il s'était passé les mains dans les cheveux pendant des heures.

Mais il avait eu raison d'organiser cette réunion qui formait un contraste total avec celles de Chicago. Cette fois, c'était le plat de résistance, le cœur du problème. Chaleureux, délirant, fervent. C'était plus intense, moins poli, et beaucoup plus réel. Il était entièrement le maître ici, presque une sorte de dieu. Il y avait en lui une violence qu'elle n'avait fait qu'entrevoir à Chicago. Son énergie toute particulière mettait de l'électricité dans l'air et sa rudesse n'était plus contenue. Mais son visage s'adoucit un peu en regardant Kezia alors qu'ils se dirigeaient vers la sortie.

— Vous semblez fatiguée, Kate. C'était trop pour vous.

Il ne voulait pas être désobligeant : il paraissait inquiet pour elle.

— Non, je vais bien. Et vous aviez raison. La journée a été très intéressante. Je suis heureuse d'être venue.

— Moi aussi.

Ils marchaient dans un long couloir rempli de gens qui rentraient chez eux.

— Je connais un endroit calme où nous pourrons dîner tôt. Aurez-vous le temps ?

Son ton signifiait qu'il attendait une réponse positive.

— Bien sûr. J'aimerais beaucoup.

Pourquoi se presser de rentrer ? Pour faire quoi ? Pour Whitney ?... ou pour Mark ? Et soudain, cela perdit de son importance. Ils se retrouvèrent dans la rue et il lui prit le bras.

— Au fait, qu'avez-vous fait la nuit dernière ?

Il se demandait si elle le lui dirait.

— Pour dire la vérité, je me suis saoulée. Ça ne m'était pas arrivé depuis des années.

C'était fou, ce besoin de tout lui dire, sans vraiment le faire. Elle aurait pu tout lui dire, mais elle savait qu'elle ne le ferait pas.

— Vous vous êtes saoulée !

Il la dévisagea, amusé. Alors, elle s'était saoulée dans cet ensemble noir et blanc avec les bracelets de diamants de sa mère... en compagnie de ce freluquet aux allures de pédé et au mépris de la désapprobation de ce dernier. Il la voyait en pensée : saoule de champagne. Ça ne pouvait être que du champagne !

Ils marchaient maintenant d'un pas rapide, côte à côte, et elle le regarda d'un air pensif, après un bref silence.

— Ce problème des prisons vous tient à cœur, n'est-ce pas ? Je veux dire, vraiment à cœur.

Il hocha la tête, prudemment.

— D'après vous ?

— Oui. Ce qui m'étonne, c'est la part de vous-même que vous lui consacrez. C'est une grande quantité d'énergie dépensée dans une seule direction.

— La chose en vaut la peine, pour moi.

— Je suppose. Mais ne prenez-vous pas de gros

risques en vous mêlant de ces problèmes et en exposant vos idées aussi franchement ? Je crois avoir entendu dire qu'on pouvait remettre en question une libération conditionnelle pour moins que ça.

— Et si c'était le cas, qu'est-ce que je perdrais ?

— Votre liberté. Mais peut-être que ça vous est égal ?

Peut-être qu'après six années en prison, ça n'avait pas d'importance pour lui. Pourtant, il lui semblait que cela aurait dû être le contraire, la liberté aurait dû lui sembler encore plus précieuse.

— Vous n'avez pas compris. Je n'ai jamais perdu la liberté, même quand j'étais en taule. Oh, bien sûr, pendant un temps, mais une fois que je l'ai retrouvée, je l'ai gardée. La constatation peut paraître un peu banale, mais personne ne peut vous prendre votre liberté. On peut limiter vos mouvements, c'est tout ce qu'on peut faire.

— D'accord. Disons qu'on essaie de limiter vos mouvements de nouveau. Ne prenez-vous pas de gros risques avec toute cette agitation au grand jour — les discours, les conférences, vos livres, les problèmes des syndicats de prisonniers ? Je pense que vous êtes sur une corde raide.

Inconsciemment, elle répétait les paroles de Simpson.

— Il me semble que c'est le cas de beaucoup de gens. En prison ou pas. Peut-être même que, vous aussi, vous êtes sur une corde raide, mademoiselle Miller. Et alors ? C'est passionnant dans la mesure où vous ne tombez pas.

— Et que personne ne vous pousse !

— Jeune dame, tout ce que je sais, c'est que le système tout entier est foutu. Je ne peux pas me taire. Si je le faisais, ma vie ne vaudrait rien à mes yeux. C'est aussi simple que ça. Si je paie à la fin, je l'aurai choisi. Je veux prendre ce risque. De plus, je dirais que le

Californian Department of Corrections (1) ne meurt pas spécialement d'envie de m'inviter pour un nouvel engagement. Pour eux, je suis un emmerdeur de première classe.

— Vraiment, vous n'avez pas peur d'être repris ?

— Non. Ça n'arrivera pas.

Mais il ne la regardait pas en disant cela et quelque chose sembla se raidir en lui.

— Vous aimez la nourriture italienne, Kate ?

— Beaucoup. Je ne suis pas tout à fait sûre, mais je crois que je meurs de faim.

— Alors, des pâtes ! Venez, prenons un taxi.

Il traversa la rue en courant, la tenant par la main, et il lui tint poliment la portière pour la laisser entrer, avant de la suivre à l'intérieur en ramassant ses jambes du mieux qu'il put.

— Bon sang ! ils doivent construire ces voitures pour des nabots. Mais vous paraissez très à l'aise. Vous devriez remercier Dieu d'être une pygmée.

Il donna au chauffeur l'adresse du restaurant en couvrant de la voix les protestations outragées de Kezia.

— Ce n'est pas parce que vous êtes « hors série », Lucas Johns, que vous devez épancher vos problèmes sur...

— Allons, allons. Il n'y a rien de mal à être pygmée.

Elle le regarda d'un air terrifiant et dédaigneux.

— Je devrais vous gifler, monsieur Johns, mais j'aurais peur de vous faire mal.

C'était un excellent préambule pour situer le ton de la soirée : léger, enjoué, amical. Il était facile à vivre. Et ce n'est qu'après l'espresso qu'ils devinrent plus pensifs.

— J'aime cette ville. Y venez-vous souvent, Kate ? Moi, je viendrais souvent ici si j'habitais New York.

— De temps en temps.

— Pour faire quoi ?

(1) Tribunal correctionnel de Californie.

131

Il voulait lui faire dire la vérité. Ils ne pouvaient rien commencer avant ce préalable.

Pour elle, elle aurait aimé lui dire qu'elle venait à des réceptions, à des dîners à la Maison-Blanche, à des inaugurations, à des mariages. Mais elle ne le pouvait pas, en aucune façon.

— Je viens à des réunions, comme aujourd'hui, ou bien pour voir des amis. (Elle remarqua une vague lueur de déception dans le regard de Luke, mais ce fut très passager. Elle continua :) Vous n'en avez pas assez de tous ces voyages, Luke ?

Elle avait retrouvé l'équilibre de Mlle Saint-Martin. Il commençait à penser que c'était sans espoir.

— Non, voyager est devenu une façon de vivre pour moi, maintenant, et c'est pour la bonne cause. Vous voulez du cognac ?

— Mon Dieu ! Pas ce soir !

Elle frissonna au souvenir de la migraine qui s'était enfin dissipée pendant le dîner.

— Vous étiez cuitée à ce point, hier soir ?

— Pis que cela.

Elle sourit et but une gorgée de café.

— Et pourquoi ? Vous avez pris du bon temps ?

— Non. J'essayais de m'engourdir pour faire passer un moment désagréable et je suppose que j'avais beaucoup de choses à oublier. Tout s'est évanoui pour moi, en quelque sorte.

— Et qu'étaient ces choses que vous vouliez oublier ?

« Vous, monsieur Johns... » Elle sourit de sa propre pensée.

— Puis-je vous accuser en disant que c'était l'interview ?

Une lueur de taquinerie typiquement féminine luisait dans ses yeux.

— Bien sûr que vous pouvez m'accuser si vous le voulez. On m'a accusé de choses bien pires.

Ainsi, elle avait dû « s'engourdir » pour passer la soirée.

« Intéressant. Très intéressant. Au moins, elle n'était pas amoureuse de ce salaud. »

— Vous voulez que je vous dise quelque chose, Katie. Vous me plaisez. Vous êtes une femme très sympathique.

Il se renversa en arrière et sourit en la regardant droit dans les yeux.

— Merci. J'ai beaucoup apprécié ces deux derniers jours. Puis-je vous faire une terrible confession ?

— Quoi ? Vous avez jeté votre carnet dans les toilettes de votre bureau ? Je ne vous en voudrais pas du tout et nous pourrions tout recommencer. J'aimerais beaucoup.

— Dieu m'en préserve ! Non, ma « terrible confession » c'est que c'était ma première interview. J'ai toujours fait des articles plutôt généraux. C'était une nouvelle expérience pour moi.

Elle se demanda si tous les journalistes tombaient un peu amoureux de la première personne qu'ils interviewaient. Mieux vaudrait dans ce cas que ce ne soit pas la femme tatouée de chez Ringling.

— Comment se fait-il que vous n'ayez pas fait d'interviews avant ?

Il était intrigué.

— Ça m'effrayait.

— Et pourquoi ? Vous êtes une bonne journaliste, alors, il n'y a pas de raison. Et vous n'êtes pas timide.

— Si, quelquefois. Mais il est difficile d'être timide avec vous.

— Est-ce un reproche ?

Elle rit en secouant la tête.

— Non. Vous êtes bien comme vous êtes.

— Alors, qu'y a-t-il de si effrayant dans les interviews ?

— C'est une longue histoire. Elle ne vous intéresserait pas. Mais parlons de vous. De quoi avez-vous peur, Luke ?

Bon sang ! Elle ne voulait pas se rendre. Il aurait voulu se lever et la secouer. Mais il devait rester calme.

— Cela fait-il partie de l'interview ? Qu'est-ce qui m'effraie ?

Elle secoua la tête en se demandant à quoi il pensait.

— Beaucoup de choses m'effrayent. Des craintes peuvent susciter beaucoup de confusion. La lâcheté m'effraie, elle peut coûter la vie à quelqu'un... généralement à quelqu'un d'autre. Les pertes de temps m'effrayent car le temps est si court. Rien d'autre, vraiment. Excepté les femmes, les femmes me terrifient.

Ses yeux retrouvèrent leur gaieté après un moment de tension et Kezia se sentit soulagée. Pendant un moment, elle s'était crue traquée, le couteau sur la gorge, mais elle décida qu'elle s'était fait des idées. Il ne savait pas qu'elle mentait. Il ne pouvait pas le savoir ou il le lui aurait déjà laissé entendre. Il n'était pas homme à jouer à ce genre de jeu. Elle en était sûre.

— Les femmes vous font peur ? s'étonna-t-elle en souriant.

— Elles me terrifient, dit Luke en faisant mine de se recroqueviller sur son siège. Ce sont... de vraies diablesses !

Elle se mit à rire.

— Oui. Bon, d'accord !

Ils rirent et badinèrent pendant une heure encore ; la légère tension s'était un peu relâchée. Kezia capitula et accepta enfin un verre de cognac, puis prit un deuxième espresso. Elle aurait aimé rester assise là avec lui pour toujours.

— A New York, dans Soho, je connais un endroit où l'atmosphère me rappelle celle-ci. Ça s'appelle *The Partridge*. C'est un drôle de petit repaire pour les poètes, les artistes, et autres gens sympathiques.

Son visage s'éclairait à mesure qu'elle en parlait. Luke l'observait.

— Est-ce un endroit chic ?

Elle éclata de rire à cette pensée.

— Oh ! non. Pas du tout. C'est pour ça que je l'aime beaucoup.

Ainsi, la dame avait ses repaires ! Des coins où elle allait, loin de la foule, où personne ne savait qui elle était, où...

— Alors, je l'aimerai probablement, Kate. Il faudra que vous m'y emmeniez un jour. (Il avait suggéré cela d'une façon très naturelle en allumant un cigare. Il continua :) Que faites-vous à New York ?

— J'écris, je rencontre des amis. Je vais à des réceptions quelquefois ou bien au théâtre. Je voyage aussi un peu. Mais, le plus souvent, j'écris. Je connais beaucoup d'artistes à Soho et je passe un peu de mon temps avec eux.

— Et le reste du temps ?

— Je rencontre d'autres gens... ça dépend de mon humeur.

— Vous n'êtes pas mariée, n'est-ce pas ?

— Non.

Elle secouait la tête ostensiblement pour confirmer sa réponse.

— Je m'en doutais.

— Et pourquoi ?

— Parce que vous êtes prudente, vous êtes comme les femmes habituées à s'occuper d'elles-mêmes. Vous faites attention à ce que vous faites et à ce que vous dites. La plupart des femmes mariées sont habituées à ce que quelqu'un agisse pour elles. Que pensez-vous de cette remarque typique du racisme masculin ?

— Elle n'est pas mauvaise. Elle est aussi assez pertinente. Je n'y avais jamais pensé, mais vous devez avoir raison.

— Bon. Revenons à vous. C'est à mon tour de vous

questionner. (Il paraissait s'amuser. Il commença :)
Vous êtes fiancée ?

— Non. Je ne suis même pas amoureuse. Mon âme
est vierge.

— Vous m'en voyez confondu. Si j'avais un chapeau, je l'enlèverais.

Ils éclatèrent de rire. Luke continua :

— ... Je ne sais si je dois vous croire. Essayez-vous
de me dire que vous n'avez même pas un vieil ami ?

« Et alors, ce pédé sur le journal, trésor ? » Mais il ne
pouvait pas faire allusion à lui.

— Non, pas de vieil ami.

— Vraiment ?

Elle leva les yeux vers lui et parut presque blessée.

— C'est vrai. Il y a quelqu'un que j'aime beaucoup,
mais je... je lui rends visite... quand je peux.

— Il est marié ?

— Non... il fait partie d'un autre monde.

— A Soho ?

Luke sautait rapidement sur tout ce qu'elle ne disait
pas. Elle hocha la tête.

— Oui, à Soho.

— C'est un veinard.

La voix de Luke était étrangement calme.

— Non. En fait, c'est un type amusant, sympathique. Je l'aime bien. Quelquefois même, je me plais à
m'imaginer que je suis amoureuse de lui, mais ce n'est
pas vrai. Il n'y a rien de sérieux entre nous et il n'y aura
jamais rien. Pour beaucoup de raisons.

— Des raisons de quel genre ?

— Nous sommes très différents, c'est tout. Buts
différents, idées différentes. Il est un peu plus jeune que
moi et il va dans une autre direction. La chose n'a pas
vraiment d'importance. C'est en grande partie parce
que nous sommes différents.

— Est-ce si grave d'être différents ?

— Non, mais il y a différentes façons d'être « différents ». (Elle sourit de ses propres paroles et enchaîna :) ... Dans ce cas particulier, les contextes sont différents, les intérêts aussi... C'est déjà beaucoup, mais ça ne m'empêche pas d'être attachée à lui. Et vous ? Vous avez une « vieille amie » ?

Cette expression la faisait toujours sourire, elle faisait plus penser à une grand-mère qu'à une dulcinée.

— Non. Pas de vieille amie. Je bouge trop. Simplement des femmes sympathiques ici et là. Je mets mon énergie dans le but que je poursuis, pas dans mes relations. Je ne me suis pas dépensé dans ce genre d'effort depuis longtemps. C'est du passé pour moi. Il faut payer le prix pour l'énergie dépensée dans ces occupations de « traîne-la-merde ». On ne peut pas gagner sur tous les tableaux. Il faut choisir.

Il disait beaucoup de choses de ce genre ; d'une certaine façon, c'était un puriste. La « cause » passait avant tout le reste. Il continuait :

— En voyageant, je rencontre beaucoup de gens intéressants avec qui parler. C'est très important pour moi.

— C'est très important pour moi aussi, c'est rare de rencontrer des gens à qui l'on peut dire le fond de sa pensée.

Et lui faisait partie de ces gens.

— Vous avez raison. Ce qui m'amène à vous poser une question. J'aimerais vous revoir quand j'irai à New York, Kate. Qu'en pensez-vous ? Nous pourrions nous retrouver au *Partridge*.

Elle lui sourit. Ce serait bon de le voir. Elle avait l'impression de s'être fait un nouvel ami : elle avait du mal à croire qu'elle avait pu lui livrer une si grande partie de son âme, pendant ce dîner. Ce n'était pas dans ses intentions : en fait, elle avait décidé d'être plutôt sur ses gardes. Mais on oubliait facilement ses résolutions avec Luke. C'était dangereux et elle venait de s'en souvenir.

— Ce serait bien de vous revoir, un jour.

Elle était volontairement vague.

— Vous pouvez me donner votre numéro ?

Il sortit un stylo et une enveloppe. Il ne voulait pas lui laisser le temps de reculer. Elle ne fit aucun mouvement de retraite. En un sens, il la tenait et elle le savait. Elle prit le stylo et écrivit son numéro mais pas son adresse. Il n'y avait pas de mal à ce qu'il ait son numéro de téléphone.

Il empocha l'enveloppe, régla l'addition et l'aida à enfiler sa veste.

— Puis-je vous accompagner à l'aéroport, Kate ?

Elle mit beaucoup de temps à boutonner sa veste, sans le regarder, puis enfin, elle rencontra son regard et, d'une voix un peu timide, elle demanda :

— Ça ne vous dérangerait pas trop ?

Il tira doucement sur une mèche de cheveux rebelle et secoua la tête.

— Cela me plairait beaucoup.

— C'est très gentil à vous.

— Ne soyez pas ridicule. J'aime bien être avec vous.

Il la regarda partir et à la porte, elle se retourna pour lui faire un dernier signe de la main. Son bras était levé haut au-dessus de sa tête et elle lui envoya impulsivement un baiser alors qu'elle descendait la rampe. La soirée avait été merveilleuse, une bonne interview, une journée formidable. Elle se sentait toute remuée par tous ces succès et un peu troublée à propos de Luke.

Elle entra dans l'avion, choisit un siège à l'avant et accepta les journaux de New York et de Washington au passage d'un plateau. Puis elle s'installa et alluma la lumière. Il n'y avait personne à côté d'elle qu'elle aurait pu déranger en lisant. C'était le dernier vol pour New York et il serait 1 heure passée quand elle arriverait à destination. Elle n'avait rien à faire de spécial le lendemain. Travailler sur l'article de Lucas Johns, peut-être, mais c'était tout. Elle avait prévu d'aller à Soho voir Mark dès son arrivée, mais elle n'en avait plus envie. Il était trop tard. Mark serait encore debout, mais elle ne voulait pas le voir. Elle voulait être seule.

Elle se sentit envahie par une douce tristesse : le sentiment inhabituel, doux-amer, d'avoir rencontré quelqu'un qui était déjà parti. Elle savait qu'elle ne reverrait pas Lucas Johns. Il avait son numéro mais il n'aurait probablement pas le temps de lui téléphoner ou, s'il lui arrivait de venir à New York, elle serait probablement à Zermatt, à Milan ou à Marbella. Il allait être occupé pendant les cent prochaines années avec ses syndicats, sa « cause », son entourage, ses rapports... Et ces yeux... Il était si sympathique... si agréable... si doux... Il était difficile de l'imaginer en prison, d'imaginer qu'il ait été dur ou méchant, qu'il ait pu frapper un homme en se battant. L'homme qu'elle avait rencontré était différent. C'était un Luke qui la hanta pendant tout le voyage du retour. Il était parti pour de bon. Elle pouvait maintenant s'offrir le luxe de penser à lui... au moins cette nuit.

Le vol dura trop peu de temps et il lui fut presque désagréable d'avoir à descendre de l'avion pour se frayer un chemin dans l'aéroport et trouver un taxi. Même à cette heure, il y avait beaucoup de monde à La Guardia. Tant de monde qu'elle ne vit pas le grand homme aux cheveux noirs qui la suivit à quelques mètres jusqu'au taxi. Il la regarda se glisser à l'intérieur du taxi, puis il se détourna pour dissimuler son visage et consulta sa montre. Il avait le temps. Elle ne serait pas chez elle avant une demi-heure. Alors, il l'appellerait.

11

— Allô ?

— Salut, Kate.

Elle sentit une douce chaleur l'envahir en entendant cette voix.

— Salut, Lucas. Je suis heureuse de vous entendre.

La voix de Kezia était fatiguée et vague.

— Vous êtes bien rentrée ?

— Oui. Le vol a été calme. Je voulais lire des journaux, mais je n'en ai pas eu le courage.

Il voulut dire « je sais » mais il n'en fit rien et se retint de rire.

— Que fabriquez-vous, mademoiselle Miller ?

La voix de Lucas était malicieuse.

— Pas grand-chose. Je m'apprêtais à prendre un bain chaud et à me mettre au lit.

— Puis-je bavarder avec vous en prenant un verre au *Partridge* ? Ou chez P.J. Clarke ?

— Ça fait un peu loin en voiture de votre hôtel à Washington, ne pensez-vous pas ? Ou bien vous avez peut-être prévu de venir à pied ?

Cette pensée l'amusa.

— Ce serait possible. Mais ça ne fait pas trop loin en voiture de La Guardia.

— Ne soyez pas bête. J'ai pris le dernier avion.

Quel fou d'envisager de prendre un avion pour New York juste pour prendre un verre !

— Je sais que vous avez pris le dernier avion. Mais il se trouve que moi aussi.

— Quoi ?

Elle comprit soudain.

— Misérable ! Mais je ne vous ai même pas vu !

— J'espère que non. Je me suis presque cassé une

épaule à un moment, en me dissimulant sur mon siège.

— Lucas, vous êtes fou ! C'est de la folie de faire une chose pareille.

Elle rit à son oreille et appuya la tête sur le dossier du fauteuil.

— Et alors ? Demain, je suis libre toute la journée et, de toute façon, j'avais prévu de me reposer. En plus, ça me faisait quelque chose de vous voir partir.

— Et ça me faisait quelque chose de partir. Je ne sais pas pourquoi mais c'est ainsi.

— Maintenant, on est tous les deux ici. Il n'y a donc plus de raison de se sentir tristes, n'est-ce pas ? Alors qu'est-ce qu'on fait ? On va chez P.J. ou bien au *Partridge* ou ailleurs ? Je ne connais pas très bien New York.

Elle riait encore tout en secouant la tête.

— Luke. Il est 1 h 30 du matin. On ne peut pas faire grand-chose.

— A New York ?

Elle ne réussirait pas à le renvoyer aussi facilement.

— Oui, même à New York. Vous êtes trop exigeant. Ecoutez, je vous vois chez P.J. dans une demi-heure. C'est le temps qu'il vous faudra pour arriver en ville et je veux au moins prendre une douche et changer de vêtements. Vous voulez que je vous dise quelque chose ?

— Quoi ?

— Vous êtes un emmerdeur !

— Est-ce un compliment ?

— C'est possible.

Elle sourit doucement au téléphone.

— Bien. Je vous vois dans une demi-heure chez P.J.

Il était content de lui. La nuit allait être belle. Peu lui importait qu'elle ne fasse que lui serrer la main. Cette nuit serait la plus belle de sa vie. Kezia Saint-Martin. C'était impossible de ne pas être impressionné. Mais, en dépit de l'étiquette originale, il l'aimait bien. Elle l'intriguait. Elle ne ressemblait pas à l'image qu'il s'était faite de ce genre de femme. Elle n'était pas distante, ni secrètement laide. Elle était chaleureuse, douce et diablement seule. Il l'avait deviné. Une demi-heure plus tard, elle était là, à l'entrée de chez P.J., et en jean. Pas même un jean de marque, un vieux Lewis classique, ses cheveux noirs soyeux partagés en deux longues tresses de petite fille. Plus que jamais, elle lui parut jeune.

Le bar était bondé, les lumières vives, une sciure épaisse recouvrait le sol, le juke-box hurlait. Un genre d'endroit familier à Luke. Il était en train de boire une bière, elle s'avança vers lui, les yeux brillants.

— Bon sang, vous savez bien vous cacher ! Personne ne m'a jamais suivie ainsi dans un avion ! Mais c'est très chouette de l'avoir fait !

Elle n'était pas absolument sûre de dire vrai, mais elle éclata à nouveau de rire.

Elle commanda un *Pimm's* (1) et ils restèrent debout au bar pendant une demi-heure. Kezia n'arrêtait pas de guetter la porte par-dessus l'épaule de Luke. Il y avait toujours le risque que quelqu'un de connu vienne rôder ici ou qu'un groupe de noctambules arrive après un arrêt au club ou au *El Morocco* et détruise ainsi l'histoire de « Kate Miller ».

— Vous attendez quelqu'un ou bien êtes-vous seulement nerveuse ?

Elle secoua la tête.

— Ni l'un ni l'autre. Je suis juste abasourdie, je crois. Il y a quelques heures, nous dînions ensemble à Washington et puis nous nous sommes quittés à l'aéroport et maintenant, vous êtes ici. Quel choc !

Mais quel choc agréable.

— Peut-être est-ce un trop gros choc pour vous, Kate ?

(1) *Pimm's* : cocktail.

Peut-être avait-il poussé un peu fort, mais au moins elle ne paraissait pas en colère.

— Non, répondit-elle prudemment. Que voulez-vous faire maintenant ?

— Vous ne voulez pas marcher un peu ?

— C'est drôle. Je pensais à ça dans l'avion. J'avais envie de me promener le long de l'East River. Je le fais de temps en temps, tard dans la nuit. C'est un bon moyen pour réfléchir.

— Et pour se faire tuer. C'est ça que vous voulez ?

L'idée qu'elle se promenait quelquefois seule le long du fleuve l'énervait.

— Voyons, Lucas. Vous ne devriez pas croire tout ce qu'on raconte sur cette ville. Il n'y a pas plus de danger ici qu'ailleurs.

Il la regarda d'un air sombre et finit sa bière.

Ils descendirent lentement la 3e Avenue, passèrent devant des restaurants, des bars, et perçurent le brouhaha de la circulation nocturne de la 57e Rue. New York ne ressemblait à aucune autre ville. Aucune autre ville américaine. C'était comme une gigantesque Rome, peut-être, avec sa soif de vivre la nuit. Mais en plus grand, en plus sauvage, en plus cruel et en beaucoup moins romantique. New York avait son romantisme propre, son propre feu. C'était comme un volcan enchaîné, attendant l'occasion d'entrer en éruption. Ils sentaient tous les deux les vibrations de la ville, alors qu'ils déambulaient dans ses rues, en désaccord avec son humeur, refusant d'être poussés ou balayés ; ils étaient étrangement calmes. Ils croisèrent des petits groupes et des promeneurs masculins tenant en laisse des boxers et des caniches, et portant d'étroits pull-overs et des pantalons moulants. Des femmes promenaient des chiens de salon et des hommes titubaient vers des taxis. Cette ville restait éveillée vingt-quatre heures sur vingt-quatre.

Ils prirent vers l'est au niveau de la 58e Rue et

longèrent Sutton Place, élégante et endormie, semblable à une douairière assise près du fleuve. Kezia se demanda s'ils rencontreraient Whit quittant l'appartement de son amant — s'il lui arrivait encore de le quitter.

— A quoi pensez-vous, Kate ? Vous paraissez toute songeuse.

Elle leva les yeux vers lui et lui sourit.

— En effet. Je laissais aller mes pensées vers des gens que je connais... Vous... Rien de particulier.

Il lui prit la main et ils se promenèrent tranquillement près du fleuve en direction du nord. Une question vint interrompre le fil des pensées de Kezia.

— Je viens de penser à quelque chose. Où allez-vous dormir cette nuit ?

— Je me débrouillerai. Ne vous tourmentez pas. J'ai l'habitude d'arriver dans des villes au milieu de la nuit.

— Vous pourriez dormir sur mon divan. Vous êtes un peu trop grand mais il est confortable. Il m'est arrivé d'y dormir.

— Eh bien ! c'est parfait.

C'était plus que parfait, mais il ne pouvait lui laisser voir à quel point il était heureux et surpris. Tout était tellement plus facile que dans ses rêves les plus fous.

Ils échangèrent à nouveau un sourire et continuèrent à marcher. Elle se sentait bien avec lui et ne s'était pas sentie aussi détendue depuis des années. Le laisser dormir sur son divan n'avait pas d'importance. Il saurait où elle vivait, et alors ? En fin de compte, il n'y avait pas de problème. Pendant combien de temps pourrait-elle encore se cacher ainsi — de lui, d'elle-même, des étrangers, des amis ? Les précautions qu'elle devait prendre sans cesse lui devenaient un fardeau insupportable. Elle voulait déposer ce fardeau au moins pour une nuit. Luke était son ami ; il ne lui causerait aucun préjudice même s'il connaissait son adresse.

— Vous voulez rentrer maintenant ? demanda-t-elle.

Ils étaient au niveau de York et de la 72e Rue.

— Vous habitez dans le coin ?

L'environnement le surprenait. C'était un quartier assez laid, genre classes moyennes.

— Pas très loin. A quelques rues d'ici.

Ils prirent la direction ouest dans la 72e Rue et le quartier changea peu à peu d'aspect.

— Vous êtes fatiguée, Kate ?

— Je dois l'être mais je ne le sens pas.

— Vous êtes encore en train de vous remettre de la cuite de la nuit dernière, probablement.

Il eut une grimace.

— C'est stupide d'en reparler ! Pour une fois par an que je me saoule.

— C'est tout ?

— Evidemment !

Il lui tira une tresse et ils traversèrent la rue déserte. Au loin, la circulation devait encore battre son plein mais, ici, il n'y avait pas un chat en vue. Ils étaient maintenant dans Park Avenue, les maisons étaient séparées par de jolis parterres et des haies.

— On ne peut pas dire que vous viviez dans un taudis, Kate Miller.

Pendant un moment, alors qu'ils marchaient dans York, il s'était demandé si elle l'emmènerait dans un appartement différent pour garder secret l'endroit où elle vivait. Grâce au ciel, elle ne se méfiait pas de lui !

— Vous devez bien gagner votre vie avec vos articles.

Ils échangèrent un regard taquin et éclatèrent de rire.

— Je ne peux pas me plaindre.

Elle jouait le jeu jusqu'au bout et ne se laissait pas piéger par un détail. Il était surpris. Elle était si secrète, mais pourquoi diable ? Il avait pitié d'elle pour toutes les souffrances que devait lui occasionner cette double vie. Peut-être ne le fréquentait-elle pas assez pour que cela devienne une épreuve. Mais il y avait Soho, l'endroit où elle allait pour « oublier ». Oublier quoi ? Elle-même ? Ses amis ? Il savait que ses parents étaient morts. Que pouvait-elle bien vouloir fuir ? Certainement pas le type en compagnie duquel elle était sur le journal.

Ils tournèrent dans une rue bordée d'arbres et elle s'arrêta en souriant devant la première porte. Une marquise, un portier, une maison imposante.

— Nous y sommes.

Elle appuya sur la sonnette et le portier actionna la serrure. Il paraissait tout ensommeillé et son chapeau était un peu en arrière. Dans cet état, cet homme la soulageait d'un poids : tout ce qu'il prononça fut un vague « bonsoir ». Il ne put même pas se souvenir de son nom, heureusement.

Luke se sourit en lui-même dans l'ascenseur. Elle tourna la clé de son appartement et ouvrit la porte. Le courrier était soigneusement empilé sur la table de l'entrée, la femme de ménage était venue : tout paraissait impeccablement propre et sentait la cire fraîche.

— Voulez-vous du vin ?

— Du champagne, je présume ?

Elle se tourna vers lui : il lui sourit gentiment, il n'y avait aucune ironie dans son regard.

— Quel pied-à-terre, trésor ! C'est la classe ! Quelle richesse !

Il n'avait pas dit ça cruellement, cela ressemblait plutôt à une question.

— Je pourrais vous dire que c'est à mes parents... mais je ne veux pas mentir.

— Cela leur appartenait ?

Elle leva un sourcil.

— Non. C'est à moi. Mon âge me permet de posséder quelque chose de ce genre, maintenant.

— Je me répète, mais votre travail doit vous rapporter une coquette somme !

146

Elle haussa les épaules en souriant. Elle ne voulait pas inventer d'excuses.

— Alors, ce vin ? Il est assez médiocre, en fait. Est-ce que vous préférez de la bière ?

— Oui. Ou une tasse de café. Je préfère une tasse de café.

Elle le laissa pour mettre la bouilloire sur le feu et Luke la suivit. Sa voix lui parvint du seuil alors qu'elle faisait cliqueter des tasses dans la cuisine.

— Vous partagez cet appartement avec quelqu'un ?

— Quoi ?

Elle n'avait pas entendu, autrement elle aurait pâli.

— Vous vivez avec quelqu'un ?

— Non, pourquoi ? Vous prenez de la crème et du sucre ?

— Non, merci. Noir. Personne d'autre ne vit ici ?

— Non. Pourquoi me demandez-vous ça ?

— A cause de votre courrier.

Elle marqua un temps d'arrêt, la bouilloire dans la main, et se tourna pour le regarder.

— Qu'est-ce qu'il a, mon courrier ?

Elle n'avait pas pensé à cela.

— Il est adressé à Mlle Kezia Saint-Martin.

Le temps parut s'arrêter. Ni l'un ni l'autre ne faisait le moindre geste.

— Oui, je sais.

— C'est quelqu'un que vous connaissez ?

— Oui. (Le poids du monde sembla lui tomber des épaules, en un seul mot.)... C'est moi.

— Hein ?

— Je suis Kezia Saint-Martin.

Elle tenta de sourire mais semblait presque paralysée et Luke feignit la surprise. Si elle l'avait mieux connu, elle aurait ri à la vue de son regard.

— Vous voulez dire que vous n'êtes pas Kate S. Miller ?

— Si. Quand j'écris.

— C'est votre nom de plume. Je comprends.

— Un de mes nombreux noms. Martin Hallam en est un autre.

— Vous collectionnez les faux noms, ma mignonne.

Il marcha lentement vers elle.

Elle posa la bouilloire sur le feu et se détourna, exprès. Tout ce qu'il pouvait voir, c'étaient ses cheveux noirs et ses étroites épaules courbées.

— Oui, je collectionne les faux noms. Et les vies. Je suis trois personnes à la fois, Luke. En fait, quatre. Non, cinq maintenant avec Kate. K.S. Miller n'avait jamais eu besoin d'un prénom avant. Tout cela est de la pure folie.

— Vraiment ? (Il était juste derrière elle mais il ne cherchait pas à la toucher.) Pourquoi n'allons-nous pas nous asseoir pour bavarder un moment ? suggéra-t-il d'une voix basse.

Elle se tourna vers lui en hochant la tête d'une façon à peine perceptible. Elle avait besoin de se confier à quelqu'un et il avait été agréable de parler avec Luke jusque-là. Il fallait qu'elle parle avant de devenir folle. Mais maintenant il savait qu'elle avait menti... Peut-être cela lui était-il égal ? Peut-être comprendrait-il ?

— D'accord.

Elle le suivit dans le salon, s'assit, très raide, dans un des fauteuils de velours bleu de sa mère et elle le regarda se renverser dans le divan.

— Cigarette ?

— Merci.

Il l'alluma pour elle et elle tira une longue et profonde bouffée, en rassemblant ses idées.

— Ça semble dément quand on en parle. Et je n'ai jamais essayé d'en parler à qui que ce soit, jusqu'à présent.

— Alors, comment pouvez-vous savoir que ça semble dément ?

Les yeux de Luke la fixaient, sans sourciller.

148

— Parce que c'est dément. C'est une vie impossible. Je le sais, j'ai essayé de la vivre. « Ma vie secrète », par Kezia Saint-Martin.

Elle essaya de rire, mais son rire sonnait faux dans le silence.

— Je pense qu'il est temps que vous soulagiez votre cœur et vous m'avez sous la main. Je suis assis ici, je n'ai nulle part où aller et j'ai tout mon temps. Tout ce que je sais, c'est que vous paraissez mener une vie de dingue, Kezia. Vous méritez mieux.

Cela lui fit drôle de l'entendre prononcer son nom. Elle le regarda à travers la fumée.

— ... Et, plus grave encore, vous devez vous sentir très seule.

— Oui.

Elle sentait des sanglots monter dans sa poitrine. Elle voulait tout dire à Luke, maintenant : K.S. Miller, Martin Hallam, Kezia Saint-Martin. Elle voulait raconter la solitude, la souffrance, la laideur de ce monde drapé dans le brocart, comme s'il était plus facile de se cacher sous une belle apparence, comme si cela rendait les âmes meilleures de les noyer dans le parfum... Elle voulait lui raconter les obligations, les responsabilités intolérables, les réceptions stupides, les hommes ennuyeux. Et aussi, à côté de tout cela, sa victoire personnelle avec son premier article sérieux, victoire qu'elle ne pouvait partager qu'avec un homme de loi d'un certain âge et un agent encore plus âgé. Elle avait une vie entière à lui raconter, une vie qu'elle avait cachée jusque-là, au plus profond de son cœur.

— Je ne sais même pas par où commencer.

— Vous avez dit que vous étiez cinq personnes à la fois. Prenez-en une et commencez par elle.

Deux larmes solitaires coulèrent sur le visage de la jeune femme et Luke tendit la main vers elle. Kezia la prit et ils restèrent ainsi, les mains jointes par-dessus la table et les larmes qui coulaient.

— La première personne, c'est Kezia Saint-Martin. Le nom que vous avez vu sur les lettres. Héritière, orpheline... n'est-ce pas romantique ? (Un demi-sourire perça à travers ses larmes.) ... enfin, mes parents sont morts tous les deux quand j'étais enfant et ils m'ont laissé une importante somme d'argent et une gigantesque maison que mon tuteur a vendue pour un grand appartement sur la 81e Rue et Park : appartement que j'ai fini par vendre pour acheter celui-ci. J'ai une tante mariée à un comte italien et j'ai été élevée par mon tuteur et ma gouvernante, Totie. Evidemment, mes parents m'ont aussi laissé un nom. Pas seulement un nom. Mais LE NOM. Avant leur mort et après leur mort, il était imprimé en moi que je n'étais pas « n'importe qui ». J'étais Kezia Saint-Martin. Bon sang, Luke, vous lisez les journaux ?

Elle essuya ses larmes et retira sa main pour se moucher dans un mouchoir mauve, bordé de dentelle grise.

— Bon Dieu, qu'est-ce que c'est que ça ?

— Quoi ?

— La chose dans laquelle vous vous mouchez ?

Elle regarda l'étoffe mauve pâle qu'elle avait dans la main et se mit à rire.

— C'est un mouchoir. Qu'est-ce que vous croyez ?

— Quel goût ! Maintenant, je sais que vous êtes une héritière.

Elle rit et se sentit un peu mieux. Il continua :

— ... au fait, oui, je lis les journaux. Mais je préfère entendre l'histoire par votre bouche. Je n'aime pas me fier aux journaux quand il s'agit de gens qui m'intéressent.

Pendant un temps, elle se sentit gênée. « Des gens qui l'intéressent ? » Mais il ne la connaissait même pas...

Pourtant il était venu de Washington pour la voir. Il était là. Et ses paroles paraissaient avoir de l'importance pour lui.

— Eh bien, chaque fois que je vais quelque part, on me photographie.

— Pas ce soir.

Il essayait de lui montrer qu'elle était plus libre qu'elle ne le pensait.

— Non, mais cela aurait pu arriver. J'ai eu de la chance. C'est pour cette raison que je surveillais la porte — et aussi parce que j'avais peur que quelqu'un ne m'appelle Kezia au lieu de Kate.

— Cela aurait-il été si catastrophique, Kezia ? Quelqu'un aurait levé le voile, et alors ?

— Alors... Je me serais sentie stupide. J'aurais été...

— Effrayée ?

Il avait terminé la phrase pour elle et elle détourna les yeux.

— Peut-être.

Sa voix était toute menue à présent.

— Et pourquoi, mon chou ? Pourquoi auriez-vous été effrayée que j'apprenne qui vous êtes réellement ? (Il voulait l'entendre le lui dire.) ... Craigniez-vous par exemple que je ne vous fasse mal, que je ne vous poursuive pour votre argent, pour votre nom ? Quelque chose de ce genre ?

— Non... c'est... eh bien, c'est possible. D'autres pourraient m'entreprendre en effet pour toutes ces raisons, Lucas, mais je ne me fais pas de souci pour ça, avec vous. (Les yeux de Kezia cherchèrent ouvertement ceux de Luke et elle fit en sorte qu'il la comprenne. Elle avait confiance en lui et elle voulait qu'il le sache. Elle poursuivit :) ... Mais le pis n'est pas là. C'est quelque chose d'autre. Kezia Saint-Martin n'est pas seulement moi. C'est « quelqu'un ». Et elle doit vivre en conséquence. Quand j'avais vingt ans, j'étais considérée comme le plus beau parti sur le marché. Vous voyez, une sorte de valeur Xerox. Si on m'achetait, le placement était sûr de porter ses fruits.

Il regardait ses yeux pendant qu'elle parlait et il y lut

des années de souffrance. Il était silencieux, ses mains tenaient doucement celles de Kezia.

— ... C'était beaucoup plus encore que d'être simplement « en vue ». Il y avait l'histoire... la bonne histoire, la mauvaise, les grands-parents, ma mère...

Elle s'arrêta et s'abîma dans ses pensées. La voix de Lucas la fit enfin réagir.

— Votre mère ? Qu'y a-t-il à propos de votre mère ?

— Oh... seulement... des choses...

Sa voix tremblait et elle détourna les yeux. Elle paraissait avoir du mal à continuer.

— Quel genre de choses, Kezia ? Quel âge aviez-vous quand elle est morte ?

— Huit ans. Et elle... est morte d'avoir trop bu.

— J'en déduis que toute cette vie l'avait bouleversée, elle aussi ?

Il s'appuya au dossier pendant un moment et observa Kezia dont les yeux se levaient lentement vers les siens : c'était un regard empreint d'un chagrin et d'une crainte insondables.

— Oui. La vie l'avait affectée, elle aussi. Elle était lady Liane Holmes-Aubrey avant de se marier avec mon père. Elle devint alors Mme Keenan Saint-Martin. Je ne suis pas certaine de ce qui a été le pis pour elle. Ce fut probablement d'être la femme de papa. En Angleterre, au moins, elle connaissait les règles du jeu. Mais ici, les choses furent différentes pour elle : plus rapides, plus acérées, plus brutales. Elle en parlait quelquefois. Elle se sentait plus « à découvert » ici que chez elle. Quand elle était jeune, on ne lui sautait pas sur le dos comme on le fait maintenant avec moi. Mais elle n'avait pas la fortune de papa, c'est vrai.

— Etait-elle riche, elle aussi ?

— Très. Pas aussi riche que mon père, mais elle était apparentée à la famille royale. C'est drôle, n'est-ce pas ?

Kezia détourna les yeux amèrement pendant un moment.

— Je ne sais pas. Est-ce vraiment drôle ? Pas jusque-là, en tout cas.

— Oh attendez ! Mon père était très riche, très puissant, très envié, très détesté, occasionnellement très aimé. Il a fait des choses folles, il a beaucoup voyagé, il... bref, il a fait ce qu'il a fait. Et maman était solitaire, je pense. On l'espionnait constamment, on écrivait à son sujet, on parlait d'elle, on la suivait partout. Quand elle allait à des réceptions, on notait ce qu'elle portait. Quand papa était absent et qu'elle dansait avec un vieil ami à un bal de charité, on en faisait une histoire dans les journaux. Elle se sentait pourchassée. Les Américains peuvent être très rustres, dans leur genre.

Sa voix faiblit un moment.

— Seulement les Américains, Kezia ?

Elle secoua la tête.

— Non. Ils sont tous comme ça. Mais ici, ils sont plus directs. Ils ont plus de culot, ils sont moins embarrassés. Ils montrent moins de « déférence », je ne sais pas... Peut-être était-elle trop fragile. Et trop solitaire. Elle avait toujours l'air de quelqu'un qui ne comprend pas « pourquoi ».

— Elle a quitté votre père ?

Il était intéressé maintenant. Très intéressé. Il commençait à ressentir quelque chose pour cette femme qui avait été la mère de Kezia. Cette frêle Britannique de la noblesse.

— Non. Elle tomba amoureuse de mon professeur de français.

— Vous plaisantez ?

Il paraissait presque amusé.

— Non.

— Et ça a fait un gros scandale ?

— Je suppose. Ça l'a tuée aussi.

— Ce scandale ?

— Non... Qui peut savoir ? Le scandale et beaucoup d'autres choses. Mon père a tout découvert et a renvoyé le jeune homme. Je suppose qu'elle a commencé alors à se laisser envahir. Elle avait trahi et elle s'est condamnée à mort. Elle a bu de plus en plus, a mangé de moins en moins et elle a obtenu finalement ce qu'elle cherchait. La fin.

— Vous étiez au courant ? Au sujet du professeur ?

— Non, pas à cette époque. Edward, mon tuteur, me l'a dit plus tard. Pour être sûr que « les péchés de la mère ne visiteraient pas la fille ».

— Pourquoi appelez-vous ça une « trahison » ? Parce qu'elle avait triché avec votre père ?

— Non, cela aurait été pardonnable. Ce qui était impardonnable, c'était d'avoir trahi ses ancêtres, son héritage, sa classe, son éducation, en tombant amoureuse, et en ayant une liaison avec « un paysan ».

Elle essaya de rire, mais les sons qui sortirent de sa bouche étaient trop cassants.

— Et ça, c'est un péché ? demanda Lucas, perplexe.

— Mon cher, c'est le pire des péchés ! Vous ne baiserez pas avec les classes inférieures. Ceci est valable pour les femmes de mon rang, en tout cas. Pour les hommes, c'est différent.

— Eux, ils peuvent baiser avec « les classes inférieures » ?

— Évidemment. Les hommes du monde se font les bonnes depuis des générations. Mais la dame de la maison n'est pas supposée coucher avec le chauffeur.

— Je comprends.

Il essayait de prendre un ton enjoué, mais en vain.

— C'est chouette, n'est-ce pas ? Et ma mère ne s'y est pas conformée. Elle a même commis un crime encore plus affreux. Elle est tombée amoureuse de lui et elle envisageait de partir avec lui.

— Comment diable votre père l'a-t-il appris ? L'a-t-il fait suivre ?

— Bien sûr que non. Il ne le soupçonnait même pas. Non, Jean-Louis le lui a dit tout simplement. Il voulait que mon père lui donne 50 000 dollars pour éviter le scandale ; ce n'était pas beaucoup si on y réfléchit. Mon père lui donna 25 000 dollars et le fit raccompagner en France.

— Votre tuteur vous a dit tout ça ?

Lucas paraissait en colère maintenant.

— Evidemment. Pour se rassurer. Dans le but de me maintenir sur la ligne droite.

— Est-ce efficace ?

— Dans un sens, oui.

— Pourquoi ?

— Parce que, d'une façon perverse, j'ai peur de mon destin. C'est quelque chose comme : si on le fait, on est damné, si on ne le fait pas, on est damné également. Je pense que si je menais la vie que je suis supposée mener, je la haïrais assez pour me noyer dans l'alcool comme ma mère. Mais si je trahissais mon « héritage », alors peut-être finirais-je comme elle de toute façon. Une traîtresse trahie, amoureuse d'un minable de basse extraction et qui fit chanter son mari. C'est du joli, n'est-ce pas ?

— Non, c'est pathétique. Et vous croyez vraiment à cette connerie de trahison ?

Elle hocha la tête.

— Je dois y croire. J'ai trop vu d'histoires de ce genre. J'ai... D'une certaine façon, cela m'est arrivé. Quand les gens savent qui vous êtes, ils... ils vous traitent différemment, Lucas. Vous n'êtes plus pour eux une personne. Vous êtes une légende, un défi, un objet qu'ils doivent posséder. Les seules personnes qui vous comprennent sont celles de votre propre espèce.

— Etes-vous en train de me dire qu'elles vous comprennent ? s'exclama-t-il, ahuri.

— Non ! C'est là tout le problème. Pour moi, rien ne marche. Je suis une paumée. Je ne peux supporter ce que je suis supposée être. Et je ne peux non plus obtenir ce que je veux... j'en ai peur, en tout cas. Je... Oh ! bon sang, Lucas, je ne sais plus.

Elle triturait une boîte d'allumettes entre ses doigts et semblait bouleversée.

— Qu'est-il arrivé à votre père ?

— Il a eu un accident. Oh ! pas par désespoir à cause de ma mère. Il a connu un certain nombre de femmes après la mort de ma mère. Pourtant, je suis sûre que maman lui manquait. Mais il était très amer, comme quelqu'un qui ne croit plus en rien. Il avait bu, il conduisait trop vite, il est mort. C'est très simple, vraiment.

— Non, c'est très compliqué. Ce que vous êtes en train de me dire, c'est que « trahir », comme vous dites, votre « héritage », votre monde, conduit au suicide, à la mort, aux accidents, au chantage et au chagrin d'amour. Alors, qu'arrive-t-il si on suit les règles ? Si vous jouez le jeu, Kezia, et si vous ne « trahissez pas votre classe », comme vous dites ? Qu'est-ce qui se passe si vous vous accommodez des règles... Je veux parler de vous, Kezia ? Qu'allez-vous devenir ?

— Je vais me tuer à petit feu.

Sa voix était très douce, mais aussi très assurée.

— Est-ce ce qui est en train de vous arriver ?

— Oui, je pense, à une petite échelle. Car j'ai mes portes de sortie, mes libertés. Cela aide. Et puis ce que j'écris me sauve, vraiment.

— Ce sont des moments que vous volez. Avez-vous quelquefois pris ces libertés ouvertement ?

— Ne soyez pas ridicule, Lucas ! Comment le pourrais-je ?

— Il le faut. Faites ce qu'il vous plaît, ouvertement, pour changer.

— C'est impossible.

— Et pourquoi ?

— Edward. La presse. La moindre entorse un peu originale serait immédiatement relatée dans tous les journaux. Quelque chose d'aussi anodin par exemple que sortir avec quelqu'un de « différent ». (Elle le regardait droit dans les yeux.) ... Aller dans un endroit « qui ne convient pas », dire quelque chose d'« osé », porter quelque chose d'impudique.

— D'accord, la presse vous en ferait voir de toutes les couleurs. Et alors ? Petite froussarde, le ciel ne vous tomberait pas sur la tête.

— Mais si, Lucas. Vous ne comprenez pas.

— Edward serait furieux. Et alors ?

— Et s'il avait raison... et si... si je finissais...

Elle ne pouvait pas terminer la phrase, mais lui le pouvait.

— Comme votre mère ?

Elle leva les yeux vers lui, ils étaient noyés de larmes. Elle hocha la tête.

— Ça ne peut pas vous arriver à vous, trésor. Vous êtes différente. Vous êtes plus libérée, j'en suis sûr. Vous avez probablement beaucoup plus les pieds sur terre et vous êtes même plus intelligente que votre mère. Bon Dieu, Kezia, quelle importance cela aurait-il que vous tombiez amoureuse du professeur, du sommelier, du chauffeur ou de moi ? Et alors quoi, merde ?

Elle ne répondit pas à la question. Elle ne savait pas quoi répondre.

— C'est un monde spécial, Lucas, dit-elle enfin, avec des règles spéciales.

— Oui, tout comme le trou, dit-il d'un ton soudain amer.

— Vous voulez parler de la prison ?

Il hocha la tête en guise de réponse. Elle enchaîna.

— Vous avez peut-être raison. Une prison silencieuse, invisible, dont les murs sont construits avec des codes, des hypocrisies, des mensonges et des restrictions, dont les cellules sont capitonnées de préjugés et de craintes, et le tout serti de diamants.

Tout à coup, il leva les yeux vers elle et se mit à rire.

— Qu'est-ce qu'il y a de drôle ?

— Rien, si ce n'est que les neuf dixièmes du monde sont en train de se battre pour faire partie de votre petit monde privilégié et, d'après ce que vous dites, quand ils y seront, ils ne pourront pas le supporter. Ou, du moins, difficilement.

— Peut-être le supporteront-ils. Certaines personnes le supportent.

— Mais qu'arrive-t-il à ceux qui ne le peuvent pas, Kezia ? Qu'arrive-t-il à ceux qui ne peuvent pas supporter toutes ces conneries ?

Il lui serra la main très fort, en disant ces mots, et elle leva lentement les yeux vers lui.

— Quelques-uns en meurent, Lucas.

— Et les autres ? Ceux qui n'en meurent pas ?

— Ils vivent avec. Ils l'acceptent. C'est le cas d'Edward. Il accepte les règles parce que c'est son devoir. C'est la seule solution, d'après lui, mais sa vie en a été ruinée, elle aussi.

— Il aurait pu tout changer, objecta Luke d'un ton bourru.

Kezia secoua la tête.

— Non, il n'aurait pas pu. Pour certains, c'est impossible.

— Et pourquoi ? Ils n'ont pas assez de cran ?

— Si vous voulez employer ce terme. Certains ne peuvent pas faire face à l'inconnu. Ils préfèrent voguer sur un bateau familier plutôt que de prendre le risque de se noyer dans des mers inconnues.

— Ou de se sauver. On peut toujours avoir la chance de trouver un canot de sauvetage ou d'échouer sur une île paradisiaque. Ce serait une bonne surprise.

Mais Kezia pensait à autre chose. Des minutes s'écoulèrent avant qu'elle ne reprenne la parole ; ses yeux étaient clos, sa tête appuyée sur le dossier du fauteuil. Elle semblait fatiguée et vieillie. Elle n'était pas entièrement sûre que Luke comprenait. Peut-être ne pouvait-il pas comprendre. Peut-être était-ce impossible que quelqu'un de l'extérieur puisse comprendre. Elle reprit :

— Quand j'avais vingt ans, je voulais vivre ma propre vie. J'ai alors essayé de travailler au *Times*. J'ai juré à Edward que je m'en sortirais, que personne ne m'ennuierait, que je ne trahirais pas mon nom, enfin toutes ces bêtises. J'ai tenu dix-huit jours et puis j'ai fait une dépression nerveuse. J'ai entendu toutes les plaisanteries possibles, je me suis trouvée en butte à toutes sortes d'hostilités, de curiosités, d'envies, d'obscénités. Ils avaient placé des journalistes dans les toilettes. Ça les amusait de m'ennuyer et de regarder ensuite les conséquences. J'ai essayé, Luke, j'ai vraiment essayé, mais il n'y avait aucune porte de sortie pour la réussite. Ils ne voulaient pas de moi. Ils voulaient seulement mon nom connu et puis me faire trébucher, juste pour le plaisir, pour voir s'il y avait quelque chose d'humain en moi ; je n'ai jamais reparu ouvertement depuis lors. C'est le dernier travail de moi dont on ait entendu parler, le dernier regard qu'on ait pu jeter sur mon moi réel. A partir de ce moment, tout a été secret, avec des pseudonymes ; je me suis cachée derrière des agents et... cela jusqu'à ce que je vous rencontre. C'est la première fois que je cours le risque d'être découverte.

— Et pourquoi l'avez-vous fait ?

— Peut-être le devais-je. Mais, pour les autres, je vais aux bonnes réceptions, je fais partie des bons comités, je passe mes vacances dans les bons endroits, je connais les gens que je dois connaître et tout le monde pense que je suis extrêmement paresseuse. J'ai la réputation de sortir la nuit et de dormir jusqu'à 3 heures de l'après-midi.

Il ne put réprimer un sourire.

— Ce n'est pas le cas ?

— Evidemment non. (Elle n'était pas amusée. Elle était furieuse, au contraire.) ... Je travaille comme une dingue, en fait. Je fais tous les articles corrects que je peux trouver et j'ai une bonne réputation dans mon domaine. On ne peut pas en arriver là en dormant jusqu'à 3 heures.

— Et ça ne convient pas aux gens « comme il faut » ? Ecrire n'est pas non plus une chose à faire ?

— Bien sûr que non. Ce n'est pas respectable. Pas pour moi. Je suis supposée chercher un mari, aller chez le coiffeur et non pas mettre mon nez dans les problèmes pénitentiaires du Mississippi.

— Ou vous intéresser aux ex-détenus à Chicago.

Il y avait une lueur de tristesse dans les yeux de Luke. Elle avait tellement bien éclairci la situation, maintenant.

— Je peux écrire ce que je veux sur qui je veux, là n'est pas le problème. Mais je ne dois pas trahir mon héritage.

— Encore ! Bon Dieu, Kezia, cette notion n'est-elle pas un peu démodée ? Beaucoup de gens de votre monde travaillent.

— Oui, mais pas ainsi. Pas pour de bon. Et... il y a autre chose.

— Je m'en doutais.

Il alluma une cigarette et attendit. Il fut surpris de la voir sourire.

— En dehors de tout le reste, je suis une traîtresse. Vous est-il arrivé de lire la « rubrique » de Martin Hallam ? Il se peut que vous soyez tombé dessus un jour.

Il hocha la tête.

— Eh bien, c'est moi qui l'écris. Au commencement, c'était pour m'amuser en quelque sorte et puis ça a marché et...

Elle haussa les épaules et leva les bras au ciel alors qu'il se mettait à rire.

— Vous voulez dire que c'est vous qui écrivez cette stupide « rubrique » de merde ?

Elle hocha la tête avec un sourire embarrassé.

— Et vous cafardez ainsi vos amis de luxe ?

Elle hocha la tête à nouveau.

— Ils le gobent. Ils ne savent absolument pas que c'est moi qui l'écris. Et, pour vous dire la vérité, ces deux dernières années, c'est devenu de plus en plus rasoir.

— Vous parlez d'une traîtresse ! Et personne ne vous soupçonne ?

— Non. Personne. Ils ne savent même pas que c'est écrit par une femme. Ils l'acceptent, c'est tout. Même mon rédacteur en chef ne sait pas qui l'écrit. Tout passe par mon agent et, évidemment, je suis enregistrée sous le nom de K.S. Miller sur les fiches de l'agence.

— Ma chère amie, vous me surprenez, dit-il, abasourdi.

— Quelquefois, je me surprends moi-même.

Ce fut un moment de détente après ce pénible début.

— Je ne dirai qu'une chose. Vous êtes très occupée : les articles de K.S. Miller, la « rubrique » Hallam et votre « vie de luxe ». Et personne ne soupçonne quoi que ce soit ? demanda-t-il d'un ton dubitatif.

— Non. Cela n'a pas été facile. C'est pourquoi je paniquais à l'idée de vous interviewer. Vous pouviez avoir vu ma photo quelque part, et me reconnaître en tant que moi, pas en tant que « Kate Miller », évidemment. Il suffirait, pour tout détruire, qu'une seule personne me voie au mauvais endroit, au mauvais moment et hop ! le château de cartes s'effondrerait. Et, pour être franche, la part de ma vie que je consacre à mon travail sérieux, c'est la seule que je respecte. Je ne tiens pas à la mettre en danger, pour personne au monde, pour rien au monde.

— Mais c'est ce que vous avez fait. Vous m'avez interviewé. Pourquoi ?

— Je vous l'ai dit. Il le fallait. Et la curiosité aussi m'a poussée. J'ai aimé votre livre. De plus, mon agent me pressait de le faire. Il avait raison, bien sûr. Je ne peux pas continuer à me cacher si je veux faire une carrière littéraire sérieuse. Il va falloir que je prenne des risques, par moments.

— Vous en avez pris un gros.

— Oui.

— Vous le regrettez ?

Il voulait obtenir une réponse honnête.

— Non. Je suis contente.

Ils se sourirent. La jeune femme soupira.

— Kezia, pourquoi ne diriez-vous pas au monde, à ce monde-là, d'aller se faire foutre, pour faire ce dont vous avez envie ouvertement, pour changer ? Ne pourriez-vous pas au moins être K.S. Miller pour tout le monde ?

— Et comment ? Imaginez le scandale, et ce qu'ils écriraient dans les journaux. En plus, les cartes seraient brouillées. Les gens demanderaient des articles non pas à K.S. Miller mais à Kezia Saint-Martin. Je reviendrais à la situation d'il y a huit ans quand j'étais gaufreuse au *Times*. Ma tante aurait des attaques, mon tuteur aurait le cœur brisé. J'aurais le sentiment d'avoir trahi tous ceux qui m'ont précédée.

— Mais bon sang, Kezia, tous ces gens sont morts ou presque.

— Les traditions ne le sont pas. Elles continuent.

— Et vous les portez sur les épaules, n'est-ce pas ? Vous avez à vous seule la responsabilité de tenir le monde à bout de bras. Comprenez-vous à quel point cela est insensé ? On n'est pas dans l'Angleterre victorienne et, Bon Dieu, c'est votre vie que vous tenez cachée dans le placard. C'est la vôtre. On tire dessus et elle disparaît. Si vous avez du respect pour ce que vous faites, pourquoi ne prenez-vous pas le risque de sortir votre vie du placard et de la vivre fièrement ? Ou bien avez-vous la frousse ?

Kezia ressentait le regard de Luke comme une brûlure.

— Peut-être. Je ne sais pas, répondit-elle. Je n'ai jamais eu l'impression d'avoir le choix.

— C'est là que vous avez tort. On a toujours le choix. A propos de tout ce qu'on fait. Peut-être ne voulez-vous pas avoir le choix. Vous préférez sans doute vous cacher comme une folle et vivre dix bon Dieu de vies différentes. Le résultat ne semble pas être brillant, ma cocotte. Je n'en dirai pas plus.

— C'est possible. J'ai cette impression aussi, maintenant. Mais ce que vous ne comprenez pas, c'est ce qui concerne le devoir et la tradition.

— Devoir envers qui ? Et vous, alors ? Vous n'y avez jamais pensé ? Vous voulez rester ici pour le restant de vos jours, à écrire en secret, et fréquenter ces stupides réceptions avec ce con de pédé ?

Il s'arrêta brusquement et elle fronça les sourcils.

— Quel con de pédé ?

— Celui que j'ai vu avec vous dans le journal.

— Vous voulez dire que vous étiez au courant ?

Il la regarda dans les yeux et hocha la tête.

— Oui, j'étais au courant.

— Pourquoi ne m'avez-vous rien dit ?

Ses yeux lançaient des éclairs. Elle l'avait laissé pénétrer si profondément dans le sanctuaire intérieur de sa vie ! Etait-il déjà un traître ?

— Et comment l'aurais-je pu ? « Bonjour, belle dame, avant votre prochaine interview, je voudrais vous dire que je sais qui vous êtes parce que je vous ai vue dans le journal » ? Et alors ? Je pensais que vous me le diriez vous-même quand vous seriez prête ou bien jamais. Si je vous l'avais lancé à la figure, vous auriez pris vos jambes à votre cou et je ne voulais pas vous perdre.

— Pourquoi ? Vous aviez peur que je n'écrive pas votre article ? Vous n'aviez pas d'inquiétude à avoir, ils auraient envoyé quelqu'un d'autre à ma place. Vous n'auriez pas perdu votre histoire.

Elle se moquait presque de lui. Il lui attrapa le bras si brusquement que Kezia fut toute surprise.

— Non, mais j'aurais pu vous perdre.

Elle attendit un long moment avant de parler. Il lui tenait toujours le bras.

— Et quelle importance ?

— Beaucoup d'importance. Ce qu'il vous faut décider maintenant, c'est si oui ou non vous voulez vivre dans le mensonge pour le restant de vos jours. Pour moi, ça ressemble à un cauchemar... Vous êtes terrifiée à l'idée d'être vue en compagnie de tel ou tel, dans tel endroit, etc. Qui y attache de l'importance ? Montrez-vous ! Montrez-leur qui vous êtes réellement ; ou peut-être ne le savez-vous pas, Kezia ? Je pense que c'est là le problème. K.S. Miller, c'est peut-être du bidon, tout comme Martin Hallam ou Kezia Saint-Martin ?

— Oh, vous, allez vous faire voir ! cria-t-elle en dégageant son bras. C'est tellement facile d'être là à pérorer. Vous n'avez absolument rien à perdre. Personne n'attend quoi que ce soit de vous, alors comment pourriez-vous comprendre ? Vous pouvez faire tout ce qui vous passe par la tête.

— Vraiment ? (La voix de Luke était à nouveau calme et douce comme du satin.) ... Laissez-moi vous dire une chose, miss Saint-Martin. Je sais ce que c'est que le devoir et beaucoup mieux que vous, seulement moi, ce n'est pas à une bande de momies, d'aristocrates, que j'ai des comptes à rendre, mais à des gens réels, des types avec qui j'ai purgé ma peine, qui n'ont personne qui puisse parler en leur nom, pas de famille pour payer un avocat, penser à eux, se soucier d'eux. Je sais qui ils sont, je me souviens d'eux, assis à attendre la liberté, bouclés dans le trou, oubliés après des années de taule ; certains y sont depuis bien longtemps, parfois même avant votre naissance, Kezia. Et si je n'ai pas le cran de faire quelque chose pour eux, alors peut-être que personne d'autre ne le fera. Ce sont eux mon « devoir » ! Mais au moins, ils sont vrais et je suppose que j'ai de la chance, car eux ont de l'importance pour moi. Je ne le fais pas parce que je dois le faire ou par peur. Je le fais parce que je le veux. Je joue ma propre tête contre la peur, parce qu'à chaque fois que j'ouvre la bouche, je cours le risque de me retrouver là-bas avec eux. Alors parlez-moi de devoir et d'avoir quelque chose à perdre. J'ai encore une chose à vous dire : si je ne me souciais pas d'eux, si je n'avais pas d'affection pour eux ou même si je ne les aimais pas d'amour, je les saluerais et je leur dirais d'aller se faire foutre. Je me remarierais, j'aurais des gosses et j'irais vivre à la campagne.

» Kezia, si vous ne croyez pas en la vie que vous menez, ne la vivez pas. C'est aussi simple que ça. Parce que le prix que vous essayez d'éviter de payer, vous le paierez de toute façon. Vous allez en arriver à vous haïr pour avoir perdu des années à jouer à des jeux que vous auriez dû laisser tomber depuis longtemps. Si vous aimiez cette vie, ce serait parfait. Mais ce n'est pas le cas, alors qu'est-ce que vous fabriquez ?

— Je ne sais vraiment pas. Tout ce que je sais, c'est que je n'ai pas votre cran.

— Vous avez le cran que vous vous donnez. Tout ça, ce sont des conneries. Vous attendez une solution facile : une pétition qui vous donnerait votre liberté, un homme qui viendrait vous prendre par la main et vous emmènerait très loin. La chose se produira peut-être ainsi ou ne se produira pas. Et il vous faudra vous débrouiller seule, comme tout le monde.

Elle ne répondit rien et il eut envie de la prendre

dans ses bras. Il lui avait donné beaucoup de choses à avaler en une seule fois, mais il avait été irrésistiblement entraîné. Maintenant qu'elle avait ouvert les portes, il fallait qu'il lui dise sa façon de penser. Pour eux deux. Mais surtout pour elle.

— ... Je n'avais pas l'intention de vous blesser, mon petit.

— Il fallait que les choses soient dites.

— Vous trouveriez probablement des choses à me dire et qui ont besoin d'être dites. Je sais ce que vous vivez et vous avez raison, en un sens, c'est beaucoup plus facile pour moi. J'ai continuellement une armée de gens qui m'attendent dans les coulisses pour me dire combien je suis formidable. Remarquez, ce ne sont pas les membres du bureau des libérations, mais des gens, des amis. Toute la différence est là. Ce que vous essayez de faire est beaucoup plus dur. Se battre pour une cause apporte beaucoup de gloire, se séparer de son passé, jamais... du moins pas tout de suite. Très longtemps après. Mais vous y arriverez. Vous avez déjà fait la moitié du chemin, seulement vous ne vous en rendez pas encore compte.

— Vous croyez ?

— J'en suis sûr. Vous y arriverez. Mais nous savons tous que le chemin est difficile.

En l'observant, il était à nouveau frappé par tout ce qu'il avait entendu : les secrets au plus profond de son âme, les confessions au sujet de sa famille, les folles théories sur la tradition et la trahison. Tout était nouveau pour lui et pour le moins intrigant. Elle était le produit d'un monde étrange et différent ; cependant, d'une certaine façon, elle était hybride.

— Au fait, où pensez-vous que la route de la liberté va vous conduire ? A Soho ? demanda-t-il.

Il voulait savoir, mais elle éclata de rire.

— Ne soyez pas ridicule. Là-bas, c'est très agréable pour moi mais ce n'est pas la réalité. Je sais quand même ça ! Soho m'aide seulement à supporter toutes les conneries d'ailleurs. Vous savez, la seule chose qui ne soit pas une connerie, c'est K.S. Miller.

— C'est un à-côté, ce n'est pas un être humain. Vous êtes un être humain, Kezia. Je pense que c'est ça que vous avez tendance à oublier. Mais peut-être le faites-vous exprès ?

— Peut-être est-ce une obligation ? Regardez ma vie, Luke. Elle se déroule nulle part et les jeux sont de plus en plus difficiles à jouer. Ce n'est plus qu'un gigantesque jeu sans fin. Le jeu des réceptions, des comités, des bals et toutes ces bêtises, le jeu de la « dame de l'artiste à Soho », le jeu de la « rubrique » des cancans. Tout ça, c'est du jeu. Je suis fatiguée de vivre dans un monde si limité. Néanmoins, je ne conviens pas à un coin tel que Soho.

— Pourquoi ? Ce n'est pas votre classe ?

— Non. Et ce n'est pas non plus mon monde.

— Alors, arrêtez de braconner dans les mondes des autres. Construisez le vôtre. Un monde fou, bon ou mauvais, ce que vous voulez, mais qui vous convienne, pour changer. C'est vous qui fixez les règles. N'en parlez pas si vous pensez que c'est là votre devoir, mais au moins essayez de respecter votre propre voyage. Ne vous bradez pas, Kezia. Vous êtes trop bien pour ça. Je pense que vous comprenez que vous êtes arrivée à un stade où vous devez faire des choix.

— Je sais. Je crois que c'est pour cette raison que j'ai eu le courage de vous inviter ici. Il le fallait. Vous êtes bon. J'ai du respect pour vous. Je ne pouvais pas vous faire l'insulte de vous mentir ou de m'esquiver. Je ne pouvais pas me faire cette insulte à moi-même. C'est une question de confiance.

— J'en suis honoré.

Elle leva les yeux pour voir s'il se moquait d'elle et elle fut touchée de constater qu'il n'en était rien.

— Ça fait quatre, annonça-t-il.

— Quatre quoi ?

— Vous avez dit que vous étiez cinq personnes. Vous n'avez parlé que de quatre : l'héritière, l'écrivain, l'échotier dans la « rubrique » et la touriste de Soho. Qui est la cinquième ? Je commence à m'amuser.

Il était à nouveau tout souriant et il étendit ses jambes.

— Moi aussi. D'abord, je ne suis pas un échotier. Il s'agit d'un « éditorial mondain ».

Elle prit une mimique affectée.

— Pardonnez-moi, monsieur Hallam.

— Vraiment ! La cinquième personne est de votre fait. « Kate. » Je n'en ai jamais parlé à quiconque, auparavant. Je pense que c'est le commencement d'un nouveau moi.

— Ou la fin de tous les autres. N'ajoutez pas un nouveau rôle à votre liste, un nouveau jeu. Faites les choses bien.

— C'est ce que je fais.

Elle le regardait tendrement.

— Je sais, Kezia. Et j'en suis heureux, pour nous deux. Non... pour vous.

— Vous m'avez donné une sorte de liberté, cette nuit, Luke. C'est une chose très spéciale.

— Oui, mais vous avez tort de dire que je vous l'ai donnée. Je vous ai déjà dit que personne ne pouvait vous prendre votre liberté... et personne ne peut non plus vous la rendre. Vous y êtes arrivée toute seule. Gardez-la bien précieusement.

Il se pencha en avant et lui déposa un baiser sur la tête, puis il s'avança pour lui murmurer à l'oreille :

— Où sont les chiottes ?

Elle éclata de rire en le regardant. Il était si beau !

— Les chiottes sont en bas à gauche. Vous ne pouvez pas ne pas les voir, c'est rose.

— J'aurais été déçu s'il en avait été autrement !

Le rire de Luke ressemblait à une roulade ; il disparut dans le couloir et Kezia retourna dans la cuisine pour voir ce qu'était devenu le café. Trois heures s'étaient écoulées.

— Vous voulez toujours de ce café, Luke ?

Il était revenu et s'étirait paresseusement à l'entrée de la cuisine.

— Puis-je l'échanger contre une bière ?

— Bien sûr.

— Parfait, et vous pouvez garder le verre, merci. Aucune classe. Absolument aucune. Vous savez ce que c'est avec les paysans.

Il fit sauter le bouchon et but une longue gorgée.

— Ah, c'est bon !

— La nuit a été longue. Je suis désolée de vous avoir passé un savon de ce genre, Luke.

— Mais vous ne m'avez pas engueulé et moi non plus.

Ils se sourirent à nouveau et Kezia sirota son verre de vin blanc.

— Je vais vous arranger le divan.

Il hocha la tête et but une longue gorgée de bière. La jeune femme passa sans problème sous le bras qu'il avait étendu en travers de la porte.

En peu de temps, elle transforma le divan en lit.

— Ça devrait aller jusqu'au matin. Avez-vous besoin de quelque chose d'autre avant que j'aille me coucher ?

Ce dont il avait besoin l'aurait choquée. Elle avait retrouvé sa raideur et son air prosaïque. La dame de la maison. L'honorable Kezia Saint-Martin.

— Oui, à vrai dire, j'ai besoin de quelque chose avant que vous alliez vous coucher. J'ai besoin d'un regard de la femme avec qui je me suis assis pour bavarder toute la nuit. Vous êtes raide comme un manche à balai. C'est une fichue habitude. Je n'ai l'intention ni de vous faire de mal, ni de vous violer, ni de dévaster votre esprit. Et pas même de vous faire chanter.

Elle parut surprise et un peu blessée, debout, au milieu de la pièce.

— Je n'ai pas le sentiment que vous ayez dévasté mon esprit. Je voulais vous parler, Lucas.

— Alors, qu'est-ce qui a changé maintenant ?

— Rien, j'avais l'esprit ailleurs.

— Oui, et vous vous êtes renfermée sur vous-même.

— C'est l'habitude, je suppose.

— Une fichue habitude. Ne sommes-nous pas amis ?

Elle hocha la tête, alors que des larmes brillaient à nouveau dans ses yeux. La soirée avait été pleine d'émotions.

— Bien sûr que nous sommes amis.

— Bon, car moi je pense que vous êtes quelqu'un de très spécial.

Il traversa la pièce en trois longues enjambées et il la serra dans ses bras en lui donnant un baiser sur la joue.

— Bonne nuit, mon petit. Dormez bien.

Elle se leva sur la pointe des pieds et lui rendit son baiser sur la joue.

— Merci. Vous aussi, Lucas, dormez bien.

Il entendait une horloge faire tic-tac quelque part dans la maison obscure mais aucun bruit ne lui parvenait de la chambre de Kezia. Il était allongé depuis dix minutes et il était trop excité pour dormir. C'était comme s'ils avaient parlé pendant des jours : il avait eu si peur de l'effrayer, de faire quelque chose qui lui fasse refermer la porte. C'est pourquoi il était allongé sur le divan et qu'il s'était contenté d'un baiser sur la joue. Pas question avec elle de précipiter les choses — à moins de vouloir la perdre avant même d'avoir commencé. Ils avaient fait beaucoup de chemin en une nuit et il s'en contentait. Il repensa aux heures passées à parler... à l'expression du visage de Kezia... aux mots... aux larmes... à la façon dont elle avait pris sa main.

— Luke ? Vous dormez ?

Il était si profondément plongé dans ses pensées qu'il ne l'avait pas entendue venir, pieds nus, sur la moquette.

— Non. (Il se souleva sur un coude et la regarda. Elle portait une chemise de nuit rose pâle et ses cheveux tombaient sur ses épaules.) ... Quelque chose ne va pas ?

— Simplement, je n'arrive pas à dormir.

— Moi non plus.

Elle sourit et s'assit sur le sol près du divan. Il ne savait que penser de son retour. Elle n'était pas toujours facile à déchiffrer. Luke alluma une cigarette et la lui tendit. La jeune femme la prit, tira une bouffée et la lui rendit.

— C'est gentil ce que vous avez fait pour moi, cette nuit, Lucas.

— Et qu'est-ce que j'ai fait ?

Il était allongé à nouveau et regardait le plafond.

— Vous m'avez laissée parler d'un tas de choses qui m'ennuyaient depuis des années. J'en avais bien besoin.

Ce n'était pas tout ce dont elle avait besoin mais l'idée d'affronter la suite effrayait presque Lucas. Il ne voulait pas gâcher la vie de Kezia ; elle avait déjà suffisamment de choses sur les bras.

— Luke ?

— Oui ?

— Comment était votre femme ?

Il y eut un long silence et elle commençait à regretter d'avoir posé cette question.

— Jolie, jeune, un peu folle, comme moi en ce temps-là... et elle avait peur. Elle a eu peur de continuer seule. Je ne sais pas, Kezia... c'était une fille adorable, je l'aimais... Mais ça paraît tellement loin maintenant. J'étais différent alors. On disait des trucs mais on ne parlait jamais. Tout a été gâché quand je suis allé en taule. Il faut pouvoir parler quand quelque chose de ce genre vous arrive et elle ne le pouvait pas. Elle n'a même pas pu le faire quand notre petite fille a été tuée. Je pense que c'est ça qui l'a tuée. Tout s'est noué à l'intérieur d'elle, elle s'est étranglée avec cela et elle est morte. En un sens, elle était morte avant de se suicider. Peut-être comme votre mère.

Kezia hocha la tête en le regardant. Il avait le regard vague mais sa voix ne montrait pas d'autre émotion que le respect pour le passé.

— Pourquoi me demandez-vous ça ?

— Simple curiosité, je suppose. On a beaucoup parlé de moi, cette nuit.

— On a beaucoup parlé de moi, hier, pendant l'interview. Nous sommes à égalité. Pourquoi n'essayez-vous pas de dormir ?

Elle acquiesça et se leva pendant qu'il éteignait la cigarette qu'ils avaient partagée.

— Bonne nuit, Luke.

— Bonne nuit, trésor. A demain.

— A aujourd'hui.

Il fit une grimace par politesse et il tendit paresseusement une longue patte en direction de son arrière-train.

— Petite insolente, allez vous mettre au lit, sinon vous serez trop fatiguée demain pour me balader en ville.

— Vous êtes libre toute la journée ?

— Oui, à moins que vous n'ayez quelque chose de plus intéressant à faire.

Il n'avait pas encore pensé à le lui demander.

— Non. Je suis libre comme l'oiseau. Bonne nuit, Lucas.

Elle se tourna vivement dans un frou-frou de soie rose et tout en la regardant partir il eut envie de la retenir et de la prendre dans ses bras. Puis, avant de pouvoir ravaler ses mots, il lâcha :

— Kezia !

La voix de Luke était douce mais pressante.

— Oui ?

Elle se retourna, l'air surprise.

— Je vous aime.

Elle se tint immobile, lui non plus ne remuait pas. Il était allongé de travers sur le divan et regardait son visage. Les mots paraissaient effrayer la jeune femme.

— Je... Vous êtes pour moi quelqu'un de très spécial, Luke. Je...

— Avez-vous peur ?

Elle hocha la tête en baissant les yeux.

— Un peu.

— Il ne faut pas, Kezia. Je vous aime. Je ne vous ferai pas de mal. Je n'ai jamais connu une femme comme vous, auparavant.

Elle aurait voulu lui dire qu'elle n'avait jamais connu un homme comme lui avant, mais elle ne pouvait pas parler. Elle ne pouvait que rester là, souhaitant être dans ses bras mais ne sachant pas comment les trouver.

Ce fut Lucas qui vint vers elle, calmement, enveloppé du drap qu'elle avait utilisé pour faire le lit. Il s'avança lentement et mit ses bras autour d'elle en la serrant très fort.

— Tout va bien, mon chou. Tout est parfait.

— C'est vrai ?

Elle leva les yeux vers lui, le visage rayonnant. C'était différent de tout ce qu'elle avait connu jusque-là. Cela avait de l'importance, c'était sérieux, et il savait qui elle était, jusqu'au plus profond de son être.

— Lucas ?...

— Oui ?

— Je vous aime. Je... vous... aime.

Il la souleva doucement, sans effort, dans ses bras, et la porta jusqu'à sa chambre dans l'obscurité. Comme il la déposait, elle le regarda en souriant. C'était un sourire de femme, malicieux, mystérieux, tendre.

— Vous voulez que je vous dise quelque chose d'amusant, Luke ? Je n'ai jamais fait l'amour dans ma propre chambre.

— J'en suis heureux.

— Moi aussi.

Leurs voix ne furent bientôt plus que des murmures.

La timidité de Kezia disparut lorsqu'elle lui tendit les bras et qu'il fit glisser soigneusement la chemise de nuit rose de chaque côté des épaules. Elle dénoua le drap de sa taille. Les mains de Luke apprirent à connaître son corps et elle s'endormit enfin dans ses bras quand le ciel commença à devenir gris pâle.

12

— Bonjour, mon amour, que veux-tu faire aujourd'hui ?

Elle sourit, le menton appuyé sur la poitrine de Luke.

— Oh ! tu sais, comme d'habitude, tennis, bridge, ce qu'on est supposé faire à Park Avenue. Montre-moi ton nez.

— Mon nez ? Qu'est-ce qu'il a, mon nez ?

— J'aime ton nez. Il est adorable.

— Vous êtes folle, folle à lier, mademoiselle Saint-Martin. C'est peut-être pour ça que je t'aime.

— Tu es sûr de m'aimer ?

Elle jouait à un jeu auquel les femmes ne jouent que quand elles sont sûres d'elles.

— Absolument certain.

— Comment peux-tu le savoir ?

Elle passa un doigt le long du nez de Luke, pensivement, puis le laissa errer jusque sur sa poitrine.

— Parce que mon talon gauche me démange. Ma mère m'a dit qu'on reconnaît l'amour véritable quand le talon gauche démange. Il me démange. Alors ça doit être toi.

— Grand fou !

Il la fit taire d'un baiser. Elle se blottit dans ses bras et ils restèrent allongés côte à côte, jouissant ainsi de la matinée.

— Tu es belle, Kezia.

— Toi aussi, tu es beau.

Il avait un corps élancé et puissant, des muscles sains ondulaient sous sa peau d'une extrême douceur. Elle lui mordilla doucement un bout de sein et il lui donna une tape sur ses petites fesses blanches.

— D'où tiens-tu ce bronzage de luxe ?

— De Marbella, bien sûr. Et du midi de la France. « Pendant ma retraite. »

— Tu te paies ma tête.

Il trouvait le jeu très drôle.

— Non, je ne me paie pas ta tête. Les journaux ont dit que j'étais « en retraite ». En réalité, je suis partie toute seule sur un bateau de location, sur l'Adriatique, et, juste avant d'aller à Marbella, j'ai fait des recherches pour une histoire, en Afrique du Nord. C'était formidable !

Ses yeux brillaient encore en y repensant.

— Tu as beaucoup voyagé.

— Oui. J'ai aussi beaucoup travaillé cet été. Luke, ce serait merveilleux d'aller ensemble en Europe. Dans des endroits que j'aime : Dakar, Marrakech, en France, en Camargue, en Bretagne, en Yougoslavie. Peut-être en Ecosse, aussi.

Elle levait les yeux vers lui rêveusement et lui grignotait l'oreille.

— Ce serait formidable, mais, malheureusement, ça n'arrivera jamais. Du moins, pas dans l'immédiat.

— Et pourquoi ?

— C'est impossible à cause de la libération conditionnelle.

— Que c'est ennuyeux !

Il rejeta la tête en arrière et éclata de rire. Il éloigna
Kezia de son oreille et chercha ses lèvres. Ils échangèrent un long baiser avide et, à la fin, il se remit à rire.

— Tu as raison, ma libération conditionnelle est
ennuyeuse. Je me demande ce qu'ils diraient si je le
leur disais.

— Alors, il faut le leur dire. Ainsi, on saura vraiment ce qu'ils en pensent.

— J'ai comme la vague impression que tu en serais
capable.

Elle lui adressa un sourire malicieux et il rejeta le
drap pour regarder à nouveau son corps.

— Tu sais ce que j'aime ? demanda-t-il.

— Mon nombril ?

— Je le préfère de toute façon à ta grande bouche.
Au moins, il ne parle pas, lui. Non, sois sérieuse une
minute...

— J'essaie.

— La ferme !

— Je t'aime.

— Oh ! femme, n'arrêtes-tu donc jamais de parler ?

Il l'embrassa sauvagement et lui tira une boucle de
cheveux.

— Je n'ai pas eu l'occasion de parler avec quelqu'un
depuis si longtemps, dit-elle. Du moins, pas ainsi... et
c'est si bon que je ne peux pas m'arrêter.

— Je te comprends.

Il lui caressait doucement l'intérieur d'une cuisse en
la regardant passionnément.

— Que t'apprêtais-tu à me dire ?

Elle était allongée et le regardait d'un air très prosaïque.

— Chérie, tu as un réglage défectueux. J'étais sur le
point de te violer, de nouveau.

— Ce n'est pas vrai. Tu allais me dire quelque chose.

Elle avait un air presque angélique.

— Arrête de jouer à l'allumeuse ! J'allais te dire quelque chose quand tu m'as interrompu. Voilà : j'ai du mal à croire que, la semaine dernière, je ne te connaissais même pas ; il y a trois jours, tu es apparue à l'une de mes réunions ; il y a deux jours, je t'ai raconté l'histoire de ma vie. Hier, je suis tombé amoureux de toi. Et maintenant, nous voilà. Je ne pensais pas que les choses pouvaient arriver de cette façon.

— Ça n'arrive pas de cette façon. Mais je comprends ce que tu veux dire. J'ai l'impression de te connaître depuis toujours.

— C'est exactement ça. C'est comme si on vivait ensemble depuis des années. Et c'est très agréable.

— T'es-tu déjà senti ainsi, dans le passé ?

— Ah ! les femmes ! Quelle question impertinente ! Enfin, je peux bien te dire que non. Ce qu'il y a de sûr, c'est que, jusqu'à ce jour, je ne suis jamais tombé amoureux fou en trois jours et jamais d'une héritière.

Il lui adressa un sourire et alluma un cigare. Kezia pensa joyeusement que sa mère en serait morte : un cigare dans sa chambre ? Avant le petit déjeuner ? Ciel !

— Lucas, tu sais ce que tu as ?

— Une mauvaise haleine ?

— Mais encore ? Tu as du style.

— Style de quel genre ?

— Un style formidable, sexy, courageux, agressif... Je crois que je suis folle de toi.

— Folle, ça c'est sûr. Si c'est de moi, dans ce cas, j'ai beaucoup de chance.

— Moi aussi. Oh, Lucas, je suis si heureuse que tu sois ici. Imagine que je ne t'aie pas donné mon numéro de téléphone.

Cette pensée épouvanta la jeune femme.

— Je t'aurais trouvée de toute façon.

Il paraissait très sûr de lui.

— Et comment ?

— J'aurais trouvé un moyen. Au besoin, j'aurais employé des détectives. Il n'était pas question pour moi de te laisser échapper si vite. Je ne pouvais pas détacher les yeux de toi pendant la première allocution. Je n'arrivais pas à savoir si tu étais la journaliste venue pour m'interviewer.

C'était délicieux d'échanger les secrets des premières impressions et Kezia souriait comme elle ne l'avait pas fait depuis des années.

— Tu me faisais peur, le premier matin !

— Vraiment ? Diable ! moi qui essayais justement de ne pas t'effrayer. J'avais probablement dix fois plus peur que toi.

— Mais ça ne se voyait pas. Et tu me regardais tellement ouvertement qu'il me semblait que tu devinais mes pensées.

— Je l'aurais bien voulu. C'était tout ce que je pouvais faire pour ne pas te sauter dessus.

— Espèce de gigolo !

Elle roula vers lui et ils s'embrassèrent de nouveau.

— ... Tu sens le cigare.

— Tu veux que j'aille me brosser les dents ?

— Plus tard.

Il sourit et roula sur le ventre ; la chemise de nuit rose était encore en boule à ses pieds. Il embrassa Kezia et la tint serrée dans ses bras, son corps s'emparant peu à peu du sien, ses pieds faisant pression pour qu'elle écarte les jambes.

— Bon, trésor, tu as dit que tu me ferais visiter la ville.

Il était assis, nu, dans un des fauteuils de velours bleu et fumait son deuxième cigare en buvant sa première bière de la journée. Ils venaient de finir leur petit déjeuner. Kezia le regarda et éclata de rire.

— Lucas, tu es impossible !

— Mais non, je suis tout à fait possible. Et je suis extrêmement bien. Je te l'ai dit, mon chou, aucune classe.

— Tu as tort.

— A quel propos ?

— De croire que tu n'as pas de classe. La classe, c'est une question de dignité, d'orgueil, d'attention vis-à-vis des autres, et il se trouve que tu as tout à la fois. Je connais des tas de gens qui n'ont pas de classe du tout. Et à Soho, j'ai rencontré des gens qui en avaient beaucoup. C'est très étrange.

— Sans doute. (Il paraissait indifférent. Puis il revint à la charge :) ... Alors, qu'est-ce qu'on fait aujourd'hui, à part l'amour ?

— Bon, je vais te faire visiter la ville.

C'est ce qu'elle fit. Elle loua une voiture et ils se promenèrent dans Wall Street et dans le Village, remontèrent East River Drive, traversèrent la 42e Rue vers Broadway, s'arrêtèrent au *Stage Delicatessen* pour acheter un fromage blanc et des gâteaux. Puis ils prirent la direction du nord vers Central Park et au *Plaza* ils se restaurèrent dans « Oak Room » (1). Ils redescendirent la 5e Avenue et remontèrent Madison où ils passèrent devant toutes les boutiques. Puis ils reprirent la direction du nord et demandèrent au chauffeur de s'arrêter au Metropolitan Museum : ils descendirent et marchèrent dans le parc. Il était 6 heures quand ils débarquèrent au *Stanhope* et ils durent se battre avec les pigeons pour avoir des cacahuètes.

— C'était une belle balade, Kezia. Et je viens de penser à quelque chose. Tu aimerais faire la connaissance d'un ami à moi ?

(1) Salle de chêne.

— Ici ? demanda-t-elle, surprise.

— Non, pas ici, idiote. Là-bas, à Harlem.

— Pourquoi pas ?

Elle le regarda longuement avec un grand sourire. L'idée l'intriguait.

— C'est un type bien. C'est l'homme le plus sympathique que je connaisse. Je crois que tu l'aimeras.

— Sans doute.

Ils échangèrent un regard tendre et ensoleillé, qui reflétait la douce chaleur de la journée. Elle ajouta :

— ... N'est-ce pas exagéré d'aller là-bas en voiture ?

Il secoua la tête en guise de réponse et régla l'addition.

— On peut renvoyer Jeeves et prendre un taxi.

— Ce serait idiot.

— Tu veux y aller en voiture ?

Il n'avait pas pensé à cette éventualité. En tout cas, pas pour faire un tour à Harlem, mais peut-être ne savait-elle pas se déplacer autrement.

— Bien sûr que non, idiot. On peut y aller en métro. C'est mieux et plus rapide. Et beaucoup plus discret.

— Eh bien ! écoutez-la ! « Discret. » Tu prends le métro, toi ?

Il se leva en la regardant : ils éclatèrent de rire tous les deux. Elle était décidément surprenante.

— Comment penses-tu que je vais à Soho ? En avion ?

— Je pensais que tu avais ta Rossinante !

— Mais voyons, bien sûr ! Allons, Don Quichotte, débarrassons-nous de Jeeves et marchons.

Le chauffeur toucha sa casquette et partit immédiatement. Ils flânèrent, puis descendirent dans le métro où ils achetèrent des tickets et partagèrent des bretzels et du Coca-Cola.

Arrivés à la station de la 125e Rue, Luke lui tint la main pour grimper les marches.

— C'est à quelques rues d'ici.

— Au fait, Luke, tu es sûr qu'il est chez lui ?

— Non, nous allons à l'endroit où il travaille. Je suis certain qu'il y sera. On peut à peine le faire sortir de là pour bouffer.

Luke semblait soudain plus décontracté alors qu'ils marchaient ; il semblait plus sûr de lui qu'il ne l'avait été de toute la journée. Ses épaules paraissaient s'élargir, son pas se faisait plus souple, ses yeux surveillaient de près les passants. Il portait son habituelle veste de tweed et Kezia était en jean. Mais c'était Harlem ; très loin de chez elle. Pour elle. Pour lui, c'était un endroit qu'il connaissait. Il se méfiait, mais il savait de quoi il se méfiait.

— Tu sais, Lucas, tu marches d'une façon différente, ici.

— Tu parles. Ça me rappelle des souvenirs de Q.

— San Quentin (1) ?

Il hocha la tête et ils tournèrent le coin d'une rue. Lucas leva les yeux et s'arrêta.

— Voilà, trésor, nous y sommes.

Ils étaient au pied d'un édifice en grès qui commençait à tomber en ruine et dont l'enseigne était à moitié brûlée : *Armistice House*. Le bâtiment n'allait guère avec ce qu'annonçait l'enseigne. Lucas lâcha la main de Kezia et mit un bras autour de ses épaules en montant les marches. Deux adolescents noirs à la voix rauque et une fillette portoricaine sortirent à grand renfort de rugissements, de rires et de cris : la fillette essayait, sans conviction, de leur échapper. Kezia sourit et leva les yeux vers Luke.

— Qu'y a-t-il de si différent ici ?

Luke ne répondit pas à son sourire.

— Des toxico, des pourvoyeurs, des prostituées,

(1) Une des grandes prisons fédérales des Etats-Unis (N.d.t.).

des maquereaux, des combats de rues, des attaques au couteau. Bref, tout ce qui arrive partout ailleurs à New York, dans toutes les villes du monde, de nos jours... à l'exception de ton quartier. Et ne te mets pas d'idée en tête. Si tu sympathises avec Alejandro, ne viens pas le voir ici, quand je serai parti. Téléphone-lui et il ira te voir. Ici, ce n'est pas ton monde.

— Est-ce le tien ?

Les paroles de Luke l'avaient presque irritée. Elle n'était plus une gamine. Elle avait vécu avant de le connaître. Mais bien sûr, pas en plein milieu de Harlem. Elle insista :

— Et c'est ton monde, je suppose ?

Lui aussi détonnait dans cet univers.

— Ça l'était. Plus maintenant. Je peux m'en accommoder, pourtant. Toi, tu ne peux pas. C'est aussi simple que ça.

Il lui ouvrit la porte et, au ton de sa voix, Kezia comprit qu'il ne plaisantait pas.

Le couloir, tapissé de posters défraîchis, sentait l'urine et l'herbe fraîche. Des graffitis faisaient figure d'œuvres d'art entre les posters ; les abat-jour en verre avaient été cassés : il ne restait que les ampoules nues ; des fleurs en papier pendaient mollement des extincteurs. Sur un écriteau fatigué, on pouvait lire : *Bienvenue à* Armistice House. *On vous aime !* Quelqu'un avait barré « aime » et avait écrit : « encule ». Luke se dirigea vers un escalier étroit ; il tenait Kezia par la main mais la tension l'avait quitté. Le combattant des rues d'autrefois était là en visite. Une visite amicale. Elle éclata de rire au souvenir de légendes du vieil Ouest.

— Qu'y a-t-il de drôle, mama ?

Il la regarda de toute sa hauteur alors qu'elle grimpait l'escalier derrière lui, légère, souriante, heureuse.

— Tu ressembles au marshall Dillon. Tu es quelquefois irrésistible !

— Vraiment !

— Oui.

Elle inclina son visage et il se pencha pour l'embrasser.

— J'aime beaucoup ça. Enormément.

Il lui caressa les fesses au passage quand elle arriva à sa hauteur sur le palier et il la poussa doucement vers une porte largement balafrée.

— Tu es sûr qu'il est là ? demanda Kezia, brusquement intimidée.

— J'en suis sûr, trésor. Il est toujours là, ce sombre idiot. Il épuise toutes ses forces dans ce bordel. Ses forces, son cœur, son âme. Tu vas voir.

Le nom était sur la porte : *Alejandro Vidal*. Aucune promesse, aucun slogan, et cette fois, aucun graffiti. Un nom seulement. Kezia s'attendait à ce que Luke frappe à la porte mais il n'en fit rien. Il donna un coup de pied brutal et entra.

— *Qué*...

Derrière un bureau, un homme mince, de type latin, se leva, l'air étonné, puis commença à rire.

— Luke, espèce de salaud, comment tu vas ? J'aurais dû deviner que c'était toi. Pendant une seconde, j'ai cru qu'ils venaient finalement me chercher.

Le petit Mexicain barbu aux yeux bleus regardait Luke avec extase alors que ce dernier traversait la pièce à grandes enjambées pour serrer son ami dans ses bras.

Pendant quelques minutes, Luke en oublia Kezia et Alejandro ne la voyait pas ; pendant quelques minutes encore, Kezia ne put apercevoir l'homme, perdu dans l'étreinte d'ours de Luke. Il y eut des *« qué pasa, hombre ? »* à profusion, et une brusque averse de jurons mexicains. Le pur espagnol d'Alejandro se mêlait au jargon que Luke avait appris en taule. Des plaisanteries obscures et une grande variété de dialectes incompréhensibles où entraient un peu de mexicain, un peu de jargon de prison et du pur californien. Cette langue resta un mystère pour Kezia. Soudain tout s'arrêta et le sourire le plus aimable, les yeux les plus doux qu'on puisse imaginer se posèrent sur le visage de Kezia. Le sourire s'étendait lentement des yeux jusqu'à la bouche et les yeux étaient du velours bleu le plus doux. Alejandro Vidal était de ces hommes à qui l'on confie ses problèmes et son cœur. Un peu comme le Christ ou un prêtre. Il regarda Kezia d'un air timide et sourit.

— Bonjour ! Ce grossier fils de pute ne pensera sûrement pas à nous présenter. Mon nom est Alejandro.

Il tendit une main vers Kezia qui la prit dans les siennes.

— Mon nom est Kezia.

Ils se serrèrent la main avec cérémonie puis se mirent à rire et Alejandro leur offrit les deux seules chaises de la pièce alors que lui se perchait sur le bureau.

C'était un homme de taille moyenne mais mince de stature et, aux côtés de Luke, il paraissait immédiatement beaucoup plus petit qu'il ne l'était en réalité. Mais ce n'était pas sa carrure qui attirait l'attention. C'étaient ses yeux. Ils étaient tendres et intelligents. Ils n'allaient pas vous chercher et vous attraper. Vous alliez à eux de vous-même. Tout, en lui, était chaleureux : son rire, son sourire, ses yeux, la façon qu'il avait de les regarder tous les deux. C'était un homme qui en avait beaucoup vu mais chez qui ne subsistait aucune trace de cynisme. Seulement la compréhension vis-à-vis de ceux qui ont été cruellement éprouvés et la compassion d'un homme doux. Grâce à son sens de l'humour, son âme avait survécu à tout ce qu'il avait vu. Kezia l'observa pendant l'heure qu'il passa à échanger des plaisanteries avec Luke. Il contrastait étrangement avec ce dernier mais elle avait déjà beaucoup d'affection pour lui et comprenait pourquoi il était l'ami le plus proche de Luke. Ils s'étaient connus à Los Angeles, il y avait longtemps.

— Depuis combien de temps êtes-vous à New York ?

C'était la première fois qu'elle s'adressait à lui depuis qu'ils s'étaient présentés. Il lui avait offert du thé et puis il s'était laissé aller à bavarder et à plaisanter avec Luke. Ils ne s'étaient pas vus depuis un an et avaient beaucoup de temps à rattraper.

— A peu près trois ans, Kezia.

— Ça doit suffire, à mon avis, dit Luke en s'immisçant dans la conversation. A combien d'autres déchets vas-tu faire visiter ce dépotoir, Al, avant d'avoir la jugeote de rentrer chez toi ? Pourquoi ne retournes-tu pas à Los Angeles ?

— Parce que j'ai du travail ici. Le seul problème, c'est que les gosses dont nous nous occupons ne résident pas ici. Bon sang, si on pouvait les loger, les résultats seraient bien meilleurs.

Les yeux d'Alejandro brillaient pendant qu'il parlait.

— Vous vous occupez de gosses qui se droguent ? demanda Kezia, intéressée par ce qu'il venait de dire.

Au moins, c'était un bon sujet d'étude. Mais plus que l'histoire, l'homme l'intriguait. Il lui était sympathique. On avait envie de le serrer dans ses bras. Et pourtant, elle venait seulement de le rencontrer.

— Oui, ce sont des problèmes de drogue ou des délits mineurs. Les deux sont presque toujours liés.

Il s'animait à mesure qu'il expliquait ce que lui et l'équipe faisaient ; il lui montra des cartes, des graphiques, et des projets de plans futurs. Le problème essentiel restait le manque de contrôle. Ils ne pouvaient pas faire grand-chose dans la mesure où les gosses retournaient à la rue la nuit, retrouvaient des familles désunies où la mère faisait une passe sur le seul lit disponible, où le père battait sa femme, où les frères se shootaient dans les chiottes, où les sœurs s'envoyaient les drogues dures et fourguaient les drogues douces.

— ... Tout ce qu'il faut faire, c'est les sortir de leur

environnement, changer tout leur style de vie. On sait ça maintenant, mais ici, ce n'est pas facile.

Il montra d'un geste vague les murs décrépis, pour bien appuyer ce qu'il voulait démontrer. L'endroit était dans un triste état.

— Je pense quand même que tu es cinglé, dit Luke.

Mais il était, comme toujours, impressionné par la détermination de son ami, et par son énergie. Il avait vu Alejandro quand il avait été battu, tabassé, bourré de coups de pied, quand on s'était moqué de lui, qu'on lui avait craché dessus, qu'on l'avait dédaigné. Pourtant personne ne pouvait maintenir Alejandro à terre. Il croyait en ses rêves. Comme Luke.

— Tu crois que tu es moins cinglé que moi, Luke ? Tu crois peut-être que tu vas empêcher le monde de construire des prisons ? *Hombre*, tu seras mort avant que ça n'arrive.

Il leva les yeux au ciel et haussa les épaules, mais le respect qu'il avait pour Luke était entièrement réciproque. Kezia s'amusait à les entendre parler. Avec elle, Alejandro parlait un anglais parfait, mais avec Luke, il retombait dans le langage de la rue. C'était peut-être la frime, ou un souvenir, une plaisanterie, ou un lien, elle ne savait pas vraiment. C'était peut-être un peu tout cela à la fois.

— D'accord, petit malin, tu vas voir. Dans trente ans, il n'y aura plus une seule prison en activité, ni dans cet Etat ni dans les autres.

Dans la réponse qui suivit, Kezia comprit *loco* et *cabeza*. Alors, Luke leva un doigt de sa main droite.

— Voyons, il y a une dame ici !

Mais tous les trois s'amusaient bien et Alejandro semblait avoir accepté Kezia. Il lui restait un très vague soupçon de timidité. Pourtant, il plaisantait avec elle, presque comme avec Luke.

— ... Et vous, Kezia, que faites-vous dans la vie ? demanda-t-il, les yeux grands ouverts.

— J'écris.

— Et elle écrit bien !

Kezia éclata de rire et envoya une bourrade à Luke.

— Attends de lire l'interview avant de décider. De toute façon, tu es partial.

Ils échangèrent un sourire complice et Alejandro paraissait heureux pour son ami. Il avait tout de suite compris qu'il ne s'agissait pas d'une aventure, d'une partenaire pour une nuit, ou d'une simple amie. C'était la première fois qu'il voyait Luke avec une femme. Luke laissait ses femmes au lit et retournait chez lui quand il en voulait d'autres. Celle-ci devait être spéciale. Elle semblait différente des autres aussi. Des mondes différents. Elle était intelligente et avait un certain style. De la classe. Où Luke l'avait-il rencontrée ?

— Tu veux venir dîner en ville avec nous ? demanda Lucas en allumant un cigare.

Puis il en offrit un à son ami. Alejandro l'accepta avec un plaisir non dissimulé et parut surpris quand il l'alluma.

— *Cubano ?*

Luke acquiesça. Kezia se mit à rire.

— La dame est bien approvisionnée.

Alejandro sifflota et Luke prit un air fier, pendant un moment. Il avait une femme qui possédait quelque chose que personne d'autre n'avait : des cigares cubains.

— Alors, que penses-tu d'un dîner avec nous, vieux ?

— Lucas, c'est impossible. J'aimerais beaucoup mais... (Il montra la montagne de travail amoncelée sur son bureau. Il ajouta :) ... Et à 7 heures ce soir, nous avons une réunion avec les parents de certains de nos malades.

— Thérapie de groupe ?

Alejandro hocha la tête.

— On essaie d'avoir l'aide des parents. Quelquefois.

Kezia eut soudain le sentiment qu'Alejandro s'acharnait à faire passer un chameau par le trou d'une aiguille, mais lui, au moins, il essayait.

— Je dînerai avec vous une autre fois, peut-être, dit-il. Combien de temps restes-tu en ville ?

— Ce soir. Mais je reviendrai.

Alejandro sourit de nouveau et envoya une tape à son ami dans le dos.

— Je m'en doute et j'en suis heureux pour toi, mon vieux.

Il regarda chaleureusement Kezia puis leur sourit à tous les deux. Son attitude ressemblait à une bénédiction.

De toute évidence, Alejandro ne se réjouissait pas de les voir partir, et de son côté, Lucas détestait l'idée de devoir le quitter. Kezia elle aussi partageait son sentiment.

— Tu avais raison.

— A quel sujet ?

— A propos d'Alejandro.

— Oui, je sais.

Lucas était resté plongé dans ses pensées pendant tout le trajet jusqu'au métro.

— Ce con va en crever un de ces jours avec ses bon Dieu de réunions et ses idées à la gomme. Je voudrais bien qu'il se barre d'ici.

— Peut-être qu'il ne peut pas.

— Ah oui ?

Lucas était très en colère, car il était inquiet pour son ami.

— C'est un autre genre de guerre, Luke. Tu te bats dans la tienne, lui, il se bat dans la sienne. Ni toi ni lui vous ne songez à protéger votre peau. C'est la fin qui compte, pour vous deux. Il n'est pas très différent de toi. Pas aussi différent qu'il le pense. Il fait ce qu'il a à faire.

Lucas hocha la tête. Il était encore d'humeur maussade mais il savait qu'elle avait raison. Elle sentait les choses. Il en était surpris quelquefois. Pour quelqu'un d'aussi borné en ce qui concernait sa propre vie, elle avait l'art de mettre le doigt au bon endroit en ce qui concernait celle des autres.

— Tu as tort sur un point, pourtant.

— Lequel ?

— Il ne me ressemble pas.

— Qu'est-ce qui te fait dire cela ?

— Il n'y a pas une once de méchanceté en lui.

— Et ce n'est pas ton cas ?

Un sourire commençait à poindre dans les yeux de Kezia. M. Macho parlait :

— Crois-moi, mama, j'en suis bourré. Un homme comme lui ne survivrait pas comme je l'ai fait six ans dans le système pénitentiaire de Californie. Si quelqu'un t'insulte et que ça ne te plaît pas, tu es un homme mort le lendemain.

Au début, Kezia resta silencieuse pendant le trajet de retour en métro. Puis elle demanda :

— Il n'est jamais allé en prison, alors ?

Elle avait cru cela parce que Luke y était allé.

— Alejandro ? s'étonna Luke en partant d'un rire jovial de basse. Non. A l'inverse de tous ses frères. Il rendait visite à l'un d'eux à Folsom (1). Et il m'a plu. Quand je me suis retrouvé dans une autre taule, il a obtenu une permission spéciale pour venir me voir. Depuis ce moment, on a toujours été comme des frères. Mais Alejandro n'est pas branché sur la même longueur d'onde, il ne l'a jamais été. Il a pris une direction différente du reste de sa famille. *Magna cum laude* à Stanford.

(1) Folsom : prison aux Etats-Unis.

— Ciel ! Il paraît si simple.

— C'est pour ça qu'il est merveilleux, mon chou. Et ce type a un cœur d'or.

La rame qui arrivait couvrait le son de leurs paroles et ils voyagèrent en silence. A la station de la 77ᵉ Rue, Kezia tira la manche de Luke.

— C'est ici que nous descendons.

Il hocha la tête, sourit et se leva, de nouveau lui-même. L'inquiétude pour Alejandro s'était dissipée, il avait d'autres choses en tête, maintenant.

— Trésor, je t'aime.

Il la tint dans ses bras alors que le train partait et leurs lèvres se joignirent pour un long baiser. Soudain, il la regarda avec inquiétude.

— Est-ce mal de se conduire ainsi ? demanda-t-il.

— Quoi ?

Elle ne savait pas de quoi il parlait. Il s'était écarté d'elle, l'air gêné.

— Je comprends très bien ta crainte devant les journalistes. J'ai fait des tas de beaux discours la nuit dernière, mais je comprends ce que tu ressens. Etre soi-même, c'est une chose, être en première page des journaux en est une autre. ◄

— Dieu merci, ça n'arrive jamais. La page 5 peut-être, la page 4 même, mais jamais la première page. C'est réservé aux homicides, aux viols, aux krachs financiers. (Elle se mit à rire et continua :) ... Ça va, Luke. C'était « bien ». En outre... (Les yeux de Kezia pétillaient de malice.) ... très peu de mes amis voyagent en métro. En fait, c'est stupide de leur part, car c'est un moyen de transport formidable.

Elle avait une voix de comédienne débutante et elle le regardait en battant des cils. Il lui lança un regard sévère et hautain.

— J'essaierai de m'en souvenir.

Il prit la main de Kezia et la balança ; ils marchaient, le sourire aux lèvres.

— Tu veux acheter quelque chose à manger ? demanda-t-elle.

Ils passaient juste devant un magasin qui vendait des poulets rôtis à la broche.

— Non...

— Tu n'as pas faim ?

Elle avait très faim tout d'un coup, la journée avait été longue.

— Si, j'ai faim...

— Eh bien, alors ?

Il l'entraînait derrière lui et elle comprit soudain en regardant son visage.

Tout était très clair.

— Luke, tu es épouvantable !

— Tu me le diras après.

Il la prit par la main et, tout en riant, tournèrent le coin de la rue pour rentrer chez Kezia.

— Lucas, le portier !

Ils ressemblaient à des enfants ébouriffés, courant dans la rue par bonds désordonnés, la main dans la main. Ils s'arrêtèrent devant la porte de l'immeuble en faisant un vacarme épouvantable. Il la suivit à l'intérieur avec dignité. Tous deux luttaient contre le fou rire. Dans l'ascenseur, ils se tenaient comme des enfants de chœur puis pouffèrent littéralement sur le palier pendant que Kezia cherchait sa clé.

— Allons, allons !

Il mit doucement une main sous la veste de Kezia puis la glissa à l'intérieur de son chemisier.

— Arrête, Lucas !

Elle riait et cherchait désespérément la clé insaisissable.

— Si tu ne trouves pas cette fichue clé au bout de dix, je vais...

— Non !

— Si, ici, sur le palier.

Il sourit et fit courir ses lèvres sur le haut de sa nuque.

— Arrête ! Attends, voilà, je l'ai !

Elle sortit la clé de son sac, triomphalement.

— Merde ! Je commençais à espérer que tu ne la trouverais pas.

— Espèce de salaud !

La porte s'ouvrit en grand et ils entrèrent. Lucas se précipita pour l'enlever dans ses bras et la porter sur le lit.

— Non, Lucas, arrête !

— Tu plaisantes ?

Elle cambra le cou à la façon d'une reine, juchée dans ses bras, et le regarda dans les yeux, hérissée, mais son regard pétillait de bonheur.

— Je ne plaisante pas. Laisse-moi descendre. Il faut que j'aille faire pipi.

— Pipi ? répéta Luke qui partit d'un grand rire, pipi ?

— Oui, pipi.

Il la déposa sur le plancher : elle se croisa alors les jambes en gloussant.

— Pourquoi ne me l'avais-tu pas dit avant ? Je veux dire, si j'avais su que...

Le rire de Luke emplissait l'entrée. Kezia disparut vers la salle de bains rose.

Elle fut de retour une minute plus tard. La tendresse avait remplacé en elle la taquinerie. Elle s'était débarrassée de ses chaussures en chemin, elle se tenait pieds nus devant lui, ses longs cheveux encadraient son visage, ses grands yeux brillaient et toute sa personne rayonnait de bonheur.

— Tu sais quoi ? Je t'aime.

Il l'attira dans ses bras et l'étreignit doucement.

— Je t'aime, moi aussi. Tu es quelque chose que j'avais imaginé mais que je n'avais jamais pensé trouver un jour.

— C'est la même chose pour moi. Je crois que je m'étais résignée à ne pas la trouver et à continuer sans elle.

— Et c'était comment « sans elle » ?

— C'était la solitude.

— Je connais, moi aussi.

Ils marchèrent en silence vers la chambre. Il repoussa les draps pendant qu'elle ôtait son jean. Même les draps Porthault ne la gênaient plus. Ils étaient bien pour Luke.

13

— Lucas ?

— Oui.

— Tu vas bien ?

Il faisait nuit dans la chambre. Kezia était assise dans le lit et le regardait, une main sur son épaule. Le lit était tout humide.

— Ça va. Quelle heure est-il ?

— 5 heures moins le quart.

— Ciel !

Il roula sur le dos et la regarda, l'air inquiet.

— Pourquoi ne dors-tu pas, trésor ?

— Parce que tu as fait un mauvais rêve.

Un très mauvais rêve.

— Ne te tourmente pas. Je suis désolé de t'avoir réveillée. (Il lui caressait un sein tendrement, les yeux à moitié fermés, et elle sourit. Il ajouta :) C'est bien pire quand je ronfle. Tu as eu de la chance.

Mais elle était inquiète. Le lit était trempé de sueur tellement il s'était débattu.

— Je crois que je préférerais que tu ronfles. Tu semblais si bouleversé, si effrayé.

Il avait même tremblé à la fin du rêve.

— Ne t'inquiète pas, mama. Tu t'y habitueras.

— Ça t'arrive souvent de faire des rêves de ce genre ?

Il haussa les épaules en guise de réponse et attrapa ses cigarettes.

— Tu en veux une ? demanda-t-il.

Elle secoua la tête et demanda à son tour :

— Tu veux un verre d'eau ?

Il rit en faisant craquer l'allumette.

— Non, merci, miss Nightingale (1). N'en parlons plus, Kezia. Qu'est-ce que tu croyais ? J'ai vécu dans de drôles d'endroits, dans ma vie. Ça laisse des traces.

A ce point ? Elle l'avait observé pendant presque vingt minutes avant de le réveiller. Il avait l'attitude de quelqu'un qu'on torture.

— Est-ce que... Est-ce que ça date de ton séjour en prison ?

Cette question lui répugnait, mais il se contenta de hausser les épaules une fois de plus.

— Une chose est certaine. Ça ne vient pas d'avoir fait l'amour avec toi. Mais je te le répète, ne t'inquiète pas.

Il se souleva sur un coude et l'embrassa. Mais elle pouvait encore lire la terreur dans ses yeux.

— Luke ?

Elle venait de penser à quelque chose.

— Quoi ?

— Combien de temps vas-tu rester ici ?

— Jusqu'à demain.

— C'est tout ?

— C'est tout.

Quand il vit l'expression du visage de Kezia, il éteignit sa cigarette et l'attira dans ses bras.

— Mais on se reverra. Ce n'est que le commence-

(1) Célèbre infirmière anglaise (N.d.t.).

ment. Tu ne penses tout de même pas que je vais t'abandonner alors que j'ai mis des années pour te trouver, hein ?

Elle sourit pour toute réponse et ils restèrent allongés côte à côte, dans le noir, silencieux, jusqu'à ce qu'ils s'endorment. Même Luke dormit paisiblement, ce qui était plus rare que Kezia pouvait le soupçonner. Récemment, depuis qu'on avait recommencé à le suivre, il avait fait des cauchemars toutes les nuits.

— Petit déjeuner ?

Elle enfilait un déshabillé de satin blanc et s'étirait en le regardant de côté avec un sourire.

— Du café seulement, merci. Noir. Je déteste me presser quand je prends un petit déjeuner et je n'ai pas beaucoup de temps, ce matin.

Il avait sauté du lit et il enfilait déjà ses vêtements.

— Vraiment ? dit Kezia.

Il allait partir.

— Ne fais pas cette tête, Kezia. Je te l'ai déjà dit : on se reverra. Très souvent.

Il lui donna une tape sur les fesses et elle se nicha dans ses bras.

— Tu vas tellement me manquer !

— Toi aussi ! Monsieur Hallam, vous êtes une très belle femme !

— Oh, ça va !

Elle rit mais elle était aussi un peu gênée par cette allusion à Martin Hallam.

— ... A quelle heure est ton avion ?

— 11 heures.

— Merde !

Il éclata de rire et partit d'un pas tranquille vers le couloir, sa large carrure s'adaptant aisément au rythme de sa démarche si particulière. Elle l'observait, silencieuse, penchée à la porte de la chambre. C'était comme s'ils avaient toujours vécu ensemble : se taquiner, rire, voyager en métro, bavarder tard la nuit, regarder l'autre dormir et se réveiller, partager une cigarette et les premières pensées matinales avant le café.

— Lucas ! Ton café !

Elle posa une tasse fumante sur le lavabo et lui tapota l'épaule à travers le rideau de la douche. Tout semblait si naturel, si familier, si bon !

Il tendit un bras de derrière le rideau pour attraper la tasse, pencha la tête à l'extérieur et but une gorgée.

— C'est du bon café ! Tu viens ?

Elle secoua la tête.

— Non, merci. Je préfère les bains.

Lorsqu'elle avait le choix, elle préférait toujours le bain. Tôt le matin, c'était un moins grand choc. Le bain faisait partie d'un rite. Sels de bain Dior, eau parfumée tiède et assez haute pour couvrir sa poitrine dans la baignoire de marbre d'un rose foncé, sortir et s'envelopper dans des serviettes tièdes et dans sa douillette robe de chambre de satin blanc, enfiler ses pantoufles favorites en satin avec leur duvet de cygne et des talons de velours rose. Luke lui sourit alors qu'elle le regardait et il tendit un bras pour l'inviter à le rejoindre.

— Viens avec moi.

— Non, Luke, vraiment ; je vais attendre.

Elle avait des réactions lentes et dormait encore un peu.

— Non. Tu n'attendras pas !

D'un mouvement inattendu, rapide, d'une seule main, il fit glisser le déshabillé de ses épaules et avant qu'elle ait eu le temps de protester, il la souleva au creux de son bras et la déposa dans la cascade d'eau à côté de lui.

— Tu me manquais, trésor.

Il eut un large sourire, alors qu'elle bredouillait et écartait les mèches de cheveux mouillés qui lui barraient les yeux. Elle était nue à l'exception des pantoufles bordées de cygne.

— Oh !... espèce de... espèce de salaud !

Elle enleva les pantoufles, les jeta à l'extérieur et frappa Luke à l'épaule avec le plat de la main. Mais elle luttait pour ne pas rire, il le savait. Il la fit taire d'un baiser et elle l'entoura de ses bras comme il se penchait pour l'embrasser. Il l'abritait des paquets d'eau chaude et elle promena ses mains de sa taille jusqu'à ses cuisses.

— Je savais bien que tu aimerais ça, une fois dedans, dit Luke, les yeux brillants et taquins.

— Tu n'es qu'une brute épaisse, un misérable, un dégueulasse, Lucas Johns, voilà ! (Pourtant le ton n'allait pas avec les mots. Elle ajouta :) ... Mais je t'aime.

Il suait l'arrogance masculine et une sorte de sensualité animale, tempérées cependant par une tendresse toute particulière.

— Je t'aime moi aussi, dit-il, en fermant les yeux pour l'embrasser.

Elle s'esquiva, dirigea la pomme de douche droit sur lui et se baissa pour lui pincer une cuisse.

— Eh, mama, fais attention ! La prochaine fois, tu pourrais manquer ton coup !

Mais au lieu de le mordre, là où il s'y attendait, elle l'embrassa. La douche dégoulinait dans ses cheveux et sur son dos. Luke la releva lentement, ses mains parcouraient son corps et leurs lèvres se rencontrèrent alors qu'il la soulevait très haut dans ses bras et l'installait, les jambes passées autour de sa taille.

— Kezia, tu es folle !

— Pourquoi ?

Ils étaient confortablement blottis dans une voiture de location et Kezia semblait parfaitement à l'aise.

— Ce n'est pas le moyen de transport de la plupart des gens, tu sais.

— Oui. Je sais, dit-elle en souriant d'un air gêné et

en lui mordillant l'oreille. Mais admets que c'est agréable.

— C'est sûr. Et ça me donne un énorme complexe de culpabilité.

— Pourquoi ?

— Parce que ce n'est pas mon style. Je ne sais pas, c'est dur à expliquer.

— Alors tais-toi et profites-en bien. (Elle gloussait mais elle comprenait ce qu'il voulait dire. Elle aussi avait vu d'autres mondes. Elle continua :) ... Tu sais, Luke, j'ai passé la moitié de ma vie à essayer de renier ce genre de vie et l'autre moitié à m'y abandonner en le détestant ou en me haïssant à cause de cette satisfaction égoïste. Mais, tout d'un coup, tout ça ne me dérange plus. Je n'ai plus de haine, je ne suis plus possédée. Je trouve seulement très drôle d'agir ainsi, alors pourquoi pas ?

— Vu de cette façon, en effet, c'est plus acceptable. Tu me surprends, Kezia. Tu es à la fois gâtée et pas gâtée. Tu considères tout cela comme un dû et puis tu t'en amuses comme une gosse. J'apprécie. Tu rends la vie agréable.

Il semblait satisfait et alluma un cigare. Elle l'avait pourvu d'une boîte de cigares cubains Romanoff.

— Moi aussi, j'aime la vie dans ces conditions. Oui, mon amour, elle est complètement différente.

Ils se tenaient la main au fond de la voiture et l'aéroport Kennedy arriva beaucoup trop tôt. La vitre qui les séparait du chauffeur était restée fermée. Kezia la baissa pour lui indiquer le terminal, puis elle remonta la vitre.

— Mon amour, tu es une garce.

— Voilà une belle contradiction.

— Tu sais ce que je veux dire, dit-il en jetant un bref regard vers la vitre.

— Oui, je sais.

Ils échangèrent le sourire dédaigneux des gens nés

pour commander, l'un de par son héritage, l'autre de par son âme. Ils effectuèrent le reste du trajet en silence, la main dans la main. Mais quelque chose, à l'intérieur de Kezia, tremblait à l'idée du départ de Luke. Si jamais elle ne le revoyait plus ? Si leur rencontre n'avait été qu'une aventure ? Elle avait mis son âme à nu devant cet étranger, elle lui avait ouvert son cœur et, maintenant, il partait.

Mais, de son côté, Luke nourrissait les mêmes craintes. Et ce n'étaient pas ses seules craintes. Il l'avait senti au plus profond de lui-même : les voitures des flics se ressemblaient toutes, bleu pâle, vert décoloré, tan foncé, avec une petite antenne tremblotante à l'arrière. Il les sentait toujours et il avait senti celle-là. Maintenant, elle les suivait discrètement. Comment avaient-ils su qu'il était chez Kezia ? Il en venait à se demander s'ils l'avaient suivi depuis Washington cette nuit-là, s'il avait été suivi pendant la promenade vers l'appartement de Kezia, tard dans la nuit. Ils agissaient ainsi de plus en plus souvent, ces derniers temps. Et pas seulement près des prisons. Presque partout maintenant. Les chiens !

Le chauffeur fit enregistrer les bagages de Luke, pendant que Kezia attendait dans la voiture. Quelques instants plus tard, Luke montra sa tête derrière la vitre.

— Tu m'accompagnes jusqu'à la porte, mon chou ?

— Est-ce comme pour la douche ou ai-je le choix ?

Ils échangèrent un sourire de connivence.

— Je te laisse décider, cette fois. J'ai décidé, ce matin.

— Moi aussi.

Il regarda sa montre et le sourire de Kezia s'effaça.

— Peut-être ferais-tu mieux de rester dans la voiture et de retourner en ville, dit-il. Inutile de t'exposer bêtement.

Il partageait les craintes de Kezia. Il savait ce qu'elle éprouverait si elle faisait l'objet d'un article à sensation dans les journaux, au cas où quelqu'un les verrait. Il n'était pas Whitney Hayworth III. Il était Lucas Johns, sa personne pouvait intéresser les journaux d'une certaine façon, mais la chose ne rendrait pas la vie facile à Kezia. Et si le flic de la voiture bleue l'abordait ? L'incident pourrait tout gâcher, et l'effrayerait peut-être.

Elle tendit les bras vers lui pour l'embrasser et il se pencha sur son visage.

— Tu vas me manquer, Lucas.

— Toi aussi.

Il pressa fortement ses lèvres contre les siennes et la jeune femme lui caressa les cheveux sur sa nuque. La bouche de Luke avait un goût de dentifrice et de cigares cubains. Ce mélange plaisait à Kezia ; il donnait une sensation de propreté et de puissance, comme Luke lui-même. Direct et vif.

— Mon Dieu, ça me fait quelque chose de te voir partir, dit-elle alors que les larmes lui montaient aux yeux.

Il recula soudain.

— Pas de ça. Je t'appellerai ce soir.

Le temps d'un éclair, et il était parti. La porte se referma discrètement et elle regarda le dos de Luke alors qu'il s'éloignait à grands pas. Il ne se retourna pas ; des larmes silencieuses coulaient sur le visage de la jeune femme.

Elle laissa la vitre relevée entre le chauffeur et elle. Elle n'avait rien à lui dire. Le trajet du retour fut sinistre. Elle voulait être seule avec la fumée de cigare, seule avec ses pensées sur la journée et les deux nuits précédentes. Ses pensées revinrent au présent. Pourquoi ne l'avait-elle pas accompagné jusqu'à la porte ? Avait-elle peur ? Avait-elle honte de lui ? Pourquoi n'avait-elle pas eu le courage de... ?

La vitre fut brusquement et rapidement baissée : le chauffeur regarda dans le rétroviseur, surpris.

— Je veux retourner là-bas.

— Je vous demande pardon, mademoiselle ?

— Je veux retourner à l'aéroport. Le monsieur a oublié quelque chose dans la voiture.

Elle sortit une enveloppe de son sac et la serra sur ses genoux, d'un air important. C'était une excuse bien mince, le type devait la prendre pour une folle, mais elle s'en fichait. Elle voulait seulement être de retour là-bas, à temps. Le temps du courage était venu. Il était impossible de reculer maintenant. Luke devait le savoir. Depuis le début.

— Je vais prendre la prochaine sortie, mademoiselle, et je ferai demi-tour dès que possible.

Elle était assise, tendue, à l'arrière de la voiture, à se demander s'ils n'arriveraient pas là-bas trop tard. Impossible de trouver à redire à la conduite du chauffeur, qui se frayait un chemin d'une file à l'autre, doublait des camions à une vitesse effrayante. La voiture volait littéralement. Ils arrivèrent devant le terminal vingt minutes après l'avoir quitté et Kezia descendit avant même que la voiture ne soit complètement immobilisée. Elle fonça comme une flèche au milieu des hommes d'affaires, des vieilles femmes à caniches, des jeunes femmes à perruques, des adieux déchirants et, hors d'haleine, elle leva les yeux pour vérifier le numéro de la porte d'embarquement pour le vol de Chicago.

Porte 14 E. Zut !... à l'autre bout du terminal, pratiquement la dernière porte. Elle fit la course, son chignon élégant et serré se défit. Vous parlez d'une histoire ! Elle riait en elle-même en bousculant les gens. Ce serait un grand jour pour des journalistes — l'héritière Kezia Saint-Martin courant dans l'aéroport, renversant les gens pour un baiser de l'ex-détenu et agitateur Lucas Johns. Le rire la faisait suffoquer dans les derniers mètres de la course mais elle arriva à temps. Ses larges épaules et son dos remplissaient toute l'entrée de la porte. Elle arrivait juste à temps.

— Luke !

Il se retourna lentement, son billet à la main, se demandant qui était à New York parmi les gens qu'il connaissait. Alors, il la vit, ses cheveux flottant sur le manteau rouge vif, son visage animé par la course. Le visage de Luke s'éclaira tout d'un coup et, avec mille précautions, il sortit de la file des voyageurs impatients et se dirigea de son côté.

— Tu es folle. Je pensais que tu étais arrivée en ville maintenant. J'étais juste en train de penser à toi, on s'apprêtait à monter à bord.

— J'étais... à moitié... chemin... (Elle était heureuse et essoufflée. Ils se regardaient dans les yeux. Elle continua :) ... Mais... il fallait... que je revienne.

— Pour l'amour du ciel, ce n'est pas le moment d'avoir une attaque ! Tu vas bien, trésor ?

Elle hocha la tête vigoureusement et se blottit dans ses bras.

— Très bien.

Il étouffa son halètement par un baiser qui l'éleva sur la pointe des pieds et une étreinte si forte qu'elle mit en danger ses épaules et son cou.

— Merci d'être revenue, petite folle.

Il savait ce que cela signifiait. Le visage de Kezia resplendissait quand elle leva les yeux vers lui. Il savait qui elle était et ce que les journaux feraient d'un baiser comme celui qu'ils venaient d'échanger en plein jour, entourés d'une foule de gens. Elle était revenue. A découvert. Et juste à cet instant, il comprit, c'était cela qu'il avait espéré, mais sans y croire tout à fait. Elle existait vraiment. Et maintenant, elle lui appartenait. L'honorable Kezia Saint-Martin.

— Tu as pris de gros risques.

— Il le fallait. Pour moi. De plus, il se trouve que je t'aime.

— Je le savais, même si tu n'étais pas revenue... Mais je suis content que tu l'aies fait.

Son ton était bourru et il la serra une dernière fois dans ses bras.

— ... Maintenant, il faut que je prenne cet avion. Je dois être à cette réunion à Chicago à 3 heures.

Il se dégagea doucement.

— Luke...

Il s'arrêta et la regarda longuement. Kezia était sur le point de lui demander de rester, mais elle ne put le faire. Elle ne pouvait pas le lui demander. D'ailleurs, il ne serait certainement pas resté...

— Fais attention !

— Toi aussi. On se reverra la semaine prochaine.

Elle hocha la tête et il passa la porte. Tout ce qu'elle put voir, ce fut le salut d'un long bras alors qu'il disparaissait vers le bas de la rampe.

Pour la première fois de sa vie, elle resta à l'aéroport et regarda l'avion décoller. C'était une sensation agréable de voir le mince fuselage argenté s'élever dans le ciel. Il était beau et elle se sentait comme neuve. Pour la première fois de sa vie, autant qu'elle s'en souvienne, elle avait pris son destin en main et avait publiquement couru des risques. Ne plus se cacher à Soho, ne pas disparaître quelque part près d'Antibes. Plus de clandestinité. Elle était une femme. Amoureuse d'un homme. Elle avait finalement décidé de jouer le tout pour le tout. La seule chose qui clochait, c'est qu'elle était novice, et elle jouait avec sa vie, sans savoir à quelle hauteur se trouvaient les enjeux. Elle ne vit pas l'homme habillé simplement qui écrasait sa cigarette près de la porte. Elle le regarda dans les yeux puis s'éloigna, inconsciente de la menace qu'il représentait pour eux deux. Kezia était comme une enfant avançant aveuglément dans une jungle.

14

— Mais bon sang, où étiez-vous passée ?

Whit paraissait énervé : c'était un luxe qu'il se permettait rarement avec Kezia.

— J'étais ici. Mais qu'est-ce qui se passe, Whit ? On vous a fauché votre hochet ?

— Je ne trouve pas ça amusant, Kezia. Je vous appelle depuis des jours.

— J'ai eu la migraine et j'ai débranché le téléphone.

— Oh ! chérie, je suis désolé. Pourquoi ne me l'avez-vous pas dit ?

— Parce que je ne pouvais parler à personne.

A l'exception de Lucas. Depuis qu'il était parti, elle avait passé deux jours entièrement seule. Deux jours formidables. Elle avait eu besoin de solitude pour digérer tout ce qui lui était arrivé. Il l'avait appelée deux fois par jour, sa voix était bourrue, rieuse, pleine d'amour et de malice. Elle pouvait presque sentir ses mains sur elle pendant qu'ils parlaient.

— Et comment vous sentez-vous maintenant, chérie ?

— En pleine forme.

Dans un état extatique. Cet état passait dans sa voix, même en parlant avec Whit.

— Vous semblez en pleine forme en tout cas. Et je suppose que vous n'avez pas oublié pour ce soir ?

Sa voix était à nouveau guindée et irritée.

— Ce soir ? Qu'est-ce qu'il y a ce soir ?

— Je vous en prie, Kezia !

Oh merde ! Le devoir l'appelait.

— Eh bien, je ne me souviens plus. C'est un des effets de ma migraine. Rappelez-moi. Qu'est-ce qu'il y a, ce soir ?

— Les dîners en l'honneur du mariage des Sergeant commencent ce soir.

— Mon Dieu ! Et c'est lequel, ce soir ?

Aurait-elle déjà manqué une de ces fêtes frivoles ? Elle l'espérait.

— Ce soir, c'est le premier. La tante de Cassie donne un dîner en leur honneur. Tenue correcte exigée. Maintenant, vous vous souvenez, ma chérie ?

Oui, mais elle aurait bien voulu ne pas s'en souvenir. Et il lui parlait comme à une demeurée.

— Oui, Whit, je m'en souviens. Mais je ne sais pas si je suis capable d'y aller.

— Vous venez de dire que vous étiez en pleine forme.

— Bien sûr, chéri. Je n'ai pas quitté le lit depuis trois jours. Le dîner pourrait être assez pénible pour moi.

C'était aussi un devoir, elle le savait. Il fallait qu'elle y aille, pour la « rubrique », au moins. Elle avait pris du bon temps. Elle avait même cavalièrement laissé tomber la « rubrique » depuis quelques jours. Maintenant, elle devait se remettre au travail et voir la réalité en face. Mais comment ? Comment, après Luke ? L'idée était absurde. Quelle réalité ? Celle de Whit ? Quelle belle connerie ! C'était Luke, la réalité, maintenant.

— Eh bien, si vous n'en êtes pas capable, je suggère que vous en parliez à Mme Fitz-Matthew, lança Whit d'un ton courroucé. C'est un dîner pour cinquante personnes et elle aura besoin de le savoir, si vous décidez de changer les dispositions prévues pour la place des invités.

— Je suppose que je devrais y aller.

— Je pense.

Espèce d'imbécile !

— D'accord, chéri, j'y vais.

Elle avait pris un léger ton de martyre pour dire ces mots, en étouffant un gloussement.

— C'est bien, Kezia. J'étais vraiment très inquiet de ne pas savoir où vous étiez passée.

— J'étais ici.

Et Luke aussi. Pendant un temps.

— Et avec une migraine, pauvre chou. Si j'avais su, je vous aurais envoyé des fleurs.

— Ciel, je suis contente que vous ne l'ayez pas fait.

La réflexion lui avait échappé.

— Quoi ?

— Le parfum des roses aggrave le mal de tête.

Sursis.

— Oh ! je comprends. En somme, c'est aussi bien que je n'aie pas su que vous étiez malade. Eh bien, reposez-vous. Je viendrai vous chercher à 8 heures.

— Tenue correcte ou tenue de soirée ?

— Je vous l'ai déjà dit : tenue correcte. Vendredi, ce sera tenue de soirée.

— Qu'est-ce qu'il y a vendredi ?

Son calendrier mondain lui était complètement sorti de l'esprit.

— Décidément ces maux de tête vous font tout oublier, n'est-ce pas ? Vendredi, c'est le dîner de répétition. Vous allez bien au mariage, n'est-ce pas ?

La question était purement formelle.

— En fait, je ne sais pas encore. Je suis supposée aller à un mariage à Chicago, ce week-end. Je ne sais pas ce que je dois faire.

— Qui se marie à Chicago ?

— Une vieille amie d'école.

— C'est quelqu'un que je connais ?

— Non, mais c'est une fille très sympathique.

— Bien. Faites ce qui vous semblera le mieux. (La voix de Whit avait à nouveau une nuance d'irritation. Kezia lui semblait si fatigante par moments ! Il ajouta :) ... Faites-moi quand même savoir ce que vous décidez. J'aimerais pouvoir compter sur vous pour le mariage des Sergeant.

— On va s'arranger. A plus tard, chéri.

Elle lui envoya un petit baiser, raccrocha et pirouetta sur son pied nu ; la robe de satin s'ouvrit et révéla une peau encore tannée par le soleil. « Un mariage à Chicago ! » Elle rit toute seule en longeant le couloir pour aller se faire couler un bain. Bon sang, c'était mieux qu'un mariage. Elle s'envolait à la rencontre de Luke.

— Mon Dieu, quel spectacle, Kezia !

Cette fois, même Whit parut impressionné. Elle portait une robe de soie transparente, drapée sur une épaule, à la grecque. Elle était couleur corail clair et le tissu ondulait quand elle marchait. Ses cheveux étaient partagés en deux longues tresses relevées et filetées d'or, et ses escarpins étaient dans un ton vieil or et semblaient à peine lui tenir aux pieds. Elle se déplaçait librement comme une vision, des coraux et des diamants brillaient à ses oreilles et à son cou. Mais il y avait quelque chose dans son allure qui troubla Whit quand il la vit. Elle provoquait en lui un tel choc que c'en était presque inquiétant.

— ... Je ne vous ai jamais vue aussi bien, aussi belle.

— Merci, chéri !

Elle lui sourit mystérieusement en passant devant lui d'un mouvement rapide et léger pour franchir la porte. Un parfum de muguet flottait tout autour d'elle. Dior. Elle paraissait tout simplement exquise. Mais c'était plus qu'une simple apparence. Ce soir, elle était plus femme qu'auparavant et ce changement aurait effrayé Whit, s'ils n'avaient été de si vieux amis.

Un maître d'hôtel attendait les invités devant la maison de la tante de Cassie. Deux domestiques s'occupaient du stationnement, mais Whit avait choisi de se faire conduire par son chauffeur. Derrière l'indomptable maître d'hôtel, George, qui avait autrefois travaillé pour Pétain, à Paris, se tenaient deux femmes de chambre en uniforme noir empesé, qui attendaient, le visage impassible, pour prendre les vêtements et diriger les dames vers une pièce où celles-ci pouvaient arranger leur maquillage et leur coiffure avant de « faire leur entrée ». Un deuxième maître d'hôtel les arrêtait au passage pour leur offrir le premier verre de champagne de la soirée.

Kezia tendit sa veste de vison blanc à l'uniforme noir qui s'approcha d'elle, mais elle n'avait ni le besoin ni le désir « de se repoudrer ».

— Chérie ?

Whit lui tendit une coupe de champagne. Ce fut la dernière occasion qu'il eut de la soirée de voir Kezia de près. Par la suite, il l'aperçut de temps en temps : elle riait au milieu d'un cercle d'amis, dansait avec des hommes qu'il n'avait pas vus à de telles réceptions depuis des années, ou chuchotait à l'oreille de quelque inconnu. Il crut même la voir une ou deux fois seule sur la terrasse, contemplant la nuit automnale sur l'East River. Mais elle était insaisissable, ce soir. Chaque fois qu'il s'approchait d'elle, elle s'évanouissait. En fait, c'était très irritant, cette impression d'intangibilité ou simplement de rêve. Et les gens parlaient d'elle. Du moins les hommes et d'une façon étrange qui troublait Whit. C'était pourtant ce qu'il voulait ou ce qu'il croyait vouloir — « le chevalier servant de Kezia Saint-Martin ». Il en avait décidé ainsi des années auparavant, après mûre réflexion, mais il n'aimait pas la tournure que prenaient les choses ces derniers temps, le ton de la voix de Kezia par exemple, ou la remarque qu'elle lui avait faite ce matin. Et qu'était devenu leur accord ? Peut-être qu'après tout, pour tout le monde, cet accord était compris comme une contrainte ? Du moins, tout le monde pensait que c'en était une pour Whit. Kezia était bien sur ce plan : ce genre de choses lui était égal. Whit le savait. Il était certain... ou bien était-ce... Edward ? Soudain, l'idée lui traversa l'esprit et s'y incrusta. Kezia, dormant avec Edward ? Et tous les deux se moquant de lui ?

— Bonsoir, Whit.

L'objet de ses tout nouveaux soupçons venait d'apparaître à côté de lui.

— Bonsoir, marmonna-t-il.

— Quelle réception magnifique, n'est-ce pas ?

— Oui, Edward, c'est vrai. Cette chère Cassie Sergeant fait sa sortie dans le plus grand style.

— C'est comme si vous la compariez à un navire. Je dois admettre que l'allusion n'est pas tout à fait inappropriée.

Edward avait l'air irréprochable alors que leurs regards se portaient sur la forme plus que ronde de la future mariée, moulée comme du ciment dans le satin rose.

— Mme Fitz-Matthew fait certainement tout son possible.

Edward souriait vaguement à la foule qui les entourait. Le dîner avait été superbe : soupe Bongo-Bongo, saumon de Nouvelle Ecosse, écrevisses des Rocheuses, caviar Beluga importé en fraude d'Europe en quantités incroyables. (« Vous savez, chéri, en France, il n'y a pas ces absurdes règlements qui obligent à mettre dans le caviar tous ces désagréables produits salés. C'est tellement épouvantable de faire une chose pareille au bon caviar ! ») Le plat de poisson avait été suivi par un carré d'agneau et un nombre presque déprimant de légumes, salade d'endives, soufflé Grand-Marnier — après l'énorme plateau de brie de chez Fraser Morris à Madison, le seul endroit en ville où il fallait l'acheter. « Il n'y a que Carla Fitz-Matthew pour avoir du personnel capable de faire un soufflé pour cinquante personnes ! »

— Quel dîner, n'est-ce pas, Whit ?

Whit acquiesça, l'air sombre. Il avait bu plus que de

coutume et il n'aimait pas les idées nouvelles qui lui trottaient dans la tête.

— Où est Kezia, au fait ?

— Vous devriez le savoir.

— Je suis flatté que vous pensiez cela, Whit. Mais, en fait, je ne lui ai pas parlé de la soirée.

— Réservez-vous pour cette nuit, au lit.

Whitney avait parlé dans son verre mais les mots n'avaient pas été perdus pour Edward.

— Je vous demande pardon ?

— Désolé... je suppose qu'elle est ici, quelque part, allant et venant d'un pas léger. Elle est plutôt « en beauté », ce soir.

— Vous auriez pu trouver mieux que « en beauté », Whitney.

Edward souriait en sirotant son reste de vin et réfléchissait à la remarque de Whit. Il n'aimait pas le ton de sa voix, mais ce ton ne pouvait pas correspondre à des pensées réelles. De plus, il était, de toute évidence, comblé. Edward reprit :

— Cette enfant est tout simplement extraordinaire. Je vous ai vus arriver ensemble.

— Et vous ne nous verrez pas partir ensemble ! Que pensez-vous de cette nouvelle surprenante ? (Whitney parut soudain très laid quand il sourit méchamment à Edward. Il se détourna, puis s'arrêta et ajouta :) ... Mais peut-être que cela vous plaît davantage que cela ne vous surprend ?

— Si vous envisagez de partir sans Kezia, je pense que vous devriez le lui dire. Il y a quelque chose qui ne va pas ?

— Il y a quelque chose qui va ? Bonne nuit, monsieur. Je vous la laisse. Vous pouvez lui dire bonsoir de ma part.

Il disparut instantanément dans la foule, déposant en partant son verre vide dans les mains de Tiffany Benjamin. Celle-ci se trouvait sur son chemin et elle regarda avec ravissement le verre vide ; elle l'agita aussitôt pour qu'on le lui remplisse et ne remarqua même pas qu'elle avait à présent deux verres.

Edward le regarda partir et se demanda ce que Kezia faisait. Quoi qu'il en soit, il était clair que Whit n'appréciait pas ; pourtant Edward ne comprenait pas. Certaines sources mêmes avaient confirmé des années de soupçons. Whitney Hayworth III était sans aucun doute possible pédéraste, bien que cette réputation ne fût pas encore publique. C'était une situation peu satisfaisante pour Kezia, malgré cet autre garçon dans le Village. Cette constatation n'était d'ailleurs pas réconfortante. Mais Whitney... Pourquoi avait-il à ?... Les hommes étaient vraiment de plus en plus imprévisibles. Bien sûr, ces choses-là arrivaient aussi, du temps de la jeunesse d'Edward, spécialement parmi les adolescents. Mais la situation n'était pas prise au sérieux. C'était une manière de passe-temps, pour ainsi dire, personne n'y pensait comme genre de vie. Une période passagère seulement avant de s'installer, de trouver une femme, de se marier. Mais plus maintenant... plus maintenant...

— Bonsoir, cher ami ! Pourquoi avez-vous cet air sinistre ?

— Sinistre ? Non, j'étais perdu dans mes pensées. (Il esquissa un sourire. Il était si facile de sourire à Kezia. Puis il reprit :) ... Au fait, votre chevalier servant vient de partir. Dans les vignes du Seigneur !

— Il a été de mauvaise humeur toute la journée. Il s'est pratiquement mis en colère contre moi au téléphone ce matin. Il boudait parce qu'il n'avait pas pu me joindre. Il va s'en remettre. Probablement très vite.

La maison de Mme Fitz-Matthew n'était qu'à quelques rues de celle de l'amant de Whit. Edward choisit de ne pas relever l'allusion.

— Et qu'est-ce que vous faisiez ?

— Rien d'extraordinaire. J'ai rencontré des gens que je n'avais pas revus depuis longtemps. Le mariage de Cassie nous fait tous sortir de nos cachettes. Il y a des gens que je n'avais pas vus depuis dix ans. C'est vraiment une belle soirée et une réception très sympathique.

Elle tourna autour de lui, tapota son bras et lui planta un baiser sur la joue.

— Je croyais que vous n'aimiez pas ces festivités ?

— De temps en temps — rarement en effet — il m'arrive de les aimer.

Il la regarda d'un air sévère puis fut pris irrésistiblement d'une envie de rire. Elle était impossible et si incroyablement jolie. Non, plus que jolie. Ce soir, elle était extraordinairement belle. Le « en beauté » de Whitney était tout à fait inapproprié comme compliment.

— Kezia...

— Oui, Edward ?

Elle avait un air angélique et le regarda au fond des yeux alors qu'il essayait de résister à l'envie de lui rendre son sourire.

— Où étiez-vous tous ces jours-ci ? Whitney n'est pas le seul à n'avoir pu vous joindre. J'étais un peu inquiet.

— J'ai été occupée.

— L'artiste ? Le jeune homme du Village ?

Pauvre cher Edward, il paraissait vraiment inquiet. Inquiet pour la fortune de Kezia...

— Pas du Village. De Soho ! Non, ce n'était pas ça.

— Quelque chose d'autre ? Devrais-je dire quelqu'un d'autre ?

Kezia eut l'impression que son dos commençait à se hérisser.

— Très cher ami, vous vous tourmentez trop.

— Peut-être n'est-ce pas sans raisons.

— Absolument pas, vu mon âge !

Elle prit la main d'Edward et la passa sous son bras. Ils entrèrent ainsi au milieu d'un cercle d'amis , ce qui abrégea la conversation mais n'apaisa pas les craintes d'Edward. Il connaissait trop bien Kezia. Quelque chose était arrivé. Quelque chose qui n'était encore jamais arrivé auparavant et la jeune femme était déjà un peu transformée. Il le sentait. Il le savait. Elle paraissait beaucoup trop heureuse, beaucoup trop calme, comme si elle avait fini par se libérer de son emprise. Elle était déjà partie. Elle n'était même plus à la réception raffinée de Carla Fitz-Matthew. Seul, Edward le savait. Mais ce qu'il ignorait, c'était où elle était vraiment. Ou avec qui.

Edward ne s'aperçut de la disparition de Kezia qu'une demi-heure plus tard. Il apprit qu'elle était partie seule. Il en fut ennuyé. Elle n'avait pas la tenue appropriée pour aller courir la ville, seule, et il n'était pas sûr que Whit lui eût laissé la voiture. Quel lamentable petit pédé ! Il aurait au moins pu le faire pour elle !

Il prit congé et héla un taxi pour retourner à son appartement dans la 83ᵉ Est, mais, tout à fait malgré lui, il donna l'adresse de Kezia au chauffeur. Il en fut horrifié. Il n'avait jamais agi ainsi auparavant. Quelle folie... à son âge... C'était une femme... et peut-être n'était-elle pas seule... mais... il fallait qu'il le fasse.

— Kezia ?

Elle répondit à la première sonnerie de l'interphone. Edward se tenait aux côtés du portier, l'air embarrassé.

— Edward ? Quelque chose ne va pas ?

— Non. Je suis désolé, mais puis-je monter ?

— Bien sûr.

Elle raccrocha et il monta aussitôt.

Elle l'attendait sur le seuil de la porte quand il sortit de l'ascenseur. Les pieds nus, vêtue d'une robe de chambre, les cheveux défaits, sans bijoux, la jeune femme paraissait inquiète. Edward se sentit stupide.

— Edward, allez-vous bien ?

Il fit signe que oui et elle le laissa entrer dans l'appartement.

— Kezia... je... je suis vraiment désolé. Je n'aurais pas dû venir mais il fallait que je sois sûr que vous étiez bien rentrée. Je n'aime pas vous voir rentrer seule chez vous, ainsi couverte de diamants.

— Cher inquiet, c'est tout ? (Elle rit doucement et son visage s'éclaira d'un sourire.) ... Mon Dieu, Edward, je croyais qu'il était arrivé quelque chose d'épouvantable.

— C'est peut-être le cas.

— Vraiment ?

Le visage de Kezia redevint sérieux, l'espace d'un instant.

— Je crois que j'ai fini par devenir sénile, ce soir. J'aurais dû téléphoner au lieu de débarquer ici.

— Eh bien, puisque vous êtes ici, voulez-vous boire quelque chose ? (Elle ne nia pas qu'il aurait dû téléphoner mais elle était toujours aimable. Elle ajouta :) Poire ou framboise ?

Elle lui montra un fauteuil et alla vers le coffre chinois en marqueterie où elle rangeait les liqueurs. Edward se souvenait de ce meuble. Il accompagnait la mère de Kezia lorsque celle-ci l'avait acheté chez Sotheby.

— Poire, merci, très chère.

Il s'affala, comme quelqu'un de fatigué, dans un des fauteuils familiers en velours bleu et la regarda verser la liqueur transparente dans un verre minuscule.

— Vous êtes vraiment chouette avec votre vieil oncle Edward.

— Ne soyez pas ridicule.

Elle lui tendit le verre en souriant et se laissa tomber à terre à côté de lui.

— Savez-vous à quel point vous êtes belle ?

Elle repoussa le compliment d'un geste et alluma une

cigarette pendant qu'il sirotait son alcool. Elle commençait à se demander s'il n'avait pas déjà trop bu. Il paraissait de plus en plus triste à mesure que le temps passait. Et elle attendait un coup de fil de Luke.

— Je suis content que vous alliez bien, commençat-il. (Puis il ne put s'empêcher de demander :) ... Kezia, qu'est-ce que vous faites ?

Il fallait qu'il sache.

— Absolument rien. Je suis assise près de vous et j'étais sur le point de me déshabiller et de travailler un peu pour la « rubrique ». Je veux envoyer le papier demain matin. Carla n'appréciera certainement pas. Mais c'est tellement facile de se payer sa tête. Je ne pourrai pas résister.

Kezia essayait de plaisanter mais Edward paraissait plus vieux et plus triste que jamais.

— Vous ne pouvez pas être sérieuse un moment ? Je ne vous ai pas demandé ce que vous étiez en train de faire maintenant. Je veux dire que... Eh bien, vous semblez différente depuis quelque temps.

— Depuis quand ?

— Depuis ce soir.

— Ai-je l'air tourmentée, malade, malheureuse, sous-alimentée ? Qu'entendez-vous par « différente » ?

Elle n'aimait pas ses questions et elle entendait renverser les rôles rapidement. Il était grand temps d'arrêter ce genre de bêtises. Elle ne tenait pas non plus à avoir d'autres visites tardives et imprévues.

— Non, non. Rien de semblable. Vous paraissez vous porter à merveille.

— Et vous êtes inquiet à cause de quoi ?

— Vous savez ce que je veux dire, Kezia. Vous êtes vraiment comme votre fichu père. Vous ne dites rien à personne jusqu'à ce que tout soit fait. Ensuite, tout le monde doit ramasser les morceaux.

— Cher ami, je vous assure que vous n'aurez pas à ramasser de morceaux, pas avec moi. Et puisque nous sommes tous les deux d'accord sur le fait que je suis reposée, en bonne santé, bien nourrie, que je n'ai pas de découvert sur mon compte, que je ne me suis pas montrée nue dans Oak Room... il n'y a aucune raison de vous inquiéter.

La voix de Kezia était un peu sèche.

— Vous êtes évasive, dit Edward en soupirant.

Il n'avait aucune chance et il le savait.

— Non, très cher. Je profite seulement de mon droit à un peu de vie privée en dépit de mon amour pour vous et du fait que vous avez été un bon père pour moi. Je suis une femme maintenant ; je ne vous demande pas si vous dormez avec votre bonne ou votre secrétaire, ni ce que vous faites seul dans la salle de bains la nuit.

En effet, quelque chose chez Edward l'incitait à penser qu'il devait se livrer à certaines pratiques dans sa salle de bains.

— Kezia, c'est choquant !

Il paraissait très en colère et blessé. Rien ne marchait pour lui. Du moins pas avec elle.

— Ce n'est pas plus choquant que ce que vous me demandez en réalité. Vous le dites d'une façon moins appuyée que moi, c'est tout.

— D'accord. Je comprends.

— J'en suis heureuse. (Il était temps ! Elle poursuivit :) ... Mais pour calmer votre vieille âme nerveuse, je peux vous dire en toute franchise que vous n'avez absolument aucune raison de vous inquiéter pour le moment. Aucune.

— Me le direz-vous quand il y en aura une ?

— Pourrais-je vous priver d'une occasion de vous inquiéter ?

Il éclata de rire et s'appuya au dossier du fauteuil.

— D'accord. Je suis impossible. Je le sais et j'en suis désolé. Non, je ne suis pas désolé. J'aime savoir que tout va bien pour vous. Maintenant, il faut que je vous laisse finir votre travail. Vous devez avoir de bonnes idées pour la « rubrique », ce soir.

Les ragots avaient abondé lors de la réception. Il était gêné d'avoir été découvert, d'être venu dans son appartement, à une telle heure. Ce n'était pas facile d'être un père suppléant. Et encore moins d'être amoureux de l'enfant.

— J'ai quelques bonnes idées, c'est vrai, en plus des histoires sur les débordements d'opulence de Carla. C'est vraiment une honte de dépenser des milliers de dollars pour une réception.

Elle était redevenue la Kezia d'antan, celle qui ne l'effrayait pas, celle qu'il connaissait si bien et qui serait toujours à lui.

— Bien sûr, je ne m'oublierai pas dans les ragots ! ajouta-t-elle avec un lumineux sourire.

— Petite misérable ! Qu'allez-vous dire sur vous ? Que vous étiez étonnamment belle, j'espère.

— Non. Oh ! je vais peut-être mentionner ma robe. Mais, surtout, j'ai raconté la charmante sortie de Whit.

Etait-elle en colère ? Tout cela avait-il de l'importance pour elle ?

— Mais pourquoi ?

— Parce que, pour dire les choses comme elles sont, le temps des plaisanteries et des jeux est terminé. Je crois qu'il est temps que Whit aille de son côté et moi du mien. Mais Whit n'a pas le courage de le faire et moi non plus peut-être. Aussi, si j'écris des phrases embarrassantes, son ami de Sutton Place aura du courage pour nous deux. Si c'est vraiment quelqu'un, il ne supportera pas que Whit soit ridiculisé publiquement.

— Mon Dieu, Kezia, qu'avez-vous écrit ?

— Rien d'indécent. En tout cas, pas d'accusations scandaleuses. Je m'en voudrais d'agir ainsi à l'égard de Whit, ou de moi-même, d'ailleurs. Mais je n'ai plus le temps de jouer à ce genre de jeux. Et ce n'est pas bon non plus pour Whit. Tout ce que j'ai dit dans la « rubrique », c'est... Attendez, je vais vous le lire.

Elle prit une voix sérieuse et se dirigea vers son bureau. Il l'observait, le désir au cœur.

— *Les amoureux habituels étaient nombreux au milieu du troupeau : Francesco Cellini et Miranda Pavano-Casteja ; Jane Roberts et Bentley Forbes ; Maxwell Dart et Courtney Williamson et bien sûr Kezia Saint-Martin et son chevalier servant attitré, Whitney Hayworth III, bien que ces deux derniers aient rarement été vus ensemble la nuit dernière et qu'ils soient partis séparément. On remarqua aussi que, dans un accès de susceptibilité, Whitney fit très tôt une sortie en solo, laissant Kezia au milieu des colombes, des faucons et des perroquets. Peut-être l'élégant Whitney commence-t-il à se fatiguer de suivre le sillage de Kezia ? Les héritières peuvent être parfois très exigeantes. En ce qui concerne la demeure seigneuriale de Carla Fitz-Matthew...* Bon, qu'en pensez-vous ?

Ce qu'elle avait écrit la rendit tout à coup d'une humeur gaie et franche. La rubrique lui avait fait perdre sa voix sérieuse. Des nouvelles, c'étaient des nouvelles, des ragots, c'étaient des ragots, et Edward savait que, de toute façon, ils l'ennuyaient. Il la regarda avec un vague sourire.

— C'est un peu gênant. Franchement, je ne pense pas qu'il appréciera.

— Il n'a pas à apprécier. C'est supposé être un peu humiliant. Et s'il n'a pas le cran de m'envoyer balader après cette charge, son petit ami lui dira qu'il n'a rien dans le ventre. Je pense que ce texte lui fera quelque chose.

— Pourquoi ne lui dites-vous pas simplement que tout est fini entre vous ?

— Parce que la seule bonne raison que j'aie de le quitter, c'est la seule que je ne suis pas supposée connaître. Et puis il y a le fait qu'il m'ennuie. Bon sang,

Edward, je ne sais pas... peut-être suis-je lâche. Je préférerais que la rupture vienne de lui. Avec une bonne poussée de ma part, dans la bonne direction. Je pense que tout ce que je pourrais lui dire en face serait trop insultant.

— Et ce que vous écrivez dans la « rubrique », c'est mieux ?

— Bien sûr que non. Mais il ne sait pas que c'est moi qui l'écris !

Edward rit tristement en finissant sa boisson et se leva.

— Bon, prévenez-moi si vous obtenez des résultats.

— D'accord. J'en suis presque sûre.

— Et alors ? Vous l'annoncerez aussi dans la « rubrique » ?

— Non. Je remercierai le ciel.

— Kezia, vous me déroutez ! Sur ce, ma chère, je vous souhaite une bonne nuit. Désolé d'être venu chez vous si tard.

— Je vous pardonne, pour cette fois.

Le téléphone sonna alors qu'elle le raccompagnait à la porte.

Elle parut soudain très nerveuse.

— Ne me raccompagnez pas, dit Edward.

— Merci, répondit-elle en souriant.

Elle déposa un baiser sur sa joue et retourna en courant vers le bureau du salon, un large sourire aux lèvres, laissant Edward fermer la porte doucement et attendre seul l'ascenseur.

— Mama ! Ce n'est pas trop tard pour appeler ?

C'était Luke.

— Bien sûr que non ! Je pensais justement à toi.

Elle souriait, au téléphone.

— Moi aussi. Tu me manques beaucoup, trésor.

Elle baissa la fermeture Eclair de sa robe et se dirigea vers la chambre en emmenant l'appareil. C'était si bon d'entendre sa voix dans cette pièce ! C'était presque comme s'il était là. Elle pouvait encore sentir son contact... encore...

— Je t'aime et tu me manques. Beaucoup.

— Bien. Tu veux venir à Chicago ce week-end ?

— Je priais le ciel pour que tu me le demandes.

Il éclata d'un gros rire à l'oreille de Kezia et tira une bouffée d'un de ses cigares cubains. Il lui donna le numéro d'un vol, lui envoya un baiser et raccrocha.

Kezia enleva sa robe, très heureuse, et resta là pendant un moment, à sourire, avant de se préparer à aller au lit. Quel homme merveilleux, Lucas ! Edward lui était complètement sorti de l'esprit. De même que Whit, qui fut le premier à téléphoner le lendemain matin.

15

— Kezia ? C'est Whitney.

— Oui, chéri, je sais.

Elle en savait beaucoup plus que lui.

— Que savez-vous ?

— Je sais que c'est vous, idiot. Quelle heure est-il ?

— Midi passé. Est-ce que je vous ai réveillée ?

— Je n'en sais trop rien. J'étais en train de me le demander.

Alors, la « rubrique » avait dû paraître dans la seconde édition du matin. Elle s'était levée très tôt pour la téléphoner.

— Je pense que nous devrions déjeuner ensemble, dit-il.

Sa voix était extrêmement tranchante, sérieuse, nerveuse.

— Tout de suite ? Je ne suis pas habillée.

Ce n'était pas gentil de sa part, mais cela amusait Kezia. Il était si facile de jouer aux dépens de Whit.

— Non, non, quand vous serez prête, bien sûr. A *la Grenouille* à 1 heure ?

— Merveilleux ! Je voulais vous appeler de toute façon. J'ai décidé d'aller à ce mariage à Chicago ce week-end-ci. Je pense que j'y suis obligée.

— Je suis de votre avis. Kezia...

— Oui, chéri, quoi ?

— Avez-vous lu les journaux aujourd'hui ?

« Evidemment, chéri. J'ai écrit l'article dont vous voulez parler... »

— Non. Pourquoi ? Le pays est-il en guerre ? Vous avez vraiment l'air bouleversé.

— Lisez la colonne de Hallam. Vous comprendrez !

— Oh ! Quelque chose de désagréable ?

— Nous en parlerons pendant le déjeuner.

— D'accord, chéri, à tout à l'heure.

Il raccrocha en mâchonnant son crayon. Ciel, espérons qu'elle sera raisonnable. C'en était vraiment trop à la fin. Armand ne supporterait certainement plus longtemps toutes ces bêtises. Au petit déjeuner, il lui avait jeté à la figure la première page et un terrible ultimatum. Pourtant Whit ne pouvait absolument pas le perdre. Il ne pouvait pas. Il l'aimait.

Une fois installés à leur table à *la Grenouille*, leur conversation fut saccadée mais directe. Ou plutôt les paroles de Whit, elles, furent directes, car Kezia gardait le silence. Il s'était tout simplement trop attaché à elle, il se sentait trop possessif vis-à-vis d'elle et il savait qu'il n'en avait pas le droit. Elle avait été assez claire sur ce point. Alors, de quoi avait-il l'air ? De plus, que pouvait-il lui offrir, à ce stade de sa vie ? Il n'était même pas associé dans sa société et étant donné ce qu'elle était... la situation devenait si pénible pour lui... Comprenait-elle un peu sa position ? Il savait aussi qu'elle ne l'épouserait jamais et qu'elle serait toujours l'amour de sa vie. Mais il faudrait bien qu'il se marie un jour, qu'il ait des enfants et elle n'était pas prête... Mon Dieu, comme c'était affreux !

Kezia hochait la tête en silence et avalait ses quenelles Nantua. Que faire en effet pour une femme ? Oui, elle comprenait parfaitement et il avait bien sûr tout à fait raison, elle était à des années-lumière du mariage et il était très possible, et cela à cause de la mort de ses parents et de sa situation d'enfant unique, qu'elle ne se marie jamais, pour préserver son nom. Et les enfants étaient quelque chose qu'elle ne pouvait même pas imaginer, quelque effort qu'elle fasse pour se les représenter. Elle se sentait dégoûtante à l'idée de l'avoir fait — et de le faire — souffrir, mais c'était certainement mieux ainsi. Pour tous les deux. Elle reconnaissait qu'il avait raison. Ils resteraient toujours « les meilleurs amis du monde ». Pour toujours.

Whitney se promit de faire en sorte qu'Effy envoie des fleurs à Kezia une fois par semaine aussi longtemps que celle-ci vivrait. Grâce à Dieu, elle avait bien pris la chose. Et puis, diable, peut-être avait-il vu juste en soupçonnant quelque chose entre elle et Edward. On ne pouvait jamais savoir avec Kezia, on devinait seulement qu'il y en avait beaucoup plus qu'elle n'en voulait laisser paraître, sous l'apparence d'équilibre et de perfection. Et alors ? Il s'en moquait, il était libre. Débarrassé de toutes ces soirées insupportables, où il lui fallait jouer le rôle de l'homme au bras de Kezia. Naturellement, pour se remettre de « ce terrible choc », on ne le verrait pas dans le monde pendant des mois... et il pourrait enfin vivre sa vie avec Armand à Sutton Place. Il était temps, aussi. Armand avait mis les choses au clair au petit déjeuner. Après trois années d'attente, il en avait assez. Et maintenant, voilà que Whitney était humilié dans les journaux... Hallam l'avait implicitement comparé à un blanc-bec pendu aux jupons de

Kezia. Enfin, il en avait fini. Plus de faux-semblants, plus de Kezia. Pas pour lui.

Kezia se sentait des ailes lorsqu'elle sortit de *la Grenouille*. Elle descendit la 5e Avenue pour jeter un coup d'œil à la vitrine de Saks (1). Elle allait à Chicago... Chicago... Chicago ! Elle était enfin débarrassée de Whit et tout s'était passé le mieux du monde. Pauvre vieux, il en avait presque pleuré de soulagement. Elle lui en voulait seulement d'avoir eu l'air si sombre. Elle aurait voulu le féliciter et se féliciter en même temps. Ils auraient dû trinquer en buvant du champagne et hurler de joie après toutes les années qu'ils avaient gaspillées à faire semblant auprès de leurs amis, et bon sang ! ils n'étaient même pas mariés. Mais chacun représentait pour l'autre une bonne couverture. Une couverture. Dieu merci, elle ne s'était jamais mariée avec lui... Bon sang ! Elle tremblait rien qu'à cette idée. Et puis, un autre tremblement la parcourut. Ça faisait des jours, une semaine... longtemps... elle ne savait pas combien de temps. Elle n'avait même pas pensé à lui, Mark. Mais tout dans la même journée ? D'un seul coup ? Une nouvelle vie ? Tous les deux ? N'était-ce pas trop ? A ses yeux, Mark avait une bien plus grande importance que Whit. Whit était amoureux. Il avait un homme qu'il aimait. Mais Mark ? Bon Dieu, c'était comme si elle se faisait arracher deux dents de sagesse le même jour !

Mais ses jambes la portaient sans contestation possible vers la station de métro entre la 51e Rue et Lexington. Il le fallait. Il le fallait vraiment, elle en était sûre.

La rame suivait sa route vers le sud, en cahotant, et Kezia se demandait pourquoi elle faisait tout cela. Pour Luke ? Mais c'était fou. Elle le connaissait à peine. Et si jamais il annulait le rendez-vous du week-end et ne la

(1) Grand magasin à New York.

revoyait jamais... Si jamais... Mais elle savait que ce n'était pas pour Luke. C'était pour elle, Kezia. Elle devait le faire. Elle ne pouvait plus continuer à jouer avec Whit, Mark, Edward, ou elle-même. Les nombreuses peaux du serpent qu'était Kezia tombaient les unes après les autres. Il allait y avoir un morceau de choix pour la « rubrique ».

Ce fut beaucoup plus difficile avec Mark. Parce qu'elle était loin d'être indifférente.

— Tu pars ? demanda-t-il.

— Oui.

Elle soutint son regard et avait envie de lui caresser les cheveux, mais elle se retint. Pas envers Mark.

— Mais, cet été, ça n'avait rien changé ! fit-il remarquer.

Il avait l'air peiné, confus, et plus jeune encore qu'il ne l'était en réalité.

— Quelque chose est changé maintenant. Peut-être vais-je rester absente très longtemps. Une année. Deux années. Je n'en sais rien.

— Kezia, vas-tu te marier ? demanda-t-il à brûle-pourpoint.

Elle voulut répondre « oui », pour faciliter les choses, mais elle ne voulait pas ajouter ce mensonge aux autres. Il suffisait de dire qu'elle partait. C'était plus simple.

— Non, mon chou. Je ne vais pas me marier. Je pars, c'est tout. Et d'une certaine façon, je t'aime. Trop pour te tromper. Je suis plus âgée que toi. Nous avons tous les deux des choses à réaliser. Des choses différentes, séparées. Il est temps, Marcus. Je pense que tu le sais aussi.

Il avait fini la bouteille de chianti avant qu'elle n'ait terminé son second verre. Ils en commandèrent une autre.

— Puis-je te demander quelque chose de fou ? demanda-t-il.

— Quoi ?

Il lui sourit, hésitant ; le demi-sourire de gamin qu'elle aimait tant illuminait son visage. Mais c'était là où le bât blessait. Elle aimait le sourire, les cheveux, *the Partridge*, l'atelier. Elle n'aimait pas vraiment Mark. Pas profondément. Pas de la façon dont elle aimait Luke. Pas suffisamment.

— Etait-ce toi la fille que j'avais vue dans le journal un jour ?

Elle attendit un long moment avant de répondre. Quelque chose cognait dur dans sa tête. Elle le regarda, droit dans les yeux.

— Oui, probablement. Et alors ?

— Alors, simple curiosité. A quoi ça ressemble d'être ainsi ?

— C'est solitaire, effrayant, triste la plupart du temps. Ce n'est pas vraiment intenable.

— C'est pour cette raison que tu n'arrêtais pas de venir ici ? Parce que ta vie était triste et que tu t'ennuyais ?

— Non. Peut-être au début, pour m'échapper. Mais tu as représenté quelque chose de spécial pour moi, Mark.

— Etais-je une échappatoire ?

Oui, mais comment pouvait-elle le lui dire ? Et pourquoi le lui dire maintenant ? « Oh, au moins que je ne lui fasse pas de mal... pas plus que nécessaire ! »

— Non, tu es quelqu'un. Quelqu'un de très beau. Quelqu'un que j'aimais.

— Aimais ? Pas « aime » ?

Il la regardait. Les larmes coulaient sinistrement de ses yeux enfantins.

— Les temps changent, Marcus. Il n'y a rien à y faire. C'est moche quand quelqu'un essaie de s'accrocher. Il est trop tard alors. Pour nous deux, il faut que je parte.

Il secoua la tête tristement devant son verre de vin et

elle lui effleura le visage une dernière fois avant de se lever pour partir. Elle courut presque, une fois la porte franchie. Heureusement, un taxi descendait la rue. Elle le héla, se glissa à l'intérieur pour qu'il ne voie pas les larmes couler sur son visage, pour qu'elle ne voie plus les larmes sur son visage à lui. Il ne la revit jamais. Seulement dans les journaux, de temps à autre.

Le téléphone sonnait quand elle franchit la porte. Elle se sentait vidée. L'opération avait vraiment ressemblé à l'extraction de deux dents de sagesse. Quatre dents de sagesse. Neuf. Cent. Et quoi d'autre maintenant ? Ça ne pouvait pas être Whit. Edward, alors ? Son agent ?

— *Hello*, mama.

C'était Luke.

— *Hello*, mon amour. Ciel ! que c'est bon d'entendre ta voix. Je suis vannée.

Elle avait tellement eu besoin de lui... de son contact... de ses bras.

— Qu'as-tu fait aujourd'hui ?

— Tout et rien. Ce fut horrible.

— Bon Dieu ! Au son de ta voix, ça a dû être horrible.

— Je me suis seulement « occupée de mes affaires », comme tu dirais. J'ai placé quelques mots bien sentis dans la « rubrique » la nuit dernière, dans le but de rendre l'amant de Whit jaloux. (Elle n'avait pas de secrets pour Luke. Il connaissait toute sa vie maintenant. Elle continua :) ... L'effet escompté s'est produit. J'ai déjeuné avec Whit et nous sommes tombés d'accord pour mettre un terme à nos relations. Plus de Whitney pour m'escorter aux réceptions.

— Tu parais bouleversée. Voulais-tu vraiment en finir avec lui ?

— Oui, c'est pour ce motif que je l'ai fait. Seulement, je voulais le faire sans trop le blesser. Je lui devais bien ça, après toutes ces années. Nous avons joué le jeu jusqu'à la fin. Ensuite, je suis descendue à Soho et j'ai mis les choses au clair. Je me sens vraiment la reine des garces.

— Ouais. Ce genre de choses met toujours mal à l'aise. Je suis désolé que tu te sois débarrassée de tout le même jour.

Mais il ne paraissait pas désolé et elle savait qu'il était soulagé. Elle était consolée de l'avoir fait.

— Il le fallait. Et c'est un soulagement. Je suis simplement fatiguée. Mais toi, mon amour, tu as eu une journée chargée ?

— Pas aussi chargée que la tienne. Mais qu'as-tu fait d'autre, mon chou ? Pas de réunions de bienfaisance à la gomme ? (Il étouffa un rire au téléphone et Kezia rugit. Il dit alors :) ... Allons bon, qu'est-ce que j'ai dit ?

— Le mot magique... oh zut ! Tu viens de me faire penser que je suis attendue à cette fichue réunion sur l'arthrite, à 5 heures et il est déjà 5 heures. Zut de zut !

Il éclata de rire et elle gloussa.

— Martin Hallam serait ravi d'entendre ces mots !

— Oh, la ferme !

— Bon, j'ai d'autres bonnes nouvelles pour toi. Je répugne à agir ainsi un jour pareil. Mais tu ne peux pas venir à Chicago, ce week-end, mon chou. Il est arrivé quelque chose et je dois aller sur la Côte.

— Quelle côte ?

Que diable voulait-il dire ?

— La côte Ouest, mon amour. Bon Dieu, Kezia, je regrette de te faire un coup pareil. Ça va ?

— Ouais. Ça va très bien.

— Allons, sois raisonnable.

— Ça veut dire que je ne peux pas te voir ?

— Oui, c'est cela.

— Je ne peux pas prendre l'avion et te voir là-bas ?

— Non, chérie. Ce ne serait pas prudent.

— Et pourquoi, pour l'amour du ciel ? Oh, Luke, je viens de passer une journée horrible, et maintenant cette contrariété. S'il te plaît, laisse-moi venir.

— Trésor, c'est impossible ! Je vais organiser une grosse affaire, si je puis dire. C'est délicat pour moi et je ne veux pas que tu y sois mêlée. Les deux semaines à venir vont être difficiles.

— Deux semaines ? Autant ?

Elle avait envie de pleurer.

— Peut-être. Je vais voir.

Elle respira profondément, avala sa salive et essaya de se calmer. Quelle affreuse journée !

— Luke, cela se passera-t-il bien pour toi ?

Il hésita un moment avant de répondre :

— Oui, oui. Maintenant va à ta réunion de la colite ou de je ne sais trop quelle merde : ta jolie petite tête ne doit pas se tourmenter pour moi. Je suis du genre à savoir me débrouiller. Tu devrais le savoir.

— Derniers mots célèbres !

— Je te le dirai aussitôt que je serai de retour. Et souviens-toi d'une chose.

— Laquelle ?

— Je t'aime.

Au moins, il y avait ça.

Ils raccrochèrent et Luke se mit à arpenter son appartement à Chicago. Bon Dieu, il était dingue de continuer avec elle. Maintenant, c'était pis que jamais : les choses commençaient à prendre feu. Kezia commençait à dépendre de lui et elle voulait plus qu'il ne pouvait donner. Il avait d'autres choses à penser, les engagements qu'il avait pris, les hommes qu'il voulait aider et il fallait qu'il prenne garde à sa propre peau maintenant : ces salauds le suivaient depuis des semaines. Des jours, des années, c'était comme s'il les avait toujours eus à ses trousses, comme des oiseaux de proie tournoyant au-dessus de sa tête, approchant juste assez pour qu'il sache qu'ils étaient là, puis disparaissant derrière un nuage. Mais il savait toujours qu'ils étaient là. Il les sentait.

Il se dirigea vers le bar et se versa un grand bourbon dans un verre. Pas d'eau, pas de soda, pas de glace. Il l'avala d'un trait sans poser le verre. Puis, comme poussé par un besoin impératif de savoir, il atteignit la porte en trois longues enjambées et l'ouvrit avec une telle force qu'elle aurait dû sortir de ses gonds, mais elle tint bon. Elle trembla seulement dans sa main. Et il resta là, debout. L'homme en fit autant. Il sembla éprouver un choc à la vue de Luke. Il avait bondi quand la porte s'était ouverte. Il portait un chapeau et longeait le couloir, essayant, mais sans succès, de donner l'impression qu'il allait quelque part. Il avait tout à fait l'air de ce qu'il était : un flic en mission. L'ombre de Lucas Johns.

Les jambes de Kezia pesaient du plomb quand elle monta dans le taxi. La réunion se tenait au haut de la 5ᵉ Avenue. Vue sur le parc. Dans l'appartement de Tiffany. Trois étages donnant sur la 92ᵉ et la 5ᵉ. Bourbon ou scotch. Chez elle, pas d'enfantillages avec de la limonade ou du sherry. Il y aurait aussi gin et vodka pour celles qui préféraient. Chez elle, Tiffany s'en tenait au Black Label.

Elle était près de la porte quand Kezia arriva et tenait un double scotch « on the rocks » dans une main.

— Kezia ! C'est divin. Tu es splendide. Nous allions juste commencer. Tu n'as rien raté.

Ça, c'était sûr !

— Bien.

Déjà Tiffany n'était plus assez lucide pour remarquer le ton de la voix de Kezia ou le voile autour de ses yeux, là où le mascara avait coulé quand elle avait pleuré. La journée avait payé son droit de passage.

— Bourbon ou scotch ?

— Les deux.

Tiffany fut déconcertée, un moment. Elle était déjà ivre et dans cet état depuis midi.

— Pardonne-moi, chérie, dit Kezia. Je ne voulais pas te troubler. Disons scotch et soda, mais ne t'inquiète pas. Je vais me servir moi-même.

Kezia se dirigea vers le bar et, exceptionnellement, elle fut en parfaite harmonie avec Tiffany, verre pour verre. C'était la deuxième fois qu'elle se saoulait à cause de Luke, mais au moins, la dernière fois, elle avait été heureuse.

16

— Kezia ?

C'était Edward.

— Bonjour, cher ami. Quoi de neuf ?

— C'est ce que je voulais vous demander. Vous rendez-vous compte que je ne vous ai pas vue et que vous ne m'avez pas donné de nouvelles depuis presque trois semaines ?

— Ne vous sentez pas isolé. Personne ne m'a vue. J'étais en hibernation.

Pendant qu'elle parlait, elle grignotait une pomme, les pieds sur son bureau.

— Etes-vous malade ?

— Non. Je suis seulement occupée.

— A écrire ?

— Ouais.

— Je ne vous ai vue nulle part. Je commençais à m'inquiéter.

— C'est inutile. Je vais bien. Je suis sortie une ou deux fois, juste pour me maintenir la main en forme pour la « rubrique ». Mais mes « apparitions » ont été brèves et sporadiques. Je reste plutôt chez moi.

— Vous avez une raison particulière ?

Il recommençait à la questionner et elle continuait à grignoter sa pomme sagement.

— Aucune raison particulière. Juste le travail. Et je n'étais pas en état de sortir.

— Vous aviez peur de tomber sur Whit ?

— Non... c'est-à-dire... peut-être un peu. Je craignais davantage de tomber sur les grandes gueules du coin. Mais en fait, j'ai été submergée de travail. J'ai écrit trois articles, tous les trois pour la semaine prochaine.

— Je suis heureux de savoir que vous allez bien. Pour être franc, ma chère, je me demandais si cela vous ferait plaisir de déjeuner avec moi.

Elle eut une grimace et posa le trognon de la pomme. Merde !

— C'est-à-dire que... (Puis elle éclata de rire et décida :) ... D'accord. Je déjeune avec vous. Mais pas aux endroits habituels.

— Mon Dieu, je crois vraiment que vous allez finir par devenir une recluse. (Il éclata de rire lui aussi mais il y avait encore une nuance d'inquiétude dans sa voix. Il ajouta :) ... Kezia, vous êtes sûre que vous allez bien ?

— Très bien, vous pouvez me croire.

Mais elle aurait été beaucoup plus heureuse si elle avait pu voir Luke. Ils continuaient à s'appeler deux fois par jour d'une côte à l'autre, mais il ne pouvait pas avoir Kezia à ses côtés. Il se passait encore trop de choses. Et elle se noyait alors dans le travail.

— Parfait. Où voulez-vous déjeuner ?

— Je connais un bar sympathique dans la 63ᵉ Est, où on mange des produits naturels. Qu'en pensez-vous ?

— Vous voulez vraiment le savoir ?

— Bien sûr, pourquoi pas ?

— Ça me semble dégoûtant !

Elle rit en entendant le son de sa voix.

— Soyez sympa, cher. Vous aimerez, j'en suis sûre.

— C'est bien parce que c'est vous, Kezia... même un bar de produits naturels. Mais, dites-moi, est-ce horrible ?

— Et alors ! Vous commandez un assortiment chez *Lutèce* et vous l'apportez.

— Ne soyez pas ridicule !

— Alors, essayez mon bar. Il n'est pas mal du tout.

— Ahhh !... la jeunesse !

Ils se mirent d'accord pour se rencontrer à 12 h 30. Kezia était déjà là quand il arriva. Il regarda autour de lui : ce n'était pas si mal que ça. Aux petites tables en bois, déjeunait une clientèle composée de gens du centre-est de la ville : secrétaires, directeurs artistiques, hippies, jolies filles en jean bleu avec des cartons à dessins, garçons en chemise de flanelle, les cheveux tombant jusqu'aux épaules et, ici et là, un homme en veston. Ni lui ni Kezia ne détonnaient au milieu d'eux et Edward en fut soulagé. Ce n'était certes pas *la Grenouille*, mais Dieu merci, ce n'était pas non plus *Horn et Hardart*... Ce n'était pas que la nourriture là-bas soit mauvaise... mais les gens. Les gens ! Ils n'étaient pas du tout dans le style d'Edward. Et on ne savait jamais ce que Kezia pouvait imaginer comme tour. Cette fille avait un sens de l'humour assez diabolique.

Elle était assise à une table dans un coin quand il s'approcha d'elle et il remarqua qu'elle portait un jean. Il lui adressa un grand sourire en la regardant dans les yeux et, arrivé à la table, il se pencha pour l'embrasser.

— Vous m'avez beaucoup manqué, ma chère enfant.

Il ne s'était pas rendu compte vraiment à quel point, jusqu'à ce qu'il la revît. C'était la même chose tous les ans au premier déjeuner après l'été. Cette fois, aussi, l'absence avait duré presque un mois.

— Vous m'avez manqué, cher ami. Ça fait une éternité qu'on ne s'est vus. On est presque à Halloween.

Elle gloussa malicieusement et il la dévisagea en s'installant sur une chaise. Il y avait quelque chose de différent dans ses yeux... la même chose qu'il avait déjà remarquée à leur dernière rencontre. Et elle était plus mince tout d'un coup.

— Vous avez perdu du poids, remarqua-t-il.

C'était l'accusation d'un père.

— Oui, un peu. Je mange bizarrement quand j'écris.

— Vous devriez faire en sorte de manger convenablement.

— Au *Mistral*, peut-être ? Ou est-ce plus sain de se caler les joues à *la Côte Basque* ? dit-elle en le taquinant à nouveau, sans méchanceté, mais néanmoins avec une véhémence toute nouvelle.

— Kezia, mon enfant, vous avez vraiment passé l'âge pour envisager de devenir une hippy, répondit-il en la taquinant à son tour.

Mais il ne la taquinait qu'à moitié.

— Je suis entièrement d'accord avec vous. La chose ne me viendrait pas à l'idée. Je ne suis que l'esclave laborieuse de ma machine à écrire. J'ai soudain le sentiment que je suis entrée en possession de mon bien, grâce à mon travail. C'est un sentiment merveilleux.

Il hocha la tête en silence et alluma un cigare. Il se demandait si telle était bien la cause du changement. Peut-être allait-elle finalement se retirer pour travailler. Au moins, c'était respectable. Mais l'hypothèse ne semblait pas vraisemblable. Et les différences subtiles, qu'il devinait plus qu'il ne les voyait, le rendaient encore perplexe. Il pouvait constater qu'elle était plus mince, que son caractère était plus formé, qu'elle était plus sérieuse. Elle parlait différemment maintenant, comme si elle avait enfin trouvé sa place au milieu de ses croyances et de son travail. Mais le changement était plus profond. Beaucoup plus profond. Il le savait.

— Sert-on quelque chose à boire ici ? demanda-t-il en regardant tristement le menu écrit à la craie sur un tableau accroché au mur.

Le menu ne mentionnait aucun cocktail, seulement du jus de carotte ou de palourde, ce qui était loin de convenir à l'estomac d'Edward.

— Oh ! Edward, je n'ai même pas pensé à une boisson pour vous. Je suis désolée. (Les yeux de Kezia étaient à nouveau rieurs et elle lui tapota la main en ajoutant :) ... Vous savez, vous m'avez vraiment manqué, vous aussi. Mais j'avais besoin d'être seule.

— Je pourrais dire que la solitude vous a fait du bien, mais je n'en suis pas absolument certain. Vous semblez avoir trop travaillé.

Elle hocha la tête lentement.

— Oui, en effet. Je veux vraiment m'y mettre maintenant et, vous savez, écrire cette fichue « rubrique » est devenu une corvée pour moi. Je devrais la laisser tomber.

Dans cet endroit, elle pouvait sans crainte évoquer les faits et gestes de Martin Hallam. Personne ne s'en souciait.

— Etes-vous sérieuse quand vous parlez d'abandonner ?

Cette pensée troublait Edward. Si elle laissait tomber la « rubrique », quand la verrait-il au milieu des visages familiers à toutes les grandes occasions ?

— Je vais y réfléchir. Je ne ferai rien d'inconsidéré, mais j'y pense. Sept années, c'est très long. Peut-être est-il temps que Martin Hallam disparaisse.

— Et Kezia Saint-Martin ?

Elle ne répondit pas, mais le regarda dans les yeux, calmement.

— Kezia, vous n'êtes pas en train de faire une folie, n'est-ce pas ? J'étais soulagé d'apprendre votre décision

234

en ce qui concerne Whit. Mais je me demandais alors si cela signifiait...

— Non. J'ai également rompu avec mon jeune ami de Soho. Le même jour, en fait. Ce fut une sorte de purge. Un pogrom. Et un soulagement, pour finir.

— Et vous êtes toute seule maintenant ?

Elle acquiesça. Quel beau salaud il pouvait être !

— Oui. Seule avec mon travail. Et j'aime ça, dit-elle en lui adressant un sourire radieux.

— Peut-être est-ce ce dont vous avez besoin pour quelque temps. Mais ne devenez pas trop austère, ni trop sérieuse. Ça ne vous irait pas.

— Et pourquoi ?

— Parce que vous êtes beaucoup trop jolie et beaucoup trop jeune pour gâcher votre vie devant une machine à écrire. C'est bien pour un temps. Mais ne vous égarez pas.

— Je ne « m'égare » pas, Edward. J'ai l'impression de m'être enfin « trouvée ».

Ciel, aujourd'hui le visage de Kezia ressemblait à celui de son père ! Quelque chose lui disait que la jeune femme avait pris une décision.

— Soyez quand même prudente, Kezia, dit-il en rallumant son cigare et en la regardant droit dans les yeux. Et n'oubliez pas qui vous êtes.

— Savez-vous combien de fois j'ai entendu ces mots ? (Au point qu'elle ne supportait plus de les entendre. Elle poursuivit :) ... Ne vous inquiétez pas, Edward, je ne peux absolument pas l'oublier. Vous ne me laisserez pas l'oublier.

Il y eut alors de la dureté dans les yeux de Kezia, dureté qui le rendit mal à l'aise.

— ... Alors, on commande ? demanda-t-elle en souriant d'une manière désinvolte et en montrant le tableau. Je vous suggère l'omelette à l'avocat et aux crevettes. Elle est délicieuse.

— Est-ce que je vous appelle un taxi ?

— Non, je vais marcher. J'adore cette ville en octobre.

C'était une claire journée d'automne, l'air était vif et le vent soufflait. Un mois plus tard, il ferait froid, mais ce n'était pas encore le cas. C'était l'exquise période de l'année à New York où tout semblait propre, clair, vivant, et où l'on avait envie de marcher d'un bout du monde à l'autre. Du moins, c'était ainsi que Kezia le sentait.

— Appelez-moi un de ces jours, Kezia. Entendu ? Je m'inquiète quand je n'ai pas de nouvelles de vous pendant plusieurs semaines. Et je ne veux pas vous déranger.

« Depuis quand, chéri ? Depuis quand ? »

— Vous ne me dérangez jamais. Merci pour le déjeuner. Vous avez vu... ce n'était pas si mal !

Elle l'étreignit brièvement, l'embrassa sur la joue et s'éloigna. Elle se retourna pour faire un salut de la main quand elle s'arrêta aux feux au coin de la rue.

Elle descendit la 3e Avenue vers la 60e Rue, puis coupa vers l'ouest en direction du parc. Ce n'était pas son chemin mais elle n'était pas pressée de rentrer chez elle. Elle était très en avance dans son travail et la journée était trop belle pour s'enfermer. Elle respirait profondément et souriait à de beaux enfants aux joues roses. C'était si rare de voir des enfants en bonne santé à New York ! Ils avaient ordinairement la teinte gris-vert des hivers rigoureux ou le teint pâle et suant des étés torrides. Le printemps était si fugitif à Manhattan ! Mais l'automne... L'automne, avec ses pommes croquantes et ses citrouilles sur l'étal des fruitiers, attendant d'être sculptées en forme de visages, pour Halloween. Les vents vifs qui débarrassaient le ciel de la grisaille. Et les gens marchant à bonne allure. Les New-Yorkais ne souffraient pas en octobre, ils étaient bien. Ils n'avaient ni trop chaud ni trop froid, ils n'étaient ni fatigués ni énervés. Ils étaient heureux, gais, vivants. Kezia marchait au milieu d'eux, elle se sentait bien.

Dans le parc, les feuilles bruissaient sous les pas et tourbillonnaient. Les enfants sautaient dans la carriole des poneys à l'arrêt et hurlaient pour se faire offrir un nouveau tour. Au zoo, les animaux remuaient la tête et le carillon entonna son air quand elle approcha. Elle s'arrêta pour regarder avec toutes les mères et les enfants. C'était drôle. C'était quelque chose à quoi elle n'avait jamais pensé auparavant. Pas pour elle. Des enfants. Comme ce serait étrange d'avoir une petite personne à côté de soi ; quelqu'un avec qui rire et s'amuser, quelqu'un dont il fallait nettoyer le menton barbouillé de glace au chocolat, que l'on bordait dans son lit après lui avoir lu une histoire ou contre qui l'on se blottissait quand il venait dans votre lit le matin. Mais il faut aussi lui dire qui il est, ce qu'on attend de lui, ce qu'il devra faire quand il sera grand « s'il vous aime ». C'était la raison pour laquelle elle n'avait jamais, ne serait-ce qu'une seule fois, eu envie d'avoir des enfants. Comment pourrait-elle agir ainsi à l'égard de quelqu'un d'autre ? C'était suffisant qu'elle ait eu, elle, à le vivre pendant toutes ces années. Pas d'enfants, non. Jamais.

Le carillon s'arrêta et les animaux dorés qui dansaient cessèrent leur valse mécanique. Les enfants s'éloignèrent ou se précipitèrent vers les marchands qui rôdaient dans les environs. Elle les regarda et eut soudain envie d'un ballon rouge pour elle-même. Elle en acheta un pour un quart de dollar et l'attacha au bouton de sa manche. Il dansait dans le vent, très haut au-dessus de sa tête, juste sous les branches des très grands arbres, et elle riait ; elle aurait voulu gambader pendant tout le chemin du retour.

Au cours de sa promenade, elle passa le long du bassin aux bateaux miniatures. Elle quitta à regret le parc, au niveau de la 72e Rue. Elle marchait lentement et le ballon sautillait alors qu'elle déambulait derrière des nounous qui se promenaient calmement dans le parc en poussant de gigantesques landaus anglais recouverts de dentelle. Un groupe de nounous françaises descendait l'allée comme un bataillon, à la rencontre de la troupe de nounous britanniques. La situation amusa Kezia qui observa l'hostilité évidente, quoique feutrée, entre les deux clans de nationalité différente. Elle savait aussi que les Françaises comme les Britanniques abandonnaient les nourrices américaines à leurs propres moyens et les évitaient. Les Suissesses et les Allemandes se débrouillaient volontiers toutes seules. Et les femmes noires, qui s'occupaient, elles aussi, de bébés somptueusement habillés, manquaient à l'appel. Ces femmes étaient des parias.

Kezia attendit que le flot de circulation s'écoule, puis elle traversa et se dirigea vers Madison pour flâner le long des boutiques en rentrant. Elle était contente d'avoir marché. Sa pensée se reporta lentement sur Luke qu'elle n'avait pas vu depuis une éternité. Elle faisait tant d'efforts pour bien prendre la chose ! Elle travaillait dur, elle était bonne joueuse et riait avec lui quand il téléphonait, mais quelque chose se nouait à l'intérieur d'elle. C'était comme un sombre petit noyau de tristesse dont elle ne pouvait se débarrasser quoi qu'elle fasse. C'était lourd et serré. Comme un poing. Comment pouvait-il tant lui manquer ?

Le portier lui ouvrit la porte et elle abaissa le ballon près d'elle, se sentant stupide tout à coup, alors que le liftier détournait les yeux.

— Bonjour, mademoiselle.

— Bonjour, Sam.

Il portait son uniforme foncé d'hiver, ses éternels gants de coton blanc, et il regardait un point sur le mur. N'avait-il jamais envie de regarder en face les gens qui montaient et descendaient à longueur de journée ?

Mais agir ainsi aurait été grossier et Sam n'était pas grossier. A Dieu ne plaise ! Depuis vingt-quatre ans, Sam n'avait jamais été grossier, il s'était contenté de faire monter et descendre les gens... Monter... et... descendre... sans jamais chercher à rencontrer leur regard... « Bonjour, madame »... « Bonjour, Sam »... « Bonsoir, monsieur »..., « Bonsoir, Sam »... Depuis vingt-quatre ans, les yeux rivés à un point sur le mur. L'année prochaine, on le mettra à la retraite en lui offrant une montre plaquée or et une bouteille de gin. S'il ne meurt pas avant, les yeux fixant poliment le mur.

— Merci, Sam.

— A votre service, mademoiselle.

La porte de l'ascenseur se referma derrière elle et Kezia tourna la clé dans la serrure.

Elle prit au passage le journal de l'après-midi sur la table de l'entrée. Elle avait l'habitude de se tenir au courant des nouvelles et, certains jours, ça l'amusait. Mais depuis des semaines, les journaux étaient remplis d'histoires horribles. Plus horribles que d'habitude, semblait-il. Des enfants qui mouraient. Un tremblement de terre au Chili, des milliers de morts. Arabes et Juifs sur le sentier de la guerre. Meurtres dans le Bronx. Attaques à main armée à Manhattan. Emeutes dans les prisons. Et c'était ce qui inquiétait le plus Kezia.

Comme elle regardait distraitement la première page, elle s'arrêta, une main encore posée sur la poignée de la porte. Tout s'immobilisa ; elle comprit soudain. Son cœur marqua un temps d'arrêt. Maintenant elle savait. En gros titre, sur le journal : *Grèves du travail à San Quentin. Sept morts...* Oh ! mon Dieu, faites qu'il ne lui soit rien arrivé.

Comme pour répondre à la prière qu'elle avait formulée tout haut, le téléphone sonna et détourna son attention du titre crucifiant. Pas maintenant... pas le téléphone... Et si... Elle se dirigea vers son bureau, le journal dans une main, essayant de lire, comme une folle.

— Allô ?... dit-elle, ne pouvant détacher les yeux du journal.

— Kezia ?

La voix ne ressemblait pas en effet à celle de Kezia.

— Quoi ?

— Mademoiselle Saint-Martin ?

— Non, je suis désolée, elle est... Lucas ?

— Oui, bon Dieu ! Que se passe-t-il ?

Ils étaient tous les deux absolument paumés.

— Je... je suis désolée, je... Oh ! ciel, vas-tu bien ?

La terreur lui étreignait encore la gorge, mais elle avait peur de dire quoi que ce soit de trop précis au téléphone. Peut-être était-il dans un mauvais endroit pour parler. Cet article concrétisait sous ses yeux ce qu'elle n'avait fait que pressentir jusqu'alors. Maintenant elle savait. Quoi qu'il lui dise, elle savait.

— Bien sûr que je vais bien ! On dirait que tu parles à un fantôme ! Quelque chose ne va pas ?

— C'est une description passablement appropriée, monsieur Johns. Je ne sais pas si quelque chose ne va pas. Supposons que tu me le dises.

— Supposons que tu attendes quelques heures et je te dirai tout ce que tu veux savoir et beaucoup plus encore. Dans les limites du raisonnable, bien sûr.

, La voix de Luke était profonde et rauque, mais sa gaieté perçait, en dépit de l'incontestable fatigue.

— Que veux-tu dire, exactement ?

Elle retenait sa respiration, attendait, espérait. Elle venait d'avoir la plus belle peur de sa vie et maintenant, il semblait que... Elle n'osait espérer. Mais elle voulait que ce soit ainsi.

— Je te demande d'amener tes fesses ici, ma mignonne. Je deviens fou sans toi. Voilà ce que je veux dire ! Que penserais-tu de prendre le prochain avion pour venir ici ?

— Pour San Francisco ? Vraiment ?

— Absolument. Tu me manques tellement que je ne peux plus aligner deux idées de suite, et puis j'en ai terminé ici. Et ça fait foutrement longtemps que je n'ai pas posé mes mains sur ton joli derrière, mama, c'est comme si ça faisait cinq cents ans !

— Oh, chéri ! Je t'aime. Si seulement tu pouvais savoir à quel point tu m'as manqué et à cet instant précis, je pensais... Je venais de prendre le journal et...

Il lui coupa la parole d'une voix légèrement tranchante.

— Aucune importance, trésor, tout va bien.

C'était ce qu'elle voulait entendre.

— Que vas-tu faire maintenant ? demanda-t-elle en soupirant.

— T'aimer sous tous les angles et prendre quelques jours de liberté pour voir des amis. Mais tu es le premier ami que je veux voir. Quand peux-tu être là ?

Elle regarda sa montre.

— Je ne sais pas. Je... A quelle heure est le prochain avion ?

Il était juste 3 heures à New York.

— Il y en a un qui part de New York à 5 h 30. Tu peux le prendre.

— Il faut que je sois à l'aéroport à 5 heures, donc je dois partir d'ici à 4 heures. J'ai une heure pour faire mes valises... Et puis merde ! J'y arriverai. (Elle se leva d'un bond et regarda vers sa chambre.) ... Qu'est-ce que je dois apporter ?

— Ton petit corps délicieux !

— A part ça, idiot !

Elle n'avait pas souri ainsi depuis des semaines. Trois semaines, exactement. Elle ne l'avait pas vu depuis ce temps-là.

— Comment diable pourrais-je savoir ce qu'il faut que tu emportes ?

— Il fait froid ou chaud, chéri ?

— C'est brumeux. Froid la nuit, tiède dans la journée. Je pense... Et puis merde ! Kezia. Regarde dans le *Times*. Et n'apporte pas ton manteau de vison.

— Comment sais-tu que j'en ai un ? Tu ne l'as jamais vu.

Elle souriait encore. Au diable les gros titres ! Il allait bien et il l'aimait.

— J'ai deviné simplement que tu en avais un. Ne l'apporte pas.

— Ce n'était pas dans mes intentions. D'autres instructions ?

— Seulement que je t'aime beaucoup trop, ma cocotte, et c'est la dernière fois que nous restons si longtemps séparés.

— Des promesses, des promesses ! Je voudrais bien. Viens-tu m'attendre ?

— A l'aéroport ? demanda-t-il, surpris.

— Ouais.

— Est-ce nécessaire ? Ne serait-ce pas préférable que je ne vienne pas ?

Il faisait allusion malgré lui à des précautions. Etre prudent. Etre sage.

— Au diable ce qui est préférable ! Je ne t'ai pas vu depuis trois semaines et je t'aime.

— D'accord, je t'attends à l'aéroport, dit-il d'une voix absolument ravie.

— Tu as intérêt.

— Bien, madame.

Le rire de baryton chatouilla l'oreille de Kezia et ils raccrochèrent. Il s'était battu tout seul avec sa conscience pendant trois putains de semaines et il avait perdu... ou gagné... il n'était pas encore sûr. Mais il savait qu'il lui fallait Kezia. Il le fallait, quoi qu'il arrive.

17

L'avion atterrit à San Francisco à 7 h 14 du soir, heure locale. Kezia était déjà debout avant que l'avion ne se soit immobilisé complètement. Et malgré les prières instantes des hôtesses, elle faisait partie de la foule qui se pressait dans les passages.

Elle avait voyagé en classe touriste pour moins attirer l'attention ; elle portait un pantalon en laine et un pull-over noirs, un trench-coat était jeté sur son bras et elle portait des lunettes noires relevées sur le sommet de la tête. Elle paraissait discrète, presque trop discrète et trop bien habillée. Les hommes la détaillaient mais décidaient qu'elle faisait riche et guindée. Les femmes regardaient, avec envie, ses hanches minces, ses jolies épaules, ses cheveux épais, ses grands yeux. Elle n'était pas du genre à passer inaperçue, quel que soit son nom, et en dépit de sa taille. Il fallut un temps fou pour ouvrir les portes. Il faisait chaud et étouffant dans la cabine. Les sacs des autres passagers heurtaient ses jambes. Les enfants commençaient à pleurer. Enfin, on ouvrit les portes. La foule s'ébranla, d'abord imperceptiblement puis, dans une poussée soudaine, l'avion laissa échapper son contenu sur la rampe comme de la pâte dentifrice. Kezia se frayait un chemin parmi les voyageurs et, en tournant un coin, elle le vit.

La tête de Luke dépassait de beaucoup celle des autres. Ses cheveux noirs brillaient et elle pouvait voir ses yeux. Il avait un cigare à la main. Tout son être était tendu vers la passerelle. Elle fit un salut de la main et il la vit ; la joie apparut sur son visage et il avança lentement au milieu de la foule. Il fut près d'elle en peu de temps et la souleva très haut dans ses bras.

— Mama, comme c'est bon de te revoir !

— Oh, Lucas !

Elle souriait dans ses bras et leurs lèvres se rencontrèrent pour un long baiser passionné. Au diable les journalistes ! Ils pouvaient avoir ce qu'ils voulaient. Elle était enfin à nouveau dans ses bras. Les autres voyageurs passaient de chaque côté comme l'eau d'une rivière autour des rochers et il n'y avait plus personne quand ils ouvrirent les yeux.

— On prend tes bagages et on rentre.

Ils échangèrent le sourire habituellement réservé à ceux qui partagent le même lit depuis longtemps, puis ils descendirent l'escalator pour aller récupérer leurs bagages. La petite main de Kezia était fermement emprisonnée dans la grande main de Luke. Les gens les regardaient s'avancer, main dans la main. Ensemble, ils faisaient partie des gens qu'on remarque. Avec envie.

— Combien de valises as-tu apportées ?

— Deux.

— Deux ? Nous ne restons que trois jours.

Il se mit à rire et la serra à nouveau dans ses bras. Elle essaya de ne pas laisser voir la pointe de tristesse qui apparut dans ses yeux. Trois jours ? Seulement ? Elle ne le lui avait pas demandé avant de partir. Mais du moins, c'était déjà ça. Quoi qu'il en soit, ils étaient de nouveau réunis.

Il cueillit les valises sur le tapis roulant comme un enfant se saisirait des meubles d'une maison de poupée, puis il plaça une valise sous son bras, attrapa l'autre par la poignée dans la même main et garda son autre bras libre pour entourer Kezia et la serrer fort.

— Tu n'as pas encore dit grand-chose, mama. Tu es fatiguée ?

— Non. Heureuse. (Elle leva les yeux vers lui et se blottit contre lui, puis ajouta :) Ça m'a paru tellement long !

— Oui. Ce ne sera plus jamais aussi long. C'est mauvais pour mes nerfs.

Mais elle savait que cette séparation pouvait se reproduire, si cela s'avérait nécessaire. C'était la vie de Luke. Mais, pour l'instant, c'était fini. Leur lune de miel de trois jours venait de commencer.

— Où loge-t-on ? demanda-t-elle.

Ils attendirent un taxi. Et jusque-là, pas de problèmes : pas d'appareils-photos, pas de reporters. Personne ne savait qu'elle avait quitté New York. Elle avait téléphoné pour signaler une absence de deux jours pour la « rubrique » avant un nouvel envoi d'article. Ils pourraient faire paraître quelques-uns des morceaux de choix qu'ils n'avaient pas insérés dans la « rubrique » cette semaine-là. Cela pourrait suffire jusqu'à ce qu'elle retrouve Martin Hallam.

— On loge au *Ritz*, dit-il avec majesté, en lançant les valises sur le siège avant du taxi.

— Vraiment ? répondit-elle en riant, alors qu'elle retrouvait sa place dans ses bras.

— Attends de voir ! (Puis il eut l'air inquiet.) ... Trésor, tu préférerais peut-être descendre au *Fairmont* ou au *Huntington* ? Ils sont beaucoup mieux, mais je pensais que tu serais inquiète au sujet de...

— Le *Ritz* est-il plus discret ?

Il rit en voyant le visage de Kezia.

— Oh, oui alors, mama. Ça, il est discret. C'est ça qui est bien au *Ritz*. C'est discret !

Le *Ritz* était une grande maison d'un gris délavé, au cœur des résidences de Pacific Heights (1). Autrefois, c'était une maison élégante ; maintenant, le *Ritz* abritait des laissés-pour-compte : petites vieilles dames, vieux messieurs défraîchis et, au milieu d'eux, circulait l'occasionnel « trop-plein » d'invités des somptueuses demeures avoisinantes. Tout cela faisait un étrange mélange et le décor était resté le même : lustres surchargés aux prismes poussiéreux, fauteuils de velours

(1) Hauteurs du Pacifique.

d'un rouge passé, rideaux de perse à fleurs et, ici et là, un crachoir en cuivre sculpté. Les yeux de Luke dansaient alors qu'il conduisait Kezia à l'intérieur, vers une vieille femme tremblotante qui allait et venait nerveusement derrière son bureau. Elle avait un macaron tressé au-dessus de chaque oreille et ses fausses dents brillaient dans l'obscurité.

— Bonsoir, Ernestine.

Le comble, c'est qu'elle ressemblait à une Ernestine.

— Bonsoir, monsieur Johns.

Ses yeux considérèrent Kezia avec un air d'approbation. C'était le genre de cliente qu'elle aimait : bien habillée, bien chaussée et bien arrangée. Après tout, c'était le *Ritz* !

Il la conduisit vers un vieil ascenseur dont s'occupait un homme vieux et petit qui se fredonna *Dixie* pendant qu'ils montaient au deuxième étage.

— Je monte à pied, d'habitude. Mais je pensais que tu avais droit au grand jeu.

Dans l'ascenseur, se trouvait une pancarte annonçant le petit déjeuner à 7 heures, le déjeuner à 11 heures et le dîner à 5 heures. Kezia gloussait en serrant très fort la main de Luke.

— Merci, Joe, dit Luke en lui donnant une tape amicale dans le dos avant de ramasser les valises.

— Vous voulez que je porte les valises, monsieur ?

— Non, merci.

Mais sans un mot il glissa un billet dans la main du vieil homme et dirigea Kezia le long du couloir. Il y avait une moquette rouge foncé et, sur les murs, des candélabres.

— Sur ta gauche, mon chou.

Elle suivit la direction jusqu'au fond du couloir.

— ... Attends de voir la vue.

Il mit la clé dans la serrure, tourna deux fois, posa les valises et l'attira vers lui.

— Je suis si heureux que tu sois venue. J'avais peur que tu ne sois occupée ou indisponible.

— Pas pour toi, Luke. Après tout ce temps, tu plaisantes ! Alors, on va rester là toute la nuit ?

— Non. Sûrement pas.

Il la souleva aisément et la porta dans la chambre. Elle en perdit le souffle puis éclata de rire. Elle n'avait jamais vu autant de velours et de satin bleus réunis au même endroit.

— Luke, c'est du tonnerre ! J'adore !

Il la déposa sur la moquette en souriant, et Kezia regarda le lit, les yeux écarquillés. C'était un énorme lit à baldaquin avec des tentures de velours bleu et un dessus-de-lit de satin bleu. Des fauteuils de velours bleu, une chaise longue en satin bleu, une coiffeuse à l'ancienne mode, une cheminée et un tapis bleu à fleurs qui avait connu des jours meilleurs. Puis elle remarqua la vue.

C'était une sombre étendue de baies, éclairée d'un côté par les collines de Sausalito ; les lumières de Golden Gate brillaient et les voitures passaient à grande allure.

— Luke, quel endroit fabuleux ! dit-elle, le visage illuminé.

— Le *Ritz*. A tes pieds.

— Chéri, je t'aime.

Elle se réfugia dans ses bras et se débarrassa de ses chaussures.

— Belle dame, votre amour ne peut pas être la moitié du mien. Pas même le quart.

— Oh, tais-toi.

La bouche de Luke vint lentement rejoindre celle de Kezia et il la souleva jusqu'au lit de satin bleu.

— Tu as faim ?

— Je ne sais pas. Je suis si heureuse que je n'arrive pas à penser.

Elle roula sur le côté, encore ensommeillée, et embrassa Luke dans le cou.

— Que penserais-tu de manger des pâtes ?

— Mamm... oui... dit-elle, en ne faisant aucun geste pour se lever.

Il était 1 heure du matin pour elle et elle était heureuse là où elle était.

— Allons, mama, lève-toi !

— Oh, non, pas de douche !

Il se mit à rire et lui donna une claque sur les fesses en repoussant les draps.

— Si tu ne te lèves pas dans deux minutes, je t'apporte la douche ici.

— Tu n'oserais pas.

Elle restait allongée, les yeux volontairement fermés et un sourire ensommeillé sur son visage.

— Tu crois ça ? répondit-il en la regardant, plein d'amour et de tendresse.

— Mon Dieu, tu en serais capable, misérable ! Puis-je prendre un bain au lieu d'une douche ?

— Prends ce que tu veux mais lève tes fesses d'ici.

Elle ouvrit les yeux et le regarda, sans bouger d'un pouce.

— Dans ce cas, c'est toi que je prends.

— Après avoir mangé. Je n'ai pas eu le temps de déjeuner aujourd'hui et je meurs de faim. Je voulais tout terminer avant ton arrivée.

— Et tu y es arrivé ?

Elle s'assit, appuyée sur un coude, et prit une cigarette. C'était l'entrée en matière qu'elle attendait et, tout d'un coup, la tension de sa voix se refléta dans les yeux de Luke.

— Ouais.

Les visages des hommes morts traversèrent son esprit.

— Lucas... commença-t-elle.

Elle ne lui avait jamais posé la question directement et lui n'avait encore jamais fait le premier pas.

— Oui ?

Tout ce qui le concernait était sous surveillance. Mais ils le savaient tous les deux.

— Dois-je m'en tenir à mes propres affaires ? demanda-t-elle.

Il haussa les épaules et puis secoua la tête lentement.

— Non, je sais où tu veux en venir, mama. Et je suppose que c'est ton droit de poser la question. Tu veux savoir ce que j'ai fait ici ?

Elle hocha la tête. Luke reprit :

— Mais tu le sais déjà, n'est-ce pas ?

Il paraissait soudain vieilli et très fatigué. L'atmosphère de vacances s'était dissipée.

— Je crois. Je crois que je savais sans savoir, mais cet après-midi... (Cet après-midi ? Seulement cet après-midi ?) ... cet après-midi, j'ai vu le journal et le titre... La grève à San Quentin, c'est toi qui l'as organisée, n'est-ce pas, Luke ?

Il hocha la tête très lentement. Elle continua :

— Qu'est-ce qu'ils vont te faire alors, Lucas ?

— Qui ? Les flics ?

— Entre autres.

— Rien. Du moins pas pour l'instant. Ils ne peuvent rien contre moi, mama. Je suis un pro. Mais ça, c'est aussi une partie du problème. Je suis trop professionnel. Ils ne peuvent rien contre moi et un jour ils me baiseront en beauté. Par vengeance.

C'était un premier avertissement.

— Ils peuvent le faire ? demanda-t-elle avec l'air choqué de quelqu'un qui n'a pas vraiment compris.

— Ils le peuvent s'ils le veulent. Ça dépend s'ils y tiennent vraiment. En ce moment, je suppose qu'ils sont plutôt en rage.

— Et tu n'as pas peur, Lucas ?

— Qu'est-ce que ça changerait ? dit-il avec un petit

sourire cynique et en secouant la tête. Non, jolie dame, je n'ai pas peur.

— Es-tu en danger ? Je veux dire vraiment en danger.

— Tu veux parler de ma libération conditionnelle ou bien d'autres genres de dangers ?

— Des deux.

Sans doute était-elle au courant. Aussi lui répondit-il. Plus ou moins.

— Je ne suis pas vraiment en danger, trésor. Certaines personnes sont très en colère, mais elles ignorent dans quelle mesure je suis engagé dans cette affaire. Voilà comment je m'y prends. Ces cons du tribunal pénitentiaire n'essaieront pas de faire quoi que ce soit contre moi, pendant un temps. Alors peut-être se calmeront-ils. Et les fortes têtes impliquées dans la grève et qui ne partagent pas mes idées ont trop la trouille pour me balancer. Non, je ne suis pas vraiment en danger.

— Mais tu pourrais l'être, n'est-ce pas ?

C'était dur de penser à cela... de l'admettre. Elle avait compris ça en ce qui le concernait, dès le début. Mais maintenant, elle l'aimait. C'était différent. Elle ne voulait pas qu'il devienne un célèbre fomentateur de troubles. Elle voulait qu'il mène une vie paisible.

— A quoi penses-tu ? demanda-t-il. Tu sembles être à des lieues d'ici. Tu n'as même pas entendu ma réponse à ta question.

— Et c'était quoi, ta réponse ?

— Que je pouvais être en danger en traversant la rue, alors pourquoi devenir parano, maintenant ? Tu pourrais toi aussi être en danger. On pourrait te kidnapper pour obtenir une forte rançon. Alors ? Pourquoi s'affoler ? Je suis assis ici, je vais bien, je t'aime. C'est tout ce que tu as besoin de savoir. Maintenant, à quoi pensais-tu ?

250

— Je préférerais que tu sois agent de change ou assureur, répondit-elle en souriant.

Il éclata de rire.

— Oh ! mama, tu as tiré le mauvais numéro.

— D'accord, je suis folle. (Elle haussa les épaules, un peu embarrassée, puis elle le regarda sérieusement et ajouta :) ... Luke, pourquoi t'occupes-tu encore des grèves ? Pourquoi ne laisses-tu pas courir ? Tu n'es plus en prison. Et ça pourrait te coûter si cher !

— Bon. Je vais te dire pourquoi. Parce que certains de ces types gagnent trois *cents* de l'heure pour le travail qu'ils font. Un travail éreintant, dans des conditions que tu ne voudrais même pas pour ton chien. Et ils ont une famille, une femme, des enfants, comme tout le monde. Ces familles bénéficient d'une aide sociale, ce qui ne serait pas le cas si les pauvres bougres en prison pouvaient gagner un salaire décent. Pas même un gros salaire, un salaire décent. Il n'y a aucune raison pour qu'ils n'aient pas la possibilité de mettre de l'argent de côté. Ils en ont autant besoin que les autres. Et ils travaillent pour gagner leur pain. Ils travaillent joliment dur. Alors, on a mis au point des grèves sur le tas. On les a conçues pour qu'elles puissent être organisées de l'intérieur, dans n'importe quelle prison. Exemple, celle-ci. Il va se passer la même chose à Folsom, avec quelques petits changements de style. Probablement la semaine prochaine. (Il vit l'expression sur le visage de Kezia et secoua la tête :) ... Non, ils n'auront pas besoin de moi là-bas, Kezia. J'ai fait ma part de travail ici.

— Mais pourquoi diable faut-il que ce soit toi qui organises cela ?

Kezia paraissait presque en colère et il en fut surpris.

— Et pourquoi pas ?

— A cause de ta libération conditionnelle, d'abord. Si tu es libéré sous conditions, alors, tu « appartiens » encore à l'Etat. Ta peine allait de cinq ans à perpétuité, n'est-ce pas ?

— Ouais. Et alors ?

— Alors, tu leur appartiens pour la vie, officiellement ! Tu es d'accord avec moi ?

— Non. Je n'en ai plus que pour deux ans et demi ; après, ma libération conditionnelle aura vécu, petite futée. Tu sembles avoir potassé la question !

Il alluma une autre cigarette en évitant de la regarder.

— En effet et tu te mets le doigt dans l'œil avec tes deux ans et demi. Ils peuvent mettre fin à ta libération conditionnelle à tout moment, quand ils veulent. Ils te tiennent alors pour la vie ou pour cinq ans.

— Mais, Kezia... pourquoi le feraient-ils ? demanda Luke en essayant de faire semblant de ne pas savoir.

— Oh ! Bon Dieu, Luke, ne sois pas naïf, ou bien le fais-tu exprès à cause de moi ? Ils auraient une bonne raison : l'agitation dans les prisons. C'est une violation des conditions requises pour ta libération. Tu n'as pas besoin que je te le dise. Et je ne suis pas aussi stupide que tu le penses.

Elle était mieux informée qu'il ne s'y attendait. Elle ne s'en laissait pas remonter. Elle était parfaitement au courant.

— Je n'ai jamais pensé que tu étais stupide, Kezia, dit-il d'une voix douce. Mais je ne le suis pas non plus. Je te l'ai dit, ils ne peuvent absolument pas me mettre sur le dos cette histoire de grève.

— Qui sait ? Et si une des personnes avec qui tu travailles dit quelque chose ? Alors ? Et si un con en a subitement assez et te tue ? Un « radical », comme tu dis.

— Alors, on s'inquiète. Mais seulement à ce moment-là. Pas maintenant.

Kezia resta silencieuse un moment, les yeux brillants de larmes.

— Pardonne-moi, Lucas. Je ne peux pas m'en empêcher. Je suis si tourmentée.

Et elle avait de bonnes raisons de l'être ! Lucas n'avait pas l'intention de laisser tomber son travail dans les prisons et il était en danger. Ils le savaient tous les deux.

— Allons, mama, oublions tout et allons manger.

Il l'embrassa sur les yeux, sur la bouche, puis l'aida à se lever. Pour le moment, il y avait eu assez de conversations sérieuses. Entre eux, la tension se dissipa peu à peu, mais les craintes de Kezia n'avaient pas disparu. La bataille était perdue d'avance si elle espérait lui faire renoncer à ce qu'il faisait. C'était un joueur-né. Le seul espoir de Kezia, c'était qu'il ne perde jamais.

Une demi-heure plus tard, ils étaient dans le vestibule, en bas.

— Où va-t-on ?

— Chez Vanessi. Ils ont les meilleures pâtes de la ville. Tu ne connais pas San Francisco ?

— Pas très bien. Je suis venue ici quand j'étais enfant et une autre fois, il y a dix ans, pour une réception. Mais je n'avais pas vu grand-chose. On avait dîné dans un restaurant polynésien et dormi dans un hôtel de Nob Hill. Je me souviens du funiculaire et c'est à peu près tout. J'étais venue avec Edward et Totie.

— Ton séjour ici ne semble pas avoir été très agréable. Tu ne connais pas San Francisco du tout, en fait.

— Non. Mais maintenant j'ai vu le *Ritz* et tu peux me montrer le reste.

Elle lui serra le bras et ils échangèrent un calme sourire. Chez Vanessi, c'était bondé, même à 10 heures : artistes, écrivains, gens de la presse, spectateurs sortant des théâtres, politiciens, débutantes. Il y avait là un échantillon représentatif de la population de la ville. Et Luke avait raison. Les pâtes y étaient délicieuses. Elle prit des gnocchis et lui des *fettucine*. Comme dessert, ils partagèrent une inoubliable *zabaglione*. Elle se renversa contre son dossier, son espresso en face d'elle, et regarda paresseusement autour d'elle.

— Tu sais, ça me rappelle un peu *Gino* à New York. En mieux.

— A San Francisco, tout est mieux. J'adore cette ville.

Elle lui sourit et avala une gorgée de café chaud.

— Le seul problème c'est que la ville tout entière est morte à minuit, dit-il.

— Je crois que je vais faire comme elle, ce soir. Il est déjà 2 h 30 du matin pour moi (1).

— Tu es crevée, mon chou ? demanda Luke, inquiet.

Elle était si petite et paraissait si fragile. Mais il savait qu'elle était beaucoup plus robuste qu'elle n'en avait l'air. Il s'en était déjà rendu compte.

— Non. Je suis bien, détendue. Heureuse et satisfaite. Et ce lit, au *Ritz*, c'est comme si on dormait sur un nuage.

— Ouais. C'est bien vrai !

Il lui prit la main par-dessus la table, puis elle le vit regarder quelque chose derrière son épaule, les sourcils froncés. Elle se retourna et ne vit qu'une table d'hommes.

— Tu les connais ? demanda-t-elle.

— D'une certaine façon !

Tout le visage de Luke s'était durci et sa main semblait s'être désintéressée de celle de Kezia. C'était un groupe de cinq hommes : cheveux courts et soignés, costumes de bonne qualité, cravates claires. Ils ressemblaient vaguement à des gangsters.

— Qui est-ce ? dit-elle en se retournant vers Luke.

— Des flics, répondit-il d'une voix prosaïque.

— La police ?

(1) En tenant compte de la différence de fuseau horaire entre New York et San Francisco (N.d.t.).

Il acquiesça.

— Ouais. De fins limiers chargés de rechercher des détails propres à causer des ennuis à des gens comme moi.

— Ne sois pas parano. Ils sont seulement en train de dîner, ici, Luke. Comme nous.

— Oui. Supposons.

Mais leur présence importunait Luke et, peu de temps après, Kezia et lui partirent.

— Luke... tu n'as rien à cacher, n'est-ce pas ?

Ils descendaient Broadway, passant devant les aboyeurs de tous les bars *topless* (1). Mais la table de flics pesait encore sur leurs esprits.

— Non. Mais ce type qui était assis au bout de la table me suit depuis que je suis ici. Je commence à en avoir marre.

— Il ne te suivait pas ce soir. Il dînait avec ses amis, fit-elle remarquer. (Le groupe de policiers ne leur avait porté aucun intérêt.) ... Tu ne penses pas ? demanda-t-elle, anxieuse à son tour, très anxieuse.

— Je n'en sais rien, mama. Je n'aime pas leur manège, c'est tout. Un flic, c'est un flic... (Il lécha le bout d'un cigare, l'alluma et, baissant les yeux vers Kezia, il reprit :) ... Je suis écœurant de te faire profiter de mes états d'âme. Mais je n'aime pas les flics, c'est aussi simple que ça. Et, pour dire la vérité, j'ai joué à des jeux dangereux pendant la grève de San Quentin. Sept gardes ont été tués ces trois dernières semaines.

Pendant l'espace d'un moment, il se demanda s'il n'avait pas eu tort de rester dans les parages.

Ils flânèrent dans des librairies « porno », observèrent les touristes dans la rue et déambulèrent dans Grant Avenue, bondée de cafés et de poètes, mais la police hantait leurs esprits.

Et Luke avait à nouveau conscience d'être suivi.

(1) Avec serveuses aux seins nus (N.d.t.).

Kezia essaya de divertir Luke en jouant à la touriste.

— Ça ressemble plutôt à Soho, mais en plus bath, en quelque sorte. On sent que ça n'est pas nouveau.

— Oui, tu as raison. C'est à cause de ce vieux quartier italien. Et il y a aussi beaucoup de Chinois. Et des gosses, des artistes. C'est un coin chouette.

Il lui acheta un cornet de glace et ils prirent un taxi pour rentrer au *Ritz*. Il était 4 heures du matin pour Kezia et elle dormait comme une enfant dans les bras de son amant. Quelque chose l'avait un peu tourmentée alors qu'elle s'endormait. Quelque chose au sujet de la police... de Luke... et des spaghettis. Ils essayaient de lui prendre ses spaghettis ou bien... Elle n'arrivait pas à bien voir la scène. Elle était trop fatiguée. Et beaucoup trop heureuse.

Elle s'était endormie, et Luke l'observait en souriant et en caressant les longs cheveux noirs qui ondulaient sur ses épaules nues et sur son dos. Elle lui paraissait si belle. Et il l'aimait déjà tant.

Comment le lui dire ? Il se glissa hors du lit quand elle fut endormie et regarda par la fenêtre. Il avait fichu en l'air ses propres règles. Quelle belle stupidité ! Il n'avait pas le droit d'avoir quelqu'un comme Kezia. Il n'avait pas le droit d'avoir qui que ce soit avant de savoir. Mais il la voulait, il fallait qu'il l'ait. Au début, comme satisfaction personnelle, à cause de ce qu'elle représentait. Et maintenant ? Maintenant, tout était différent. Il avait besoin d'elle. Il l'aimait. Il voulait lui donner quelque chose de lui-même... ne serait-ce que les dernières heures dorées avant le coucher du soleil. Des moments pareils n'arrivent pas tous les jours, au plus une fois dans la vie. Maintenant, il savait qu'il faudrait qu'il le lui dise. Mais comment ?

18

— Lucas, tu es un monstre ! grogna Kezia en se retournant dans le lit. Bon sang, il fait encore nuit.

— Il ne fait plus nuit, c'est seulement très brumeux. Et dans cette turne, le petit déjeuner est à 7 heures.

— Je m'en passerai.

— Non, il n'en est pas question. Nous avons des choses à faire.

— Lucas... s'il te plaît...

Il la regardait lutter contre le sommeil. Il était déjà peigné, les dents brossées, les yeux vifs. Il était debout depuis 5 heures et il avait beaucoup de choses en tête.

— Kezia, si tu ne te lèves pas maintenant, je te forcerai à rester au lit toute la journée et tu le regretteras.

Il laissait courir sa main doucement de ses seins jusqu'à son ventre.

— Qui te dit que je le regretterai ?

— Ne me tente pas. Allons, trésor. Je veux te montrer la ville.

— En plein milieu de la nuit ? Tu ne peux pas attendre quelques heures ?

— Il est 7 h 15.

— Oh ! ciel, je meurs !

Il la souleva alors du lit en riant et la déposa dans la baignoire d'eau chaude qu'il avait fait couler pendant qu'elle dormait encore.

— J'ai pensé qu'une douche ne te dirait rien ce matin.

— Lucas, je t'adore. (L'eau chaude la berçait doucement et elle le regardait d'un air ensommeillé.) ...Tu me gâtes. Ce n'est pas étonnant que je t'aime.

— Je pensais bien qu'il y avait une raison. Ne reste

pas trop longtemps. Ils ferment la cuisine à 8 heures et je veux avoir quelque chose dans l'estomac avant de te trimbaler en ville.

— Me trimbaler ?

Elle ferma les yeux et s'enfonça plus profondément dans son bain. C'était une vieille baignoire surélevée, avec des pieds en forme de feuilles dorées. Elle aurait été assez grande pour deux.

Pour le petit déjeuner, ils mangèrent des crêpes, des œufs sur le plat et du bacon. Et, pour la première fois depuis des années, Kezia ne prit pas la peine de lire le journal. Elle était en vacances et elle se fichait de ce que pouvait dire le monde. « Le monde » ne faisait que se plaindre et elle n'était pas d'humeur à écouter ses plaintes. Elle se sentait trop bien pour s'en soucier.

— Alors, où m'emmènes-tu, Lucas ?

— Au lit.

— Quoi ? Tu m'as fait lever seulement pour retourner au lit ? dit-elle d'un ton courroucé.

Il éclata de rire.

— Ce sera pour plus tard. Plus tard. D'abord, on va jeter un coup d'œil à la ville.

Il lui fit traverser Golden Gate Park et ils marchèrent le long de ses lacs, s'embrassèrent dans des coins retirés, sous des arbres encore en fleurs. Tout était encore vert et fleuri. Le ton rouille de l'Est en novembre était si différent, tellement moins romantique. Ils prirent le thé dans le Jardin japonais puis se rendirent à la plage en voiture avant de revenir par le Presidio pour regarder la baie. C'était formidable pour elle : Fisherman's Wharf (1), Ghiradelli Square, the Cannery (2)... Ils mangèrent du crabe et des crevettes aux étals du quai et se divertirent en écoutant les vendeurs italiens. Ils ob-

(1) Le quai du Pêcheur.
(2) La Conserverie.

servèrent des vieillards qui jouaient aux boules dans Aquatic Park et Kezia sourit en regardant un très vieil homme qui apprenait à jouer à son petit-fils. La tradition. Luke sourit lui aussi en regardant Kezia. Elle avait une façon de voir les choses qu'il n'avait jamais soupçonnée auparavant. Elle avait toujours le sens de l'histoire, de ce qui s'était passé avant, de ce qui se passerait après. C'était une chose à laquelle il n'avait jamais prêté une grande attention. Il vivait les pieds fermement plantés dans le présent. C'était un point sur lequel ils pouvaient s'enrichir mutuellement. Elle lui enseignait le sens du passé et lui la façon de vivre là où l'on se trouve.

Comme le brouillard se levait, ils laissèrent sur le quai la voiture qu'ils avaient louée et allèrent à Union Square par le funiculaire. Kezia riait de débouler les pentes. Pour la première fois de sa vie, elle se sentait une vraie touriste. Habituellement, elle se déplaçait d'après un plan bien établi entre des maisons familières dans des villes qu'elle connaissait depuis toujours ; elle se rendait chez de vieux amis puis, de là, chez d'autres vieux amis, n'importe où de par le monde. D'un monde familier à un autre monde familier. Mais, avec Luke, c'était chouette d'être touriste. Tout était chouette. Et lui aimait la façon qu'elle avait d'apprécier ce qu'il lui faisait découvrir. C'était une ville agréable à faire visiter — jolie, facile, et pas trop populeuse à cette époque de l'année. La beauté naturelle et rude de la baie et des collines contrastait plaisamment avec les trésors architecturaux de la ville : gratte-ciel poliment rassemblés en bas de la ville, prétentieuses maisons victoriennes nichées sur Pacific Heights, petites boutiques colorées dans Union Street.

Ils traversèrent Golden Bridge, simplement parce qu'elle voulait le voir « de plus près », et elle fut enchantée.

— Quelle œuvre magnifique, n'est-ce pas, Luke ?

dit-elle en levant les yeux sur les flèches qui perçaient le brouillard.

— Toi aussi !

Ce soir-là, ils dînèrent dans un des restaurants italiens de Grant Avenue : il y avait là quatre tables pour huit ; on s'asseyait à côté d'inconnus et on se faisait des amis en partageant la soupe et le pain. Elle parla à tous les gens de leur table. Ce comportement était nouveau pour elle ; Luke sourit en l'observant : qu'auraient dit ces gens s'ils avaient su qu'elle était Kezia Saint-Martin ? D'ailleurs ils ne pouvaient pas le savoir : c'étaient des plombiers, des étudiants, des conducteurs de bus avec leurs femmes. Kezia Saint-Qui ? Elle était en sûreté. Avec lui et avec eux. La chose plaisait à Luke. Il savait qu'elle avait besoin d'un endroit où elle pouvait se détendre, sans craindre les reporters et les ragots. Elle s'était épanouie depuis qu'elle vivait dans cette ville. Elle avait besoin de ce genre de paix et de libération.

Il était heureux de pouvoir les lui donner.

Avant de regagner l'hôtel, ils s'arrêtèrent prendre un verre chez Perry dans Union Street. Puis ils décidèrent de rentrer à pied. C'était une promenade agréable par les collines semées de petits parcs. Les cornes de brume gémissaient dans la baie et Kezia marchait au même rythme que Luke, main dans la main.

— Bon Dieu, Luke, comme j'aimerais vivre ici.

— C'est un chouette coin. Et tu ne le connais pas encore.

— Ah bon !

— On a seulement vu les endroits touristiques. Demain, on passe aux choses sérieuses.

Le lendemain, ils roulèrent sur la côte, vers le nord. Stinson Beach, Inverness, Point Reyes. C'était une côte anguleuse qui ressemblait beaucoup à Big Sur, plus au sud. Les vagues s'écrasaient contre les falaises, les mouettes et les faucons planaient très haut dans le ciel ;

grandes étendues de collines, courbes soudaines des plages, désertes, comme touchées par la seule main de Dieu. Kezia comprenait maintenant ce que Luke avait voulu dire. On était très loin des quais. Ici, c'était réel, incroyablement beau, et pas seulement divertissant.

Ils dînèrent tôt dans un restaurant chinois de Grant Avenue. Kezia était en grande forme. Assis dans une petite loge dont le rideau d'entrée était tiré, ils pouvaient entendre les gloussements et les murmures venant des autres loges et au loin le cliquetis des assiettes et les modulations du chinois parlé par les serveurs. Kezia adorait cet endroit : c'était un restaurant que Luke connaissait bien, un de ses repaires favoris, dans cette ville. Il y était venu le premier soir, avant l'arrivée de Kezia, pour tirer les conséquences de la grève de San Quentin. C'était étrange de parler d'hommes et de copains morts, devant des beignets frits. Cela semblait un peu immoral quand il y pensait mais, généralement, il n'y pensait pas ; il avait appris à accepter ce avec quoi il vivait, la réalité des hommes en prison et le prix à payer pour transformer ce système. L'opération avait coûté la vie à quelques-uns. Luke et ses amis étaient les généraux, les copains à l'intérieur étaient les soldats, l'administration pénitentiaire, l'ennemi. Tout était très simple.

— Tu ne m'écoutes pas, Lucas !

— Quoi ?

Il leva les yeux et vit que Kezia le regardait en souriant.

— Quelque chose ne va pas, chéri ?

— Tu plaisantes ? Comment serait-ce possible !

Elle le regardait dans les yeux et il chassa de son esprit les pensées sur San Quentin, mais quelque chose l'agaçait. Une sorte de pressentiment... de quelque chose. Il ne savait pas quoi.

— Je t'aime, Kezia. Ce fut une journée merveilleuse, dit-il.

Il voulait repousser les pensées pénibles, mais cela devenait de plus en plus difficile.

— Oui, répondit-elle. Tu dois être fatigué pourtant, tu as beaucoup conduit.

— On va bien dormir cette nuit.

Il étouffa un petit rire à cette pensée et se pencha pour l'embrasser.

Ce ne fut qu'au moment de partir qu'il remarqua le même visage qu'il avait vu trop souvent depuis toutes ces semaines qu'il était à San Francisco. Il regarda autour de lui et vit l'homme regagner comme une flèche une des loges, un journal sous le bras : c'en fut trop pour Luke.

— Passe devant moi et attends-moi plus loin.

— Quoi ?

— Va. Il faut que je règle une petite affaire.

Elle fut soudain surprise et effrayée par l'expression de son visage. Quelque chose lui était arrivé : c'était comme si un barrage s'était rompu ou bien le moment avant une explosion, ou... C'était effrayant à voir.

— Eloigne-toi, bon sang !

Il la poussa fermement vers la sortie du restaurant et retourna rapidement vers la loge où il avait vu l'homme entrer. Il y fut en une seconde et il repoussa le vieux rideau avec une telle force qu'il se déchira en haut.

— D'accord, mon vieux, vous avez gagné.

L'homme leva les yeux de son journal d'un air profondément surpris, mais son attitude n'était pas naturelle et ses yeux étaient méfiants et vifs.

— Oui ?

Il avait des tempes grisonnantes mais paraissait aussi solidement bâti que Luke. Il était assis bien d'aplomb sur son siège, comme un tigre prêt à bondir.

— Levez-vous !

— Quoi ? Ecoutez, monsieur...

— Je vous ai dit de vous lever, espèce de fumier, vous ne m'avez pas entendu ?

La voix de Luke était douce et lisse comme du miel, mais l'expression de son visage était terrifiante. A mesure qu'il parlait, il soulevait l'homme de son siège, une main sur chaque revers de son horrible manteau à carreaux.

— ... Et maintenant, dites-moi ce que vous voulez exactement.

La voix de Luke n'était plus qu'un faible murmure.

— Je suis ici pour dîner et je suggère que vous me laissiez tranquille immédiatement. Préférez-vous que j'appelle les flics ?

Les yeux de l'homme étaient menaçants et ses mains commençaient à s'élever lentement avec une précision qui révélait un long entraînement. Luke enchaîna :

— Appelez la police... espèce d'enculé... Qu'est-ce que vous avez, une radio dans la poche, fumier ? Ecoutez, je dîne avec une dame et ça ne me plaît pas d'être suivi nuit et jour, où que j'aille. Ça m'énerve, vous comprenez ça ? C'est clair et net ?

Puis il haleta. Son interlocuteur avait retiré les deux mains de son agresseur de ses revers et avait envoyé un coup de poing, rapide comme l'éclair, en plein milieu de la poitrine de Luke.

— Vous n'arrangez pas votre cas, Johns. Maintenant, que penseriez-vous de retourner chez vous bien gentiment. Ou préférez-vous que je vous fasse coffrer pour tentative d'agression ? Ça ferait bien devant votre tribunal, vous ne trouvez pas ? Vous serez foutrement chanceux s'ils ne vous coincent pas pour meurtre un de ces jours.

La voix de l'homme était pleine de haine.

Luke retrouva son souffle et regarda l'homme dans les yeux.

— Meurtre ? Ils auraient bien du mal à me coincer pour ça. Ils peuvent me coincer pour beaucoup de choses mais pas pour meurtre.

— Et les gardes à San Quentin, la semaine dernière ? Ils ne comptent pas ? Vous auriez bien pu les tuer vous-même au lieu de faire faire le travail par vos tordus.

La conversation continuait toujours à voix basse et Luke leva un sourcil, surpris, en se levant lentement et péniblement.

— Est-ce à cela que je dois l'honneur de votre compagnie où que j'aille ? Vous essayez de me coller sur le dos le meurtre de ces policiers à Quentin ?

— Non. Ce n'est pas mon problème. Ce n'est pas mon boulot. Et croyez-moi si vous voulez, mon petit, je n'aime pas plus vous suivre pas à pas que vous n'aimez être suivi.

— Faites attention, vous pourriez me faire pleurer, dit Luke en prenant un verre d'eau sur la table pour en avaler une longue gorgée. Alors, pourquoi me suivez-vous ?

Luke posa le verre et regarda l'homme de près, se demandant pourquoi il ne lui avait pas retourné son coup de poing. Merde ! il perdait la boule... bon Dieu... La présence de Kezia changeait tout et ça pouvait lui coûter cher, à lui.

— Johns, vous n'allez peut-être pas me croire, mais vous êtes suivi pour protection.

Luke répondit par un éclat de rire cynique.

— Comme c'est gentil ! Et qui protégez-vous ?

— Vous !

— Vraiment ? Quelle charmante attention ! Et je peux savoir qui, d'après vous, cherche à me nuire ? Et pourquoi vous en préoccupez-vous, au juste ?

Luke regardait l'homme d'un air dubitatif ; les flics auraient pu trouver une meilleure histoire.

— Personnellement, je m'en fous, mais la consigne est de vous suivre jusqu'à nouvel avis et de surveiller d'éventuels agresseurs.

— Quelle connerie ! dit Luke, maintenant en colère.

Il n'aimait pas cette idée.

— Est-ce vraiment une connerie ?

— Bien sûr ! Et puis, qu'est-ce que j'en sais, bon Dieu ?

C'était le bouquet, avec Kezia qui était là. Quelle merde !

— Il paraît que certains groupes réformistes de gauche aux têtes chaudes n'aiment pas ce que vous faites, votre façon d'aller et venir sur leur terrain comme un héros de passage. Ils veulent votre peau.

— Ah bon ! Eh bien ! lorsqu'ils la demanderont, je vous le ferai savoir. D'ici là, je peux me passer de votre compagnie.

— Je pourrais aussi me passer de votre compagnie, mais nous n'avons pas le choix. Enfin, c'était un chouette endroit pour dîner. Les beignets étaient délicieux !

Lucas secoua la tête en réprimant son exaspération et haussa les épaules.

— J'en suis heureux pour vous ! (Il marqua un long moment d'arrêt à l'entrée de la loge, en observant l'homme.) Vous êtes un fumier mais vous avez de la chance. Si vous m'aviez frappé ainsi, il n'y a pas encore si longtemps, je vous aurais réduit à néant. Et ça m'aurait plu.

Ils se regardèrent pendant un long moment. L'autre type haussa les épaules et plia son journal.

— Ne vous gênez pas. Mais vous obtiendriez du même coup un billet pour retourner en taule. Je peux vous dire que ça nous éviterait à tous beaucoup d'ennuis. Mais, de toute façon, faites gaffe. Quelqu'un vous attend, quelque part. On ne m'a pas dit qui, mais ce devait être un tuyau increvable car je me suis retrouvé dans la rue une heure plus tard.

Luke commençait à partir quand il se retourna, le regard interrogateur :

— Et vous suivez quelqu'un d'autre ?

— Peut-être bien.

— Allons, vous me racontez des salades ! Dites-moi aussi le reste.

Les yeux de Luke flambaient et son interlocuteur hocha la tête lentement.

— Bon, d'accord. On suit d'autres gars.

— Qui ?

— Morrissey, Washington, Greenfield, Falkes et vous.

— Bon Dieu !

Tous les cinq étaient depuis toujours les durs de l'agitation dans les prisons. Morrissey vivait à San Francisco, Greenfield à Las Vegas, Falkes venait du New Hampshire, mais Washington vivait dans le coin et c'était le seul Noir du groupe. Ils étaient tous plus ou moins radicaux, mais aucun d'eux n'était violemment gauchiste. Ils voulaient seulement se battre pour leurs idéaux et changer un système caduc. Aucun d'eux n'avait de folles idées pour changer le monde. C'était Washington qui avait pris le plus de coups de la part des opposants. Les groupuscules noirs pensaient qu'il devait lutter à leurs côtés ; pour eux, il n'était pas assez rebelle. Mais Luke, lui, le portait en grande estime.

— Vous suivez Frank Washington ?

— Ouais, acquiesça l'agent en civil.

— Alors, suivez-le bien.

L'autre secoua la tête d'un air entendu. Luke tourna les talons et s'éloigna.

Kezia attendait impatiemment à la porte d'entrée.

— Tu vas bien ? lui demanda-t-elle.

— Bien sûr que je vais bien. Pourquoi est-ce que je n'irais pas bien ?

Il se demandait si elle avait entendu quelque chose ou, pis encore, vu quelque chose. Il remarqua rétrospectivement que personne n'était passé près d'eux durant leur brève altercation et les serveurs quant à eux étaient trop occupés.

— Tu es resté absent si longtemps, Lucas. Il y a

quelque chose qui ne va pas ? s'enquit-elle en le dévisageant, mais en vain.

— Bien sûr que non. J'avais seulement vu quelqu'un que je connaissais.

— Relation d'affaires ? demanda-t-elle, avec l'intensité d'une épouse.

— Oui, petite idiote, relation d'affaires. Je te l'avais dit. Maintenant, occupe-toi de toi et retournons à l'hôtel.

Il l'étreignit sauvagement et sourit en la devançant sur le trottoir, dans le brouillard de la nuit. Sans doute quelque chose n'allait pas, mais il cachait bien son jeu. Elle ne pouvait jamais mettre le doigt sur quoi que ce soit et Luke ferait en sorte qu'il en soit toujours ainsi.

Mais, le lendemain matin, il lui fut impossible de s'abuser plus longtemps : quelque chose n'allait pas du tout. C'était elle qui l'avait réveillé, cette fois, après avoir commandé un somptueux petit déjeuner pour deux. Elle le secoua doucement en l'embrassant après que le plateau eut été apporté dans la chambre.

— Bonjour, monsieur Johns. Il est l'heure de se lever et je t'aime.

Il roula sur lui-même, avec un sourire ensommeillé, les yeux à moitié ouverts, et l'attira vers lui pour l'embrasser.

— Quelle belle façon de commencer la journée, mama ! Que fais-tu, levée si tôt ?

— J'avais faim et tu avais dit que tu avais beaucoup de choses à faire aujourd'hui. Alors, je me suis levée pour m'organiser un peu.

Elle était assise au bord du lit et souriait.

— Tu ne veux pas revenir au lit te désorganiser à nouveau ?

— Pas avant le petit déjeuner, mon chaud lapin. Tes œufs refroidiraient.

— Diable, ce que tu peux avoir l'esprit pratique ! Femme au cœur froid !

— Non, j'ai faim tout simplement.

Elle lui donna une tape sur les fesses, un autre baiser et se leva pour soulever les couvercles de leurs petits déjeuners.

— Oh ! ça sent bon ! Ont-ils aussi apporté le journal ?

— Oui, monsieur.

Il était bien plié sur le plateau. Elle le prit, le déplia et le lui tendit, en faisant une petite révérence.

— A votre service, monsieur.

— Belle dame, comment ai-je pu vivre sans toi, avant ?

— Difficilement, sans doute.

Elle lui sourit et se retourna pour lui verser une tasse de café. Quand elle releva les yeux, elle eut un choc en voyant l'expression du visage de Luke. Il était assis au bord du lit, nu, le journal ouvert sur les genoux ; des larmes coulaient sur son visage déformé par la colère et le chagrin. Ses poings étaient fermés.

— Lucas ? Chéri, qu'est-ce qu'il y a ?

Elle s'approcha avec hésitation, s'assit près de lui, et regarda rapidement les gros titres pour voir ce qui était arrivé. C'était le plus gros titre du journal : un ancien prêtre et réformateur des prisons tué par balles. Le meurtre était supposé avoir été commis par un groupe gauchiste radical, mais la police n'en était pas certaine. Joseph Morrissey avait été tué de huit balles dans la tête alors qu'il quittait son domicile en compagnie de sa femme. Sur la première page, les photos montraient une femme dans tous ses états, penchée sur le corps sans forme de la victime. Joe Morrissey. Sa femme était enceinte de sept mois.

— Merde !

Ce fut le seul mot que proféra Lucas ; elle entoura ses épaules de son bras, doucement, et les larmes coulaient de ses propres yeux. C'étaient des larmes pour l'homme qui était mort et des larmes de crainte pour Luke. Cela pouvait lui arriver.

— Oh ! chéri, je suis désolée, dit-elle. Tu le connaissais bien ?

Il hocha la tête silencieusement et ferma les yeux.

— Trop bien.

— Que veux-tu dire ? dit-elle d'une voix qui n'était qu'un murmure.

— C'était lui ma couverture. Rappelle-toi, je t'ai dit que je n'allais jamais dans les prisons et qu'on ne pouvait m'accuser de rien.

Elle hocha la tête.

— On ne peut m'accuser de rien grâce à des types comme Joe Morrissey. Il a été aumônier de quatre taules avant de quitter la prêtrise. Après, il s'est mis à fréquenter quelques-uns des réformateurs les plus durs. Et il leur servait de couverture, surtout pour moi. Maintenant... nous l'avons tué. Nom de Dieu...

Il se leva et se mit à marcher furieusement dans la pièce, en essuyant les larmes sur son visage.

— Kezia ?

— Oui ?

La voix de Kezia ressemblait à un petit cri de peur à l'autre bout de la pièce.

— Je veux que tu fasses tes valises et que tu t'habilles tout de suite. Tu entends, tout de suite. Je vais te faire décamper d'ici.

— Lucas... tu as peur ?

Il hésita un moment puis acquiesça.

— Oui, en effet.

— Pour moi ou pour toi ?

Il sourit presque à cette question. Il n'avait jamais peur pour lui. Mais il n'était pas question qu'elle se trouve mêlée à de pareilles affaires.

— Disons simplement que je veux être le plus malin. Maintenant, trésor, dépêche-toi, il faut s'activer.

— Tu pars aussi ?

Il avait le dos tourné.

— Plus tard, répondit-il.

— Que vas-tu faire d'ici là ?

Elle était terrifiée tout à coup. Mon Dieu, s'ils le tuaient ?

— Je vais m'occuper de certaines affaires puis me tirer à Chicago ce soir. Toi, tu vas aller à New York, attendre bien sagement. Et maintenant tais-toi et habille-toi, bon Dieu ! (Il se tourna vers elle en essayant de prendre un ton hargneux mais il vit l'air apeuré de Kezia.) ... Allons, mama.

Il traversa la pièce et la prit dans ses bras. La jeune femme recommença à pleurer.

— Oh ! Lucas, si...

— Chut... dit-il en la tenant serrée et en l'embrassant sur le sommet de la tête. Pas de « si... », mama. Tout ira bien.

« Tout ira bien ? » Il avait le cerveau dérangé ! Quelqu'un venait d'être tué et c'était l'homme qui lui servait de couverture. Alors ? Elle le regardait, complètement abasourdie. Il la tira doucement du lit.

— Il faut te préparer, maintenant.

Trop de gens pouvaient savoir où il logeait. Et Kezia était une mine d'or qu'il ne voulait pas avoir dans sa poche si quelqu'un l'attendait au tournant. Peut-être le meurtre de Morrissey n'était-il qu'un avertissement ! Un avertissement. Cette pensée lui noua à nouveau le ventre.

Elle commença à s'habiller tout en jetant ses affaires dans sa valise et en observant Luke. Il paraissait tout à coup si sérieux, si loin d'elle, si furieux.

— Où vas-tu aller aujourd'hui, Lucas ?

— Je vais sortir. Je serai occupé. Je t'appellerai quand j'arriverai à Chicago. Et, pour l'amour du ciel, tu ne vas pas à une réception d'anniversaire. Mets-toi n'importe quoi sur le dos. Dépêche-toi !

— Voilà !

Un moment plus tard, elle était prête : elle avait l'air très calme, des lunettes noires cachaient l'absence de maquillage.

Il la regarda longuement, tout son corps était tendu, puis il hocha la tête.

— Bon. Je ne t'accompagne pas. Je vais appeler un taxi et me tirer d'ici. Toi, tu attendras un taxi dans le bureau d'Ernestine en bas. Elle ira avec toi à l'aéroport.

— Ernestine ? dit Kezia, surprise.

La propriétaire du *Ritz* ne ressemblait pas à une dame de compagnie pour clients adultes. Et Luke se posa lui-même la question. Mais il pensait que, pour cinquante dollars, elle ferait n'importe quoi.

— Oui, Ernestine. Va à l'aéroport avec elle et prends le premier avion. Je m'en fiche s'il s'arrête quinze fois en chemin. Mais je veux que tu décampes. Ne traîne pas à l'aéroport, tu as bien compris ?

Elle acquiesça en silence. Luke reprit :

— ... Tu as intérêt, Kezia, parce que je ne plaisante pas. Je t'écorcherai vive si tu lanternes quelque part. Quitte cette ville ! C'est clair ? Je suis désolé de t'avoir fait venir ici.

Et il avait vraiment l'air désolé.

— Moi, je ne suis pas désolée. Je suis contente d'être venue et je t'aime. Je suis seulement désolée pour ton ami...

La voix de Kezia mourut et ses yeux s'agrandirent en regardant Luke. Il s'adoucit et la reprit dans ses bras, partagé entre son désir pour elle et la nécessité de ne pas l'entraîner avec lui dans sa chute. Mais il avait tant besoin d'elle.

— Tu es quelqu'un d'extraordinaire, mon amour. (Il l'embrassa calmement, puis, se redressant, il lui dit :) ... Prépare-toi à partir, mama. Je vais dire à Ernestine de partir dans cinq minutes. Je vérifierai. Je t'appellerai à New York ce soir. Mais il sera peut-être tard. Je veux être à Chicago avant de téléphoner.

— Tout ira bien pour toi, aujourd'hui ?

Mais la question ne servait à rien, elle le savait. Qui pouvait savoir si tout irait bien pour lui ? Elle voulait lui demander quand ils se reverraient, mais elle n'osa pas. Elle le regarda seulement refermer tranquillement la porte de la chambre, les yeux écarquillés et humides. Un moment plus tard, il quitta l'hôtel en taxi. Dix minutes plus tard, elle en fit autant avec Ernestine. Kezia se saoula en beauté, dans l'avion pour New York.

19

Kezia avait quitté San Francisco depuis plus d'une semaine. Maintenant, Lucas était de retour à Chicago et l'appelait deux ou trois fois par jour. Mais depuis leur séparation, la terreur lui nouait le ventre. Il disait que tout allait bien, qu'il viendrait à New York d'un jour à l'autre. Mais quand ? Et comment allait-il, en réalité ? Elle avait conscience qu'il surveillait ses paroles quand il l'appelait. Il n'avait pas confiance dans le téléphone. Et c'était bien pis que la dernière fois qu'ils avaient été séparés. Elle était alors seulement très seule. Maintenant, elle avait peur.

Elle essayait désespérément d'occuper son temps et son esprit. Elle avait même parlé à Luke d'écrire un article sur Alejandro.

— Sur le sac à puces dont il s'occupe ?

— Oui. Simpson me dit qu'il pourrait y avoir là un débouché. Je crois que j'aimerais écrire l'article. Tu penses qu'Alejandro serait d'accord ?

— Cela lui plairait beaucoup et un peu de publicité pourrait peut-être l'aider à trouver des fonds.

— D'accord. Je vais m'y mettre.

« C'est ça ou devenir folle, mon amour ! »

— Entendu. Et maintenant, qu'est-ce que je fais ? On ne m'a encore jamais interviewé.

Elle rit en voyant de la nervosité sur le visage d'Alejandro. Il était si sympathique, avec un tel sens de l'humour !

— Eh bien ! Alejandro, voyons. En fait, vous n'êtes que la deuxième personne que j'interviewe personnellement. Habituellement, j'y vais calmement, presque en cachette.

Elle ressemblait à une gamine, avec ses nattes et son jean. Mais une gamine propre. C'était rare ici !

— Pourquoi en cachette ? Auriez-vous peur de ce que vous écrivez ?

Alejandro écarquillait les yeux de surprise. Elle était si directe.

— C'est en grande partie à cause de la vie dingue que je mène. Luke l'a définie d'une manière à peu près correcte : je suis d'une façon et je vis de plusieurs façons différentes.

— Et que représente Luke pour vous, Kezia ? Est-il réel ?

— Très. C'est mon ancienne vie qui ne l'est pas. Elle ne l'a jamais été. Et elle l'est encore moins maintenant.

— Vous ne l'aimez pas ?

Elle secoua la tête en silence.

— C'est dommage !

— J'en ai presque honte, Alejandro.

— Kezia, mais c'est fou ! Elle fait partie de vous. Vous ne pouvez pas la renier.

— Mais elle est si laide.

Elle jouait avec un crayon et regardait ses mains.

— Elle ne peut pas être entièrement laide. Et pourquoi « laide » ? Pour la plupart des gens, cette vie est plutôt bien, dit-il d'une voix douce.

— C'est une vie complètement vide, pourtant. Elle

enlève tout en vous et ne met rien à la place. Tout est faux-semblants, jeux, tricheries, mensonges et les gens pensent plus à la façon de dépenser des milliers de dollars pour une robe qu'à les donner pour quelque chose comme ici. Cela n'a vraiment pas beaucoup de sens pour moi. Je suppose que je suis inadaptée.

— J'ai peur de ne pas comprendre grand-chose à ce monde-là !

— C'est mieux ainsi.

— Mais vous êtes stupide, dit-il en avançant la main vers le visage de Kezia pour lui lever le menton et voir ses yeux. Ce monde fait partie de vous. C'est une part de vous qui est bonne et agréable. Pensez-vous vraiment que vous seriez tellement mieux si vous viviez ici, dans ces conditions ? Ici aussi les gens mentent et trichent et volent. Ils se droguent. Ils baisent leurs enfants. Ils battent leurs mères et leurs femmes. Ils sont frustrés et en colère. Ils n'ont pas le temps d'apprendre ce que vous savez. Peut-être devriez-vous accepter les choses que vous savez et les utiliser au mieux. Ne perdez pas votre temps à vous sentir amère ou triste pour les années passées. Utilisez ce que vous avez appris, maintenant.

Elle lui sourit longuement. Ce qu'il disait était sensé. Il avait raison. Son monde lui avait apporté quelque chose. C'était une partie de sa vie. Elle confessa :

— Je crois que je le déteste à ce point parce que j'ai peur de ne pas pouvoir m'en sortir, à la fin. C'est comme une pieuvre, ce monde s'accroche à vous.

— Allons, vous êtes grande maintenant. Si vous n'en voulez plus, tout ce que vous avez à faire, c'est de partir. Tranquillement. Pas avec un bazooka dans une main et une grenade dans l'autre. Personne ne peut vous en empêcher. Vous n'avez pas encore compris ça ? demanda-t-il, l'air surpris.

— Je crois bien que non. Je n'ai jamais senti que j'avais le choix.

— C'est faux. On a tous des possibilités de choix. Mais, quelquefois, on ne les voit pas, c'est tout. Moi aussi, j'ai le choix dans ce « bordel », comme dit Luke. A chaque fois que j'en ai marre, je peux partir. Mais je ne le fais pas.

— Et pourquoi ?

— Parce qu'ils ont besoin de moi. Et j'aime cette existence. Je me dis que je ne peux pas partir mais, en fait, je le peux. C'est seulement que je ne le veux pas. Peut-être ne vouliez-vous pas, vous non plus, quitter votre monde ? Peut-être ne le voulez-vous toujours pas ? Peut-être n'êtes-vous pas encore prête. C'est peut-être que vous vous y sentez en sécurité ? Et pourquoi pas ? C'est du familier. Et le familier, c'est facile. Même si c'est pourri, c'est facile parce que vous le connaissez bien. Vous ignorez ce qui vous attend ailleurs.

Il fit un geste vague du bras. Elle hocha la tête : il comprenait bien le problème.

— Vous avez raison. Mais je pense être prête maintenant à quitter le cocon. Je sais aussi qu'avant je n'étais pas prête. C'est gênant à admettre. Il semble qu'à mon âge, tout cela devrait être du passé, quelque chose de classé.

— Foutaises ! Le détachement prend bougrement du temps. J'avais trente ans quand j'ai eu le courage de quitter mon petit monde de Chicano à Los Angeles, pour venir ici.

— Quel âge avez-vous maintenant ?

— Trente-six ans.

— Vous ne les faites pas, dit-elle, surprise.

— Peut-être que je ne les fais pas, *querida*, mais je les sens. (Il rit de son rire doux comme du velours et ses yeux chaleureux de Mexicain brillaient. Il ajouta :) ... certains jours, c'est comme si j'en avais quatre-vingts.

— Je comprends ce que vous voulez dire. Alejandro... commença Kezia, le visage soudain sérieux.

— Qu'est-ce qu'il y a, mon petit ?

Il savait ce qui allait suivre.

— Vous pensez que tout va bien pour Luke ?

— A quel point de vue ?

Ciel ! Faites qu'elle ne le demande pas. Il ne pourrait pas le lui dire. C'était à Luke de le faire lui-même, s'il ne l'avait pas déjà fait... Mais il aurait dû, en tout cas.

— Je ne sais pas. Il est tellement... tellement hardi, je crois que c'est le mot qui convient. Ce qu'il fait, il le fait simplement, c'est tout. Moi je m'inquiète aussi pour sa libération sur parole, sa sécurité, sa vie, tout. Lui, non.

Elle ne regardait pas Alejandro en parlant et lui regardait les mains de la jeune femme. Elles étaient nerveuses, soignées et jouaient avec un stylo.

— C'est vrai. Il ne s'inquiète pas pour sa libération sur parole, sa personne ni pour tout ce qui le concerne. Il est ainsi.

— Vous pensez qu'il va se mettre dans le pétrin, un jour ? Peut-être même se faire tuer ?

En effet, Kezia ne pouvait pas s'empêcher de penser à Morrissey. Ses yeux se reportèrent sur Alejandro, interrogateurs et craintifs.

— S'il y a des problèmes, Kezia, il nous le dira.

— Ouais. Juste avant que le ciel ne lui tombe sur la tête. (C'était ainsi. Il ne disait rien avant la dernière minute, pour quoi que ce soit.) ... Il n'avertit pas long-temps à l'avance.

— Non, Kezia, c'est vrai. Il est ainsi.

— On doit s'y faire, je suppose.

Il hocha la tête, calmement, et aurait voulu prendre la main de Kezia. Mais il ne pouvait pas. Tout ce qu'il pouvait faire, c'était parler à Luke. Il était temps, d'après lui.

— Cela devrait être suffisant. Merci beaucoup.

En soupirant, elle s'adossa à sa chaise, dans le bureau

d'Alejandro. La journée avait été longue. Ils avaient parlé pendant des heures.

— Tu crois que tu as tout ce qu'il te faut ? demanda-t-il, l'air satisfait.

Il était agréable de travailler avec Kezia. Lucas avait une veine du diable et il en était conscient.

— J'ai tout ce qu'il me faut et même plus. Serais-tu tenté par un dîner en ville ? Tu devrais manger quelque chose pour compenser l'effort intellectuel que je t'ai imposé tout l'après-midi.

Cette pensée le fit sourire.

— Je n'en sais rien. Mais, bon Dieu, Kezia, si tu arrives à faire une honnête publicité pour cet endroit, cela pourrait changer beaucoup de choses. L'agrément de la communauté, au moins. C'est un de nos plus gros problèmes. Ils nous détestent plus ici qu'à City Hall. On est refait, de tous les côtés.

— Oui, on dirait en effet.

— Peut-être ton article va-t-il changer le cours des événements.

— Je l'espère vraiment pour toi. Alors, ce dîner ?

— Tu y tiens. Je t'emmènerais bien dîner dans le coin, mais Lucas nous tuerait tous les deux. Je crois qu'il ne tient pas à ce que tu t'attardes dans cette partie de la ville.

— C'est du snobisme !

— Non. Pour une fois dans sa vie, il utilise ses méninges. Kezia, il a raison, ne viens pas ici comme pour te promener. Ce n'est pas le cas. C'est dangereux. Très dangereux.

Le souci qu'ils se faisaient pour elle amusait Kezia : les deux durs protégeant la fleur délicate.

— Parfait, parfait ! J'ai compris. Luke m'a fait tout un discours au téléphone. Il voulait que je vienne ici en voiture, dit-elle en riant.

— L'as-tu fait ? demanda Alejandro, en ouvrant de grands yeux.

Tu parles d'une révolution dans le voisinage !

— Bien sûr que non, idiot ! Je suis venue en métro.

Ils éclatèrent tous deux de rire. Ils en étaient arrivés aux railleries légères et aux insultes joviales comme de vrais amis et elle en était heureuse. C'était un homme très attirant : extrêmement sensible et drôle en même temps. Mais ce qui la frappait le plus, encore une fois, c'était sa gentillesse. De plus, il avait raison en ce qui concernait Kezia. Son passé faisait partie de sa vie. La grandeur, l'argent... Fuir tout ce monde ne servirait à rien. Elle était tentée de le faire avec Luke mais les résultats ne seraient pas bons. Elle était Kezia Saint-Martin, lui Lucas Johns. Ils s'aimaient. Il ne pouvait pas remplacer Whit, elle n'était pas une fille de la rue. Ils venaient de mondes différents et s'étaient rencontrés au bon moment. Et alors ? Qu'arriverait-il dans l'avenir ? Elle n'avait pas encore trouvé de réponse. Pas la moindre. Luke non plus, peut-être.

— Tiens, Kezia, si nous allions dîner au Village ?

— Dans un restaurant italien ?

Elle ne mangeait que cela avec Luke et les pâtes commençaient à lui sortir par les yeux. Elle lui avait fait des spaghettis, le soir précédent.

— Non. Au diable la cuisine italienne ! Elle est pour Luke. Moi, c'est la cuisine espagnole. Je connais un endroit bien.

Elle rit en secouant la tête.

— Toi et Luke, vous ne mangez jamais des hamburgers, ou des hot dogs, ou des biftecks ?

— Jamais ! A l'instant même, je ferais n'importe quoi pour un *burrito*. Tu ne peux pas savoir ce que c'est pour un Mexicain que de vivre dans cette ville. Il n'y a que du cacher ou des pizzas.

Alejandro eut une grimace et Kezia rit de nouveau, en le suivant au-dehors.

— Dis-moi la vérité. C'est fantastique, ne trouves-tu pas ?

Elle avait choisi une *tostada* et lui une *paella*.

— Je dois admettre que ce n'est pas mauvais. Et ça change des *fettucine*.

— Ce restaurant est tenu par un bandit mexicain et sa vieille femme est de Madrid. C'est un couple bien assorti.

Elle sourit en sirotant son vin. La soirée avait été agréable. Elle aimait la compagnie d'Alejandro : elle apaisait un peu son désir ardent de Luke. Tout ce qu'elle voulait maintenant, c'était rentrer chez elle et attendre son coup de téléphone.

— Kezia..., commença Alejandro, en hésitant.

— Ouais ?

— Tu es bonne pour lui. Tu es ce qu'il a eu de mieux dans sa vie. Mais fais-moi une faveur...

Il s'arrêta à nouveau.

— Laquelle, mon chou ?

Comme elle l'aimait, ce drôle de Mexicain ! Tout avait tant d'importance pour lui : les gosses de son centre, ses amis, spécialement Luke. Et maintenant elle.

— Ne te fais pas mal. Il mène une vie difficile. Pour toi, c'est loin de tout ce que tu connais. Lucas aime jouer. Il joue et il paie... Mais s'il perd... tu paieras aussi. Et salement, je peux te le dire... pire que tout ce que tu as pu connaître.

— Oui. Je sais.

Ils restèrent un moment silencieux, assis à leur table à la lueur de la bougie et plongés dans leurs pensées.

Quand Alejandro la raccompagna chez elle, Luke attendait au salon.

— Lucas ! Oh, chéri, tu es ici !

Elle courut dans ses bras et fut au même instant soulevée du sol.

— Tu ferais mieux d'y croire ! Et qu'est-ce que cette

espèce de bandit mexicain lubrique fabrique avec ma femme ?

Mais les yeux de Luke ne montraient aucune espèce de crainte, seulement le ravissement d'avoir Kezia à nouveau dans ses bras.

— On a fait l'interview aujourd'hui, dit-elle d'une voix étouffée, car son visage était enfoui contre la poitrine de Luke.

Elle l'étreignait de toutes ses forces, comme une enfant, trouvant toute sa sécurité dans ces bras, dans ces épaules, dans cet homme.

— Je me demandais où tu étais. Je suis arrivé il y a deux heures, dit-il.

— Vraiment ?

Kezia avait l'air encore plus gamine que d'habitude ; chez elle, les jours d'inquiétude se dissipaient comme la pluie. Alejandro se tenait à leurs côtés et regardait la scène en souriant.

— Nous avons dîné au Village dans un petit restaurant espagnol.

— Ciel ! il t'a emmenée là-bas ? Tu dois avoir des brûlures d'estomac épouvantables ! s'esclaffa Luke.

Elle lui adressa un autre sourire en enlevant ses chaussures et en s'étirant, les yeux malicieux. Lucas était ici, sain et sauf.

— Pas trop ! En fait, c'était très bon. Alejandro est parfait avec moi.

— C'est le type le plus formidable que je connaisse, dit Luke en s'étendant sur le divan.

Il jeta un regard admiratif vers son ami qui se préparait à partir.

— Tu ne veux pas de café, Alejandro ? demanda-t-il.

— Non. Je vais vous laisser seuls, les amoureux.

— Tu es chouette, Al. Elle va avoir des bagages à faire, de toute façon. On part à Chicago demain matin.

— C'est vrai ? s'étonna Kezia. Oh, Lucas, je t'aime ! Combien de temps va-t-on rester là-bas ?

Cette fois, elle voulait savoir.

— Jusqu'à Thanksgiving (1) ; qu'en penses-tu ? demanda-t-il en la regardant à travers ses paupières mi-closes.

— Ensemble ? Trois semaines ? Lucas, tu es fou ! Comment puis-je rester absente aussi longtemps ? La « rubrique »... Oh, merde !

— Ça t'arrive bien en été, non ?

Elle acquiesça.

— Oui... Mais j'envoie des articles de l'endroit où je suis. Il n'y a personne ici, l'été.

Il éclata de rire et elle le regarda, les yeux interrogateurs.

— Qu'y a-t-il de si drôle ?

— C'est ta façon de dire « personne ». Ne peux-tu pas trouver une ou deux réceptions chics à Chicago ?

— C'est vrai. Ce serait possible.

Elle voulait y aller. Dieu, comme elle voulait y aller !

— Alors, pourquoi pas ? Et peut-être vais-je pouvoir régler toutes les affaires là-bas en moins de trois semaines. Il n'y a aucune raison pour que je ne puisse pas travailler à partir de New York. Bon Dieu, qu'est-ce que... Tout ce dont j'ai vraiment besoin, c'est d'une semaine là-bas pour régler quelques points. Je peux prendre un abonnement d'avion, si c'est nécessaire.

— Ne peut-on prendre un abonnement tous les deux ? demanda Kezia, les yeux remplis d'étoiles.

— Bien sûr que si, mama. Tous les deux. J'ai pris la décision dans l'avion ce soir. Je t'ai dit que ce que nous avons vécu ne se reproduirait jamais et c'est la vérité. Je ne peux pas supporter la vie sans toi.

— Lucas, mon amour, je t'adore.

(1) Thanksgiving : jour d'action de grâces (dernier jeudi de novembre).

Et elle se pencha vivement pour l'embrasser.

— Alors, emmène-moi au lit. Bonne nuit, Alejandro.

Leur ami étouffa un petit rire en sortant. Lucas dormait avant qu'elle n'éteigne la lumière. Elle le regarda, profondément endormi sur le côté. Lucas Johns ! Son homme ! Le centre de sa vie ! Et elle allait suivre cet homme de ville en ville, comme une bohémienne. C'était agréable, elle aimait beaucoup cette vie, mais elle savait que tôt ou tard, il lui faudrait prendre des décisions... La « rubrique »... Elle n'était pas allée à des réceptions depuis des semaines... et maintenant, elle partait à Chicago... et ensuite, quoi ? Mais, au moins, Lucas était avec elle. Sain et sauf. Au diable les réceptions ! Elle avait eu si peur pour la vie de Luke.

20

— Kezia, quand revenez-vous ?

Elle téléphonait à Edward à New York depuis plus d'une demi-heure.

— Probablement la semaine prochaine. Je travaille encore sur cette histoire. (Elle avait fait une apparition à deux galas, mais c'était plus difficile à Chicago. Ce n'était pas sa ville. Il fallait beaucoup de recherches pour trouver matière à ragots.) ... et il se trouve, cher ami, que j'aime beaucoup Chicago.

Voilà qui confirmait les pires soupçons d'Edward. Elle paraissait si heureuse ! Et elle n'était pas du genre à s'enthousiasmer pour Chicago ; ce n'était pas son milieu : c'était trop Midwest, trop américain, trop Sears Roebuck (1), il y manquait l'air subtil de Bergdorf et

(1) Grand magasin à New York.

Bendel (1). Il devait y avoir quelqu'un à Chicago. Quelqu'un de nouveau ? Il fallait espérer que cette personne en valait la peine, était respectable.

— J'ai lu votre dernier article dans *Harper's*. C'était bon. Et Simpson m'a dit l'autre jour qu'un article de vous allait paraître d'ici quelques semaines dans le *Sunday Times*.

— Ah bon ? Lequel ?

— Au sujet d'un centre de réadaptation pour drogués à Harlem. Je ne savais pas que vous aviez écrit un article de ce genre.

— C'était juste avant de quitter New York. Mettez-le-moi de côté quand il sortira.

Soudain, une gêne inavouée s'installa entre eux. Ils la ressentirent tous les deux.

— Kezia, allez-vous bien ?

Allons bon, toujours la même question !

— Oui, Edward. Je vais bien, vous pouvez me croire. On déjeunera ensemble la semaine prochaine quand je serai rentrée et vous en jugerez par vous-même. Nous nous verrons à *la Côte Basque*.

— Chère amie, vous êtes trop aimable.

Elle éclata de rire et ils raccrochèrent après avoir parlé un peu affaires et spécialement argent.

Luke leva un œil critique de sa lecture.

— Qui était-ce ?

Sans doute était-ce Edward ou Simpson.

— Edward.

— Tu peux dîner avec lui plus tôt. Si tu veux.

— Tu me renvoies ?

Ils étaient à Chicago depuis dix jours.

— Non, petite idiote, répondit-il. (Il eut une grimace, en voyant la tête que faisait Kezia.) ... Je viens de penser que nous pourrions retourner à New York demain. Tu as ton travail et moi, je dois faire des aller

_____

(1) Magasins chics à New York.

retour à Washington D.C. pour le restant de la semaine. Il va y avoir une série de réunions à huis clos
pour le rapport et je veux y assister ; d'autre part, je
prononcerai peut-être une ou deux allocutions. Washington semble bien m'aimer. (Les chèques étaient
rentrés avec une régularité satisfaisante.) ... J'ai pensé
que nous pourrions nous installer à New York pour
deux semaines.

Elle se mit à rire, soulagée.

— Es-tu sûr que tu puisses rester quelque part aussi
longtemps ?

— J'essaierai !

Il lui donna une claque sur les fesses en allant vers le
bar pour se verser un bourbon avec de l'eau.

— Luke ?

Elle était allongée sur le lit, pensive.

— Oui ?

— Que vais-je faire pour la « rubrique » ?

— C'est à toi de décider, mon chou. Il faut conclure.
Tu aimes l'écrire ?

— De temps à autre. Mais pas récemment. Pas
depuis longtemps, en fait.

— Alors, peut-être est-il temps de laisser tomber,
pour ton bien. Mais ne laisse pas tomber pour moi. Fais
ce que tu veux. Et si tu dois rester à New York pour
aller à tes réceptions de luxe, fais-le. Tu dois t'occuper de tes affaires personnellement maintenant, tu le
sais.

— Je verrai ce que je pense de tout ça la semaine
prochaine. Je ferai ce que je fais d'habitude quand nous
serons de retour à New York. Et j'aviserai alors.

Avec les aller retour de Luke à Washington, elle
aurait beaucoup de temps pour s'occuper de son vieux
circuit.

En quatre jours à New York, elle avait été à la
première d'une pièce, à la clôture d'un théâtre, à deux

déjeuners pour des femmes d'ambassadeurs et à un défilé de mode de charité. Ses pieds lui faisaient mal, son esprit était vide et elle avait les oreilles engourdies par le flot continu des bavardages inutiles. Mais qui cela intéressait-il ? Pas Kezia ; plus Kezia.

— Lucas, si j'entends une fois de plus le mot « divin », je crois que je vais vomir.

— Tu as l'air fatigué.

Elle avait l'air plus que fatigué. Elle avait l'air complètement épuisé et elle se sentait épuisée.

— Je suis fatiguée et je suis écœurée par toutes ces conneries.

Elle avait même réussi ce jour-là à aller à une réunion du bal des arthritiques. Tiffany s'était évanouie dans les toilettes. Kezia ne pouvait même pas utiliser l'incident pour la colonne. La seule bonne information qu'elle avait glanée, c'était l'annonce du mariage de Marina et d'Halpern. Et alors ? Qui donc s'y intéressait ?

— Que fait-on ce week-end ? demanda-t-elle.

S'il lui disait qu'ils allaient à Chicago, elle aurait une crise de nerfs. Elle ne voulait aller nulle part, elle voulait rester au lit.

— Rien. Je vais peut-être aller voir Al. Tu veux qu'on dîne avec lui ?

Il était assis au bord du lit et paraissait aussi fatigué qu'elle.

— Avec plaisir. Je préparerai quelque chose à manger ici.

Il sourit de leur conversation domestique et elle devina ce qu'il pensait.

— C'est chouette, Luke, n'est-ce pas ? Quelquefois, je me demande si tu apprécies autant que moi. Je n'ai jamais vécu ainsi, auparavant.

Il sourit, sachant bien à quel point elle disait vrai.

— Tu vois ce que je veux dire ? demanda-t-elle.

— Oui. Et j'aime cette vie probablement plus que toi

encore. Je commence à me demander comment j'ai fait pour vivre sans toi.

Il se glissa à côté d'elle dans le lit et elle éteignit la lumière. Il avait son propre trousseau de clés, il utilisait le téléphone ; Kezia lui avait libéré un placard et la femme de ménage avait fini par lui sourire. Elle l'appelait : « Monsieur Luke. »

— Sais-tu, chéri ? Nous avons de la chance. Une chance incroyable.

Elle était contente d'elle, comme si elle avait attrapé une étoile filante dans ses mains.

— Oui, trésor, nous avons de la chance.

Même si ce n'était que pour le présent...

— Messieurs, je propose un toast en l'honneur du décès de Martin Hallam.

— Lucas, de quoi parle-t-elle ? demanda Alejandro, surpris.

Lucas regarda Kezia curieusement. C'était la première fois qu'il en entendait parler.

— Kezia, cela veut-il dire ce que je pense ?

— Oui, monsieur. Après sept années passées à écrire la « rubrique » Martin Hallam, je pars. C'est fait depuis aujourd'hui.

Luke paraissait choqué.

— Qu'ont-ils dit ?

— Ils ne le savent pas encore. Je l'ai dit à Simpson aujourd'hui et il va s'occuper du reste. Ils le sauront demain.

— Mais tu es sûre de toi ?

Il n'était pas trop tard pour changer cette décision.

— Je n'ai jamais été aussi sûre de ma vie. Je n'ai plus de temps à consacrer à ce torchon. Ou bien, plus exactement, je n'ai plus envie de perdre mon temps à ça.

Elle vit l'étrange regard qu'échangèrent Luke et Alejandro et se demanda pourquoi ni l'un ni l'autre ne paraissaient impressionnés.

— Eh bien, vous deux, vous êtes un drôle de public pour ma grande nouvelle. Flûte alors !

Alejandro sourit et Luke éclata de rire.

— Je suppose que c'est parce que la nouvelle nous cause un choc, trésor. Et je me demande, tout d'un coup, si tu ne le fais pas à cause de moi.

— Pas vraiment, chéri. C'est ma décision. Je ne veux pas devoir aller à ces réceptions merdiques pour le restant de mes jours. Tu as vu comme j'étais crevée cette semaine. Et pourquoi ? Ce travail ne me convient plus du tout.

— Tu l'as dit à Edward ? demanda Luke, inquiet.

Alejandro le foudroyait du regard.

— Non. Je l'appellerai demain. Vous êtes les deux premiers à le savoir après Simpson. Et vous êtes deux beaux salauds.

— Je suis désolé, trésor. Mais c'est la surprise, dit Luke.

Il leva son verre vers elle en souriant, un peu nerveux.

— A Martin Hallam, alors.

Alejandro leva son verre à son tour, mais il ne quittait pas Luke des yeux.

— A Martin Hallam. Qu'il repose en paix !

— Amen !

Kezia vida son verre d'un trait.

— Non, Edward, j'en suis sûre et Simpson est d'accord. C'est un divertissement pour lequel je n'ai plus de temps. Je veux me consacrer aux articles sérieux.

— Mais c'est une décision tellement importante, Kezia. Vous êtes habituée à la « rubrique ». Tout le monde y est habitué. C'est devenu une institution. Y avez-vous suffisamment réfléchi ?

— Bien sûr. J'y pense depuis des mois. Et le fait est,

mon cher, que je ne veux pas être une « institution ».
Pas ce genre d'institution. Je veux être un écrivain, et
un bon, pas un rapporteur de ragots au milieu des fous.
Cher Edward, vous verrez, c'est la meilleure décision
que je puisse prendre.

— Kezia, vous me mettez mal à l'aise.

— Ne soyez pas stupide. Pourquoi ?

Assise à son bureau, elle balançait les pieds. Elle
avait appelé Edward aussitôt après le départ de Luke
pour une matinée de réunions. Au moins, Luke s'était
remis du choc et Simpson avait applaudi à sa décision
en disant qu'il était grand temps.

— Je voudrais bien le savoir. J'ai l'impression de ne
pas savoir exactement ce que vous fabriquez, bien que
cela ne me regarde pas vraiment.

Mais il voulait en faire son affaire. C'était là que le
bât blessait.

— Edward, vous allez vous-même vous rendre sénile, à force de vous tourmenter pour rien.

Il commençait à l'énerver. Constamment.

— Que faites-vous pour Thanksgiving ? demanda-
t-il, d'un ton quasiment accusateur.

— Je pars.

Mais il ne demanda pas où. Et Kezia ne lui donna
pas le renseignement. Ils retournaient à Chicago.

— Parfait, parfait ! Je suis vraiment désolé, Kezia.
Mais dans mon esprit, je vous considère toujours
comme une petite fille.

— Et moi, je vous aimerai toujours autant et vous
vous inquiéterez toujours à propos de rien.

Elle se sentait pourtant mal à l'aise, à son tour.
Après avoir raccroché, elle resta assise en silence, pensive. Etait-ce une folie d'arrêter la « rubrique » ? A
une époque, elle avait eu tellement d'importance pour
elle. Mais plus maintenant. Néanmoins... Perdait-elle
contact avec sa propre personnalité ? D'une certaine
façon, elle l'avait fait pour Luke. Et pour elle-même.

Parce qu'elle voulait être libre de se déplacer avec lui.

Elle aurait aimé en discuter avec Luke mais il était parti pour la journée. Elle pouvait téléphoner à Alejandro mais elle n'aimait pas du tout le déranger. C'était une sensation désagréable, comme celle de quitter un port par temps de brouillard, pour une destination inconnue. Cependant elle avait pris sa décision. Et elle l'assumerait. Martin Hallam était mort. C'était une décision simple en réalité. La « rubrique » avait fait son temps.

Elle s'adossa en face de son bureau, s'étira et décida d'aller se promener. C'était une journée de novembre grise et l'air était vif comme en hiver. Elle avait envie d'enrouler une longue écharpe de laine autour de son cou et de courir au parc. Elle se sentait soudain libérée d'un lourd fardeau. Le poids de Martin Hallam venait enfin de glisser de ses épaules.

Kezia enfila une vieille veste en peau de mouton et des grandes bottes sur mesure en caoutchouc noir sous son jean soigneusement repassé. Elle sortit un petit bonnet en tricot rouge de la poche de la veste et prit une paire de gants sur une étagère. Elle se sentait toute neuve. Elle pouvait écrire ce qu'elle voulait maintenant, elle n'était plus là pour charrier les ordures de la haute société. Un petit sourire planait sur ses lèvres et une lueur malicieuse brillait dans ses yeux alors qu'elle marchait à grands pas vers le parc. Quelle merveilleuse journée, et ce n'était même pas encore l'heure du déjeuner ! Elle pensa faire quelques courses pour pique-niquer dans le parc mais décida de ne pas prendre cette peine. A la place, elle acheta un petit sac de marrons chauds à un vieil homme déformé qui poussait une charrette fumante le long de la Cinquième Avenue. Il lui grimaça un sourire de sa bouche édentée et Kezia lui adressa un salut de la main par-dessus son épaule en s'éloignant.

Il était vraiment très gentil. Tout le monde était

gentil. Tout d'un coup, le monde lui apparut aussi neuf qu'elle. Elle était dans le parc depuis un moment et avait déjà mangé la moitié des marrons lorsqu'elle vit devant elle une femme trébucher et tomber au bord du trottoir. Elle avait chancelé dans la rue, près des lourdes jambes d'un vieux cheval qui tirait à travers le parc une pauvre voiture à deux roues. La femme resta allongée, immobile, pendant un moment, et le conducteur de l'attelage se leva et tira sur les rênes. Le cheval semblait ne pas même avoir remarqué la forme étendue près de ses sabots. La femme portait un manteau de fourrure sombre et ses cheveux étaient très blonds. C'est tout ce que Kezia pouvait voir. Elle fronça les sourcils et accéléra l'allure en fourrant les marrons dans sa poche. Elle s'était même mise à courir quand le conducteur de la voiture sauta de sa plate-forme, les rênes à la main. Alors la femme s'agenouilla et tituba en avant, cette fois dans les jambes du cheval. Le cheval fit un écart et son propriétaire repoussa la femme. Celle-ci s'assit lourdement sur le trottoir, mais heureusement à l'abri des jambes du cheval, enfin.

— Que vous arrive-t-il, bon Dieu ? Vous êtes folle ou quoi ?

Le conducteur continuait à faire reculer son cheval en regardant la femme avec des yeux exorbités et furibonds. Il tournait le dos à Kezia et se mit à secouer la malheureuse. Puis il remonta sur son siège, exhorta son cheval à avancer, et, faisant un dernier geste du doigt à l'adresse de la femme toujours assise, il lui lança :

— Espèce de connasse !

On distinguait mal les passagers derrière la vitre fumée de la voiture, et le vieux cheval continua à avancer d'un pas pesant. Il était si habitué à son itinéraire que des bombes auraient pu éclater près de ses sabots, il aurait quand même continué à suivre le sillon bien tracé dans lequel il voyageait depuis des années.

Kezia vit la femme secouer la tête comme si elle était ivre et s'agenouiller lentement sur le trottoir. Elle parcourut les derniers mètres en courant, se demandant si la femme avait été blessée et pourquoi elle était tombée. Le manteau de fourrure sombre était étalé derrière elle et, de toute évidence, c'était un long vison splendide. Quand Kezia arriva près d'elle, elle entendit une petite toux sèche, puis l'inconnue tourna la tête.

Kezia reçut un choc et s'arrêta en voyant combien son visage était éprouvé. C'était Tiffany : ses yeux étaient boursouflés, ses joues creusées, d'horribles rides cernaient sa bouche et ses yeux. Il n'était pas encore midi et elle était déjà ivre.

— Tiffany ?

Kezia s'agenouilla près d'elle et caressa ses cheveux ébouriffés. Il n'y avait plus trace de maquillage sur son visage ravagé.

— Tiffie... c'est moi, Kezia.

— B'jour.

Tiffany semblait regarder quelque part, au-delà de l'oreille gauche de Kezia, inconsciente, aveugle, indifférente.

— Où est oncle Kee ? demanda-t-elle.

Oncle Kee. Mon Dieu, elle voulait parler du père de Kezia ! Oncle Kee. Kezia n'avait pas entendu ce nom depuis si longtemps... Oncle Kee... Papa...

— Tiffie, es-tu blessée ?

— Blessée ? dit-elle, le regard vague, l'air de ne pas comprendre.

— Le cheval, Tiff, t'a-t-il fait mal ?

— Le cheval ?

Elle eut un sourire enfantin et sembla comprendre tout à coup.

— Ah, le cheval ! Oh non, je monte tout le temps.

Elle se leva en chancelant et épousseta son long manteau de vison noir. Kezia baissa les yeux et vit les bas gris déchirés. L'une de ses chaussures en daim noir était abîmée. Sous le manteau entrouvert, Kezia put apercevoir une jupe habillée en velours noir, un chemisier en satin blanc et plusieurs rangées de grosses perles grises et blanches. Ce n'était pas la tenue adéquate pour flâner dans le parc ; ce n'étaient pas non plus des vêtements qui convenaient à cette heure de la journée. Sans doute n'était-elle pas rentrée chez elle la nuit précédente.

— Où vas-tu ?

— Chez les Lombard. Pour dîner.

C'était donc là qu'elle était allée. Kezia elle aussi avait été invitée, mais elle avait décliné l'invitation. Les Lombard. Mais c'était la nuit dernière. Qu'était-il arrivé depuis ?

— Je vais te raccompagner à la maison.

— Chez moi ? demanda Tiffany, soudain effrayée.

— Bien sûr.

Kezia essayait de garder un ton détaché, tout en tenant fermement Tiffany par un coude.

— Non, pas chez moi ! Non...

Elle s'échappa, trébucha et fut immédiatement prise de vomissements aux pieds de Kezia et sur ses propres chaussures de daim noir. Elle s'assit sur le trottoir et commença à pleurer, son vison noir traînant lamentablement dans sa propre bile.

Kezia sentit monter des larmes brûlantes quand elle se baissa vers son amie pour essayer de la relever.

— Allons, Tiffie... partons d'ici.

— Non... Je... Oh, mon Dieu, Kezia, s'il te plaît.

Elle s'agrippait aux jambes de Kezia, et levait vers elle des yeux tourmentés par des milliers de démons intimes. Kezia se baissa doucement pour la relever, puis voyant un taxi, elle leva une main et le héla, cependant qu'elle tenait Tiffany serrée contre elle.

— Non !

C'était la plainte angoissée d'une enfant au cœur brisé et Kezia sentait son amie trembler dans ses bras.

— Allons, on va aller chez moi.

— Je vais vomir, dit Tiffany.

Elle ferma les yeux et s'inclina à nouveau vers Kezia. Le chauffeur sortit comme une flèche et ouvrit la porte.

— Mais non, répondit Kezia, montons.

Elle réussit à installer Tiffany sur le siège et donna au chauffeur sa propre adresse tout en baissant les deux vitres pour que son amie ait de l'air frais. Ce fut à ce moment qu'elle remarqua que Tiffany n'avait pas de sac à main.

— Tiffie, avais-tu un sac ?

La jeune femme regarda autour d'elle dans le vide pendant un moment, puis elle haussa les épaules en renversant sa tête en arrière contre le siège, les yeux fermés.

— Et alors ?

Sa voix était si faible que Kezia ne comprit pas ses paroles.

— Quoi ?

— Un sac à main... Et alors ?

Elle haussa les épaules et parut s'endormir, mais un moment plus tard, sa main chercha à tâtons celle de Kezia et l'agrippa fermement en même temps que deux larmes solitaires coulaient sur son visage. Kezia tapota la petite main froide et posa les yeux avec horreur sur la grosse émeraude en forme de poire, entourée de diamants. Si quelqu'un avait pris le sac à main de Tiffany, il avait raté l'essentiel. Kezia frissonna à cette pensée, Tiffany était une proie facile pour n'importe qui.

— Erré... toute... la... nuit.

La voix ressemblait à un grognement et Kezia se demanda si ce n'était pas plutôt : « enivrée » toute la nuit. Il était évident qu'elle n'était pas rentrée chez elle après le dîner chez les Lombard.

— Où as-tu erré ?

Elle ne voulait pas commencer une conversation

sérieuse dans le taxi. D'abord, elle mettrait Tiffany au lit, puis elle téléphonerait chez elle pour dire à la gouvernante que Mme Benjamin allait bien. Ensuite, elles bavarderaient, mais plus tard. Pas de crise de nerfs d'ivrogne dans le taxi... Ça pourrait bien décider le chauffeur à raconter une histoire croustillante... Kezia n'en avait vraiment pas besoin.

— L'église... toute... la... nuit... marché... dormi... dans l'église.

Elle avait les yeux fermés et semblait partir à la dérive entre chaque mot. Mais l'étreinte sur la main de Kezia ne se relâchait jamais. Quelques minutes plus tard, ils s'arrêtèrent en face de l'immeuble de Kezia. Sans demander d'explications, le portier aida Kezia à conduire Tiffany jusqu'à l'ascenseur. L'appartement était vide. Luke était absent et la femme de ménage n'était pas supposée venir. Kezia bénissait cette solitude en conduisant son amie dans la chambre. Elle ne voulait pas expliquer qui était Luke, même à Tiffany dans l'état, habituel chez elle, où elle se trouvait. Elle avait pris de gros risques en l'amenant ici mais elle ne voyait pas d'autre endroit possible.

Tiffany s'assit, d'un air endormi, au bord du lit de Kezia et regarda autour d'elle.

— Où est oncle Kee ?

Son père encore... Bon Dieu !

— Il est sorti, Tiff. Pourquoi ne t'allonges-tu pas ? Je vais appeler chez toi et leur dire que tu rentreras plus tard.

— Non ! Dis-leur... dis-lui à elle... dis-lui d'aller au diable !

Elle commença à sangloter et à trembler des pieds à la tête. Kezia sentit un froid glacial lui courir le long du dos. Quelque chose dans les mots, le ton de la voix... quelque chose... avait fait vibrer une corde dans sa mémoire et, tout d'un coup, elle eut peur. Tiffany la regardait maintenant avec des yeux affolés, elle secouait la tête et des larmes coulaient sur ses joues. Kezia se tenait près du téléphone et regardait son amie : elle voulait l'aider mais elle avait peur de s'approcher d'elle. Un malaise étrange la tenaillait.

— Je ne dois rien leur dire ? demanda Kezia.

Les deux femmes restèrent ainsi pendant un moment : Tiffany secouait lentement la tête.

— Non... divorce...

— Bill ? dit Kezia en la regardant, abasourdie.

Tiffany hocha la tête.

— Bill a demandé le divorce ?

Elle secoua la tête pour dire oui, puis non. Puis elle respira profondément.

— Mère Benjamin... elle a appelé hier soir... après le dîner des Lombard. Elle m'a traitée... d'ivrogne... d'alcoolique... devant les enfants, elle va prendre les enfants et faire en sorte que Bill... que Bill...

Elle haleta, éclata à nouveau en sanglots, puis eut un haut-le-cœur.

— Faire en sorte que Bill divorce ?

Tiffany haleta encore une fois et hocha la tête, tandis que Kezia continuait à l'observer, craignant encore de s'approcher d'elle.

— Mais elle ne peut pas « faire en sorte que » Bill divorce, bon Dieu ! Il est adulte.

Tiffany secoua la tête et leva des yeux vides et gonflés.

— Le trust. Le gros trust. Toute la vie de Bill... en dépend. Et les enfants... leur confiance. Il... elle pourrait... Il...

— Non, il ne le ferait pas. Il t'aime. Tu es sa femme.

— Elle est sa mère !

— Et alors, bon sang ! sois raisonnable, Tiffany. Il ne va pas divorcer...

Mais, en même temps, Kezia se posa la question. Allait-il divorcer ? Et si toute sa fortune en dépendait ? A quel point aimait-il Tiffany ? L'aimait-il suffisamment pour lui sacrifier l'argent ? En observant Tiffany, Kezia savait que celle-ci avait raison. Mère Benjamin avait les cartes en main.

— Et les enfants ?

Mais elle lisait la réponse dans les yeux de Tiffany.

— Elle... elle... ils... (Elle était secouée de nouveaux sanglots et s'agrippait à la courtepointe, en bredouillant :) ... elle les a... Ils étaient partis la nuit dernière après... le dîner chez les Lombard et Bill... Bill... à Bruxelles... Elle a dit... Je... oh ! mon Dieu, Kezia, il faut que quelqu'un m'aide, s'il te plaît.

C'était un gémissement d'agonie et Kezia se retrouva tremblante, debout à l'autre bout de la pièce. Puis, elle commença à marcher lentement vers son amie. Mais c'était comme si... comme si... Des choses commençaient à lui revenir à l'esprit. Des larmes coulèrent sur son propre visage et une envie irrésistible, horrible, terrible, lui vint de frapper cette fille assise sur son lit, dégoûtante et brisée... l'envie de la détruire, de la secouer, de... Oh, mon Dieu, non...

Elle se tenait en face d'elle et ses paroles déchirèrent son âme au passage, comme si elles appartenaient à quelqu'un d'autre et qu'elles étaient lancées à la tête d'un fantôme, depuis longtemps disparu :

— Mais pourquoi es-tu devenue une telle ivrognesse, bon Dieu... pourquoi... pourquoi ?

Elle s'affaissa sur le lit près de Tiffany et les deux femmes pleurèrent, serrées dans les bras l'une de l'autre. Kezia avait l'impression de ne pas pouvoir s'arrêter et ce fut au tour de Tiffany de la réconforter. Les bras couverts de vison noir ressemblaient à l'éternité. C'étaient des bras qui avaient déjà tenu Kezia auparavant. Des oreilles qui avaient déjà entendu ces mots, vingt ans plus tôt. Pourquoi ?

— Mon Dieu, je... je suis désolée, Tiffie. Ça... tu m'as rappelé quelque chose de si pénible.

Elle leva les yeux et vit Tiffany hocher la tête d'un

air las ; mais celle-ci lui parut soudain s'éveiller d'un long rêve.

— Je sais et je suis désolée moi aussi. Je suis vraiment une plaie sur toute la ligne.

Les larmes continuaient à couler de ses yeux mais sa voix était presque normale.

— Absolument pas. Et je suis navrée pour cette histoire des enfants et de mère Benjamin. C'est dégoûtant d'agir de cette façon ! Que vas-tu faire ?

Elle haussa les épaules en guise de réponse et regarda ses mains.

— Tu ne peux pas lutter ?

Mais bien sûr il fallait d'abord que Tiffany arrête de boire.

— Et si tu allais dans une clinique ? proposa Kezia.

— Oui, et quand je sortirai, elle aura mis le grappin sur les gosses et il me sera impossible de les récupérer. Elle me tient, Kezia. Elle tient mon âme... mon cœur... mon...

Elle referma les yeux et la douleur sur son visage était intolérable. Kezia l'entoura de ses bras... Elle semblait si mince, si frêle, même dans son gros manteau de fourrure. Il y avait si peu de choses à dire. C'était comme si Tiffany avait déjà perdu. Et elle savait qu'elle avait déjà perdu.

— Pourquoi ne t'allonges-tu pas pour essayer de dormir ?

— Et ensuite ? dit Tiffany, le regard sombre.

— Ensuite, tu prendras un bain, tu mangeras quelque chose et je te raccompagnerai chez toi.

— Et ensuite ?

Kezia ne trouvait rien à répondre. Elle comprenait ce que la jeune femme voulait dire. Tiffany se leva lentement et marcha d'un pas hésitant vers la fenêtre.

— Je crois qu'il est temps que je rentre.

Son regard était perdu dans le lointain et Kezia se reprocha dans son for intérieur la vague de soulagement qui l'envahit. Elle voulait que Tiffany parte. Avant le retour de Luke, avant que Tiffany ne rechute, avant qu'elle-même ne prononce des paroles susceptibles de déclencher une nouvelle crise. Tiffany la mettait insupportablement mal à l'aise. Elle lui faisait peur. Elle ressemblait à un fantôme vivant. La réincarnation de Liane Holmes-Aubrey Saint-Martin. Sa mère... l'ivrognesse... Elle ne s'opposa pas à la décision de Tiffany.

— Tu veux que je te raccompagne ? demanda-t-elle en espérant une réponse négative.

Tiffany secoua la tête et détourna son regard de la fenêtre, avec un petit sourire doux.

— Non. Il faut que je rentre seule.

Elle sortit de la chambre, traversa le salon et s'arrêta à la porte d'entrée, en regardant Kezia d'un air incertain. Kezia n'était pas sûre de devoir la laisser partir seule mais elle voulait qu'elle s'en aille, qu'elle parte. Leurs yeux se rencontrèrent pendant un moment, puis Tiffany leva une main en imitant le salut militaire, resserra son manteau autour d'elle et lança un « au revoir », comme quand elles étaient à l'école. « Au revoir », et elle partit. La porte se referma lentement derrière elle, et un moment plus tard, Kezia entendit l'ascenseur descendre. Elle savait que Tiffany n'avait pas d'argent pour rentrer chez elle mais elle savait aussi que le portier de Tiffany paierait le taxi. Les gens très riches peuvent voyager pratiquement partout les mains vides. Tout le monde les connaît. Les portiers sont ravis de payer leurs taxis. Ils doublent leurs revenus en pourboires. Kezia savait que Tiffany était en sécurité. Et, au moins, elle était sortie de chez elle. Une forte odeur planait encore dans l'air, c'était un mélange de parfum, de transpiration et de vomi.

Kezia resta à la fenêtre longtemps, elle pensait à son amie, et à sa mère ; elle les aimait et les haïssait toutes les deux. Après un moment, elles se fondirent toutes les deux en une seule personne. Elles étaient tellement semblables, tellement... tellement. Il lui fallut un long bain chaud et une sieste pour se sentir de nouveau dans son assiette. L'excitation et la sensation de liberté qu'elle avait le matin en enterrant cette fichue « rubrique » étaient à présent ternies par la peine qu'elle avait ressentie en voyant Tiffany ramper dans la rue aux pieds de ce cheval, injuriée par le cocher, vomissant, pleurant et errant, perdue et égarée... harcelée par sa belle-mère, dépossédée de ses enfants. Son mari se fichait complètement d'elle et se laissait aisément convaincre par sa mère de la nécessité de divorcer. L'estomac de Kezia se serrait de plus en plus et quand elle s'allongea pour une sieste, elle eut un sommeil agité mais, au moins, quand elle se réveilla, les choses avaient repris un meilleur aspect. Bien meilleur. Elle leva les yeux et vit Luke debout au pied du lit. Elle jeta un coup d'œil au réveil. Il était beaucoup plus tard qu'elle ne le pensait.

— Salut, grosse paresseuse ! Qu'as-tu fait ? Tu as dormi toute la journée ?

Elle lui sourit un instant puis redevint sérieuse. Elle s'assit et lui tendit les bras. Luke se pencha vers elle pour l'embrasser ; la jeune femme se blottit contre son cou.

— J'ai eu en quelque sorte une journée difficile.

— Une démarche ?

— Non. Une amie. (Elle avait l'air de ne pas vouloir en dire davantage.) ... Tu veux boire quelque chose ? Je vais faire du thé. J'ai un peu froid.

Elle frissonnait en effet. Luke regarda la fenêtre et le ciel de la nuit.

— Ce n'est pas étonnant, avec les fenêtres ouvertes !

Elle avait ouvert toutes les fenêtres en grand pour chasser l'odeur.

— Tu me fais du café, mon chou ?

— Bien sûr.

Ils échangèrent un baiser au passage et se sourirent. Elle prit le journal au pied du lit, là où il l'avait posé quand il s'était penché pour l'embrasser.

— La fille dans le journal, c'est quelqu'un que tu connais ? demanda Luke.

— Qui ?

Elle déambulait en bâillant et pieds nus à travers le salon.

— En première page, la femme du monde.

— Je vais voir.

Elle alluma la lumière de la cuisine et regarda le journal qu'elle avait en main. La pièce se mit à tourner autour d'elle.

— C'est... c'est... Je... oh, mon Dieu, Lucas, aide-moi !...

Elle glissa lentement le long de la porte, le regard fixé sur la photo de Tiffany Benjamin. Elle s'était jetée par la fenêtre de son appartement, peu après 2 heures. « Au revoir... Au revoir... » Soudain, ces mots retentirent à ses oreilles : « Au revoir. » Avec le petit salut qu'elles se faisaient toujours à l'école. Kezia sentit à peine les bras de Luke lorsqu'il la transporta jusqu'au divan.

21

— Veux-tu que je vienne avec toi ?

Kezia secoua la tête en tirant la fermeture Eclair de sa robe noire et en enfilant les chaussures noires en crocodile qu'elle avait achetées l'été dernier à Madrid.

— Non, chéri. Merci. Ça ira.

— C'est promis ?

Elle lui sourit en arrangeant sa toque de vison.

— Juré.

— Je vais te faire une confidence ; tu fais terriblement chic !

Il la regardait d'un œil approbateur et elle lui sourit à nouveau.

— Je ne suis pas sûre d'avoir à faire chic.

Mais, en fait, elle savait qu'elle était juste dans le ton.

Elle hésitait encore entre le manteau de vison et le manteau noir de chez Saint-Laurent. Elle finit par choisir le second.

— Tu es parfaite ; écoute, chérie, si ça devient trop insupportable pour toi, tu mets les bouts, d'accord ?

— Je verrai.

— Ce n'est pas ça que j'ai dit. (Il marcha vers la glace et força Kezia à se retourner pour le regarder en face. Il aimait voir dans ses yeux.) Si la situation devient insupportable, tu reviens ici. Tu me le promets ou je vais avec toi.

Il savait qu'il n'en était pas question. L'enterrement de Tiffany allait être un des « événements » de la saison. Mais tout ce qu'il voulait, c'est que Kezia sache à quoi s'en tenir. Ce n'était pas sa faute si Tiffany s'était suicidée. Kezia n'avait pas tué Tiffany. Elle n'avait pas tué sa mère. Elle avait fait tout ce qu'elle pouvait. Luke et elle en avaient parlé et reparlé ensemble et il voulait être sûr qu'elle ne retomberait pas dans ses folles idées. Ce qui était arrivé était horrible, mais elle n'y était pour rien. Ils étaient là, debout devant la glace. Elle se jeta dans ses bras et le tint encore plus serré que d'habitude.

— Je suis contente que tu sois là, Lucas.

— Moi aussi. Alors, tu me la fais, cette promesse ?

Elle hocha la tête en silence et leva son visage vers lui pour l'embrasser. C'est ce qu'il fit, un peu comme une vengeance.

— Ciel, à ce train-là, monsieur Johns, je ne partirai jamais.

— Je serais absolument d'accord.

Il passa une main dans le décolleté en V de la robe et elle recula avec un petit rire.

— Lucas !

— A votre service, madame.

— Tu es épouvantable.

— Epouvantablement allumé.

Il la reluquait en souriant pendant qu'elle pinçait de simples perles à ses oreilles. Il savait qu'il était irrévérencieux mais cela égayait un peu l'atmosphère. Quand il s'assit pour la regarder mettre du rouge à lèvres et poser une dernière touche de parfum, il essaya de prendre un ton très détaché pour demander :

— Edward t'accompagne ?

Elle secoua la tête et prit le sac en crocodile noir et les gants courts en chevreau blanc. L'écharpe en soie épaisse, blanche et noire de chez Dior, était la seule touche claire de l'ensemble.

— J'ai dit à Edward que je le verrais. Et puis, ne t'inquiète pas pour moi. Je suis grande maintenant, je vais bien, je t'aime et tu t'occupes de moi mieux que quiconque au monde.

Elle se tourna vers lui avec un sourire qui prouvait qu'elle pouvait se débrouiller toute seule et Luke se sentit rassuré.

— Tu es parfaite. Si tu n'étais pas si pressée...

— Lucas, tu dis n'importe quoi...

Elle lui tournait le dos et traversait le salon pour prendre son manteau, quand il arriva sans bruit derrière elle et la souleva du sol.

— Je dis n'importe quoi ! Ecoute un peu, petite traînée...

— Lucas ! Lucas, pour l'amour du ciel, lâche-moi !

Il la fit tournoyer avant de la reposer et elle tomba dans ses bras en riant, hors d'haleine, alors que Luke réprimait un petit rire.

— Tu es le plus misérable, le pire...

Leurs lèvres se rencontrèrent. Après un moment, elle le repoussa doucement ; son visage était à la fois heureux et triste.

— Luke... je dois y aller.

— Je sais. (Il avait retrouvé son sérieux et l'aida à mettre son manteau. Il ajouta :)... Ne t'en fais pas trop !

Elle hocha la tête, l'embrassa et partit.

L'église était déjà pleine quand elle arriva et Edward attendait discrètement près d'une porte. Il lui fit un signe, elle le rejoignit et passa une main sous son bras.

— Vous êtes très bien ainsi, murmura-t-il.

Elle hocha la tête et il resserra l'étreinte sur son bras. On les conduisit dans la nef principale et Kezia essaya de ne pas regarder le cercueil recouvert de roses blanches. Mère Benjamin était assise pieusement au premier rang avec son fils veuf et les deux enfants. A leur vue Kezia sentit sa respiration se bloquer au niveau de sa gorge. Elle avait envie de crier à la belle-mère de son amie : « Vous l'avez assassinée. Vous l'avez tuée, avec vos fichues menaces de divorce et en lui enlevant ses enfants... vous... »

— Merci.

Elle entendit la voix faible d'Edward remercier la personne qui les avait conduits à une chaise. Whit était trois rangées devant.

Il paraissait plus mince et soudain plus ouvertement efféminé dans son costume Cardin très soigné qui lui serrait la taille et qui moulait un peu trop son dos. Kezia soupçonna son ami de le lui avoir offert.

Marina était là aussi, avec Halpern, l'air gêné d'être aussi heureuse, en dépit des circonstances. Ils allaient se marier au nouvel an à Palm Beach. Marina ne semblait plus avoir de problèmes.

Kezia avait du mal à ne pas regarder autour d'elle avec les yeux de Martin Hallam, pour essayer de dénicher des histoires de premier choix. Mais elle ne pouvait plus se cacher derrière lui. Il était mort lui aussi.

Elle n'était plus que Kezia Saint-Martin pleurant son amie. Les larmes coulaient librement sur son visage quand le cercueil traversa la nef en direction du corbillard automobile marron foncé qui attendait dehors. Deux policiers avaient été envoyés pour régler la circulation autour du long serpent de voitures, dont aucune n'était de location. Tout était vrai. Et comme de bien entendu, une armée de journalistes attendait la sortie du cortège funèbre.

Comment croire que tout était fini ? Elles avaient eu tant de joies ensemble à l'école ; elles s'étaient écrit de leurs différents collèges. Kezia avait été la demoiselle d'honneur de Tiffany lorsque celle-ci s'était mariée avec Bill. Elle s'était moquée gentiment d'elle à sa première grossesse. Quand les choses s'étaient-elles gâtées ? Quand la boisson avait-elle fait d'elle une ivrognesse ? Etait-ce après le premier bébé ? Après le second ? Plus tard ? Avant ? Le plus horrible pour Kezia, c'était cette impression que Tiffany avait toujours été ainsi : toujours titubante, dans le vague, à laisser tomber des « divin » partout comme des peaux de lapin. C'était à cette Tiffany qu'on pensait, la Tiffany aux idées confuses, qui buvait et vomissait... pas à la fille amusante de l'école... Ce dérisoire salut à la porte, le dernier jour... cet... « au revoir »... « au revoir »... « au revoir »...

Kezia se surprit à regarder fixement, dans le vague, la tête des gens qui étaient devant et elle sentit qu'Edward la guidait lentement hors de la rangée. Il y avait une longue file d'attente là où l'on serrait les mains des divers membres de la famille. Bill avait l'air empressé et solennel : il dispensait des petits sourires, des hochements de tête entendus, et ressemblait plus à un entrepreneur de pompes funèbres qu'à un mari. Les enfants avaient l'air complètement perdus. Partout, les gens regardaient autour d'eux, pour voir qui était là, ce qu'on portait ; ils gloussaient et inclinaient la tête à propos de Tiffany... Tiffany l'ivrognesse... la pocharde... l'amie. La cérémonie ressemblait tellement à l'enterrement de la mère de Kezia que c'en était insupportable. Pas seulement pour Kezia, mais aussi pour Edward qui avait le visage gris lorsqu'ils quittèrent enfin l'église. Kezia respira profondément, lui tapota la main et regarda le ciel.

— Edward, quand je mourrai, dit Kezia, je veux que vous fassiez en sorte que je sois jetée dans l'Hudson ou quelque chose de ce genre. Si vous m'infligez une telle mascarade, je vous hanterai jusqu'à la fin de vos jours.

Elle ne plaisantait qu'à demi. Mais Edward la regardait d'un air malheureux.

— J'espère ne plus être ici pour m'en occuper. Allez-vous au cimetière ?

Elle hésita un moment puis secoua la tête, en se rappelant la promesse qu'elle avait faite à Luke.

— Non. Et vous ?

Il hocha la tête, péniblement.

— Pourquoi ?

Parce qu'il le devait. Elle connaissait très bien la réponse. C'était ce qui tuait des gens comme Tiffany. Des « devrait ».

— Kezia, on doit...

Elle n'attendit pas la fin de sa phrase. Elle se pencha, l'embrassa sur la joue et commença à descendre les marches.

— Je sais, Edward. Prenez bien soin de vous.

Il avait voulu lui demander ce qu'elle avait fait ces derniers jours mais il n'en avait jamais eu l'occasion et il ne voulait pas abuser d'elle. Il ne l'avait jamais fait. Pourtant la journée avait été tellement épouvantable ! Tellement horrible pour lui ! Tout lui avait tellement rappelé Liane. Ce jour atroce, insupportable, où... Il regarda Kezia se glisser avec légèreté dans un taxi et essuya vivement une larme qui coulait sur sa joue. Il avait un petit sourire convenable quand elle se retourna pour le regarder par la vitre arrière.

— Comment ça s'est passé ? demanda Luke qui l'attendait avec du thé chaud.

— C'était horrible. Merci, chéri. (Elle but une gorgée de thé avant même d'enlever son manteau noir de Saint-Laurent et, de sa main libre, elle se débarrassa de sa toque de vison noir. Puis elle dit :) C'était épouvantable ! Sa belle-mère a même eu le mauvais goût de venir avec les enfants.

Mais Kezia elle aussi avait assisté à l'enterrement de sa mère. Peut-être était-ce simplement dans l'ordre des choses. Il fallait que ce soit aussi pénible que possible pour que la situation paraisse vraie.

— Veux-tu dîner au restaurant ou ici ?

Elle haussa les épaules. Tout lui était égal. Quelque chose l'agaçait. Tout l'agaçait.

— Mon amour, qu'est-ce qui ne va pas ? La cérémonie t'a-t-elle fait mal à ce point ? Je t'ai dit...

Il la regardait, l'air malheureux.

— Je sais. Je sais. Mais c'est bouleversant... et peut-être est-ce quelque chose d'autre qui m'agace. Je ne sais pas quoi. C'est peut-être d'avoir vu tous ces fossiles qui pensent encore avoir des droits sur moi. Ce sont peut-être des douleurs dues à la croissance. Ça va s'arranger. Je suis probablement déprimée à cause de Tiffany.

— Tu es sûre qu'il n'y a rien d'autre ?

Luke était beaucoup plus inquiet qu'elle ne pouvait le soupçonner.

— Je te l'ai dit. Je ne sais pas. Mais ce n'est rien. Il y a eu beaucoup de changements tous ces temps-ci... La « rubrique », tu sais. Il est temps de devenir adulte et ce n'est jamais facile.

Elle essaya de sourire mais les yeux de Luke ne lui répondirent pas.

— Kezia, est-ce que je te rends malheureuse ?

— Oh ! chéri, non.

Elle était horrifiée. Quelle idée ridicule ! Elle se demanda ce qui avait bien pu le tourmenter tout l'après-midi. Il était dans un triste état.

— Tu es sûre ? insista-t-il.

— Bien sûr que je suis sûre, Lucas. Absolument certaine, vraiment.

Elle se pencha vers lui pour l'embrasser et découvrit de la tristesse dans son regard. Peut-être était-ce de la compassion pour elle mais ce qu'elle y vit la toucha profondément.

— Regrettes-tu d'avoir abandonné la « rubrique » ?

— Non. J'en suis heureuse. Très heureuse. J'ai une impression étrange quand les choses changent. Un sentiment d'insécurité. Du moins, c'est ainsi chez moi.

— Oui.

Il hocha la tête et resta silencieux pendant un long moment. Elle finissait de boire son thé, son manteau était jeté sur un fauteuil, la robe noire qu'elle portait lui donnait un air plus sérieux.

Il l'observa, et un long moment s'écoula avant qu'il ne reprenne la parole. Il y avait alors une note étrange dans sa voix. Les badinages étaient terminés.

— Kezia... j'ai une confidence à te faire...

Elle leva des yeux innocents en essayant de sourire.

— Qu'est-ce que c'est, mon chou ? (Puis elle ajouta en plaisantant :) ... Tu es marié secrètement et tu as quinze enfants ?

Elle parlait avec l'assurance d'une femme qui sait qu'il n'y a pas de secrets... un seulement.

— Non, idiote. Je ne suis pas marié. Mais c'est autre chose.

— Sois plus précis.

Pour une fois, elle ne semblait pas inquiète. La confidence ne pouvait pas être importante. Il n'aurait pas choisi un moment pareil. Il savait qu'elle était bouleversée à cause de Tiffany.

— Chérie, je ne sais pas comment te le dire. Je ne vais pas y aller par quatre chemins. Je dois te le dire, je ne peux pas attendre plus longtemps. Je suis convoqué à une audience pour la révocation de ma liberté conditionnelle.

Les mots tombèrent dans la pièce comme une bombe. Tout se brisa, le temps s'arrêta.

— Une quoi ?

Elle avait mal entendu... c'était impossible ! Elle rêvait. C'était un des cauchemars de Luke qu'elle avait surpris par erreur.

— Une audience. Je suis convoqué à une audience. Au sujet de ma libération sur parole. Ils veulent la révoquer. J'ai, paraît-il, conspiré dans le but de provoquer des troubles dans les prisons. En d'autres termes, on m'accuse d'avoir fomenté un complot.

— Mon Dieu, Lucas... dis-moi que tu plaisantes.

Elle ferma les yeux et était assise, complètement immobile, comme si elle attendait quelque chose, mais Lucas pouvait voir ses mains serrées qui tremblaient sur ses genoux.

— Non, mon amour, je ne plaisante pas. Je le voudrais bien mais ça n'est pas le cas.

Il prit les deux petites mains de Kezia dans les siennes. Ses yeux s'ouvrirent lentement, ils étaient noyés de larmes.

— Depuis combien de temps le sais-tu ? demanda-t-elle.

— Depuis un moment, mais ce n'était qu'une menace. Avant que je te connaisse, en fait. Mais je n'y ai jamais cru. J'ai eu la confirmation de l'audience aujourd'hui. Ce qui l'a provoquée, je pense, c'est la grève à San Quentin. Ils sont enragés cette fois-ci, et ils veulent ma peau.

« Ils ont déjà eu celle de Morrissey. »

— Mais que va-t-on faire ? (Le visage de Kezia était accablé et les larmes coulaient en silence. Elle

demanda encore :) ... Peuvent-ils prouver que tu es
mêlé à cette grève ?

Il secoua la tête.

— Non. Mais c'est pour ça qu'ils sont tellement en
rage. Alors, ils vont essayer de m'avoir sur n'importe
quoi d'autre. Mais on va se décarcasser. J'ai un bon
avocat. Et j'ai de la chance, car il y a quelques années,
on ne pouvait pas avoir un avocat lors des audiences
pour révocation d'une libération sur parole. Tu étais
seul devant le tribunal. Alors, courage, ça pourrait être
pis ! Nous avons un bon avocat, nous sommes ensemble. Et notre façon de vivre est irréprochable. On va
devoir faire ce qu'on fait dans ces cas-là. Attendre
jusqu'à l'audience et alors, bien se défendre.

Mais ils savaient tous les deux que la question clé
n'était ni la défense ni son genre de vie. On l'accusait
d'être un agitateur. Et c'était la vérité.

— Allons, mama, du cran !

Il se pencha vers elle pour l'embrasser et la prit dans
ses bras, mais le corps de Kezia était raide, fermé, son
visage était baissé et les larmes continuaient à couler. Il
vit ses genoux trembler lorsqu'il baissa les yeux. C'était
comme s'il l'avait tuée. Et d'une certaine façon, son
impression était juste.

— Quand a lieu l'audience ?

— Ce n'est que dans six semaines. Le 8 janvier, à
San Francisco.

— Et ensuite ?

— Que veux-tu dire par « et ensuite » ?

Elle était si immobile qu'elle lui faisait peur.

— Que va-t-il se passer s'ils te renvoient en prison ?

— Ça n'arrivera pas, dit-il d'une voix profonde et
douce.

— Mais si ça arrive, Luke ?

Son cri de douleur et de peur transperça le silence.

— Kezia, c'est impossible.

Il baissa la voix et essaya de la calmer, tout en se

battant contre son propre désespoir. Ce n'était pas du tout ce qu'il avait prévu. Mais à quoi s'attendait-il ? Il aurait dû le savoir, dès le début. Il l'avait doucement sortie de chez elle pour l'amener chez lui et maintenant, il était assis là, à lui dire que leur maison risquait d'être réduite en cendres. Elle avait de nouveau un regard d'orpheline. Et la douleur de Kezia était le fait de Luke. Il en sentait tout le poids, comme un sac de ciment autour du cou.

— Chérie, ça n'arrivera pas. Et si jamais ça arrive — c'est seulement un « si » — alors on survivra. On a tous les deux assez de cran pour ça. S'il le faut.

Il savait que lui en était capable, mais elle ?

— Lucas... non !

La voix de Kezia n'était qu'un murmure à peine audible.

— Mon amour, je suis désolé...

Il ne pouvait rien dire d'autre. Ce qu'il avait craint depuis longtemps avait fini par arriver. Seulement, le problème, c'est qu'avant de connaître Kezia, il ne l'avait pas redouté de la même façon. Il ne l'avait même pas redouté du tout. Il l'avait considéré comme un prix éventuel à payer, un possible contretemps. Autrefois il n'avait rien à perdre... maintenant il avait tout à perdre et tout était tracé. Elle devait payer le prix avec lui et ne pouvait l'ignorer. Alejandro le lui disait depuis des semaines, mais Luke avait tergiversé, trouvé des portes de sortie, et s'était menti à lui-même. Il n'y avait plus moyen de mentir maintenant. L'avertissement était là, froissé en boule sur le bureau de Kezia. La suite ne dépendait plus de lui... voilà le gâchis... Il souleva le menton de Kezia d'une main et chercha à unir ses lèvres aux siennes, tendrement. C'était tout ce qu'il pouvait lui donner : ce qu'il sentait, ce qu'il était, son amour pour elle. Ils avaient encore six semaines devant eux, si personne ne le tuait d'ici là.

22

Pour Thanksgiving, ils mangèrent des sandwiches chauds à la dinde, dans leur chambre d'hôtel de Chicago. La révocation était suspendue au-dessus de leurs têtes mais ils luttaient avec acharnement pour l'ignorer. Ils en parlaient rarement, sauf de temps en temps, tard la nuit. Il leur restait six semaines avant l'audience et Kezia était décidée à ne pas laisser cette menace gâcher leur vie. Elle essayait d'être gaie à tout prix, avec une détermination presque insupportable. Lucas savait ce qui lui arrivait mais il ne pouvait pas y faire grand-chose. Il n'était pas dans ses possibilités de supprimer l'audience par son seul désir. Ses propres cauchemars étaient revenus et il n'aimait pas l'attitude de Kezia. Elle avait déjà perdu du poids. Mais elle avait beaucoup de courage. Elle faisait les mêmes vieilles plaisanteries. Ils prenaient du bon temps. Il leur arrivait de faire l'amour deux ou trois fois par jour, quelquefois quatre, comme pour faire provision de ce qu'ils risquaient de perdre. Six semaines, c'était si court. Quand ils retournèrent à New York, il ne leur en restait plus que cinq.

— Kezia, vous n'avez pas bonne mine. Pas bonne mine du tout.

— Edward, cher ami, vous me rendrez folle.

— Je veux savoir ce qui vous arrive.

Les serveuses passèrent près d'eux pour leur verser un autre verre de champagne Louis Roederer.

— Vous êtes curieux.

— Oui, parfaitement.

Edward avait un air revêche de vieillard. Kezia était fatiguée et avait vieilli elle aussi.

— Bon. Je suis amoureuse.

— Je l'avais deviné. Et est-il marié ?

— Pourquoi supposez-vous toujours que les hommes avec qui je sors sont mariés ? A cause de ma discrétion ? Bon sang, mais c'est mon droit, j'ai au moins appris ça au fil des années.

— Oui, mais ce n'est pas votre droit de vous complaire dans une pure folie.

« Non, juste le droit à la souffrance, cher ami, et à une foutue chance à la gomme. C'est ça, Edward ? Evidemment. Ou bien est-ce seulement le droit au devoir et à la douleur ? »

— Dans le cas qui nous occupe, ma folie, mon cher Edward, c'est un bel homme que j'adore. Nous vivons et voyageons ensemble plus ou moins depuis plus de deux mois maintenant. Et juste avant Thanksgiving, nous avons compris... que... (Sa voix se cassa et son cœur tremblait : que faisait-elle ?) ... nous avons découvert qu'il était très malade. Très malade.

Les traits du visage d'Edward se tirèrent tout d'un coup.

— Quel genre de maladie ?

— Nous ne sommes pas sûrs. (Elle était maintenant jusqu'au cou dans son histoire. Elle y croyait presque. C'était plus facile que la vérité et ainsi il la laisserait tranquille pendant un moment.) ... on essaie un traitement. Il a actuellement 50 % de chances de survivre. C'est pour ça que j'ai « mauvaise mine ». Vous êtes satisfait ?

La voix de Kezia était pleine d'amertume, ses yeux assombris par les larmes.

— Kezia, je suis désolé. Est-ce... est-ce que c'est... quelqu'un que je connais ?

« Absolument pas, mon doux cœur. » Elle avait presque envie de rire.

— Non. Nous nous sommes rencontrés à Chicago.

— Je me le demandais. Est-il jeune ?

— Assez, mais plus âgé que moi.

Elle était calme maintenant. Dans un sens, elle lui avait dit la vérité. Renvoyer Lucas en prison équivaudrait à le condamner à mort. Trop d'hommes le haïssaient ou l'aimaient, il était trop connu, il avait trop comploté. San Quentin le tuerait. Quelqu'un le tuerait. Sinon un prisonnier, du moins un gardien.

— Je ne sais pas quoi dire, dit Edward. (Mais son visage parlait pour lui. Il y avait un fantôme dans ses yeux. Le fantôme de Liane Saint-Martin. Il reprit :) Cet homme... est-ce qu'il... Vient-il à New York ?

Il tâtonnait pour découvrir une question qui ne la ferait pas bondir de fureur, mais il n'en trouvait pas. « Où a-t-il fait ses études ? Que fait-il ? Où vit-il ? » Kezia aurait explosé à chacune de ces questions. Pourtant, il voulait savoir. Il fallait qu'il sache. Il le devait à Kezia... à lui-même.

— Oui, il vient à New York. Avec moi.

— Il loge chez vous ?

Il venait de se souvenir qu'elle lui avait dit qu'ils vivaient ensemble. Mon Dieu, comment osait-elle ?

— Oui, Edward. Dans mon appartement.

— Kezia... est-ce qu'il... il...

Il voulait savoir si c'était quelqu'un de convenable, de respectable, pas quelqu'un à la recherche d'une fortune, ou... ou un « professeur de français ». Mais il ne pouvait vraiment pas le lui demander et elle ne le lui aurait pas permis. Edward eut le sentiment qu'il était sur le point de la perdre pour toujours.

— ... Kezia...

Elle le regarda, des larmes coulaient sur ses joues. Puis elle secoua la tête, doucement.

— Edward, je... je ne peux pas aujourd'hui. Je suis désolée.

Elle l'embrassa gentiment sur la joue, ramassa son sac et se leva. Il ne l'arrêta pas. Il ne pouvait pas. Il se contenta de la regarder gagner la porte et il serra ses mains très fort pendant un moment avant de faire un signe pour avoir l'addition.

Kezia se rendit à Harlem en métro dans le froid piquant d'un après-midi d'hiver. Alejandro était la seule personne au monde capable de l'aider. Elle commençait à perdre pied. Il fallait qu'elle le voie.

Elle marcha vivement du métro jusqu'au centre, oubliant de quoi elle avait l'air avec son long manteau rouge de Paris et sa toque de vison blanc. Elle s'en fichait complètement. Dans les rues où elle faisait du slalom entre les boîtes de conserve vides et les enfants qui couraient, on la regardait comme si elle était une étrange apparition, mais le vent était mordant et il y avait une menace de neige dans l'air. Personne n'avait le temps de s'attarder. On la laissa tranquille.

Quand elle arriva, il y avait une fille dans le bureau d'Alejandro et ils riaient. Kezia marqua un temps d'arrêt sur le seuil. Elle avait frappé, mais ils n'avaient rien entendu.

— Al, es-tu occupé ?

Il était rare qu'elle l'appelât par le diminutif utilisé par Luke.

— Je... non... Pilar, peux-tu m'excuser ?

La fille bondit de sa chaise et frôla Kezia au passage, l'air ébahi. Kezia ressemblait à une vision sortant de *Vogue* ou à une actrice de cinéma.

— Je suis désolée de te déranger, dit Kezia dont les yeux étaient au supplice au-dessous de la fourrure blanche.

— Ce n'est rien. J'étais... Kezia ?

Elle s'était effondrée en larmes devant lui et maintenant elle était là, brisée, les deux bras tendus, son sac posé par terre, de travers, et toute sa retenue s'était envolée.

— Kezia... *pobrecita*... trésor... allons, calme-toi !

— Oh ! mon Dieu, Alejandro... Je ne peux pas le

314

supporter. (Elle se laissa tomber dans ses bras et enfouit son visage contre son épaule.) ... Que peut-on faire ? Ils vont le renvoyer là-bas. Je le sens. (Elle renifla et releva la tête pour lire dans ses yeux.) ... N'est-ce pas ?

— C'est possible.

— Toi aussi, tu le penses, hein ?

— Je ne sais pas.

— Oh, si, tu le sais, bon Dieu ! Dis-le-moi. Mais qu'on me dise la vérité !

— Je ne la connais pas, la vérité, merde alors.

Elle criait et il criait encore plus fort qu'elle. Les murs semblaient faire écho à ce qu'ils avaient tous les deux accumulé à l'intérieur d'eux-mêmes — la crainte, la colère, la frustration.

— Oui, peut-être bien qu'ils le reprendront. Mais, pour l'amour du ciel, Kezia, n'abandonne pas la partie avant le jugement. Que vas-tu faire ? Te laisser mourir, maintenant ? Le laisser tomber ? Te détruire ? Attends de voir, bon Dieu, alors tu pourras aviser.

Sa voix avait rempli la pièce et Kezia sentait que les larmes le gagnaient lui aussi. Mais elle était calme. Il lui avait remis les pieds sur terre, elle avait repris le contrôle d'elle-même.

— Tu as peut-être raison. Mais j'avais bougrement la trouille, Alejandro. Je ne sais plus quoi faire pour tenir bon... La panique me gagne parfois, comme de la bile, à l'intérieur de moi-même.

— Il n'y a rien à faire. Il faut seulement essayer d'être raisonnable et se cramponner. Essaie de ne pas perdre pied.

— Et si on fuyait ? Penses-tu qu'ils le retrouveraient ?

— Oui, ils finiraient par le retrouver et ils tireraient à vue sur lui. Et puis, Luke n'agirait jamais ainsi.

— Je sais.

Il s'approcha d'elle et la reprit dans ses bras. Elle

avait encore son manteau, sa toque de fourrure, et son visage était souillé par le mascara et les larmes.

— Le pire, dit-elle, c'est de ne pas savoir quoi faire pour l'aider, pour rendre sa position plus facile. Il est si tendu !

— Tu ne peux rien y changer. Tout ce que tu peux faire, c'est rester à côté de lui. Et prendre soin de toi. Tu n'aideras personne si tu t'effondres. Rappelle-toi bien ça. Pour lui tu ne peux pas renoncer à ta vie ou à ta santé mentale. Kezia... ne baisse pas encore les bras. Pas avant qu'ils ne le disent, s'ils le disent, et même s'ils le disent.

— Oui. (Elle hocha la tête d'un air las et s'appuya contre le bureau.) ... c'est sûr.

— Je ne savais pas que tu étais une lâcheuse !

— Je ne suis pas une lâcheuse.

— Alors, agis en conséquence. Rassemble tes esprits, ma cocotte. La route que tu as en face de toi est difficile, mais personne n'a dit que c'était le bout de la route. Ce ne l'est pas pour Luke, en tout cas.

— D'accord, monsieur le vantard. J'ai compris.

Elle essaya de composer un sourire.

— Alors, agis en conséquence, comme quelqu'un qui ne va pas tout laisser tomber. Ce gros bêta t'aime tant ! (Alejandro se dirigea vers elle et la serra dans ses bras.) ... Et moi aussi je t'aime, mon petit, vraiment.

Des larmes recommencèrent à jaillir des yeux de Kezia qui secoua la tête vers lui.

— Ne sois pas gentil avec moi ou je vais encore pleurer.

Elle rit à travers ses larmes et il lui ébouriffa les cheveux.

— Tu es vraiment très chic. D'où viens-tu ? Tu as fait des courses ?

Il venait seulement de le remarquer.

— Non. J'ai déjeuné avec un ami.

— Ce n'était certainement pas chez *Heroes and Cokes* (1) !

— Alejandro, tu es stupide !

Mais ils s'amusaient bien tous les deux et il prit son manteau accroché derrière la porte.

— Je te raccompagne chez toi.

— Tu ne vas pas faire tout ce chemin. Ne sois pas ridicule.

Mais cette attention la touchait.

— J'en ai assez fait ici pour aujourd'hui. Tu veux faire l'école buissonnière avec moi ?

Il avait l'air jeune en lui faisant cette offre ; ses yeux brillaient et son sourire était celui d'un gamin joueur.

— A dire vrai, je suis assez tentée.

Ils s'éloignèrent du centre, bras dessus, bras dessous, le manteau rouge de Kezia contre la veste à capuchon beige venant d'un surplus de l'armée. Il l'étreignit et elle se mit à rire en plongeant ses yeux dans son regard chaleureux. Elle était contente d'être venue le voir. Elle avait besoin de lui, d'une façon différente mais presque autant qu'elle avait besoin de Luke.

Ils sortirent du métro à la 86e Rue et s'arrêtèrent dans un café allemand pour prendre une tasse de chocolat chaud *mit Schlag* (2) : grands nuages de crème fouettée. Un orchestre à flonflons faisait de son mieux et au-dehors les lumières de Noël clignotaient déjà, pleines d'espérance. Ils ne parlèrent pas de l'audience mais de leurs passés. Noël, la Californie, la famille d'Alejandro, le père de Kezia. C'était drôle : elle avait beaucoup pensé à son père, ces derniers temps, et elle voulait en parler à quelqu'un. Il était si difficile de parler à Luke, maintenant ; toutes les conversations les menaient inexorablement au labyrinthe émotionnel et sans issue de la révocation.

(1) Restaurant bon marché.
(2) *Schlagsahne* : crème fouettée.

— Quelque chose me dit que tu ressembles beaucoup à ton père, Kezia. Lui non plus n'était pas vraiment conformiste, si on gratte un peu le vernis.

Elle sourit en regardant la crème fouettée en train de se dissoudre dans son chocolat chaud.

— Non, c'est vrai. Mais il avait une façon toute personnelle de réussir, d'après ce qu'on m'a dit. Je suppose qu'il n'était pas acculé à faire des choix aussi cruels que moi.

— C'est le passé. Il n'avait pas les mêmes choix. C'était peut-être une raison. A quoi ressemble ton tuteur ?

— Edward ? Il est adorable. Et solidement attaché au personnage qu'il est supposé être. Je crois aussi qu'il est très solitaire.

— Et amoureux de toi ?

— Je ne sais pas. Je n'y ai jamais beaucoup pensé. Je ne pense pas.

— Je parie que tu te trompes. (Il sourit et but une gorgée du liquide chaud et sucré, ses lèvres étaient bordées de mousse.) ... Je crois qu'il y a beaucoup de choses dont tu n'as pas conscience, Kezia. Sur toi-même et l'effet que tu produis sur les autres. Dans un sens, tu es naïve.

— Vraiment ?

Elle lui sourit. C'était agréable d'être avec lui. Elle avait eu besoin de parler à quelqu'un. Il y a des années, elle parlait beaucoup à Edward, mais c'était fini. D'une étrange façon, Alejandro le remplaçait maintenant. C'était vers Alejandro qu'elle s'était tournée, alors qu'elle ne pouvait parler ni à Edward ni même à Luke. Alejandro qui la consolait et lui donnait des conseils paternels. Une idée amusante lui vint soudain à l'esprit.

Elle leva les yeux avec un petit rire :

— Et je suppose que, toi aussi, tu es amoureux de moi !

— Peut-être bien.

— Imbécile !

Elle savait qu'il ne disait pas la vérité. Ils s'adossèrent pour écouter les flonflons. Le restaurant était bondé mais ils étaient assis à l'écart du bruit et de l'agitation, aussi isolés que les vieux messieurs en train de lire des journaux allemands, seuls à leurs tables.

— Que faites-vous, vous deux, à Noël ?

— Je ne sais pas. Tu connais Luke. Je ne pense pas qu'il ait pris une décision. Du moins, il ne m'en a pas parlé. Toi, tu restes ici ?

— Oui. Je voulais aller chez moi à Los Angeles mais j'ai trop de boulot au centre et le voyage coûte cher. Pourtant il y a une possibilité que je voudrais examiner de plus près à San Francisco. Peut-être le printemps prochain.

— Quel genre de possibilité ?

Elle alluma une cigarette et se détendit sur sa chaise. L'après-midi s'était transformé en quelque chose de très agréable.

— Ils appellent ça des groupes thérapeutiques, là-bas. C'est la même chose qu'au centre, mais les parents logent sur place, ce qui augmente les chances de succès.

Il regarda sa montre et fut surpris de voir l'heure qu'il était : 5 heures passées.

— Tu veux dîner avec nous ?

Il secoua la tête, navré.

— Non. Je vais vous laisser en paix, les deux tourtereaux. Et puis, j'ai un « joli petit lot » à voir près de chez moi.

Il ricana d'un air entendu et Kezia étouffa un rire.

— Tu fais des ravages à Harlem ? Qui est-ce ?

— L'amie d'une amie. Elle travaille dans un centre de jour et elle a probablement de gros nichons, une mauvaise haleine et de l'acné.

— Tu as quelque chose contre les gros nichons ? dit-elle en esquissant une grimace.

— Non. Seulement contre les deux autres points. Mais c'est quelqu'un. Il y en a deux ou trois comme ça qui travaillent au centre. Oui, je suis snob en ce qui concerne les femmes, et après ?

Il fit un signe pour avoir l'addition.

Kezia se mit à rire.

— Comment se fait-il que tu n'aies pas de « vieille amie » ?

Elle ne lui avait encore jamais posé la question.

— Je suis trop laid ou trop méchant. Je ne sais pas exactement lequel des deux.

— Foutaises ! Dis-moi pourquoi.

— Qui sait, *hija* ! C'est peut-être à cause de mon travail. Tu avais raison — Luke et moi nous avons beaucoup de choses en commun. Les causes passent avant tout le reste. Et c'est dur pour une femme de s'adapter, à moins qu'elle n'ait de son côté elle aussi une vie à problèmes. De toute façon, je suis chichiteux.

— J'en suis sûre.

C'était probablement cela la vérité. Parce qu'il n'était certainement ni laid ni méchant. Elle le trouvait au contraire étrangement attirant et chérissait le genre de relation qui s'était créé entre eux.

— ... Alors, et la fille de ce soir ?

— Je vais voir.

Il était gentiment évasif mais Kezia était curieuse.

— Quel âge a-t-elle ?

— Vingt et un ans, vingt-deux ans. A peu près.

— Je la déteste déjà.

— Tu as en effet beaucoup de raisons d'être inquiète.

Il regardait sa peau de porcelaine encadrée par la toque de fourrure blanche. Les yeux de Kezia ressemblaient à des saphirs.

— Oui. Mais je vais sur mes trente ans. C'est loin de vingt-deux ans.

— Et tu en es d'autant mieux.

Elle réfléchit à ces paroles pendant un moment et hocha la tête. L'année de ses vingt-deux ans avait été très agréable, du moins quand elle avait commencé à écrire. Avant, elle ne savait pas où elle allait, ce qu'elle faisait, qui elle voulait être, alors qu'il lui fallait adopter une apparence extérieure de certitude et d'équilibre inébranlables.

— Si tu m'avais connue il y a dix ans, Alejandro, tu aurais ri.

— Tu crois que j'étais mieux à cet âge-là ?

— Probablement. Tu étais plus libre.

— Peut-être, mais je n'étais pas très bien. Bon Dieu, il y a dix ans, j'avais les cheveux coupés en une brosse cimentée sur place à coups de brillantine. Je parie que tu n'avais pas les cheveux coupés en brosse !

— Non. Je ressemblais à un page emperlousé. J'étais adorable. La chose la plus recherchée sur le marché. Venez l'acheter, mesdames et messieurs, cette héritière est sans égale, neuve, presque parfaite. Elle marche, elle parle, elle danse. Remontez-la et elle vous jouera *God Bless America* (1) à la harpe.

— Tu jouais de la harpe ?

— Non, idiot ! Mais je faisais tout le reste. J'étais absolument « merveilleuse », mais pas très heureuse.

— Alors, maintenant tu es heureuse. Tu dois vraiment être pleine de reconnaissance.

— Oui, je suis heureuse.

Les pensées de Kezia s'envolèrent vers Lucas... et l'audience. Alejandro s'aperçut du changement à l'expression de son regard et il essaya aussitôt de la faire revenir à la conversation légère qu'ils avaient depuis une heure.

— Comment se fait-il que tu ne jouais pas de la harpe ? Une héritière ne doit-elle pas savoir en jouer ? demanda-t-il, en toute innocence.

(1) Que Dieu bénisse l'Amérique.

— Non, tu veux parler des anges. Ce sont eux qui jouent de la harpe.

— Et tu veux dire que anges et héritières, ce n'est pas la même chose ?

Elle rejeta la tête en arrière et éclata de rire.

— Non, trésor de mon cœur. Pas du tout. Cependant, je joue du piano. C'est une nécessité pour les ailes d'héritières. Quelques-unes jouent du violon mais la plupart d'entre elles s'attaquent, très jeunes, au piano et laissent tomber quand elles ont douze ans. Chopin.

— J'aimerais quand même que tu puisses jouer de la harpe.

— Allez vous faire foutre, monsieur Vidal !

Elle fit une grimace et il prit un air choqué.

— Kezia ! Vous, une héritière. C'est choquant ! Il faut que j'aille... où ?

— Vous m'avez entendue, monsieur. Allons, il faut rentrer, Lucas va s'inquiéter.

Ils enfilèrent leurs manteaux. Alejandro laissa un pourboire sur la table et ils sortirent dans le froid, bras dessus, bras dessous. L'après-midi s'était bien passé. Kezia se sentait remontée.

Quand ils arrivèrent à l'appartement, Luke attendait au salon, un bourbon dans une main et un sourire sur le visage.

— Eh bien, que fabriquiez-vous tous les deux ? demanda-t-il.

Il aimait les voir ensemble, mais Kezia remarqua une gêne dans ses yeux. Jalousie ?

— On est sortis prendre un chocolat chaud.

— C'est une explication vraisemblable. Je vous pardonne à tous les deux. Pour cette fois.

— Comme tu es gentil, chéri ! dit Kezia en s'avançant vers lui pour l'embrasser.

Il sortit un cigare de sa poche et lança un clin d'œil à Alejandro en passant un bras autour de la taille de Kezia.

— Pourquoi n'offres-tu pas une bière à notre ami ?

— Probablement parce que cela le ferait vomir après tout le chocolat chaud qu'il a bu... *mit Schlag* ! dit-elle en faisant une grimace à Alejandro.

— Qu'est-ce que c'est que ça ?

La voix de Luke était forte, contrairement à son habitude. Comme s'il était très nerveux.

— De la crème fouettée.

— Berk ! Allons, va lui chercher une bière.

— Lucas...

Elle se demanda soudain s'il n'avait pas quelque chose à dire à Alejandro. Il avait l'air si bizarre... et un petit peu éméché.

— Allez !

Kezia le regarda étrangement puis se tourna vers Alejandro :

— Tu veux une bière ?

Leur ami leva les deux mains et haussa les épaules.

— Non, mais avec un gars de cette taille, on ne peut pas discuter.

Ils éclatèrent de rire tous les trois et Kezia disparut dans la cuisine.

En allumant la lumière, elle lança par-dessus son épaule :

— Je vais te faire du café. Je ne peux pas supporter l'idée d'une bière après tout ce bon chocolat.

— D'accord, dit Alejandro d'une voix qui lui parut distraite.

Que se passait-il ? Lucas avait l'air d'un petit garçon ou l'air d'un homme qui a un secret. Elle fit une mimique en se demandant si ce fait avait quelque chose à voir avec elle. Peut-être bien un cadeau, une bêtise, une sortie, un dîner. Luke était ainsi. Et si cela concernait l'audience ? Non, elle ne voulait pas y penser ! C'était impossible. Il avait l'air beaucoup trop content de lui et un peu trop nerveux.

Elle regagna le salon, quelques instants plus tard,

avec le café. Deux tasses. Luke semblait en avoir besoin.

— Regarde ça, mon gars, elle veut nous dessaouler.

Le ton de Luke était jovial mais Alejandro ne paraissait pas avoir besoin d'être dégrisé. Il paraissait tendu, malheureux, comme si quelque chose d'intense s'était produit pendant son absence. Kezia regarda son visage, puis celui de Luke ; elle posa alors les deux tasses et s'assit sur le divan.

— Bon, le jeu est terminé, mon amour. Qu'est-ce qui se passe ?

Sa voix était légère, nerveuse, tranchante, et ses mains commencèrent à trembler. Il s'agissait de l'audience. En fin de compte, ce n'était pas quelque chose d'agréable. Elle le voyait bien maintenant.

— ... Qu'est-ce qui ne va pas ? insista-t-elle.

— Pourquoi diable est-ce que quelque chose n'irait pas ?

— Pour une raison, d'abord. (Elle détourna son regard, et le porta sur Alejandro.) ... Pardonne-moi. (Puis elle reporta les yeux sur Luke.) Parce que tu es ivre, Lucas. Pourquoi ?

— C'est faux.

— Non, c'est vrai. Et tu as l'air affolé ou en colère. Ou quelque chose de ce genre. Et je veux savoir ce qui se passe, bon Dieu. Tu l'as dit à Al, maintenant dis-le-moi.

— Qu'est-ce qui te fait croire que j'ai dit quelque chose à Al ?

Maintenant, il ne cachait plus sa nervosité et Kezia sentait la colère monter en elle.

— Cesse de jouer avec moi ! C'est aussi difficile pour moi que pour toi de faire face à toutes ces conneries. Alors, dis-moi ! Qu'est-ce qu'il y a ?

— Merde ! T'entends ça, Al ?

Luke regardait tour à tour Kezia et Alejandro avec un sourire figé et croisait une jambe par-dessus l'autre puis la décroisait. Alejandro semblait complètement bouleversé. Kezia se tourna vers lui :

— Bon, Alejandro, peux-tu me dire ce qui se passe ?

Sa voix avait monté considérablement et frôlait la crise de nerfs. Mais Lucas intervint avec impatience et se leva brusquement de son fauteuil. Debout, il était soudain très pâle.

— Ressaisis-toi, mama. Je vais te le dire.

Mais au moment où il se tournait vers elle, la pièce se brouilla et il tomba presque sur les genoux. Alejandro se précipita et lui prit des mains le verre à demi vide. La plupart du bourbon s'était répandu sur le tapis et le visage de Luke était alors effroyablement blême.

— Calme-toi, frère, dit Alejandro en le soutenant d'un bras tandis que Kezia s'avançait vers lui.

— Lucas ! s'exclama-t-elle, le regard affolé.

Luke s'assit lourdement près d'elle et posa sa tête sur ses genoux. Il était ivre et en état de choc. Mais, lentement, il tourna son visage vers elle, et l'expression de ce visage était douce.

— Mama, ça n'est rien. Quelqu'un a essayé de me tirer dessus aujourd'hui. On m'a raté de peu.

Il ferma les yeux sur ces mots, comme s'il avait peur de rencontrer le regard de Kezia.

— Quelqu'un a essayé quoi ?

Elle lui tenait le visage entre ses mains et lentement il leva de nouveau les yeux vers elle. Il put constater que Kezia n'avait pas compris le sens de ses paroles.

— Quelqu'un a essayé de me tuer, je crois. Ou du moins, de me foutre la trouille. C'est l'un ou l'autre. Mais tout va bien. Je suis seulement un peu secoué, c'est tout.

Elle pensa aussitôt à Morrissey et savait que Lucas y avait pensé lui aussi.

— Mon Dieu... Lucas... qui était-ce ?

Elle était assise près de lui, tremblante, l'estomac chaviré.

— Je ne sais pas. C'est difficile à dire.

Il haussa les épaules et eut l'air soudain très fatigué.

— Allons, vieux, va t'allonger, dit Alejandro. (Il l'aida lentement à se remettre debout mais il ne savait pas s'il devait soutenir Lucas ou Kezia. La jeune femme était dans un état alarmant.) ... tu peux te débrouiller tout seul, Luke ?

— Tu plaisantes, vieux ? Je ne suis pas blessé. Je suis juste un peu sonné.

Il étouffa un petit rire, fièrement, l'espace d'un instant, pendant qu'il se dirigeait vers la chambre. Alejandro secoua la tête, le visage inquiet et crispé, tandis que Kezia arrangeait les oreillers.

— Bon Dieu, Kezia, je ne suis pas mourant ! N'en fais pas trop. Et va me chercher quelque chose à boire. Compris ?

— Vraiment ?

La question le fit rire et il loucha en faisant une grimace.

— Oh, mama, vraiment !

Le sourire qu'elle lui adressa était le premier depuis dix minutes mais ses genoux tremblaient lorsqu'elle s'assit au bord du lit.

— Lucas, comment est-ce arrivé ?

— Je ne sais pas. Aujourd'hui, je suis allé parler à des types à Spanish Harlem. On descendait la rue après la réunion et pan ! Quelqu'un a failli me toucher. Le salaud a dû viser au cœur mais c'était un piètre tireur.

Kezia le fixait des yeux, incrédule, interloquée. Le résultat aurait pu être le même que dans le cas de Morrissey. Luke serait mort à l'heure qu'il était. Elle en avait des frissons dans le dos en y pensant.

— Quelqu'un d'autre était-il au courant de la réunion ? demanda Alejandro.

Il était debout et regardait son ami d'un air effrayé.

— Quelques personnes.

— Combien ?

— Trop.

— Oh, mon Dieu, Lucas... qui a fait ça ?

Kezia pencha soudain la tête et elle se mit à sangloter. Luke s'inclina en avant et l'entoura de son bras droit en l'attirant contre lui.

— Allons, trésor, du calme ! N'importe qui pouvait tirer. Un gosse pour rire ou peut-être quelqu'un qui me connaissait. Un dur de droite qui n'aime pas la réforme des prisons. Ou un gauchiste en colère qui pense que je ne suis pas suffisamment « un frère ». Quelle différence est-ce que ça peut bien faire ? Ils ont essayé. Ils ne m'ont pas eu. Je vais bien. Tu vas bien. Je t'aime. Alors... On ne va pas en faire une affaire ! D'accord ?

Il s'adossa aux oreillers avec un sourire étincelant. Mais ni Kezia ni Alejandro n'avaient été convaincus par son morceau de bravoure.

— Je vais te chercher à boire, dit Alejandro en quittant la pièce.

Il but un verre, seul dans la cuisine. Merde ! On en était là maintenant. Avec Kezia dans les parages. Formidable. Il soupira profondément en regagnant la chambre avec un grand verre de bourbon pur pour Luke. Kezia avait recommencé à pleurer quand il entra mais, cette fois, elle pleurait doucement. Les deux hommes échangèrent un long regard et Luke hocha la tête lentement. La journée avait été bien difficile et ils se demandaient tous les deux si l'atmosphère allait rester aussi tendue jusqu'au jour de l'audience. Peut-être était-ce un flic ; ils le pensaient tous les deux mais n'en parlèrent pas à Kezia. La réalité, c'est que Luke n'était populaire qu'auprès des gens avec qui il travaillait, ou les détenus qui dans le pays bénéficiaient directement de son action. Il n'y en avait pas beaucoup d'autres qui comprenaient. On le détestait autant qu'on l'aimait.

— Je vais engager pour toi un garde du corps, dit-elle.

Luke but une longue gorgée de bourbon et Alejandro s'assit sur une chaise près du lit. Kezia était toujours assise aux côtés de Luke.

— Absolument pas. Pas de garde du corps. Pas de conneries. C'est arrivé une fois. Ça n'arrivera plus.

— Comment le sais-tu ?

— Trésor... ne me bouscule pas. Laisse-moi faire. Tout ce que je veux de toi, c'est ton beau sourire et ton amour. (Il lui tapota la main et but une longue gorgée du bourbon qu'Alejandro lui avait servi.) ...Tout ce que je veux de toi, c'est ce que tu me donnes déjà.

— Oui, mais surtout pas mes conseils ! dit-elle tristement. (Ses épaules se courbèrent. Elle insista :) ...Pourquoi ne veux-tu pas que j'engage un garde du corps ?

— Parce que j'en ai déjà un !

— Tu en as engagé un ?

Pourquoi ne lui disait-il plus rien ?

— Pas exactement. Mais ça fait déjà un moment que je suis suivi par des flics.

— Par des flics ! Et pourquoi eux ?

— Pourquoi, d'après toi, mama ? Parce qu'ils pensent que je représente une menace.

Elle n'aimait pas la tournure que prenaient les événements. Elle pensa brusquement que, dans un sens, Luke était considéré comme un hors-la-loi et qu'en vivant avec lui, elle était du même bord que lui vis-à-vis de la loi. En quelque sorte, elle ne s'était pas bien rendu compte de sa position jusqu'à maintenant.

— ...Et ne te fais pas d'illusions, mon amour, ça peut aussi bien être un flic qui a essayé de faire un carton sur moi aujourd'hui.

— Tu es sérieux ? s'exclama Kezia, de plus en plus pâle. Ils pourraient tirer sur toi, Luke ?

— Bien sûr. S'ils pensaient réussir, ils le feraient immédiatement et avec plaisir.

— Mon Dieu !

La police tirant sur Luke ? Elle était supposée assurer une protection aux citoyens convenables. Mais c'était là le problème. Pour la police, Luke n'était pas « convenable ». Il n'était convenable qu'à ses propres yeux, aux yeux d'Al, de ses amis, pas aux yeux des ploucs, des institutions, de la loi.

Luke échangea un regard rapide avec Alejandro qui secoua la tête lentement, d'un air pitoyable. Le malheur arrivait. Il le sentait.

— Mais je vais te dire une chose, Kezia, continua Luke. Je ne veux pas que tu fasses de conneries. Tu vas faire exactement ce que je te dirai de faire, à partir de maintenant. Finies les visites chez Al à Harlem, finies les balades au parc, seule, finis les voyages en métro. Rien de tout cela, sauf ce que je te permettrai de faire. C'est clair ? (On eût dit un général donnant ses ordres. Il insista :) Tu as compris ?

— Oui, mais...

— Non ! hurla-t-il, écoute-moi bien pour une fois, merde ! Parce que si tu ne m'écoutes pas, espèce de petite emmerdeuse naïve et stupide... si tu ne m'écoutes pas... (Sa voix commençait à trembler et Kezia fut bouleversée en voyant des larmes dans ses yeux.) ... C'est toi peut-être qu'ils auront au lieu de moi. Et si ça arrivait... (Sa voix craquait maintenant et s'adoucissait ; il baissa les yeux :) ... si ça arrivait... je ne pourrais pas... le supporter...

Elle alla vers lui, des larmes coulaient sur ses joues. Elle l'entoura de ses bras et le laissa poser sa tête sur sa poitrine. Ils restèrent ainsi pendant ce qui lui parut être des heures. Luke pleurait dans ses bras et elle ne savait pas qu'il se torturait pour le mal qu'il lui faisait à elle. Mon Dieu... Comment avait-il pu agir ainsi avec une femme qu'il aimait... Kezia... Il s'endormit enfin dans ses bras, alors qu'ils étaient encore assis, et quand Kezia l'allongea sur le lit et éteignit la lumière, elle se souvint soudain de la présence d'Alejandro, assis sur une chaise. Elle se tourna vers lui mais il était parti depuis longtemps, le cœur brisé et sans avoir, lui, trouvé le réconfort dans les bras de Kezia. Comme Luke, les larmes qu'il versait alors étaient pour elle.

23

Lucas raccrocha le téléphone, consterné, et Kezia comprit tout de suite.

— Qui était-ce ?

Mais elle n'avait pas besoin de lui poser la question. Elle savait ; quel que soit le nom, quelle que soit la ville, la chose n'avait pas vraiment d'importance. Il avait toujours ce visage et cette voix lorsqu'il s'agissait d'appels au sujet des prisons. Mais maintenant, Noël était si proche...

— C'était un de mes fidèles amis à Chino.

— Et alors ?

Elle ne voulait pas le lâcher.

— Et... (Il se passa une main dans les cheveux et mordilla le bout d'un cigare qui traînait sur le bureau. Il était près de minuit et il allait et venait dans l'appartement en short, pieds nus et torse nu.) ... Et... Ils veulent que je vienne. Tu crois que tu pourrais supporter ça, mama ?

— Tu veux dire, aller avec toi ?

C'était la première fois qu'il le lui demandait.

— Non, je veux dire rester ici. Je serai de retour aux environs de Noël. Mais ils semblent avoir besoin de moi. Ou, du moins, ils le pensent.

Il y avait quelque chose de bourru dans sa voix. C'était une voix virile, une voix d'homme. L'excitation vibrait dans ses paroles malgré le soin qu'il mettait pour la cacher. Il aimait ce qu'il faisait : les réunions, les hommes, les émeutes, la cause. Il aimait faire marcher les « flics » et aider ses frères. Il vivait pour cela. Il n'y avait pas de place pour Kezia dans ce monde. C'était un monde d'hommes qui avaient vécu assez longtemps sans femmes pour savoir qu'ils pouvaient s'en passer s'il le fallait. Il leur était difficile de réapprendre à les inclure dans leur vie. Sur ce point, Luke resterait inébranlable. Il ne lui serait pas venu à l'idée de l'emmener avec lui, même pas l'espace d'une seconde. Pas quand il y avait du danger. Pas après ce qui était arrivé à San Francisco. Pas après cet attentat manqué. Elle savait qu'elle avait été folle d'espérer qu'il le lui propose, cette fois.

— Oui, Luke, je pourrai le supporter, mais tu me manqueras. (Elle essayait de masquer la tristesse et la terreur qui se faisaient jour dans sa voix. Elle le regarda et haussa les épaules :) ... c'est ainsi ! Tu es sûr que tu seras de retour à Noël ?

— Aussi sûr que possible. Ils ont peur que des émeutes ne se déclenchent. Mais je pense que nous aurons probablement tout arrangé avant que cela n'arrive.

Peut-être. Si. Le voulait-il vraiment, ou préférait-il jouer avec les feux d'artifice ? Mais elle savait qu'elle était injuste.

— Je suis désolé, mama.

— Moi aussi. Mais tout ira bien pour moi.

Elle marcha vers lui, passa ses bras autour de son cou et l'embrassa tendrement derrière la tête en respirant la riche et fraîche odeur du cigare. Il partait « en guerre ». Encore une fois.

— Lucas...

Elle hésitait à le dire mais elle le devait.

— Quoi, mon chou ?

— Tu es fou d'agir ainsi ! Avec cette audience pendue au-dessus de la tête. Et...

Elle avait peur de laisser paraître ses craintes mais il les connaissait. Il avait les mêmes.

— Bon Dieu, Kezia, ne recommence pas. (Il s'écarta d'elle et se leva pour marcher de long en large dans la pièce, à demi nu, et tirant sur son cigare avec un air féroce.) ... Occupe-toi seulement de prendre soin de toi. Qu'importe une action de plus ou de moins ? J'agis ainsi depuis que je suis sorti de taule. Tu crois qu'une de plus y changera quelque chose ?

— Peut-être. (Elle était immobile et le regardait dans les yeux.) ... peut-être que celle-ci fera toute la différence entre la révocation et la liberté. Ou entre la vie et la mort.

— Foutaises ! et puis... je dois y aller, c'est tout.

Il fit claquer la porte de la chambre et Kezia se demanda à quel point elle avait été proche de la vérité. Il n'avait pas le droit de lui faire ça, à elle, de mettre en danger sa vie à lui et sa vie à elle. Si ce voyage lui coûtait sa liberté, ou sa vie, que s'imaginait-il qu'elle ressentirait ? Ou bien peut-être n'y pensait-il pas ? Le salaud...

Kezia le suivit dans la chambre et resta à le regarder alors qu'il sortait une valise de son placard. Elle le regardait, les yeux flamboyants et du plomb sur le cœur.

— Lucas...

Il ne répondit pas. Il savait ce qu'elle allait dire.

— N'y va pas, Luke... Ce n'est pas à moi que je pense, c'est à toi.

Il se tourna alors vers elle et, à son regard, elle sut qu'elle avait perdu.

Ce ne fut que le 23 que Kezia reçut le coup de téléphone qu'elle redoutait. Il ne serait pas de retour pour Noël. Il serait absent encore une semaine, au moins. Quatre hommes étaient déjà morts pendant la grève de Chino et la Noël était bien la moindre de ses préoccupations. Pendant un bref instant, Kezia eut envie de lui dire à quel point il se conduisait comme un salaud, mais elle ne le put. Il n'était pas un salaud. Il était simplement Luke.

Elle ne voulut pas admettre devant Edward qu'elle allait devoir passer Noël seule. C'était admettre la solitude, la défaite. Il aurait essayé d'être gentil avec elle, aurait insisté pour qu'elle vienne à Palm Beach avec lui, ce qu'elle aurait détesté. Elle voulait passer les vacances avec Luke, pas avec Edward ou Hilary. Elle avait caressé l'idée de prendre un avion pour la Californie afin de lui faire la surprise, mais elle savait qu'elle n'y serait pas la bienvenue. Quand il travaillait, l'action seule comptait. Il n'apprécierait pas son initiative et ne pourrait probablement pas se consacrer à elle, de toute façon.

Alors, elle était seule. Avec une pile de billets écrits à l'encre rouge et verte, l'invitant à prendre un verre ou à se rendre aux meilleures réceptions de Noël de toute la ville : le genre d'invitations pour lesquelles les gens auraient donné leur bras droit et leurs canines. Lait de poule, punch, champagne, caviar, pâté, petits cadeaux amusants enveloppés dans des chaussettes et venant de chez Bendel ou de chez Cardin. Les quadrilles allaient battre leur plein, on y verrait toutes les débutantes de la saison. Il y avait une floraison de bals de charité, une réception en tenue de soirée à l'opéra, une fête du patinage au Rockefeller Center pour célébrer l'alliance de Halpern Medley et de Marina Walters. *El Morocco* connaîtrait l'agitation des vacances. Il y avait aussi, comme toujours, Gstaad ou Chamonix... Courchevel ou Klosters... Athènes... Rome, Palm Beach. Mais rien ne l'attirait. Rien.

Après avoir médité très brièvement, Kezia décida qu'elle se sentirait moins solitaire en restant seule. Elle ne se sentait pas d'humeur à participer à des réjouissances. L'idée l'effleura d'inviter un ami pour l'aider à passer le jour de Noël, mais elle n'eut pas assez d'énergie pour le faire et il n'y avait personne à qui elle avait vraiment envie de le demander... excepté Lucas. Les autres vaqueraient à leurs occupations : acheter de scandaleuses pantoufles roses ou des robes vert perroquet chez Bergdorf ou Saks, boire du rhum dans Oak Room, aider leurs mères « à se préparer » à Philadelphie, Boston, Bronxville ou Greenwich. Tout le monde était quelque part et elle était seule. Elle et une armée de portiers et d'hommes d'entretien qui avaient tous reçu leur dû pour Noël. Le concierge avait discrètement glissé dans le courrier une feuille ronéotypée, aux environs du 15 décembre. Vingt-deux noms, attendant tous un pourboire. Joyeux Noël.

C'était l'après-midi du 24, Kezia n'avait rien à faire. Elle marchait de long en large dans son appartement, vêtue de sa robe d'intérieur en satin crème et elle se souriait à elle-même. Dehors, le sol était recouvert d'un léger voile de neige.

— Joyeux Noël, mon amour.

Elle murmura ces mots à l'adresse de Lucas. Il avait tenu sa promesse et il appelait tous les jours. Aujourd'hui même, il allait l'appeler, un peu plus tard. Noël par téléphone. C'était mieux que rien. Mais pas grand-chose quand même. Sur son bureau, les boîtes enveloppées dans du papier d'argent étaient pour lui — une cravate, une ceinture, un flacon d'eau de Cologne, une mallette et deux paires de chaussures. Une collection de cadeaux mondains, mais elle savait que cela l'amuserait en fin de compte. Peu après leur rencontre, elle lui avait expliqué tous les symboles « in » : elle lui avait en quelque sorte traduit la langue du pays dans lequel elle vivait. Le style de la position sociale. Les cravates Christian Dior, les chaussures Gucci, les bagages Vuitton avec les initiales LV inscrites partout sur les surfaces couleur moutarde et marron. Il avait ri à cette énumération. « Tous ces types portent les mêmes chaussures ? » avait-il demandé. Elle avait éclaté de rire, avait répondu que oui et que les femmes en portaient elles aussi. Un style pour les femmes et un autre pour les hommes. Des styles variés auraient causé un sentiment d'insécurité, c'est pourquoi il n'y avait qu'un seul style. Bien sûr, on avait le choix des couleurs. C'était terriblement original, n'est-ce pas ? C'était devenu une plaisanterie entre eux, et ni l'un ni l'autre ne pouvait plus garder son sérieux quand ils rencontraient dans la rue une paire de Gucci ou une robe Pucci sur une femme. L'ensemble Gucci-Pucci. C'était un privilège qu'ils avaient en commun. C'était ce qu'elle avait fini par lui acheter pour Noël : une cravate Pucci, une ceinture Gucci, de l'eau de Cologne Monsieur Rochas (qu'elle s'était surprise à aimer elle aussi), une mallette Vuitton, les inévitables chaussures Gucci en cuir noir, modèle classique, et, bien sûr, la même paire en daim marron. Elle sourit en pensant au visage de Lucas quand il ouvrirait toutes ces boîtes.

Mais son sourire s'accentua lorsqu'elle pensa aux vrais cadeaux qu'elle lui avait achetés, ceux qui étaient cachés dans la poche de la mallette Vuitton. C'étaient ceux-là qui avaient une importance pour elle et qui en auraient sans aucun doute pour lui. La chevalière avec la pierre bleu foncé, sculptée aux initiales de Luke et aux siennes, avec une date gravée en lettres minuscules à l'intérieur. Soigneusement enveloppé dans du papier de soie, se trouvait un livre de poèmes, relié en maroquin, qui avait appartenu à son père et qui avait occupé une place d'honneur sur son bureau, aussi loin que Kezia puisse se souvenir. Elle était heureuse à l'idée de savoir que maintenant il appartiendrait à Luke. Il avait une grande signification pour elle. C'était le symbole d'une tradition.

Elle but une tasse de chocolat chaud en regardant la neige. Il faisait froid, très froid ; c'était un froid particulier à New York et à quelques autres villes : on avait l'impression de recevoir une gifle quand on sortait dehors. Le vent glacial balayait les jambes, brossait les joues comme de la laine d'acier et la glace, sur le rebord de la fenêtre, dessinait des motifs de dentelle.

Alors qu'elle était debout, seule, dans la pièce silencieuse, le téléphone sonna. Luke peut-être ? Elle n'osa pas ne pas répondre.

— Allô ?

— Kezia ?

Ce n'était pas la voix de Luke et un moment elle hésita. La voix avait un très léger accent.

— Que fais-tu ?

— Oh ! c'est toi, Alejandro !

— Qui croyais-tu que c'était ? Le Père Noël ?

— D'une certaine façon. Je pensais que ce pouvait être Luke.

Il sourit de la comparaison. Il n'y avait qu'elle pour parler de cette façon.

— Je me doutais que tu serais ici. J'ai lu les journaux et je sais ce que ça doit être à Chino. Je supposais qu'il ne voulait pas que tu sois là-bas. Alors, que fais-tu ? Tu vas au moins à dix mille réceptions ?

— Non. Même pas à une. Et tu as raison. Il ne voulait pas que j'aille là-bas. Il est trop occupé.

— Occupé, oui, mais, aussi, ce n'est pas un endroit très calme, dit Alejandro, gravement.

— Non. Mais ce n'est pas un endroit calme pour lui non plus. Il est fou de mettre son nez là-dedans maintenant. Mais Luke n'en fait qu'à sa tête.

— Alors, quoi de neuf, à part ça ? Que fais-tu pour Noël ?

— Je pense que je vais pendre ma chaussette à la cheminée, préparer des galettes et un verre de lait pour le Père Noël, et...

— Du lait ? Quelle horreur !

— Et quoi d'autre ?

— De la *tequila*, évidemment ! Mon Dieu, si ce

pauvre bougre boit du lait partout, à quoi bon faire toute cette balade ?

Elle éclata de rire et alluma les lumières. Elle était jusque-là perdue dans l'obscurité croissante de ce crépuscule hivernal.

— Penses-tu qu'il est trop tard pour se procurer de la *tequila* ?

— Mais, trésor, il n'est jamais trop tard.

Elle rit encore une fois au ton très sérieux de la voix d'Alejandro.

— Et toi, que fais-tu pour Noël ? Tu as du travail au centre ?

— Oui, un peu. C'est mieux que rester assis chez soi. Dans ma famille, Noël, c'est toujours un grand événement. Je suis un peu déprimé d'en être éloigné, c'est la raison pour laquelle je m'occupe. Comment se fait-il que tu ne te rendes pas à toutes ces grandes réceptions chics ?

— Parce qu'elles me déprimeraient. Je préfère rester seule cette année.

Elle pensait encore à l'audience, le 8 ! C'était étrange pourtant, car, ces derniers temps, tout avec Luke avait paru presque normal. Le premier choc de l'audience était passé. Elle semblait presque irréelle. Elle ressemblait à une réunion à laquelle il faudrait assister, rien de plus. Rien ne pouvait atteindre le cercle magique tracé autour de Kezia et de Luke. Et en tout cas pas l'audience.

— Alors, tu es chez toi toute seule ?

— En quelque sorte.

— Que veux-tu dire par là ?

— D'accord. Oui, je suis toute seule. Mais je ne suis pas en train de pleurer toutes les larmes de mon corps. Au contraire, je jouis du calme de mon appartement.

— Bien sûr. Avec des cadeaux pour Luke, partout ; un arbre de Noël que tu n'as pas pris la peine de décorer ; et tu ne réponds pas au téléphone, sauf quand tu crois que c'est lui qui appelle. Ecoutez-moi bien, chère madame, c'est une façon abominable de passer Noël. Tu ne trouves pas ?

Il savait qu'il avait raison. Il commençait à bien la connaître.

— En partie, père Alejandro ! Ciel, tu aimes vraiment prêcher, dit-elle en éclatant de rire. Et les cadeaux pour Luke ne sont pas « partout », mais soigneusement empilés sur mon bureau.

— Et l'arbre ?

— Je n'en ai pas acheté, avoua-t-elle, d'une voix subitement très douce.

— Quel sacrilège !

Elle rit encore et se sentit stupide.

— D'accord. Je vais aller en acheter un. Et ensuite, qu'est-ce que je ferai ?

— Rien. As-tu des pop-corn (1) ?

— Euh... oui. Effectivement.

Il en restait de la dernière fois, quand Luke et elle en avaient fait griller dans la cheminée de la chambre à 3 heures du matin.

— Parfait. Alors, fais-en quelques-uns, et puis prépare du chocolat chaud ou quelque chose de ce genre. Je serai chez toi dans une heure. A moins que tu n'aies d'autres projets ?

— Absolument aucun. A part attendre le Père Noël.

— Il arrive par le métro dans une heure.

— Même si je n'ai pas de *tequila* à lui offrir ? dit-elle en le taquinant.

Elle était contente qu'il vienne.

— Ne t'inquiète pas. J'apporte la mienne. Mais vraiment, pas d'arbre de Noël ! s'offusqua-t-il, amicalement. Bon, Kezia, à tout à l'heure.

Il avait déjà l'air préoccupé en raccrochant.

(1) Pop-corn : maïs grillé et éclaté.

Il arriva une heure plus tard, en tirant derrière lui un énorme pin écossais.

— A Harlem, ils sont moins chers, surtout la veille de Noël. Ici, ça coûterait vingt dollars. Là-bas, je l'ai eu à six dollars.

Alejandro était frigorifié, ébouriffé, mais content. C'était un bel arbre : il le dépassait d'une tête et ses branches se déployèrent comme une fourrure quand il détacha les ficelles qui les retenaient.

— Où vais-je le mettre ?

Elle lui désigna un coin de la pièce puis, d'une façon tout à fait inattendue, elle l'embrassa sur la joue.

— Alejandro, tu es le meilleur ami du monde. Cet arbre est magnifique. Tu as apporté ta *tequila* ?

Elle suspendit son manteau dans le placard et se retourna pour regarder l'arbre. Maintenant, la journée commençait à ressembler à Noël. Comme Luke n'avait pas prévu de revenir, elle n'avait rien fait de ce qu'elle aimait, les autres années. Pas d'arbre, pas de guirlandes, pas de décorations et très peu de l'esprit de Noël.

— Mon Dieu, j'ai oublié la *tequila* !

— Oh ! non... et le cognac, tu aimes ?

— Oui, parfait.

Il sourit à cette offre avec un plaisir évident.

Elle lui versa un verre de cognac puis alla dénicher la boîte des décorations pour l'arbre de Noël sur l'étagère supérieure d'un placard. Elles étaient vieilles, certaines d'entre elles avaient appartenu à son grand-père. Elle les sortit avec amour et les montra à Alejandro.

— Elles sont très originales.

— Non, seulement très vieilles.

Elle prit un verre de cognac avec lui et ensemble ils attachèrent des lumières et pendirent des babioles jusqu'à ce qu'il n'en reste plus dans la boîte.

— C'est splendide, tu ne trouves pas ?

Le visage de Kezia s'illumina comme celui d'une enfant et il s'avança vers elle pour l'étreindre. Ils s'assirent côte à côte par terre, avec leur verre de cognac et un bol de pop-corn entre eux deux.

— On a fait du joliment beau travail, remarqua Alejandro.

L'alcool l'avait rendu un peu gai et ses yeux étaient doux et brillants.

— Tu ne veux pas faire une guirlande ? demanda Kezia.

Elle venait de penser à celles qu'elle faisait tous les ans quand elle était jeune.

— Faire une guirlande ? Mais avec quoi ?

— On a seulement besoin d'une branche d'arbre... de quelques fruits... et voyons, du fil de fer... (Elle regardait autour d'elle en essayant de s'organiser. Elle alla dans la cuisine et revint avec un couteau et des ciseaux.) ... Tu coupes une branche, une des plus basses, derrière, ainsi on ne le remarquera pas. Je m'occupe du reste.

— Bien, madame. C'est votre affaire.

— Attends de voir.

La lumière des yeux d'Alejandro avait été contagieuse. Maintenant, elle brillait dans ceux de Kezia, qui rassemblait ce dont ils avaient besoin. Ils allaient fêter Noël ! En quelques minutes, tout fut étalé sur la table de la cuisine. Elle s'essuya les mains à son jean, remonta les manches de son pull-over et se mit au travail. Alejandro l'observait, amusé.

Elle paraissait beaucoup mieux que deux heures auparavant. Elle était si perdue, si triste quand il était arrivé, et il n'avait pas aimé sa voix au téléphone. Il avait annulé un rendez-vous, un dîner et deux promesses de visite, mais il en devait une à Luke. Et à Kezia. C'était fou : elle était là dans son luxueux appartement, elle avait des tas d'amis millionnaires et elle était seule à Noël. Comme une orpheline. Il n'était pas question de la laisser seule. Il était content d'avoir annulé ses projets et d'être venu. Pendant un moment, il s'était demandé si elle le laisserait venir.

— Tu vas faire une salade de fruits ? demanda-t-il.

Près de la branche, elle avait réuni des pommes, des poires, des noix, du raisin.

— Non, idiot. Tu vas voir.

— Kezia, tu es folle.

— Non... ou peut-être bien. Mais, de toute façon, je sais comment faire une guirlande. Je faisais les nôtres tous les ans.

— Avec des fruits ?

— Oui. Attends de voir.

C'est ce qu'il fit. Avec des doigts habiles, elle noua la branche avec du fil de fer, entoura chaque fruit de fil de fer et l'attacha à la guirlande. Le tableau final ressemblait un peu à une peinture de la Renaissance. L'épaisse branche de pin était couverte d'un joli cercle de fruits, les noix étaient disposées çà et là et le tout était maintenu assemblé par un invisible réseau de fil de fer. C'était une belle décoration et Alejandro aimait l'expression du visage de Kezia.

— Tu vois ! Maintenant, où va-t-on la mettre ?

— Sur une assiette ? Pour moi, ça ressemble à une salade de fruits.

— Barbare !

Il éclata de rire et l'attira dans ses bras. Il faisait chaud et c'était confortable ici.

— Tu n'arriverais jamais à faire « avaler » ça à des pauvres. Elle serait nettoyée en une heure. Mais j'admets... ce n'est pas mal. C'est une belle guirlande... pour une salade de fruits !

— Salaud !

— D'accord avec toi !

Mais pendant qu'ils parlaient, elle était toujours confortablement installée dans ses bras. Elle s'y sentait en sécurité, elle aimait cette position. Elle se dégagea à regret après quelques instants et leurs regards rieurs se rencontrèrent.

— Et le dîner, Kezia ! A moins que tu ne nous serves la guirlande ?

— Prends un seul morceau et je te défonce le crâne. Un des frères d'une amie a fait ça une année et j'ai pleuré pendant une semaine.

— C'était sans doute un gosse très sensé mais je ne supporte pas de voir les femmes pleurer. On ferait mieux d'aller chercher une pizza.

— A Noël ? s'exclama-t-elle, choquée.

— Eh bien, ils ne vendent pas de *tacos* (1) dans le coin, autrement j'en aurais acheté. Peux-tu suggérer quelque chose de mieux ?

— Bien sûr. Que penserais-tu d'un vrai repas de Noël ?

Elle avait encore les deux poules *Rock Cornish* (2) qu'elle avait gardées pour le repas de Noël de Luke, au cas où il aurait été là.

— On pourrait les conserver pour demain ? Si l'invitation tient toujours ?

— D'accord. Pourquoi... Tu dois partir maintenant ?

Peut-être était-il pressé, d'où la suggestion d'une pizza. Le visage de Kezia s'assombrit soudain et elle essaya de faire comme si de rien n'était. Mais elle avait envie qu'il reste. La soirée s'annonçait si agréable.

— Non. Je ne dois pas partir. Mais il m'est venu une idée. Serais-tu contente d'aller patiner ?

— Oui, très.

Elle enfila un autre pull-over, d'épaisses chaussettes en laine rouge, des bottes en daim marron, une toque et s'emmitoufla dans une veste en lynx.

— Kezia, tu ressembles à une vedette de cinéma.

_____

(1) *Taco* : genre de sandwich.
(2) Variété de poules.

Elle possédait le genre de beauté qui l'attirait. Luke avait vraiment beaucoup de chance.

Elle communiqua au répondeur automatique l'heure de leur retour, au cas où Luke appellerait, et ensemble ils bravèrent l'air mordant de la nuit. Il n'y avait pas de vent, seulement un froid glacial qui brûlait les poumons et les yeux.

Ils s'arrêtèrent pour manger des hamburgers et boire du thé chaud. Alejandro évoqua pour elle le remue-ménage de Noël dans une famille mexicaine. Un millier d'enfants debout, toutes les femmes en train de cuisiner, les maris saouls, des fêtes dans toutes les familles. Kezia lui expliqua à son tour ce qu'elle avait aimé dans les Noëls de son enfance.

— Tu sais, je n'ai jamais eu la robe en lamé or et aux sequins violets.

Elle en paraissait encore toute surprise. Elle l'avait vue dans un magazine quand elle avait six ans et elle avait écrit à son sujet au Père Noël.

— Qu'as-tu eu à la place ? Un manteau de vison ? demanda-t-il en la taquinant sans méchanceté.

— Non, chéri, une Rolls.

Elle le regarda de haut, par-dessous son gros bonnet de fourrure.

— Et un chauffeur, évidemment.

— Non, je ne l'ai eu qu'à sept ans. Il était entièrement à mon service avec deux valets de pied, en livrée. (Elle continuait à rire, sous son bonnet.) ... Merde ! quand tu penses. Alejandro, ils me déposaient à trois rues de l'école quand j'étais gosse et ensuite ils me suivaient. Mais il fallait que je fasse la dernière partie du chemin à pied, car selon eux, ce n'était pas bien d'arriver à l'école avec un chauffeur.

— C'est drôle. Mes parents pensaient la même chose. Il fallait que j'aille à pied, moi aussi. Les gosses doivent vraiment passer par de terribles épreuves, ne trouves-tu pas ?

Alejandro avait les yeux moqueurs.

— Oh ! veux-tu bien te taire !

Il rejeta la tête en arrière et éclata de rire. De la buée s'échappait de sa bouche dans l'air froid de la nuit.

— Kezia, je t'aime. Tu es vraiment folle.

— Peut-être bien, dit-elle en pensant à Lucas.

— Bon Dieu, j'aurais dû acheter de la *tequila*. Il va faire diablement froid sur la glace.

Elle se mit à rire sous cape avec l'air d'un enfant qui a un secret.

— Je suis content de savoir que tu trouves ça drôle. Moi, je ne porte pas de fourrure et si je tombe sur le derrière — ce qui ne va pas manquer d'arriver — j'en serai quitte pour un bon bleu.

Elle recommença à rire et, main gantée, elle sortit de sa poche un flacon plat en argent.

— Qu'est-ce que c'est ? demanda Alejandro.

— Isolation instantanée. Du cognac. Le flacon appartenait à mon grand-père.

— Ce n'était pas un imbécile. C'est un flacon rudement plat. Diable, on peut le porter dans la poche de son costume et personne ne peut s'en apercevoir... c'est superchouette.

Bras dessus, bras dessous, ils marchèrent dans le parc et commencèrent à chanter *Silent Night*. Elle dévissa le bouchon du flacon, ils burent une gorgée chacun à leur tour, puis elle le remit dans sa poche. Elle se sentait beaucoup mieux. C'était une de ces rares nuits à New York où la ville semblait moins grande. Les voitures avaient presque disparu, les bus semblaient moins bruyants et moins nombreux, les gens étaient moins pressés et ils prenaient même la seconde ou les deux secondes nécessaires pour sourire aux passants. Tous les habitants étaient soit chez eux, soit partis, soit à l'abri du froid glacial de l'hiver mais, ici et là, des groupes marchaient ou chantaient. Kezia ou Alejandro souriaient aux autres couples qu'ils rencontraient et, de temps en temps, quelqu'un se joignait à eux pour chanter. Quand ils arrivèrent à la patinoire, ils avaient presque épuisé tous les chants de Noël qu'ils connaissaient et avaient bu plusieurs gorgées du flacon.

— Voilà ce que j'aime, une femme qui ne part pas en voyage sans provisions. Un flacon plein de cognac. Eh bien, tu es peut-être folle... mais quelle belle folie, vraiment belle !

Il la dépassa sur la glace en faisant une large grimace, pour jouer à l'intéressant mais malheureusement s'affala sur les fesses.

— Monsieur, je pense que vous êtes ivre !

— Tu devrais le savoir, c'est toi mon barman.

Il lui adressa un sourire bon enfant en se relevant.

— Tu en veux encore ?

— Non. Je viens d'adhérer à la ligue antialcoolique.

— Rabat-joie !

— Ivrogne !

Ils éclatèrent de rire, entonnèrent *Deck The Halls* et patinèrent en se tenant par le bras. La patinoire était presque déserte et les quelques autres patineurs avaient l'esprit de Noël. La musique était gaie et légère, les chants de Noël se mêlaient aux valses. C'était une belle nuit. Il était 11 heures passées quand ils décidèrent qu'ils en avaient assez. En dépit du cognac, leurs visages étaient engourdis par le froid.

— Que dirais-tu d'aller à la messe de minuit à Saint-Patrick ? Ou bien est-ce que cela te serait désagréable ? Tu n'es pas catholique, n'est-ce pas ?

— Non. J'appartiens à l'Eglise épiscopale, mais je n'ai rien contre Saint-Patrick. Votre messe n'est pas si différente de la nôtre. Ça me plairait même beaucoup d'y aller.

Une ombre passa sur le visage de Kezia à la pensée de manquer peut-être un coup de téléphone de Luke. Mais la perspective de la messe lui plaisait et Alejandro l'entraîna. Il devina ses pensées. Mais rentrer pour s'asseoir près du téléphone détruirait tout ce qu'ils avaient fait jusque-là. Ce Noël ne commençait pas trop mal, il ne voulait pas la laisser tout gâcher. Même pour Luke.

Ils descendirent la 5e Avenue quasiment déserte, passèrent devant les vitrines décorées, les lumières, les arbres de Noël. Il y avait une atmosphère de fête. Saint-Patrick était bondée, il y faisait très chaud et l'on y respirait un fort parfum d'encens. Ils se calèrent au fond de l'église car il leur fut impossible d'approcher des premiers rangs. Les gens étaient venus de loin. Pour beaucoup, la messe de minuit à Saint-Patrick était une tradition. L'orgue était sombre et majestueux, l'église obscure : la seule lumière venait des milliers de bougies. C'était une grand-messe et il était 1 h 30 lorsqu'ils sortirent.

— Tu es fatiguée ?

Alejandro tenait le bras de Kezia en descendant les marches. L'air froid les saisit après la chaleur parfumée de l'église.

— J'ai plutôt sommeil. Je pense que c'est à cause de l'encens.

— Bien sûr, le cognac et le patinage n'y sont pour rien, dit-il, les yeux gentiment moqueurs.

Il héla un taxi et le portier de Kezia arriva à la porte en titubant.

— A ce que je vois, il n'a pas dû s'ennuyer ! remarqua Alejandro.

— Tu aurais fait comme lui si tu avais ramassé autant d'argent que lui et les autres types. Ils ont tous reçu une enveloppe de chacun des locataires de l'immeuble.

Elle pensa à l'argent qu'Alejandro devait gagner au centre et se sentit un peu gênée.

— Tu veux monter prendre un verre ? lui demanda-t-elle.

— Je ne devrais pas.

Il savait qu'elle était fatiguée.

— Mais tu le feras quand même. Allons, Al, ne te fais pas prier !

— Juste une minute et j'aurai peut-être un peu de salade de fruits.

— Si tu touches à ma guirlande, tu le regretteras ! Et tu ne pourras pas dire que je ne t'ai pas averti.

Elle brandit vers lui le flacon presque vide et il baissa la tête. Ils riaient d'un air un peu endormi lorsqu'ils sortirent de l'ascenseur en se tenant par le bras. L'appartement était chaud, douillet, et l'arbre était merveilleux, tout illuminé dans un coin. Elle se dirigea vers la cuisine et lui s'assit sur le divan.

— Kezia ?

— Oui ?

— Si tu faisais plutôt un chocolat ?

Il avait eu plus que sa part de cognac et elle aussi.

— C'est ce que je suis en train de faire.

Elle sortit avec deux tasses fumantes recouvertes de guimauve. Ils s'assirent côte à côte, sur le sol, face à l'arbre de Noël.

— Joyeux Noël, monsieur Vidal !

— Joyeux Noël, mademoiselle Saint-Martin !

L'instant était solennel et le silence qui suivit leur parut long.

Ils pensaient, chacun pour soi, à d'autres personnes, à d'autres années, puis leurs pensées se rejoignirent sur Luke et le présent.

— Tu sais ce que tu devrais faire, Alejandro ?

— Quoi ?

Il s'était étendu sur le sol, les yeux fermés, le cœur chaud. Alejandro éprouvait de plus en plus d'affection pour Kezia et il était content d'avoir changé ses projets. Ce Noël allait être formidable.

— ... Qu'est-ce que je devrais faire ?

— Tu devrais rester dormir sur le divan. Ce serait stupide de faire tout le chemin à cette heure. Je vais te donner des draps et une couverture. Tu peux rester ici.

« Ainsi je ne me réveillerai pas dans une maison vide demain matin et nous pourrons nous amuser, aller nous balader dans le parc. S'il te plaît, reste... s'il te plaît...

— Tu es sûre que cela ne te dérangera pas si je reste ?

— Non, au contraire, cela me ferait tellement plaisir.

Il lut dans ses yeux qu'elle avait besoin de sa présence et il ne savait pas pourquoi mais lui aussi avait besoin de la sienne.

— Sûre ?

— Certaine. Et je sais que Lucas n'y verrait pas d'inconvénient.

Elle savait qu'elle pouvait avoir confiance en lui et la soirée avait été si agréable que, maintenant, elle ne voulait absolument plus de sa solitude. C'était Noël. Elle l'avait compris en fin de compte. Noël : une fête pour les familles, les amis, les gens qu'on aime. Une fête pour les enfants et les gros chiens affectueux qui se trimbalent dans la maison et jouent avec les papiers qui enveloppaient les cadeaux. Au lieu de tout cela, elle avait envoyé à Edward une série de livres insipides pour sa bibliothèque et à tante Hil des protège-nappes représentant des paysages français, qu'elle avait achetés chez Porthault et qui s'ajouteraient à la grosse pile dans son placard à linge à Londres. A son tour, Hilary lui avait envoyé du parfum et une écharpe de chez Hardy Amies. Edward lui avait offert un bracelet trop grand et pas du tout de son style. Et Totie lui avait envoyé un bonnet qu'elle avait tricoté elle-même, qui n'allait avec aucun des ensembles de Kezia et qui aurait probablement été à sa taille quand elle avait dix ans. Totie avait vieilli. Comme tout le monde ! Et l'échange de ces cadeaux avait signifié si peu de chose pour elle cette année : il s'était fait par la poste, par l'intermédiaire de magasins, pour des gens avec qui elle était liée par habitude, par tradition, mais pas vraiment par le cœur. Elle était contente qu'elle et Alejandro n'aient pas essayé à tout prix de se dénicher un cadeau cette nuit. Ils avaient échangé quelque chose de beaucoup plus valable : l'amitié. Maintenant, elle voulait qu'il reste. En dehors de Luke, c'était comme si, soudain, il était son seul ami.

— Alors, tu restes ? demanda-t-elle en baissant les yeux sur lui, allongé à ses côtés.

— Avec plaisir. (Il ouvrit un œil et lui tendit une main.) ... Tu es peut-être folle mais tu es quand même une belle femme.

— Merci.

Elle déposa un doux baiser sur son front et alla dans l'entrée chercher des draps. Quelques minutes plus tard, elle refermait doucement la porte de la pièce en murmurant :

— Joyeux Noël !

Ce qui équivalait à un merci.

24

Kezia était allée faire des courses. Elle en avait eu assez de rester assise chez elle à attendre Luke. Cette attente la rendait folle. Elle fouina chez Bendel et flâna dans les boutiques de Madison Avenue pendant une heure cet après-midi-là et, quand elle ouvrit la porte, le contenu de la valise de Luke était répandu çà et là sur le tapis : brosse, rasoir, chemises froissées, pull-overs rafistolés, deux cigares et une chaussure toute seule. Lucas était de retour.

Quand elle entra, il était assis au bureau et lui fit un petit signe de la main en guise de salut. Il était au téléphone mais un large sourire se dessina sur son visage et elle traversa la pièce comme une flèche, le même sourire aux lèvres, pour entourer de ses bras les larges épaules de Luke. C'était déjà si bon de le sentir contre soi.

Il était si puissant, si beau, ses cheveux sentaient le frais et ressemblaient à de la soie, sous sa main ! De la soie noire et douce sur son cou. Il raccrocha le téléphone et se retourna sur sa chaise pour prendre le visage de Kezia dans ses mains et regarder les yeux qu'il aimait.

— Bon Dieu, comme c'est bon de te revoir, mama !

Il y avait comme une ferveur dans ses yeux et ses mains étaient presque rugueuses.

— Chéri, tu m'as tellement manqué.

— Trésor, toi aussi, tu m'as manqué. Je suis désolé pour Noël.

Il enfouit son visage contre la poitrine de Kezia et embrassa doucement son sein gauche.

— Je suis si contente que tu sois de retour... et Noël fut très agréable. Même sans toi. Alejandro s'est occupé de moi. Comme un frère.

— C'est un type bien.

— Oui, très bien.

Mais elle ne pensait pas à Alejandro Vidal. Elle était toute à l'homme qu'elle serrait dans ses bras. C'était Lucas Johns, son homme. Et elle était sa femme. Elle ne connaissait pas de sensation plus agréable.

— Oh ! comme tu m'as manqué, Lucas !

Il rit de plaisir au ton ému de la voix de Kezia ; il la souleva, se leva et la fit tournoyer dans ses bras comme une enfant. Il l'embrassa énergiquement sur la bouche, puis sans un mot, l'emporta dans la chambre alors qu'elle poussait des gloussements. Il piétina la valise, les vêtements, les cigares, referma la porte de la chambre du pied et fit bientôt en sorte que sa présence soit amplement tangible. Lucas était bien de retour.

Il lui avait acheté un bracelet navajo turquoise d'une beauté raffinée et baroque, et il rit quand elle lui donna ses cadeaux de Noël... puis devint silencieux en considérant le livre qui avait appartenu au père de Kezia. Il savait ce que ce don devait signifier pour elle, et il sentit ses yeux s'embuer. Il se contenta de lever les yeux vers elle et de hocher la tête, calmement, gravement. Elle l'embrassa avec tendresse et la façon dont leurs lèvres se rencontrèrent leur confirma à tous les deux ce qu'ils savaient déjà : l'intensité de l'amour qu'ils éprouvaient l'un pour l'autre.

Une heure plus tard, il était de nouveau au téléphone, un bourbon à la main. Et une demi-heure plus tard, il lui annonça qu'il devait sortir. Ce qu'il fit. Il ne revint à l'appartement qu'à 9 heures pour se remettre au téléphone. Quand enfin il se coucha à 2 heures du matin, Kezia dormait depuis longtemps. Lorsqu'elle se réveilla, le lendemain matin, il était debout et habillé. Ce furent des jours d'agitation. Et de tension. Maintenant, partout où Luke se rendait, il y avait des flics en civil. Même Kezia s'apercevait de leur présence.

— Bon sang, chéri, c'est comme si je n'avais pas réussi à te parler hier. Sors-tu déjà maintenant ?

— Oui. Mais je reviendrai assez tôt, aujourd'hui. J'ai tant de choses à faire et il faut qu'on retourne à San Francisco dans trois jours.

Trois jours. Elle s'était imaginé qu'ils seraient seuls à New York. Qu'ils passeraient leur temps à se promener dans le parc, à bavarder, qu'ils resteraient allongés la nuit à penser tout haut, à se sourire au coin du feu, à s'amuser en mangeant des pop-corn. La situation présente était bien différente. L'audience s'ouvrait dans moins d'une semaine et, obéissant à Luke, Kezia ne sortait pratiquement plus de chez elle. Il avait été intransigeant à ce sujet. Il avait assez de choses à faire sans avoir, en plus, à s'inquiéter pour elle.

Dix minutes plus tard, il était parti et il ne tint pas sa promesse de rentrer tôt. Il revint à 10 heures ce soir-là, fatigué, énervé, sentant le bourbon et le cigare, des cernes noirs sous les yeux.

— Luke, ne pourrais-tu pas prendre une journée de repos ? Tu en as tellement besoin.

Il secoua la tête en jetant son manteau sur le dossier d'un fauteuil. Kezia insista :

— Un après-midi seulement ? Ou une soirée ?

— Bon Dieu, Kezia ! Arrête de faire pression sur moi. J'ai assez à faire sans ça, merde alors !

Le rêve de paix avant l'audience s'était envolé. Il n'y aurait ni paix, ni moments de solitude à deux, ni repos, ni dîners aux chandelles. Mais il y aurait Luke allant et venant, le visage ravagé, debout à l'aube, ivre à midi, sobre de nouveau et complètement épuisé à la fin de la soirée. Et les cauchemars quand il s'accorderait enfin quelques heures de sommeil.

Un fossé s'était ouvert entre eux, un espace autour de lui qu'elle ne pouvait même pas espérer approcher. Il ne l'aurait pas laissée faire.

La dernière nuit à New York, elle entendit la clé de Luke dans la serrure et se retourna dans son fauteuil devant son bureau. Il était dans un état de fatigue extrême et seul.

— Salut, mama ! Que fais-tu ?

— Rien, mon amour. Tu sembles avoir eu une chienne de journée.

— Oui, c'est vrai.

Son sourire était las et lugubre. Les cernes autour de ses yeux s'étaient considérablement accentués au cours des derniers jours. Luke s'affaissa littéralement dans un fauteuil. Il était exténué.

— Veux-tu boire quelque chose ?

Il secoua la tête. Mais si fatigué qu'il fût, il y avait une lumière familière dans ses yeux. C'était comme si le Luke d'avant avait fini par revenir... celui qu'elle attendait depuis des jours, des semaines maintenant. Il était crevé, épuisé, mais sobre et solitaire. Elle alla vers lui et il l'entoura de ses bras.

— Je suis désolé de m'être conduit comme un vrai salaud.

— Mais non. Et je t'aime... tellement.

Elle baissa les yeux vers lui et ils se sourirent.

— Tu sais, Kezia, ce qui est drôle, c'est qu'on peut courir aussi vite que possible, on ne peut pas y échapper. Mais j'ai réussi à faire beaucoup de choses. Je suppose que c'est déjà un résultat.

C'était la première fois qu'il lui laissait entendre qu'il avait peur, lui aussi. C'était comme si un train fonçait droit sur eux alors que leurs pieds étaient fixés aux rails, et le train se rapprochait... il se rapprochait... se rapprochait... et...

— Kezia ?

— Oui, chéri ?

— Allons nous coucher.

Il la prit par la main et ils se dirigèrent tranquillement vers la chambre. L'arbre de Noël était toujours là, dans un coin du salon, il perdait des aiguilles sur le plancher et les branches commençaient à se dessécher et à pendre sous le poids des décorations.

— Je voulais te descendre cet arbre cette semaine, dit Luke.

— On pourra le faire quand on reviendra.

Il hocha la tête et puis s'arrêta sur le seuil, regardant quelque part au-dessus de la tête de Kezia, mais tenant toujours sa main.

— Kezia, je veux que tu comprennes quelque chose. Ils vont peut-être me reprendre, après l'audience. Je veux que tu le saches et que tu l'acceptes, parce que, si ce malheur arrive, on n'y pourra rien et je ne veux pas que tu t'effondres.

— Je ne m'effondrerai pas, dit-elle d'une petite voix émue.

— Noblesse oblige ? demanda-t-il avec un drôle d'accent.

Elle sourit. « Noblesse oblige. » Elle avait grandi avec ces mots, toute sa vie. C'était l'obligation de garder la tête haute, même si on vous sciait les jambes à la hauteur des genoux ; le cran de servir le thé même si la maison s'écroulait autour de vous, et de sourire malgré les affres d'un ulcère. Noblesse oblige.

— Oui, noblesse oblige et aussi à cause de quelque chose d'autre peut-être. (Sa voix avait repri son assurance.) ... Je pense que l'amour que je te porte m'aidera à garder la tête froide. Ne te tracasse pas. Je ne m'effondrerai pas.

Mais elle non plus ne comprenait pas et ne voulait pas accepter cette fatalité. Ce drame ne pouvait pas leur arriver. Peut-être qu'il n'arriverait pas... peut-être que si...

— Tu es très belle, Kezia, ma douce.

Il l'entoura de ses bras et ils restèrent sur le seuil un très long moment.

25

Dans l'avion, ils avaient le cœur tellement en fête que leur attitude frisait la crise de nerfs. Ils avaient décidé de voyager en première classe.

— Première classe sur toute la ligne. Elle est ainsi, ma femme.

Il portait ouvertement sa nouvelle mallette Vuitton et avait ostensiblement aux pieds les chaussures Gucci en daim marron. Ils étaient tombés d'accord sur le fait que la paire en daim marron faisait plus riche.

— Lucas, rentre ton pied, dit-elle en riant.

Il balançait exprès son pied dans le passage.

— Ils ne verront pas mes chaussures, alors !

Il alluma un cigare provenant de la dernière expédition de Romanoff et lui fouetta le visage de sa cravate Pucci.

— Vous êtes stupide, monsieur Johns.

— Vous aussi.

Ils échangèrent un baiser de lune de miel et l'hôtesse de l'air les regarda en souriant. Ils formaient un beau couple. Et ils avaient l'air si heureux qu'ils en étaient presque ridicules.

— Tu veux du champagne ? demanda Luke en farfouillant dans sa mallette.

— Je ne crois pas qu'ils en servent avant le décollage.

— Ça, c'est mon affaire, mama. Moi, j'apporte le mien, dit-il en lui adressant un large sourire.

— Lucas, ce n'est pas vrai !

— Mais certainement que si.

Il sortit une bouteille de Moët et Chandon, deux verres en plastique ainsi qu'une petite boîte de caviar. En quatre mois, il s'était pris à aimer le style de vie de Kezia, tout en gardant ses propres points de vue et ses idées sur l'avenir. Tous les deux, ils laissaient filtrer en eux le meilleur de leurs deux mondes pour se l'approprier. La plupart des choses « chics » amusaient Luke, mais certaines d'entre elles l'avaient sincèrement conquis. Le caviar, par exemple. Le pâté également. Les chaussures Gucci, c'était de la rigolade ; Kezia savait ce qu'il en pensait, et c'est pour cette raison qu'elle les lui avait achetées.

— Alors, veux-tu du champagne ?

Elle hocha la tête en souriant et prit un gobelet.

— Que trouves-tu de si drôle ?

— Qui, moi ? (Et elle éclata de rire, se pencha vers lui et l'embrassa.) ... Parce que, moi aussi, j'en ai apporté.

Elle ouvrit son sac de voyage et lui montra la bouteille couchée sur le dessus. Louis Roederer, mais pas d'une aussi bonne année que son Moët et Chandon. Enfin, pas trop mauvaise quand même.

— Mon amour, qu'est-ce qu'on fait chics...

— C'est une vraie dégustation.

En cachette, ils burent le champagne et dévorèrent le caviar. Ils se bécotèrent pendant le film et échangèrent leurs habituelles plaisanteries, qui devinrent de plus en plus stupides au fil des heures et des verres. C'était comme un départ en vacances. Et il lui avait promis que le jour suivant, il se consacrerait entièrement à elle. Pas de rendez-vous, pas de réunions, pas d'amis. Ils auraient la journée pour eux seuls. Elle avait réservé au *Fairmont*, juste pour le plaisir, une suite dans la tour, pour 186 dollars par jour.

L'avion atterrit en douceur à San Francisco, juste avant 3 heures. Ils avaient devant eux le reste de l'après-midi et la soirée. La voiture louée les attendait et comme le chauffeur se chargeait de récupérer leurs bagages, ils se précipitèrent dans la voiture. Luke était aussi soucieux que Kezia d'éviter toute publicité. Ils n'avaient pas de temps pour cela.

— Crois-tu qu'il a remarqué mes chaussures ?

Elle baissa les yeux sur celles-ci et les regarda pensivement pendant un moment.

— Tu sais, peut-être aurais-je dû les acheter marron-rouge.

— Peut-être aurais-je dû te faire l'amour pendant le film. Personne ne s'en serait aperçu.

— Eh bien ! pourquoi ne pas le faire ici dans la voiture ?

Elle se renversa en arrière sur le siège et pressa le bouton pour lever la vitre entre eux et le chauffeur. Ce dernier était toujours à la recherche de leurs bagages.

— Trésor, tu peux couper le son, mais, si nous faisons l'amour, il aura encore un bon angle de vue.

Ils rirent de bon cœur tous les deux rien qu'à cette pensée.

— Veux-tu encore du champagne, Lucas ?

— Parce qu'il en reste ?

Elle hocha la tête en souriant et sortit la bouteille de Roederer encore à moitié pleine. Ils avaient bu le Moët et Chandon. Luke sortit les verres de sa mallette et ils se versèrent une généreuse rasade.

— Tu sais, Lucas, on a vraiment beaucoup de classe. Ou bien est-ce du panache ?... Ou bien du style, après tout.

Elle méditait ainsi à voix haute, et son verre penchait légèrement dans sa main.

— Je crois que tu es ivre !

— Je crois que tu es adorable et, même plus, je crois que je t'aime.

Elle se jeta sur lui dans un mouvement passionné. Lucas lui répondit par un grognement. Le champagne de Kezia éclaboussa la vitre tandis que celui de Luke se répandait sur le plancher.

— Tu n'es pas seulement ivre, tu es ivre et dégoûtante. Regarde-moi un peu l'honorable miss Kezia Saint-Martin.

— Pourquoi ne puis-je pas être Kezia Johns ?

Elle se rencogna sur son siège et attendit que Luke remplisse son verre vide, en faisant la moue. Il l'observa avec curiosité un long moment et pencha la tête d'un côté.

— Tu es sérieuse ou tu es saoule, Kezia ?

C'était important pour lui de savoir.

— Les deux. Je veux me marier.

Elle eût aimé ajouter « ici même », mais elle n'en fit rien.

— Quand ?

— Maintenant. Marions-nous maintenant. Tu veux bien aller à Las Vegas ? (Son visage s'éclaira à cette pensée.) ... ou bien est-ce à Reno ? Je n'ai encore jamais été mariée. Tu savais que j'étais une vieille fille ?

Elle sourit d'un air pincé, comme si elle lui avait révélé là un merveilleux secret.

— Bon Dieu, mon chou, tu es vraiment ivre.

— Absolument pas ! Comment oses-tu dire une chose pareille ?

— Parce que c'est moi qui t'approvisionne en champagne. Kezia, essaie d'être sérieuse une minute. Tu veux vraiment te marier ?

— Oui. Maintenant.

— Non. Pas maintenant, idiote. Mais peut-être plus tard, cette semaine. Ça dépendra de... enfin, nous verrons.

Cette allusion intempestive à l'audience à venir était passée au-dessus de la tête de Kezia et il s'en réjouit. Elle était complètement ivre.

— Tu ne veux pas te marier avec moi ? s'exclama Kezia. (Elle était au bord des larmes, à cause du champagne, et Luke essayait de ne pas rire.)

— Je ne veux pas me marier avec toi quand tu es saoule, crétine. C'est immoral.

Mais il avait un sourire particulier. Mon Dieu, elle voulait se marier avec lui ! Kezia Saint-Martin, la fille des journaux. Et il se retrouvait dans une voiture louée, portait des chaussures Gucci et allait dormir dans sa suite au *Fairmont*. Il se sentait comme un gosse à la tête de dix trains électriques.

— Belle dame, je vous aime. Même quand vous êtes ivre.

— Je veux faire l'amour.

— Ce n'est pas vrai !

Luke leva les yeux au ciel et le chauffeur se glissa au volant. Un moment plus tard, la voiture démarrait. Ils ne virent pas la voiture banalisée qui était derrière eux. Ils étaient à nouveau suivis mais, maintenant, ils en avaient l'habitude. C'était une chose établie.

— Où va-t-on ?

— Au *Fairmont*, essaie de te souvenir.

— On ne va pas à l'église ?

— Pourquoi diable voudrais-tu aller à l'église ?

— Pour nous marier.

— Oh, ça !... Plus tard. Que penserais-tu de te fiancer, d'abord ?

Il examina la chevalière qu'il avait au doigt. Ce cadeau lui avait fait tellement plaisir ! Mais elle surprit son regard et devina ce qu'il pensait.

— Tu ne peux pas me la donner. C'est moi qui te l'ai offerte. Ce serait un cadeau à la mode indienne, pas de vraies fiançailles... des fiançailles à l'indienne. De toute façon, je ne pense pas que ça ferait vrai !

Elle avait un air hautain et penchait dangereusement d'un côté.

— Je ne pense pas que tu sois vraie, toi non plus, mama. Mais, d'accord, si celle-ci ne convient pas, arrêtons-nous pour acheter une bague de fiançailles « convenable ». Qu'est-ce qui serait « convenable » d'après toi ? J'espère que tu envisages quelque chose de plus petit qu'un diamant de dix carats.

— Ça ferait vulgaire !

— Ouf !

Il eut une mimique de soulagement et l'air hautain de Kezia fit place à un sourire.

— Je crois que j'aimerais quelque chose de bleu.

— Oh, une turquoise par exemple ? dit-il en la taquinant.

Mais elle était trop ivre pour remarquer la taquinerie.

— Oui, ce serait joli... ou bien un lapis patchouli...

— Tu veux dire un lapis-lazuli.

— Oui, c'est ça. Les saphirs sont bien aussi, mais c'est trop cher et ça se casse. Ma grand-mère avait un saphir qui...

Il lui ferma la bouche d'un baiser et pressa le bouton

pour descendre la vitre qui les séparait du chauffeur.

— Y a-t-il un Tiffany ici ?

Il connaissait tous les noms maintenant. Pour quelqu'un qui, quatre mois plus tôt, ne savait pas la différence entre un Pucci et un chien de salon, il avait appris le langage propre à la haute société à une vitesse surprenante. Bendel, Cartier, Parke Bernet, Gucci, Pucci, Van Cleef, et évidemment Tiffany, le supermarché spécialisé dans les diamants. Et pour des pierres de ce genre... Sans aucun doute, ils auraient quelque chose de bleu, en dehors des turquoises.

— Oui, monsieur. Il y a un Tiffany dans Grant Avenue.

— Alors, faites-y un crochet avant de passer à l'hôtel. Merci.

Il remonta la vitre. Il avait aussi appris ce geste.

— Mon Dieu, Lucas, on va se fiancer ? Pour de vrai ?

Des larmes jaillirent de ses yeux en même temps qu'elle souriait.

— Oui, mais tu resteras dans la voiture. Les journaux seraient trop contents : « Kezia Saint-Martin se fiance chez Tiffany. La fiancée était de toute évidence en état d'ébriété. »

— Elle était, de toute évidence, « mûre », corrigea Kezia.

— Excuse-moi.

Il la débarrassa doucement de son verre vide et l'embrassa. Ils arrivèrent en ville, serrés à l'arrière de la voiture, le bras de Luke entourait Kezia qui souriait béatement, tandis que lui arborait un air calme qu'il n'avait pas eu depuis des semaines.

— Tu es heureuse, mama ?

— Très.

— Moi aussi.

Le chauffeur s'arrêta devant la façade en marbre gris de Tiffany dans Grant Avenue. Luke donna un baiser

360

hâtif à Kezia et ouvrit la portière en lui recommandant de ne pas sortir.

— Je reviens tout de suite. Ne pars pas sans moi. Et tu ne dois sortir de cette voiture sous aucun prétexte. Tu t'affalerais les quatre fers en l'air.

Puis, après réflexion, il passa la tête par la vitre et la menaça du doigt, alors que Kezia le regardait, les yeux un peu effarouchés.

— Et ne bois pas de champagne.

— Va au diable !

— Moi aussi, je t'aime.

Il lui adressa un petit signe de la main par-dessus son épaule quand il entra dans le magasin. Quand il revint, son absence semblait n'avoir duré que cinq minutes.

— Montre-moi ce que tu as acheté ! dit-elle.

Elle était si énervée qu'elle ne tenait plus en place. Contrairement aux autres femmes de son âge, c'était la première fois qu'elle se fiançait.

— Je suis désolé, trésor. Ils n'avaient rien qui me plaisait, alors je n'ai rien pris.

— Rien ? s'exclama-t-elle, atterrée.

— Non... et, à dire vrai, ils n'avaient rien dans mes prix.

— Merde !

— Chérie, je suis désolé, dit-il, l'air penaud, en la tenant serrée contre lui.

— Pauvre amour, c'est affreux ! Mais je n'ai pas besoin de bague, après tout.

Le visage de la jeune femme s'illumina tout d'un coup et elle essaya de lui dissimuler sa déception. Mais elle avait tellement bu qu'elle avait du mal à se contrôler.

— Tu crois qu'on peut se fiancer sans bague ? demanda-t-il d'un air humble.

— Bien sûr. Je déclare maintenant que nous sommes officiellement fiancés. (Elle brandit vers lui une baguette imaginaire, en lui souriant d'un air heureux.)

... Alors, quelle impression ça fait ? demanda-t-elle.

— C'est fantastique ! O merveille ! Regarde ce que j'ai trouvé dans ma poche ! (Il sortit un cube en velours bleu foncé.) ... C'est quelque chose de bleu, c'est ce que tu voulais, n'est-ce pas ? Une boîte en velours bleu.

— Oh, toi alors... ! Tu m'as acheté une bague !

— Non. Seulement la boîte.

Il la laissa tomber sur les genoux de Kezia. Celle-ci l'ouvrit et en eut le souffle coupé.

— Oh, Lucas ! Elle est superbe. Elle est... incroyable. Je l'aime beaucoup.

C'était une aigue-marine taillée en émeraude, avec un minuscule diamant de chaque côté.

— Ça a dû te coûter une fortune ! Oh, chéri, je l'adore.

— Vraiment, mon chou ? Te va-t-elle ?

Il la sortit de la boîte et la glissa précautionneusement à son doigt. C'était un geste de la plus haute importance pour eux deux, comme si quelque chose de magique allait se produire quand la bague atteindrait la base de son doigt. Ils étaient fiancés. Mon Dieu, quel voyage !

— Elle me va.

Les yeux de Kezia étincelaient quand elle exhiba sa main pour regarder la bague sous tous les angles. C'était une belle pierre.

— Merde ! Elle semble un peu grande. Tu ne trouves pas ? demanda Luke.

— Non, absolument pas, je t'assure.

— Menteuse ! Mais je t'aime. Je la ferai mettre à ta taille demain.

— Je suis fiancée.

— Ça c'est drôle ! Moi aussi. Comment t'appelles-tu ?

— Mildred. Mildred Schwartz.

— Mildred, je t'aime. C'est étrange, pourtant, je croyais que ton nom était Kate. Tu t'appelais comme ça avant, n'est-ce pas ?

Une lueur de tendresse brillait dans les yeux de Luke, au souvenir du premier jour de leur rencontre.

— Ce ne serait pas par hasard ce que j'ai dit quand on s'est rencontrés la première fois ?

Elle était trop ivre pour être sûre de quoi que ce soit.

— C'est exact. Tu mentais déjà en ce temps-là.

— Je t'aimais aussi déjà dans ce temps-là. Dès le début.

Elle se blottit dans ses bras, en repensant aux premiers jours.

— Tu m'aimais déjà ? fit-il, surpris.

Il pensait que son amour avait pris plus de temps à naître. Elle était si distante au début !

— Oh, je te trouvais extraordinaire. Mais j'avais peur que tu ne découvres qui j'étais.

— Eh bien, au moins, je le sais maintenant ! Mildred Schwartz. Et ça, mon amour, c'est le *Fairmont* !

Ils venaient de s'arrêter devant l'hôtel et deux porteurs s'approchèrent pour aider le chauffeur à porter les bagages.

— ... Tu veux que je te prenne dans mes bras ?

— Non, c'est seulement quand on se marie. Nous ne sommes que fiancés.

Elle lui mit la bague sous le nez, avec un sourire qui enchanta Luke.

— Excuse mon impertinence. Mais je ne suis pas sûr que tu puisses marcher.

— Je suis désolée, Lucas, mais je suis persuadée du contraire.

Elle chancela dangereusement quand ses pieds touchèrent le trottoir.

— Contente-toi de la fermer, mama, et souris.

Il la souleva dans ses bras, fit un signe aux porteurs et leur parla d'un cœur fragile et d'un long voyage en avion, tandis qu'elle lui grignotait tranquillement l'oreille.

— Arrête immédiatement !

— Non.

— Arrête ou je te pose par terre. Ici même. Tu aimerais te casser la figure, comme cadeau de fiançailles ?

— Va te faire voir, Lucas !

— Chut !... Baisse un peu le ton.

Mais il n'était guère en meilleur état qu'elle. Il supportait un peu mieux la boisson, voilà tout.

— Pose-moi par terre ou je porte plainte.

— Tu ne peux pas. Nous sommes fiancés.

Il était au milieu du vestibule, avec Kezia dans les bras.

— C'est une si belle bague ! Lucas, si seulement tu savais combien je t'aime !

Elle laissa tomber sa tête sur son épaule et se mit à contempler la bague. Il la portait avec aisance, comme une poupée de chiffon ou une toute petite enfant.

A cause du cœur fragile de Mme Johns et de son état de fatigue dû au voyage, pouvait-on leur envoyer les fiches d'entrée dans leur chambre ? Le couple entra rapidement dans l'ascenseur, Kezia prudemment appuyée dans un coin. Luke la regardait en grimaçant.

— Je puis marcher toute seule jusqu'à la chambre, merci, dit-elle en le regardant d'un air impérieux.

Elle trébucha en sortant de l'ascenseur. Il eut le temps de la rattraper avant qu'elle ne tombe et il lui offrit son bras, en essayant de garder son sérieux.

— Madame ?

— Merci, monsieur.

Ils marchèrent doucement le long du couloir, Luke soutenait presque tout le poids de Kezia. Enfin, ils arrivèrent à la chambre.

— Tu sais ce qui est drôle, Lucas ?

Quand elle était ivre, sa voix prenait des intonations de Palm Beach, de Londres, et de Paris.

— C'est quoi, chère amie ?

Mais lui aussi pouvait jouer le jeu.

— Quand on était dans l'ascenseur, j'avais l'impression de voir le monde entier, le ciel, le Golden Gate Bridge... tout. Cela donne de telles impressions d'être fiancée ?

— Non. C'est l'impression qu'on a quand on est dans un ascenseur en verre, à l'extérieur d'un bâtiment, et qu'on est ivre. Tu vois ce que je veux dire. Ce sont des impressions très spéciales.

Il lui adressa son plus charmant sourire.

— Va au diable !

Le portier les attendait à la porte de leur suite. Luke lui donna solennellement un pourboire et ferma la porte derrière lui.

— Je te suggère de t'allonger ou de prendre une douche. Ou les deux.

— Non. Je veux...

Elle marcha lentement vers lui, une lueur malicieuse dans les yeux et il éclata de rire.

— A vrai dire, moi aussi, mama !

— Bonjour, belle dame, c'est une belle journée.

— Déjà ?

— C'est déjà une belle journée depuis des heures.

— Je crois que je vais mourir.

— Tu as la gueule de bois. J'ai demandé du café pour toi.

Il sourit en voyant l'expression du visage de Kezia. Ils avaient aggravé la situation en buvant une troisième bouteille de champagne après le dîner. La nuit avait été consacrée à des célébrations à n'en plus finir. Leurs fiançailles. C'était vraiment fou ! Il savait trop bien que, le lendemain, il pouvait se retrouver en prison : c'est pourquoi il n'avait pas accepté Reno ou Las Vegas. Il ne pouvait agir ainsi vis-à-vis d'elle. S'il retournait en prison l'aventure s'arrêterait là. Il ne l'entraînerait pas avec lui en l'épousant. Il l'aimait trop pour procéder de cette façon.

Elle réussit avec peine à avaler son café et se sentit mieux après une douche.

— Je ne vais peut-être pas mourir après tout. Mais je n'en suis pas encore tout à fait sûre.

— On ne sait jamais, avec un cœur fragile comme le tien.

— Quel cœur fragile ? demanda-t-elle en le regardant comme s'il était fou.

— C'est ce que je leur ai dit, en bas, quand je te portais dans le vestibule.

— Tu me portais ?

— Tu ne te souviens pas ?

— Je ne me souviens pas d'avoir été portée. Mais je me souviens d'avoir eu la sensation de voler.

— Ça, c'était l'ascenseur.

— Merde alors, je devais être complètement saoule.

— Pire que cela ! Au fait... te souviens-tu de t'être compromise ?

— Plusieurs fois, dit-elle avec un sourire malicieux et en caressant d'une main la cuisse de Luke.

— Avec une bague, je veux dire, espèce de chienne lubrique ! C'est une honte !

— Une honte ? Si je me souviens bien...

— Bon, bon, admettons. Mais te souviens-tu de t'être fiancée ?

Le visage de Kezia s'adoucit quand elle vit à quel point il était sincère.

— Oui, chéri, je me souviens. Et la bague est merveilleuse.

Elle la fit scintiller. Ils se sourirent et s'embrassèrent.

— ... C'est une bague magnifique !

— Pour une femme magnifique ! Je voulais t'acheter un saphir mais c'est beaucoup trop cherrrrrr, pour ma bourse.

— Je préfère celle-ci. Ma grand-mère avait un saphir qui...

— Oh non, encore !

Il éclata de rire, à la grande surprise de Kezia.

— Je t'en ai déjà parlé ?

— Plusieurs fois.

Elle fit une grimace et haussa ses frêles épaules. Elle ne portait que sa bague. Lucas demanda :

— ... Alors, reste-t-on ici toute la journée à faire l'amour et à paresser, ou bien sort-on ?

— Est-ce nécessaire de sortir ? demanda-t-elle, en ayant l'air de préférer la première idée.

— Ça nous ferait du bien ! On pourrait revenir ici plus tard, finir ce qu'on a commencé.

— C'est une promesse ?

— Est-ce que, généralement, tu dois me forcer, mon amour ?

— Pas vraiment, dit-elle avec un sourire pincé. (Elle se dirigea vers le placard.) ... Où va-t-on ?

— Que veux-tu faire ?

— Une balade en voiture ? Le long de la côte, quelque chose de ce genre, d'agréable et de facile.

— Avec le chauffeur ?

L'idée n'était pas très tentante. Pas avec le chauffeur.

— Non, idiot. Seuls bien entendu. On peut louer une voiture à partir de l'hôtel.

— Bien sûr, trésor. Ça me plaît aussi.

Elle dépensait une somme folle pour ce voyage. La suite au *Fairmont*, les billets de première classe en avion, les repas dans la chambre et encore une autre voiture, juste pour le plaisir de Luke. Elle voulait que tout soit spécial. Elle voulait adoucir le coup de l'audience ou, au moins, leur faire oublier la raison de leur présence ici. Cette atmosphère de vacances ressemblait aux distractions qu'on procure à un enfant qui est en train de mourir du cancer : cirque, marionnettes, poupées, T.V. couleur, le monde de W. Disney et des glaces à longueur de journée, parce que bientôt, très bientôt... Kezia avait la nostalgie de leur premier voyage à San Francisco, de leurs premiers jours à New

York. Cette fois tout sonnait faux ; tout était terriblement luxueux, mais ce n'était pas la même chose. C'était forcé.

Le concierge leur loua une voiture, une Mustang rouge vif dont le levier de vitesse plut à Luke. Il fit rugir le moteur en descendant les collines vers le pont.

Ce fut une randonnée agréable par un après-midi d'hiver ensoleillé. Il ne faisait jamais froid à San Francisco. Il y avait une brise vivifiante, mais l'air était tiède et tout était vert autour d'eux, cela ne ressemblait en rien au paysage dépouillé qu'ils avaient quitté.

Ils conduisirent tout l'après-midi, s'arrêtèrent ici et là sur une plage, marchèrent jusqu'au bord des falaises, s'assirent sur des rochers pour bavarder, mais ils évitèrent soigneusement de parler de ce qui pesait sur leur cœur. Il était trop tard pour s'en entretenir et il n'y avait rien à en dire. L'audience était si proche ! Ils s'étaient exprimés avec leurs corps, avec des cadeaux, des baisers, des regards. Il ne leur restait plus qu'à attendre.

Une petite Ford verte les suivit toute la journée et de fort près. Luke n'en parla pas à Kezia, mais quelque chose dans son attitude le portait à penser qu'elle était au courant, elle aussi. Les flics craignaient-ils que Luke ne cherche à s'enfuir ? Mais où ? Ce n'était pas dans son intérêt. Combien de temps pourrait-il tenir ? En plus, il ne pouvait ni emmener Kezia ni la laisser. Les policiers le tenaient bien. Ils n'avaient pas besoin de le suivre de si près.

Ils s'arrêtèrent pour dîner dans un restaurant chinois sur le chemin du retour, puis allèrent à l'hôtel se reposer. Ils devaient aller chercher Alejandro à l'aéroport à 10 heures ce soir-là.

L'avion était à l'heure et Alejandro apparut parmi les premiers passagers.

— Salut, vieux frère, pourquoi es-tu si pressé ? demanda Lucas, paresseusement appuyé contre le mur.

— C'est New York qui fait ça. Je suis contaminé. Comment ça va, mon gars ?

Alejandro avait l'air inquiet et fatigué et il ne se sentait pas à sa place en voyant leurs visages heureux, reposés, tannés par le vent, leurs joues rosies par le soleil. Il avait presque l'impression d'être venu pour rien.

— Salut, devine ! dit Kezia, les yeux brillants. Nous sommes fiancés.

Et elle lui montra la bague.

— Magnifique ! Félicitations ! Il va falloir arroser ça.

Luke leva les yeux au ciel et Kezia rugit :

— Nous l'avons déjà fait la nuit dernière.

— « Nous ! » Mon œil ! « Elle » a arrosé ça. Complètement bourrée.

— Kezia ? s'exclama Alejandro, amusé.

— Oui, au champagne. J'ai bu pratiquement deux bouteilles, dit-elle avec fierté.

— De ton flacon ?

Elle rit à ce souvenir de Noël et secoua la tête alors qu'ils allaient récupérer les bagages. Ils étaient venus en voiture avec un chauffeur après avoir rendu la Mustang.

Pendant le trajet du retour vers San Francisco, la conversation alla bon train : mauvaises plaisanteries, souvenirs idiots ; Alejandro raconta son voyage : une femme en couches, une autre qui avait passé son caniche français en fraude sous son manteau et qui avait presque fait une crise de nerfs quand l'hôtesse de l'air avait essayé de le lui enlever.

— Pourquoi est-ce que je me trouve toujours mêlé à des situations pareilles ?

— Tu devrais essayer de voyager en première classe.

— Bien sûr, vieux frère, bien sûr ! Oh, que sont donc ces objets marron que tu as aux pieds ?

Kezia se mit à rire et Lucas prit un air peiné.

— Vieux, tu n'as vraiment pas de classe. Ce sont des Gucci.

— Ah ! Elles ressemblent vraiment à des fruits.

Ils rirent tous les trois et la voiture s'arrêta devant l'hôtel.

— Ce n'est pas grand-chose mais on s'y sent chez soi, dit Luke, de bonne humeur, en désignant d'un vaste mouvement de bras le gigantesque palace qu'était le *Fairmont*.

— Eh bien, les amis, sans aucun doute, vous voyagez avec style.

Ils lui avaient offert le sofa dans le salon de leur suite. Il se dépliait pour faire un lit d'appoint.

— Tu sais, Al, il y a ici un petit vieux qui va et vient dans le vestibule, uniquement pour dessiner des « F » dans le fond des cendriers.

Alejandro leva les yeux au ciel et ils pouffèrent tous les trois.

— ... Ce sont les petits détails qui font toute la différence.

— Va te faire foutre, mon gars.

— Oh, je t'en prie, pas de ça devant ma fiancée, dit Luke avec un air faussement pincé.

— Alors, c'est vrai, vous êtes vraiment fiancés ? Pour de vrai ?

— Pour de vrai, confirma Kezia. Et on va se marier.

Il y avait de l'acier dans sa voix et aussi de l'espoir, de la vie, des larmes, des craintes. Ils se marieraient. S'ils en avaient l'occasion.

Aucun d'eux ne parla de l'audience, mais quand Kezia commença à bâiller, Luke prit soudain un air sérieux.

— Pourquoi ne vas-tu pas te coucher, trésor ? Je te rejoins tout de suite.

Il voulait parler à Alejandro seul à seul et il était facile d'en deviner la raison. Pourquoi ne voulait-il pas partager ses craintes avec elle ? Mais il ne servait à rien de paraître blessée. Cela ne changerait rien.

— D'accord, chéri. Mais ne veille pas trop tard. (Elle l'embrassa doucement dans le cou et elle lança un baiser à Alejandro du bout des doigts.) ... Ne buvez pas trop, les gars.

— Tu peux parler ! dit Luke en riant.

— C'était différent. Je célébrais mes fiançailles.

Elle essaya de prendre un air hautain mais éclata de rire, alors qu'il lui donnait une tape sur les fesses et un dernier baiser.

— Je t'adore. Allez, déguerpis.

— Bonne nuit, vous deux.

Elle resta éveillée dans le lit à regarder le rai de lumière sous la porte de la chambre, jusqu'à 3 heures du matin. Elle aurait voulu aller leur dire qu'elle avait autant la trouille qu'eux, mais elle ne le pouvait pas. Elle ne pouvait pas faire ça à Luke. Elle devait garder la tête haute. Noblesse oblige et toute cette merde.

Elle se rendit compte le lendemain matin que Luke n'était pas venu se coucher de toute la nuit. A 6 heures du matin, il avait fini par s'endormir là où il était assis et Alejandro s'était allongé sans bruit sur le sofa. Ils devaient tous être debout à 8 heures.

L'audience commençait à 2 heures et l'avocat de Luke était attendu à 9 heures au *Fairmont* pour la constitution du dossier. Ce serait probablement la première fois qu'Alejandro aurait une connaissance claire de la situation. Luke avait une façon à lui de voiler les problèmes pour éviter que ses amis ne s'inquiètent. Et il savait que Kezia ne dirait rien. Alejandro n'obtiendrait rien d'elle maintenant, et de Luke, il avait entendu force bravades et conneries. Le seul point important qui se dégageait des confidences de Luke fut « de prendre soin de Kezia, au cas où ». Et la tâche ne serait pas facile. Car, alors, Kezia souffrirait le martyre.

Pendant un bref instant, avant de s'endormir, Alejandro regretta presque d'être venu. Il ne voulait pas assister à ce drame. Il ne voulait pas voir ce malheur arriver à Luke, ni contempler alors le visage de Kezia.

26

L'avocat arriva à 9 heures et apporta la tension avec lui. Kezia l'accueillit avec un formel « bonjour » et présenta « notre ami, M. Vidal ». Elle versa le café et fit quelques commentaires sur le temps. Puis les choses commencèrent à virer à l'aigre. L'avocat eut un petit rire de politesse qui eut le don de hérisser Kezia ; il lui était antipathique de toute façon. Il était renommé pour son talent dans ces sortes d'audiences et il demandait 5 000 dollars d'honoraires. Lucas avait insisté pour les payer lui-même avec ses économies. Il avait mis de l'argent de côté pour ça « au cas où ». Mais Kezia n'aimait pas le genre de cet homme : il était trop sûr de lui, trop bien payé et trop arrogant.

L'avocat regardait autour de lui et remarqua la froideur de Kezia. Il n'arrangea pas les choses en mettant les pieds dans le plat. Elle était beaucoup trop décourageante, à ses yeux.

— Mon père disait, les matins comme celui-ci : « Ça pourrait être une belle journée pour mourir. »

Le visage de Kezia pâlit et se crispa. Luke la regarda d'un air de dire : « Kezia, laisse tomber. » C'est ce qu'elle fit, pour le bien de Luke, mais elle fuma deux fois plus que d'habitude. Luke, quant à lui, buvait déjà du bourbon sec à 9 heures du matin, et Alejandro engloutissait café froid sur café froid. La fête était terminée.

L'entretien dura deux heures et, à la fin, ils n'étaient

pas plus avancés. Il n'y avait pas moyen de savoir. Tout dépendait du tribunal et du juge. Personne ne pouvait deviner leurs pensées. Lucas était menacé de perdre sa liberté sur parole pour incitation à la révolte dans les prisons, pour avoir causé des troubles et pour s'être mêlé de ce qui ne le regardait plus, d'après le tribunal et les autorités pénitentiaires. Ils avaient le droit de le révoquer pour moins que cela et il n'y avait pas moyen de nier le fait que Luke avait causé des troubles. Tout le monde était au courant, même la presse. Il avait été moins que discret depuis sa sortie de prison. Ses allocutions, son livre, ses réunions, son rôle dans le rapport contre les prisons, son travail pour susciter les grèves des prisonniers dans tout le pays. Il avait joué sa vie pour ses idées, maintenant ils allaient en fixer le prix. Et même, en vertu de la loi californienne de sentence indéterminée, le tribunal pouvait décider de garder Luke autant qu'il le voulait. Quand l'avocat parla de : « probablement pas plus de deux ou trois ans », la tristesse ambiante se trouva encore aggravée. Plus personne ne gardait grand espoir. Et, pour une fois, même pas Luke. Kezia restait silencieuse.

L'homme de loi les quitta peu après 11 heures et ils se mirent d'accord pour se rencontrer au palais de justice à 1 h 30. D'ici là, ils étaient libres.

— Vous voulez déjeuner ? suggéra Alejandro.

— Vous avez faim ?

Kezia avait de plus en plus de mal à jouer le jeu. Elle n'avait jamais été si pâle et elle eut soudain envie d'appeler Edward ou Totie, ou même Hilary ou Whit. Quelqu'un... n'importe qui... mais quelqu'un qu'elle connaissait bien. C'était comme si elle attendait dans le couloir d'un hôpital pour savoir si le malade vivrait... et si... et si... Oh, mon Dieu !

— Allons, les amis, sortons.

Luke avait le contrôle de la situation, à part le tremblement presque imperceptible de ses mains.

Ils déjeunèrent chez *Trader Vic*. C'était sympathique, joli, « terriblement chic », comme disait Luke, et la nourriture y était sans doute excellente, mais aucun d'eux ne le remarqua. Rien ne sonnait juste. Tout était si luxueux, si surfait, si faux, et cela représentait un tel effort de faire semblant d'accorder une attention quelconque à ce qu'ils mangeaient. Pourquoi le *Fairmont* ? Pourquoi le *Trader Vic* ? Pourquoi ne pouvaient-ils pas se contenter de hot dogs ou d'un pique-nique ? Pourquoi ne pouvaient-ils continuer à vivre après aujourd'hui ? Kezia sentait peser sur elle un poids qui ressemblait à un parachute coulé dans du ciment. Elle avait envie de retourner à l'hôtel pour s'allonger, se détendre, pleurer, faire quelque chose, au lieu d'être assise dans ce restaurant en train de manger un dessert dont elle n'arrivait pas à trouver le goût. La conversation était monotone. Ils parlaient tous les trois pour ne rien dire. Au moment du café, ils gardèrent le silence. Luke tapotait doucement la table de ses doigts. Il n'y avait que Luke qui entendait ce bruit qui finalement s'insinua en elle comme le mouvement bien rythmé d'un marteau à bascule. Elle se sentait littéralement attachée à Luke : à sa moelle, à son cerveau, à son cœur. S'ils le reprenaient, pourquoi ne pas les prendre tous les deux ensemble ?

Alejandro regarda sa montre et Luke hocha la tête.

— Oui. C'est l'heure, à peu près.

Il demanda l'addition et Alejandro fit le geste de prendre son portefeuille. Mais Luke secoua la tête, le regard décidé. Ce n'était pas le moment de discuter avec lui. Il laissa l'argent dans le petit plateau en osier où le serveur avait mis l'addition et ils repoussèrent la table. Kezia avait l'impression d'entendre un roulement de tambour quand ils se dirigèrent vers la voiture.

C'était comme si elle était second rôle dans un film de série B. Tout n'était qu'un rêve. Et quand la voiture les emporta inexorablement, elle commença à rire, d'une façon presque nerveuse.

— Qu'y a-t-il de drôle ? demanda Luke, tendu.

Alejandro se taisait. Le rire de Kezia résonnait désagréablement. Il était très éprouvant à entendre : douloureux, presque insupportable. Ce n'était pas vraiment un rire.

— Tout est drôle, Luke ! Tout ! Vraiment ! Je... c'est si absurde !

Elle continua à rire jusqu'à ce qu'il lui prenne la main et quand il la lui serra un peu trop fort, elle s'arrêta et les larmes essayèrent tout d'un coup de remplacer le rire. Tout était si absurde, tous ces gens ridicules chez *Trader Vic*. Après le déjeuner, ils iraient certainement à un concert, chez le coiffeur, à des conseils d'administration, prendre le thé ou chez la couturière... Ils allaient continuer à vivre normalement. Mais qu'est-ce qui était normal, exactement ? Rien ne semblait avoir de sens. Le rire essayait de remonter à la surface mais Kezia se retenait. Elle savait que le rire la conduirait aux larmes et peut-être même aux hurlements. Voilà ce qu'elle voulait faire. Hurler comme un chien.

La voiture les emmena vers l'ouest dans le pâle soleil de l'après-midi, puis vers le sud dans Van Ness Avenue. Ils passèrent devant le plastique bleu de l'hôtel *Jack Tar*. Le trajet semblait très long. Les gens étaient très occupés, ils couraient, allaient, vivaient. Beaucoup trop tôt, le dôme du City Hall apparut comme une menace devant eux. Il ressemblait à un oignon fièrement doré, ou encore au sein d'une douairière, noble, recouvert de façon un peu criarde de platine et d'or. C'était terrifiant. City Hall. Et à quelques pas de là, d'autres voitures commençaient à arriver pour la symphonie à l'Opera House. Tout cela n'avait pas de sens.

Kezia avait les idées vagues, embrouillées, comme si elle était ivre, alors qu'elle n'avait bu que du café. Ce n'était que grâce à la ferme présence de Luke d'un côté et d'Alejandro de l'autre qu'elle arrivait à mettre un pied devant l'autre. Monter les marches, passer les portes, croiser les gens... Ciel, non, pas ça !

— J'ai besoin de cigarettes.

Luke s'éloigna à grands pas et ils le suivirent, traversèrent les longs corridors de marbre, passèrent sous le dôme. Luke marchait du pas décidé qu'elle connaissait si bien et sans dire un mot ; elle prit la main d'Alejandro.

— Ça va, Kezia ?

— Oui, répondit-elle.

Mais ses yeux demandaient en fait : « Je n'en sais rien. Est-ce que je vais bien ? »

Elle lui adressa un pauvre sourire et leva les yeux vers le dôme. Comment des choses laides pouvaient-elles arriver ici ? Le monument ressemblait à ceux de Vienne, de Paris ou de Rome : les colonnes, les frises, les voûtes, la fière ondulation du dôme, l'écho, la feuille dorée. C'était bien aujourd'hui le 8 janvier. L'audience. Elle était face à face avec elle-même maintenant. C'était la brutale réalité.

Dans l'ascenseur, elle serrait très fort la main de Luke et se tenait aussi près de lui que possible... plus près, plus serrée, plus proche... plus... Elle voulait se glisser dans la peau de Luke, s'enfermer dans son cœur.

L'ascenseur s'arrêta au quatrième étage et ils suivirent le corridor jusqu'à la bibliothèque où l'avocat leur avait fixé rendez-vous. Ils passèrent devant la salle d'audience et, soudain, Luke poussa Kezia de côté, presque contre Alejandro.

— Qu'est-ce que...

— Les ordures !

Le visage de Luke était soudain rouge de colère et Alejandro comprit avant Kezia. Ils accélérèrent l'allure et Alejandro entoura les épaules de Kezia d'un bras.

— Alejandro, qu'est-ce que...

— Allons, trésor, on en parlera plus tard.

Les deux hommes se regardèrent par-dessus la tête de la jeune femme et quand elle vit les caméras de télévision, elle comprit. Alors, c'était donc cela. Lucas allait faire l'actualité. D'une façon ou d'une autre.

Ils contournèrent les journalistes sans être vus et se glissèrent dans la bibliothèque pour attendre. Quelques minutes plus tard, l'avocat les rejoignit, un dossier épais dans la main, l'air tendu. Quelque chose dans son attitude impressionna Kezia plus qu'à l'hôtel.

— Tout le monde est prêt ? demanda-t-il, d'un ton qu'il essaya en vain de rendre jovial.

— Maintenant ? Déjà ?

Il n'était pas encore 2 heures et Kezia commençait à perdre pied, mais Alejandro lui serrait fortement les épaules. Luke faisait les cent pas devant un grand mur garni de livres.

— Non, pas maintenant. Dans quelques minutes. Je reviendrai ici vous dire quand le juge sera arrivé.

— Peut-on aller dans la salle d'audience par un autre chemin ? demanda Alejandro, inquiet.

— Je... pourquoi ? dit l'avocat, surpris.

— Etes-vous déjà passé devant la salle ?

— Non. Pas encore.

— Elle grouille de journalistes. Caméras de télévision, tout le bazar !

— Le juge ne les laissera pas entrer. Il n'y a pas d'inquiétude à avoir.

— Oui. Mais il va quand même falloir passer à côté d'eux.

— Non, intervint Luke. Du moins, il n'en est pas question en ce qui concerne Kezia, si c'est ce point qui te tracasse, Al.

— Lucas, il en est question, bien au contraire.

Malgré sa taille, Kezia avait l'air de vouloir le frapper, dans la chaleur de l'instant.

— Non, Kezia, c'est impossible. C'est ainsi !

Ce n'était pas le moment de discuter avec lui. L'expression de son visage était très claire.

— ... Je veux que tu restes ici. Je viendrai te chercher quand tout sera fini.

— Mais je veux être avec toi là-bas.

— A la télévision ? dit-il d'une voix beaucoup plus ironique qu'aimable.

— Mais tu as entendu ? Ils n'entreront pas dans la salle.

— Ils t'auront à l'entrée et à la sortie. Et tu n'as pas besoin de ça. Moi non plus. Je ne vais pas discuter avec toi, Kezia. Tu restes ici dans la bibliothèque ou tu retournes à l'hôtel. Maintenant, c'est clair ?

— D'accord.

L'avocat les quitta et Luke recommença à faire les cent pas. Puis, soudain, il s'arrêta et se dirigea lentement vers Kezia, les yeux fixés sur elle. Alejandro sentit tout cela et s'éloigna lentement vers une rangée de livres marron et or.

— Trésor...

Luke était près d'elle mais ne faisait pas un geste pour la toucher. Il se contentait de la regarder, comme s'il comptait tous ses cheveux, tous les fils de sa robe. Il accumulait toutes ces visions en lui et ses yeux descendirent jusque dans l'âme de la jeune femme.

— Lucas, je t'aime.

— Mama, je ne t'ai jamais autant aimée. Tu le sais, n'est-ce pas ?

— Oui. Moi aussi.

Il hocha la tête en la regardant, toujours aussi intensément.

— Pourquoi nous font-ils ça, à nous ?

— Parce que j'ai décidé de courir le risque. Il y a longtemps, avant de te connaître. Je crois que j'aurais agi différemment si je t'avais rencontrée plus tôt. Peut-être que non. J'aime remuer la merde, Kezia. Tu le sais. Je le sais. Eux le savent aussi. C'est pour la bonne cause, mais je leur suis une épine au pied. J'ai toujours pensé que ça en valait la peine, si je pouvais apporter un changement dans le bon sens. Mais je ne savais pas alors que j'allais te faire souffrir, toi.

— Si tu fais abstraction de moi, le travail en vaut-il toujours la peine ?

La réponse de Luke la surprit.

— Oui.

Ses yeux ne cillèrent pas, mais ils avaient quelque chose de triste et de vieux que Kezia n'avait jamais vu auparavant. Il payait un gros prix, même s'ils ne révoquaient pas sa liberté sur parole. Il avait déjà payé cher.

— Ton travail en vaut-il la peine, même maintenant, Lucas ?

— Oui, même maintenant. Le seul être pour lequel je me dégoûte, c'est toi. Je n'aurais jamais dû t'entraîner. Je réfléchissais davantage jadis.

— Lucas, tu es le seul homme que j'aie jamais aimé, peut-être même le seul être humain que j'aie jamais aimé. Si tu ne m'avais pas « entraînée », ma vie aurait continué à ne rien valoir. Et je peux faire face à ce qui nous arrive. D'une façon ou d'une autre.

Pendant l'espace d'un moment, elle fut aussi forte que lui ; c'était comme si la force de Luke était passée en elle pour catalyser la sienne.

— Et si je pars ?

— Tu ne partiras pas.

« Je ne te laisserai pas partir. »

— C'est possible que je parte, dit-il d'un air presque détaché, comme s'il était résigné à partir s'il le fallait.

— Alors, je ferai face à ton départ.

— Occupe-toi simplement de toi. Tu es la seule femme que j'aie jamais aimée ainsi. Je ne permettrai pas que quoi que ce soit te détruise. Même pas moi. Souviens-t'en. Et quoi que je fasse, tu dois savoir que je sais ce qui est le meilleur. Pour nous deux.

— Chéri, de quoi parles-tu ?

La voix de Kezia n'était qu'un murmure. Elle avait peur.

— Fais-moi confiance, c'est tout.

Puis il fit le dernier pas qui le séparait d'elle, la prit dans ses bras et la serra à l'étouffer.

— Kezia, en ce moment, je me sens l'homme le plus chanceux du monde. Même ici.

— Du moins, le plus aimé.

Des larmes effleuraient ses cils, lorsqu'elle blottit son visage contre la poitrine de Luke. Ils avaient oublié Alejandro. La bibliothèque n'existait plus. La seule chose qui avait de l'importance et qui existait pour eux, c'était l'autre.

— Vous êtes prêts ?

Le visage de l'avocat ressemblait à une vision dans un mauvais rêve. Ni l'un ni l'autre ne l'avaient entendu entrer. Ils n'avaient pas vu non plus Alejandro qui les observait, le visage inondé de larmes. Il les essuya en s'avançant vers eux.

— Oui. Moi je suis prêt.

— Lucas...

Elle s'accrocha à lui pendant un instant mais lui la repoussa très doucement.

— Calme-toi, mama. Je reviens tout de suite.

Il lui adressa un sourire en coin et étreignit sa main.

Elle voulait si désespérément l'atteindre, le retenir, arrêter tout, le tenir serré et ne jamais le laisser partir...

— On devrait...

L'avocat regardait ostensiblement sa montre.

— On y va.

Luke fit un signe à Alejandro, étreignit une dernière fois Kezia, sauvagement, puis se dirigea vers la porte, l'avocat et son ami sur ses talons. Kezia était restée là où il l'avait laissée.

— Lucas !

Il se retourna à la porte.

— ... Dieu te garde !

— Je t'aime.

Ces trois mots résonnèrent aux oreilles de la jeune femme, quand la porte se referma lentement derrière eux.

Pas un son. Même pas le tic-tac d'une horloge. Rien. Le silence. Kezia était assise sur une chaise à dossier droit et regardait sur le sol un rayon de soleil immobile. Elle ne fumait pas. Elle ne pleurait pas. Elle attendait seulement. Ce fut la demi-heure la plus longue de sa vie. Son esprit semblait sommeiller, comme le soleil sur le sol. La chaise n'était pas confortable mais elle ne s'en apercevait pas. Elle ne pensait pas, ne sentait pas, ne voyait pas, n'entendait pas. Elle était dans un état d'engourdissement.

Elle vit ses pieds, près des siens, avant de voir son visage. Mais ce n'était pas les bons pieds, les bonnes chaussures, la couleur était différente et elles étaient trop petites. Des bottes... Alejandro... où était Luke ?

Ses yeux remontèrent le long des jambes avant d'arriver jusqu'au visage. Les yeux d'Alejandro étaient sombres et durs. Il ne disait rien, il était seulement là.

— Où est Lucas ?

La voix de Kezia était tranchante. Tout son corps s'était arrêté. Il fit sa réponse d'un souffle.

— Kezia, ils ont révoqué sa liberté sur parole. Il est en état d'arrestation.

— Quoi ? (Elle s'était levée d'un bond. Les pensées se précipitaient en elle.) Mon Dieu, Alejandro, où est-il ?

— Il est encore dans la salle d'audience. Kezia, non... n'y va pas...

Elle était déjà sur le chemin de la porte, ses pas se précipitaient sur le sol en marbre gris.

— ... Kezia !

— Va au diable !

Elle passait la porte quand il l'attrapa par le bras. Elle lui lança :

— ... Laisse-moi, bon sang ! Il faut que je le voie !

— D'accord. Allons-y.

Il lui prit la main et la serra très fort. C'est main dans la main qu'ils suivirent le corridor au pas de course. Les journalistes étaient déjà moins nombreux ; ils avaient leur article : Lucas Johns retournait à Quentin. Ainsi va la vie. Pauvre bougre !

Kezia bouscula deux hommes qui bloquaient l'entrée de la salle. Alejandro se faufila à ses côtés. Le juge quittait son siège. Tout ce qu'elle pouvait voir, c'était un homme assis, calme, de dos, regardant droit devant lui.

— Lucas ?

Elle ralentit le pas et s'approcha de lui lentement. Il tourna la tête vers elle et il n'y avait rien sur son visage. C'était un masque. Un homme différent de celui qu'elle connaissait. Un mur d'acier avec deux yeux. Deux yeux qui retenaient des larmes mais ne disaient rien.

— Chéri... Je t'aime.

Elle l'entoura de ses bras et il s'appuya lentement contre elle, laissant aller sa tête contre la poitrine de Kezia. Son corps tout entier semblait s'affaisser. Mais ses bras n'esquissèrent aucun geste pour enlacer la jeune femme. Elle vit alors pourquoi. Il avait déjà les menottes. On n'avait pas perdu de temps. Son portefeuille et la monnaie étaient sur la table devant lui. Il y avait aussi les clés de l'appartement de New York et sa bague, celle qu'elle lui avait donnée pour Noël.

— Lucas, pourquoi ont-ils fait ça ?

— Il le fallait. Maintenant, il faut que tu rentres.

— Non. Je resterai jusqu'à ce que tu partes. Ne parle pas. Oh ! mon Dieu, Lucas... Je t'aime tant.

Elle luttait contre les larmes. Il ne fallait pas qu'il la voie pleurer. Il était fort et elle aussi. Mais, de fait, à l'intérieur d'elle-même, elle était en train de mourir.

— Moi aussi, je t'aime. Alors, fais-moi plaisir, pars. Fous le camp d'ici, d'accord ?

Les larmes coulaient des yeux de Luke et, pour toute réponse, elle couvrit sa bouche de la sienne. Elle était penchée vers lui, ses frêles bras et ses petites mains essayaient d'envelopper son grand corps tout entier. Pourquoi avaient-ils fait ça ? Pourquoi ne pouvait-elle rien faire pour lui ? Pourquoi n'aurait-elle pas pu les acheter ? Pourquoi ? Toute cette souffrance, cette laideur, et les menottes...

Pourquoi ne pouvait-elle rien faire ? Espèce de tribunal à la con, et merde pour le juge et...

— Monsieur Johns, il faut venir.

Le « monsieur » avait été prononcé d'un ton désagréable. La voix venait de derrière Kezia.

— Kezia, tu dois partir.

C'était l'ordre d'un général et non la supplication d'un vaincu.

— Où t'emmènent-ils ?

Elle avait les yeux agrandis par la colère et la peur. Elle sentit alors les mains d'Alejandro sur ses épaules, qui essayaient de la tirer en arrière.

— A la prison du coin. Alejandro est au courant. Puis à Quentin. Maintenant, bon Dieu, fous-moi le camp d'ici ! Tout de suite.

Il se leva de toute sa hauteur et fit face au garde qui allait l'emmener.

Kezia se haussa sur la pointe des pieds un bref instant, l'embrassa, puis, comme une aveugle, elle se laissa conduire par Alejandro hors de la salle. Elle resta immobile dans le corridor un moment, puis elle le vit, au bout du corridor : un garde de chaque côté, et ses mains enchaînées devant lui. Il ne se retourna pas et, soudain, Kezia sentit sa bouche s'ouvrir pour laisser échapper un long cri perçant. Une femme criait mais elle ne savait pas qui était cette femme. Ça ne pouvait pas être quelqu'un qu'elle connaissait. Les gens bien ne crient pas. Mais le cri ne s'arrêtait pas et des bras inconnus la tenaient prisonnière, alors que des flashes lui explosaient au visage et que des voix étrangères l'assaillaient.

Puis, tout d'un coup, elle se retrouva en train de voler au-dessus de la ville dans une cage de verre. On l'emmena dans une chambre inconnue, quelqu'un la mit au lit et elle avait très froid. Très froid. Un homme empila des couvertures sur elle et un autre, avec des lunettes marrantes et une moustache, lui fit une piqûre. Elle commença à rire parce qu'elle le trouvait très drôle, puis le bruit terrifiant recommença. La femme criait. Quelle femme ? C'était un long hurlement sans fin. Il remplit la pièce jusqu'à ce que toute lumière disparaisse à ses yeux. Tout devint noir.

27

Quand Kezia se réveilla, Alejandro était assis dans la pièce et l'observait. Il faisait sombre. Il avait l'air fatigué et ébouriffé et était entouré de tasses vides. Sans doute avait-il passé la nuit dans un fauteuil.

Elle le regarda un long moment. Ses yeux étaient ouverts et elle avait des difficultés à fermer les paupières. Il lui semblait que ses yeux étaient plus gros qu'avant.

— Tu es réveillée ?

La voix d'Alejandro n'était qu'un murmure rauque. Les cendriers étaient pleins à ras bords.

Elle hocha la tête.

— Je ne peux pas fermer les yeux.

Il lui sourit.

— Je pense que tu es encore sous l'effet de la piqûre. Pourquoi n'essaies-tu pas de te rendormir ?

Elle se contenta de secouer la tête et les larmes inondèrent ses yeux.

— Je veux me lever.

— Pour quoi faire ?

Elle le rendait très nerveux.

— Pour aller faire pipi, dit-elle en gloussant, mais elle se remit à pleurer.

— Oh !

Le sourire d'Alejandro était fraternel et fatigué.

— Tu sais quoi ? demanda-t-elle en le regardant curieusement.

— Quoi ?

— Tu as une tête à faire peur. Tu es resté debout toute la nuit, hein ?

— J'ai sommeillé. Ne te tracasse pas pour moi.

— Et pourquoi pas ? (Elle se dirigea en titubant vers les toilettes, en marquant un temps d'arrêt à la porte.) ... Alejandro, quand pourrai-je voir Luke ?

— Pas avant demain.

Ainsi, elle s'en souvenait déjà. Il avait craint d'avoir à tout lui raconter depuis le début, après la piqûre qu'on lui avait faite la nuit précédente. Il était maintenant 6 heures du matin.

— Tu veux dire aujourd'hui ou demain ?

— Demain.

— Pourquoi est-ce que je ne peux pas le voir avant ?

— Parce qu'il n'y a que deux jours de visite. Le mercredi et le dimanche. Demain, c'est mercredi. C'est le règlement.

— Les salauds !

Elle claqua la porte de la salle de bains, tandis qu'Alejandro allumait une cigarette. Il en était à son quatrième paquet depuis le début de la nuit. La nuit avait été atroce et Kezia n'avait pas encore lu la nouvelle dans les journaux. Edward avait appelé quatre fois pendant la nuit. Il avait appris la nouvelle à New York. Il en avait à moitié perdu la tête. Quand Kezia revint, elle s'assit sur le bord du lit et prit une cigarette dans le paquet d'Alejandro. Elle avait l'air fatigué, hagard, pâle. Le bronzage semblait avoir disparu tout d'un coup et des cernes noirs entouraient ses yeux, comme de l'ombre à paupières violette, bizarrement répartie.

— Ma belle, tu as mauvaise mine. Je crois que tu devrais te recoucher.

Elle ne répondit pas mais resta assise, à fumer et à balancer un pied.

— Kezia ?

— Oui ?

Elle pleurait encore quand elle tourna le visage vers Alejandro et elle se sentit pareille à une toute petite enfant.

— Oh ! mon Dieu, Alejandro. Pourquoi ? Comment peuvent-ils nous faire ça. Lui faire ça ?

— Parce que, quelquefois, c'est ainsi. Parle du destin si tu veux.

— J'appellerais plutôt ça de la merde.

Il eut un sourire fatigué et soupira :

— Trésor...

Il fallait qu'elle le sache, mais l'idée d'avoir à le lui apprendre ne lui souriait pas.

— Oui ?

— Je ne sais pas si tu t'en souviens, mais les reporters ont pris des tas de photos quand Luke a été emmené.

Il retint son souffle et regarda son visage : elle ne s'en souvenait pas.

— Les salopards, ils ne pouvaient pas lui laisser une dernière parcelle de dignité ? Les misérables, les pourris...

Alejandro secoua la tête.

— Kezia... ils ont pris des photos de toi.

Ces mots firent l'effet d'une bombe.

— De moi ?

Il hocha la tête.

— ... Ciel !

— Ils pensaient seulement que tu étais sa petite amie et j'avais demandé à l'avocat de Luke de les appeler, pour qu'ils ne publient pas les photos ni ne mentionnent ton nom. Mais ils ont su qui tu étais. Quelqu'un a vu les photos quand ils les développaient. C'est vraiment de la malchance.

— Ils ont publié les photos ?

Elle était assise, immobile.

— Ici, tu es en première page. A New York, tu es en page 4. Edward a appelé plusieurs fois la nuit dernière.

Kezia rejeta la tête en arrière et se mit à rire. C'était un rire nerveux. Ce n'était pas la réaction à laquelle il s'attendait.

— On va passer à la casserole, cette fois, n'est-ce pas ? Edward doit en crever, le pauvre diable !

Mais elle ne paraissait pas très sincère en disant ces mots. Elle avait plutôt l'air affolé.

— C'est le moins qu'on puisse dire.

Alejandro était vraiment désolé pour cet homme. Il avait paru si frappé. Si déçu.

— Bon, on a joué, eh bien ! on va payer, comme on dit. Les photos sont si moches que ça ?

Pis encore. Elle était en pleine crise de nerfs quand les photographes les avaient surpris, Alejandro et elle. Alejandro sortit l'édition du soir de l'*Examiner* de dessous le lit et la lui tendit. En première page, se trouvait une photo de Kezia s'effondrant dans les bras d'Alejandro. Quand elle vit cette photo, elle sourcilla et regarda le texte : *La grande héritière Kezia Saint-Martin, la petite amie secrète de l'ex-prisonnier Lucas Johns, s'effondre à la sortie de la salle d'audience après...* C'était pis que tout.

— Je crois qu'Edward est surtout inquiet au sujet de ta santé.

— Mon œil ! C'est toute l'histoire qui le rend malade. Tu ne le connais pas.

Elle ressemblait à une enfant qui avait presque

peur de son père. Cette attitude parut étrange à Alejandro.

— Etait-il au courant au sujet de Luke ?

— Pas exactement. En fait, il savait que je l'avais interviewé, et aussi que, ces derniers mois, il y avait quelqu'un d'important dans ma vie. Ça se serait su, tôt ou tard. On avait eu de la chance jusqu'à maintenant. C'est con que ça se soit passé de cette façon, pourtant. Les journaux ont-ils téléphoné depuis ?

— Plusieurs fois. Je leur ai dit qu'il n'y avait pas de commentaires et que tu regagnais New York aujourd'hui même. J'ai pensé que mes paroles pourraient les éloigner. Ils vont surveiller l'aéroport.

— Et le vestibule !

Il n'y avait pas pensé. Quelle folie, une vie pareille !

— Il va falloir appeler le directeur de l'hôtel pour qu'il nous fasse sortir d'ici discrètement. Je veux aller au *Ritz*. Ils ne nous trouveront pas là-bas.

— Non, mais tu peux compter sur eux si demain tu vas voir Luke à la prison.

Elle se leva et le regarda d'un air glacial.

— Pas « si », Alejandro, « quand ». Et s'ils veulent se conduire comme des porcs, alors je les emmerde !

La journée se déroula dans le brouillard. Silence et fumée de cigarette. Leur déménagement au *Ritz* s'était passé sans problème. Un billet de cinquante dollars offert au directeur avait encouragé ce dernier à leur indiquer une porte de sortie discrète et à se taire après leur départ. Apparemment, il s'était tu, car ils n'avaient pas reçu de coups de téléphone au *Ritz*.

Kezia était assise, perdue dans ses pensées, ne parlant que rarement. Elle pensait à Luke, à l'expression de son visage quand ils l'avaient emmené... et à celle qu'il avait dans la bibliothèque. Il était encore libre à ce moment-là, pendant quelques minutes très précieuses.

Elle appela Edward du *Ritz* et eut avec lui une brève conversation passionnée. Ils pleurèrent tous les deux. Edward n'arrêtait pas de répéter : « Comment pouvez-vous agir ainsi ? » Il ne prononçait pas les mots « me faire ça à moi », mais ils étaient sous-entendus. Il voulait qu'elle rentre ou qu'elle le laisse venir. Il explosa quand elle refusa.

— Edward, pour l'amour du ciel, tenez-vous tranquille, s'il vous plaît. Ne faites pas pression sur moi, pas maintenant !

Elle criait à travers ses larmes et se demanda un bref instant pourquoi ils se rejetaient ainsi la culpabilité l'un sur l'autre. Quelle importance de savoir maintenant « qui faisait quoi à qui ». On avait fait ça à Kezia, à Luke, et ce n'était pas la faute d'Edward. Et Kezia n'avait rien fait à Edward, du moins pas intentionnellement. Ils étaient tous pris dans les mâchoires d'une machine infernale et personne n'y pouvait rien.

— Kezia, vous devez revenir ici. Songez à tout ce qu'ils vont vous faire subir là-bas.

— C'est déjà fait ! Et comme je figure en première page dans les journaux de New York, l'endroit où je me trouve n'a plus d'importance. Je pourrais aller à Tanger, bon Dieu, ils me suivraient encore dans mon voyage.

— C'est vraiment incroyable. Je n'arrive pas à comprendre... et Kezia... diable, vous auriez bien dû vous douter que la chose lui arriverait. L'histoire que vous m'aviez racontée sur sa maladie... c'était ce que vous vouliez dire, n'est-ce pas ?

Elle hocha la tête en silence et la voix d'Edward se fit plus dure.

— ... n'est-ce pas ?

— Oui, dit-elle d'une petite voix brisée et blessée.

— Pourquoi ne me l'avez-vous pas dit ?

— Comment l'aurais-je pu ?

Il y eut un moment de silence au cours duquel la vérité s'imposa à chacun d'eux.

— Je ne comprends toujours pas comment vous avez pu vous compromettre à ce point. Vous avez dit dans votre propre article qu'il y avait une possibilité que tout ça arrive réellement. Comment...

— Oh, taisez-vous, Edward. C'est fait, un point c'est tout. Et arrêtez de glousser comme une fichue mère poule. C'est fait. Ça m'a fait mal. Ça nous a fait mal et, croyez-moi, il souffre bougrement plus, enfermé dans sa prison.

Il y eut un silence mortel, puis la voix d'Edward revint, chargée d'un venin contrôlé, ce qui ne lui était arrivé qu'une seule fois auparavant.

— M. Johns a l'habitude de la prison !

Elle eut envie de raccrocher mais n'osa pas. Mettre un terme à la communication signifierait rompre avec quelque chose d'autre, quelque chose de plus profond, et elle avait encore besoin de ce lien, ne serait-ce qu'un tout petit peu. Edward était tout ce qui lui restait au monde, d'une certaine façon, en dehors de Luke.

— Avez-vous quelque chose d'autre à me dire ? demanda-t-elle d'une voix presque aussi méchante que celle d'Edward.

Elle voulait lui donner un coup de pied, mais pas le renvoyer définitivement.

— Oui. Revenez immédiatement.

— Il n'en est pas question. Quelque chose d'autre ?

— Je ne sais pas dans combien de temps vous retrouverez vos esprits, Kezia, mais je suggère que vous fassiez un effort pour redevenir raisonnable aussi vite que possible. Vous pourriez le regretter pendant toute votre vie.

— Je le regretterai, mais pas pour les raisons auxquelles vous pensez, Edward.

— Vous ne pouvez pas savoir à quel point une histoire pareille peut mettre en danger...

Sa voix devint plus faible, malheureusement pour lui. Pendant un moment, ce n'était plus à Kezia qu'il s'adressait, mais au fantôme de sa mère, et ils le savaient tous les deux. Maintenant, Kezia en était certaine. Maintenant, elle savait pourquoi il lui avait parlé de sa mère et du professeur. Elle comprenait tout.

— Mettre quoi en danger ? Ma « position » ? Mon « avenir », comme dirait tante Hil ? Mettre en danger mes chances de trouver un mari ? Vous croyez que j'y pense en ce moment ? La seule personne qui m'importe, c'est Luke. Je pense à Lucas Johns. Je l'aime.

Elle avait recommencé à crier.

A trois mille miles de là, des larmes silencieuses coulaient sur le visage d'Edward.

— Vous me direz s'il y a quelque chose que je puisse faire pour vous.

C'était la voix de son conseiller, de son homme d'affaires, de son tuteur. Pas celle de son ami. Quelque chose avait fini par se casser. Le fossé entre eux s'agrandissait d'une façon terrifiante, pour tous les deux.

— Entendu.

Ils ne se dirent pas au revoir, Edward raccrocha. Kezia resta assise un long moment, à tenir le récepteur dans sa main. Alejandro la regardait.

Des larmes d'adieu coulaient sur ses joues. C'était le deuxième adieu en deux jours. D'une façon ou d'une autre, elle avait perdu les deux seuls hommes qu'elle eût jamais aimés, depuis son père. Trois hommes perdus. Elle savait qu'elle venait en quelque sorte de perdre Edward. Elle l'avait trahi. Ce qu'il s'était acharné à éviter venait d'arriver.

Assis dans son bureau, Edward le comprenait lui aussi. Il marcha solennellement vers la porte, la ferma soigneusement à clé, retourna à son bureau et, par l'intermédiaire de l'interphone, informa sa secrétaire, d'un ton sec, qu'il ne voulait plus être dérangé jusqu'à nouvel ordre. Puis, après avoir repoussé le courrier sur son bureau, il enfouit sa tête dans ses bras et éclata en sanglots désespérés. Il l'avait perdue... il les avait perdues toutes les deux... et pour des hommes aussi indignes. Pourquoi les deux seules femmes qu'il ait jamais aimées avaient-elles une telle faille dans leur caractère... Le professeur... et maintenant ce... ce... gibier de potence... ce moins que rien. Il se surprit à crier ce mot puis, à sa grande surprise, il s'arrêta de pleurer, releva la tête, s'adossa à sa chaise et regarda fixement devant lui. Par moments, il ne comprenait tout simplement plus. Personne ne respectait les principes, maintenant. Pas même Kezia, et pourtant il les lui avait enseignés lui-même. Il secoua la tête lentement, se moucha deux fois et retourna à son bureau pour lire le courrier.

Quand il téléphona à Kezia, Jack Simpson se montra compréhensif. Mais l'agent de Kezia ne lui apporta aucune consolation en se déclarant coupable de lui avoir présenté Luke. Elle l'assura qu'il lui avait fait le plus beau cadeau de sa vie, mais les larmes dans la voix de Kezia ne les consolèrent ni l'un ni l'autre.

Alejandro lui conseilla de faire une promenade, mais elle ne voulait pas sortir et elle resta à l'hôtel, les volets baissés, à fumer, boire du café, du thé, du scotch ; elle mangeait rarement, se contentait de réfléchir, les yeux remplis de larmes, les mains tremblantes. Elle avait peur maintenant de sortir, peur de la presse, peur de rater un coup de téléphone de Luke.

— Peut-être va-t-il téléphoner ?

— Kezia, il ne peut pas appeler de cette prison. Il n'en a pas la permission.

— Peut-être que si !

Il ne servait à rien de discuter avec elle. Elle ne voulait rien entendre, hormis ses propres voix intérieures et les échos venant de Luke.

Ce ne fut qu'à minuit qu'Alejandro réussit à la mettre au lit.

— Que fais-tu ?

Elle voyait sa silhouette sur une chaise dans un coin. Sa voix lui parut étrangement vieillie.

— Je pensais rester assis là un moment. T'empêche-rais-je de dormir ?

Elle voulait toucher sa main dans l'obscurité. Elle n'arrivait plus à trouver ses mots. Tout ce qu'elle pouvait faire, c'était secouer la tête et pleurer. La journée avait été éprouvante : l'interminable pression de la souffrance.

Alejandro entendit des sanglots étouffés dans l'oreiller et il s'approcha pour s'asseoir sur le bord du lit.

— Kezia, je t'en prie.

Il lui caressa les cheveux, le bras, la main. Le corps de Kezia était tout entier secoué de sanglots.

— Oh, trésor... ma petite fille, pourquoi faut-il que ce malheur t'arrive ?

Elle était si dépourvue, si peu habituée à l'irrémédiable. Alejandro avait lui aussi les larmes aux yeux, mais elle ne pouvait pas les voir.

— Ce n'est pas à moi que c'est arrivé, Alejandro, c'est à lui, dit-elle d'une voix amère et fatiguée, à travers ses larmes.

Il lui caressa les cheveux pendant ce qui lui parut des heures et elle finit par s'endormir. Il arrangea les couvertures autour d'elle et lui effleura très doucement la joue. Elle paraissait à nouveau jeune pendant son sommeil ; la colère avait quitté son fin visage. La brutalité de ce qui peut arriver dans une vie, dans ce monde de méchanceté et de laideur, lui avait fait l'effet d'un choc. Elle était en train de l'éprouver dans son cœur, dans son ventre.

Il entendit frapper doucement à la porte et leva la tête de l'oreiller. Il avait eu du mal à s'endormir la nuit précédente et maintenant il n'était que 6 h 05.

— Qui est-ce ?

— C'est moi. Kezia.

— Quelque chose ne va pas ?

— Je pensais qu'on pourrait se lever.

C'était le jour où elle devait rendre visite à Lucas. Alejandro sourit en silence et se leva pour aller lui ouvrir la porte, tout en enfilant son pantalon.

— Kezia, tu es folle. Pourquoi ne retournes-tu pas te coucher un peu ?

Elle était là, debout, dans sa robe de chambre en flanelle bleue et son déshabillé de satin blanc, les pieds nus, ses longs cheveux sombres sur les épaules. Ses yeux semblaient revivre dans son visage beaucoup trop pâle.

— Je ne peux plus dormir et j'ai faim. T'ai-je réveillé ?

— Non, bien sûr que non. Je me lève tous les jours à 6 heures. J'étais même levé depuis 4 heures.

Alejandro la regardait d'un air grondeur. Kezia se mit à rire.

— D'accord, d'accord, j'ai compris. Est-il trop tôt pour demander du café pour toi et du thé pour moi ?

— Ma cocotte, ici on n'est pas au *Fairmont*. Tu veux vraiment te lever ?

Elle fit signe que oui.

— A partir de quelle heure puis-je le voir ?

— Je ne crois pas que les visites soient permises avant 11 heures ou midi.

Bon Dieu, ils auraient pu dormir encore quatre heures ! Alejandro regrettait en silence les heures perdues. Il était à moitié mort de fatigue.

— Eh bien, comme on est levés, autant rester debout.

— Formidable ! C'est ce que je voulais t'entendre dire. Kezia, si je ne t'aimais pas tant et si ton homme n'était pas une telle armoire à glace, je crois que je te botterais les fesses.

Elle lui adressa un charmant sourire.

— Moi aussi, je t'aime beaucoup.

Il lui rendit son sourire, s'assit et alluma une cigarette. Elle en avait déjà une dans la main et il remarqua que sa main tremblait encore, mais à part ce détail et l'expression pâle et amère de son visage, elle semblait aller beaucoup mieux. Ses yeux avaient retrouvé un peu de leur brillant, un soupçon de vie. Cette fille était une lutteuse, assurément.

Il disparut dans la salle de bains et en ressortit les cheveux peignés, les dents brossées, et vêtu d'une chemise propre.

— Ciel ! Que tu es beau !

Elle était tout à fait réveillée et d'humeur taquine, ce matin. Elle était loin de l'état de la veille. Au moins, c'était un soulagement.

— Tu me cherches ce matin, hein ? Personne ne t'a dit qu'il ne fallait pas emmerder un type avant sa première tasse de café ?

— *Pobrecito !*

Il lui donna une petite tape de la main et elle éclata de rire.

— Maintenant que tu m'as tiré de mon lit douillet, je suppose que tu vas mettre deux heures à te préparer, dit-il en montrant la robe de chambre et le déshabillé.

— Disons cinq minutes.

Elle tint parole. Elle ressemblait à une gosse qui attend d'aller au cirque pour la première fois, debout à l'aube, nerveuse, agitée et déjà fatiguée à l'heure du petit déjeuner. Et il leur restait cinq heures à attendre.

Alejandro ne pouvait pas détacher sa pensée de Luke. Comment prenait-il les événements ? Allait-il bien ? A quoi pensait-il ? Etait-il déjà retombé dans le train-train de la taule, dans la froide indifférence, ou était-il encore lui-même ? S'il était déjà replongé dans la routine, comment réagirait Kezia ? Elle ignorait comment se déroulait la visite. Derrière une vitre très épaisse, parler dans un téléphone plein de parasites ; Luke porterait une combinaison orange chiffonnée et sale qui lui arriverait à peine aux coudes et aux genoux. Il vivrait dans une cellule avec une demi-douzaine d'autres types, à manger des pois, du pain rassis et une imitation de viande, à boire une espèce de café et à aller aux chiottes sans papier. C'était un drôle d'endroit pour Kezia : elle y côtoierait des maquereaux, des trafiquants, des voleurs, des mères bouleversées, des filles hippies qui porteraient des enfants mal habillés sur les bras ou sur le dos. Bruit, puanteur, souffrance. Le supporterait-elle ? Jusqu'où Luke allait-il l'emmener dans ce monde ? Maintenant, c'était lui, Alejandro, qui avait la responsabilité de Kezia. Elle était sa petite enfant. Il fallait qu'il prenne soin d'elle. Un coup frappé à la porte interrompit le fil de ses pensées. C'était Kezia. Elle était habillée et prête à partir.

— Tu as l'air lugubre.

Les pensées d'Alejandro devaient se lire sur son visage.

— Le matin n'est pas mon meilleur moment de la journée. Je ne peux pas en dire autant pour toi. Tu es bien élégante pour prendre un thé dans un troquet !

Comme d'habitude, elle était habillée très chic. Et sa gaieté forcée commençait à le rendre nerveux. Et si elle craquait !

— Ne devrait-on pas appeler un taxi ?

Depuis qu'ils étaient au *Ritz*, ils avaient congédié la voiture de grande remise et le chauffeur en achetant le silence de ce dernier avec un gros pourboire.

— On peut y aller à pied. Je connais un endroit à quelques rues d'ici.

Ils prirent la direction sud, dans l'air humide, et descendirent les pentes escarpées de la ville, main dans la main.

— C'est vraiment une belle ville, n'est-ce pas, Al ? On pourrait peut-être se balader, plus tard dans la journée.

Il espérait que non. Et que Luke lui dirait de prendre un avion pour New York. A la fin de la semaine, Luke serait de retour à Quentin et Kezia ne devait pas rester ici. Car elle ne pourrait pas lui rendre visite avant d'en avoir reçu l'autorisation, et cela pouvait prendre des semaines. Tôt ou tard, elle devrait rentrer à New York. Le plus tôt serait le mieux.

Le troquet était plein mais pas bondé, il y faisait chaud et le juke-box marchait bien. L'arôme du café se mélangeait à l'odeur des hommes fatigués, à la fumée des cigarettes et des cigares. Elle était la seule femme présente mais elle n'attira que des rapides regards indifférents.

Alejandro la força à commander un petit déjeuner. Elle fit la grimace mais il ne céda pas. Deux œufs sur le plat, du bacon, des pommes de terre rissolées, des toasts.

— Pour l'amour du ciel, Alejandro. Je ne mange même pas tout ça au dîner !

— Et ça se voit. Espèce de petite maigrichonne de luxe !

— Allons, ne sois pas snob.

Elle avala un morceau de bacon et joua avec le toast. Les œufs au plat la regardaient comme deux yeux bilieux.

— Tu ne manges pas ?

— Je n'ai pas faim.

— Et tu fumes trop.

— Oui, papa. Et quoi d'autre ?

— Va te faire voir. Ecoute, tu prends soin de toi, ou j'en parle au patron.

— Tu vas le dire à Lucas ?

— Si c'est nécessaire.

Une lueur d'inquiétude passa dans les yeux de Kezia.

— Ecoute, Alejandro, sérieusement...

— Oui ?

Il riait de la voir au supplice.

— Je suis sérieuse. Ne tourmente pas Luke avec quoi que ce soit. S'il a vu cette photo hideuse dans le journal, ce sera déjà suffisant.

Alejandro hocha la tête, calmé, et plus du tout d'humeur taquine. Ce matin-là, ils avaient lu tous les deux le même article en page 3 du *Chronicle* : Miss Saint-Martin n'était pas encore revenue à New York ; on supposait qu'elle se « cachait » quelque part à San Francisco. Certains même disaient qu'elle avait dû être hospitalisée pour dépression nerveuse. Elle avait effectivement l'air déprimé sur les photos. Si elle était en ville, on supposait également qu'elle se montrerait lors d'une visite à Luke, « à moins que miss K. Saint-Martin n'ait tiré des ficelles pour rendre visite à M. Johns à des heures particulières ».

— Diable, je n'y avais pas pensé.

— Tu peux essayer. Nous éviterions des démêlés pénibles avec les journalistes. C'est assez clair qu'ils vont t'attendre les jours de visite.

— Eh bien ! ils m'attendront. Mais j'irai le même jour que tout le monde et je rendrai visite dans les mêmes conditions que les autres.

Alejandro secoua la tête. L'attente avait commencé, et il éprouvait une impression d'éternité.

28

— Tu es prête ?

Elle fit signe que oui et prit son sac à main.

— Kezia, tu es surprenante.

Elle avait l'air d'une jeune et jolie femme, à mille lieues de tout souci. Le maquillage aidait, mais c'était surtout son attitude, et un certain masque dont elle ne se départait plus.

— Merci, monsieur.

Elle était tendue mais belle, et complètement différente de la femme sanglotante qu'il avait tenue dans ses bras dans le couloir du City Hall, deux jours auparavant. Elle faisait tout à fait grande dame et avait une parfaite maîtrise d'elle-même.

Il n'y avait que le tremblement de ses mains qui la trahissait. Sans cela, on l'aurait crue sereine. Alejandro en restait rêveur. Alors c'était donc cela, la classe : ne jamais montrer ce qu'on ressent ! Il faut se peigner, s'attacher les cheveux à l'aide d'un élégant petit nœud, se poudrer le nez, se coller un sourire aux lèvres et parler d'une voix basse et douce. Ne pas oublier de dire « merci » et « s'il vous plaît », sourire au portier. C'était la marque de la bonne éducation. Comme un chien de concours ou un cheval bien entraîné.

— Tu viens, Alejandro ?

Elle avait hâte de quitter l'hôtel.

— Bon Dieu ! J'arrive à peine à aligner deux idées et toi, c'est comme si tu te rendais à une invitation pour le thé. Comment fais-tu ?

— C'est la pratique. Une façon de vivre.

— Ce n'est pas sain.

— Non. C'est pour cette raison que la moitié des gens avec qui j'ai grandi sont maintenant alcooliques. Les autres se bourrent de comprimés et beaucoup d'entre eux mourront de crises cardiaques dans quelques années. Quelques-uns sont déjà morts, d'ailleurs. (Le souvenir de Tiffany lui traversa l'esprit.) ...Tu fais semblant toute ta vie et puis un jour, tu exploses.

— Et toi ?

Il descendait derrière elle l'escalier mal éclairé de l'hôtel.

— Moi, ça va, répondit Kezia. Je me défoule en écrivant. Et puis, je peux être moi-même avec Luke... et maintenant avec toi.

— Avec personne d'autre ?

— Pas jusqu'à présent.

— Ce n'est pas une bonne façon de vivre.

— Tu sais, Alejandro, dit-elle, quand elle fut installée dans le taxi, le problème quand on n'arrête pas de faire semblant, c'est qu'on finit par ne plus savoir qui on est et ce qu'on ressent. On devient une image.

— Comment se fait-il que ça ne te soit pas arrivé, trésor ?

Mais, tout en formulant cette question, des doutes lui venaient. Elle était si effroyablement calme.

— C'est grâce à mes articles, je suppose. Ils m'aident à me libérer. C'est une façon d'être moi. Autrement, à force de tout renfermer, tôt ou tard, on pourrit son âme.

Elle pensa à nouveau à Tiffany. C'était ce qui lui était arrivé, à elle et à d'autres aussi, au fil des années. Deux des amies de Kezia s'étaient suicidées depuis le collège.

— Luke sera soulagé, quand il te verra.

C'était déjà un résultat. Mais Alejandro savait pourquoi elle avait mis le manteau noir bien coupé, le pantalon en gabardine noire, les chaussures en daim noir. Ce n'était pas pour Lucas. Mais pour être sûre que la prochaine photo dans le journal la montrerait en pleine possession de ses moyens : élégante, digne, distinguée. Elle n'aurait pas de crise à la prison.

— Tu penses qu'il y aura des journalistes là-bas ? demanda-t-il.

— Je ne pense pas. J'en suis sûre.

Voilà. Ils étaient arrivés. Kezia et Alejandro sortirent du taxi devant l'entrée principale au 850, Bryant Street. La cour de justice était un simple bâtiment gris et sans comparaison avec la majesté du City Hall. A l'extérieur, deux sentinelles de l'*Examiner* étaient là en éclaireurs pour guetter son arrivée. Deux autres faisaient les cent pas devant l'entrée, à l'arrière du bâtiment. Kezia les flairait, comme Luke flairait la police. Elle serra très fort le bras d'Alejandro et baissa ses lunettes noires. Un léger sourire flottait sur son visage.

Elle passa rapidement près d'une voix qui appelait

son nom, tandis qu'un autre journaliste parlait dans un émetteur de poche. Maintenant, ils étaient au courant. Alejandro regarda le visage de Kezia pendant qu'un gardien fouillait son sac à main : elle avait l'air étrangement calme. Un photographe prit un cliché. C'est la tête penchée qu'ils s'engouffrèrent dans un ascenseur du hall de marbre, couleur saumon. Quand les portes se refermèrent, Kezia remarqua que les murs étaient de la même couleur que les glaïeuls aux enterrements italiens. Cette pensée la fit rire.

Au sixième étage, Alejandro la conduisit rapidement par une autre porte, en haut d'un escalier plein de courants d'air.

— C'est une brise qui vient du fleuve Styx peut-être ? dit-elle d'une voix ironique et malicieuse.

Alejandro n'en revenait pas. Il ne reconnaissait pas Kezia. Elle garda ses lunettes et il lui prit la main ; ils se placèrent dans la file d'attente. Devant eux, l'homme sentait mauvais et était ivre ; devant celui-ci, se trouvait un Noir obèse et en pleurs. Plus loin, des enfants gémissaient et un groupe de hippies riaient, appuyés contre le mur. La longue file d'attente s'étirait jusqu'en haut des escaliers, où se trouvait un bureau : identité du visiteur, nom du prisonnier, puis un petit ticket rose avec un numéro de fenêtre et un chiffre romain indiquant un groupe. Ils faisaient tous partie du groupe II. Le groupe I s'était déjà ébranlé à l'intérieur. Les escaliers étaient bondés mais il n'y avait pas de journalistes à l'horizon.

Ils entrèrent dans une pièce éclairée au néon où se trouvaient un autre bureau, deux gardiens et trois rangées de bancs. Plus loin, un long couloir où étaient alignées des vitres en enfilade. Devant chaque vitre, une étagère et un téléphone à distance régulière, et un tabouret pour le visiteur. Ce n'était ni commode ni confortable. Le groupe I était au milieu de la visite qui durait de cinq à vingt minutes, suivant l'humeur des

gardiens. Les visages étaient animés, les femmes gloussaient et pleuraient, les prisonniers avaient un air crispé
et déterminé, puis l'un d'eux se détendait à la vue de
son fils de trois ans. C'était un spectacle déchirant.

Alejandro jeta un coup d'œil à Kezia, mal à l'aise.
Elle ne semblait pas avoir peur. Du moins, elle n'en
laissait rien voir. Elle lui sourit et alluma une nouvelle
cigarette. Puis, tout d'un coup, les journalistes fondirent sur eux. Trois photographes et deux reporters. Il y
avait même parmi eux le reporter local de *Women's
Wear*. Alejandro se sentit envahi par une vague de
claustrophobie. Comment pouvait-elle supporter pareille agression ? Les autres visiteurs parurent surpris.
Certains reculèrent, d'autres s'avancèrent pour voir ce
qui se passait. Puis ce fut le chaos ; Kezia, au centre de
la tourmente, lunettes noires, sourire figé, air sévère,
mais d'un calme inébranlable.

— Etes-vous sous tranquillisants ? Avez-vous parlé
à Lucas Johns depuis l'audience ? Etes-vous... avez-
vous... ferez-vous... Pourquoi ?

Elle ne disait rien et se contentait de secouer la tête.

— Je n'ai pas de commentaires à faire, rien à dire.

A ses côtés, Alejandro se sentait inutile. Elle était
toujours assise, la tête penchée en avant. Puis, de façon
inattendue, elle se leva et s'adressa à eux d'une voix
basse et douce.

— Je pense que la scène suffit maintenant. Je vous
l'ai dit, je n'ai rien à dire.

Des flashes lui éclatèrent au visage et deux gardiens
arrivèrent à son secours. Les journalistes devraient
attendre dehors, ils perturbaient la visite. Même les
prisonniers qui avaient des visiteurs s'étaient arrêtés de
parler et regardaient le groupe autour de Kezia et les
flashes qui éclataient à intervalles réguliers. Un gardien
appela Kezia au bureau tandis que les photographes et
les journalistes se retiraient de mauvaise grâce. Alejandro la suivit : il n'avait pas dit un mot depuis le début

de l'attaque. Il se sentait perdu au milieu de cette agitation. Il n'imaginait même pas qu'il eût à faire face à ce genre de situation, mais Kezia s'était bien débrouillée. Il en était tout surpris. Elle n'avait montré aucune trace de panique, mais bien sûr, ce n'était pas nouveau pour elle.

Un gardien se pencha vers eux et leur fit une suggestion. On pouvait les accompagner à la sortie. Ils prendraient un ascenseur aboutissant directement au garage de la police, au sous-sol, où un taxi les attendrait. Alejandro sauta sur l'occasion et Kezia approuva avec reconnaissance. Elle était encore plus pâle qu'avant et le tremblement de ses mains était maintenant régulier. L'attaque des journalistes avait laissé des traces.

— Pensez-vous que je pourrais voir M. Johns dans une pièce particulière ?

Elle avait rapidement abandonné l'idée de refuser toute faveur spéciale. La foule des curieux devenait presque aussi oppressante que la presse. Mais sa requête fut rejetée. Néanmoins, un jeune gardien fut désigné pour surveiller son entourage immédiat.

Une voix signala la fin de la première visite ; des gardiens conduisirent le premier groupe dans un réduit où les visiteurs pouvaient attendre l'ascenseur sans déranger le groupe suivant. L'expression des visages avait changé — ils étaient peinés, choqués, silencieux. Le moment des rires était passé. Les femmes serraient des morceaux de papier où étaient inscrits des désirs, des requêtes : dentifrice, chaussettes, nom d'un avocat recommandé par un compagnon de cellule.

— Groupe II !

La voix fit l'effet d'une bombe dans l'esprit de Kezia. Alejandro lui prit le coude. Le morceau de papier rose était chiffonné et mou dans sa main, mais elle dut le montrer pour savoir à quelle vitre apparaîtrait Luke.

Il y aurait d'autres visiteurs, tout près d'eux, mais le gardien qu'on leur avait promis était là. L'attente parut interminable, dix minutes, peut-être un quart d'heure. Une éternité. Puis, ils arrivèrent enfin, par une porte blindée : une ligne de combinaisons orange et sales, des visages non rasés, des dents non lavées, de larges sourires. Luke était le cinquième de la file, Alejandro regarda son visage et sut qu'il allait bien, puis ses yeux se portèrent sur Kezia.

Inconsciemment, elle se leva quand elle le vit, et se tint très droite de toute la hauteur de sa petite taille, un immense sourire sur le visage. Ses yeux brillaient. Elle était incroyablement belle. Et elle devait le paraître encore plus aux yeux de Luke. Ils se regardèrent longuement dans les yeux, Kezia trépignait de joie. Il prit enfin le téléphone.

— C'est qui le gorille derrière toi ?

— Lucas !

— D'accord, le « gardien ».

Ils se sourirent.

— Il est là pour écarter les curieux.

— Il y a des problèmes ?

— Des journalistes.

Luke hocha la tête.

— On m'a dit qu'il y avait une vedette de cinéma ici et qu'une nuée de reporters l'avaient prise en photo. Je suppose que c'est toi ?

Elle acquiesça.

— Tu vas bien ?

— Très bien.

Il n'insista pas. Les yeux de Luke cherchèrent un instant ceux d'Alejandro qui hocha la tête et sourit.

— Quelle merde cette photo de toi dans le journal, mama !

— Oui, tu l'as dit.

— J'ai eu un coup quand je l'ai vue. A ce qu'il semble, tu étais en pleine crise de nerfs.

— Allons, arrête de dire des bêtises ! Je suis tout à fait remise.

— Est-ce paru dans les journaux de New York ?

Elle acquiesça à nouveau.

— Bon Dieu ! Tu as dû entendre parler d'Edward !

— Tu peux le dire. Mais il s'en remettra, dit-elle avec un triste sourire.

— Et toi ?

Elle hocha la tête alors qu'il la dévisageait.

— Que t'a-t-il dit ?

— Rien d'inattendu. Il était seulement inquiet.

— Quelle connerie pour toi d'avoir eu à affronter cette situation, en plus du reste !

C'était étrange : ils parlaient comme s'ils avaient été assis côte à côte sur le divan.

— Foutaises ! C'est qu'en fait on avait eu beaucoup de chance jusque-là, Lucas. Cela aurait pu se produire bien avant.

— Oui, mais tu aurais pu t'en tirer beaucoup mieux, alors.

Elle fit signe que oui et sourit ; elle avait hâte de changer de conversation. Ils avaient si peu de temps.

— Vas-tu bien, chéri ? C'est sûr ?

— Mon chou, j'ai l'habitude. Je vais très bien.

— Nous sommes toujours fiancés. Vous savez, monsieur Johns.

— Mama, je t'aime.

— Et moi, je t'adore.

Le visage tout entier de Kezia s'illumina lorsqu'elle plongea ses yeux dans les siens.

Ils s'entretinrent des techniques de procédure et il lui donna une liste de coups de téléphone mais, en gros, il avait fait tout ce qu'il avait à faire avant l'audience. Il connaissait ses chances mieux que Kezia.

Le reste de la visite se passa en banalités, plaisanteries, descriptions malicieuses et sarcastiques de la nourriture, mais Lucas semblait étonnamment en forme. Il était habitué au caractère hostile des choses. Pendant quelques minutes, il bavarda avec Alejandro puis fit signe à Kezia. Elle reprit un écouteur et le téléphone alors que Luke regardait de côté vers une voix qu'elle ne pouvait entendre.

— Je crois que ça va être terminé. La visite touche à sa fin.

— Oh ! (Une triste lueur vacilla dans les yeux de Kezia.) ... Luke...

— Ecoute, trésor, je veux que tu fasses quelque chose pour moi. Je veux que tu retournes à New York ce soir. Je viens d'en parler à Alejandro.

— Mais Lucas, pourquoi ?

— Que vas-tu faire ici ? Tuer le temps jusqu'à ce que j'aille à Quentin, puis attendre trois semaines l'autorisation de visite, pour me voir une heure par semaine ? Ne sois pas ridicule, trésor ! Je veux que tu rentres.

En outre, c'était plus sûr. Quoique maintenant, elle n'était plus vraiment en danger. Comme il était à l'ombre, tous ses ennemis devaient être calmés. Kezia ne présentait pas vraiment d'intérêt. Toutefois, il valait mieux ne pas prendre de risques.

— Rentrer à New York ? Et que vais-je faire là-bas, Luke ?

— Reprendre une vie normale, mama. Ecrire, travailler, vivre. Ce n'est pas toi qui es ici, c'est moi. Ne l'oublie pas.

— Lucas, tu... chéri, je t'aime. Je veux rester ici, à San Francisco.

Elle s'accrochait à lui.

— Tu vas partir. Je vais à Quentin vendredi. Je déposerai la demande d'autorisation de visite pour toi. Tu pourras revenir quand tu en auras la permission. Dans trois semaines environ. Je te le dirai.

— Puis-je t'écrire ?

— Est-ce qu'un ours chie dans les bois ? dit-il, en souriant.

— Lucas !

La tension se changea en rire.

— ... Tu dois vraiment être en forme.

— Bien sûr. Toi aussi, prends soin de toi. Et dis à mon imbécile d'ami qu'il a intérêt à s'occuper de toi, sinon, à ma sortie, il y aura un Mexicain de moins.

— Charmant ! Je suis sûre qu'il va être ravi !

Et puis, ce fut la fin, tout d'un coup. Un gardien cria quelque chose du côté de Luke et un autre gardien annonça la fin de la visite du côté des visiteurs. Elle sentit la main d'Alejandro se poser sur son bras et Luke se leva.

— Voilà, c'est terminé, mama. Je t'écrirai.

— Je t'aime.

— Je t'aime, moi aussi.

Le monde entier parut se figer. C'était comme si — avec ses yeux — Lucas plaçait ces mots un à un dans le cœur de Kezia. En les prononçant, il la fixa intensément puis reposa doucement le téléphone. Les yeux de Kezia ne le quittèrent pas quand il regagna la porte. Cette fois, il se retourna, sourit d'un air enjoué et fit un signe de la main. Elle lui répondit d'un petit signe et de son plus vaillant sourire. Puis il disparut.

Le gardien qui les avait protégés les conduisit vers un ascenseur privé. On avait appelé un taxi ; celui-ci attendait déjà dans le garage. Aucun reporter en vue. En peu de temps, ils furent dans le taxi et s'éloignèrent du bâtiment et de Luke. Ils étaient à nouveau seuls, Alejandro et Kezia, et maintenant, elle n'avait plus rien à attendre. La visite était terminée. Et les mots de Luke résonnaient aux oreilles de la jeune femme, alors qu'elle revoyait son image en pensée. Elle avait envie d'être seule, pour rêver du passé récent et lointain. L'aigue-marine encore toute neuve brillait à sa main qui tremblait. Elle alluma une cigarette en essayant de garder son calme.

— Il veut qu'on rentre à New York.

Elle s'adressait à Alejandro sans le regarder. Sa voix semblait rauque.

— Je sais. (Il s'était attendu à une lutte. Il fut surpris de l'entendre en parler d'une façon si nette.) ... Tu es prête pour le voyage ?

Ce serait mieux si elle l'était. Déguerpir d'ici : il serait préférable qu'elle s'effondre chez elle plutôt qu'au *Ritz*.

— Oui. Je crois qu'il y a un avion à 4 heures. Prenons-le.

— Il va falloir se dépêcher.

Il regarda sa montre et elle se moucha discrètement.

— Je crois qu'on peut y arriver.

La voix de Kezia était très distante et ce furent les dernières paroles qu'ils échangèrent jusqu'à ce qu'ils soient dans l'avion.

29

Au téléphone, la voix était familière et aimée.

— J'ai faim... Aurais-tu quelque chose à me donner éventuellement à manger ?

C'était Alejandro. Kezia et lui étaient revenus à New York depuis une semaine. Semaine au cours de laquelle il n'avait cessé de l'appeler, de lui rendre des visites imprévues, d'apporter des petits bouquets de fleurs, d'avoir des problèmes qu'il ne pouvait résoudre sans l'aide de Kezia : ruses, excuses, tendresse.

— Je suppose que j'arriverai à faire une surprise au thon.

— C'est ça qu'on mange à Park Avenue ? Merde alors, c'est mieux ici. Mais la compagnie n'est pas aussi agréable. De plus, j'ai un problème.

— Encore ! Mensonges ! Honnêtement, trésor, je vais bien. Ne te sens pas obligé de venir ici.

— Et si ça me plaît ?

— J'aurai plaisir alors à te voir, dit-elle en souriant.

— Et tellement comme il faut avec ça ! Elle sert pourtant de la surprise au thon ! Tu as des nouvelles de Luke ?

— Oui. Deux grandes lettres. Et un formulaire de visite à remplir. Hourra ! Encore deux semaines et je pourrai le voir.

— Du calme ! Te dit-il autre chose ? Ou bien sont-ce les traditionnelles banalités à l'eau de rose qui ne m'intéressent pas ?

— Il y en a beaucoup. Mais il dit aussi qu'il partage une cellule de quatre pieds sur neuf avec un autre type. Assez confortable, hein ?

— Très. Et quoi d'autre comme bonnes nouvelles ?

Il n'aimait pas le son de la voix de Kezia. L'amertume commençait à remplacer le chagrin.

— Pas grand-chose. Il t'envoie toute son affection.

— Je lui dois une lettre. Je vais l'écrire cette semaine. Qu'as-tu fait aujourd'hui ? As-tu écrit quelque chose de sexy ?

Elle rit à cette idée.

— Oui, j'ai écrit une critique de livre très sexy dans le *Washington Post*.

— Fantastique. Tu pourras me la lire tout à l'heure.

Il arriva deux heures plus tard avec une petite plante et un sac de marrons chauds.

— Comment ça va, au centre ? Mumm... délicieux... Prends-en un autre.

Elle décortiqua les marrons chauds sur ses genoux, en face du feu.

— Pas trop mal. J'ai vu pire.

Mais pas tellement pire. Il ne voulait pas lui en parler maintenant. Vu la façon dont la situation évoluait, il serait parti dans un mois, peut-être deux. Mais elle avait assez de ses problèmes sans avoir à écouter les siens.

— Alors, c'est quoi le prétendu problème dont tu avais à me parler ?

— Quel problème ? Oh ! ce problème-là ?

— Quel menteur tu fais... mais adorable menteur. Et un ami très cher aussi.

— D'accord, j'avoue. Je cherchais seulement une excuse pour te voir.

Il baissa la tête comme un gosse.

— Tu me flattes, Alejandro, et j'adore ça.

Elle lui sourit et lui lança un autre marron. Il l'observa : elle s'était adossée à un fauteuil pour réchauffer ses pieds au feu. Un sourire flottait sur ses lèvres. Mais l'étincelle de ses yeux s'était éteinte. De jour en jour, son aspect extérieur empirait : elle avait perdu du poids, elle était d'une pâleur mortelle et ses mains tremblaient presque constamment. Pas beaucoup, mais un peu. Il n'aimait pas ça. Pas du tout.

— Depuis combien de temps n'es-tu pas sortie, Kezia ?

— Sortie d'où ?

— Ne me la fais pas, espèce de petite idiote ! Tu sais de quoi je parle. Sortie de cette maison. Dehors, à l'air frais.

Il la regardait droit dans les yeux mais elle évita son regard.

— Ah ! je comprends. En fait, il y a un bon moment.

— Un bon moment, c'est quoi ? Trois jours ? Une semaine ?

— Je ne sais pas. Deux jours, peut-être. C'est surtout parce que je ne voulais pas que les journalistes me tombent sur le dos.

— Conneries ! Tu m'as dit il y a trois jours qu'ils ne téléphonaient plus et qu'ils ne rôdaient plus autour de l'immeuble. C'est du passé maintenant, Kezia, et tu le sais bien. Alors, pourquoi restes-tu enfermée chez toi ?

— Léthargie. Fatigue. Peur.

— Peur de quoi ?

— Je ne sais pas encore vraiment.

— Ecoute, mon chou, beaucoup de choses ont changé pour toi et très brutalement, tout d'un coup. Mais il faut que tu recommences à vivre seule. Sors, vois des gens, prends l'air. Bon Dieu, va faire les magasins si tu en as envie mais ne t'enferme pas ici. Tu commences à verdir.

— C'est gentil de me le dire.

Mais elle devina sa pensée.

— Tu veux sortir faire une balade maintenant ?

Elle n'en avait pas envie mais elle savait que ce serait bon pour elle.

— D'accord.

Ils flânèrent en direction du parc, en silence, main dans la main. Elle gardait les yeux baissés. Ils étaient presque arrivés au zoo quand elle commença à parler.

— Alejandro, que vais-je faire ?

— A quel propos ?

Il savait, mais il voulait le lui entendre dire.

— A propos de ma vie.

— Donne-toi le temps pour t'habituer. Et puis tu verras. C'est encore trop récent. Dans un sens, tu es encore sous le choc.

— C'est parfaitement juste. C'est comme si j'étais constamment dans un état d'hébétude. J'oublie de manger, j'oublie si le courrier est arrivé, je ne me souviens pas quel jour on est. Je me mets à travailler et puis mon esprit s'égare et quand je reviens sur terre, deux heures se sont écoulées et je n'ai pas fini de taper la phrase que j'avais commencée. C'est dingue. Je ressemble à ces petites vieilles qui se terrent chez elles. Il faut leur rappeler de mettre le second bas et de finir leur soupe.

— Tu n'en es pas encore à ce point. Tu as bien englouti le paquet de marrons.

— Non. Mais j'en prends le chemin, Alejandro. Je me sens flotter... si perdue...

— Tout ce que tu peux faire, c'est être aux petits soins pour toi et attendre de te sentir davantage toi-même.

— Oui et, pendant ce temps-là, je regarde ses affaires dans le placard. Je m'allonge sur le lit et j'attends le bruit de sa clé dans la serrure. Je me plais à penser qu'il est à Chicago et qu'il rentrera le matin. Je deviens littéralement folle.

— Pas étonnant ! Ecoute, trésor, il n'est pas mort.

— Non. Mais il est parti ! Et j'étais devenue si dépendante de lui. En trente ans, disons dix ans de vie d'adulte, je n'ai jamais dépendu d'aucun homme. Mais, avec Luke, je me suis laissée aller, j'ai détruit tous les murs autour de moi. Il était mon seul soutien et maintenant... J'ai l'impression que je vais tomber.

— Maintenant ? dit-il en essayant de la taquiner un peu.

— Oh ! tais-toi !

— D'accord, restons sérieux. Mais le fait est qu'il est parti et pas toi. Il va falloir recommencer à vivre, tôt ou tard.

Elle secoua la tête de nouveau, enfonça plus profondément ses mains dans ses poches et ils continuèrent à marcher. Ils étaient à la hauteur des fiacres à cheval du *Plaza* quand elle releva les yeux.

— L'hôtel doit être chouette, fit remarquer Alejandro.

En un sens, il lui rappelait le *Fairmont*.

— Tu n'y es jamais entré ? Même pour jeter un coup d'œil ?

— Non. Je n'en ai jamais eu l'occasion. Ce n'est pas vraiment mon quartier.

Elle lui sourit et glissa sa main sous son bras.

— Allons, entrons.

— Je ne porte pas de cravate.

L'idée le mettait mal à l'aise.

— Et moi j'ai l'air con ! Mais ils me connaissent. Ils nous laisseront entrer.

— J'en mettrais ma main au feu...

Il se mit à rire et ils montèrent les marches du *Plaza*. On eût dit qu'ils avaient décidé d'acheter l'hôtel.

Ils passèrent près des douairières poudrées mangeant des gâteaux au son des violons de Palm Court et Kezia l'entraîna à travers de mystérieux salons. Ils entendirent du japonais, de l'espagnol, du suédois, un soupçon de français et une musique qui rappela à Alejandro les films de Greta Garbo.

Le *Plaza* était beaucoup plus grandiose que le *Fairmont* et beaucoup plus animé.

Ils s'arrêtèrent à une porte et Kezia jeta un coup d'œil à l'intérieur. La pièce était grande et cossue, couverte d'interminables boiseries de chêne qui lui avaient donné son nom, Oak Room. Le bar était long et raffiné, la vue sur le parc, superbe.

— Louis ?

Elle fit un signe au serveur qui s'approcha en souriant :

— Mademoiselle Saint-Martin, comment allez-vous ? Quel plaisir !

— Bonjour, Louis. Pensez-vous pouvoir nous trouver une petite table tranquille ? Nous ne sommes pas habillés.

— Aucune importance. Il n'y a pas de problème.

Il les rassura avec tant de magnanimité qu'Alejandro se persuada que, même nus, on les aurait acceptés.

Ils s'installèrent à une petite table et Kezia se servit en noisettes.

— Alors, tu aimes ?

— Ce n'est pas rien, dit-il, impressionné. Tu viens souvent ici ?

— Non. Mais j'y suis beaucoup venue. Enfin, dans la mesure du possible. Car les femmes ne sont admises qu'à certains moments.

— Ah, c'est un bar pour hommes seuls ?

— Tu brûles. C'est presque ça... (Elle gloussait :) ... des pédés, chéri, c'est un bar de pédés. Je crois même qu'on peut dire que c'est le bar d'homosexuels le plus élégant de New York.

Il éclata de rire et regarda autour de lui. Elle avait raison. Il y avait un certain nombre d'homosexuels, ici et là — un très grand nombre si on y regardait de plus près. C'étaient de loin les hommes les plus élégants de la salle. Les autres ressemblaient à des hommes d'affaires solides et inintéressants.

— Tu sais, Kezia, quand je vois ce spectacle, je comprends pourquoi tu as fini avec Luke. Je me le demandais avant. Ce n'est pas que Luke ait quelque chose de travers, mais je te voyais plus avec un homme de loi de Wall Street.

— J'en ai essayé un pendant un temps. Il était pédé.

— Ciel !

— Oui. Mais que veux-tu dire quand tu dis « quand je vois ce spectacle » ?

— Eh bien, les hommes de ton milieu ne me fascinent pas du tout.

— Oh ! ils ne me fascinent pas non plus. C'est bien là mon problème.

— Et maintenant ? Tu vas retourner dans ce monde ?

— Je ne sais pas si je le pourrais ni pourquoi j'en prendrais la peine. Je crois que, plus vraisemblablement, je vais attendre la sortie de Luke.

Il ne répondit rien et ils commandèrent une autre tournée de scotch.

— Et ton ami Edward, as-tu fait la paix avec lui ?

Alejandro frissonnait encore au souvenir de la voix à demi folle au téléphone, après l'audience, au *Fairmont*.

— Tant bien que mal. Je ne pense pas qu'il me pardonne jamais le scandale. C'est comme un échec pour lui puisque c'est lui dans un sens qui m'a élevée. Mais les journaux n'en parlent plus, c'est déjà un résultat. Et les gens oublient. Je fais déjà partie de l'histoire ancienne. (Elle haussa les épaules et but une autre gorgée de scotch.) ... De plus, les gens me laissent m'en tirer à bon compte. Si on a de l'argent, on est considéré comme excentrique et tout le monde vous trouve amusant. Si on n'a pas un rond, on est un salaud pervers et un imbécile. C'est dégoûtant mais c'est ainsi. Tu serais consterné si je te racontais ce que mes amis ont fait et que les gens ont laissé passer. C'était loin d'être aussi mondain que mon aventure sentimentale « outrageante » avec Luke.

— Cela te fait-il quelque chose que les gens soient dans tous leurs états à propos de Lucas ?

— Pas vraiment. Ce n'est pas mon problème, c'est le leur. Beaucoup de choses ont changé ces derniers mois. Principalement moi. C'est aussi bien. Edward, par exemple, me considérait toujours comme une enfant.

Alejandro voulut dire « moi aussi », mais il n'en fit rien. C'était probablement sa taille et son apparence de fragilité.

Ils partirent après la troisième tournée de scotch ; ils avaient tous les deux l'estomac vide et étaient aussi ronds l'un que l'autre.

— Tu sais ce que je trouve drôle ?

Kezia riait tellement qu'elle pouvait à peine se tenir debout. Mais l'air froid leur fit un peu de bien.

— Quoi ?

— Je ne sais pas... tout...

Elle recommença à rire et Alejandro, lui, essuya des larmes de froid et de gaieté.

— Tu veux faire un tour en fiacre ?

— D'accord.

Ils s'installèrent à l'intérieur et Alejandro donna les instructions au conducteur pour qu'il les emmène chez Kezia. C'était un véhicule douillet avec une vieille couverture en peau de raton laveur. Ils se blottirent dessous et rirent pendant tout le trajet du retour, isolés du reste du monde par la couverture et le scotch.

— Je peux te dire un secret, Alejandro ?

— Bien sûr, j'adore les secrets.

Il la tenait serrée contre lui pour qu'elle ne tombe pas. Un prétexte.

— Depuis que je suis revenue de San Francisco, je me suis saoulée toutes les nuits.

Il la regarda, les yeux embrumés par l'alcool, et il secoua la tête.

— C'est stupide. Je vais t'empêcher de continuer.

— Tu es un type tellement bien, Alejandro, je t'aime.

— Moi aussi, je t'aime.

Ils étaient assis côte à côte et firent le reste du trajet en silence. Il paya le cocher et ils montèrent à l'appartement, en n'arrêtant pas de rire dans l'ascenseur.

— Tu sais, je crois que je suis trop saoule pour faire la cuisine.

— C'est aussi bien, car je crois que je suis trop saoul pour manger quoi que ce soit.

— Moi aussi.

— Kezia, tu devrais manger...

— Plus tard. Tu veux venir dîner demain ?

— D'accord. Avec un sermon à la clef.

Il essayait de paraître grave mais n'arrivait pas à maîtriser l'expression de son visage, et elle éclata de rire.

— Alors, je ne te laisserai pas entrer.

— Eh bien ! je soufflerai, je halèterai...

Ils s'effondrèrent de rire dans la cuisine et il lui embrassa le bout du nez, en titubant.

— Il faut que je parte. A demain. Et fais-moi une promesse.

— Laquelle ?

Tout d'un coup, Alejandro avait l'air si sérieux.

— Ne bois plus ce soir, Kezia. C'est promis ?

— Je... oui... d'accord.

Mais c'était une promesse qu'elle avait l'intention de ne pas tenir. Elle le raccompagna jusqu'à l'ascenseur et agita le bras d'un air joyeux quand la porte se referma. Puis elle regagna la cuisine pour chercher ce qui restait de whisky dans la bouteille commencée la nuit précédente. Elle fut surprise de voir qu'il en restait très peu.

C'était étrange, mais quand elle se versa dans une timbale le fond de la bouteille, avec un glaçon, elle revit en pensée l'enterrement de Tiffany. C'était une façon idiote de mourir mais toutes les autres laissaient un tel gâchis. Au moins, la boisson n'était pas sale. Pas vraiment. Pas très... L'était-ce ? Elle s'en fichait en fait. Elle sourit et but son verre cul sec.

Le téléphone sonna mais elle ne prit pas la peine de répondre. Ce ne pouvait pas être Luke. Même ivre, elle s'en rendait compte. Luke était parti en voyage... à Tahiti... en safari... et il n'y avait pas de téléphone là-bas... mais il serait de retour à la fin de la semaine. Elle en était sûre. Vendredi. Et voyons... Quel jour était-ce aujourd'hui ? Mardi ? Lundi ? Jeudi ? Il reviendrait demain. Elle déboucha une nouvelle bouteille. Du bourbon, cette fois-ci. En l'honneur de Lucas. Il allait revenir bientôt.

30

— Mon enfant, vous semblez terriblement maigre.

— Marina vient juste de dire « divinement svelte ». Elle est passée avec Halpern.

Leur mariage avait eu lieu à Palm Beach pendant les vacances du nouvel an.

Edward s'installa près de Kezia sur la banquette. C'était leur premier déjeuner en tête à tête depuis au moins deux mois. La jeune femme avait tellement changé qu'il en éprouva un choc.

Elle avait les yeux creusés et sa peau était tirée sur ses pommettes. Le brillant n'avait même pas remplacé le feu d'autrefois. Quel prix elle avait payé ! Et pourquoi ? Il en était encore horrifié, mais il lui avait promis de ne pas en parler. C'était à cette condition qu'elle avait accepté son invitation à déjeuner. Et il voulait tant la voir. Peut-être, avec un peu de chance, retrouveraient-ils ce qu'ils avaient perdu.

— Je suis désolé d'être en retard, Kezia.

— Aucune importance, très cher. J'ai pris un verre en attendant.

Ce comportement était nouveau. Mais, au moins, elle était toujours mise impeccablement. Même mieux que d'habitude, en fait. Habillée comme pour se rendre à une cérémonie. Le manteau de vison qu'elle ne portait que rarement était jeté sur le dossier d'une chaise.

— Pourquoi êtes-vous si bien habillée aujourd'hui, chère amie ? Vous allez quelque part après le déjeuner ?

Cette présence du manteau de vison le surprenait.

— J'ai tourné une nouvelle page. Je suis de retour au bercail, comme on dit.

Dans la lettre qu'elle avait reçue le matin même,

Luke insistait pour qu'au moins elle essaie de renouer avec son passé. C'était mieux que de rester chez elle à bouder — ou à boire : une nouvelle habitude dont il ne savait rien d'ailleurs. Mais elle avait décidé d'essayer de suivre son conseil. C'est pour cette raison qu'elle avait accepté de déjeuner avec Edward et qu'elle avait sorti son manteau de fourrure. Mais elle se sentait ridicule. Comme Tiffany, essayant de cacher le désastre derrière la menthe et la fourrure.

— Que voulez-vous dire par « tourner la page » ?

Il n'osait pas faire allusion à l'affaire Lucas Johns, il aurait pu prendre à Kezia l'envie de partir sur-le-champ. Et il le redoutait. Il fit un signe au serveur pour commander l'habituel champagne Louis Roederer. Le serveur était débordé mais il montra d'un sourire qu'il avait compris.

— Je dirai seulement que je fais un effort pour être sympathique et rencontrer quelques-uns de mes vieux amis.

— Whitney ? demanda Edward, un peu surpris.

— J'ai dit que je voulais être sympathique, pas ridicule, Edward. Non, il m'est seulement venu à l'idée de « revenir » faire un tour.

Le champagne arriva. Edward le goûta et hocha la tête en signe d'approbation. Le garçon remplit alors les deux verres et Edward leva le sien pour porter un toast.

— Alors, permettez-moi de vous souhaiter la bienvenue pour votre retour.

Il voulait lui demander si cette aventure lui avait servi de leçon, mais il n'osa pas. Peut-être avait-elle compris... peut-être ! De toute façon, elle avait vieilli. Elle paraissait cinq ans de plus que son âge, particulièrement dans cette simple robe de laine couleur lilas, avec, pour seul bijou, les remarquables perles de sa grand-mère. C'est alors qu'il vit la bague. Il la regarda et hocha la tête en signe d'approbation.

— Très jolie. Elle est nouvelle ?

— Oui. Luke me l'a achetée à San Francisco.

Le visage d'Edward accusa le coup une fois de plus ; amertume, colère.

— Je comprends.

Il n'y eut pas d'autre commentaire et Kezia finit son verre pendant qu'Edward sirotait son champagne.

— Comment marchent vos articles ?

— Bof ! Je n'ai rien écrit d'intéressant depuis un moment. Eh ! oui, Edward, je sais. Mais continuer à me regarder ainsi n'y changera rien. Je suis très lucide. (Elle en avait soudain assez de le voir constamment les sourcils froncés. Elle continua :) ... Je suis d'accord, cher ami, je ne travaille pas comme je le devrais. J'ai perdu six kilos depuis notre dernière rencontre. Je m'enferme chez moi parce que les journalistes me terrifient et j'ai l'air d'avoir dix ans de plus. J'en suis consciente. On sait tous les deux que je viens de passer un sale quart d'heure. On en connaît tous les deux la raison, alors merde ! quittez cet air choqué et désapprobateur. C'est assommant, à la fin !

— Kezia !

— Oui, Edward !

En voyant son regard, il comprit soudain qu'elle avait bu plus qu'il ne pensait. Il était si abasourdi, qu'il se tourna de côté sur son siège et la fixa intensément.

— Allons bon ! Qu'y a-t-il encore ? Mon mascara a coulé ?

— Vous êtes ivre, dit-il d'une voix qui n'était qu'un murmure.

— En effet, murmura-t-elle en retour, avec un petit sourire amer, et je vais l'être encore plus. N'est-ce pas divertissant ?

Il se radossa à son siège et c'est alors qu'il la vit : la journaliste de *Women's Wear Daily* les regardait, installée à l'autre bout de la salle.

— Zut !

— C'est tout ce que vous trouvez à dire ? Je deviens

alcoolique et tout ce que vous savez dire, c'est zut !

C'était un jeu pour elle maintenant, un jeu diabolique, cruel, mais elle ne pouvait pas s'en empêcher. Elle fut choquée de sentir qu'Edward lui étreignait le bras.

— Kezia, cette femme de *Women's Wear* est là-bas et si vous faites quoi que ce soit, je dis bien quoi que ce soit pour attirer son attention ou l'indisposer, je... vous le regretterez...

Kezia éclata d'un rire profond et l'embrassa sur la joue. Elle trouvait la scène très drôle et Edward sentait qu'il perdait le contrôle des événements. Elle voulait seulement harceler tout le monde ; elle ne voulait pas « revenir au bercail ». Elle ne savait même pas où était le bercail. Et même Liane n'avait jamais été dans un tel état. Kezia était tellement plus intrépide, plus forte, plus dure, plus volontaire... et tellement plus belle. Il ne l'avait jamais autant aimée qu'à cet instant et il n'avait qu'une envie : la secouer ou la frapper. Et puis faire l'amour avec elle. En plein milieu de *la Grenouille* s'il le fallait. Ces pensées le choquèrent et il secoua la tête pour les chasser. A ce moment, Kezia lui tapota la main.

— N'ayez pas peur de cette idiote de vieille Sally, Edward, elle ne vous mordra pas. Elle veut seulement son histoire.

Il se surprit à se demander s'il ne serait pas préférable de partir maintenant, avant même de déjeuner. Mais leur départ pourrait aussi donner lieu à un article. Il se sentait piégé.

— Kezia... (Il tremblait presque de peur. Tout ce qu'il pouvait faire, c'était lui prendre la main, la regarder dans les yeux et prier pour qu'elle se conduise convenablement, sans causer de scandale.) ... s'il vous plaît.

Kezia lut la peine dans ses yeux, mais elle ne voulait rien savoir de ce qu'il ressentait, pas maintenant. Elle n'arrivait déjà pas à contrôler ses sentiments, ce n'était pas pour s'occuper de ceux d'Edward.

— D'accord, Edward. D'accord, dit-elle d'une voix radoucie.

Elle détourna les yeux. La journaliste prenait des notes sur un calepin. Mais Kezia ne ferait pas de scène. Ils avaient eu tous les deux leur part.

— Je suis désolée, dit-elle en soupirant comme une enfant.

Elle s'adossa à la banquette et Edward se sentit soulagé. Il se fit à nouveau tendre.

— Kezia, pourquoi ne puis-je pas vous aider ?

— Parce que personne ne le peut. (Des larmes tremblaient au bord de ses cils. Elle reprit :) ... C'est ainsi ! Le présent est ce qu'il est, le passé est passé et l'avenir... je ne le vois pas encore bien clairement. C'est peut-être mon problème.

Etait-ce ce qui était arrivé à Tiffany ? Quelqu'un lui avait volé son avenir. On lui avait laissé la grosse bague en émeraude et les perles, mais pas d'avenir. C'était difficile de l'expliquer à Edward. Lui qui était toujours si sûr de tout. Et qui s'en trouvait d'autant plus lointain.

— Regrettez-vous le passé, Kezia ?

Il vit alors, avec horreur, la réaction de la jeune femme dans ses yeux. Il avait encore dit quelque chose qui ne convenait pas. Seigneur ! C'était difficile de lui parler. Une vraie crucifixion, ce déjeuner !

— Si vous faites allusion à Lucas, Edward, il est évident que je ne regrette rien. C'est la seule chose convenable qui me soit arrivée en dix, vingt, et même peut-être trente ans. Ce que je regrette, c'est la révocation de sa liberté sur parole. Je ne peux rien y faire maintenant. Personne ne peut y faire quoi que ce soit. On ne peut pas faire appel pour la révocation d'une libération sur parole. C'est sans espoir.

— Je comprends. Je ne m'étais pas encore rendu

compte à quel point vous étiez prise par ce... ce problème. Je pensais qu'après...

Elle lui coupa la parole, l'expression de son visage
était loin de s'arranger.

— Vous aviez tort. Et pour que vous ne tombiez pas
raide de surprise si vous le voyiez dans les journaux, je
tiens à vous dire que je vais retourner à San Francisco
d'ici peu.

— Et pour quoi faire, grands dieux !

Il lui parlait à voix basse, pour que personne ne
puisse entendre mais Kezia, elle, s'exprimait d'une voix
normale.

— Pour lui rendre visite, bien sûr. Mais je vous ai
dit que je ne voulais pas en parler. Et vous voulez que
je vous dise une bonne chose, Edward ? Je trouve tout
à fait déplacé de discuter de ce sujet avec vous et, de
plus, le déjeuner est résolument ennuyeux. En fait,
cher ami, je crois que j'en ai assez.

La voix de Kezia avait alors un timbre désagréable et
Edward était au supplice dans son col empesé.

Kezia vida son verre, regarda autour d'elle puis reposa ses yeux sur lui.

— Kezia, allez-vous bien ? Vous paraissez pâle depuis un moment.

Il avait l'air terriblement inquiet.

— Je vais tout à fait bien.

— Voulez-vous que je fasse appeler un taxi ?

— Oui, mieux vaut que je parte. A dire vrai, tout
cela me fatigue bougrement. Cette garce de *Women's
Wear* nous observe depuis que nous sommes assis et,
tout d'un coup, c'est comme si tout le monde me
regardait pour voir en quelle forme je suis. Je me
retiens pour ne pas me lever et leur dire à tous d'aller se
faire voir !

Edward blêmit.

— Non, Kezia, je ne pense pas que ce soit la chose à
faire.

— Et alors, très cher. Pourquoi pas ? Pour rire !

Elle recommençait à jouer avec lui et d'une façon si cruelle. Pourquoi ? Pourquoi fallait-il qu'elle le fasse souffrir ? Ne savait-elle pas que cette conversation le blessait ? Qu'il avait le cœur brisé de la voir dans cet état ? Qu'il n'était pas seulement cette chemise blanche et ce costume sombre... que quelqu'un vivait sous ces vêtements élégants... un cœur... un corps... un homme ?...

Des larmes lui brûlaient les yeux et sa voix était bourrue quand il se leva calmement et prit le bras de Kezia. Il y avait quelque chose en lui de différent maintenant, elle le sentait. Le jeu était terminé.

— Kezia, vous devez partir à présent.

Elle put à peine entendre ses paroles, mais le ton en était suffisamment clair. Il la renvoyait comme on renvoie une enfant insupportable.

— Etes-vous très fâché ? murmura-t-elle, alors qu'il l'aidait à enfiler son manteau de vison.

Elle avait peur maintenant. Elle avait seulement voulu jouer... seulement voulu lui faire mal. Ils le savaient tous deux.

— Non. Je suis seulement extrêmement désolé. Pour vous.

Il la guida vers la porte, en la tenant fermement par le coude. Fini de rire. Elle se sentait étrangement soumise à son côté. Il jeta quelques coups d'œil froids à droite et à gauche. Il ne voulait pas que quelqu'un pense qu'il y avait un problème et Kezia se trouvait dans un état épouvantable.

Ils attendirent un moment au vestiaire que la fille trouve le manteau et le chapeau feutre d'Edward.

— Edward, je...

Elle avait commencé à pleurer et se cramponnait à son bras.

— Kezia, pas ici.

C'en était trop. Il ne pouvait plus le supporter.

Elle essuya ses larmes d'une main gantée de daim noir et essaya un petit sourire.

— ... Où allez-vous maintenant ? Chez vous, j'espère, vous allonger !

« Et vous ressaisir. » Il ne le dit pas, mais cela se lisait dans ses yeux. Il se coiffa de son chapeau.

— En fait, je devais aller aujourd'hui à la réunion pour le bal des arthritiques, mais je ne sais pas si je suis assez en forme.

— Je ne pense pas que vous soyez assez en forme.

— Oui. Mais je n'y suis pas allée depuis si longtemps.

A présent, la place de Tiffany comme ivrognesse de la haute société locale était vacante... Espèce de vieilles pouffiasses ! Oh, mon Dieu, et si elle disait... si... si...

Elle sentit une vague de chaleur lui monter au visage et elle se demanda si elle allait s'évanouir ou bien vomir. Ce serait une bonne histoire pour la journaliste.

Edward lui reprit le coude et la conduisit jusqu'à la rue. L'air froid lui fit du bien. Elle respira profondément et se sentit mieux.

— Vous imaginez-vous ce que je ressens à vous voir dans cet état ? Et pour... pour...

Kezia chercha le regard d'Edward mais il ne pouvait se retenir davantage.

— ... Pour rien. Pour ce... pour ce moins que rien, Kezia, pour l'amour de Dieu, mettez un terme à tout cela. Ecrivez-lui et dites-lui que vous ne voulez plus le revoir. Dites-lui...

Les mots de Kezia l'arrêtèrent sur-le-champ.

— Etes-vous en train de me placer devant un choix ?

Elle était immobile et le regardait.

— Que voulez-vous dire ?

Il sentait de la glace lui couler le long du dos.

— Vous savez exactement ce que je veux dire.

Est-ce une alternative, Edward ? Notre amitié ou l'amour de Luke ?

« Non, petite fille, mon amour ou le sien. » Mais il ne pouvait pas le lui dire.

— Parce que, si c'est le cas... alors je vous dis adieu.

Elle dégagea son bras avant qu'il n'ait eu le temps de répondre et elle arrêta un taxi qui passait. Celui-ci freina bruyamment juste devant la marquise de l'entrée.

— Non, Kezia, je...

— A bientôt cher ami !

Elle déposa un petit baiser sur sa joue avant qu'il ait pu reprendre ses esprits et se glissa rapidement dans le taxi. Elle était déjà partie quand il s'en rendit compte. Partie. « ... alors, je vous dis adieu. » Comment pouvait-elle ? Et si froidement, sans aucune émotion dans le regard !

Mais ce qu'il ignorait, c'est qu'elle ne pouvait pas abandonner Luke. Pour personne. Même pas pour lui. Luke était sa porte de sortie pour s'échapper du monde qui l'avait hantée. Luke lui avait montré la porte de sortie. Maintenant, elle s'accrocherait à lui. Elle ne pouvait plus reculer. Même pour Edward. Seule dans le taxi, elle avait envie de mourir. Elle avait osé. Elle l'avait tué. Elle avait tué Edward. C'était comme si elle avait tué son père... tué Tiffany une fois encore. Pourquoi les gens devaient-ils toujours se faire mutiler ? Kezia se le demandait en luttant pour réprimer des sanglots dans le taxi qui l'emmenait vers le nord. Et pourquoi Edward ? Pourquoi lui ? Il n'avait qu'elle au monde, elle le savait. Mais peut-être était-ce le destin ? Elle ne pouvait pas quitter Luke et si c'était une question de loyauté... Edward pouvait l'admettre. Il était si fort. Il ferait toujours face à ce pour quoi il était destiné. Il était bon dans ce genre de situations. Il comprenait.

Kezia ignorait que ce dernier allait passer le reste de

la journée à marcher, à regarder les visages, à regarder les femmes, à penser à elle.

Le taxi s'arrêta devant l'adresse que Kezia lui avait donnée dans la Cinquième Avenue. Elle était juste à l'heure pour le meeting. Les membres du comité allaient commencer à se rassembler. Pendant qu'elle payait le chauffeur, elle pensa à leurs visages... Tous ces visages... et les manteaux de vison... les saphirs... les émeraudes... et... Un vent de panique souffla sur elle. Le déjeuner avec Edward l'avait épuisée et elle ne se sentait pas capable de faire face. Elle marqua un temps d'arrêt avant d'entrer dans l'immeuble. Puis elle comprit qu'elle n'y pénétrerait pas. Les yeux scrutateurs d'Edward à *la Grenouille* l'avaient suffisamment éprouvée. Mais, au moins, ils avaient gardé leurs distances. Il n'en serait pas de même avec les femmes du comité : elles lui tomberaient sur le dos immédiatement, avec leurs questions biscornues et leurs remarques sarcastiques. Et, bien évidemment, elles auraient toutes vu les photos des journaux, sur lesquelles Kezia s'effondrait au tribunal, et lu le fin mot de l'histoire. Faire face à cette meute lui parut au-dessus de ses forces.

La neige craquait sous ses pas comme elle marchait jusqu'au coin de la rue pour appeler un autre taxi qui la conduirait chez elle. Elle voulait s'enfuir. Elle était revenue sans réfléchir à cette folie de sa vie d'avant Luke. Et, même pour un jour, elle ne la supportait plus. De taxi en taxi, de déjeuner en réunion, de nulle part à rien du tout, de boisson en boisson. Qu'était-elle en train de faire ?

Il neigeait, elle était nu-tête et n'avait pas de bottes mais serra son vison autour d'elle et enfouit ses mains gantées dans ses poches. Son appartement n'était qu'à douze rues de là et elle avait besoin de s'aérer.

Elle se traîna péniblement jusque chez elle, ses

chaussures de daim et ses cheveux étaient trempés. Quand elle arriva, ses joues étaient enflammées, ses jambes glacées et engourdies, mais elle se sentait revivre, définitivement désaoulée. Elle avait libéré ses cheveux et ils tombaient sur ses épaules, couverts d'une mantille de neige.

Le portier se précipita à ses côtés avec son parapluie quand il la vit sortir de la neige et de l'obscurité. Elle se mit à rire en le voyant s'approcher.

— Non, non, Thomas. Je vais très bien.

Elle se sentait retomber en enfance et les chaussures trempées n'avaient aucune importance. C'était le genre de chose qui lui aurait valu une bonne réprimande quand elle était jeune. Totie l'aurait peut-être même envoyée à Edward, pour cet incident. Mais Totie faisait partie du passé maintenant et Edward aussi. Elle s'en était aperçue aujourd'hui. Maintenant, elle pouvait marcher dans la neige toute la nuit si elle en avait envie. Cela n'avait pas une grande importance. Rien n'avait d'importance. Excepté Luke.

Mais, au moins, le grésillement dans sa tête avait disparu, ses épaules ne pesaient pas aussi lourd, son esprit était clair.

La sonnette d'entrée retentit juste au moment où elle enlevait ses bas et mettait ses pieds glacés sous le robinet d'eau chaude dans la baignoire. Ils se mirent à picoter, puis à lui faire mal et virèrent au rouge. Elle hésitait à répondre, puis elle décida de s'abstenir. Ce devait être bien sûr le garçon d'ascenseur qui apportait un paquet. S'il s'était agi d'un visiteur, on l'aurait appelée d'en bas pour demander l'autorisation de le faire monter. Mais la sonnette persistait : elle finit par se sécher les pieds dans les grandes serviettes monogrammées et courut à la porte.

— Oui ? Qui est-ce ?
— Le président des Etats-Unis.
— Qui ?

— C'est Alejandro, petite idiote.

Elle ouvrit la porte.

— Mon Dieu ! Tu ressembles à un bonhomme de neige. Tu es venu à pied ?

— Oui. Tout du long. (Il semblait très content de lui.) ... Après tout, je crois que j'aime New York. Quand il neige, du moins. C'est formidable, tu ne trouves pas ?

Elle acquiesça avec un large sourire.

— Allons, entre.

— J'espérais que tu me le proposerais. On t'a appelée d'en bas pendant très longtemps, mais tu ne répondais pas. Le type a dit que tu étais rentrée. Je devais avoir l'air honnête ou frigorifié car il m'a laissé monter.

— L'eau coulait dans la baignoire. (Elle baissa les yeux sur ses pieds nus qui avaient presque viré au violet.) ... Moi aussi, je suis rentrée à pied. C'était chouette !

— Qu'est-il arrivé ? Tu n'as pas trouvé de taxi ?

— Non. J'avais seulement envie de marcher. La journée avait été un peu déboussolante et j'avais besoin de me défouler.

— Que s'est-il passé ? demanda-t-il, légèrement inquiet.

— Pas grand-chose. J'ai vécu un de ces insupportables déjeuners chics avec Edward et ce fut horrible. J'ai eu à subir son air désapprobateur malgré ses vains efforts pour le cacher, les regards des gens alentour, une journaliste de *Women's Wear* qui n'a pas arrêté de nous espionner... J'étais vraiment la bête curieuse. Et pour comble, je me suis rendue à une réunion de bienfaisance et je me suis dégonflée avant de passer la porte. C'est là que j'ai décidé de rentrer à pied.

— Tu devais en avoir besoin, à ce qu'il me semble !

— Oui. Je ne peux vraiment plus jouer à ces jeux d'autrefois. Je ne peux même pas envisager de recommencer cette bêtise de double vie, et je ne vais certainement pas le faire. Cette vie-là n'est pas pour moi. Je préfère rester ici toute seule.

— Est-ce à dire qu'il faut que je parte ?

— Idiot !

Il étouffa un petit rire et Kezia alla suspendre son manteau détrempé à la porte de la cuisine.

— Je dois admettre que tu sembles en effet avoir passé un sale moment.

— Pis encore... mais, chéri, tu as l'air divin, n'est-ce pas ? L'air mouillé de Cardin... oh ! et ta bague ! (Elle prit la main à laquelle il portait une grosse turquoise indienne.) ... Mais cette bague est une David Webb, bien sûr... sa nouvelle collection, chéri ? Oh ! et évidemment des espadrilles de chez Macy (1) ? Quelle idée exquise ! (Elle faisait des mimiques et levait les yeux au ciel.) ... Juste ciel, Alejandro, comment peut-on respirer au milieu de toute cette merde ?

— Il faut porter un masque de plongée.

— Tu es impossible. Je suis sérieuse.

— Excuse-moi. (Il s'installa sur le divan après avoir mis ses espadrilles avec son manteau dans la cuisine. Il ajouta :) ... Mais il fut un temps où tu ne te débrouillais pas mal dans ce genre de vie ?

— Bien sûr. Dans la mesure où je vadrouillais dans le métro pour aller retrouver mon amant à Soho et où je prenais l'avion pour Luke à Chicago. Et puis, il fallait que j'écrive toutes ces conneries pour la « rubrique ».

— Foutaises ! Tu n'avais pas à le faire ! Mais tu aimais, autrement, tu ne l'aurais pas fait.

— Ce n'est pas forcément vrai. Mais, en tout cas, je ne veux plus et je ne le ferai pas. En plus, tout le monde sait que je ne jouerai plus le jeu maintenant, alors pourquoi essayer de faire semblant ? Mais le problème est le suivant : qu'est-ce que je fais ? Ça ne colle plus

(1) Magasin de chaussures chic.

avec eux et Luke n'est pas là. Ainsi je n'ai plus de but. Je crois que je ne peux pas être plus claire. Tu as des suggestions ?

— Oui. Fais-moi une tasse de chocolat chaud. Je résoudrai ensuite tous tes problèmes.

— Tu vas avoir du travail ! Tu veux du cognac avec ?

— Non. Je le prendrai nature, merci.

Il ne voulait pas lui fournir une excuse pour commencer à boire. Elle n'avait pas vraiment besoin d'excuse mais à son avis elle hésiterait à boire seule. Il avait raison.

— Tu n'es pas drôle. Mais, en ce cas, je prendrai le mien nature, également. Je crois que j'ai un peu trop bu ces derniers temps.

— Vraiment ? Quand as-tu commencé à t'en rendre compte ? Quand les alcooliques anonymes t'ont téléphoné pour t'offrir un abonnement gratuit ou bien avant ?

— Ne sois pas méchant !

— Que veux-tu que je fasse ? Que je me taise jusqu'à ce que tu te retrouves avec une cirrhose ?

— Quelle idée formidable !

— Mon Dieu, Kezia, ce n'est même pas drôle. Tu me mets vraiment en rage.

Kezia disparut dans la cuisine et réapparut quelques minutes plus tard, avec deux tasses fumantes de chocolat.

— Et toi, comment s'est passée ta journée ?

— Infecte, comme d'habitude ! J'ai eu un petit accrochage avec le conseil des directeurs. Du moins ils ont considéré la scène comme un « petit » accrochage. Moi, j'ai failli leur coller ma démission.

— Vraiment ? Et pourquoi ?

— La merde habituelle ! La répartition des crédits. J'étais si énervé que je leur ai annoncé que je prenais deux jours de congé.

— Ils ont dû être contents. Que vas-tu faire pendant ces deux jours ?

— Je vais à San Francisco avec toi, pour voir Luke. Quand y vas-tu ?

— Mon Dieu, Alejandro ! Tu peux faire ça ?

Elle était ravie mais il avait dépensé tant d'argent pour venir avec eux à l'audience.

— Bien sûr ! Pas en première classe ! Accepterais-tu d'être avec les ploucs à l'arrière ?

— Je crois que oui ! Tu joues au backgammon ? Je peux apporter mon petit jeu portatif.

— Que penserais-tu du poker ?

— D'accord. A dire vrai, je suis contente que tu viennes... J'y pensais ce matin ; je crois que ce voyage me fiche la frousse.

— Pourquoi ? demanda-t-il, surpris.

— San Quentin. Ce doit être si affreux. Je n'ai jamais été dans un endroit pareil.

— Ce n'est pas vraiment un lieu d'agrément, mais ce n'est pas non plus un donjon. Tout ira bien pour toi.

Mais on ne sait jamais. C'est pourquoi il l'accompagnait. Luke l'en avait instamment prié. Et si Luke le lui demandait, c'est qu'il y avait une bonne raison. Quelque chose se préparait.

— Ecoute, j'espère que tu ne viens pas parce que tu as pensé que j'aurais peur d'y aller seule ?

L'idée l'étonnait.

— Ne sois pas si égoïste. Il se trouve que Luke est aussi mon ami. (Elle rougit légèrement. Il tira sur une boucle de ses cheveux noirs ébouriffés et continua :) ... De plus, après ce que je t'ai vue endurer, j'ai l'impression que si on tirait sur toi avec des M. 16, tu te contenterais de rajuster tes boucles d'oreilles, d'enfiler tes gants et tu rentrerais ainsi, très digne.

— J'en suis à ce point-là ?

— Pas à ce point-là, trésor — impressionnante. Bigrement impressionnante. Au fait, quand on sera là-bas, je veux avoir un entretien au sujet d'un travail dans un groupe de thérapie dont je t'ai parlé une fois.

— Tu es sérieux quand tu parles de changer de travail ?

Il y avait tant de choses qui changeaient !

— Je ne sais pas encore. Mais ça vaut le coup de jeter un coup d'œil.

— Quelles que soient tes raisons, je suis contente qu'on y aille ensemble. Et Luke sera si heureux de te voir. Quelle belle surprise pour lui !

— Quand part-on ?

— Quand peux-tu te libérer au centre ?

— Plus ou moins quand je veux.

— Alors, demain soir ? J'ai reçu une lettre de Luke ce matin ; il dit que j'aurai l'autorisation de lui rendre visite dans deux jours. Alors, demain soir, ce serait parfait, pour moi en tout cas. Et toi ?

— C'est parfait.

Ils s'installèrent confortablement sur le divan avec leur chocolat pour se raconter de vieilles histoires et parler de Luke. Elle recommença à rire comme elle ne l'avait pas fait depuis des semaines et, à minuit, elle le força à accepter de jouer aux dés pendant presque une heure.

— Devine ce que je ne peux plus supporter ?

— Oui, les dés. Ma cocotte, tu joues d'une façon déplorable !

Mais elle aimait le jeu et lui aussi s'amusait bien.

— Non, ce n'est pas ça. Et puis, tais-toi, je suis sérieuse.

— Excuse-moi.

— Vraiment, je suis sérieuse. Ce que je ne peux plus supporter, c'est la pression des faux-semblants, et toute cette façon de vivre dans laquelle j'ai grandi n'est que faux-semblants pour moi maintenant. Je ne peux pas parler ouvertement de Luke sans créer un scandale. Je ne peux pas montrer que je souffre. Je ne peux même pas être moi-même. Je dois être l'honorable Kezia Saint-Martin.

— Peut-être est-ce parce que tu es l'honorable Kezia Saint-Martin. Tu n'y as jamais pensé ?

Il faisait rouler les dés dans sa main.

— Si, mais je ne suis pas cette Kezia Saint-Martin-là. Plus maintenant. Je suis moi. Et je suis inquiète parce que je n'arrête pas de penser que je vais tout lâcher, ou traiter quelqu'un de salaud, ou même jeter une quiche lorraine à la tête de quelqu'un.

— Ce serait drôle ! Pourquoi ne pas essayer ?

Elle hurlait de rire, assise devant le feu, les jambes repliées sous elle. Alejandro était assis à ses côtés.

— Il se pourrait bien que j'essaie un jour ou l'autre. Mais ça, mon cher, ce sera un grand final. Tu t'imagines ce qu'on pourrait lire dans le magazine *Time* : « Vendredi dernier, Kezia Saint-Martin perdit la tête lors d'une réception et lança une meringue au citron qui éclaboussa cinq invités. Les victimes de l'accès de folie temporaire de miss Saint-Martin se trouvèrent être la comtesse von, etc. »

— On sert des meringues au citron dans ce genre de réceptions ?

— Non. Il faudrait que je me contente d'un Alaska à moitié fondu !

Cette pensée le fit rire et il tendit la main pour caresser les cheveux de Kezia, qui étaient maintenant secs. Une bonne chaleur se dégageait du feu.

— Kezia, trésor, il faut que tu reprennes du poids.

— Oui. Je sais.

Ils échangèrent un petit sourire de tendresse puis, les yeux brillants, il fit rouler les dés dans sa main, souffla dessus et les lança en fermant les yeux.

— Un double un ou bien fiasco !

Kezia étouffa un rire en voyant le résultat, lui pinça le nez et murmura à son oreille :

— Dans ce cas, monsieur Vidal, c'est un fiasco ! Eh, espèce de con, ouvre les yeux !

Mais, au lieu de les ouvrir, il tendit le bras d'une façon inattendue et l'enroula autour de la taille de la jeune femme.

— Que fais-tu, idiot ?

Le visage d'Alejandro était tout près du sien et elle trouvait cette position très drôle. Pas lui.

— Qu'est-ce que je fais ? Mais, je fais l'imbécile, bien évidemment.

Il ouvrit les yeux, fit une grimace de clown, regarda les dés et haussa les épaules. Il y avait dans son regard un soupçon de peine. Comme elle pouvait être bouchée, par moments ! Mais c'était peut-être mieux ainsi ?

Il se leva et s'étira lentement devant le feu, en regardant les flammes lécher les bûches. Il tournait le dos à Kezia qui continuait à pouffer de rire.

— Tu sais quoi, mon petit ? Tu as raison. Moi non plus, je ne peux plus supporter la pression des faux-semblants.

— C'est une plaie, hein ?

Elle se montrait compréhensive tout en mâchonnant une galette. C'était la première fois depuis des semaines qu'elle n'avait pas bu de toute la soirée.

— Oui... c'est une plaie ! « La pression des faux-semblants », comme tu l'as bien dit !

Elle pensait qu'il faisait allusion à son travail.

— Je suis experte en la matière. (Mais elle n'était pas d'humeur à être sérieuse. Pas avec lui ; la soirée avait été trop agréable.) ... Qu'est-ce qui te fait penser ça ?

Les mots étaient noyés au milieu des miettes de galette. Elle leva les yeux mais il avait toujours le dos tourné.

— Rien. C'était juste une idée en passant.

31

Ils voyagèrent en seconde classe et le vol fut ininté-
ressant.

Kezia avait déjà vu le film avec Luke et Alejandro
avait apporté des revues professionnelles. Ils parlèrent
pendant le repas mais, le reste du temps, il la laissa
tranquille. Il savait combien elle était tendue et, cette
fois, il ne fut pas content quand il la vit sortir son
flacon.

— Kezia, je pense que tu devrais t'en abstenir.

— Et pourquoi pas ? demanda-t-elle, soudain hérissée.

— Bois ce qu'on te sert. Ce devrait être suffisant.

Il ne lui faisait pas de sermon mais sa voix était
ferme. Le ton embarrassa plus Kezia que les mots eux-
mêmes et elle rangea le flacon. Quand on servit des
boissons, elle commanda un scotch mais en refusa un
second.

— Tu es content ?

— Ce n'est pas ma vie, petite sœur. C'est la tienne.

Il retourna à sa lecture et elle à ses pensées. Il était
étrange par moments. Indépendant, absorbé par ses
propres activités et puis, à d'autres moments, il prenait
tant de soin d'elle. Elle était presque sûre qu'il faisait le
voyage en grande partie pour elle, pour être certain que
tout irait bien pour elle et il risquait de perdre son
boulot à cause de ce déplacement.

Ils avaient réservé au *Ritz* et elle sentit une vague
d'excitation l'envahir alors qu'ils se dirigeaient vers la
ville. L'horizon commençait à poindre quand ils négo-
cièrent le dernier virage puis, soudain, tout apparut : la
cathédrale moderne toute neuve sur Gough, couleur de
réglisse brune, la silhouette de la banque d'Amérique et

la langue de brouillard qui venait de la baie. Elle comprenait maintenant à quel point tout ce spectacle lui avait manqué : la baie, le Golden Gate Bridge, les lumières de Sausalito, Belvedere, Tiburon, qui scintillaient la nuit comme une forêt d'arbres de Noël quand il n'y avait pas trop de brouillard. Et s'il y avait du brouillard, elle fermerait les yeux, aspirerait à longues bouffées l'air frais de la mer et elle écouterait la plainte solitaire des cornes de brume. Elle savait qu'au moment où elle les entendrait, Lucas les écouterait lui aussi.

Alejandro l'observa pendant le trajet et il fut touché de la voir ainsi, excitée, tendue, détaillant la ville du regard, comme si elle cherchait quelque chose qu'elle y aurait laissé.

— Toi aussi, tu aimes cette ville, n'est-ce pas, Kezia ?

— Oui.

Elle s'adossa et la contempla avec plaisir, comme si elle l'avait bâtie elle-même.

— Parce que Luke t'a amenée ici ?

— En partie. Mais il y a autre chose. C'est la ville, elle-même. Elle est diaboliquement belle.

Il sourit et la regarda.

— Tu as dit « diaboliquement » ?

— Bon, bon, tu peux te moquer de moi ! Tout ce que je sais, c'est qu'ici je suis heureuse.

En dépit des terribles événements dont elle avait été le théâtre, elle aimait cette ville. Il y avait là quelque chose qui n'était nulle part ailleurs. Ses pensées revinrent à Luke et elle ne put s'empêcher de sourire.

— Tu sais, c'est incroyable ! J'ai fait trois mille miles pour le voir juste une heure.

— Et quelque chose me dit que tu aurais fait six mille miles s'il l'avait fallu.

— Peut-être même douze mille.

— Même douze mille ? Tu es sûre ?

Il la taquinait une fois de plus et elle adorait cela. C'était un compagnon facile à vivre.

— Alejandro, tu es un enquiquineur ! Mais un adorable enquiquineur !

— Moi aussi, je t'aime beaucoup.

Il était 1 heure du matin à San Francisco et 4 heures du matin pour eux, mais ni l'un ni l'autre n'avait sommeil.

— Tu veux prendre un verre, Alejandro ?

— Non, je préférerais me balader.

— La société de tempérance à mes ordres. C'est charmant ! (Elle pinça les lèvres et il éclata de rire. Kezia reprit :) ... Occupe-toi de tes affaires ! Quand on aura déposé les bagages à l'hôtel, on descendra jusqu'à la baie.

Ils avaient loué une voiture à l'aéroport et c'était Alejandro qui conduisait.

— A votre service, madame. N'est-ce pas là une chose à laquelle tu es habituée ?

— Oui et non. Mais ce qui est sûr, c'est que je ne suis pas habituée à avoir des amis remarquables comme toi. Tu es vraiment épatant. (La voix de Kezia était devenue très douce.) ... Personne n'en a jamais fait autant pour moi. Pas même Edward. Il veillait sur moi mais on n'a jamais été aussi à l'aise ensemble. Je l'aime, mais d'une façon très différente. Il attendait toujours tellement de moi.

— Et quoi par exemple ?

— Oh... être tout ce pour quoi je suis née et même plus, je suppose.

— Et tu es ainsi.

— Non, pas vraiment. L'ordinateur a dû tout embrouiller en moi. Certains morceaux ne collent pas avec le reste, du point de vue d'Edward.

— Tu es à côté de la plaque. C'est ta tête qui est importante, ton âme, ton cœur.

— Non, trésor. Tu es à côté de la plaque. Ce qui est

important, ce sont les réceptions auxquelles tu te rends, les vêtements que tu portes, les comités auxquels tu appartiens.

— Tu es folle !

— Plus maintenant. Mais j'étais folle, c'est vrai.

Elle était sérieuse tout à coup, mais un bref instant seulement, car ils arrivaient au *Ritz*. Ernestine les accueillit : elle portait une robe d'intérieur en flanelle vert tartan et eut un air vaguement désapprobateur en voyant Kezia avec Alejandro et non avec Luke. Mais elle sembla s'apaiser en constatant qu'ils prenaient des chambres séparées aux deux extrémités du couloir. Elle retourna se coucher et eux regagnèrent la voiture.

— À la baie !

Alejandro était aussi excité qu'elle.

— Merci, mon bon.

— Mais, à votre service, madame.

Ils n'arrêtaient pas de rire et laissèrent la voiture descendre cahin-caha les collines vers Divisadero Street. C'était comme s'ils étaient sur une montagne russe, car les virages brusques et les descentes brutales les soulevaient de leurs sièges.

— Tu veux t'arrêter pour manger un *taco* ?

Elle sourit en guise de réponse et hocha la tête.

— Moi, je suis obsédée par la baie et toi, tu es obsédé par les *tacos*. Je te souhaite la bienvenue chez toi.

— Et pas une pizzeria en vue !

— Il n'y en a pas dans le coin ?

— Si, dit-il en souriant. Mais on les a à l'œil. Ce n'est pas comme à New York. Un de ces jours, des pizzerias déchaînées vont prendre d'assaut la ville entière.

Il imitait un monstre féroce et Kezia était pliée de rire.

— Que tu es bête ! Grands dieux, regarde cette voiture !

Ils roulèrent dans Lombard, entrèrent dans un restaurant *drive in* (1) et au guichet stationnait un bolide dont l'arrière semblait trépigner.

— On pourrait s'attendre à ce qu'ils soient ridicules.

— Bien sûr que non. Quelle splendeur ! Vrooommm... vrooommm ! (Alejandro émettait les bruits appropriés en faisant de grandes grimaces. Il s'étonna :) ... Tu n'en avais jamais vu de ce genre ?

— Pas autant que je me souvienne — et je crois que je m'en souviendrais —, excepté peut-être dans un film. Quelle horreur !

— Pas horreur ! Splendeur ! Fais attention à ce que tu dis.

Elle riait et secouait la tête.

— Ne me dis pas que tu en as eu une de ce type. Je serais choquée !

— Eh bien, si ! Une *Lowrider special* (2). Après ça, j'ai complètement bousillé mon image de marque en achetant une Volkswagen d'occasion. La vie a ses hauts et ses bas.

— Le drame !

— Parfaitement. As-tu eu une voiture quand tu étais jeune ?

Elle fit non de la tête et Alejandro ouvrit de grands yeux incrédules.

— ... Vraiment ?... Bon sang, en Californie, tous les gosses ont une voiture dès qu'ils ont seize ans. Je parie que tu mens. Je suis sûr que tu avais une Rolls. Allons, avoue.

Elle riait, en secouant furieusement la tête ; ils avancèrent jusqu'au guichet pour commander leurs *tacos*.

— Je tiens à vous dire, monsieur Vidal, que je n'ai

(1) Restaurant *drive in* : endroit en plein air où l'on peut se faire servir un repas rapide sans quitter sa voiture.

(2) Petite voiture basse de grand sport.

jamais eu de Rolls. J'ai emprunté une vieille Fiat crou-
lante quand j'étais à Paris et c'est tout. Je n'ai jamais eu
une voiture personnelle.

— Quelle honte ! Mais ta famille en avait une,
n'est-ce pas ?

Elle fit signe que oui.

— Ah ! Et c'était...

Il attendit.

— Oh, une simple voiture : quatre roues, quatre
portes, un volant, les trucs habituels !

— Tu veux dire une Rolls ?

— Absolument pas. (Elle lui adressa un large sourire en lui tendant les *tacos* qui venaient d'apparaître au
guichet. Elle continua :) C'était une Bentley. Mais ma
tante avait une Rolls, si ça doit te rassurer.

— Enormément ! Maintenant, donne-moi ces *tacos*,
veux-tu ? Si toi, tu as fait trois mille miles pour voir ton
homme, moi je suis venu pour les *tacos*. Une Bentley...
c'est pas vrai !

Il mordit une bouchée de *taco* et soupira de plaisir. Kezia s'adossa à son siège et commença à se détendre. C'était agréable d'être avec lui. Elle n'avait pas
à faire semblant. Elle pouvait se contenter d'être elle-
même.

— Tu sais qu'il y a quelque chose de drôle, Alejandro ?

— Oui. Toi.

Il en était à son troisième *taco*.

— Non. Je suis sérieuse.

— Oui ! Comment fais-tu ?

— Oh, pour l'amour du ciel, il suffit que tu avales
un *taco* pour que tu te retrouves plein de suffisance.

— Non, plein de gaz.

— Alejandro !

— C'est vrai ! Tu n'es jamais pleine de gaz, ou bien
on t'a appris à ne pas en avoir ?

Elle rougit en riant.

— Je refuse de répondre à cette question de la façon...

— Je parie que tu pètes au lit !

— Alejandro ! Tu es dégoûtant ! C'est une remarque extrêmement déplacée.

— *Pobrecita !*

Il n'arrêtait pas de la taquiner quand il était de bonne humeur et elle adorait ça. Il avait été si tranquille dans l'avion. Mais maintenant, c'était à nouveau la fête.

— Ce que j'essayais de vous dire, monsieur Vidal, avant que vous ne commenciez à devenir grossier...

— Grossier ? Allons bon !

Des *tacos*, il était passé à la *root beer* (1) et en avala une longue gorgée.

— Ce que j'essayais de te dire... continua-t-elle d'une voix plus basse, c'est que j'en suis arrivée bizarrement à avoir vraiment besoin de toi. Tu ne trouves pas que c'est étrange ? Je crois que je me sentirais complètement perdue sans toi. C'est si agréable de te sentir tout près !

Il était silencieux, les yeux perdus dans le lointain.

— Oui, c'est la même chose pour moi, répondit-il à la fin. J'ai une drôle d'impression quand je ne reçois pas de tes nouvelles pendant deux jours. J'aime savoir que tu vas bien.

— C'est sympa de savoir que tu te soucies de moi. Je crois que c'est exactement ce que je ressens de mon côté. C'est agréable. Et j'ai quelquefois peur que quelqu'un t'ait tué dans le métro quand tu ne téléphones pas.

— C'est une des choses que je préfère en toi !

— Quoi ?

— Ton optimisme à toute épreuve. Ta foi dans le

(1) *Root beer :* boisson sucrée effervescente à base de plantes (N.d.t.).

genre humain... Tué dans le métro... Idiote ! Pourquoi serais-je tué dans le métro ?

— Ça arrive à tout le monde ! Pourquoi pas à toi ?

— Bon sang, mais c'est bien sûr ! Tu sais quoi, Kezia ?

— Non.

— Tu pètes au lit.

— Allons bon, il recommence ! Alejandro, tu es dégoûtant ! Un dégoûtant grossier et outrageant. Maintenant, conduis-moi à la baie. De plus, je ne pète pas au lit.

— Si !

— Non !

— Demande à Luke !

— Je n'y manquerai pas !

— Fais-le si tu l'oses !

— Ah ! Et il me dira la vérité, hein ! C'est vrai ?

— Non. Et puis merde !

Le débat continua pendant qu'Alejandro sortait du *drive in* et il se termina en des cascades de rire. Ils pouffèrent et se taquinèrent jusqu'à la baie, puis ils devinrent silencieux. La baie s'étendait devant eux pareille à une pièce de velours bleu foncé et un voile de brouillard la recouvrait, pas assez bas pour boucher la vue de l'autre côté mais suffisamment cependant pour être suspendu aux flèches du pont. Une corne de brume gémissait tristement au loin et, le long du rivage, les lumières étincelaient.

— Ma chère, un de ces jours, je reviendrai.

— Tu sais bien que tu n'en feras rien. Tu aimes trop ton travail au centre à Harlem.

— C'est ce que tu crois. Chaque jour, j'ai beaucoup plus de boulot que je ne peux en faire. Ici, les gens ne sont pas aussi dingues. On ne sait jamais, peut-être que l'entretien pour lequel j'ai rendez-vous aboutira à quelque chose.

— Et alors, que feras-tu ?

— On verra.

Elle hocha la tête, pensive. La pensée qu'il puisse quitter New York l'agaçait un peu. Mais ce n'étaient probablement que des mots, pour se défouler. Elle décida d'oublier ce qu'il avait dit. C'était préférable.

— Quand je contemple ainsi la baie, je veux arrêter le temps pour toujours.

— Petite folle ! N'est-ce pas quelque chose qu'on voudrait tous pouvoir faire ? Tu es quelquefois venue ici à l'aube ?

Elle fit non de la tête.

— C'est beaucoup mieux. La ville ressemble à une belle femme. Elle change. Elle a ses humeurs. Elle est toute grise, avec des poches sous les yeux, puis elle devient belle et on tombe amoureux une fois encore.

— Alejandro, qui est-ce que tu aimes ?

Elle n'y avait pas repensé depuis qu'ils avaient pris un chocolat dans Yorkville. Il était presque toujours seul ou avec elle.

— C'est une étrange question.

— Non. N'y a-t-il pas quelqu'un dans ta vie ? Même pas une vieille connaissance ?

— Non, absolument pas ! Oh ! je ne sais pas, Kezia. J'aime beaucoup de gens : quelques-uns des gosses avec qui je travaille, toi, Luke, d'autres amis, ma famille. Beaucoup de monde.

— Trop de monde. C'est si rassurant d'aimer un grand nombre de personnes. C'est beaucoup plus difficile de n'en aimer qu'une. Ça ne m'était jamais arrivé... avant Luke. Il m'a tant appris à ce sujet. Il n'avait pas peur comme moi... et peut-être toi aussi, as-tu peur. Il n'y a pas même une femme que tu aimes, en tant que femme ? Peut-être y en a-t-il plusieurs ?

Rien ne l'autorisait à lui poser cette question, elle en était consciente, mais elle voulait savoir.

— Non. Pas récemment. Peut-être un de ces jours.

— Tu devrais y penser. Peut-être rencontreras-tu quelqu'un ici ?

Mais, au plus profond de son cœur, elle espérait bien que non. Il méritait la meilleure femme du monde, celle qui lui donnerait tout ce que lui donnerait. Il le méritait, parce qu'il donnait tant. Mais, secrètement, elle savait qu'elle ne voulait pas qu'il trouve cette femme en ce moment. Elle n'était pas prête à le perdre. C'était si agréable ainsi. S'il avait quelqu'un, elle le perdrait, inévitablement.

— A quoi penses-tu, ma cocotte ? Tu as l'air si triste.

Il pensait en connaître la raison, mais il se trompait.

— Des bêtises qui me passent par la tête. Rien de bien grave.

— Ne t'inquiète pas. Tu le verras demain.

Pour toute réponse, elle se contenta de sourire.

32

Ils l'aperçurent après un virage sur l'autoroute. San Quentin. De l'autre côté d'une étendue d'eau, sur un doigt de la baie qui s'était fourré à l'intérieur des terres, San Quentin se dressait au bord de l'eau, dans toute sa laideur et son état brut. Kezia ne la lâcha pas des yeux pendant le reste du trajet, jusqu'à ce que l'image finisse par disparaître quand ils quittèrent l'autoroute pour suivre une petite route de campagne, pleine de virages.

La gigantesque forteresse qu'était San Quentin coupa le souffle à la jeune femme quand ils l'aperçurent de nouveau. Sa masse semblait se projeter à la rencontre de Kezia, comme un taureau géant ou une méchante créature dans un horrible rêve. On se sentait tout de suite diminué sous les tourelles et les tours, les murs interminables qui s'élevaient très haut, parsemés çà et là de minuscules fenêtres. Elle était bâtie comme un donjon et avait la couleur de la moutarde rance. Elle n'était pas seulement terrifiante : il émanait d'elle la colère, la frayeur, la solitude, le chagrin, le désarroi. De hautes grilles métalliques surmontées de fil de fer barbelé entouraient l'ensemble et, dans toutes les directions possibles, se dressaient de petits miradors dans lesquels veillaient des sentinelles armées de mitraillettes. Des gardes patrouillaient à l'entrée et des gens sortaient, le visage triste ; quelques-uns s'essuyaient les yeux avec un mouchoir en tissu ou en papier. C'était le genre d'endroit qu'on ne pouvait pas oublier. Il pouvait même s'enorgueillir de vastes douves asséchées, avec des ponts-levis encore en activité qui conduisaient aux petits miradors où les sentinelles étaient à l'abri d'une « attaque » éventuelle.

Que craignaient les autorités ? Qui pouvait donc s'enfuir de là ? Pourtant, de temps à autre, certains détenus y arrivaient. Elle se rendit compte soudain pourquoi ils risquaient tout — même la mort — pour s'échapper. Elle comprit aussi pourquoi Luke avait fait ce qu'il avait fait pour aider les hommes qu'il appelait ses frères. Il fallait bien que quelqu'un pense à des prisonniers dans des lieux tels que celui-là. Elle regrettait seulement que ce fût Luke.

Elle vit également une rangée de jolies maisons avec des parterres. Les maisons étaient à l'intérieur des grilles surmontées de barbelés, à l'ombre des petits miradors, au pied de la prison. Elle supposa, à juste titre, qu'il s'agissait là des maisons des gardes : ils vivaient là avec leur femme et leurs enfants. Elle frissonna à cette idée ; vivre ici, c'était vivre dans un cimetière.

Le parking était défoncé et couvert de détritus. Il ne restait que deux places quand ils arrivèrent et une longue file de gens attendaient devant le poste de garde, à l'entrée principale. Ils mirent deux heures et demie pour y parvenir ; là, on les fouilla superficiellement, puis on les fit attendre à l'entrée suivante où on fouilla à nouveau leurs poches.

Ils étaient surveillés du haut du mirador quand ils pénétrèrent dans le bâtiment principal où ils s'assirent avec les autres visiteurs dans une salle d'attente enfumée et surchauffée qui ressemblait à une gare. On n'entendait aucun rire dans cette pièce, aucun murmure de conversation, uniquement le cliquetis occasionnel des pièces dans le distributeur à café, le chuintement du robinet ou le craquement bref d'une allumette. Chaque visiteur était occupé avec ses propres craintes et ses pensées solitaires.

Kezia ne pensait qu'à Luke. Alejandro et elle n'avaient pas échangé une seule parole depuis qu'ils étaient entrés dans le bâtiment ; il n'y avait rien à dire. Comme les autres, ils étaient occupés à attendre. Encore deux heures passées sur ces bancs... et il y avait si longtemps qu'elle ne l'avait vu, qu'elle n'avait touché sa main, son visage, si longtemps qu'elle ne l'avait embrassé, tenu contre elle, si longtemps qu'il ne l'avait prise dans ses bras, comme lui seul, Luke, savait le faire. Les baisers semblent différents quand ils viennent d'une telle hauteur, du moins, c'était ainsi qu'elle l'avait ressenti. Tout était différent. Il était l'homme vers lequel elle pouvait « lever » les yeux, de multiples façons. Le premier homme vers lequel elle « levait » les yeux.

Alejandro et elle attendirent en tout presque cinq heures et quand une voix dans l'interphone grommela son nom, il leur sembla qu'ils sortaient d'un long rêve :

— Visite pour Johns... Lucas Johns...

Kezia se leva d'un bond et courut à la porte de la pièce où ils allaient le voir. Luke y était déjà, occupant toute l'entrée, un sourire tranquille sur le visage. Il se tenait dans une longue pièce, grise et nue, où la seule décoration était une horloge. De part et d'autre des longues tables de réfectoire se faisaient face prisonniers et visiteurs. Des gardiens faisaient les cent pas et surveillaient, leur arme bien en vue. On pouvait s'embrasser pour se dire bonjour et au revoir, et se tenir les mains pendant la visite. C'était tout. La scène tout entière semblait étrangement irréelle, comme si une situation pareille ne pouvait pas exister, pas pour eux. Luke vivait à Park Avenue avec elle, il mangeait avec une fourchette et un couteau, il racontait des blagues, il l'embrassait dans le cou. Il n'était pas ici. Ça n'avait pas de sens. Les autres visages autour d'eux avaient une expression rude, féroce, fatiguée, épuisée. Et maintenant, Luke était comme eux, lui aussi. Il y avait quelque chose de changé. En se dirigeant vers ses bras, elle sentit une vague de terreur et d'étouffement lui saisir la gorge... ils étaient perdus dans les couloirs d'un tombeau... Mais une fois dans les bras de Luke, elle se sentit en sécurité. Le reste du monde disparut. Elle oublia tout et ne vit plus que ses yeux. Elle oublia même complètement Alejandro à ses côtés.

Luke la souleva dans ses bras et la force de son étreinte lui coupa instantanément le souffle. Il la tint en l'air pendant un moment et ne relâcha son étreinte que pour la poser doucement à terre et chercher avidement ses lèvres encore une fois. On sentait en lui un calme désespoir et ses bras semblaient plus minces. Elle sentait les os de ses épaules, là où quelques semaines auparavant, il y avait tant de chair. Il portait un jean, une chemise de travail et de grosses chaussures trop petites pour lui. On avait renvoyé les Gucci et tout le reste à New York. Elle était là quand le paquet était arrivé. Tout était froissé et la chemise était même très déchirée. Cela laissait à penser sur la façon dont elle avait été enlevée. Pas avec l'aide d'un valet, mais à la pointe du fusil. Elle avait pleuré alors, mais pas maintenant : elle était trop heureuse de le voir. Il n'y avait qu'Alejandro qui pleurait en les regardant : Kezia avait un sourire radieux, pour cacher sa panique, et le regard de son ami reflétait un besoin intense. Après un moment, ce regard se porta par-dessus la tête de Kezia, sur Alejandro. Celui-ci y lut un salut et une gratitude qu'il n'y avait jamais vue auparavant. Comme Kezia, il remarqua que quelque chose avait changé et il se souvint de l'insistance avec laquelle Luke l'avait supplié de venir avec la jeune femme. Alejandro savait que quelque chose allait se passer mais il ne savait pas quoi.

Luke conduisit Kezia par la main à l'une des longues tables et fit le tour pour s'asseoir de son côté à lui, tandis qu'Alejandro s'asseyait sur une chaise près d'elle. Le sourire de Kezia s'accentua encore quand elle vit Luke gagner sa place.

— Mon Dieu, c'est si bon de te voir marcher. Oh ! chéri, tu m'as tellement manqué.

Luke lui sourit calmement et lui toucha doucement le visage de ses mains durcies par le travail. Les callosités étaient vite réapparues.

— Je t'aime, Lucas.

Elle avait prononcé ces mots avec soin comme trois cadeaux qu'elle lui aurait enveloppés séparément. Les yeux de Luke brillaient étrangement.

— Je t'aime, moi aussi, trésor. Fais-moi plaisir.

— Quoi ?

— Défais tes cheveux.

Elle sourit et enleva prestement les épingles. Il y avait si peu de joies qu'elle pouvait lui donner. Ainsi le moindre geste prenait tout à coup une énorme importance.

— Voilà. C'est mieux.

Il caressa ses cheveux doux et soyeux. C'était comme s'il passait les mains dans des diamants ou de l'or.

— Oh, mama, comme je t'aime !

— Vas-tu bien ?

— D'après toi ?

— Je ne sais pas exactement.

Mais Alejandro, lui, savait. Il comprenait beaucoup plus de choses qu'aucun d'eux, tant ils étaient aveuglés par ce qu'ils voulaient voir.

— Je crois que tu vas bien. Mais tu as maigri.

— Tu peux parler, toi. Tu es dans un état lamentable !

Mais les yeux de Luke démentaient ses paroles.

— ... Je croyais que tu m'avais dit que tu t'occuperais d'elle, Al.

Il les regardait simultanément et, enfin, ses yeux s'éclairèrent d'une lueur joyeuse depuis longtemps oubliée. Il ressemblait presque au Lucas d'avant.

— Ecoute, bonhomme, sais-tu à quel point il est difficile d'être vache avec elle ?

— Si je le sais !

Les deux hommes éclatèrent de rire et échangèrent un vieux sourire familier. Les yeux de Luke brillèrent de nouveau en se posant sur Kezia. Elle lui serrait si fort les mains que ses doigts lui faisaient mal jusqu'à être engourdis.

La visite se passa étrangement, toute en impressions contrastées. Luke semblait avoir un besoin passionné et ardent de Kezia, et c'était réciproque. Pourtant, il y avait un frein chez lui, quelque part. Elle le sentait mais ne savait pas ce que c'était : une hésitation, une réserve. Puis il parlait brièvement et les portes s'ouvraient de nouveau.

Tout d'un coup, l'heure de la visite fut écoulée. Le gardien le leur signala et Luke se leva vivement pour reconduire Kezia à la porte, là où ils pourraient échanger le baiser d'adieu autorisé.

— Chéri, je reviendrai dès qu'on me le permettra.

Elle pensait rester la semaine et revenir le voir. Mais, juste à ce moment-là, elle se sentit très nerveuse à cause de la présence du gardien et Alejandro lui parut se rapprocher d'elle. Tout arrivait trop vite. Elle aurait voulu passer plus de temps avec Lucas... les minutes s'étaient envolées.

— Mama... (Les yeux de Luke semblaient dévorer chaque parcelle de son visage.) ... Tu ne reviendras pas ici.

— Ils vont te transférer ?

Il secoua la tête.

— Non. Mais tu ne peux plus revenir.

— C'est ridicule. Je... Les papiers ne sont-ils pas en règle ?

Elle était soudain terrifiée. Il fallait qu'elle revienne. Elle avait besoin de le voir. On n'avait pas le droit de lui faire ça.

— Les papiers sont en règle. Pour aujourd'hui. Mais je vais dès ce soir te rayer de ma liste de visites.

La voix de Luke était si basse qu'elle avait du mal à l'entendre. Mais Alejandro, lui, entendait, et il savait ce que Lucas était en train de faire. Maintenant, il comprenait pourquoi il avait insisté pour qu'il vienne, lui aussi.

— Tu es fou ? Pourquoi vas-tu me rayer de ta liste ?

De chaudes larmes lui brûlaient les yeux et elle s'accrochait aux mains de Luke. Elle ne comprenait pas. Elle n'avait rien fait de mal. Et elle l'aimait.

— Parce que tu n'es pas d'ici. Et ce n'est pas une vie pour toi. Mon amour, tu as appris beaucoup de choses ces derniers mois et tu as fait beaucoup de choses que tu n'aurais jamais faites si tu ne m'avais pas rencontré. Certaines de ces choses ont été bénéfiques pour toi, mais pas celle-ci. Je sais ce que ça fait, ce que ça te ferait. Quand je sortirai, tu seras au bout du rouleau. Regarde-toi maintenant, maigre, nerveuse... tu es déjà une épave. Retourne vaquer à tes occupations. Et fais bien ton travail.

— Lucas, comment peux-tu agir ainsi ?

Les larmes coulaient sur le visage de Kezia.

— Parce qu'il le faut... parce que je t'aime... maintenant, sois gentille et pars.

— Non. Et je reviendrai. Je... oh, Lucas ! Je t'en prie !

Les yeux de Luke cherchèrent ceux d'Alejandro au-dessus de sa tête et il eut un hochement à peine perceptible. Luke se pencha vivement pour embrasser Kezia, étreignit ses épaules, puis se retourna rapidement et fit un pas vers le gardien.

— Lucas ! Non !

Elle tendit les bras, prête à s'accrocher à lui. Il se tourna alors vers elle : son visage était de pierre.

— Arrête, Kezia. N'oublie pas qui tu es.

— Je ne suis rien sans toi.

Elle fit un pas vers lui et le regarda dans les yeux.

— C'est là que tu te trompes. Tu es Kezia Saint-Martin et tu sais qui elle est maintenant. Alors, traite-la bien.

Puis, après un signe au gardien, il disparut. Une porte de fer engloutit l'homme qu'elle avait aimé. Il ne se retourna pas pour un dernier regard ou un autre adieu. Il n'avait rien dit à Alejandro en partant : ce n'était pas nécessaire. Le petit hochement à la fin en avait dit assez. Il la remettait entre ses mains. Elle serait ainsi en sécurité : c'était tout ce qu'il pouvait faire. C'était tout ce qu'il lui restait à faire.

Kezia resta là, dans la salle des visites, engourdie, sans avoir conscience des yeux tournés vers elle. La scène avait été terrible pour ceux qui en avaient été témoins. Les prisonniers avaient frémi, les visiteurs avaient blêmi. Le drame aurait pu leur arriver. Mais ce n'était pas le cas. Ça lui était arrivé à elle.

— Je... Alej... je... pouvais...

Elle était complètement désorientée, abasourdie, perdue.

— Allons, mon chou, rentrons.

— Oui, s'il te plaît.

452

Pendant ces quelques minutes si éprouvantes, elle semblait avoir rapetissé. Son visage était terriblement pâle. Cette fois, il savait que ça ne servirait à rien de lui demander comment elle allait. On pouvait facilement le voir.

Il la conduisit en dehors du bâtiment et au-delà de l'entrée principale aussi vite qu'il le put. Il voulait la sortir de là avant qu'elle ne s'effondre. Il la guida vivement parmi les trous du parking et l'installa dans la voiture. Il se sentait presque aussi ébranlé qu'elle. Il savait qu'il y avait quelque chose en préparation mais n'avait pas deviné ce que Luke avait derrière la tête. Et il savait à quel point cette grave décision avait dû être difficile à prendre. Lucas avait besoin d'elle, de ses visites, de son amour, de son soutien. Mais il savait aussi quel effet ces rencontres auraient sur elle. Elle aurait attendu pendant des années, qu'elle aurait passées à se détruire ou peut-être à se noyer dans l'alcool. La situation ne pouvait pas durer et Lucas le savait. Kezia l'avait deviné dès le début : Lucas Johns était un homme d'une trempe incroyable. Alejandro savait que lui-même n'aurait pas eu le courage d'agir ainsi. Très peu d'hommes d'ailleurs auraient eu ce courage, mais rares étaient ceux qui se trouvaient dans la situation de Luke — survivre dans un endroit où sa ligne de vie avait été tracée. Et, étant donné ce qu'était Kezia, on aurait cherché à l'anéantir, elle, d'abord. C'était ce que Luke avait craint le plus. Mais tout était fini. Pour Luke.

— Je... Où allons-nous ? demanda-t-elle d'une voix effroyablement absente.

Alejandro fit démarrer la voiture.

— On rentre. Et tout ira bien.

Il lui parlait comme à une petite enfant ou à une personne très malade. Et, en fait, elle était les deux, à cette minute.

— Je reviendrai ici, tu sais... je reviendrai. Tu le

sais, n'est-ce pas ? Il n'a pas vraiment voulu dire ça...
je... Alejandro ?

Il n'y avait aucune passion dans sa voix, seulement
de la confusion. Alejandro savait qu'elle ne reviendrait
pas. Luke tenait toujours sa parole. Aujourd'hui même,
son nom serait rayé de la liste, inexorablement. Luke
n'avait pas le choix. Il n'obtiendrait pas d'autre autorisation de visite avant six mois, et d'ici là, beaucoup de
choses auraient eu le temps de changer. Six mois pouvaient modifier beaucoup de choses dans une vie. Six
mois auparavant, Kezia avait rencontré Luke.

Ils roulaient maintenant ; Kezia ne pleurait plus. Elle
était assise dans la voiture, très tranquille. Elle resta de
même dans la chambre de l'hôtel où Alejandro la laissa
aux soins attentifs d'une femme de chambre pendant
qu'il se rendait à cet entretien auquel il n'arrivait plus à
trouver le moindre intérêt. Ce n'était vraiment pas le
jour pour s'en occuper. Il liquida l'affaire le plus vite
possible et revint au *Ritz*. La femme de chambre lui
rapporta que Kezia n'avait ni bougé ni prononcé le
moindre mot. Elle s'était contentée de rester assise,
dans le fauteuil où elle était quand il l'avait quittée, à
regarder dans le vague.

Ce n'est pas sans inquiétude qu'il réserva deux places
dans l'avion à 6 heures ce soir-là, en priant pour qu'elle
ne sorte pas de son état de choc avant de se retrouver chez elle, dans son lit. Elle était comme une enfant prostrée et une chose était sûre : il ne voulait plus
être à San Francisco avec elle quand elle sortirait de
cette prostration. Il fallait qu'il la ramène à New York
avant.

Elle ne mangea rien de ce qui se trouvait sur le
plateau que l'hôtesse posa devant elle et secoua la tête
sans comprendre quand Alejandro lui offrit les écou-
teurs pour entendre de la musique. Mais elle les enleva
distraitement, cinq minutes plus tard. Elle chantonna
toute seule pendant un court moment puis retomba

dans le silence. L'hôtesse la regardait d'une façon étrange et Alejandro faisait des signes de la tête en souriant : il espérait que personne ne ferait de commentaires et priait pour que personne ne la reconnaisse. Mais elle était tellement égarée et négligée qu'il eût été difficile de la reconnaître. Il avait déjà assez de mal à faire face à la situation sans avoir à s'inquiéter en outre au sujet des journalistes. Ceux-ci pouvaient déclencher une réaction chez elle et libérer ainsi le flot de réalité qu'elle retenait en souffrance en restant dans son état de choc. On eût dit qu'elle était droguée, ivre, légèrement dingue. Le voyage fut un cauchemar pour Alejandro : il avait hâte d'en voir la fin.

Cette journée était de trop. Il souffrait de penser à Lucas. Il souffrait pour Lucas et Kezia.

— Tu es arrivée chez toi, Kezia. Tout va bien.
— Je suis sale. J'ai besoin de prendre un bain.

Elle s'assit dans un fauteuil du salon, sans se rendre compte de l'endroit où elle était.

— Je vais te faire couler un bain.
— Totie va le faire, dit-elle avec un sourire absent.

Il la baigna très doucement, comme il l'avait fait avec ses nièces, il y avait de cela bien longtemps. Elle était assise dans la baignoire et regardait fixement les robinets sculptés en forme de dauphins dorés sur le mur de marbre blanc. Alejandro ne se rendait même pas compte que c'était elle qu'il baignait. Il aurait voulu l'atteindre, la tenir, mais elle n'était même pas présente. Elle était partie, quelque part, dans un monde lointain à l'abri du monde détruit qu'elle avait quitté.

Il l'enveloppa dans une serviette ; elle enfila, avec soumission, sa chemise de nuit, et il la conduisit au lit.

— Et maintenant, tu vas dormir, hein ?
— Oui. Où est Luke ?

Ses yeux vides cherchaient ceux d'Alejandro. Il y

avait quelque chose en eux qui menaçait de se briser et de se répandre autour d'elle.

— Il est sorti.

Elle n'était pas prête à affronter la vérité et lui non plus.

— Ah ! bon.

Elle lui adressa un sourire insipide et grimpa dans le lit, maladroitement, comme les enfants ; ses pieds se débattaient pour trouver leur chemin entre les draps. Il l'aida et éteignit les lumières.

— Kezia, veux-tu voir Totie ?

Il savait qu'il trouverait son numéro de téléphone dans le carnet d'adresses de Kezia s'il en avait besoin. Il s'était demandé s'il n'allait pas devoir y chercher le nom de son médecin mais, pour le moment, il avait la situation en main.

— Non, merci. Je vais attendre Luke.

— D'accord. Appelle-moi si tu as besoin de moi. J'accourrai.

— Merci, Edward.

Ce fut un choc pour Alejandro de se rendre compte qu'elle ne savait même pas qui il était.

Il s'installa sur le divan pour une longue nuit de veille, à attendre le hurlement inévitable. Mais rien de tel n'arriva. Au contraire, elle était debout à 6 heures, dans le salon, en chemise de nuit, les pieds nus. Elle ne se demandait même pas comment elle était rentrée ou qui l'avait mise au lit. Et il fut abasourdi de voir à quel point elle était lucide. Tout à fait lucide.

— Alejandro, je t'adore. Mais je veux que tu rentres chez toi.

— Pourquoi ?

Il avait peur de la laisser seule.

— Parce que je vais bien maintenant. Je me suis réveillée à 4 heures et ça fait deux heures que je pense à tout ça. Je comprends ce qui est arrivé et, maintenant, il

456

faut que j'apprenne à vivre avec. Je dois commencer dès maintenant. Tu ne peux pas rester assis ici à me traiter comme une invalide, ce n'est pas juste. Tu as des choses plus utiles à faire.

Le regard de Kezia montrait combien elle était sincère.

— Pas si tu as besoin de moi.

— Ce n'est pas le cas... pas ainsi... Ecoute, je t'en prie. Pars. J'ai besoin d'être seule.

— Tu veux dire que tu me mets à la porte ?

Il essaya de prendre un ton léger mais en vain. Ils étaient tous les deux trop fatigués pour jouer. Elle était dans un état pire que lui et il n'avait pas dormi.

— Non, je ne te mets pas à la porte, tu le sais bien. Je veux seulement que tu retournes vaquer à tes occupations. Je vaquerai aux miennes.

— Qu'est-ce que tu vas faire ? demanda-t-il, inquiet.

— Rien d'irréparable, ne t'inquiète pas. (Elle s'affala dans un des fauteuils en velours et alluma une des cigarettes d'Alejandro.) ... Je crois que je n'ai pas assez de cran pour me suicider. Je veux seulement être un peu seule.

Il se leva péniblement du divan ; tous ses os, tous ses muscles, toutes ses terminaisons nerveuses lui faisaient mal.

— Bon. Je t'appellerai.

— Non. Alejandro, n'en fais rien.

— Mais il le faut. Je vais me ronger d'inquiétude si je suis là-bas à me demander si tu es morte ou vivante. Si tu ne veux pas me parler, laisse un message à ton répondeur automatique.

Il se tourna vers elle, son manteau sur le bras.

— Pourquoi la chose a-t-elle tant d'importance pour toi ? Parce que Luke t'a demandé de le faire ?

Elle le fixait du regard.

— Non. Ça vient de moi. Tu ne l'as peut-être pas encore remarqué, mais il se trouve que ce qui t'arrive a de l'importance pour moi. On pourrait même aller jusqu'à dire que je t'aime.

— Moi aussi, je t'aime... mais je veux que tu me laisses seule.

— Si je le fais, tu m'appelleras ?

— Oui, plus tard. Quand j'aurai les idées un peu plus claires. Je crois qu'au fond de moi-même, je savais que c'était fini quand il est sorti de la bibliothèque avant l'audience. C'est là que tout aurait dû finir. Mais on n'a pas eu le courage. Moi du moins. Et ce qui est con, c'est que je l'aime encore.

— Lui aussi, il t'aime. Autrement, il n'aurait pas fait ce qu'il a fait hier. Je pense qu'il l'a fait par amour.

Elle se leva sans rien dire et lui tourna le dos pour qu'il ne voie pas son visage.

— Oui, et tout ce qu'il me reste à faire, c'est d'accepter.

— Si tu as besoin de quelqu'un à qui parler... tu m'appelles. Je viendrai.

— Je sais. Tu l'as toujours fait.

Elle se retourna et un pauvre sourire apparut sur ses lèvres.

Alejandro se dirigea vers la porte, les épaules voûtées, sa valise à la main, sa veste et son manteau jetés sur le dos. Il se retourna à la porte et sut l'espace d'un instant ce que Luke avait dû ressentir la veille, quand il l'avait renvoyée.

— Bon courage !

— Oui. A toi aussi.

Il hocha la tête et la porte se referma doucement derrière lui.

Elle fut ivre jour et nuit pendant cinq semaines. Même la femme de ménage cessa de venir et Kezia avait renvoyé sa secrétaire dès la première semaine. Elle était seule au milieu des bouteilles vides et des assiettes encore à demi pleines de nourriture ; elle portait la même robe d'intérieur sale. Le seul visiteur régulier était le garçon qui lui livrait les bouteilles d'alcool. Il sonnait deux fois et déposait le colis à la porte.

Alejandro ne lui téléphona pas jusqu'au jour où la nouvelle parut dans les journaux. Il fallait qu'il sache comment elle allait. Elle était ivre quand il appela et il lui dit qu'il venait tout de suite. Il prit un taxi, terrifié à la pensée qu'elle pourrait lire le journal avant qu'il n'arrive. Mais quand il fut à sa porte, il vit les journaux des cinq dernières semaines, non ouverts et empilés dans l'entrée, devant la porte. Il fut ahuri de voir l'état de ce qui avait été autrefois son intérieur. L'appartement ressemblait maintenant à une porcherie... des bouteilles... la saleté... des assiettes... des cendriers pleins... chaos et désordre. Et Kezia. Elle ne se ressemblait plus. Elle était barbouillée de larmes, titubante et ivre. Mais elle ne savait pas encore.

Il la dessaoula pour pouvoir lui apprendre la nouvelle. Du mieux qu'il put. Quatre tasses de café et l'air frais venant des fenêtres ouvertes : mais ce furent les gros titres qui firent le plus d'effet, quand les yeux de Kezia tombèrent dessus. Elle regarda Alejandro et il sut qu'elle avait compris. La situation ne pouvait guère être pire maintenant. Le pire était déjà arrivé.

Luke était mort. Poignardé dans la cour, d'après ce qu'ils disaient. *Troubles raciaux... Le célèbre défenseur des prisonniers, Lucas Johns...* Sa sœur avait réclamé son corps et les funérailles avaient lieu à Bakerfield ce jour même. Aucune importance. Rien n'était changé. Les enterrements n'étaient pas le genre de Lucas. Les sœurs non plus. Il n'avait jamais parlé à Kezia d'une sœur. La seule chose importante, c'était qu'il était parti.

— Sais-tu quand il est mort, Alejandro ?

D'après sa voix, elle paraissait encore ivre, mais il savait qu'elle était lucide.

— Cela a-t-il de l'importance ?

— Oui.

— Je ne sais pas exactement. Je suppose que je pourrai arriver à le savoir.

— Je le sais déjà. Il est mort au tribunal, à l'audience. Ils l'ont tué. Mais ce jour-là, le jour où il est vraiment mort, il est mort en beauté, dans toute sa force, dans toute sa fierté. Il est arrivé à cette audience comme un homme. Ce qu'ils lui ont fait après est sous leur responsabilité.

— Je suppose que tu as raison.

Les larmes avaient commencé à couler sur le visage d'Alejandro. Pour ce qui était arrivé à Luke. A elle. Elle était déjà aussi morte que Lucas, d'une certaine façon. Ivre, sale, malade, fatiguée, dévorée par les souvenirs. Et maintenant la mort de Luke. Il se rappela ce jour dans la bibliothèque avant que Lucas ne se rende à l'audience. Elle avait raison, il était alors grand et fier, et elle avait été si forte à ses côtés. Il y avait quelque chose en eux qu'Alejandro n'avait jamais vu. Et maintenant, l'un était mort, l'autre était en train de mourir. Ce constat le rendit malade. C'était comme vivre un cauchemar. Son meilleur ami était mort et il était amoureux de la femme de Luke. Et il ne pouvait pas le dire à Kezia maintenant. Pas maintenant que Luke était mort.

— Ne pleure pas, Alejandro. (Elle passa ses mains sur les joues du jeune homme pour essuyer les larmes, puis caressa ses cheveux.) ... Je t'en prie, ne pleure pas.

Mais il pleurait autant sur lui que sur eux, et elle ne pouvait pas le savoir. Elle leva le visage d'Alejandro vers elle et lui enserra les épaules si doucement qu'il sentit à peine ses mains. Elle le regarda dans les yeux puis, lentement, calmement, elle se pencha et l'embrassa doucement sur la bouche.

— ... Le plus drôle, c'est que je t'aime, toi aussi.

C'est vraiment très troublant. En fait, je t'aime depuis très longtemps. C'est étrange, hein ?

Elle était encore très ivre et il ne savait que répondre. Peut-être était-elle devenue finalement dingue après ces chocs répétés et ce chagrin. Peut-être était-elle folle, maintenant ? Ou peut-être était-ce lui ? Peut-être ne l'avait-elle même pas embrassé... peut-être n'était-ce qu'un rêve ?

— Alejandro, je t'aime.

— Kezia ?

Son nom parut étrange sur ses lèvres. Elle était à Luke. Et Luke était mort maintenant. Mais comment Luke pouvait-il être mort ? Et comment pouvait-elle les aimer tous les deux ? Tout cela était complètement fou.

— ... Kezia ?

— Tu m'as bien entendue. Je t'aime. Je suis amoureuse de toi.

Il la regarda longuement, les larmes étaient encore humides sur ses joues.

— Moi aussi, je t'aime. Je t'ai aimée le premier jour où Luke t'a amenée chez moi. Mais je n'ai jamais pensé... je...

— Je n'y ai jamais pensé, moi non plus. C'est comme tout ce qu'on peut lire dans les mauvais romans. C'est très troublant.

Elle le conduisit jusqu'au divan et s'assit à côté de lui, la tête rejetée en arrière, les yeux fermés.

— C'est aussi troublant pour moi.

Il l'observait.

— Alors, pourquoi ne resterait-on pas chacun de son côté pendant quelque temps ?

— Pour que tu te noies dans la boisson encore un peu plus vite ?

La voix d'Alejandro était devenue forte et amère, soudain, dans la pièce silencieuse. Elle lui avait montré un merveilleux cadeau, mais elle voulait le détruire avant de le lui donner. Quelle horrible plaisanterie !

— Non. Pour que je puisse réfléchir.

— Tu ne boiras pas ?

— Occupe-toi de tes affaires !

— Alors, va te faire voir, ma cocotte. Va te faire voir. (Il était debout et hurlait.) ... Je ne tiens pas du tout à tomber amoureux de toi en te regardant mourir idiotement. Pour te voir te suicider comme une pathétique ivrognesse de la pire espèce. Si c'est ce que tu as l'intention de faire, alors laisse-moi seul. Bon Dieu, Kezia... va au diable !

Il la tira pour qu'elle se lève et la secoua jusqu'à ce qu'elle sente le monde trembler sous elle. La jeune femme se révolta :

— Arrête ! Laisse-moi tranquille !

— Je t'aime ! Le comprends-tu ?

— Non. Je ne comprends pas. Je ne comprends plus rien désormais. Je t'aime, moi aussi. Et alors quoi, merde ? On s'attache l'un à l'autre, on s'aime, on a besoin l'un de l'autre et puis le ciel nous tombe de nouveau sur la tête ? Qui a besoin de ça... bon Dieu... mais qui a besoin de ça ?

— Moi. J'ai besoin de toi.

— D'accord, Alejandro, d'accord... Maintenant, fais-moi plaisir, laisse-moi seule. Je t'en prie !

Sa voix tremblait et elle avait les larmes aux yeux.

— Bon, d'accord, mon chou. C'est toi qui décides, maintenant.

La porte se referma doucement sur lui et cinq minutes plus tard, il y eut un bruit de verre brisé. Elle avait pris le journal où se trouvait l'horrible article en première page et l'avait jeté vers la fenêtre avec une telle force qu'il était passé à travers.

— Que la terre entière aille se faire voir ! Au diable !

33

A la fin de cette semaine-là, Alejandro vit la même photo qu'Edward. Edward en eut de la peine ; pour Alejandro, ce fut un choc. Edward le savait déjà. *Women's Wear* l'avait également publiée. Kezia Saint-Martin montant dans un avion pour Genève : *Pour se reposer des fatigues de la saison mondaine*. Les journaux semblaient déjà avoir oublié son histoire avec Lucas. Comme les gens oublient vite !

D'après les journaux, elle avait décidé d'aller faire du ski, mais on ne disait pas où et son chapeau était posé si bas sur son visage qu'Alejandro ne l'aurait jamais reconnue s'il n'avait pas lu son nom. En regardant la photo, il se dit encore à quel point il avait eu de la chance qu'il n'y ait pas eu de journalistes pendant leur dernier voyage aller retour à San Francisco. Dans l'état où elle était, les nouvelles auraient été croustillantes.

Il resta assis, un long moment, dans le petit bureau dont la peinture s'écaillait par plaques et il regardait la photo, avec ce chapeau baissé sur le visage. Ce mot : Genève. Qu'allait-il arriver, alors ? Quand entendrait-il parler d'elle de nouveau ? Il se souvenait encore du baiser, le dernier matin où il l'avait vue, il y avait seulement quelques jours de cela. Maintenant, elle était partie. Il se sentit peser lourd, comme s'il avait été cloué à sa chaise, collé au sol, dans ce bâtiment qui tombait en ruine comme tout le reste. Dans sa vie, tout allait à la dérive. Son boulot était dégueulasse, il détestait New York, son meilleur ami était mort et il était amoureux d'une fille qui n'était pas pour lui. Même si Luke avait voulu qu'il en soit ainsi, comme Alejandro le soupçonnait... Luke avait bizarrement insisté pour qu'il vienne avec Kezia, la dernière fois. Luke savait qu'elle allait avoir besoin d'aide. C'était tout. Il le savait et Kezia aussi. Toute cette vie était complètement dingue et il fallait qu'il se débrouille maintenant tout seul avec sa propre existence. Pourtant, il continuait à fixer des yeux ce mot et il le détestait : Genève !

— Il y a quelqu'un qui veut te voir, Alejandro.

Alejandro leva les yeux et vit un des gosses, la tête passée à la porte.

— Ah ! C'est qui ?

— Le délégué à la liberté surveillée pour Perini, je crois.

— Dis-lui d'aller se faire voir !

— Pour de bon ? demanda le gamin, enthousiasmé.

— Non, pas pour de bon, espèce d'idiot. Donne-moi cinq minutes et puis envoie-le-moi.

— Qu'est-ce que je fais de lui pendant cinq minutes ?

— J'en sais rien, merde ! Ce que tu veux. Tabasse-le, envoie-le rouler, fais-lui descendre les escaliers à coups de pied dans le derrière. Sers-lui du café... Je m'en fous complètement.

Alejandro prit le journal et le jeta dans la poubelle.

— Bon, bon, entendu. Ne te fâche surtout pas.

Il n'avait jamais vu Alejandro dans cet état. C'était effrayant.

Cet hôtel de Villars-sur-Ollon convenait parfaitement à Kezia. Il était à une assez haute altitude et dans une ville où les écoles grouillaient. Il n'y avait absolument aucun touriste, à part quelques parents qui venaient rendre visite à leurs enfants. Elle logeait dans un très grand hôtel presque désert et prenait le thé avec sept vieilles dames au son de violons et d'un violoncelle. Elle faisait de longues promenades, buvait beaucoup de chocolat, se couchait tôt et lisait. Seuls, Simpson et

Edward savaient où elle était et elle leur avait dit à tous deux de la laisser tranquille. Elle avait décidé de ne pas écrire pour donner des nouvelles, jusqu'à nouvel ordre, et même Edward avait respecté ses désirs. Il lui envoyait toutes les semaines des lettres pour la tenir au courant de sa situation financière et n'attendait pas de réponse ; c'était d'ailleurs préférable, car il n'en eut jamais. Elle ne fut prête à partir qu'au milieu d'avril.

Elle prit un train pour Milan où elle passa une nuit, puis continua sur Florence. Elle se mêla aux premiers touristes du printemps, visita les musées, se promena dans les magasins, longea l'Arno, en essayant de ne pas trop penser. Elle fit la même chose à Rome, mais là ce fut plus facile. C'était le mois de mai. Le soleil était chaud, les gens étaient pleins de vie, les musiciens dans les rues étaient amusants et elle rencontra par hasard quelques amis. Elle dîna avec eux et s'aperçut que le besoin de bondir et de hurler l'avait enfin quittée. Elle guérissait peu à peu.

Les premières semaines de juin, elle loua une Fiat et partit en direction du nord vers Umbria et Spoleto où, plus tard, au cours de l'été, avait lieu un festival de musique. Puis elle traversa les Alpes pour arriver en France.

Elle dansa à Saint-Tropez, en juillet, joua à Monte-Carlo, passa un week-end sur le yacht d'amis à Saint-Jean-Cap-Ferrat et acheta de nouveaux bagages Gucci à Cannes. Elle recommença à écrire quand elle arriva en Provence où elle passa trois semaines, perdue dans un minuscule hôtel : la terrine y était superbe, meilleure que n'importe quel pâté qu'elle eût mangé auparavant.

C'est là qu'elle reçut le livre de Luke que Simpson lui avait envoyé, avec les critiques, après maintes hésitations. Elle était alors sur le petit balcon de sa chambre, baigné de soleil ; elle était pieds nus, en chemise de nuit, et elle ouvrit le paquet sans soupçonner ce qui était à l'intérieur. Du balcon, elle pouvait voir des collines et des champs et, pendant presque une heure, elle resta assise par terre sur le balcon, les jambes croisées, le livre sur ses genoux : elle le tenait et le caressait de ses doigts, mais elle était incapable de l'ouvrir. La couverture était belle et il y avait au dos du livre une merveilleuse photo de Luke. Elle avait été prise avant leur rencontre, mais elle en avait une épreuve sur son bureau à New York. Il descendait une rue de Chicago, vêtu d'un pull blanc à col roulé, les cheveux noirs au vent, l'imperméable jeté sur une épaule. Il levait un sourcil et regardait l'objectif d'un air sarcastique, avec une ébauche de sourire. Elle avait réussi à obtenir cette photo de Luke, la première fois qu'elle l'avait vue.

— Que vas-tu faire de cette photo ?

— Tu as l'air si sexy, Luke.

— Mon Dieu, petite idiote. J'espère que mes lecteurs ne penseront pas la même chose.

— Et pourquoi ?

Elle avait levé les yeux vers lui, surprise, et il l'avait embrassée.

— Parce que je suis supposé avoir l'air intelligent, pas sexy, trésor de mon cœur.

— Eh bien ! tu es les deux à la fois. Tu me la donnes ?

Il lui avait fait un signe embarrassé de la main et il était parti répondre au téléphone. Mais elle avait pris la photo et l'avait mise dans un cadre d'argent. Cette photo donnait une idée assez exacte du vrai Luke, et Kezia était contente qu'elle soit sur la couverture du livre. Les gens devaient le voir tel qu'il était... les gens devaient...

Après un long moment, elle leva les yeux. Le livre était encore blotti sur ses genoux, elle ne sentait pas les larmes qui coulaient sur son visage et qui brouillaient sa vue. Elle venait de regarder le passé, non pas les champs dans le lointain.

— Eh bien ! mon chou, nous y voilà.

Elle avait parlé tout haut et souriait à travers ses larmes. Elle se servit de l'ourlet de sa chemise de nuit pour essuyer son visage. Elle pouvait presque voir Luke lui sourire. L'endroit où elle se trouvait n'avait plus d'importance, elle portait Luke avec elle et c'était chaud et tendre, non plus atroce comme avant. Maintenant, elle pouvait lui sourire. Maintenant, il était avec elle, pour toujours. A New York, en Suisse, en France. Il était une partie d'elle-même à présent. Une partie confortable.

Elle regarda les champs au loin, en haussant doucement les épaules, et s'appuya contre les pieds d'une chaise en tenant toujours le livre dans ses mains. Une voix lui disait de l'ouvrir, mais elle ne le pouvait pas. Elle regarda de nouveau son visage sur la couverture et s'attendit presque à le voir remuer dans cette rue de Chicago depuis longtemps oubliée : puis tout à coup, ce fut comme si elle voyait son visage devenir sévère. Il secouait la tête avec un air d'agacement mêlé de malice.

— Allons, mama, ouvre-le, bon sang !

Elle s'exécuta délicatement, avec précaution, sans vouloir ni respirer ni regarder. Elle l'avait su dès qu'elle avait touché le livre, mais le voir serait différent. Elle se demandait si elle pourrait le supporter, mais il le fallait. Maintenant, elle voulait voir et elle savait qu'il l'avait voulu ainsi. Il ne le lui avait jamais dit mais, maintenant, c'est comme si elle l'avait toujours su. Le livre lui était dédicacé.

De nouvelles larmes coulèrent sur son visage, mais ce n'étaient pas des larmes de chagrin. C'étaient des larmes de tendresse, de gratitude, de rire, d'amour. C'étaient les trésors qu'il lui avait donnés, pas le chagrin. Luke n'avait jamais été homme à tolérer le cha-

grin. Il avait été trop vivant pour goûter ne serait-ce
qu'à un soupçon de mort. Or, le chagrin, c'est la mort.

*A Kezia, qui est à mes côtés, là où je vais. Mon
égale, mon réconfort, mon amie. Toi, la brave, qui
es la lumière que j'ai longtemps cherchée ; enfin, nous
avons trouvé tous les deux la paix. Puisses-tu être fière
de ce livre, car maintenant, c'est ce que je peux te
donner de meilleur, avec mes remerciements et mon
amour.*

                                        L.J.

*... Maintenant nous avons enfin tous les deux trouvé
la paix.*

C'était vrai. C'était la fin d'août et il lui restait une
dernière étape : Marbella. Et Hilary.

— Mon Dieu, ma chérie, vous êtes divine ! Si
bronzée, vous avez si bonne mine. Où êtes-vous donc
allée ?

— A droite et à gauche.

Elle rit et écarta ses cheveux de ses yeux. Ses cheveux étaient plus longs à présent et la dure angularité
de son visage avait disparu. Elle avait des petites rides
au coin des yeux, causées par le soleil ou autre chose,
mais elle avait l'air très bien. Très bien.

— Combien de temps restez-vous ? Votre télé-
gramme ne m'en a absolument rien dit, vilaine enfant !

Oui, elle était bien de retour dans ce vieux monde
familier. Très chère Hilary ! Mais cela l'amusait de se
faire traiter de vilaine enfant. Et pourquoi pas ? Son
anniversaire avait eu lieu fin juin. Elle avait trente ans
maintenant.

— Je vais rester quelques jours, tante Hil, s'il y a de
la place.

— C'est tout ! Mais, ma chérie, c'est affreux. Evidemment qu'il y a de la place, quelle idée absurde !

Elle avait toujours de la place au moins pour qua-
torze personnes, sans parler du personnel.

— ... Pourquoi ne resteriez-vous pas plus long-temps ?

— Il faut que je rentre.

Elle accepta quand le maître d'hôtel lui offrit un thé glacé. Elles se trouvaient à proximité des courts de tennis où évoluaient les autres invités.

— Rentrer où ? Eh bien ! Jonathan a amélioré son service, vous ne trouvez pas ?

— Sans doute.

— Oh ! suis-je bête ! Vous ne le connaissez pas. C'est un homme d'une beauté parfaite.

Il ressemblait à une copie conforme de Whitney. Ce qui fit sourire Kezia.

— Alors, où devez-vous aller ?

Hilary prêtait à nouveau attention à Kezia, en siro-tant un Martini très frais.

— New York.

— A cette époque de l'année ! Ma chérie, vous n'y pensez pas !

— Mais si ! J'en suis partie il y a presque cinq mois.

— Alors, un mois de plus ne changerait pas grand-chose.

— Il faut que je rentre pour travailler.

— Travailler ? Quel genre de travail ? Œuvres de charité ? Mais, pour l'amour du ciel, il n'y a personne en ville l'été. Vous ne travaillez pas, j'espère ?

Hilary parut légèrement troublée, pendant un ins-tant. Kezia hocha la tête.

— Si. J'écris.

— Vous écrivez ! Et pour quoi faire ?

Elle était tout à fait abasourdie et Kezia faisait de gros efforts pour ne pas rire. Pauvre tante Hil !

— Je suppose que c'est parce que j'aime cela... J'aime même beaucoup écrire.

— C'est nouveau ?

— Non, pas vraiment.

— Vous arrivez à écrire ? Je veux dire, à écrire correctement ?

Kezia ne put s'empêcher de rire.

— Je ne sais pas. J'essaie en tout cas. C'est moi qui écrivais la rubrique de Martin Hallam. Mais ce n'est pas ce que j'ai fait de mieux.

Kezia souriait malicieusement. Hilary en resta bouche bée.

— Quoi ? Ne soyez pas stupide ! Vous... Mon Dieu, Kezia, comment avez-vous pu !

— Ça m'amusait ! Quand j'en ai eu assez, je me suis retirée. Mais ne soyez pas aussi bouleversée, je n'ai jamais rien dit de méchant à votre sujet.

— Non, mais vous... Je... Kezia, vous me surprenez vraiment !

Elle prit un autre Martini sur le plateau du maître d'hôtel et regarda fixement sa nièce. C'était une étrange jeune femme. Elle avait toujours été étrange, et maintenant, cette nouvelle !

— De toute façon, je pense que vous êtes folle de rentrer en août. (Hilary n'était pas encore tout à fait revenue à elle.) Et... cette rubrique ne paraît plus.

Kezia gloussait. C'était comme si Hilary essayait de lui faire admettre par surprise qu'elle ne l'avait pas écrite. C'était bien ce qu'elle voulait.

— Je sais, mais je rentre pour signer un contrat pour un livre.

— Un livre de ragots ! s'exclama Hilary, en blêmissant.

— Bien sûr que non ! C'est sur un problème politique. Ce serait trop long d'en parler.

— Je comprends. Eh bien ! je serais ravie que vous restiez... dans la mesure où vous me promettez de ne rien écrire de méchant sur mes invités.

Elle étouffa un délicieux petit rire quand elle s'avisa que cela pourrait lui servir de très amusant ragot, à son usage personnel. « Savez-vous, mon cher, que Martin Hallam, c'était ma nièce ? »

— Ne vous inquiétez pas, tante Hil, je n'écris plus ce genre de choses.

— Quel dommage !

Le troisième Martini avait adouci le coup. Kezia l'observa en acceptant son deuxième thé glacé.

— Avez-vous vu Edward ?

— Non. Est-il ici ?

— Vous ne saviez pas ?

— Non.

— Vous étiez vraiment partie dans la brousse, n'est-ce pas ? Où m'avez-vous dit que vous étiez allée pendant tout ce temps ?

Hilary regardait à nouveau Jonathan au service.

— En Ethiopie. En Tanzanie. Dans la jungle. Au ciel. En enfer. Les endroits habituels.

— Formidable, ma chérie... vraiment formidable. Vous avez rencontré des têtes connues ? (Mais elle était trop prise par le jeu de Jonathan pour écouter ou même se soucier de la réponse.) ... Venez, chérie, je vais vous présenter Jonathan.

Mais Edward arriva avant qu'Hilary ait eu le temps de l'entraîner. Il salua Kezia avec chaleur mais aussi avec réserve.

— Je ne pensais pas vous voir ici.

C'était une étrange salutation après tout ce qui s'était passé et après une aussi longue séparation.

— Je ne pensais pas non plus que vous me verriez ici.

Elle éclata de rire et l'étreignit comme dans le bon vieux temps.

— Comment allez-vous, vraiment ?

— D'après vous ?

— Vous êtes exactement comme je vous aime : bronzée, en forme, reposée.

Et sobre également. C'était un soulagement.

— C'est exactement ainsi que je me sens. Il y a maintenant de longs mois que l'on ne s'est vus.

— Oui, je sais.

Il savait qu'il ne connaîtrait jamais le fin mot de l'histoire, mais il était sûr que cette aventure avait bien failli la détruire. Beaucoup trop.

— Vous restez quelque temps ?

— Quelques jours seulement. Il faut que je rentre. Simpson est sur le point d'obtenir un contrat pour moi, pour un livre.

— Splendide !

— Oui, je le pense aussi.

Elle eut un sourire heureux et se pendit au bras d'Edward, alors que celui-ci allait l'entraîner dans une promenade.

— Vous venez ? Parlez-m'en. Allons nous asseoir sous les arbres, là-bas.

Il prit deux thés glacés sur un plateau d'argent et se dirigea vers un belvédère, loin des courts. Ils avaient beaucoup de temps à rattraper et Kezia semblait disposée à bavarder. Elle lui avait terriblement manqué, mais le temps lui avait fait du bien à lui aussi. Il avait enfin compris ce qu'elle représentait dans sa vie et ce qu'elle ne pourrait jamais être. Lui aussi avait fait la paix avec lui-même et avec les gens auxquels il rêvait, une fois pour toutes. En particulier, il avait accepté ce qui semblait être son rôle. Acceptation. Compréhension. Alors que les trains de la vie passaient à côté de lui... Le dernier voyageur solitaire debout sur le quai.

Pour la première fois de sa vie, Kezia fut presque désolée de quitter Marbella ; pendant les mois qu'elle avait passés seule, elle avait pactisé avec un millier de fantômes, pas seulement avec le fantôme de Luke, mais avec d'autres aussi. Elle s'était même libérée du fantôme de sa mère. Enfin. Maintenant, il fallait qu'elle rentre.

Dans l'avion qui la ramenait d'Espagne, elle se rappela étrangement une réflexion qu'Alejandro lui avait faite, il y avait bien longtemps. « Toute cette vie est une partie de toi, Kezia. Tu ne peux pas la renier. » Elle ne voulait plus recommencer à la vivre, mais elle n'avait plus besoin de l'exorciser. Elle était libre.

Le voyage fut agréable et quand elle arriva à New York, il faisait très chaud, très lourd : la ville était belle, palpitante d'activité. Hilary avait tort. C'était excitant, même en août. Peut-être n'y avait-il personne d'intéressant et d'important, mais tous les autres étaient là. La ville grouillait.

Il n'y avait pas de journalistes pour l'accueillir, rien, personne, sauf New York. Et c'était suffisant. Elle avait tant de choses à faire. C'était vendredi soir, il était tard. Il fallait qu'elle rentre chez elle, qu'elle défasse ses valises, qu'elle se lave les cheveux ; la première chose qu'elle ferait le lendemain matin serait de prendre le métro pour aller à Harlem. La première chose. Elle était revenue d'Espagne pour son livre, mais aussi pour voir Alejandro. Il était temps maintenant. Pour elle du moins. Elle en avait décidé ainsi depuis longtemps. Et elle était prête. Pour lui. Pour elle-même. Il faisait partie de son passé, mais pas la partie qu'elle avait rejetée. Il était la partie de son passé qu'elle avait gardée pour le présent.

Et le présent avait l'air splendide, elle le sentait ainsi. Elle n'avait plus d'attaches maintenant, plus de liens : elle était heureuse et libre. Elle vibrait d'excitation en pensant à tout ce que lui réservait l'avenir... les gens, les lieux, les choses à faire, les livres à écrire, son vieux monde soumis, à ses pieds et, maintenant, des mondes nouveaux à conquérir. Mais par-dessus tout, elle s'était conquise elle-même. Elle avait tout bien en main. Que pouvait-elle craindre maintenant ? Rien, et c'était là la beauté de ce qu'elle avait trouvé. Elle n'appartenait plus à personne, ni à un style de vie ni à un homme, à personne. Kezia appartenait à Kezia, pour de bon.

Les jours avec Luke étaient des trésors rares, mais un nouveau jour s'était levé... une aube bleue et argentée, inondée de lumière. En ce jour nouveau, il y avait de la place pour Alejandro, s'il était dans le coin. Sinon, eh bien ! elle avancerait joyeuse et fière jusqu'à midi.

Littérature

Cette collection est d'abord marquée par sa diversité : classiques, grands romans contemporains ou même des livres d'auteurs réputés plus difficiles, comme Borges, Soupault, Goes. En fait, c'est tout le roman qui est proposé ici, Henri Troyat, Bernard Clavel, Guy des Cars, Alain Robbe-Grillet, mais aussi des écrivains tels que Moravia, Colleen McCullough ou Konsalik.

Les classiques tels que Stendhal, Maupassant, Flaubert, Zola, Balzac, etc. sont publiés en texte intégral au prix le plus bas de toute l'édition. Chaque volume est complété par un cahier photos illustrant la biographie de l'auteur.

Impression Brodard et Taupin
à La Flèche (Sarthe) le 20 décembre 1989
6781B-5 Dépôt légal décembre 1989
ISBN 2-277-21749-2
1er dépôt légal dans la collection : déc. 1984
Imprimé en France
Editions J'ai lu
27, rue Cassette, 75006 Paris
diffusion France et étranger : Flammarion